唐代诗歌与文化研究

刘怀荣 著

图书在版编目(CIP)数据

唐代诗歌与文化研究 / 刘怀荣著. -- 上海 : 上海古籍出版社, 2025.5. -- (蠡海文丛). -- ISBN 978-7-5732-1576-5

Ⅰ.I207.227.42

中国国家版本馆CIP数据核字第2025Q7T754号

蠡海文丛
唐代诗歌与文化研究
刘怀荣　著

上海古籍出版社出版发行

(上海市闵行区号景路159弄1-5号A座5F　邮政编码201101)

(1) 网址：www.guji.com.cn

(2) E-mail：guji1@guji.com.cn

(3) 易文网网址：www.ewen.co

常熟人民印刷厂有限公司印刷

开本635×965　1/16　印张23.5　插页6　字数338,000

2025年5月第1版　2025年5月第1次印刷

印数：1—1,300

ISBN 978-7-5732-1576-5

Ⅰ·3913　定价：108.00元

如有质量问题,请与承印公司联系

中国海洋大学一流大学建设专项经费资助

国家社科基金重点项目
"魏晋南北朝乐府诗表演及文体综论"(20AZW006)

中国海洋大学繁荣工程二层次特聘教授科研启动经费资助

《蠡海文丛》序

刘怀荣

《蠡海文丛》为汇集中国海洋大学中国传统文化研究中心及"古代文学与传统文化"重点研究团队系列成果之总称,将由上海古籍出版社陆续推出。

"蠡海"者,"以蠡测海"之省称。其命名,首先考虑的是"海"在民族文化中的特殊含义。概言之有三:

一曰:"凡地大物博者,皆得谓之海。"(段玉裁《说文解字注》)自古以来,我国长期以农耕为主,安土重迁而难得亲近大海。在很长的历史时期里,人们对海的认识多偏于想象。如《尔雅·释地》按距我们生活区域由远及近的顺序,有所谓"四极""四荒""四海"之名。其中的"四海",指的是"九夷、八狄、七戎、六蛮"。与此相应,先秦以来的典籍也多以"四海之内"指古代华夏族统治之疆域;以"四海之外"指超出这一范围,辽远无际、更广大乃至未知的空间。如荀子论王道理想,以"四海之内若一家"(《荀子·王制》)、"国家既治四海平"(《荀子·成相》)为标志,管子以"上通于天之上,下泉于地之下,外出于四海之外,合络天地以为一裹"(《管子·宙合》)谈论宇宙之构成,都将"海"视为广阔无边的空间概念。

二曰:"海不辞东流,大之至也。"(《庄子·徐无鬼》)这是海的本义。《说文解字》也说:"海,天池也,以纳百川者。"可见,在古人眼中,容纳了极大数量的水,是海的重要特点。"观于海者难为水"(《孟子·尽心上》)、"江海不择小助,故能成其富"(《韩非子·大体》),都是从"多水"的角度立论。"天下之水,莫大于海,万川归之,不知何时止而不盈;尾闾泄之,不知何时已而不虚"(《庄子·秋水》),庄子此论,尤为典型。

三曰:"(江海)能为百谷王。"(《老子》)"万川归之"的自然现象,为大海赢得了有类于王者的崇高地位。"江汉朝宗于海"(《尚书·禹贡》)、"沔彼流水,朝宗于海"(《诗经·小雅·沔水》)的经典表述,都体现了对海近乎宗教式的尊仰。

海也被借指知识和学问,故"学海"也是"海"的重要含义之一。赵翼"学海迷茫未有涯,何来捷径指褒斜"(《瓯北集》卷三十五《上元后三日芷堂过访荦堂……》)的诗句,谈到了身处至大无边、包蕴无穷之"学海"中特有的"迷茫",这或许也正是古今"蠡海"者共同的体验吧!

中国海洋大学以海洋类学科见长,在海洋之地位日显重要的今日,可谓适逢良机,而作为一所综合性大学,补足人文学科发展的短板,也成为必须面对的课题。文、史为人文学科的核心内容,其典籍浩如烟海,名家代有其人,而我校文、史专业中断多年,近年来虽有较大改观,但与国内兄弟院校相比,仍有不少差距。这正是我们致力于"蠡海"之业,启动此《文丛》的初衷。非不知力之弱,愿以此为起点,日积月累,薪火相传,庶几可集腋而成裘,积"蠡"以测"海",为我校文史之兴,一尽绵力。"不积小流,无以成江海"(《荀子·劝学》),前贤高论,自当涵泳;"海纳百川,取则行远",八字校训,亦需铭记。愿与诸同仁,勉力前行,"蠡海"于万一。虽不能至,心向往之。

是为序。

2020 年 11 月 15 日草于青岛

目　录

《蠡海文丛》序/刘怀荣　1

第一辑　诗歌研究

论骆宾王诗　3
　一、贞观诗的特点及其对"四杰"的影响　3
　二、骆宾王诗歌情感内涵的新变　10
　三、骆宾王诗歌的艺术创新及其内在矛盾　17
　四、骆宾王对唐诗发展的独特贡献　27

"破体为文"与别情诗的新突破
　——以李颀《送陈章甫》为例　37
　一、道神祭祀与别情诗抒情模式的定型　38
　二、几个应辨析的问题　40
　三、《送陈章甫》所表达的别情　44
　四、破体为文与《送陈章甫》的艺术突破　46

论顾况诗歌"以小说为诗"的艺术创新　50
　一、顾况小说与诗歌审美的共性　51
　二、故事性题材的诗化表现　54
　三、诗歌叙事中的虚构和想象　56
　四、诗歌叙事中的因果报应情节　60

五、诗歌用事中的杂史小说要素　　　　　　　　　　63

论顾况诗歌的主观化特性　　　　　　　　　　　　　78
　　一、自我指称的情绪化呈现　　　　　　　　　　　79
　　二、身世之感的破规范叙写　　　　　　　　　　　82
　　三、个体体验的超现实表达　　　　　　　　　　　87

刘禹锡、白居易"扬州唱和"及其文学史意义　　　　94
　　一、刘白早年的唱和与交情　　　　　　　　　　　95
　　二、刘白对"二十三年"的不同感受　　　　　　　97
　　三、从"闻笛之悲"看"病树""沉舟"　　　　100
　　四、"扬州初逢"及唱和的文学史意义　　　　　102

论孟郊诗歌的身体书写　　　　　　　　　　　　107
　　一、由自我到外物的身体观照　　　　　　　　　107
　　二、失意与衰颓交织的诗情　　　　　　　　　　112
　　三、求新求奇与冷硬劲峭　　　　　　　　　　　116
　　四、对诗歌发展的推进与影响　　　　　　　　　121

韩愈诗歌的衰疾书写及其诗史意义　　　　　　　128
　　一、衰疾体验与题材拓展　　　　　　　　　　　129
　　二、从身心俱损到自我超越　　　　　　　　　　134
　　三、艺术表现的全新探索　　　　　　　　　　　139
　　四、衰疾书写的诗史意义　　　　　　　　　　　141

艺术创新与道统阐扬
　　——论《元和圣德诗》的典范价值　　　　　　148
　　一、诗歌创作背景及问题的提出　　　　　　　　149
　　二、"以丑为美"的思想动因　　　　　　　　　151

  三、"以文为诗"的表现策略 157
  四、尊经用典的价值取向 160
 结语 162

第二辑 诗人与诗学研究

试论杜甫的佛教信仰 167
  一、杜甫佛学信仰发展的历程 167
  二、佛学在杜甫思想中的地位 180
  三、杜甫佛学信仰的性质与宗派 182

"诗圣"的人格境界 186
  一、体验行路难 187
  二、内省与重建 194
  三、超越自我之路 200
  四、"腐儒"深情 210
  五、后人的再发现 218
  六、永恒的杜甫 224

骆宾王诗论评述 227
  一、推尊魏晋的诗歌史观 227
  二、"汰衷襟"的诗歌抒情论 231
  三、"心物契合"的审美理想 235

论盛唐气象的理论渊源 240
  一、盛唐气象研究的历史回顾 240
  二、严羽以气象论盛唐诗辨析 243
  三、盛唐气象与殷璠之关联 245

论殷璠"兴象"说 — 249
- 一、兴象：民族诗美理想的理论升华 — 250
- 二、"趣远情深"：兴象的审美内涵 — 253
- 三、兴象与"神来、气来、情来" — 257

第三辑　诗歌与文化研究

才人灵心的诗性呈现
——《唐代文人心态史》序 — 265
- 一、文人心态与文学史研究的异同 — 265
- 二、唐代文人心态研究的现状和价值 — 267
- 三、唐代文人独特的"感受性" — 269
- 四、唐代文人心态研究的当代资鉴意义 — 270

从魏晋风度到盛唐精神
——以仕隐观的演变为核心 — 273
- 一、传统仕隐观的新变与魏晋风度之关联 — 273
- 二、魏晋以后关于仕隐问题的理论探索 — 277
- 三、出处同归与盛唐精神 — 282
- 四、"出处同归"理想实现的原因 — 294

从魏晋风度到盛唐精神
——以文人个性和玄儒关系的演变为核心 — 297
- 一、"魏晋风度"向"盛唐精神"过度的前提 — 297
- 二、个性舒张的狂行与侠思 — 299
- 三、穷且益坚的豪情与远志 — 303
- 四、自然适意与心灵需求的多样化 — 306

唐才子笔下的诗意上元 　311
　一、盛饰灯影会,永以为常式 　311
　二、新正圆月夜,尤重看灯时 　313
　三、陈良夜之欢,发乘春之藻 　316

"脱略身外事,交游天下才"
　——盛唐诗人的"友道"观 　320

"元白"的绝世情谊 　326
　一、无波古井水,有节秋竹竿 　326
　二、酬答朝妨食,披寻夜废眠 　329
　三、长夜君先去,残年我几何 　332

第四辑　学术史研究

唐代别情诗与祖饯活动研究述评 　337
　一、关于唐代别情诗的研究 　338
　二、关于初唐别情诗的研究 　343
　三、关于祖饯活动及其与别情诗关系的研究 　345

二十世纪以来王维与道家思想研究述略 　350
　一、王维诗歌与道家思想研究 　351
　二、王维思想与道家思想的关系研究 　354
　三、关于王维"亦官亦隐"的研究 　358
　四、王维隐逸诗歌研究 　361

后记 　365

第一辑 诗歌研究

论骆宾王诗*

在"四杰"登上文坛之前,唐诗已有了五十多年的发展历史。这几十年的诗歌创作虽说主要还是"沿江左余风"①,但是它绝不是对齐、梁、陈、隋诗歌原封不动地照搬,而是在承袭的过程中有所取舍的。这种取舍,已经开始给诗歌注入了唐人的新精神。《全唐诗》编者在太宗小传中说:"有唐三百年风雅之盛,帝实有以启之焉。"②其实,这种开启之功是由太宗和贞观诗人共同完成的。从诗歌发展的角度来看,没有贞观诗,也就不会有"四杰"的变革③;从研究的角度来看,不了解贞观诗,对于"四杰"变革诗风的实际内容就很难有一个准确而具体的把握。近代以来,"四杰"的变革之功得到学术界的普遍肯定,但是对于贞观诗,或置而不论,或予以简单的否定。这种做法不仅与贞观诗的实际不相合,也使"四杰"乃至初唐文学研究中,出现了一些脱离实际的看法。如只看到"四杰"与贞观诗的对立,强调"四杰"反对浮靡文风的一面,而忽视其继承的关系。因此,本文论骆宾王诗歌,先从贞观诗谈起。

一、贞观诗的特点及其对"四杰"的影响

贞观时期的诗歌创作有其独特的背景和展开方式。概言之,它是唐王朝立国之初以唐太宗为中心,以歌颂帝国、应酬遣兴为主要内容,在君

---

* 本文为笔者硕士学位论文《骆宾王研究》中的一节,完成于1987年,部分细节有修改。
① 《新唐书》卷二百一《文艺上》,中华书局2013年,第5725页。
② 《全唐诗》卷一,中华书局1999年版,第1页。
③ 武德仅九年,武德诗人的主要创作活动也多延续到贞观年间。为论述方便,本文将武德至贞观年间的诗歌统称为贞观诗。

臣或朝臣之间展开的诗歌创作活动,它的题材基本不出宫廷、宴集的范围①,它的特点主要表现在以下几个方面。

其一,以颂扬帝国和帝王为最基本的主题,以能否体现颂美箴规、有益于王政教化为衡量诗作的思想标准。唐太宗《帝京篇序》所谓"皆节之于中和,不系之于淫放"②,唐初史学家将齐、梁诗文视为"亡国之音",都是这种标准的理论体现。与齐梁时期沉迷于艳情、思想浅薄的诗风相比,这无疑是一种变革,是适应大唐帝国新政的必然选择。它的积极意义在于使诗歌摆脱了齐、梁诗的肤浅无聊,从雅正、中和的角度,迈出了唐诗变革重要的一步。在这个意义上说,"初唐四杰"正是步武贞观诗人前进的。但是,推崇"雅音",排斥"郑声",从政教出发的传统文学观念,又限制了诗歌的发展。因而代替齐、梁诗的只能是千人一面、呆板而缺乏个性的歌功颂德之作。这也正是抒个人情怀、发不平之气的"四杰"诗歌引起当时诗坛关注的前提背景。

其二,贞观诗人虽然能凭借新生政权的生机,在思想上超越格调不高的齐梁诗,但是由于他们比六朝诗人受到封建正统观念的束缚更多,在诗体的选择上和诗歌题材的表现上,又表现出倒退的倾向。与齐梁诗人相比,贞观诗歌有将近一半是齐梁时代盛行的应制诗、咏物诗及一些宴集同赋之作。在梁代就已大量涌现的七言诗,此时反而被冷落。为齐梁人普遍采用的拟乐府题材也比较少见。因此,就诗歌题材的发展和对诗体的改进上来说,他们并不比齐梁诗人高明多少。这也只有到了"四杰",才有可能取得真正的突破和超越。

其三,从追求辞藻的华艳来说,贞观诗人与齐梁诗人并无质的差别。这似乎与贞观君臣痛砭齐梁之风,反对"释实求华,以人从欲,乱于大道"③的观点有点矛盾,实际上并非如此。当他们从政治得失出发时,视绮丽文风为亡国之音,但当他们从文学本身出发时,否定的主要是齐梁诗

---

① 传统的看法认为贞观诗也是宫体诗,事实上二者是有本质区别的。因此本文不用"宫体"的名称。
② 《全唐诗》卷一,第1页。
③ 《全唐诗》卷一,第1页。

浅薄的内容,而并不否定丽辞。唐太宗就曾称赞陆机"文藻宏丽,独步当时;言论慷慨,冠乎终古。高词迥映,如朗月之悬光;叠意回舒,若重岩之积秀……故足远超枚、马,高蹑王、刘,百代文宗,一人而已"①,这几乎是古今对陆机最高的评价。究其实,太宗的诗歌标准重在"文藻宏丽"。魏徵等人在指责"亡国之音"的同时,也肯定江淹、沈约等人,"缛彩郁于云霞,逸响振于金石。英华秀发,波澜浩荡,笔有余力,词无竭源"②。理论如此,创作实践中也以丽藻为尚。令狐德棻等六人有同赋之作《冬日宴于庶子宅各赋一字》,封行高诗中说:"雅引发清音,丽藻穷雕饰。"③刘孝孙诗中称:"清文振笔妙,高论写言泉。"④至于《北堂书钞》《艺文类聚》等一大堆类书的编撰,更能说明初唐人对丽辞的追求。因此闻一多先生以"被学术同化"⑤来概括这一时期的文学。

贞观诗人对文学语言的这种认识和实践,不仅使他们的一些富有时代内容的诗作,也仅能做到典丽而难以表现出刚健的风格,而且流风所及,也使"上官体"在高宗时期得以盛行一时,甚至在"四杰"作品中仍可看到这种时代风尚的影子。当然,"四杰"变革文风的不彻底,在很大程度上,与这种时风也不是没有关系。这种文质关系的偏向一直要到初唐末、盛唐初才能开始得到彻底调整。

其四,这时期贞观诗人追步齐梁的作品中,也并非毫无可以借鉴之处。这一方面是因为六朝诗也有值得学习的地方,没有六朝的声律理论及实践,没有六朝诗人积累的艺术技巧,也就不会有唐诗。另一方面,事物总是一分为二的,由于应制、同赋之作在内容、立意上无个别差别,难以见出高下,这就使贞观诗人除了在典故和辞藻方面努力外,也注意到了诗歌的艺术技巧。而应制、同赋之作大多以写景为主,因此他们对技巧的追求也主要表现在描写景物方面。其特点有二:

一是在写景诗作中,往往以情结景。一般是诗歌前面部分以铺排景

---

① 《晋书》卷五十四《陆机传论》,中华书局2012年版,第1487页。
② 《隋书》卷七十六《文学传序》,中华书局2011年版,第1730页。
③ 《全唐诗》卷三十三,第450页。
④ 《全唐诗》卷三十三,第454页。
⑤ 闻一多《唐诗杂论 类书与诗》,中华书局1959年版。

物为主，至末二句以抒写个人情怀收住。如袁朗的《秋日应诏》：

> 玉树凉风举，金塘细草萎。叶落商飙观，鸿归明月池。迎寒桂酒熟，含露菊花垂。一奉章台宴，千秋长愿斯。①

其他诗人所作也大致如此，其末尾大多表达对帝国和帝王的祝愿和忠诚。如杨师道《奉和夏日晚景应诏》，全诗十四句，前十一句写景，末二句云："幸属无为日，欢娱尚未央。"②许敬宗《奉和秋暮言志应制》，全诗十句，前八句写景，末二句云："圣敬韬前哲，先天谅不违。"③虽然这类以情结景的诗歌仍旧显示不出个性差别。但是它和一般的写景之作共同为律诗的最后定型提供了一种模式。方回评价王勃《游梵宇三觉寺》说："唐律诗之初，前六句叙景物，末后二句以情致缴之。"④这一特点很明显是贞观写景诗的进一步发展。

二是有些诗作中也不乏成功的景物描写。如虞世南的《侍宴应诏赋韵得前字》中四句写景："横空一鸟度，照水百花然。绿野明斜日，青山澹晚烟。"⑤全不用典，淡笔勾勒，很有情韵。又如上官仪《奉和山夜临秋》后四句："云飞送断雁，月上净疏林。滴沥露枝响，空濛烟壑深。"⑥写景历历在目，用词省净，与他"绮错婉媚"的作风颇不相同。

这种比较清新的写景片断与后来的诗作相去不远，但在当时，少有完篇，情景融合之作更少，不过它至少可以说明贞观诗人已经在吸取六朝人写景的成功经验了。到了"四杰"，这种借鉴就更为自觉了。

以太宗为中心的上层诗人的宴集诗、宫廷诗，无疑是贞观诗歌创作的主潮。在这一主潮之外，有两类诗歌即边塞诗和都城诗，在当时最富有时代色彩，对"四杰"诗歌创作的影响也最大。

---

① 《全唐诗》卷三十，第 432 页。
② 《全唐诗》卷三十，第 461 页。
③ 《全唐诗》卷三十，第 466 页。
④ [元]方回《瀛奎律髓》卷四十七，上海古籍出版社 1993 年版，第 505 页。
⑤ 《全唐诗》卷三十，第 477 页。
⑥ 《全唐诗》卷三十，第 511 页。

常见于六朝诗人笔下的拟乐府体边塞游侠题材,是贞观诗人创作中最富有生气的一个方面。表现这一题材的诗作数量不多,约有十几首。作者可以虞世南、陈子良为代表。虞世南有五首写边塞题材的拟乐府诗,都能凭丰富的想象写出边塞的苍凉景色,表现出一种刚健的气势。如《出塞》:

上将三略远,元戎九命尊。缅怀古人节,思酬明主恩。山西多勇气,塞北有游魂。扬桴上陇坂,勒骑下平原。誓将绝沙漠,悠然去玉门。轻赉不遑舍,惊策骛戎轩。凛凛边风急,萧萧征马烦。雪暗天山道,冰塞交河源。雾锋黯无色,霜旗冻不翻。耿介倚长剑,日落风尘昏。①

诗中主人公那种"思酬明主恩"的意气和"耿介倚长剑"的气度,俨然是盛唐边塞诗的先声。虞世南的其他几首边塞诗,也都表现了类似的主题。如《拟饮马长城窟》曰:"前逢锦车使,都护在楼兰。"②为王维"萧关逢候骑,都护在燕然"所本;《出塞》中的"霜旗冻不翻",为岑参《白雪歌送武判官归京》"风掣红旗冻不翻"所本;《从军行》其一曰:"剑寒花不落,弓晓月逾明。"③写景状物亦可与"霜旗冻不翻"媲美;《结客少年场》有:"轻生殉知己,非是为身谋。"④表现豪侠之士"倜傥遗声利"的奇节,都很有特色。其他,如王宠的《从军行》表现了"从来战斗不求勋,杀身为君君不闻"⑤的悲慨壮烈;窦威的《出塞曲》、杨师道的《陇头水》、孔绍安的《结客少年场行》,也都写得较有气势。

贞观年间,对外战争频繁,这些诗作虽以拟乐府的形式出现,其中是有一定的现实因素的,与梁陈作者纯粹的拟乐府已有所区别。"四杰"特别是骆宾王的边塞诗正是在贞观边塞诗的基础上进一步发展的。尤其是

---

① 《全唐诗》卷三十,第474页。
② 《全唐诗》卷三十,第474页。
③ 《全唐诗》卷三十,第473页。
④ 《全唐诗》卷三十,第474页。
⑤ 《文苑英华》卷一百九十九,中华书局1966年版,第984b页。按《全唐诗》卷三十作"王宏"诗,误。

陈子良《于塞北春日思归》和《送别》二诗,最早丢开了乐府旧题而依诗歌内容标题创作。这种方式对于骆宾王边塞诗的影响更为明显。

贞观诗人描写京都的诗作,数量虽少,对后来诗歌的发展却有着独特的影响。这类诗歌或以怀古的面目出现,或直接描写唐都长安。前者有李百药的《邺城怀古》《赋得魏都》、凌敬(《全唐诗》误作"陆敬")的《游隋故都》、王绩的《过汉故城》、褚亮的《赋得蜀都》、虞世南的《赋得吴都》,后者有唐太宗的《帝京篇》十首、袁朗的《和洗掾登城南坂望京邑》、郑世翼的《登北邙还望京洛》。从其所表现的内容着眼,三首赋得体又可归入第二类中。因此第一类主要是描写古都城的盛衰,含有感叹世事兴变,总结历史经验的意味。如王绩诗,先写汉王朝的兴盛,极力铺排其"规模穷栋宇,表里浚城隍"的"赫隆"气派,再写其衰亡,极力渲染"余基不可识,古墓列成行"的荒凉冷落。李百药诗在结构上与此相关,凌敬诗以隋之衰亡开头,继而描写唐王朝的兴起。三诗的基本精神却是一致的,即都是以一种理性的目光来审视历史,具有批判现实的精神。

第二类诗比较复杂一些,袁朗和郑世翼诗都写了京城的繁华与公侯的显赫,感叹自我遭遇,但他们的态度并不相同,一则热心向往,自信死灰终将复燃;一则甘于寂寞,以自己的孤直傲视王侯。三首赋得体,除铺叙京都的气势外,别无深意;太宗诗则写了帝京的壮丽,表现了他自己生活的各个方面,流露出接受历史教训,"虚心戒盈荡,奉天竭诚敬"的思想。

可以看出,这时期都城诗的共同特点是极力铺张历代京都的壮丽、雄奇,表现帝王将相的活动。而以冷峻的思考从历史兴亡中得出理性的结论,则是它最引人注目之处。

贞观诗人的京都之作,除王绩诗外,在艺术上并没有多少创新,但它至少在两个方面对"四杰"的创作发生了影响:

其一,这类诗大多篇幅较长,如王绩诗48句,袁朗诗48句,凌敬诗32句,郑世翼诗22句,这在当时所有诗作中,也是比较独特的一种现象。其原因乃是由于它使用了赋的手法,对京都进行铺叙。"四杰"七言歌行在结构规模和表现手法上,虽更多地受命于六朝的七言歌行,但在描写京城这一点上,却不能排除它与贞观都城诗的关系。从这个意义上说,它显然是这种五言京都诗从句式到题材内容的进一步扩展。

其二,这类诗所表现的那种繁华难常、历数有尽的思想,特别是郑世翼诗中以个人品德否认王侯尊贵的思想,正是"四杰"长篇歌行的灵魂所在,也是他们全部创作中最有光彩的一面。其间的发展,正体现了唐代诗人思想的逐渐成熟和时代精神的日益鲜明。而郑世翼与"四杰"在思想认识上的这种共鸣,恐怕与他们才高位下、"憔悴于圣明之代"的共同遭遇是分不开的。《旧唐诗》本传说他:"弱冠有盛名,武德中,历万年丞、扬州录事参军……贞观中坐怨谤,配流巂州,卒。"①人生经历与"四杰"颇为相似。郑世翼与"四杰"的出现,预示着整个诗坛上,诗人队伍已开始发生变化,贞观时期笼罩诗坛的以颂美为主的"雅音",只有在这些下层诗人的手中才有可能变为有思想、有生气的抒情文学。

在贞观诗坛的主潮之外,王绩是一位独树一帜的诗人。在他五十多首诗中抒情言志之作几乎占到一半以上。他的诗大多有感而发,能够抒写自我胸襟和怀抱,有些诗作表现了抨世讥时的思想,而且语言洗尽铅华,风格平易浅近。在整个贞观诗人中,他对"四杰"的影响是最大的。

马克思说过:"人们自己创造自己的历史,但是他们并不是随心所欲地创造,并不是在他们自己选定的条件下创造,而是在直接碰到的、既定的、从过去承继下来的条件下创造。"②"四杰"所面临的"既定的"条件,除了齐梁诗之外,更直接的就是贞观诗。由于贞观诗在承袭齐梁余风的同时,已经或多或少地有了某些变化,已经表现了某些新的思想,发展了某些题材,积累了一定的艺术技巧,因此,"四杰"正是继承了贞观诗人的创作成果,并作了新的发展,同时又对贞观诗人没有涉足或很少涉足的其他领域作了大胆的探索和实践,才初步打开了唐诗的新局面。就骆宾王而言,他不仅有自己独特的诗学观③,在诗歌情感内涵和艺术表现方面也有明显的创新,因而能够对唐诗的发展作出自己独特的贡献。

---

① 《旧唐书》卷一百九十上《文苑传·郑世翼传》,中华书局1975年版,第4988—4989页。
② 马克思《路易·波拿巴的雾月十八日》,《马克思恩格斯全集》第八卷,人民出版社1972年版,第121页。
③ 对这一问题的讨论,见本书第二辑《骆宾王诗论评述》一文。

二、骆宾王诗歌情感内涵的新变

骆宾王坎坷的生活经历,无意中却成就了他的文学创作。他的诗歌在贞观诗的基础上进一步开拓了题材,不仅对边塞诗、都城诗、咏物诗都有卓有成效的发展,而且使诗歌从吟风弄月、歌功颂德的工具,开始变为表现自我感受和自己情怀的抒情文学。基本上突破了贞观诗以颂美为主的狭小天地,使诗歌走进了真实的社会人生。在他现存的一百三十多首诗歌中,抒情诗和以抒情为主的诗歌几乎占到百分之七十。因此,抒情性是骆宾王诗歌的重要特征,他的全部诗歌,皆以不平之气为基调,以不平之气、高昂之志和真挚之情为主要内涵,通过自我情感的抒发,表现了较为丰富的社会内容,为他在诗歌史上赢得了一席之地。

骆宾王一生沉迹下僚,坎坷多难,又多次受到打击陷害,理想一次次破灭,希望一次次落空,那种"有志不获骋"与才华不被赏识的痛苦,那种对现实黑暗的激愤,那种光阴流逝、人生无几的悲叹,终其一生,时时在他心底盘旋着,回荡着,使他永不得安宁。他以诗歌"取代幽忧"(《在狱咏蝉》序),排遣苦闷。在他的全部诗作中,抒写不平之气,就成为一条贯穿始终的主线,成为他自我情感的基调。

骆宾王求仕时期,长时间处于困顿失意之中,而且终其一生,不遇的愤懑与悲哀时时回荡于心中。一方面是"一顾重风云,三冬足文史"(《在江南赠宋五之问》)①的自负,一方面却是"天子不见知,群公讵相识"(《夏日游德州赠高四》)②的遭遇;一方面向往着在安邦济世的大业中一展才华,一方面却"自惟安直道,守拙忌因人"(《春日离长安客中言怀》)③,不屑于屈节求荣。对于这种"才"与"用"、"志"与"节"的矛盾,诗人表现了深深的悲哀:"当歌应破涕,哀命返穷愁。"(《秋日送别》)④ "富

---

① [唐] 骆宾王著,[清] 陈熙晋《骆临海集笺注》,上海古籍出版社 1985 年版,第 30 页。
② [唐] 骆宾王著,[清] 陈熙晋《骆临海集笺注》,第 20 页。
③ [唐] 骆宾王著,[清] 陈熙晋《骆临海集笺注》,第 84 页。
④ [唐] 骆宾王著,[清] 陈熙晋《骆临海集笺注》,第 100 页。

钩徒有想,贫铗为谁弹。"(《寒夜独坐游子多怀简知己》)①他认为自己之所以不被赏识,是因为时命不佳,"故材用与不用,时也"(《浮槎》诗序)②。表面看来,他这种认识似乎不够深刻。但是,从他对时俗的种种指责中,我们还是不难看出他对当时社会浪费、埋没人才的愤懑与不平:"莫言无皓齿,时俗薄朱颜。"(《途中有怀》)③"谁惜长沙傅,独负洛阳才。"(《帝京篇》)④这样沉痛、激烈的歌唱,齐梁以来,大约只有鲍照可以与之相匹。

骆宾王的"不平之气",在他受打击、被迫害时表现得尤为强烈。《狱中书情通简知己》一诗,最能表现出诗人在这种特定遭遇中的痛苦与不平。全诗十八韵,后七韵说:

> 覆盆徒望日,蛰户未惊雷。霜歇兰犹败,风多木屡摧。地幽蚕室闭,门静雀罗开。自悯秦冤痛,谁怜楚奏哀。汉阳穷鸟客,梁甫卧龙才。有气还冲斗,无时会凿坏。莫言韩长孺,长作不然灰。⑤

骆宾王早年诗作就表现过"汲冢宁详蠹,秦牢讵辨冤"(《早秋出塞寄东台详正学士》)⑥的痛苦,此诗自称"绝缣非易辨,疑璧果难裁"(《狱申书情通简知己》)⑦,抒写的也是这种是非难辨,蒙冤受屈的痛苦。他说自己被诬是由于"骢马刑章峻,苍鹰狱吏猜"。当时高宗多病,政事多出武后,《通典》"职官典"载:"武太后时,刑狱滋彰,凡二台御史,多苛刻无恩,以诛暴为事,猜阻倾夺,更相陵构,此其为弊也。"⑧因此,骆宾王所谓"苍鹰狱吏猜"是实有所指的。这在《畴昔篇》中说得更为明确:"慎罚宁凭两

---

① [唐]骆宾王著,[清]陈熙晋《骆临海集笺注》,第97页。
② [唐]骆宾王著,[清]陈熙晋《骆临海集笺注》,第77页。
③ [唐]骆宾王著,[清]陈熙晋《骆临海集笺注》,第55页。
④ [唐]骆宾王著,[清]陈熙晋《骆临海集笺注》,第14页。
⑤ [唐]骆宾王著,[清]陈熙晋《骆临海集笺注》,第156—157页。
⑥ [唐]骆宾王著,[清]陈熙晋《骆临海集笺注》,第116页。
⑦ [唐]骆宾王著,[清]陈熙晋《骆临海集笺注》,第155页。
⑧ [唐]杜佑撰,王文锦等点校,《通典》卷二十四《职官六·侍御史》,中华书局2016年版,第667页。

造辞,严科直挂三章律。邹衍含悲系燕狱,李斯抱怨拘秦桎。不应白发顿成丝,直为黄沙暗如漆。"①纵观齐梁以至初唐诗歌,像这样长歌痛斥现实黑暗的作品实在并不多见。"四杰"中的其他几人,只有卢照邻在《穷鱼赋》中以"长舌利嘴,曳纶争钩"②,勾画了诬人的"群小"形象,表现了自己的轻蔑。王、杨二人由于生活经历所限,并无此种思想深刻之作。骆宾王对现实所作的这种深刻批判,在当时的诗歌创作中有其独特的思想价值。

　　与揭露现实黑暗相一致,骆宾王对世情冷暖的感受也是十分深刻的。他在《帝京篇》中沉痛地写道:"黄金销铄素丝变,一贵一贱交情见。红颜宿昔白头新,脱粟布衣轻故人。故人有湮沦,新知无意气……"③骆宾王年轻时曾倾慕英侠,他对朋友总是意气相许,以诚相待,如他与高四一见如故,"缔交君赠缟,投分我忘筌。成风郢匠斫,流水伯牙弦"(《夏日游德州赠高四》)④。与孔君"欣然相遇若旧""倾盖金兰合,忘筌玉叶开"(《游兖郡逢孔君自卫来欣然相遇若旧》)⑤。然而,一次次"生死交情异"(《宪台出絷寒夜有怀》)的事实,一次次"畴昔交朋已疏索"(《畴昔篇》)的教训,使他对自己动辄意气相许的侠义行为也逐渐有了更为深刻的认识。作于晚年的《咏怀》诗中就说:"少年识事浅,不知交道难。一言芳若桂,四海臭如兰。……悲调弦中急,穷愁醉里宽。莫将流水引,空向俗人弹。"⑥这真是会尽世事之语。诗人从世态的炎凉中终于认识到,英侠意气是不可施之于那些"俗人"的。

　　骆宾王又往往通过对自我的肯定来表现被诬的痛苦,以反衬出现实的黑暗与不公平:"惟有贞心在,独映寒潭清。"(《早发淮口回望盱眙》)⑦"离心何以赠,自有玉壶冰。"(《别李峤得胜字》)⑧"无人信高洁,谁为表

---

① [唐]骆宾王著,[清]陈熙晋《骆临海集笺注》,第173—174页。
② 徐明霞点校《卢照邻集 杨炯集》,中华书局1980年版,第3页。
③ [唐]骆宾王著,[清]陈熙晋《骆临海集笺注》,第14页。
④ [唐]骆宾王著,[清]陈熙晋《骆临海集笺注》,第21—22页。
⑤ [唐]骆宾王著,[清]陈熙晋《骆临海集笺注》,第43页。
⑥ [唐]骆宾王著,[清]陈熙晋《骆临海集笺注》,第189页。
⑦ [唐]骆宾王著,[清]陈熙晋《骆临海集笺注》,第182页。
⑧ [唐]骆宾王著,[清]陈熙晋《骆临海集笺注》,第85页。

予心。"(《在狱咏蝉》)①鲁迅先生曾经说过,悲剧就是将美好的事物毁灭给人看,骆宾王在表现自我美德的同时,实际上也向人们展示出一种悲剧,一种现实中人为的悲剧。在这悲剧的后面,蕴含的正是诗人对制造悲剧的人与社会的痛恨与不平。

这种激烈的情感有时又淡化为出世的妙想。个人的抗争与愤怒既然无济于事,那么,"不如从四皓,丘中鸣一弦"(《秋日山行简梁大官》)②。这样,还可能"一遭樊笼累,惟余松桂心"(《夏日游山家同夏少府》)③。诗人的著名长诗《畴昔篇》就以"谁能踢迹依三辅,会就商山访四翁"④来结束全篇,由积极的进取转为飘然出世的妙想,这种情感的逆向反转,又从另一个角度反映出诗人愤愤不平而又无可奈何的深层心理。因为时代向上的精神使诗人绝不会甘心于寂寞无闻、老死林泉,他出世的玄想不过是在极度愤懑不平的情况下,维持心理平衡的一种手段而已。

抒写无成的苦闷,是骆宾王不平之气的又一种表现方法。胸怀着高远之志,却总是不得意,总是受挫折。岁月就这样无声无息地流逝了,诗人无成的苦闷却随着年齿的增长同白发一并滋生。在他出塞以后的诗作中,这种苦闷,表现得更为明显。《于紫云观赠道士》一诗中,他就对这位道士朋友感叹:"只应倾玉醴,时许寄颓颜。"⑤想借生理的麻醉,求得暂时的心理麻木。在写给友人员半千的诗作中,他对员半千的遭遇寄予深切的同情,发出了"斯志良难已,此道岂徒然。嗟为刀笔吏,耻从绳墨牵"(《叙寄员半千》)⑥的深沉呼喊。甚至在给别人写的挽诗中,也表现出这种身世之感,"可叹浮生促,吁嗟此路难"(《乐大夫挽歌诗五首》其一)⑦。

即使在诗人情绪最为饱满,意气最为昂扬的从军时期。这种苦闷也常常侵扰着他的心灵。他本是抱着美妙的幻想走向边关的。可出塞之后

---

① [唐]骆宾王著,[清]陈熙晋《骆临海集笺注》,第160页。
② [唐]骆宾王著,[清]陈熙晋《骆临海集笺注》,第60页。
③ [唐]骆宾王著,[清]陈熙晋《骆临海集笺注》,第61页。
④ [唐]骆宾王著,[清]陈熙晋《骆临海集笺注》,第175页。
⑤ [唐]骆宾王著,[清]陈熙晋《骆临海集笺注》,第54页。
⑥ [唐]骆宾王著,[清]陈熙晋《骆临海集笺注》,第100页。
⑦ [唐]骆宾王著,[清]陈熙晋《骆临海集笺注》,第101页。

的情况却一直是"献凯多惭霍,论封几谢班"。他所得到的不过是"风尘催白首,岁月损红颜"(《在军中赠先还知己》)①的伤感,"结网空知羡,图荣岂自诬"的困惑和"春去容华尽,年来岁月无"(《久戍边城有怀京邑》)②的老大无成而已。因此,在他最昂扬的调子里,也总是夹杂着沉重的感慨。《从军中行路难》一诗,表现从军的艰辛和"重义轻生怀一顾"的豪迈,却仍然情不自禁地发出"夜夜朝朝斑鬓新,年年岁岁戎衣故"③的长叹。

如果说从军时期骆宾王还是怀着希望,为功业无成而悲伤,在他被贬之后,无成的苦闷则几乎占据了他的整个心灵,而与此相伴的已不是绿色的幻想,而是一种绝望的愤激了。《久客临海有怀》诗中写道:

云涯非日观,地岊望星楼。练光摇乱马,剑气上连牛。草湿姑苏夕,叶下洞庭秋。欲知凄断意,江上步安流。④

这里的"凄断意"可以看作是诗人一生中种种苦闷、愤慨和悲伤的总汇,是他不平之气的累积,那是难以用语言来表达的。

骆宾王一生失意,一生不平,但他却始终痴心不改,壮志难移,因此,表现报国酬君,建功立业的高昂之志,也是他的诗歌抒情内容的一个重要方面。

生活于那个一介布衣可以靠才学文章平步青云、出将入相的时代,功成名就的贵现诗人们可以无动于衷,出身于下层的骆宾王则不然。时代的感召,足以使他迸发出火一样的激情,一往无前地去为自己的命运奋争;时代高视阔步的气度,又足以滋养他的远大之志,给他以更宽广的胸襟。而过人的才华、豪纵的性格,又赋予他极度的自信。"言谢垂钩隐,来参负鼎职"(《夏日游德州赠高四》)⑤,我们只要看一看他是怀着怎样的

---

① [唐]骆宾王著,[清]陈熙晋《骆临海集笺注》,第128页。
② [唐]骆宾王著,[清]陈熙晋《骆临海集笺注》,第133页。
③ [唐]骆宾王著,[清]陈熙晋《骆临海集笺注》,第139页。
④ [唐]骆宾王著,[清]陈熙晋《骆临海集笺注》,第182页。
⑤ [唐]骆宾王著,[清]陈熙晋《骆临海集笺注》,第20页。

心态走向仕途,便不难想象他有怎样的非凡抱负。然而,早年长久的不遇,像一片低垂的阴云压在他的心头,使他难以放开嗓门为自己的壮志高歌一鸣。而当边塞的热血将这心头的阴云冲掉,希望之日又从地平线冉冉升起时,诗人终于唱出了一曲曲关于"功业梦"的执着、高亢的壮歌。

> 为国坚诚款,捐躯忘贱贫。勒功思比宪,决策暗欺陈。(《咏怀古意上裴侍郎》)①
> 投笔怀班业,临戎想霍勋。还应雪汉耻,持此报明君。(《宿温城望军营》)②
> 平生一顾重,意气溢三军。野日分戈影,天星合剑文。弓弦抱汉月,马足践胡尘。不求生入塞,唯当死报君。(《从军行》)③

这是何等慷慨的情怀,何等高远的志向。个人的功名心与报国之志紧紧融合在一起,弹奏出一支激昂、自信而又悲壮的曲调,它既不同于齐梁文人缺乏理想的吟风弄风之情,也与贞观诗人所表现的那种没有激情的对唐王朝诚惶诚恐的忠诚有着天壤之别。它将对国家安危和民族荣辱的关注与自我建功立业的激情融为一体,为诗歌注入了全新的生气。骆宾王的诗歌也因此在牢骚、愤怒与不平之外,有了这般动人的调子。这种接近"建安风骨"的歌唱,本来应当为诗坛刮起一阵旋风,但理想破灭的层雾与阴影很快就又一次笼罩了诗人,从此,他的歌声里几乎再找不到这种热烈的音调。初唐诗坛虽然要等到陈子昂出现后,才能真正实现这一目标。但是,骆宾王这些"风骨"凛然的诗篇却是我们不能轻易忽略的。

现实生活的诸多不平,可以使诗人的情绪由高亢转为低沉。由热烈变为沉重,但它无法压制诗人对生活的热爱。表现人之常情、真情是骆宾王诗歌抒情内容的又一个方面。

---

① [唐]骆宾王著,[清]陈熙晋《骆临海集笺注》,第112页。
② [唐]骆宾王著,[清]陈熙晋《骆临海集笺注》,第176页。
③ [唐]骆宾王著,[清]陈熙晋《骆临海集笺注》,第113页。

骆宾王情义深笃,对生活、对人生怀着强烈的爱,他并非一味地愤怒、激昂,有不少作品也抒写了对朋友的思念,对故乡与亲人的眷恋,表现了真挚的人情美。如《于西京守岁》:"闲居寡言宴,独坐惨风尘。忽见严冬尽,方知列宿春。夜将寒色去,年共晓光新。耿耿他乡夕,无由展旧亲。"①于平淡中见出深情,与那些抒写不平之气的诗作相比,又自不同。又如《晚度天山有怀京邑》:"忽上天山望,依然想物华。云疑上苑叶,雪似御沟花。……旅思徒漂梗,归期未及瓜。宁知心断绝,夜夜泣胡笳。"②这种情感与诗人建功立业的雄心似乎是一种矛盾,但它给人的感觉却是真实有味的。骆宾王这类诗作,以表现友情的为最多,如《夏日夜忆张二》:

　　敧枕忧思深,拥膝独长吟。烹鲤无尺素,筌鱼劳寸心。疏麻空有折,芳桂湛无斟。广庭含夕气,闲宇澹虚阴。织虫垂夜砌,惊鸟栖暝林。灵娱百年促,羁病一生侵。讵堪孤月夜,流水入鸣琴。③

诗中写了对张二的思念,表现了他与张二的真挚的友情。又如《在兖州饯宋五之问》《寒夜独坐游子多怀简知己》《冬日过故人任处士书斋》等诗也都是这方面较有代表性的作品。

朋友相思送别之作,因所送者多为作者知友,写来往往言之有物,真情感人。因此与一般应酬之作有明显不同。这在齐梁以来的诗人那里就有明显的体现,当时赠别之作大多能以情动人,当时有成就的作家,也大多写过赠别诗。唐初的赠别诗也有一些可读之作。如褚亮《晚别乐记室彦》、崔信明《送金竟陵入蜀》等,但数量太少。只有到了"四杰",赠别诗才又开始显示出它的魅力。同骆宾王诗一样,王勃等人的作品中也有很大一部分是表现朋友意气之作,其中如王勃的《送杜少府之任蜀州》、杨炯《夜送赵纵》、卢照邻《西使兼送孟学士南游》及骆宾王《于易水送人》等

---

① [唐]骆宾王著,[清]陈熙晋《骆临海集笺注》,第54页。
② [唐]骆宾王著,[清]陈熙晋《骆临海集笺注》,第120页。
③ [唐]骆宾王著,[清]陈熙晋《骆临海集笺注》,第70—71页。

等,都是古今传诵的名作。至于盛唐以后,赠别之作中的名篇佳作更是比比皆是,这与当时士人游宦、应试、出使等特定的现实生活固然有关,不过继承六朝人的传统,大量创作表现人情美的赠别之作,则是从"四杰"开始的。骆宾王诗中有近一半为赠别之作,其中有不少表现了友朋间美好的情谊。

骆宾王诗歌表现人情美的另一个方面,是他对遭遇不幸的女子的深切同情和对纯洁爱情的礼赞。集中两首七言长篇——《艳情代郭氏赠卢照邻》和《代女道士王灵妃赠道士李荣》,都表现了这样的内容。前一首中的郭氏是卢照邻在蜀中的相好,二人"别日分明相约束",但一别之后,卢照邻杳无音信,郭氏不仅承受着相思的痛苦,又因孩子夭折,"悲鸣五里无人问,肠断三声谁为续"。处境十分凄凉,于是骆宾王代她写了这首赠卢照邻的长诗。后一首的本事与前一首大致相似,二诗对两位女子表示了深深的同情,前诗中"谁分迢迢经两岁,谁能脉脉待三秋"的强烈相思与后诗中"相知人意自相寻,果得深心共一心。一心一意无穷已,投漆投胶非足拟"的爱情观,使作品在思想上与齐梁文人把妇女作为玩弄对象的庸俗无聊判然分开。这又可看作是在贞观诗人摈弃浅薄空洞的艳情诗的基础上,对诗歌的进一步发展,是艳情诗向真正的爱情诗的递变。

综上所述,骆宾王在创作中实践了他重抒情和表现不平之气的文学思想,不平之气、昂扬之志和真挚之情,共同构成了他诗歌基本的情感内涵。其中,昂扬之志提升了情感的品位,真挚之情使诗歌具备了动人的质素,不平之气则强化了诗歌感发人心的力量。三者共同完成了对六朝诗歌的空虚和贞观诗歌的呆板的超越,在恢复了诗歌抒情的本来面目,使之初步具备骨力方面,取得了可观的成绩,并构成了骆宾王诗歌艺术创新的必要前提。

三、骆宾王诗歌的艺术创新及其内在矛盾

骆宾王处于诗歌发展由六朝到唐代的过渡时期。他的诗歌与六朝及

当时"骨气都尽,刚健不闻"①的上官体相比,有着本质的不同,显示了唐诗发展的方向;与后来成熟的唐诗相比,它又未能对六朝诗的不足作彻底的扬弃,存在着明显的不足。这种将新趋向和旧传统融于一身的二重性,使骆宾王诗歌突出地体现了唐诗发展之初期所特有的创新性和不成熟性。而创新与不成熟,都是由他诗歌自身的内在矛盾所决定的。

与骆宾王豪迈的性格相一致,他的诗歌也有豪迈劲健的风格特征。这种风格在他的边塞诗中表现得最为突出。从军边塞的选择,本来就是诗人炽烈的功名心和侠义肝胆的集中体现,塞外独特的风物节候、敌我交战的酷烈悲壮,更给了他一种慷慨激越的情感动力。因此,骆宾王的边塞之作往往表现出一种一往无前、势不可挡的气势和力量美。如《军中行路难同辛常伯作》一诗写唐军的声威:

君不见玉关尘色暗边庭,铜鞮杂虏寇长城。天子按剑征余勇,将军受脤事横行。七德龙韬开玉帐,千重龟垒动金钲。阴山苦雾埋高垒,交河孤月照连营。连营去去无穷极,拥旆遥遥过绝国。阵云朝结晦天山,寒沙夕涨迷疏勒。龙鳞水上开鱼贯,马首山前振雕翼。长驱万里詟祁连,分麾三令武功宣。百发乌号遥碎柳,七尺龙文迥照莲。②

不仅境界开阔,而且写出了千军万马长驱万里、动地而来的声势,给人尘烟滚滚、惊心动魄之感。又如《从军中行路难》诗也写道:

将军拥旄宣庙略,战士横戈静夷落。长驱一息背铜梁,直指三巴逾剑阁。③

二诗都生表现出风驰电掣的速度美和战无不胜的力量美。翁方纲说

---

① [唐]杨炯《王勃集序》,徐明霞点校《卢照邻集 杨炯集》,第36页。
② [唐]骆宾王著,[清]陈熙晋《骆临海集笺注》,第122—124页。
③ [唐]骆宾王著,[清]陈熙晋《骆临海集笺注》,第135页。

岑参的"边塞之作,奇气益出"①。骆宾王是唐代边塞诗的先驱,他的诗最早表现了这种"奇气"。它除了气势浩大、刚健有力之外,又表现为情感的昂扬、自信与胸襟的豁达。

唐代文人,尽管都怀着好奇之心,抱着不凡之志,向往着在边关烽烟中一试锋芒,但真正体验从军苦乐的人并不多,骆宾王可算是这方面的先驱之一。在《从军中行路难》中,他对从军的艰辛作了细致而真切的描写。"途危紫盖峰,路涩青泥坂""绝壁千重险,连山四望高"写道路的险峻;"川源饶毒雾,溪谷多淫雨""三春边地风光少,五月泸中瘴疠多"写气候的恶劣;"朝驱疲斥候,夕息倦樵歌"表现了尽日行军奔劳的辛苦。他尽管感慨"昔时闻道从军乐,今日方知行路难",但是面对这些困难,他并不退缩,他的情绪依然十分高昂。诗的结尾处写道:"绛节朱旗分日羽,丹心白刃酬明主。但令一被君王知,谁惮三边征战苦。"表现了坚定的信念,顽强无畏,乐观向上,具有阳刚之美。又如《边庭落日》中也写道:"壮志凌苍兕,精诚贯白虹。君恩如可报,龙剑有雌雄。"这种自我情感的高昂、自信,也使诗歌表现出一种刚健之气。

骆宾王生活的时代,唐王朝国力强盛,在对外战争中一般都处于主动地位。这种客观现实赋予一代文人豪迈自信的胸襟。因此,骆宾王边塞诗不仅在表现建功立业、克敌制胜时能体现出"轻生长慷慨,效死独殷勤"(《咏怀古意上裴侍郎》)②的豪迈气概,即使写乡思,也能大开大合,不同于一般的愁怨:"二庭归望断,万里客心愁。"(《夕次蒲类津》)③写边庭景物:"紫塞流沙北,黄图灞水东。一朝辞俎豆,万里逐沙蓬。"(《边庭落日》)④这种广阔无限的空间,与诗人开阔的胸襟、豪迈的气度互为表里,是六朝拟乐府边塞诗和初唐的台阁之作无法比拟的。

骆宾王擅长长篇,边塞诗之外,他的其他七言歌行和五言排律也多能表现出不同凡响的气势,具有规模宏大,一气贯注的特点。如《饯郑安阳

---

① [清]翁方纲《石洲诗话》卷一,郭绍虞编选《清诗话续编》(下),上海古籍出版社1983年版,第1368页。
② [唐]骆宾王著,[清]陈熙晋《骆临海集笺注》,第111页。
③ [唐]骆宾王著,[清]陈熙晋《骆临海集笺注》,第118页。
④ [唐]骆宾王著,[清]陈熙晋《骆临海集笺注》,第125页。

入蜀》：

> 彭山折坂外，井络少城隈。地是三巴俗，人非百里才。长途君怅望，歧路我徘徊。心赏风烟隔，容华岁月催。遥遥分凤野，去去转龙媒。遗锦非前邑，鸣琴即旧台。剑门千仞起，石路五丁开。海客乘槎渡，仙童驭竹回。形将离鹤远，思逐断猿哀。惟有双凫舄，飞去复飞来。①

全诗二十句，叙写蜀地风俗、胜迹，极铺张之能事，而将惜别之情，别后相思，于铺叙中传达出来，使铺叙与抒情紧紧结合在一起，胡应麟评为"流丽雄浑 独步一时"②。其根本原因就是作者有着真挚的感情，能够以情感的抒发统帅写景与用事。因此，不仅能将饯别之意写足，也能"饮真茹强"③，做到了气充力足，不同于一般的铺叙之作。

骆宾王的七言歌行，更多地吸取了汉大赋铺张扬厉的手法，"波澜浩大，雄丽恢宏"④。其气势与力量也远远超出了他的五言律诗。《畴昔篇》一诗，长达二百句，历叙自己大半生的坎坷经历，将一腔的不平凝注于笔底，写得"滔滔洪远"⑤，驰骋无阻。全诗任性使气，虽不免流露出失意无成的伤感，那种不屈于命运，不安于现状，并与之奋力抗争的豪迈之气却跃然纸上。

骆宾王的一些短作，也能以豪迈劲健取胜。如《送郑少府入辽共赋侠客远从戎》："边烽警榆塞，侠客度桑干。柳叶开银镝，桃花照玉鞍。满月临弓影，连星入剑端。不学燕丹客，徒歌易水寒。"⑥又如《于易水送人一

---

① [唐]骆宾王著，[清]陈熙晋《骆临海集笺注》，第 92 页。
② 胡应麟《诗薮·内编》卷四，上海古籍出版社 1958 年版，第 72 页。
③ [唐]司空图《二十四诗品·劲健》，[清]何文焕辑《历代诗话》(上)，中华书局 1981 年版，第 40 页。
④ 郑宾于《中国文学流变史》，上海北新书局 1936 年版，第 255 页。
⑤ [明]王世贞《艺苑卮言》卷四，丁福保辑《历代诗话续编》(中)，中华书局 1983 年版，第 1003 页。
⑥ [唐]骆宾王著，[清]陈熙晋《骆临海集笺注》，第 90—91 页。

绝》:"此地别燕丹,壮发上冲冠。昔时人已没,今日水犹寒。"①二诗都用了荆轲刺秦王的典故,命意虽有不同,对荆轲气贯长虹之胆气的推崇和敬仰却是共同的,都不愧是豪气满纸之作,特别是后一首,短短二十个字,在豪迈劲健中又表现出一种"大风卷水"②式的悲慨,更能感发人心。

骆宾王虽然在文学理论上还没有明确将建安风骨作为诗歌革新的准的,但他在创作实践中已经表现出了这一点。他的诗歌豪迈劲健的风格,实际上正是对建安文学的继承和发扬。

愤激不平之气是骆宾王全部诗歌的情感基调,由于这类情感几乎终生伴随着骆宾王,长久地郁积于他的心中,加之骆宾王少慕英侠,性格通脱,他的诗歌往往能够自由地抒写主观感受,有一吐为快、毫不掩饰的特点。他总是把自己的喜怒哀乐,径直呈现在读者面前,真正做到了"任情自然,绝去雕饰"③。因而他的诗歌具有疏野的风格特点,表现了质朴真率之美。

如他表现对功业的自信,自称:"勒功思比宪,决策暗欺陈。"(《咏怀古意上裴侍郎》)④"言谢垂钩隐,来参负鼎职。"(《夏日游德州赠高四》)⑤表现失意受挫的感叹,则说:"生涯无岁月,歧路有风尘。"(《春日离长安客中言怀》)⑥"数奇何以托,桃李自无言。"(《早秋出塞寄东台详正学士》)⑦"含冤欲谁道,饮气独居怀。"(《畴昔篇》)⑧"有气还冲斗,无时会凿坏。"(《狱中书情通简知己》)⑨功名心、感伤心与愤激不平之气都是一倾而出,不留余地。写羁旅乡思之情,则愁态如见:"旅思眇难裁,冲飙恨易哀。"(《寓居洛滨对雪忆谢二兄弟》)⑩"谁堪逝川上,日暮他乡魂。"

---

① [唐]骆宾王著,[清]陈熙晋《骆临海集笺注》,第178页。
② [唐]司空图《二十四诗品·悲慨》,[清]何文焕辑《历代诗话》(上),第43页。
③ [唐]司空图著,罗仲鼎、蔡乃中译注《二十四诗品》,浙江古籍出版社2018年版,第72页。
④ [唐]骆宾王著,[清]陈熙晋《骆临海集笺注》,第112页。
⑤ [唐]骆宾王著,[清]陈熙晋《骆临海集笺注》,第20页。
⑥ [唐]骆宾王著,[清]陈熙晋《骆临海集笺注》,第84页。
⑦ [唐]骆宾王著,[清]陈熙晋《骆临海集笺注》,第117页。
⑧ [唐]骆宾王著,[清]陈熙晋《骆临海集笺注》,第174页。
⑨ [唐]骆宾王著,[清]陈熙晋《骆临海集笺注》,第157页。
⑩ [唐]骆宾王著,[清]陈熙晋《骆临海集笺注》,第66页。

(《晚度黄河》)①"魂迷金阙路,望断玉门关。"(《在军中赠先还知己》)②甚至已不掩饰"宁知心断绝,夜夜泣胡笳"(《晚度天山有怀京邑》)③的儿女之态。写交道的淡薄,则谴责之情溢于言表:"共矜名已泰,谁肯沫相濡。"(《久戍边城有怀京邑》)④"生死交情异,殷忧岁序阑。"(《宪台出絷寒夜有怀》)⑤写功名欲望,则曰:"龙庭但苦战,燕颔会封侯。"(《夕次蒲类津》)⑥也绝不掩饰"但使封侯龙额贵,讵随中妇凤楼寒"(《军中行路难同辛常伯作》)⑦的庸俗。感叹不遇,也绝不掩饰自负:"独负平生志,空牵摇落情。"(《在江南赠宋五之问》)⑧"徒怀万乘器,为谁一先容。"(《浮查》)⑨"谁惜长沙傅,独负洛阳才。"(《帝京篇》)⑩

骆宾王抒写自我情怀,几乎全是这些冲口而出,毫无保留的直露语,他的诗正可用"快人快语"四个字来概括。这种诗歌风格,贵在"情真"。不论表现痛苦、思念、渴望,还是抒写愤世嫉俗的不平,都能以诗人的个性为主体,自由自在地表现内心的真实感受,"惟性所宅,真取不羁"⑪,不受任何约束。清人徐增《而庵诗话》中说:"古诗贵质朴,质朴则情真。"又说:"诗到极则,不过是抒写自己胸襟。"⑫骆宾王诗正是以表现真性情,抒写"自己胸襟"见长的。

从艺术继承的角度看,骆宾王诗疏野的风格特点主要是受王绩诗的影响。翁方纲《石洲诗话》中说:"王无功以直率疏浅之格,入初唐诸家中,如鸾凤群飞,忽逢野鹿,正是不可多得也。"⑬但骆宾王诗与王绩诗比

---

① [唐]骆宾王著,[清]陈熙晋《骆临海集笺注》,第85页。
② [唐]骆宾王著,[清]陈熙晋《骆临海集笺注》,第128页。
③ [唐]骆宾王著,[清]陈熙晋《骆临海集笺注》,第121页。
④ [唐]骆宾王著,[清]陈熙晋《骆临海集笺注》,第132页。
⑤ [唐]骆宾王著,[清]陈熙晋《骆临海集笺注》,第154页。
⑥ [唐]骆宾王著,[清]陈熙晋《骆临海集笺注》,第119页。
⑦ [唐]骆宾王著,[清]陈熙晋《骆临海集笺注》,第125页。
⑧ [唐]骆宾王著,[清]陈熙晋《骆临海集笺注》,第30页。
⑨ [唐]骆宾王著,[清]陈熙晋《骆临海集笺注》,第78页。
⑩ [唐]骆宾王著,[清]陈熙晋《骆临海集笺注》,第14页。
⑪ [唐]司空图《二十四诗品·疏野》,[清]何文焕辑《历代诗话》(上),第42页。
⑫ 丁福保辑《清诗话》(上),上海古籍出版社1982年版,第429、431页。
⑬ [清]翁方纲《石洲诗话》卷一,郭绍虞编选《清诗话续编》(下),上海古籍出版社1983年版,第1364页。

较,真率处似之,疏浅处则不及,风格特点并不鲜明。

当时的诗坛,"上官体"风行一时,贞观诗固有的局限性不但依然存在,而且在"上官体"的影响下进一步扩展开来。诗歌注重刻绘之工而缺乏激情和骨力,缺乏真实动人的内容。因此,以王勃为首的一批诗人"思革其弊,用光志业"①,掀起了诗歌革新的波澜。骆宾王诗中所表现的劲健疏野的风格特点,在当时的诗坛上无疑是一种富有创新精神的变革,对于冲荡齐梁余风和上官体的不良影响,也有着十分积极的意义。

但是,由于骆宾王诗歌本身有着深刻的内在矛盾,致使他的这种创新或者说变革很不彻底。这一内在矛盾主要表现在两个方面。一是抒情与铺叙的矛盾,一是抒情与骈俪的矛盾。需要指出的是,这种内在矛盾并非全然对立,而是一种对立的统一,一种对立和统一的结合。

先看第一方面,抒情与铺叙的矛盾。对于诗歌创作,骆宾王曾有过"体物成章,必寓情于小雅"(《〈帝京篇〉序》)的说法,他在具体的创作中也正是这样做的。按照陆机《文赋》"诗缘情而绮靡,赋体物而浏亮"②的说法,诗、赋的区别正在于诗以抒情为主,赋则重在体物。但是,汉末魏晋时代,已产生了大量的抒情小赋,梁、陈时代又出现了诗、赋融合的倾向。徐、庾之赋已有与歌行相近者,到了初唐时代,这种诗、赋融合进一步表现为诗歌对赋体的吸收③。骆宾王正是以赋体的手法来实现抒情的目的,具体说主要是通过铺叙来抒情。

骆宾王以铺叙抒情的诗歌又可分作两类,一类是五言律诗。由于篇幅的限制,客观的铺叙在五律中被压缩到一联到三联不等。这类铺叙的作用往往在于景中融情,在写景叙事的自然发展中抒情。如《夏日游山家同夏少府》末两句"一遣樊笼累,惟余松桂心"的出世之想,正是由中间四句特定景物的描写中引发出来的。虽然骆宾王五律中像这样情景融合较

---

① [唐]杨炯《王勃集序》,徐明霞点校《卢照邻集 杨炯集》,第36页。
② [梁]萧统编,[唐]李善注,《文选》卷十七,上海古籍出版社2007年版,第766页。
③ 吴乔《围炉诗话》卷二"梁末始盛为七言诗赋,今诸集皆不传,类书所载可见。王子安《春思赋》、骆宾王《荡子从军赋》,皆徐庾文体。王弇州、杨升庵不知,皆以为歌行。弇州云'以为赋则丑',误矣!"郭绍虞编选《清诗话续编》(上),第531页;冯班《钝吟杂录》"论歌行与叶祖德"条也说:"徐庾诸赋,其体亦大略相近。诗赋七言,自此盛也。迨及唐初,卢、骆、王、杨大篇诗赋;其文视陈、隋有加矣。"丁福保辑《清诗话》(上),第41页。

好的诗作还不是很多,但这类铺叙已近于律诗中的叙事、写景,已基本上脱去了以赋为诗的痕迹。因此,我们在这里主要讨论另外一类铺叙,即七言长篇和五言古诗及五言排律中的铺叙。

骆宾王的这几类诗往往是直接的抒情只在一两联中完成,其余的部分则以挥洒笔墨的铺叙来构成的。这种铺叙真正是以赋为诗的产物,如《帝京篇》,全诗九十八句,而清人吴乔说它"本意在末四句,前文乃铺叙耳"①。又如《晚泊河曲》,全诗十六句,只末四句"栖惶劳梗泛,凄断倦蓬飘。仙查不可托,河上独长谣"②是直接抒情,前面十二句全是铺叙。同《帝京篇》一样,此诗的本意也在末四句的抒情,作者更多地要表现一种失意中的凄伤,而不是要描绘一幅傍晚的河曲风景图。铺叙在诗中未必与所抒之情都有紧密的联系,但它却为情感的抒发创造出一种境界,渲染出一种氛围,表现出一种气势。总之,它是诗歌整体的一部分,是为抒情而存在的。

这样,以铺叙抒情的表现手法,对骆宾王的诗歌感情的表现就必然产生双重的影响。从积极的方面来说,它为豪迈之情提供了一个客观的载体,使这种激烈、奔放的情感找到了适宜的宣泄方式和驰骋天地,这在短章中显然是无法容纳的。对骆宾王诗劲健豪迈风格的形成起了一定的作用。其次,铺叙的平直描述与抒情的真率质朴又有着天然的相似之处。二者相辅相成。但是大段的铺叙,与情感的抒发本质上是不相容的,甚至会因词繁而伤气。因此,骆宾王的诗歌,劲健而不免拖沓之病,真率而伤于平直,一泻无余,缺乏深厚之味。这种明显的局限性,又与他诗歌内在矛盾的第二个方面有关,这就是骈俪与抒情的矛盾。

作为一位骈文高手,又处于律体尚未完全定型的时期,骆宾王的诗歌明显受到骈文的影响。如果说汉大赋对他诗歌的影响主要在铺叙所产生的气势和骨力上,骈文则在用典、对仗和藻饰等方面影响了他的诗歌。

在骆宾王的诗歌中,几乎找不到不用典故的篇章,从《畴昔篇》《帝京篇》等长篇到五律、五绝等短制,用典成为他诗歌必不可少的要素之一。

---

① [清]吴乔《围炉诗话》卷二,郭绍虞编选《清诗话续编》(上),第531页。
② [唐]骆宾王著,[清]陈熙晋《骆临海集笺注》,第86页。

由于诗人学富才高,有些诗中的用典能贴切精工,不露斧削痕迹,如《幽絷书情通简知己》一首,全诗除少数过渡性句子外,大都使用了典故,但都能巧妙地使用典与自己眼前的处境联系起来。胡应麟称之为"精工俪密,极用事之妙",并说"老杜多出此"①。但像这样高妙的用典还是不多见的,有不少诗的用典落入俗套,如写朋友之意,就有"缔交君赠缟,投分我忘筌"(《夏日游德州赠高四》)②、"倾盖金兰合,忘筌玉叶开"(《游兖郡逢孔君自卫来欣然相遇若旧》)③、"道术君所笃,筌蹄余自忘"(《送宋五之问得凉字》)④、"得性虚游刃,忘言已弃筌"(《秋日山行简梁大官》)⑤,几乎没有多大差别。更有一些诗如《咏云酒》,通篇以云、酒二字分咏,不过是典故罗列而已。贺裳说:"骆好征事,故多滞响。"⑥的确,骆宾王用典的消极作用是很明显的。

当时律诗尚未定型,骆宾王诗中往往有全篇都是偶句的,如《晚泊河曲》《宿温城望军营》等诗,基本上全篇对仗。即使近似律诗的五言八句诗,也有全篇对仗的,如《送郭少府探得忧字》《送费元之还蜀》等,前人称"初唐绝句多为对偶所累"⑦,其实为对偶所累的并不仅仅是绝句,骆宾王诗有不少就不脱此病。

此外,骆宾王诗又十分重视修辞设色,写景叙事多好用华艳之词,如"玉柱离鸿怨,金罍浮蚁空"(《秋日饯陆道士、陈文林得风字》)⑧、"柳叶开银镝,桃花照玉鞍"(《送郑少府入辽共赋侠客远从戎》)⑨、"绿竹寒天笋,红蕉腊月花"(《陪润州薛司空丹徒桂明府游招隐寺》)⑩,像这样以金银装饰,红绿点染的诗句,在骆宾王诗中比比皆是。甚至在伤悼之作中也

---

① [明]胡应麟《诗薮》内编卷四"近体上",第73页。
② [唐]骆宾王著,[清]陈熙晋《骆临海集笺注》,第21页。
③ [唐]骆宾王著,[清]陈熙晋《骆临海集笺注》,第43页。
④ [唐]骆宾王著,[清]陈熙晋《骆临海集笺注》,第43页。
⑤ [唐]骆宾王著,[清]陈熙晋《骆临海集笺注》,第60页。
⑥ [清]贺裳《载酒园诗话又编》,郭绍虞编选《清诗话续编》(上),第298页。
⑦ [明]杨慎《升庵诗话》卷十四,丁福保辑《历代诗话续编》(中),第927页。
⑧ [唐]骆宾王著,[清]陈熙晋《骆临海集笺注》,第69页。
⑨ [唐]骆宾王著,[清]陈熙晋《骆临海集笺注》,第90页。
⑩ [唐]骆宾王著,[清]陈熙晋《骆临海集笺注》,第93页。

不免有"钱满荒阶绿,尘浮虚帐红"(《伤祝阿王明府》)①的句子。

　　这些修辞特点,在一定程度上增加了作品的容量和表现力。但它却使情感的抒发在形式上受到了限制。钟嵘在《诗品序》中就说:"至乎吟咏情性,亦何贵于用事……观古今胜语,多非补假,皆由直寻。"②如果立足于骆宾王直率的抒情特点,他的诗歌语言应该属于"直寻"的一类,即应该以"眼前景致,口头语言"为材料。而他的诗歌复杂化的修辞与抒情的客观需要显然是矛盾的。吴乔在《围炉诗话》中指出"初唐七古多排句,不如盛唐无排句而矫健"③。其实又何止是七古,其他诗体也是这样。骆宾王复杂化的修辞,对他诗歌矫健骨力的形成产生了负面的影响。同时,他虽能与陶渊明一样"以其平昔所行之事,赋之于诗,无一点愧词,所以能尔"④,但因骈气太重,修饰太过,也就不可能有陶诗"质而实绮,癯而实腴"⑤的特点。

　　但是,复杂化的修辞与自由的抒情之间的客观矛盾,又使骆宾王在以赋为诗、以骈文为诗的同时,不自觉地使用了不少日常口语,表现出诗歌语言向平易浅近发展的趋势。如《北眺春陵》《至分水戍》《秋日送别》等诗,都能直写眼前景物,即景抒情,基本上不用典故,不堆砌辞藻,这与骆宾王诗歌语言的基本风格是很不相同的。这种特点在骆宾王的七言长篇中表现得尤为明显,如"传闻织女对牵牛,相对银河隔浅流。谁分迢迢经两岁,谁能脉脉待三秋"(《艳情代郭氏赠卢照邻》)⑥,"春时物色无端绪,双枕孤眠谁分许。不忿娇莺一种啼,生憎燕子千般语"(《代女道士王灵妃赠道士李荣》)⑦,都与日常口语相差无几。此外,骆宾王的一些绝句也有语言通俗平易的特点。

---

① [唐]骆宾王著,[清]陈熙晋《骆临海集笺注》,第52页。
② 王叔岷《钟嵘诗品笺证稿》,中华书局2007年版,第93页。
③ [清]吴乔《围炉诗话》卷二,郭绍虞编选《清诗话续编》(上),第527页。
④ [宋]许顗《彦周诗话》,[清]何文焕辑《历代诗话》(上),第383页。
⑤ 苏辙《栾城后集》卷二十一《子瞻和陶渊明诗集引》引苏轼语,曾枣庄、马德富校点《栾城集》(下),上海古籍出版社1987年版,第1402页。
⑥ [唐]骆宾王著,[清]陈熙晋《骆临海集笺注》,第144页。
⑦ [唐]骆宾王著,[清]陈熙晋《骆临海集笺注》,第149页。

以往的论者多称"四杰"诗"尚沿排偶之迹"①"词旨华靡"②，其实，这只是其特点的一个方面。近代以来已经有人注意到了"四杰"向平易浅近发展的特点，认为"四杰"诗能"用通常的口语写极大的气魄"③，也有人说卢骆歌行"带有浓厚的民歌色彩"④，实际上，"四杰"诗歌语言本身的这一矛盾，正是诗歌抒情的主观要求与"词旨华靡"相对立的产物。它在骆宾王诗歌中表现得尤为明显，他的诗歌骈气最重，平易浅近的特点也最突出。但是，他的语言的平易化，在诗歌中显然不及在骈文中来得彻底，这显然又与诗体本身的限制和他的主观努力有关。尽管如此，他在诗歌艺术上的新变，主要还是由抒情内容的自觉革新和诗歌语言的不自觉变化共同促成的。

四、骆宾王对唐诗发展的独特贡献

"四杰"之诗，杜甫称其"不废江河万古流"，也有人从他们对唐诗发展的贡献出发，说"六朝之为有唐，四杰之力也"⑤，这些说法都是从大处着眼，以"四杰"的共同功绩为立论依据的。如果进一步探究，"四杰"各人的成就又有所不同。据说王、杨、卢、骆的排列次序，在当时即有品鉴的意味，但他们自己及当时的名流们，意见也不尽一致⑥。事实上，"四杰"在促使唐诗发展这一点上，是有各自不同的贡献的。就骆宾王来说，他的独特贡献主要表现为：在六朝诗的基础上，从形式体制、思想情调到表现手法等方面，进一步发展了最能表现唐人创造性和精神风采的边塞诗和七言歌行，并以为数不少的五言长篇影响了后来诗人的创作。

边塞诗是有唐一代整个民族积极进取精神和忠君报国思想的光辉结

---

① 管世铭《读雪山房唐诗凡例》"五古凡例"，郭绍虞编选《清诗话续编》（下），第1545页。
② 王世贞《艺苑卮言》卷四，丁福保辑《历代诗话续编》（中），第1003页。
③ 郑宾于《中国文学流变史》（中），上海北新书局1936年版，第262页。
④ 刘大杰《中国文学发展史》（中），上海古籍出版社1983年版，第421页。
⑤ ［清］陈仅《竹林答问》，郭绍虞编选《清诗话续编》（下），第2254页。
⑥ 参《旧唐书》卷一百九十上《杨炯传》（中华书局1975年版，第5003—5004页）、张鷟《朝野佥载》卷六，（刘𫗧 张鷟《隋唐嘉话 朝野佥载》，中华书局1979年版，第141页）等相关记载。

晶,它在中国诗歌史上是空前绝后的。二十世纪八十年代的边塞诗讨论,对于它产生的时代精神及社会基础都作了比较深入的分析,如果我们从艺术继承的角度来考察,唐人边塞诗无疑又是对前代征戍之作,特别是建安以至陈、隋拟乐府题材中的同类诗作的最好的继承和发扬光大。在这一继承发展的过程中,骆宾王的贡献是值得特别注意的。

在《诗经》和《楚辞》中就有过一些表现征戍及征人思乡报国之情的篇章,汉乐府中如《出塞》《入塞》《战城南》《陇头吟》《关山月》等也都写征戍之事。但真正对唐代边塞诗发生直接影响的却是六朝人拟乐府诗中描写边塞辛苦、表现报国热情及抒写征夫思妇相思的一类作品。这类诗歌出现于建安时代,但萧齐以前作者甚少,梁代以后非常流行,当时文人大都写过拟乐府边塞诗。这类诗歌主要有这样一些特点:第一,诗歌题目多用汉魏乐府古题,诗意或依原诗敷陈,如《从军行》①,或对原诗进行改造,如《陇西行》《度关山》等②。也有用近代乐府题目的,如《刘生》③,总之都以拟乐府的面目出现;第二,诗中所写大都凭空构造,作者多数没有边塞生活经历。因此,写景叙事虽有极工致者,终不免为想象之词;第三,六朝是大分裂时期,诗歌或泛咏豪侠义气,或极写边塞苦寒,或表现报国之志,往往托之于汉代。另外,值得注意的是,当时文人在拟乐府之外的诗歌中,基本没有写边塞题材的,这在当时仿佛是一种体裁分工上的约定俗成。因此边塞之作,基本上是当时文人借乐府的形式缅怀历史的情绪流露,是时代心理的完美幻想,它与现实生活有着深深的隔膜。

唐代诗人正是在这样的基础上,开始建造他们理想的楼阁。骆宾王则是唐代第一个从自我意识出发,对六朝边塞之作进行全面改进并卓有成效的诗人。他的改进之功主要表现在以下三个方面:

第一,"即事名篇",摆脱乐府古题的限制,使边塞诗的形式进一步适应了内容表达的需要。 骆宾王的十多首边塞之作,除《从军行》一首用乐

---

① 《乐府解题》曰:"《从军行》皆军旅苦辛辞。"参《乐府诗集》卷三十二"相和歌辞七",中华书局1979年版,第475页。
② 参《乐府诗集》卷三十七"相和歌辞十二",第542页;及卷二十七"相和歌辞二",第391页。
③ 参《乐府诗集》卷二十四"横吹曲辞四",第359页。

府古题,《军中行路难同辛常伯作》《从军中行路难》二首对乐府古题加以改造,使之与所写内容更接近外,其余都是采用了"即事名篇"的标题方式。如《夕次蒲类津》《晚度天山有怀京邑》《边庭落日》《在军中赠先还知己》《久戍边城有怀京邑》《边夜有怀》《宿温城望军营》等等,皆属此类。唐人边塞诗的这种标题方式,以初唐的陈子良的《于塞北春日思归》和《送别》较早。但真正有意识地将"即事名篇"用在边塞诗创作上的却是骆宾王。当时诗人中,王勃只在《临高台》《采莲曲》等诗中有过表现征夫思妇相思的片段。严格来说,诗的重心并不在于表现边塞生活,所以不能算作边塞诗。杨炯、卢照邻各有十多首边塞诗,但从题目、结构到内容都袭用乐府体。崔融有《西征军行遇风》、苏味道有《单于川对雨》两首,数量都很有限。

相比之下,骆宾王在改进边塞诗形式上的贡献是显著的。他不仅使边塞诗本身的抒情叙事与其形式体制得到了更好的统一,也对后来的唐诗发展起了积极的影响。到了陈子昂,这种标题方式在边塞诗中就被更多地采用了。后来的唐代诗人虽时有拟乐府边塞之作,但自作新题这一自由灵活的标题方式却为大多数诗人所采用。盛唐以后,杜甫开始在一般的乐府体诗歌中也采用了"即事名篇"的方法,依内容标题,"无复依傍"①。后人盛称杜甫的这一创造,但它首先是由骆宾王在局部范围内开始使用的。杜甫对"四杰"极为推崇,他很可能就从骆宾王的诗中得到过启示。因此,从骆宾王到杜甫,正体现了"即事名篇"的乐府诗标题法由边塞诗局部向一般诗歌拓展的过程。

第二,抒情主人公以"我"的面目出现,开创了唐代边塞诗中一种直接的抒情方式。六朝拟乐府体边塞诗,不仅写景叙事全从模仿中来,其抒情也是多代人立言,基本上没有诗人自我介入。因此许多作品尽管能写出边塞的苦寒,表现出豪迈之气,却往往与诗人自己并无多少干系。如徐陵《关山月二首》(其二):

---

① [唐]元稹《乐府古题序》,郭绍虞主编《中国历代文论选》(二),上海古籍出版社 1986 年版,第 111 页。

> 　　月出柳城东,微云掩复通。苍茫蒙白晕,萧瑟带长风。羌兵烧上郡,胡骑猎云中。将军拥节起,战士夜鸣弓。①

　　基本上是纯客观的描写,又如陈后主《饮马长城窟行》②所表现的"何以酬天子,马革报疆场"的豪情,也显然与作者情感无涉。这些诗都不免有"为文造情"之嫌。骆宾王则不然,由于他有边塞生活的体验,又在形式上摆脱了乐府诗的束缚,因而他的边塞诗所表现的完全是他自己的真实情感,诗中的主人公就是他自己,它情真景实,亲切有味,与代人立言的六朝拟乐府诗有着本质的不同。这种抒情主人公的变化,使边塞诗不仅在语言上,而且在选择意象、描写景物、抒写主观感受等方面都显示出鲜明的个性特征,从而使六朝边塞之作中诗与人的分离再度走向统一,为独具特色的盛唐边塞诗的出现起了导夫先路的作用。

　　唐代边塞诗的发展,继承了六朝人代言体的间接抒情方式,如李白、王维、王昌龄及杜甫等人的边塞诗多采用这种抒情方式。同时,为骆宾王所开创的表现自我边塞见闻与感受的直接抒情方式,则为更多的有边塞经历的诗人所采用。这虽说是由实际生活经历所决定的,但真正在诗歌中体现出来则是从骆宾王开始的。

　　当然,这两种表现方式并不互相排斥,也并无优劣之分。特别是到了唐代,边塞成了诗人关注的焦点,诗人无论采用哪种方式,都能写出时代感,表现出自我情怀。因为六朝那种没有依托的幻想已成为最实在的现实,六朝诗人与他们边塞诗抒情主人公的疏离,在表现新的时代和人格理想的唐代边塞诗中也不复存在。但是骆宾王之前及同时的作家,能做到这一点的还很少,骆宾王的这一贡献虽然在后来显得微不足道,在当时却是很有意义的。

　　第三,个人情感与时代精神的统一,使边塞诗消除了六朝拟乐府之作中诗与现实的隔膜,唱出了嘹亮的时代壮歌。六朝三百年间,动乱频仍,整个时代处于萎靡不振的状态,文人多无高远之志,上层士族不用说,即

---

① 逯钦立辑校《先秦汉魏晋南北朝诗》"陈诗"卷五,中华书局1983年版,第2525页。
② 逯钦立辑校《先秦汉魏晋南北朝诗》"陈诗"卷四,第2509页。

使是下层文士,虽或有不平之气,却很少有壮烈之情。因此,在他们拟乐府的边塞之作中,虽然能也表现豪迈之情,却不免"因文造情",使情感本身失之空泛,显得虚张声势,底气不足。这样,边塞之作不仅与诗人,而且与现实生活也处于一种分离状态,它仿佛是在讲述现实中的神话。这也是六朝人虽创作了不少拟乐府边塞之作,虽表现过赴难临边的勇气、杀敌报国的豪情,却不足以振起一代诗风的根本原因。

唐代空前的大一统局面,使六朝人的白日梦呓成为可触可见的真实存在,初唐诗人独特的风采在边塞找到了表现的天地,而边塞诗也从此成为时代的宠儿。在以往,自我情感世界、客观现实世界和诗歌的艺术世界,还从来没有在如此意气激扬、充满少年彩色梦的旗帜下会合过,如今它们却在边塞诗中气息相通地融为一体。边塞诗就是表现这种个人情感和时代精神的载体,而最早以这独特的声调唱出时代壮歌的还是骆宾王。

当时杨炯、卢照邻等人的边塞诗,受乐府体和个人经历的限制,抒情主人公与诗人依旧存在着一定的距离,虽能表现出一定的时代气息,但与六朝同类诗作并无明显的差别。骆宾王边塞诗中所表现的强烈的功名愿望、深深的怨尤和乡思等,则不再带着传统的面具,借助于古人的灵气来倾吐,它以自由的抒写,以"我"的毫不掩饰的自白与读者见面,显示出崭新的时代气息和强烈的时代色彩。因而它又能把个人情感和时代精神从形式到内容整个地融为一体,从自我抒情中体现出时代的集体意识。与以往及同时的边塞之作相比,这种变化的意义是深远的。可以说,边塞诗真正作为时代的号角,它所吹奏的第一支壮歌就从这里开始。由于身处"鼎革之初",骆宾王的边塞诗在艺术上显然无法与成熟期的名作相抗衡,因此后人论边塞诗往往很少提到骆宾王。但是从文学史的角度来说,骆宾王以上几个方面的贡献却是不可磨灭的。

第四,大力创作七言歌行是骆宾王促进唐诗发展的又一个方面。我国古代七言诗的发展大大晚于五言诗,唐代人所面对的五言诗已是成熟的诗体,七言诗却还处在形成期,因此"从诗体的发展上来说,唐人写作五言古诗不过是一个继承和解放的过程,而唐人写作七言古诗,则是一个发扬和创造的过程。七言古体诗才是唐诗独有的面目,才是唐人的拿手好戏"①。纵观整个唐诗的发展,由唐人"自辟蹊径"创造的七古不外两种:一种是以李、杜为代表的仿古的七古;另一种是以王维为代表的新式的七古。后者在唐诗中显然占了绝对的优势②,但它的发源则远在齐梁时期,由齐梁而至真正的唐代七古,其间绝不能没有"四杰"改造齐梁七古的"歌行体"。

为了论述方便,我们有必要先对七古的历史作一个简单的回顾。关于这个问题,古人的论述很多,其中胡应麟的说法是很有代表性的。

> 歌行兆自《大风》《垓下》,《四愁》《燕歌》而后,六代寥寥。
>
> 晋宋齐间,七言歌行寥寥无几,独《白纻歌》《行路难》时见文士集中,皆短章也。梁人颇尚此体,《燕歌行》《捣衣曲》诸作,实为初唐鼻祖。陈江总持、卢思道等篇什浸盛,然音响时乖,节奏未协,正类当时五言律体。垂拱四子,一变而精华浏亮。抑扬起伏,悉协宫商,开合转换,咸中肯綮。七言长体,极于此矣。③

胡氏所论大致不差,七言古诗产生虽早,它为文坛普遍接受却是梁代末年的事④,以现存梁、陈、隋三代的七言歌行与"四杰"七言歌行相比,可以看出二者有明显的继承关系。

在题材和主题上,梁、陈七言歌行多从征人、思妇落笔,只有少数篇章能超出这一基本范围,如吴均《行路难五首》⑤,表现的是志士遇合的主题,张正见《神仙篇》⑥引出了神仙主题,卢思道《听鸣蝉篇》⑦又将京城生

---

① 萧涤非《杜甫研究》上卷,山东人民出版社1956年版,第111页。
② 参王力《汉语诗律学》,上海教育出版社1979年版,第355—357页。
③ [明]胡应麟《诗薮》内编卷四"古体下",第44页。
④ 古人于此论述颇多,如吴乔《围炉诗话》卷二曰:"七言创于汉代……至梁末而大盛,亦有五七言杂用者,唐人歌行之祖也。"郭绍虞编选《清诗话续编》(上),第511页;冯班《钝吟杂录·古今乐府论》也说:"七言创于汉代,魏文帝有《燕歌行》,古诗有'东飞伯劳',至梁末而七言盛于时,诗赋多有七言,或有杂五七言者,唐人歌行之祖也。"丁福保辑《清诗话》(上),第37页。
⑤ 见逯钦立辑校《先秦汉魏晋南北朝诗》,"梁诗"卷十。
⑥ 同上,"陈诗"卷二。
⑦ 同上,"隋诗"卷一。

活与志士遇合主题结合起来,从二者的对比中加强抒情效果。"四杰"歌行在继承梁、陈歌行基本主题和题材的同时,主要是从梁、陈诗人未能深入的后面几个方面进行了开拓。

在表现手法上,梁、陈歌行已有了吸收赋法的苗头,如卢思道《听鸣蝉篇》中对京城生活的描写就是典型的赋法。这一特点在"四杰"手中得到了进一步的发扬,他们将汉大赋铺张扬厉的手法大量引入歌行体诗中,使歌行在规模上远远超过了梁、陈,并且一反梁、陈歌行的柔弱,表现出浩大、雄壮的气势。

在音律上,"四杰"更多地吸收了骈文和发展中的律诗的长处,使梁、陈歌行中不协律的部分大大减少,从而使七言歌行的音韵更和谐,并形成了独特的换韵法。因此,胡应麟说:"萧子显、王子渊制作浸繁,但通章尚用平韵转声,七字成句。故读之尤未大畅,至王、杨诸子歌行,韵则平仄互换,句则三五错综,而又加以开合,传以神情,宏以风藻。七言之体,自是大备。"①合而观之,"四杰"对梁陈七言歌行的发展大致不出以上几个方面,他们使七言歌行的发展大大向前迈进了一步。为"逸宕纵横"②的盛唐歌行的出现,在艺术形式和艺术特质上都作了必要的准备。分而论之,骆宾王对七言歌行的发展又有其独特的功绩。

"四杰"之中,杨炯没有七言歌行流传下来,其余三人,王勃有七言诗八首,多为短章,最长的《临高台》也不过四十句,在规模上与梁陈歌行大致相当。卢照邻有七言五首,其中《明月引》《怀仙引》二首中多含"兮""而""以"等虚词,实为骚体诗,且四言、五言、六言居多,七言仅四句,严格地说不能算七言歌行。此外《长安古意》最长六十八句,《行路难》次之,四十句。人们谈到卢照邻歌行往往也就举这两首。与卢、王二人相比,骆宾王的歌行大大增加了规模,在他的六首七言歌行中,除一首二十七句外,其余都在六十句以上,其中《帝京篇》九十八句,《代女道士王灵妃赠道士李荣》一百零六句,《畴昔篇》竟长达二百句。因此,前人虽有

---

① [明]胡应麟《诗薮》卷四内编"古体下",第44页。
② 同上。

"初唐格体,王、杨、卢、骆,汗漫长篇"的评说①,但具体来说,主要是针对骆宾王而言,至少也是主要就卢、骆而言的。王世贞就有"七言歌行长篇须让卢、骆"②的说法,毛先舒也称"七言歌行……卢、骆组状"③,闻一多先生更明确指出"卢、骆擅长七言歌行"④,可见论歌行而以卢、骆并称,并将王勃与卢、骆分别对待已经由来已久,其原因是王勃歌行"能从乐府中脱出""华不伤质,自然高浑"⑤,卢、骆则以赋为诗,不免被人看作是"有伤大雅"⑥,因此在结构规模上,骆宾王歌行既不同于王勃,也是卢照邻所无法相比的。

而规模的宏大又是以赋为诗的结果,如果说以赋为诗是卢、骆歌行的共同特点,那么骆之于卢实在是有过之而无不及。这不仅仅因为骆宾王的全部诗作都体现出以赋为诗的特点,也因为七言歌行作为新的诗体,传统的和形式上的限制更少一些,因此在对赋体特征的吸收这一点上,它的"心胸"和"气魄"远远地超过了五言诗。这就使骆宾王的歌行成为七言歌行中空前的长篇巨制。终唐一代,像这样的长诗,也不多见。元白长篇歌行的出现,追溯其源流,可以说与骆宾王歌行正是遥相呼应的。明人高棅在他的《唐诗品汇》"七言古诗叙目"中曾谈到:

> 歌行长篇,唐初独骆宾王有《帝京篇》《畴昔篇》,文极富丽。至盛唐绝少,李、杜间有数首,其词亦不甚敷蔓,大率与常制相类……迨元和后,元稹、白居易始相尚此制,世号"元白体"。其词欲赡欲达,去离务近,明露肝胆。乐天每有所作,令老妪能解,则录之,故格调局而不高。然道情叙事,悲欢穷泰,如写出人胸臆语,亦古歌谣之遗意耳。⑦

---

① [清]《古欢堂集杂著》卷二,郭绍虞编选《清诗话续编》(上),第700页。
② [明]王世贞《艺苑卮言》卷四,丁福保辑《历代诗话续编》(中),第1016页。
③ [清]毛先舒《诗辩坻》卷三,郭绍虞编选《清诗话续编》(上),第46页。
④ 闻一多《四杰》,《闻一多全集》6《唐诗编上》,湖北人民出版社1993年版,第15页。
⑤ [清]毛先舒《诗辩坻》卷三,郭绍虞编选《清诗话续编》(上),第46页。
⑥ [明]胡应麟《诗薮》外编卷四"唐下",第184页。
⑦ [明]高棅《唐诗品汇》,中华书局2015年版,第931页。

高氏特别指出了骆宾王与元白之间的联系,这是完全正确的,由于中国古典诗歌重抒情而轻叙事,诗歌理论重比兴而轻赋法,诗歌美学中以"韵外之致"为诗的极致,因而古典诗歌中的长篇巨什寥寥无几,但极为少见的一些长篇,如晚唐郑嵎的《津阳门诗》、韦庄的《秦妇吟》,明代何景明的《明月篇》,清代吴伟业的《圆圆曲》等,其渊源无不可追溯到骆宾王的七言歌行。

在对七言歌行题材的开拓上,骆宾王的眼界比卢、王二人开阔得多,对后世的影响也比卢、王深远。

表现征夫思妇、离别相思是王、骆歌行的共同处,王勃歌行大致以此为主;描写京都生活和世事盛衰,表现个人的不遇是卢、骆歌行的共同处,卢照邻歌行基本上不出这一范围。骆宾王除此以外,又将动人心魄的边塞生活引入歌行中,写得真切有味,并且表现了七言诗中从未有过的豪迈之气,这一方面是六朝七言诗征戍题材的进一步扩展;另一方面,又直接影响了盛唐歌行体诗歌的创作。高适、岑参的许多著名边塞之作,在形式上就采用了七言歌行体。同时,骆宾王还通过对自己生平的叙写,在七言歌行中表现了罢官的遭遇、幽絷的感受、出使州郡的见闻等等,大大开拓了七言歌行的题材范围。

在题材的处理和意象的选择上,承赋体夸饰传统,凭空构想,是三人的共同特点,以此来概括卢、王歌行基本正确。骆宾王歌行则不尽如此。它有一个最明显的特点就是所铺写的大多是真人真事。《畴昔篇》是自传体,两篇《行路难》是自我经历及自我情感变化的记录。另外两篇代赠之作,也是为现实中人物而作。《帝京篇》虽极尽夸饰之能事,其中也有自我身世在。可见,骆宾王的七言歌行都是虚构和写实并用,他将想象中的神仙境界、都城景观与个体遭遇及现实中的真实事件等等,有机地融为一体。这就将虚构物象置于自我表现的主观需要之下,避免了一味虚构的空泛性,对后来歌行体的发展开了不少法门。如杜甫的长篇歌行就多着眼于真实的现实人生。

此外,由于古代叙事诗极不发达,骆宾王这些长篇歌行的影响,已超出了诗歌领域。它宏大的规模和虚实并用的手法,特别是以歌行体表现自己的生平和经历的特点,实际上已经为我们透露了七言歌行与唐传奇之间的微妙关系。联系唐代许多七言歌行和传奇小说表现同一题材的现象,七言歌行的影响变相移入传奇小说的蛛丝马迹就更为明显。在这个意义上说,骆宾王的七言歌行对唐传奇的兴起也是有一定影响的。

　　除了上述两个方面,由于擅长铺叙,骆宾王在五言长篇(五古、五排)方面的贡献也是极为突出的。"四杰"的五言长篇,以卢、骆二人最多,但从结构规模上来说,却不能不推骆宾王。他们四人的五言诗在二十四句以上的,骆宾王有九首,卢、杨二人各二首,王勃最长的五言诗也不过二十句。骆宾王五言长篇中有三首在七十句以上,《夏日游德州赠高四》一诗竟长达九十八句,这在整个唐代也并不多见。因此胡应麟就指出"沈、宋前排律殊寡,惟骆宾王篇什独盛",并且称赞《饯郑安阳入蜀》《夕次蒲类津》《在军中赠先还知己》及《和孙长史秋日卧病》等诗"皆流丽雄浑,独步一时"①。沈、宋排律无疑导源于此,就是杜甫集中那些极尽铺叙之能的五言长篇,也未尝不受其影响。近人胡光炜在评《北征》诗时说:"其结构出赋,班叔皮《北征》、曹大家《东征》、潘安仁《西征》,皆其所本,而与曹、潘两赋尤近。"②事实上,杜甫的许多五言长篇,如《奉赠韦左丞丈二十二韵》《自京赴奉先咏怀五百字》等,也都是以铺陈为主,这与骆宾王五言长篇以赋为诗的特点何其相似。可见杜甫对"四杰"的推崇是有原因的,而骆宾王对唐诗的贡献于此也可见一斑。

　　总之,骆宾王诗歌独特的情感内涵及其初步表现出来的骨力,对齐梁诗歌和贞观诗歌均有明显的突破,但他在诗歌艺术表现中过分崇尚铺叙和骈俪的做法,又对情感的表现产生了一定的负面影响,使他的诗歌不可避免地带有时代的局限性。尽管如此,他对唐诗的发展还是具有不同于"四杰"中其他三人的独特贡献。弄清这一切,对于我们从文学史的角度准确地为骆宾王定位是必不可少的。

---

　　①　[明]胡应麟《诗薮》内编卷四"近体上",第72页。
　　②　邓魁英、聂石樵《杜甫选集》,上海古籍出版社1983年版,第94页。

"破体为文"与别情诗的新突破

——以李颀《送陈章甫》为例

在唐诗中,以送别为题材的诗歌占了很大的比例。这些诗歌或以"送别""留别""赠别"标题,或在题目中带有"送""别"等字眼。学者们多用"送别诗""离别诗""伤别诗""赠别诗"或"留别诗"等指称这类诗歌,我们曾提出"别情诗词是表达送行者与被送行者在饯行活动中产生的特定情感的诗词"[1],认为可用"别情诗"来作为这类诗歌的统称。在数量众多的同类诗作中,盛唐诗人李颀的别情诗历来备受称道。《送陈章甫》则是其中很有代表性的一首:

> 四月南风大麦黄,枣花未落桐阴长。青山朝别暮还见,嘶马出门思旧乡。陈侯立身何坦荡,虬须虎眉仍大颡。腹中贮书一万卷,不肯低头在草莽。东门沽酒饮我曹,心轻万事皆鸿毛。醉卧不知白日暮,有时空望孤云高。长河浪头连天黑,津口停舟渡不得。郑国游人未及家,洛阳行子空叹息。闻道故林相识多,罢官昨日今如何?[2]

对这首诗的特点,以往多有人论及,我们在此拟立足类型文学史和李颀诗歌审美个性,对之进行重新解读。

---

* 本文与苑秀丽合作,原刊于《中南民族大学学报》2015年第3期,发表时有较大删节,今据原稿有所补充。

[1] "别情诗词是指表达送行者与被送行者在饯行活动中产生的特定情感的诗词。"参见刘怀荣等《唐诗宋词名篇导读》,中国社会科学出版社2009年版,第1—2页。

[2] 《全唐诗》卷一百三十三,中华书局1999年版,第1353页。

一、道神祭祀与别情诗抒情模式的定型

作为一种特定的诗歌类型,别情诗的产生与商周时期,甚至更早就已出现的道神祭祀有着直接的关系。在先民的观念中,旅途中除了现实中不可预知的各种凶险外,还有巫术、宗教观念中的各种"魑魅魍魉"[①]会给旅行者带来威胁。祭祀道神即是为确保旅途平安。在先秦典籍中,祭祀道神,又叫祖道,或简称为"祖""道""軷""饯"等。从礼书记载可知,其仪式分为"軷祭"和"饮饯"两个部分。前者为祭祀道神,后者除送行者与出行者饮酒饯行外,临别赋诗,描述送别盛况,表达惜别之情,也是饮饯活动的重要内容之一,大约因为早期祖道活动的参与者——包括送行者和出行者——都怀有深深的敬畏心和恐惧感,故作为祖道活动副产品的别情诗,其情感特质一开始就以哀伤为主调。

就《诗经》中现存的别情诗来看,"对祖道地点和场景的描述、'哀伤'的情感基调和特定的艺术手法,都与祖道仪式的直接影响分不开"[②]。《诗经·邶风·燕燕》被称为"万古送别诗之祖"[③],其首章曰:"之子于归,远送于野。瞻望弗及,泣涕如雨。"二章曰:"之子于归,远于将之。瞻望弗及,伫立以泣。"《毛诗序》称:"《燕燕》,卫庄姜送归妾也。"郑玄笺说:"庄姜无子,陈女戴妫生子名完,庄姜以为己子。庄公薨,完立,而州吁杀之。戴妫于是大归,庄姜远送之于野,作诗见己志。"[④]如果说此诗"泣涕如雨"的别情,是与夫死子亡、两位女主人公从此不得再见的特殊背景有关,那么,楚辞《九歌·少司命》中"悲莫悲兮生别离,乐莫乐兮新相知"的表述,则从更普遍的意义上,以绝对肯定的语气,将"生别离"当作人世间最悲伤的事情,并强调到了无以复加的地步。这说明,"悲莫悲兮生别

[①] 《春秋左传正义》卷二十一《宣公三年》王孙满对楚庄王问曰:"昔夏之方有德也,远方图物,贡金九牧,铸鼎象物,百物而为之备,使民知神奸。故民入川泽山林,不逢不若。魑魅魍魉,莫能逢之。用能协于上下,以承天休。"《十三经注疏》,中华书局1980年版,第1868页。

[②] 刘怀荣 孔哲《先秦祖道仪式与〈诗经〉别情诗考论》,《清华大学学报》2013年第5期。

[③] [清]王士禛《分甘余话》卷三,中华书局1989年版,第62页。

[④] 《毛诗正义》卷二之一,《十三经注疏》,中华书局1980年版,第298页。

离"已成为时人普遍的共识。按照《左传》记载,《燕燕》当作于鲁隐公四年(前719)。依陈子展先生考证,《九歌》当作于"公元前三一八年左右,是屈原为左徒'年轻得意时的作品'"①,距《燕燕》写作时代约400年,《少司命》中的说法,可以看作是四百年间积淀的结果。

自汉代以来,别情以"哀伤"为主调的特点进一步强化并定型。这在以下的这些作品中,有着较为清晰的发展线索:

乐哉新相知,忧来生别离。踟蹰顾群侣,泪下不自知。(《艳歌何尝行》四解)

念与君离别,气结不能言。各各重自爱,道远归还难(《艳歌何尝行》五解)②

乐莫乐兮新相知,悲莫悲兮生别离,哀感皇天兮城为隳。(《芑梁妻歌》)③

行行重行行,与君生别离。相去万余里,各在天一涯。(《古诗十九首·行行重行行》)④

哀莫哀于永绝,悲莫悲于生离。(曹植《愍志赋》)⑤

黯然销魂者,唯别而已矣。况秦吴兮绝国,复燕宋兮千里。或春苔兮始生,乍秋风兮暂起。是以行子肠断,百感凄恻。……是以别方不定,别理千名,有别必怨,有怨必盈,使人意夺神骇,心折骨惊。(江淹《别赋》)⑥

汉代的几首乐府和古诗及曹植《愍志赋》,则对"悲莫悲兮生别离"做了进一步的确认。看似化用,实则包含着汉魏文人对别情的再度体验。这意味着"在春秋直至秦汉时代,中国文化已经非常明确地把'生离'看

---

① 陈子展选撰,杜月村、范祥雍校阅《楚辞直解》,复旦大学出版社1996年版,第460页。
② 逯钦立辑校《先秦汉魏晋南北朝诗·汉诗》卷九,中华书局1983年版,第273页。
③ 逯钦立辑校《先秦汉魏晋南北朝诗·汉诗》卷十一,第312页。
④ 逯钦立辑校《先秦汉魏晋南北朝诗·汉诗》卷十二,第329页。
⑤ [清]严可均校辑《全上古三代秦汉三国六朝文·全三国文》卷十三,中华书局1958年版,第1125页。
⑥ [清]严可均校辑《全上古三代秦汉三国六朝文·全梁文》卷三十三,第3142、3143页。

作是比'死别'更令人痛苦的事"①。上述诗赋作品,不过是这一特殊的民族文化心理在文学中的反映。其中,江淹《别赋》更是充分发挥赋体文学"铺陈"的优势,对"悲莫悲兮生别离"的民族文化心理体验做了淋漓尽致的铺叙和渲染,实为对《燕燕》之后中华民族一千多年来有历史记载之别情的总结②。这一定型的别情模式,既是盛唐诗人别情诗创作继承与突破必须面对的传统,也是我们深入理解李颀《送陈章甫》之艺术魅力不可不知的前提。

二、几个应辨析的问题

从以往各家的注释和分析来看,学者们对此诗中所涉及的送别地、陈章甫要返回的"旧乡"及"郑国游人""洛阳行子"之所指的探讨较多,分歧也较大。为讨论方便,现将几种主要观点大致按发表时间先后简要引述如下:

1. 郑国,今河南开封府郑州是也。陈君其殆郑州人乎?李颀东川人,在洛阳送别,故曰洛阳行子。③(蘅塘退士)

2. "郑国游人",指陈章甫从郑国来游。"郑国",春秋时郑国,故址在今河南新郑一带,可能陈居家在那里。"洛阳行子",指陈在洛阳作客。④(林庚、冯沅君)

3. 前人多以为陈章甫此次返乡是回原籍江陵老家,但据诗中所云"旧乡"、"故林",似指河南嵩山而言。诗中称陈章甫为"郑国游人"、自称"洛阳行子"。⑤(倪其心)

---

① 刘怀荣等《唐诗宋词名篇导读》,中国社会科学出版社2009年版,第2页。
② 《梁书》卷十四《江淹传》:"(天监)四年(505),卒,时年六十二。"江淹卒年距《燕燕》写作时代约1 200余年。中华书局2013年版,第251页。
③ [清]蘅塘退士,[清]章燮注疏,吴绍烈、周艺校点《唐诗三百首注疏》,安徽人民出版社1983年版,第38页。
④ 林庚、冯沅君主编《中国历代诗歌选》上编(二),人民文学出版社1964年版,第329页。
⑤ 倪其心《〈送陈章甫〉鉴赏》,《唐诗鉴赏辞典》,上海辞书出版社1983年版,第97页。

4. 李颀又有《送陈章甫》诗,亦云"郑国游人(称陈)未及家,洛阳行子(颀自谓)空叹息"。①(刘开扬)

5. 东门:指洛阳的东门。郑国游人:作者自指。洛阳行子:指陈章甫。行子,出行的人。②(张志浩、俞润泉)

6. 嵩山,春秋时属郑,章甫江陵人,而久居嵩山,故曰郑国游人。颀故园在颖阳,时在洛阳相送,故曰洛阳行子。③(刘宝和)

7. "郑国",今河南中部黄河以南一带,春秋时属郑国。"郑国游人",指作者。"洛阳行子",指陈章甫。李颀曾官新乡县尉。④(文学所《唐诗选》)

8. "郑国游人:指陈章甫。郑国,今河南中部黄河以南一带,春秋时属郑国。""洛阳行子:作者自指。李颀曾官新乡县尉,地近洛阳。"⑤(李浩)

9. 嵩山,春秋时属郑。陈章甫是江陵人,而久居嵩山,故称其为郑国游人。洛阳行子:李颀自称。⑥(隋秀玲)

10. 陈章甫在洛阳有居所,即卷三《宴陈十六楼》题下小注"楼枕金谷"之金谷,故李颀诗称他"洛阳行子"。诗中李颀自称"郑国游人",则送别地点在郑州(今河南郑州),陈章甫所归之"旧乡""故林"似指洛阳金谷,而非江陵。……此诗作于郑州。⑦(罗琴、胡嗣坤)

从上引各家观点来看,对于送别地点,有两种观点,蘅塘退士、张志浩和俞润泉、刘宝和等主洛阳,罗琴和胡嗣坤主郑州,其他各家没有明确解说;关于陈章甫所归"旧乡",旧说以为江陵,倪其心以为是嵩山,罗琴和

---

① 刘开扬《高适诗集编年笺注》,中华书局1981年版,第295页。
② 张志浩、俞润泉注释《闻一多选唐诗》,岳麓书社1986年版,第51页。
③ 刘宝和《李颀诗评注》,山西教育出版社1990年版,第178页。
④ 中国社会科学院文学研究所编《唐诗选》,人民文学出版社2003年版,第73页。
⑤ 李浩《送陈章甫》注,袁行霈主编《中国文学作品选注》(二),中华书局2007年版,第270页。
⑥ [唐]李颀著,隋秀玲校注《李颀集校注》,河南人民出版社2007年版,第107页。
⑦ 罗琴、胡嗣坤《李颀及其诗歌研究》,巴蜀书社2009年版,第121页。

胡嗣坤以为是洛阳金谷,其他各家未作深究;而对"郑国游人"与"洛阳行子"的理解,诸家大都表达了自己的意见,而且明显分为两派。张志浩和俞润泉、文学所《唐诗选》、罗琴和胡嗣坤等以为"郑国游人"是李颀自称,"洛阳行子"指陈章甫;蘅塘退士、倪其心、刘开扬、刘宝和、李浩、隋秀玲等看法正好相反,认为"郑国游人"指陈章甫,"洛阳行子"是李颀自称;只有林庚、冯沅君认为,"郑国游人""洛阳行子"均指陈章甫。

  比较上述各家观点可以发现,各家关于"郑国游人"与"洛阳行子"理解的分歧,与对送别地及目的地的判定密切相关。由于李颀别情诗,写的都是真人实事,其中的地点和细节等,在很大程度上是写实的,因此我们认为,如同时对"东门酤酒"、临别渡河等加以考虑,则《送陈章甫》一诗的送别点当在洛阳,陈章甫之"旧乡"应在嵩丘。理由如下:

  其一,古人饯别多在城门外,而洛阳在郑州西南,如在郑州送别去往洛阳,当走西门;江陵(今荆州市)在洛阳或郑州的南方,如从洛阳或郑州至江陵,当走南门。嵩山在洛阳东南,如从洛阳去往嵩山,当走东门,这与诗中的"东门酤酒"是一致的。

  其二,古人送行,一般送至城外,除特殊情况外,不会远送。诗中"长河浪头连天黑,津口停舟渡不得"两句,紧接饯别酒宴而来,说明渡口距举行酒宴的"东门"应不会太远。如从郑州至洛阳,西向无河可渡。而"隋唐洛阳城规模很大,仅外郭城就有8个城门,其中东墙有3个门,自南向北为永通门、建春门(隋名建阳门)、上东门,建春门是东三门里中间的那个门。……唐代建春门,不在洛河之北,而在洛河之南"①。如从洛阳至嵩山,从东门走建春门或永通门,出城不远就是伊河,"渡不得"之"长河"为伊河无疑②。

  其三,诗中有"青山朝别暮还见,嘶马出门思旧乡",历来诸家解释都比较含糊。或曰"由朝暮相见的青山,思念起久别不见的旧乡"③,或曰

---

  ① 孙钦良《建春门:出城走东陌,惯见桃李花》,《洛阳晚报》2013年6月20日。
  ② 将"长河"释为黄河,恐不妥。见罗琴、胡嗣坤《李颀及其诗歌研究》,巴蜀书社2009年版,第121页。
  ③ 林庚、冯沅君主编《中国历代诗歌选》上编(二),人民文学出版社1964年版,第329页。

"于送之时即言还。一见友爱,一见盼归"①,或曰"言行人思归。朝别暮见,引出思乡。马尚如此,人何以堪?"②其实所谓"朝别暮还见"也应是写实。郑州或洛阳至江陵都在千里以上,郑州至洛阳也在三百里以上,只有洛阳至"嵩丘",不过百里之地,乘快马"朝别(洛阳)暮见(旧乡)"才是可能的。

在确定送别地和目的地的前提下,"郑国游人"及"洛阳行子"可得到比较明确的解释。《元和姓氏纂》卷三称"太常博士陈章甫,江陵人"③,陈章甫《与吏部孙员外书》曰:"仆一卧嵩丘,二十余载。"④则陈章甫长期隐居在嵩丘一带,但他也活动于洛阳,并在洛阳西北的金谷一带有住所⑤。而关于李颀的居里,学术界争论较大,我们认为,罗琴、胡嗣坤"(李颀)实为唐河南郡登封县人,居里在登封县城东、少室山东南、颍水北岸的东川别业"⑥的说法较为可信。陈章甫居住的"嵩丘",当亦在登封一带。而"李颀自称'嵩洛故人''洛阳墨客',他的一生很多时间都在洛阳度过,他与洛阳的关系比与长安更为密切"。其集中诗歌也多与洛阳有关⑦,故他与陈章甫的交游,志趣相投自是重要原因,但居里相近,主要活动地又都在洛阳,也是不可忽视的前提。据学者们研究,"西周末期,郑桓公友以王室司徒的身份强占了河洛之东的桧、虢二国共十邑之地,建立郑国。郑国有国都新郑……郑国以新郑为中心进行扩张,成为春秋前期雄踞中原的重要诸侯国"。此外,当时被郑国强占的还有二十余个城邑,颍谷(今登封市)也在其中⑧,故登封一带本是郑国故地。所以,李颀与陈章甫不仅都可称为"郑国游人",也都是"洛阳行子"。"郑国游人未及家,洛阳行子空叹息"两句,其实是互文见义的写法。

---

① [唐]李颀著,隋秀玲校注《李颀集校注》,河南人民出版社2007年版,第107页。
② 刘宝和《李颀诗评注》,山西教育出版社1990年版,第178页。
③ [唐]林宝撰,岑仲勉校记,郁贤皓、陶敏整理,孙望审订《元和姓纂》卷三,中华书局1994年版,第351页。
④ 《全唐文》卷三百七十三,中华书局1983年版,第3789页。
⑤ 参李颀《宴陈十六楼》《陈十六东亭》。高适《同群公宿开善寺赠陈十六所居》《同观陈十六史兴碑并序》,并可为证。
⑥ 罗琴、胡嗣坤《李颀及其诗歌研究》,巴蜀书社2009年版,第225—226页。
⑦ 罗琴、胡嗣坤《李颀及其诗歌研究》,第236—238页。
⑧ 李玉洁《郑国的都城与疆域》,《中州学刊》2005年第6期。

三、《送陈章甫》所表达的别情

在对诗作做过上述梳理之后,我们再来看诗歌在艺术上的创新。在"黯然销魂"的别情模式化之后,对这种模式的突破就成为别情诗创新的重要表现之一。唐王朝建立后,朝廷上下气象一新,科举制又给一代士人展示出无限的希望。魏晋南北朝数百年来的尚隐之风被崇仕的热情所取代,士人文化心理发生了根本性的变化。表现在别情诗的创作上,诗人们以多种方式突破了"有别必怨"的别情模式。从诗歌类型发展史的角度来看,《送陈章甫》在这方面的特点是非常鲜明的。

悲怨的别情,即使到了士气高扬的唐代,也还是别情中的主导,这在现存唐代别情诗中有着充分的表现。而"腹中贮书一万卷,不肯低头在草莽"的陈章甫,不仅有才能学识,而且有出仕的热情与抱负,但是却偏偏被罢了官。因此,这样的打击对于他来说,并非可等闲视之的小事,而是他个人生活中的大挫折、大失败。诗歌写于陈章甫刚刚被罢、心中的愤懑和失落还未平息之际。如果诗人在诗中表达怨伤,亦合乎常情,毫不为过。但诗中所写别情与以往的同类诗作却完全不同。

《送陈章甫》可分为三个部分。前四句为第一部分。"四月南风大麦黄,枣花未落桐阴长。"表面写初夏时节,南风和煦,大麦已熟,一派喜人的丰收景象。实则暗用上古歌谣《南风歌》:"南风之薰兮。可以解吾民之愠兮。南风之时兮。可以阜吾民之财兮。"[①]此歌相传为舜帝所作,赞美南风既可"解民之愠",又可"阜民之财"。《史记·乐书》称:"舜弹五弦之琴,歌《南风》之诗而天下治……夫《南风》之诗者,生长之音也。"[②]故首二句"大麦"成熟、"枣花"盛开、"桐"树繁茂,正是"阜财"、生长的具体体现,又同时于写景中暗含了"解愠"的意义。"青山"二句,点出送别和思乡,但历来注家都含糊其词。实际上,"嘶马出门思旧乡",点出是骑马

---

① 逯钦立辑校《先秦汉魏晋南北朝诗·先秦诗》卷一,第2页。
② 《史记》卷二十四《乐书》,中华书局2013年版,第1235页。

出行。采用的是倒叙的写法,因为出门所见,正是一、二句中所写景致,而由眼前的景物自然想到"旧乡"的景物,故触景生情而"思旧乡"。洛阳距登封不过百里,以骑马的速度,可以朝发暮至。故"青山朝别暮还见",实为一笔兼写两处,即由眼前青山念及"旧乡"青山,当解作"朝别"(洛阳之)"青山","暮还见"(旧乡之)"青山"。这其实是归心似箭,近乡心切的另一种说法。这四句无论化用无痕,还是省净的叙事笔法,都是值得称道的。而大麦黄、桐枣长势及归乡在即的事实,都是令人喜悦的。作者其实是以此宽解陈章甫罢官之"愠",这也是开头几句真正的立意之所在。所以,从《南风歌》借来的"解愠"二字,其实是大有深意的。这样的别情,在以往的同类诗作中还真是没有。

中间八句是第二部分,正面刻画临别之际的陈章甫。"心轻万事",自然也包括罢官的遭遇在内,故本部分其实是对开头四句所写别情的进一步强化。其不同在于,第一部分是从外在的麦黄枣盛入手,写罢官之"愠"、离别之愁都可借"阜财"与生长的喜气而消解。而本部分则从陈章甫内在的精神世界和开阔的胸怀落笔,写他面对罢官之失意,离别之伤悲,确能淡然处之,毫不介怀。

末六句为第三部分,写临别之际,天气突变,"津口停舟",行程受阻,"青山朝别暮还见"的愿望落空,由此引出二人的"叹息",并推想返乡后旧友故知的态度。但从上下文看,这叹息更多的是源于不能如预期当日还乡,暮见"旧乡"之青山。而末二句,也未必是"以试问语气写出世态炎凉"[1]。从中段所写陈章甫之人品来看,诗人对他的"故林相识"同样是持肯定态度的。也只有这样理解,全诗三部分才是气脉贯通,主旨一致的。故诗歌虽以问句收尾,似是有所疑虑,但其命意绝不在于写出"世态炎凉",而是继续为陈章甫宽解,对他被罢后自由的林下之乐充满期待。这也符合李颀及盛唐士人对仕隐的特殊理解。所以,全诗所写别情,完全突破了传统别情诗的模式。

---

[1] 倪其心《〈送陈章甫〉鉴赏》,《唐诗鉴赏辞典》,上海辞书出版社1983年版,第97页。

四、破体为文与《送陈章甫》的艺术突破

《送陈章甫》在别情的艺术表达方面,也有独特的创造性。而最突出的则是破体为文。在讨论这个问题之前,我们需先对李颀别情诗的性质做一简要的说明。有不少学者习惯于把李颀别情诗中的相当一部分称为人物素描诗或人物诗①,这当然有一定的道理。但是,中国古代诗歌大多有其自身的类型发展史,每一诗歌类型在题材、主题、艺术表现等方面,往往形成了相对独立的体系。故从诗歌类型学的角度入手对诗歌进行研究,更容易抓住诗歌的创新性特点,并给诗歌准确定位。将李颀别情诗改称人物诗或人物素描诗②,则无端打乱了这一诗歌史自身发展的规律。因此,我们以下的讨论仍坚持这一原则,即在中国别情诗发展的长河中,来考察《送陈章甫》,并兼及李颀其他相关诗作。

在中国古代,各类文体发展到成熟阶段,都会形成特定的规范。创作者需对文体规范进行辨析,以便更好地遵循其基本要求,这就是所谓的辨体。但有时候,作者要做的却是破体,即突破某种文体已经定型的规范,使创作走向新变。钱锺书说:"名家名篇,往往破体,而文体亦因以恢弘焉。"③吴承学也说:"破体,往往是一种创造,不同文体的互相融合,时时给文体带来新的生命力。"④李颀《送陈章甫》,即是将史传和小说的写法引入到诗中,给别情诗带来了全新的气象。

已有学者指出,中国古代史传文学中已有"突出特征的片断式人物速写。这种片断速写,往往通过一两个典型细节为人物摄像或定型,并不展开具体情境或情节。《史记》中许多人物传记善用这种方法开头……对后代影响很大。志人小说《世说》系传说纪闻,也用这种写法","值得注

---

① 如王锡九《试论李颀的人物素描诗》,《镇江师专学报》1985年第2期。陈丽娟《李颀人物诗的独创性及其原因》,《太原师范学院学报》2006年第3期。魏景波、魏耕原《李颀歌行体人物诗与盛唐气象》,《文史哲》2012年第1期。

② 提倡"人物诗"的学者也认为:"他的人物诗,实际上就是送别与酬赠诗。"见魏景波、魏耕原《李颀歌行体人物诗与盛唐气象》,《文史哲》2012年第1期。

③ 钱锺书《管锥编》,中华书局1979年,第890页。

④ 吴承学《辨体与破体》,《文学评论》1991年第4期。

意的是,顾恺之的重要画论'四体妍蚩,本无关于妙处,传神写照,正在阿堵中。'(《巧艺》)正是在《世说》中记载的。它表明'传神'虽要借助于形(阿堵,指眼睛),但并不要求充分写形(四体妍蚩),只要突出特征。《世说》这种写人的美学思想。在一定意义上,也是古代人物描写'写意传神'(略貌取神)文学传统的理论概括"[1]。

《送陈章甫》正是将这种史传和小说的人物描写方法创造性地运用到了别情诗中。如果套用文学史"以文为诗""以赋为诗"等说法,李颀的这种尝试可称之为"以小说为诗",这在以往的别情诗中还是从来没有过的。这一特点主要见于诗歌的第二部分。诗人用八句诗对陈章甫形貌及风度作了精彩的描摹,塑造了一位奇人形象。

其一,通过"突出特征的片断式人物速写",塑造了陈章甫豪杰文士的形象。"虬须""虎眉""大颡"写其堂堂仪表,"立身坦荡"写其为人,寥寥几笔勾画出了一位大丈夫形象。这种将对陈章甫的欣赏与赞美之情自然地融于人物描写的写法,显然是从史传及志人小说借来,但作者却能运用自如,毫无勉强之感。

其二,通过典型细节的描写,表现了陈章甫倜傥不群的精神风貌。满腹经纶、"不肯低头在草莽"却被罢官的陈章甫,在"东门酤酒饮我曹"之时,没有借酒浇愁,向朋友们倾诉自己的不幸,而是"心轻万事皆鸿毛",这显示出他不同凡俗的气度。对此,李颀使用了典型细节的描写来做进一步的渲染。"醉卧不知白日暮,有时空望孤云高"两句,以人物生活的两个细节,来表现陈章甫的性格和内在精神。这其实正是"以形传神"的一种写法。刘上生说:"写实传神(以形传神)。用生活化言行(人物情境活动)表现性格。这是主要渊源于历史文学化的人物描写方法。多量细节和场景写实,是这种方法的特点。史传著作中完整的人物故事多采用这种方法。由于对真实的历史人物和事件进行想象描述,较易贴近生活,可以具体展示由人物复杂关系构成的社会环境,可以充分展开矛盾冲突,具体描写人物言行,因而这种方法不但能够突出特征,而且有利于多方面

---

[1] 刘上生《古代小说人物艺术的起点——对小说史研究一个问题的回顾和回答》,《明清小说研究》1997年第4期。

表现人物性格,完成个体形象。"①李颀不仅成功地在诗中运用了这种手法,而且诗中以纵"酒"写其不拘礼法、任情而为之豪,以望"云"绘其脱略俗事、寄心世外之逸,也是李颀其他别情诗常用的两大法宝:

五十无产业,心轻百万资。屠酤亦与群,不问君是谁。饮酒或垂钓,狂歌兼咏诗。(《赠别高三十五》)②

一言不合龙颔侯,击剑拂衣从此弃。朝朝饮酒黄公垆,脱帽露顶争叫呼。(《别梁锽》)③

养德为众许,森然此丈夫。放情白云外,爽气连虬须。(《送裴腾》)④

菱歌五湖远,桂树八公邻。青鸟迎孤棹,白云随一身。(《送乔琳》)⑤

左手持蟹螯,右手执丹经。瞪目视霄汉,不知醉与醒。(《赠张旭》)⑥

空怀济世业,欲棹沧浪船。举酒洛门外,送君春海边。……转浦云壑媚,涉江花岛连。绿芳暗楚水,白鸟飞吴烟。(《赠别穆元林》)⑦

有才不偶谁之过,肯即藏锋事高卧。……别离斗酒心相许,落日青郊半微雨。请君骑马望西陵,为我殷勤吊魏武。(《送刘方平》)⑧

从这些诗中可以发现,"酒""云"两大意象是李颀描写自己特别欣赏的人物时常用的两大法宝。其中写张旭的几句,与本诗"醉卧不知白日

---

① 刘上生《古代小说人物艺术的起点——对小说史研究一个问题的回顾和回答》,《明清小说研究》1997年第4期。
② 《全唐诗》卷一百三十二,第1343页。
③ 《全唐诗》卷一百三十三,第1352页。
④ 《全唐诗》卷一百三十二,第1342页。
⑤ 《全唐诗》卷一百三十四,第1365页。
⑥ 《全唐诗》卷一百三十二,第1340页。
⑦ 《全唐诗》卷一百三十二,第1345页。
⑧ 《全唐诗》卷一百三十三,第1356—1357页。

暮"两句极为相似,都是通过人物的动作、形态等特写型细节,来展示其内在的精神气度。其源自史传和志人小说的痕迹也是非常明显的。

其三,"破体为文",以小说为诗,融小说与诗歌为一体,完全打破了别情诗传统的写法。在此,需要特别指出的是,诗人将史传和志人小说人物描写的技法引入别情诗,并不只是为了塑造人物形象。诗中无论是"突出特征的片断式人物速写",还是通过"云""酒"意象完成的典型细节描写,都是为全新的别情表达服务的。通过对陈章甫的高度欣赏与肯定,写出独特的别情,表达诗人与陈章甫惺惺相惜的友情,才是诗歌人物描写的真正目的。所以诗歌"破体为文"的结果,只是为别情诗加入了全新的质素,而并没有改变这一题材。"破体通常包涵两层意指:一是指在旧文体的名称下突破旧有的表达法;一是指打破旧有文体,开创新的文学体裁"①。从这样的立场来看,《送陈章甫》及李颀其他同类诗作所做的只是"突破旧有的表达法",而并没有"开创新的文学体裁",创造出所谓"人物诗"。这些别情诗的主旨也没有脱离别情的表达而将重点转向人物描写。换言之,后者只是服务于别情表现的手段,而绝对不是目的。这也是我们坚持把李颀这类诗歌作为别情诗,而不是人物诗看待的根本原因。

李颀别情诗中所写的人物,大多是倜傥轩昂、胸怀大志,虽怀才不遇,却能看淡得失,在出处之间保持一份少有的平静。《别梁锽》中的"途穷气盖长安儿"与《送裴腾》中"放情白云外"两句诗,非常准确地写出了这一类奇人出处同归②、豪逸并致的共性。这是盛唐一代士人独有的风采,也是李颀本人精神气度的写照。《送陈章甫》等诗歌所写的就是这类奇人的离别之情,因此,这类诗歌的创新绝不是只靠"破体为文"的技巧就能做到的,独特的时代精神和士人理想,也是其成为经典名篇不可缺少的重要现实前提③。

---

① 刘路、朱玲《关于破体为文》,《陕西师范大学学报》1998年第2期。
② 关于盛唐士人"出处同归"的人生理想,请参考拙作《从魏晋风度到盛唐精神——以仕隐观的演变为核心》,《文学前沿》(4),首都师范大学出版社2001年版。
③ 关于本诗"破体为文"所产生的影响,因篇幅所限,本文中不拟讨论。

论顾况诗歌"以小说为诗"的艺术创新[*]

关于小说与唐诗的关系,学者们关注较多的是唐诗对唐传奇的影响[①],在为数不多的研究唐传奇对唐诗影响的成果中[②],又以探讨小说对韩孟诗派诗人及其他中晚唐诗人影响的论文较为集中[③]。但关于顾况诗歌与小说的关系,还很少有人关注。就文学史发展的实际来看,在顾况之前,小说地位低,数量少,而诗歌叙事又多写真人实事,很少对小说加以借鉴。盛唐诗人李颀虽在"以小说为诗"方面有过一定的探索,但也主要表现在对人物神采风度的描写方面[④],诗中尚无虚构和想象的情节。就小

---

[*] 本文与徐盈合作,原刊于《中南民族大学学报》2016年第5期,发表时有较大删节,今据原稿做了补充。

[①] 如崔际银《诗与唐人小说》,天津古籍出版社2004年版;邱昌员《诗与唐代文言小说研究》,中国社会科学出版社2008年版;吴怀东《唐诗与传奇的生成》,安徽大学出版社2008年版等。

[②] 陈寅恪《元白诗笺证稿》:"元微之连昌宫词实深受白乐天陈鸿长恨歌及传之影响,合并融化唐代小说之史才诗笔议论为一体而成。"生活·读书·新知三联书店2001年版,第63页;董乃斌《中国古典小说的文体独立》列举《莺莺传》与《莺莺歌》、《崔娘诗》与《续会真诗》、《李娃传》与《李娃行》等,认为小说带动了诗歌创作,但并未展开。中国社会科学出版社1994年版,第252页;邱昌员《诗与唐代文言小说研究》中仅提及小说故事用作诗歌典故(211—229页)及唐代爱情小说对唐代爱情诗、游仙诗的推动,第356—370页;吴怀东《唐诗与传奇的生成》第八章"传奇小说对于诗歌的渗透"有专门探讨,第242—248页。

[③] 如何丹尼、李海峰《论唐传奇对唐代叙事诗的影响》,《上海师范大学学报》1987年第1期;鲁华峰《中晚唐游仙诗与传奇》,《宁夏大学学报》2002年第2期;余来明、陈文新《李贺诗风与唐人小说中的鬼诗》,《贵州文史丛刊》2002年第2期;胡继琼《〈任氏传〉与〈琵琶行〉——唐诗与唐传奇的深层契合及相互影响》,《贵州师范大学学报》2003年第5期;吴怀东、余恕诚《论传奇小说对中晚唐诗歌的影响》,《合肥师范学院学报》2008年第2期;余恕诚《论小说对李商隐诗歌创作的影响》,《文学遗产》2009年第3期;杨晶《小说对李贺诗歌的影响》,《宜宾学院学报》2012年第7期。

[④] 刘怀荣、苑秀丽《"破体为文"与别情诗的新突破——以李颀〈送陈章甫〉为例》,《中南民族大学学报》2015年第3期。

说本身而言,唐前小说大多缺少曲折的情节,志怪小说往往强调神怪之事的真实性。故鲁迅说:"小说亦如诗,至唐代而一变,虽尚不离于搜奇记逸,然叙述宛转,文辞华艳,与六朝之粗陈梗概者较,演进之迹甚明。"①

顾况多才多艺、特立独行,生活于唐传奇全面兴盛的前夕。在文学艺术方面,具有鲜明的创新求变精神。他也是较早对小说表现出浓厚兴趣的一位唐代诗人,崇尚怪奇是他小说观和诗歌观共有的特点,其诗歌在故事性题材的诗化表现,虚构、想象和因果报应的叙事方式,使用杂史小说事典等方面,都做了新的探索,体现了鲜明的"以小说为诗"的创新特征。这一"破体为文"的探索,上承盛唐诗人李颀,下启中唐韩孟诗派,在中国诗歌史上有着非常重要的意义。

一、顾况小说与诗歌审美的共性

唐代传奇虽在初盛唐时期就已经出现了如王度《古镜记》、无名氏《补江总白猿传》、张鹭《游仙窟》等作品,但其全面兴盛则要到中唐。鲁迅说:"惟自大历(766—779)以至大中(847—858)中,作者云蒸,郁术文苑,沈既济、许尧佐擢秀于前,蒋防、元稹振采于后,而李公佐、白行简、陈鸿、沈亚之辈,则其卓异也。"②唐传奇兴盛期来临前夕,顾况早已是诗坛名人,相对于白居易、元稹等后辈诗人而言,他也是唐代较早关注小说,并在小说方面具备相当素养的一位诗人③。顾况的同年戴孚,著有《广异记》,该书"作于中唐初年,在唐人传奇还没有全面发达的时期,可以看做从志怪向传奇发展的一部代表作"④。"不但在当时,就是从唐朝一代看来,篇幅都是相当大的,可能是字数最多的一部小说集"⑤。而这部小说集的序言就出自顾况之手,其中写道:

---

① 鲁迅《中国小说史略》,《鲁迅全集》第九卷,人民文学出版社2005年版,第73页。
② 鲁迅校录《唐宋传奇集·序列》,齐鲁书社1997年版,第2页。
③ "我们不妨论定顾况生于开元十五年(727)前后数年,卒于元和十五年(820)以后,年寿九十四,大约可信。"赵昌平《关于顾况生平的几个问题——与傅璇琮先生商榷》,《苏州大学学报》1984年第1期,第78页。
④ 程毅中《唐代小说琐记》,《文学遗产》1980年第2期。
⑤ [唐]戴孚撰,方诗铭辑校《广异记·辑校说明》,中华书局1992年版,第1页。

志怪之士，刘子政之《列仙》，葛稚川之《神仙》，王子年之《拾遗》，东方朔之《神异》，张茂先之《博物》，郭子潢之《洞冥》，颜黄门之《稽圣》，侯君素之《旌异》；其中神奥，陶君之《真诰》，周氏之《冥通》，而《异苑》《搜神》，《山海》之经，《幽冥》之录，襄阳之《耆旧》，楚国之《先贤》，风俗所通，岁时所记，吴兴阳羡，南越西京，注引古今，辞标淮海，裴松之、盛弘之、陆道瞻等，诸家之说，蔓延无穷。国朝燕公《梁四公传》、唐临《冥报记》、王度《古镜记》、孔慎言《神怪志》、赵自勤《定命录》，至如李庚成、张孝举之徒，互相传说。①

从中可以看出，顾况在小说方面有着很高的素养，不仅对唐前的志怪小说了如指掌，对于唐代志怪、传奇的发展也非常熟悉。在这篇序言的开头部分，他还对"子不语怪力乱神"之说提出了反驳，并把志怪、传奇提到圣人"观象设教"的高度：

　　圣人所以示怪力乱神，礼乐行政，著明圣道以纠之。故许氏之说天文垂象，盖以示人也。古文"示"字如今文"不"字，儒者不本其意，云子不语此，大破格言，非观象设教之本也。②

按照他的说法，圣人"示怪力乱神"，即是"天文垂象，盖以示人也"，意在纠正"礼乐行政"之失，所谓"子不语怪力乱神"乃是儒者的误解。换言之，"示怪力乱神"乃是圣人"观象设教"的本义，而汉代以来的志怪、传奇，正是"天文垂象""示怪力乱神"的具体表现，对于"观天人之际，察变化之兆，吉凶之源"③，有着特殊的意义。从正统的立场来看，这实在是有点离经叛道。

顾况对小说的这一认识，与他的诗歌观也有着深层的联系。顾况与

---

① 《全唐文》卷五百二十八、五百二十九，中华书局1983年版，第5368—5369页。
② 《全唐文》卷五百二十八，第5368页。
③ 同上。

皎然同为"吴中诗派"①的代表,该派成员还有秦系、灵澈、朱放、陆羽、张志和等人,主要活跃于大历、贞元年间的三吴两浙地区。七人人生经历与性格都较为相近,性格奇崛不羁,"以佯狂自高,啸傲人世,而于放荡不羁中时时露出奇(倔)[崛]不平之气"②。皎然诗学代表了"吴中诗派"共同的诗歌观,其"三格四品",尤具特色。跌宕格有二品,一为越俗,其特点是"如黄鹤临风,貌逸神王,杳不可羁",二为骇俗,其特点是"外示惊俗之貌,内藏达人之度";淈没格有淡俗品,其特点是"如夏姬当垆,似荡而贞;采吴楚之风,虽俗而正";调笑格有戏俗品,其特点是"非雅作,足以为谈笑之资矣"③。赵昌平把这三格都看作是"不主故常、惊世骇俗、以谐俗为奇崛的逸格",并认为:"三格四品是提倡一种跌宕不羁、惊世骇俗的风格……所谓淡俗即用俗而能淡雅,所谓戏俗即用俗以调笑,所谓骇俗即用俗而能惊世,所谓越俗即用俗而能超逸。"④如果说淡俗、戏俗更偏重于以通俗、戏谑出奇取胜,越俗、骇俗则分别以"不羁""惊俗"为重点,突出了奇险、怪奇的特点。又皎然在《诗议》中也说:"固须绎虑于险中,采奇于象外,状飞动之趣,写冥奥之思。"⑤,同样强调奇险。

皎然诗论对怪奇的推崇,在顾况诗中也得到了很好的体现⑥。前人对顾况诗的评价,也多注意到了这一点。如皇甫湜指出,顾况诗"偏于逸歌长句,骏发踔厉,往往若穿天心,出月胁,意外惊人语非寻常所能及,最为快也"⑦。查世沣说:"观其气度之磊落,诗笔之骏发踔厉,语必惊人,正孔门中狂者,故自称狂生。"⑧贺桂龄也说:"其文体与顾亭林先生有间,而骨力之苍雄,志气之豪迈,踔厉峻发,不可一世。"⑨夏承焘则认为:"盖诗

---

① 赵昌平《"吴中诗派"与中唐诗歌》,《中国社会科学》1984年第4期。
② 赵昌平《"吴中诗派"与中唐诗歌》,《中国社会科学》1984年第4期。
③ [唐]皎然著,李壮鹰校注《诗式校注》,人民文学出版社2003年版,第48—55页。
④ 赵昌平《"吴中诗派"与中唐诗歌》,《中国社会科学》1984年第4期。
⑤ 张伯伟《全唐五代诗格汇考》,江苏古籍出版社2002年版,第208页。
⑥ 笔者已有待刊稿《论顾况诗歌的怪奇美》,此处不拟展开。
⑦ 《全唐文》卷六百八十六,第7026页。
⑧ 查世沣《重刻顾华阳集序》,转引自赵昌平校编《顾况诗集》,江西人民出版社1983年版,第135页。
⑨ 贺桂龄《重订华阳集·序》,转引自赵昌平校编《顾况诗集》,第136页。

至玉川、逼翁,纵横奇诡,已非杜、韩所能牢笼,虽坡无以远过。"①可见,顾况诗歌与皎然诗论确是深相契合的。

虽然顾况崇尚怪奇的诗歌审美追求,与他以"示怪力乱神"为志怪、传奇正名的小说观,因文体不同而不能完全等量齐观,但是,在以怪奇达到艺术创新目的,突破传统文学常规这一点上,二者可谓异曲同工,有深层的共性。这其实也是顾况能够破体为文,别具手眼,在"以小说为诗"方面取得突出成绩的必备前提。

二、故事性题材的诗化表现

我国诗歌长于抒情,中唐之前,只有《陌上桑》《孔雀东南飞》及初唐四杰的长篇歌行(如骆宾王《畴昔篇》《帝京篇》)等为数不多的叙事诗。顾况的部分诗歌也具有明显的故事性,但他多以连缀故事片段的方式,融叙事与抒情为一体,以诗化的方式来表现故事性题材。尤以《瑶草春》和《宜城放琴客歌》最为典型,《瑶草春》曰:

> 瑶草春,杳容与,江南艳歌京西舞。执心轻子都,信节冠秋胡。议以腰支嫁,时论自有夫。蝉鬓蛾眉明井底,燕裙赵袂萦辘轳。李生闻之泪如绠,不忍回头看此井。月中桂树落一枝,池上鸂鶒唤孤影。露桃秾李自成蹊,流水终天不向西。翠帐绿窗寒寂寂,锦茵罗荐夜凄凄。瑶草春,丹井远,别后相思意深浅。②

诗有小序曰:"陇西李迅者,纳别宅监奴,出。迅不喜,欲访故人,为刺史强而配焉。即归而不合,监奴投井而死。因作《瑶草春》歌以悲之。"③从序中文字来看,这是一个真实的故事。李迅小妾监奴被刺史强行嫁与他人,监奴遂投井而死,此诗即为此而作。这是一个非常适合写成传奇的

---

① 夏承焘《月轮山词论丛·东坡乐府论笺》,转引自赵昌平校编《顾况诗集》,第136页。
② 王启兴、张虹《顾况诗注》,上海古籍出版社1994年版,第119页。
③ 王启兴、张虹《顾况诗注》,第119页。

爱情悲剧故事,但顾况却是以诗化的表现方式来加以处理的。作者只是勾勒了故事的轮廓,诗作前半部分写监奴,只就其风姿、歌舞技艺、坚贞、殉情略加点染;后半部分写李迅,对他的悲悼、追怀及相思之情,也只是结合景物稍作渲染,点到为止,而对故事情节及发展并不加以展开。另一首是《宜城放琴客歌》:

> 佳人玉立生此方,家住邯郸不是倡。头髻鬌鬌手爪长,善抚琴瑟有文章。新妍笼裙云母光,朱弦绿水喧洞房。忽闻斗酒初决绝,日暮浮云古离别。巴猿啾啾峡泉咽,泪落罗衣颜色暍。不知谁家更张设,丝履墙偏钗股折。南山阑干千丈雪,七十非人不暖热。人情厌薄古共然,相公心在持事坚。上善若水任方圆,忆昨好之今弃捐。服药不如独自眠,从他更嫁一少年。①

诗题下有自注:"柳浑封宜城县伯",并有小序曰:"琴客,宜城爱妾也。宜城请老,爱妾出嫁。不禁人之欲而私耳目之娱,达者也。况承命作歌。"②顾况与柳浑是至交③,此诗又是"承命作歌",对这一真人实事的歌咏,顾况在诗歌体式上也采用了与初唐四杰"辘轳体"相近的歌行体,前六句写琴客之品貌、才艺;中八句写柳浑放琴客及琴客不舍之悲;末六句写柳浑"持事坚",心意已决,实则称赞他为琴客着想、成人之美。这与前述《瑶草春》一样,也只有故事轮廓而无对故事具体情节的展开描述。这既不同于初唐四杰铺叙的长篇歌行,与之后以白居易《长恨歌》为代表的长篇歌行也不一样。所以这两首诗的篇幅都不算太长,但诗化的故事讲述方式却如出一辙。

也许是正是因为与这两首诗有关的本事具备传奇的基本特点,且诗歌都有小序,北宋张君房辑录的唐宋传奇小说集《丽情集》将这两首诗序

---

① 王启兴、张虹《顾况诗注》,第127页。
② 同上。
③ 《旧唐书》卷一百三《李泌传》载:"初,泌流放江南,与柳浑、顾况为人外之交,吟咏自适。"中华书局2013年版,第3624页。

都收录在内。《丽情集》已佚,经程毅中、李剑国两位学者的努力,共辑得42条佚文[①],其中选自唐人诗序的有11篇,分别是:顾况《宜城放琴客歌并序》、顾况《瑶草春并序》、元稹《崔徽歌并序》、白居易《燕子楼三首并序》、刘禹锡《泰娘歌并序》、杜牧《张好好诗并序》、杜牧《杜秋娘诗并序》、李商隐《柳枝五首并序》、崔珏《灼灼歌并序》、卢硕《真真歌并序》、《莲花妓诗》及序。其中,崔珏为晚唐诗人,有《哭李商隐二首》;《真真歌》写郑还古与沈真真情事,按《全唐诗》郑为元和(806—820)中进士[②];《莲花妓诗》讲述妓女莲花与陈陶赠答事,陈陶为唐末人。也就是说,上述选自唐人诗序的11篇《丽情集》佚文,以顾况的二篇为最早。此外,"从已经整理的佚文来看,除了'余媚娘''郭苹'没能找到其中的诗歌以外,大部分的故事都是兼载歌行……可见,《丽情集》的编撰,是介于传奇与诗歌之间,兼有传奇故事集与诗话的双重性质"[③]。又因"《丽情集》是宋初私家选编、刊刻最早的唐宋传奇体小说选本,也是北宋中期流传最为广泛的小说文本,为宋人小说创作提供了师法的艺术模式,对于宋代小说发展具有开拓意义"[④]。因此,顾况的这两首诗及序就不仅是以故事的诗化开创了诗歌的一种全新写法,也为同类诗作起到了导夫先路的作用,而且通过《丽情集》这一桥梁,还对宋代传奇产生了不可忽视的影响。

三、诗歌叙事中的虚构和想象

幻游的情节与诗歌,尤其是游仙诗有些许相似,但游仙诗仍不出抒情言志传统,而小说中的梦游则以叙述梦中所历的奇闻逸事为重点,或游历天国仙境,或目睹阴司冥府,叙述曲折婉转。顾况在《戴氏广异记序》中曾提到《幽明录》与《搜神记》,书中所载"焦湖庙祝"的故事尤其值得注

---

① 程毅中《〈丽情集〉考》,《文史》第十一辑,中华书局1981年版,第207—226页;李剑国《宋代志怪传奇叙录》,南开大学出版社1997年版,第78—86页。
② 《全唐诗》卷四百九十一,中华书局1999年版,第5597页。
③ 江南《〈丽情集〉小考》,复旦大学2006年硕士学位论文。
④ 赵维国《论〈丽情集〉与宋代丽情小说创作》,《河南大学学报(社会科学版)》2003年第1期。

意,主人公杨林在庙祝的指引下进入枕中,当官并结婚生子,官位步步高升,享尽荣华富贵,枕内历年载,而实俄顷之间,后来的《枕中记》《南柯太守传》都是由此脱胎而来。顾诗对小说幻游情节的借鉴尤以《露青竹杖歌》为代表:

> 鲜于仲通正当年,章仇兼琼在蜀川。约束蜀儿采马鞭,蜀儿采鞭不敢眠。横截斜飞飞鸟边,绳桥夜上层崖颠。头插白云跨飞泉,采得马鞭长且坚。浮沤丁子珠联联,灰煮蜡楷光烂然。章仇兼琼持上天,上天雨露何其偏。飞龙闲厩马数千,朝饮吴江夕秣燕。红尘扑辔汗湿鞯,师子麒麟聊比肩。江面昆明洗刷牵,四蹄踏浪头枪天。蛟龙稽颡河伯虏,拓羯胡雏脚手鲜。陈闳韩幹丹青妍,欲貌未貌眼欲穿。金鞍玉勒锦连乾,骑入桃花杨柳烟。十二楼中奏管弦,楼中美人夺神仙。争爱大家把此鞭,禄山入关关破年。忽见扬州北邙前,只有人还千一钱。亭亭笔直无皴节,磨拶形相一条铁。市头格是无人别,江海贱臣不拘绁。垂窗挂影西窗缺。稚子觅衣挑仰穴,家童拾薪几拗折。玉润犹沾玉垒雪,碧鲜似染苌弘血。蜀帝城边子规咽,相如桥上文君绝。往年策马降至尊,七盘九折横剑门。穆王八骏超昆仑,安用冉冉孤生根。圣人不贵难得货,金玉珊瑚谁买恩?[①]

全诗以露青竹杖为线索与叙事核心,可按发生、发展、高潮、结束分为四部分。第一部分是事件起因:在开元、天宝年间,当时鲜于仲通正值当年,为杨国忠所荐,章仇兼琼在蜀地,蜀地产竹,因而令蜀人采马鞭。

第二部分是故事的发展,蜀人采取马鞭不敢睡觉,而且历经种种艰辛,不仅要过绳桥,还要夜上高崖,脚跨飞泉,极其危险,终于采到了长且坚的马鞭。接下来,诗人细致描写了马鞭的加工、制作过程,经过铜钉修饰、打蜡剖光之后的马鞭璀璨耀眼,章仇兼琼将其进献给唐玄宗,从此开启了马鞭华贵的功业篇章。

---

① 王启兴、张虹《顾况诗注》,第112—113页。

第三部分是故事的高潮,马鞭在宫中深得专宠,驾驭天子御苑良马,连狮子麒麟般骏马都臣服于下,此后连陈闳、韩幹等丹青国手都为其绘饰,就连如天仙下凡的宫中美人都对其宠爱有加,争相把玩。此鞭所受待遇之殊、功名之高达至顶峰,令人欣羡不已。

第四部分是故事的结局,天宝十五载安禄山入关使故事发生了转折,天子蒙尘,由安史之乱此鞭辗转流落民间,身价不复从前,只有一千钱的还价。马鞭如一条铁,原先的裂纹、结节都已磨损,市井之中无人能看出它曾有过的无上荣光。这根马鞭最后辗转成为顾况家里充作挑仰窗担薪的工具,遭人轻贱,为人所弃。诗人不禁感叹:即使是金玉珊瑚所饰的马鞭又有谁能换取天子恩宠呢?

此诗将叙事与抒情相结合,虽为诗体,但却借鉴小说的幻游情节,有意虚构了马鞭的经历,且这种虚构的经历令人深觉如梦一场,起因、经过、发展、高潮、衰落与结束环环相扣,叙述曲折有致,起伏错落,百折千回,俨然一副传奇笔墨。从小说的角度而言,顾况此诗则与《幽明录》《古镜记》等小说多有指涉。《幽明录》为南朝志怪小说,小说中所载"焦湖庙祝"的故事情节,无论是梦中极尽奢靡,梦中与现实的巨大落差,或是繁华若梦的结局,与顾诗的情节都有极大的共通性。此诗和《古镜记》也颇有相似,《古镜记》是唐代较早的传奇,尚存六朝志怪余风,而从《戴氏广异记序》来看,顾况对此书也甚为了解,以小故事相连缀叙述古镜的来龙去脉、辗转流传及其神奇之处,可照出老狐、大蛇等精怪,最后古镜发出如龙咆虎吼般的悲鸣,开匣视之则失镜。一为古镜,一为马鞭,都为宝物所历之事,且都是有意虚构,借此有所寄寓。可以看出,顾况此诗已不再是一般叙事诗的面貌,以马鞭的荣宠兴衰写人生无常、世态炎凉,叙事婉转曲折,且有意在诗中展示出宫中的恩宠备至与现在遭人轻贱的巨大差异,寄寓着诗人入世却遭遇坎坷的无奈,大有南柯一梦之感,近乎一篇完整的传奇小说,颇具传奇气息。在顾况之后,这种将传奇手法用于诗歌的作法到韩愈笔下展现得淋漓尽致,韩愈的《和虞部卢四酬翰林钱七赤藤杖歌》也是由别人送他的一根藤杖而怪想联翩,较之顾诗更为奇崛、怪诞,但在故事情节、传奇手法上却如出一辙,不能不说是受到了顾况的一定影响。在顾况所处的时代,顾诗对小说叙事结构的借鉴可谓是相当超前的,顾况这种超前的认识到了中唐时期才逐渐为人所接受,可见,顾况这种小说化的情节有自己的独特价值与意义,实则已为中唐韩孟诸人导夫先路。

又如顾况《送从兄使新罗》一诗,此诗为顾况送从兄出使新罗而作,诗歌前半部分交代了从兄出使新罗的种种背景,其后则虚构了出使时的奇遇:

> 六气铜浑转,三光玉律调。河宫清奉赆,海岳晏来朝。地绝提封入,天平赐贡饶。扬威轻破虏,柔服耻征辽。曙色黄金阙,寒声白鹭潮。楼船非习战,骢马是嘉招。帝女飞衔石,鲛人卖泪绡。管宁虽不偶,徐市倘相邀。独岛缘空翠,孤霞上泬寥。蟾蜍同汉月,蝘蛛异秦桥。水豹横吹浪,花鹰迥拂霄。晨装凌莽渺,夜泊记招摇。几路通员峤,何山是沃焦。飓风晴汩起,阴火暝潜烧。鬓发成新髻,人参长旧苗。扶桑衔日近,析木带津遥。梦向愁中积,魂当别处销。临川思结网,见弹欲求鸮。共散羲和历,谁差甲子朝。沧波伏忠信,译语辨讴谣。叠鼓鲸鳞隐,阴帆鹢首飘。南溟垂大翼,西海饮文鳐。指景寻灵草,排云听洞箫。封侯万里外,未肯后班超。①

其中,诗人显然是有意虚构想象出了出使新罗的种种奇遇,帝女、鲛人、管宁、徐市(福)、水豹、花鹰等神人异兽纷纷登场。员峤是神话传说中的海上仙山,沃焦为神话传说中的大山,以较大的篇幅对出使时所遇的精怪、神兽、仙境进行了想象,打破了现实的时空组合,给人以怪奇之感。整篇诗作开头交代出使背景,后虚构了出使所遇的奇闻逸事,恍如幻游一般,记叙婉转曲折,已然不再遵循传统的送别诗写法,别具小说气息,甚至可以称之为"从兄使新罗奇遇记",与六朝志怪小说可谓是一脉相承。传统送别诗中的时地、景物、离愁别绪被压缩,聚焦的是诗人有意虚构出的

---

① 王启兴、张虹《顾况诗注》,第186—187页。

奇闻逸事，遇到的是各种神人异兽，不论是情节结构，或是新奇的取向，实则都是小说的特质。正是由于顾况借鉴小说的情节结构，此诗才呈现出迥异于传统的怪奇风貌。此外，顾况《龙宫操》虽为洪水而作，但却虚构了龙宫世界，洪水将陆地淹成大海，精卫又要衔石填海，传说中"眼能泣珠"的鲛人也能够以藕丝为线织绡，水势之大以至于龙宫中的水都不足了，借以表现水势的浩瀚，篇幅虽小，这种如同幻游一般的虚构情节却别有风趣。《梁广画花歌》也是顾况借鉴小说幻游情节而成就的优秀诗作，一反唐代题画诗的传统写法，而以独特的情节结构取胜：

> 王母欲过刘彻家，飞琼夜入云軿车。紫书分付与青鸟，却向人间求好花。上元夫人最小女，头面端正能言语。手把梁生画花看，凝睇掩笑心相许。心相许，为白阿娘从嫁与。①

此诗的中心与其他题画诗一样都在于表现画家画作的精妙，然而与其他题画诗不同的是此诗围绕梁广所画之花叙述了一个美好的爱情故事。故事的起因在于王母要在人间求取"好花"，因而吩咐飞琼、青鸟去寻找。上元夫人的小女儿因此看到了梁广所画之花，因画花而倾慕梁广，心系于人间画师，并且告诉其母上元夫人，表明自己想要嫁给梁广。此诗交代了起因、过程、发展与高潮，不仅叙事较为周详，而且侧面烘托出梁广画艺之高，情节曲折动人，犹如诗人幻游时亲历的奇闻逸事。在写法上，既不同于传统的叙事诗，也不同于传统的对画作进行正面描写的题画诗，而更近于小说笔墨。

四、诗歌叙事中的因果报应情节

小说中的果报观念实在佛教传入之前便已出现，《太平经》中便有"承负说"，佛教传入后，三世因果观念很快被接受，东晋慧远《三报论》

---

① 王启兴、张虹《顾况诗注》，第 94 页。

中云:"经说:业有三报,一曰现报,二曰生报,三曰后报。现报者,善恶始于此身,即此身受。生报者,来生便受。后报者,或经二生、三生、百生、千生,然后乃受。"①佛经中的果报故事也随佛教传入,因而在魏晋南北朝小说中多有善有善报、恶有恶报的故事。凡人为善为恶阴间一清二楚,洞见善恶,处罚奖赏,公平无私。赵泰游地狱较为详细地记载了令人毛骨悚然的地狱景况,《幽明录》:"杀生者当作蜉蝣虫,朝生夕死;若为人,常短命。偷盗者作猪羊,身屠,肉偿人。淫逸者作鹄鹜蛇身。"②唐代唐临的《冥报记》也是叙述阴间种种情形,而从顾况《戴氏广异记序》中看,顾况对此类小说较为熟悉。顾况《归阳萧寺有丁行者能修无生忍担水施僧况归命稽首作诗》一诗就出现了小说中的因果报应情节,写法相近,极力渲染地狱的阴森恐怖,颇似小说之笔,现摘录诗中二、三部分:

天魔波旬等,降伏金刚坚。野叉罗刹鬼,亦赦尘垢缠。乃致金翅鸟,吞龙护洪渊。一十一众中,身意皆快然。八河注大海,中有楞伽船。佛法付国王,平等无颇偏。天子事端拱,大臣行其权。玉堂无蝇飞,五月冰凛筵。尽力答明主,犹自招罪愆。九族无白身,百花动婵娟。神圣恶如此,物华不能妍。禄山一微胡,驱马来自燕。宛彼宫阙丽,如何犬羊膻。苦哉千万人,流血成丹川。此辈之死后,镬汤所熬煎。业风吹其魂,猛火烧其烟。③

此诗大致可分为四部分:其一描述丁行者在修无忍生时所经历的种种苦难,其二对其所达境界进行佛理阐释,三宣扬佛法平等并言安禄山之罪,其四表达对丁行者的钦佩。上文所录的二、三部分与小说中的因果报应情节尤其相通,可以明显看到顾诗对小说情节的借鉴,如以天

---

① [南朝梁]僧祐编撰,刘立夫、胡勇译注《弘明集》卷五,《三报论》,中华书局2011年版,第100页。
② 王根林、黄益元、曹光甫校点《汉魏六朝笔记小说大观》,上海古籍出版社1999年版,第740页。
③ 王启兴、张虹《顾况诗注》,第74—75页。

魔波旬、野叉、罗刹等营造出地狱的恐怖氛围。天魔波旬为佛教欲界第六天（他化自在天）的魔王，"波旬，秦言杀者，常欲断人慧命，故名杀者，亦名为恶中恶"①，野叉、罗刹鬼皆为恶鬼之名，"云能啖鬼，又云伤者，谓能伤害人也"②。"罗刹此云恶鬼也，食人血肉"③。这些佛教中代表恶的魔、鬼意象在诗中营造出一种恐怖的神秘氛围，令人心生畏栗。此后，诗人追叙安史之乱，写唐玄宗之时杨贵妃之家族权倾天下，而好景不长，安禄山攻陷东京洛阳及西京长安，安史之乱致使百姓苦不堪言，血海一片，言安禄山之辈死后也一定会饱受折磨、备受惩处以偿其罪孽，由此引出了更为恐怖狞厉的地狱之惩。诗人认为安禄山等人现世作恶，死后即堕入地狱接受严惩。佛教有镬汤地狱之说，共有十八镬，各围以七重铁网，镬中盛满沸铁，罗刹将罪恶之人投入镬中，其身消烂，只剩白骨。除被镬汤熬煎外，还有业风、猛火以惩罚罪人。业风、猛火皆起于地狱，罪人被斫刺磨捣后，冷风吹之，皮肉复生，起活如故，如此循环往复，谓之等活地狱，又有炎热地狱，火随身起，吞没周身，苦热不堪。小说与顾况此诗在情节上都强调因作恶而受恶惩，或因杀人、或因劫盗、或因口舌等，这种引阳世作恶死后受惩的情节在小说中并不少见：

  所至诸狱，楚毒各殊。或针贯其舌，流血竟体；或被头露发，裸形徒跣，相牵而行，有持大杖，从后催促，铁床铜柱，烧之洞然；驱迫此人，抱卧其上，赴即焦烂，寻复还生；或炎炉巨镬，焚煮罪人，身首碎堕，随沸飞转，有鬼持叉，倚于其侧；有三四百人，立于一面，次当入镬，相抱悲泣；或剑树高广，不知限极，根茎枝叶，皆剑为之，人皆相訾，自登自攀，若有欣竞，而身体割截，尺寸离断。④

---

  ① ［后秦］释僧肇撰《注维摩诘经》卷四，大正一切经刊行会《大正新修大藏经·论藏·经疏部六》第 38 册，第 365 页。
  ② 翻经沙门玄应撰《一切经音义》卷三，《中华大藏经》编辑局编《中华大藏经》（五十六），中华书局 1993 年版，第 855 页。
  ③ ［唐］释慧琳，［辽］释希麟撰《一切经音义》卷二十五，上海古籍出版社 1986 年版，第 958 页。
  ④ 《赵泰》，《太平广记》卷三百七十七，中华书局 1961 年版，第 2996—2997 页。

不同的罪行有不同的惩罚,安禄山之辈所作之恶极大,万民皆受其害,甚于杀人,"人死有三恶道,杀生祷祠最重"①,因而在顾诗中他们受的是镬汤、等活地狱等酷刑,等待他们的是地狱无尽的折磨。虽然地狱报应在小说并不少见,而小说中因果报应的情节出现在诗作之中却是首见于顾况,正是由于成功地嫁接移植了小说这种奇诡的情节,顾况此诗作为诗歌却更近于小说笔墨,给人以怪奇之感,让人感到不可思议的险怪奇崛。虽然,由于顾诗的部分失传使我们难以得窥全貌,现存顾诗中只此一首表现出对小说果报情节的借鉴,但从此诗的首创经验而言,此诗对小说情节的借鉴实在具有十分重要的价值与意义。

简言之,顾况有部分诗作不同于传统抒情诗,也不同于传统叙事诗的单薄,叙事百折千回,奇闻怪谈在诗中时有出现,总是令人出乎意料而感到奇崛、诡谲、隐僻。其实,将顾诗的这种怪奇性特征放到"破体"的角度来看,正统经典、史传、文赋是不会对诗歌造成这种影响的,而从文本来看,新兴的唐传奇以及唐前大量的志怪、杂录、笔记、稗史则与顾况的这些诗歌大有渊源。顾况阅读了相当数量的奇闻小说,思维方式异于常人,追新逐奇,诗中的幻游情节或是因果报应情节,都与顾况对小说的借鉴有着千丝万缕的联系,也可以说顾况移植了小说情节并在诗中进行了新的改编,这在顾况所处的时代显然是超前的,在这个意义上说,顾诗对小说情节的借鉴可以视为唐代诗歌与传奇小说的特殊案例,也为中晚唐韩孟等人诗歌创作提供了可以参照的先例。

五、诗歌用事中的杂史小说要素

在顾况生活的唐代,杂史、小说难登大雅之堂,唐人刘知幾云:"若《语林》《世说》《幽明录》《搜神记》之徒,其所载或诙谐小辩,或神鬼怪物。其事非圣,扬雄所不观;其言乱神,宣尼所不语。"②这种观念直到明

---

① 王根林、黄益元、曹光甫校点《汉魏六朝笔记小说大观》,第739页。
② [唐]刘知幾撰,赵吕甫校注《史通新校注·采撰》,重庆出版社1990年版,第287页。

清时期仍然存在。明人王世贞以为"《晋书》《南、北史》《旧唐书》,稗官小说也"①,对初唐官修的这几部正史也予以讥讽。清人浦起龙也对正史"好采碎事,竞为绮艳"②的做法提出了批评。可见在古代杂史小说地位之低下。因此,在顾况之前,诗人用事多集中于经史子集,如《诗》《书》《史记》《汉书》等正史经典,较少涉及杂史小说。顾况则在正史经典之外,吸收了大量杂史小说中的材料。为了便于论述,现将顾况诗歌以杂史小说入诗以表格统计如下③:

诗题及页码	诗　句	用　　典	杂史小说	
寄上兵部韩侍郎奉呈李户部、卢刑部、杜三侍郎（49页）	鹓鸿翔邓林	夸父与日逐走,入日;渴,欲得饮,饮于河渭;河渭不足,北饮大泽。未至,道渴而死。弃其杖,化为邓林。	海外北经	《山海经》9条
谢王郎中见赠琴鹤(53页)	子乔翔邓林			
我行自东一章(18页)	我行自北,烛龙寡色	钟山之神,名曰烛阴,视为昼,瞑为夜,吹为冬,呼为夏,不饮,不食,不息,息为风。身长千里。在无䏿之东。其为物,人面、蛇身、赤色,居钟山之下。		
送从兄使新罗(186页)	扶桑衔日近	大荒之中,有山名曰孽摇頵羝。上有扶木,柱三百里,其叶如芥。有谷曰温源谷。汤谷上有扶木,一日方至,一日方出,皆载于乌。	大荒东经	
谢王郎中见赠琴鹤(53页)	去食琅玕英	服常树,其上有三头人,伺琅玕树。	海内西经	

---

① ［明］王世贞著,罗仲鼎校注《艺苑卮言校注》卷三,齐鲁书社1992年版,第151页。
② ［唐］刘知幾著,［清］浦起龙通释,王煦华整理《史通通释》卷十二,上海古籍出版社2009年版,第327页。
③ 表中所列顾况诗歌以王启兴、张虹《顾况诗注》为准,用事按数量多少为序排列。

续　表

诗题及页码	诗　句	用　典	杂史小说	
谢王郎中见赠琴鹤(53页)	何由玉女床	西南三百里,曰女床之山,其阳多赤铜,其阴多石涅,其兽多虎豹犀兕。有鸟焉,其状如翟而五采文,名曰鸾鸟,见则天下安宁。	西山经	《山海经》9条
送从兄使新罗(186页)	西海饮文鳐	是多文鳐鱼,状如鲤鱼,鱼身而鸟翼,苍文而白首,赤喙,常行西海,游于东海,以夜飞。		
龙宫操(92页)	精卫衔石东飞时	是炎帝之少女,名曰女娃。女娃游于东海,溺而不返,故为精卫,常衔西山之木石,以堙于东海。	北山经	
送从兄使新罗(186页)	帝女飞衔石			
送李山人还玉溪(246页)	幽人独欠买山钱	支道林因人就深公买印山,深公答曰:"未闻巢由买山而隐。"	排调	南朝宋·刘义庆《世说新语》9条
送郭秀才(260页)	买得青山拟独耕			
严公钓台作(38页)	糠秕当世道	王文度、范荣期俱为简文所要。范年大而位小,王年小而位大。将前,更相推在前;既移久,王遂在范后。王因谓曰:"簸之扬之,糠秕在前。"范曰:"洮之汰之,沙砾在后。"		
伤子(31页)	声逐断猿悲	桓公入蜀,至三峡中,部伍中有得猿子者,其母缘岸哀号,行百余里不去,遂跳上船,至便即绝,破视其腹中,肠皆寸寸断。	黜免	
剡纸歌(148页)	云门路上山阴雪	王子猷居山阴,夜大雪,眠觉,开室,命酌酒,四望皎然。因起彷徨,咏左思《招隐》诗。忽忆戴安道。时戴在剡,即便夜乘小舟就之。经宿方至,造门不前而返。	任诞	

续　表

诗题及页码	诗　句	用　典	杂史小说
送友失意南归（154页）	完璞伴归人	王戎目山巨源如璞玉浑金,人皆钦其宝,莫知名其器。	赏誉
送韦秀才赴举（168页）	犹能到日边	晋明帝数岁,坐元帝膝上。有人从长安来,元帝问洛下消息,潸然流涕。明帝问:"何以致泣?"具以东渡意告之。因问明帝:"汝意谓长安何如日远?"答曰:"日远。不闻人从日边来,居然可知。"元帝异之。明日,集群臣宴会,告以此意。更重问之,乃答曰:"日近。"元帝失色,曰:"尔何故异昨日之言邪?"答曰:"举目见日,不见长安。"	夙惠
萧郸草书歌（121页）	若把君书比仲将,不知谁在凌云阁。	韦仲将能书。魏明帝起殿,欲安榜,使仲将登梯题之。既下,头鬓皓然。因敕儿孙勿复学书。	巧艺
哭从兄裛（70页）	黄鹄铩飞翅	有人遗其双鹤,少时翅长欲飞。支意惜之,乃铩其翮。鹤轩翥不复能飞,乃反顾翅,垂头。视之,如有懊丧意。林曰:"既有凌霄之姿,何肯为人作耳目近玩?"养令翮成,置使飞去。	言语
谢王郎中见赠琴鹤（53页）	子乔翔邓林	王子乔者,周灵王太子晋也。好吹笙作凤凰鸣。游伊洛之间,道士浮丘公接以上嵩高山三十余年。后求之于山上,见桓良曰:"告我家,七月七日待我于缑氏山巅。"至时,果乘白鹤驻山头,望之不得到。举手谢时人,数日而去。亦立祠于缑氏山下,及嵩高首焉。	汉·刘向《列仙传》6条
王郎中妓席五咏·笙（245页）	须听鸣凤似龙吟		
送李秀才游嵩山（251页）	无限神仙在上头		

（南朝宋·刘义庆《世说新语》9条）

续　表

诗题及页码	诗　句	用　典	杂史小说
义川公主挽词（177页）	湘灵鼓瑟时	灵妃艳逸,时见江湄。丽服微步,流盼生姿。	汉·刘向《列仙传》6条
龙宫操（92页）	汉女江妃杳相续		
义川公主挽词（177页）	弄玉吹箫后	萧史者,秦穆公时人也。善吹箫,能致孔雀、白鹤于庭。穆公有女,字弄玉,好之,公遂以女妻焉。日教弄玉作凤鸣,居数年,吹似凤声,凤凰来止其屋。公为作凤台,夫妇止其上,不下数年。一旦,皆随凤凰飞去。故秦人为作凤女祠于雍,宫中时有箫声而已。	
王郎中妓席五咏·簪篦（242页）	玉作搔头金步摇	武帝过李夫人。就取玉簪搔头。自此后宫人搔头皆用玉。玉价倍贵焉。	卷二 汉·刘歆撰,晋·葛洪集《西京杂记》6条
刘禅奴弹琵琶歌（感相国韩公梦）（132页）	明妃愁中汉使回	元帝后宫既多,不得常见,乃使画工图形,案图召幸之。诸宫人皆赂画工多者十万,少者亦不减五万,独王嫱不肯,遂不得见。匈奴入朝求美人为阏氏。于是上案图以昭君行及去召见。貌为后宫第一,善应对,举止闲雅。帝悔之,而名籍已定,帝重信于外国,故不复更人。	
听山鹧鸪（198页）	踏歌接天晓	十月十五日共入灵女庙。以豚黍乐神。吹笛击筑。歌上灵之曲,既而相与连臂踏地为节。	卷三
黄菊湾（203页）	仙人酿酒熟	九月九日佩茱萸。食蓬饵。饮菊尊酒。令人长寿。菊尊舒时,并采茎叶杂黍米酿之。至来年九月九日始熟。就饮焉。故谓之"菊尊酒"。	

续　表

诗题及页码	诗　句	用　　典	杂史小说	
洛阳陌二首（其一）（209页）	金丸落飞鸟	韩嫣好弹。常以金为丸，所失者日有十余。长安为之语曰："苦饥寒，逐金丸。"京师儿童每闻嫣出弹，辄随之，望丸之所落，辄拾焉。	卷四	汉·刘歆撰，晋·葛洪集《西京杂记》6条
瑶草春（119页）	信节冠秋胡	昔鲁人秋胡，娶妻三月而游宦，三年休还家，其妇采桑于郊。胡至郊而不识其妻也。见而悦之，乃遗黄金一镒。妻曰："妾有夫游宦不返，幽闺独处，三年于兹，未有被辱如今日也。"采不顾。胡惭而退。至家，问家人妻何在，曰行采桑于郊未返。既还，乃向所挑之妇也。夫妻并惭。	卷六	
八月五日歌（108页）	河清海晏穹寥廓	又有丹丘千年一烧，黄河千年一清，至圣之君，以为大瑞。	卷一	东晋·王嘉《拾遗记》5条
悲歌六首（其六）（99页）	轩辕黄帝初得仙，鼎湖一去三千年	昆台者，鼎湖之极峻处也，立馆于下。帝乘云龙而游。殊乡绝域，至今望而祭焉。		
露青竹杖歌（112页）	穆王八骏超昆仑	王驭八龙之骏：一名绝地，足不践土；二名翻羽，行越飞禽；三名奔宵，夜行万里；四名超影，逐日而行；五名逾辉，毛色炳耀；六名超光，一形十影；七名腾雾，乘云而奔；八名挟翼，身有肉翅。递而驾焉，按辔徐行，以匝天地之域。	卷三	
山中（222页）	况在葛洪丹井西	傍有丹石井，非人之所凿，下及漏泉，水常沸涌，诸仙欲饮之时，以长绠引汲也。其国人皆多力，不食五谷，日中无影，饮桂浆云雾。羽毛为衣，发大如缕，坚韧如筋，伸之几至一丈，置之自缩如蠡。续人发以为绳，汲丹井之水，久久方得升合之水。	卷九	

续 表

诗题及页码	诗 句	用 典	杂史小说	
送从兄使新罗（186 页）	几路通员峤	员峤山，一名环丘。上有方湖，周回千里。	卷十	东晋·王嘉《拾遗记》5 条
宜城放琴客歌（127 页）	服药不如独自眠	故有上士别床，中士异服。服药千里，不如独卧。	卷一	晋·葛洪《神仙传》5 条
古离别（91 页）	西江上，风动麻姑嫁时浪	麻姑至，蔡经亦举家见之。是好女子，年十八九许，于顶中作髻，余发散垂至腰，其衣有文章而非锦绮，光彩耀日，不可名字，皆世所无有也。	卷三	
题叶道士山房（217 页）	近得麻姑音信否			
行路难三首（其三）（96 页）	淮王身死桂树折	淮南王安，好神仙之道，海内方士从其游者多矣。王母降时，授仙经，密赐灵方，得尸解之道。	卷六	
步虚词（150 页）	残药沾鸡犬	骨肉近三百余人，同日升天，鸡犬舐药器者，亦同飞去。		
梁广画花歌（94 页）	王母欲过刘彻家	须臾转近，闻云中有箫鼓之声，人马之响。复半食顷，王母至也。唯见王母乘紫云之辇，驾九色斑龙，别有五十天仙，侧近鸾舆，皆身长一丈，同执彩毛之节，佩金刚灵玺，戴天真之冠，咸住殿前。	《汉武帝内传》5 条	
谢王郎中见赠琴鹤（53 页）	王母游层城			
梁广画花歌（94 页）	飞琼夜入云軿车	又命侍女许飞琼鼓震灵。		
梁广画花歌（94 页）	上元夫人最小女	王母曰："（上元夫人）是三天真皇之母，上元之官，统领十方玉女之名录者也。"		

续 表

诗题及页码	诗 句	用 典	杂史小说	
朝上清歌(145页)	其桃千年,始着花些	又命侍女索桃,须臾,以盘盛桃七枚,大如鸭子,形圆,色青,以呈王母。母以四枚与帝,自食三桃。桃之甘美,口有盈味。帝食辄录核。母曰:"何谓?"帝曰:"欲种之耳。"母曰:"此桃三千岁一生实耳,中夏地薄,种之不生如何!"	《汉武帝内传》5条	
送从兄使新罗(186页)	鲛人卖泪绡	南海外有鲛人,水居如鱼,不废织绩,其眼能泣珠。	卷二	晋·张华《博物志》5条
龙宫操(92页)	鲛人织绡采藕丝			
梁广画花歌(94页)	紫书分付与青鸟	七月七日夜漏七刻,王母乘紫云车而至于殿西,南面东向,头上戴玉胜,青气郁郁如云。有三青鸟,如乌大,使侍母旁。	卷八	
采蜡一章(19页)	荒岩之人,自取其毒兮	南方诸山,幽僻处出蜜蜡。蜜蜡所著,皆绝岩石壁,非攀缘所及。唯于山顶以篮舆悬下,遂得采取。	卷十	
送李秀才入京(218页)	八月灵槎欲上天	旧说云天河与海通。近世有人居海渚者,年年八月有浮槎去来,不失期,人有奇志,立飞阁于查上,多赍粮,乘槎而去。		
子规(236页)	年年啼血动人悲			
听子规(254页)	口边血出啼不了	杜鹃始阳相催而鸣,先鸣者吐血死。常有人山行,见一群寂然,聊学其声,使呕血死。	南朝宋·刘敬叔《异苑》卷三4条	
露青竹杖歌(112页)	蜀帝城边子规咽			

论顾况诗歌"以小说为诗"的艺术创新　　71

续　表

诗题及页码	诗　句	用　　典	杂史小说
丘小府小鼓歌（126页）	地盘山鸡犹可像	山鸡爱其毛羽，映水则舞。魏武时南方献之，帝欲其鸣舞而无由。公子苍舒令置大镜其前，鸡鉴形而舞，不知止，遂乏死。	南朝宋·刘敬叔《异苑》卷三4条
行路难三首（其三）（96页）	徐福一去音书绝	始皇于是慨然言曰："可采得否？"乃使使者徐福发童男童女五百人，率摄楼船等入海寻祖洲，遂不返。福，道士也，字君房，后亦得道也。	祖洲	汉·东方朔《十洲记》3条
送从兄使新罗（186页）	徐市倘相邀		
步虚词（150页）	灵香出凤麟	灵香虽少，斯更生之神丸也。帝试取月支香烧之于城内，其死未三月者，皆活。芳气经三月不歇，于是信知其为神物也。乃更秘录余香，后一旦又失之，检函，封印如故，无复香也。	聚窟洲
我行自东一章（18页）	日中无禽	蓬莱之东，岱舆之山，上有扶桑之树，树高万丈。树颠有天鸡，为巢于上。每夜至子时则天鸡鸣，而日中阳鸟应之；阳鸟鸣则天下之鸡皆鸣。	东晋·郭璞《玄中记》2条
送从兄使新罗（186页）	何山是沃焦	天下之大者，东海之沃焦焉，水灌之而不已。	
王郎中妓席五咏·歌（244页）	能歌宛转世应稀	晋有王敬伯者，会稽余姚人。少好学，善鼓琴。年十八，仕於东宫，为卫佐。休假还乡，过吴，维舟中渚。登亭望月，怅然有怀，乃倚琴歌《泫露》之诗。俄闻户外有嗟赏声，见一女子，雅有容色，谓敬伯曰："女郎悦君之琴，原共抚之。"敬伯许焉。既而女郎至，姿质婉丽，绰有余态，从以二少女，一则向先至者。女郎乃抚琴挥弦，调韵	南朝梁·吴均《续齐谐记》2条

续 表

诗题及页码	诗 句	用 典	杂史小说
		哀雅,类今之登歌,曰:"古所谓《楚明君》也,唯嵇叔夜能为此声,自兹已来,传习数人而已。"复鼓琴,歌《迟风》之词,因叹息久之。乃命大婢酌酒,小婢弹箜篌,作《宛转歌》。	
送柳宣城葬(231页)	恐闻黄鸟向人啼	弘农杨宝,性慈爱。年九岁,至华阴山,见一黄雀为鸱枭所搏,逐树下,伤瘢甚多,宛转复为蝼蚁所困。宝怀之以归,置诸梁上。夜闻啼声甚切,亲自照视,为蚁所啮,乃移置巾箱中,啖以黄花。逮十余日,毛羽成,飞翔,朝去暮来,宿巾箱中,如此积年。忽与群雀俱来,哀鸣绕堂,数日乃去。是夕,宝三更读书,有黄衣童子曰:"我,王母使者。昔使蓬莱,为鸱枭所搏,蒙君之仁爱见救,今当受赐南海。"别以四玉环与之,曰:"令君子孙洁白,且从登三公,事如此环矣。"宝之孝大闻天下,名位日隆。	南朝梁·吴均《续齐谐记》2条
悲歌六首(其二)(99页)	越人翠被今何夕	于是鄂君子皙乃修袂,行而拥之,举绣被而覆之。	汉·刘向《说苑·善说》
归阳萧寺有丁行者能修无生忍担水施僧况归命稽首作诗(74页)	譬如一明珠,共赞光白圆	西北荒中有二金阙,相去百丈。有明月珠,径二尺,光照二千里。	汉·东方朔《神异经》
寄江南鹤林寺石冰上人(183页)	真言摄毒龙	又有毒龙,若失其意则吐毒风,雨雪飞沙砾石。遇此难者万无一全。	晋·法显《历游天竺记》

续　表

诗题及页码	诗　句	用　典	杂史小说
郑女弹筝歌（137页）	两声赤鲤露鬐鬣	琴高，赵人也，能鼓琴，为宋康王舍人。行涓、彭之术，浮游冀州、涿郡间二百余年。后辞入涿水中，取龙子，与诸弟子期之。曰："明日皆洁斋，候于水旁，设祠屋。"果乘赤鲤鱼出，来坐祠中。且有万人观之。留一月，乃复入水去。	东晋·干宝《搜神记》
寻桃花岭潘三姑台（234页）	还如刘阮二郎迷	汉明帝永平五年，剡县刘晨、阮肇共入天台山取谷皮，迷不得返，经十三日，粮食乏尽，饥馁殆死。遥望山上有一桃树，大有子实，而绝岩邃涧，永无登路……集会奏乐，共送刘、阮，指示还路。既出，亲旧零落，邑屋改异，无复相识。问讯得七世孙，传闻上世入山，迷不得归。至晋太元八年，忽复去，不知何所。	南朝宋·刘义庆《幽明录》
华山西冈游赠隐玄叟（72页）	世事惭苍鹿	鹿千年化为苍，又五百年化为白，又五百年化为玄。	南朝梁·任昉《述异记》卷上
白蘋州送客（162页）	莫信梅花发，由来谩报春	陆凯与范晔交善，自江南寄梅花一枝，诣长安与晔，兼赠诗"江南无所有，聊赠一枝春。"（反用）	《太平御览》引《荆州记》
题歙山栖霞寺（156页）	仍逢靳尚祠	楚靳尚以谗杀屈原，为天所谴，作一大蟒穴在山，后人为之立庙。	《六朝事迹编类·庙宇门》引《摄山记》
归阳萧寺有丁行者能修无生忍担水施僧况归命稽首作诗（74页）	中有楞伽船	国东南隅有骏迦山，岩谷幽峻，神鬼游舍，在昔如来于此说《骏迦经》。	唐·玄奘《大唐西域记》卷十一

续 表

诗题及页码	诗 句	用 典	杂史小说
送李侍御往吴兴(235页)	暗知浇沥圣姑神	吴郡太湖中圣姑棺,洞庭山中有圣姑寺,并祠其棺在祠中。俗传圣姑之死,今已数百年,其貌如生。远近求赛岁献〔衣〕服妆粉不绝。	唐·陆长源《辨疑志》

由上表可见,顾诗中对杂史小说材料的引用多涉及奇闻逸事。这些被正统史论家排除在外的杂史以及笔记小说,在顾诗中却堂而皇之地出现。顾诗用典中的小说因素可概括为以下几方面:

其一,以笔记小说材料入诗,虽非顾况首创,但其引用频率较高。据笔者粗略统计,现存232首顾诗共使用典故336处①,其中对杂史小说材料的语典、事典引用共72处,约占总数的21.43%。以善于用典的杜甫为例,据仇兆鳌《杜诗详注》,杜诗中对正史事典、语典的引用则明显多于那些荒诞不经的小说材料。因杜诗数量较多,历来难以详记,据不完全统计,6600余处注释用典中,引用杂史小说材料约340余处,约占总数的5%②。杜诗用典按经史子集来划分,"史部的次数和频率是远远大于经部子部集部"③,明显偏于正史经典。与杜诗相比,顾诗中杂史小说材料的引用频率显然更高一些。由此观之,顾况对小说材料的吸收并非首创,但是从引用频率上可以看出顾诗对这些记载奇闻逸事材料的偏好。

其二,顾况在奇闻、异兽、怪谈、奇事等杂史小说典故的基础上,融入了创造性想象。如《丘小府小鼓歌》"地盘山鸡犹可像,坎坎砰砰随手长"④取自《异苑》,"山鸡爱其毛羽,映水则舞。魏武时南方献之,帝欲其

---

① 现存顾诗按王启兴、张虹注《顾况诗注》统计,断句、残篇及删汰诗不计入内。用典主要指明用事典,暗用事典和语典则从中很难看出诗人对历史人物的态度,且有时出处也难确定,故一般不统计;统计力求完备,但遗漏恐亦难免。
② 杜诗版本据赵次公注,林继中辑校《杜诗赵次公先后解辑校》,上海古籍出版社1994年版。统计数据参见郝敬、张莉《论杜诗赵次公注引小说》,《四川师范大学学报(社会科学版)》2013年第4期。
③ 李凤菲《杜甫古体诗歌用典研究》,2012年西北大学硕士学位论文。
④ 王启兴、张虹《顾况诗注》,第126页。

鸣舞而无由。公子苍舒令置大镜其前,鸡鉴形而舞,不知止,遂乏死"①。此处并非单纯引用典故,而是以山鸡盘旋不止言鼓声之骤。或如《郑女弹筝歌》一诗:

> 郑女八岁能弹筝,春风吹落天上声。一声雍门泪承睫,两声赤鲤露鬐鬣,三声白猿臂拓颊。郑女出参丈人时,落花惹断游空丝。高楼不掩许声出,羞杀百舌黄莺儿。②

郑女弹筝,诗人惊为"只应天上有"之曲,并由此引发出一系列的想象,"赤鲤"为琴高乘赤鲤,"琴高,赵人也。能鼓琴。为宋康王舍人。行涓、彭之术,浮游冀州、涿郡间二百余年。后辞入涿水中,取龙子,与诸弟子期之,曰:'明日皆洁斋,候于水旁,设祠屋。'果乘赤鲤鱼出,来坐祠中。且有万人观之。留一月,乃复入水去"③。诗云其筝一声则能使善鼓琴的雍门周泪涌承睫,两声则能使赤鲤露出背上之鳍,三声便能使白猿以臂支颊倾听,其声不仅吸引了许多传说中的奇人异兽,而且也让百舌、黄莺等声音婉转之鸟自惭形秽。在顾况之前,音乐诗中所用之典多为史典,即历史上真有其事与文献记载,最具代表性的如李白《听蜀僧濬弹琴》"客心洗流水"④用"高山流水"之典,"蜀僧抱绿绮"⑤用司马相如之琴名,《与史郎中钦听黄鹤楼上吹笛》"一为迁客去长沙"⑥用贾谊遭贬之典。顾况在此基础上采用杂史小说中的奇闻逸事,并创造性地加入了自己的想象,可谓别具一格。《送从兄使新罗》"鲛人卖泪绡""徐市倘相邀"⑦,《梁广画花歌》"王母欲过刘彻家,飞琼夜入云軿车。紫书分付与青鸟,却向人间

---

① [南朝宋] 刘敬叔撰,范宁校点《异苑》卷三,中华书局 1996 年版,第 15 页。
② 王启兴、张虹《顾况诗注》,第 137 页。
③ [晋] 干宝著,陶娥、邹德文、孔永注译《搜神记》卷一,中州古籍出版社 2010 年版,第 16 页。
④ 《全唐诗》卷一百八十三,第 1874 页。
⑤ 同上。
⑥ 《全唐诗》卷一百八十二,第 1863 页。
⑦ 王启兴、张虹《顾况诗注》,第 186 页。

求好花"①。这些用典,都并非直接引用,而是在杂史小说记载的基础上,再次展开作者自己的想象,可谓是奇上加奇,更近于小说。诸如此类,在顾诗中不胜枚举。可以说,正是这种对杂史小说材料的创造性运用使顾诗更具小说化的独特韵味。

其三,顾况并非只采用笔记小说的材料,但即使引用史书,也往往偏好那些近于传奇小说的材料。较典型的如《拟古三首》其一:"龙剑昔藏影,送雄留其雌。人生阻欢会,神物亦别离。"②此四句取自《晋书·张华传》所载的一段奇闻,豫章丰城令雷焕掘地得双剑,一赠张华,留一自佩,张华报焕书曰"天生神物,终当合耳""华诛,失剑所在。焕卒,子华为州从事,持剑行经延平津,剑忽于腰间跃出堕水,使人没水取之,不见剑,但见两龙各长数丈,蟠萦有文章,没者惧而反。须臾光彩照水,波浪惊沸,于是失剑"③。顾诗借此感叹人生离别,《晋公魏国夫人柳氏挽歌》"双剑来时合,孤桐去日凋"④同样运用此典,慨叹生死离别之情。顾诗在引用《晋书》《南史》等史书材料时,不止一次地展现出对这些奇闻异谈的浓厚兴趣,在用事用典中始终浸润着杂史小说的色彩。

概言之,这种对小说材料的吸收在顾况诗中时常可见,与李杜等前辈大家相比,顾诗对这些杂史小说所载材料的吸收更显随意自然,神怪之事在顾诗中也是见怪不怪,引用频率较高。顾况屡屡采用杂史小说的材料,其中所记之事多虚幻怪异,以此入诗,自然给诗作带来一种怪奇之感,从一定程度上显示出顾况"以小说为诗"的艺术创新。

总之,在顾况所处的中唐前期唐传奇并未大兴,而顾况之后的不少诗文大家都曾创作过传奇小说,如元稹、白行简、白居易等都在其后,因而顾况具有首开先声的意义。刘知幾曾云"故立异端,喜造奇说"⑤,指出传奇小说"好奇""惊奇"的重要特征,这一文体特征与顾况好古尚奇的性格一拍即合,顾况不仅重视唐传奇,还进行唐传奇创作,因而在诗歌创作时这

---

① 王启兴、张虹《顾况诗注》,第94页。
② 王启兴、张虹《顾况诗注》,第29页。
③ 《晋书》卷三十六《张华传》,中华书局2012年版,第1076页。
④ 王启兴、张虹《顾况诗注》,第176页。
⑤ [唐]刘知幾撰,赵吕甫校注《史通新校注·杂说下》,第1000页。

种传奇意识便自然地渗透其中,有意吸收小说材料,熟练以小说笔法描写奇特之事,借鉴小说的幻游情节及因果报应情节,使顾况诗具有小说化特征,由文体融合而呈现出不同寻常的怪奇性。不以抒情或议论为主,而有较强的故事性,情节曲折,刻画细腻,语言流畅而富有文采,顾况的这种小说化、传奇化的构思打破了文体的严格界限,有别于传统诗歌,将传奇小说的艺术特征移植到诗体之上,生发出新的韵味,更增添了顾诗的怪奇色彩。

论顾况诗歌的主观化特性

中唐时期,文学发生了转折性的变化。美国学者宇文所安曾以"特性"来概括中唐文学的新主题和新变化,他认为"在中唐,具有特性对许多作家来说确实是极其重要的"①,他所谓的"特性",具体表现为诗人在作品中着意突出"个人身份",甚至表现"一份高傲,乃至于妄自尊大",这些"具有特性的个体总试图划出一个专属于自己的空间"②,简言之,追求"与众不同",突显自我"特性",已成为中唐诗人的一种群体性自觉。从文学史实际来看,顾况正是这一"自觉"的先驱性人物,他不仅明确意识到"个人身份",也致力于超越传统规范,并刻意追求"与众不同的特性"。豪迈不羁的个性及独特的艺术与宗教修养,使他对自我精神世界与内在体验给予了更多的关注,其诗歌具有强烈的主观化特性。其中,自我指称的情绪化呈现,身世之感的破规范叙写及个体体验的超现实表达,都从不同的侧面突出了自我情感的主观化特性,表现出以主观感受驾驭、改造乃至重组客观世界的审美取向。故能一反大历诗坛的卑弱衰颓,开诗坛之新风,并为韩孟诗派导夫先路。

但学界更多地关注的是顾况诗歌讽喻现实、关心民生的现实主义特征③,文学史著作在将顾况归入由杜甫、元结和白居易等构成的现实主义一脉时,也指出他对韩孟诗派的影响,但论述大都比较简略。蒋寅先生曾

---

* 本文与徐盈合作,原刊于《吉林师范大学学报(人文社会科学版)》2019年第6期。
① [美]宇文所安著,陈引驰、陈磊译《中国"中世纪"的终结:中唐文学文化论集》,三联书店2006年版,第16页。
② [美]宇文所安著,陈引驰、陈磊译《中国"中世纪"的终结:中唐文学文化论集》,第14—15页。
③ 顾易生《顾况和他的诗》,《复旦学报》1960年第1期;[日]小西昇《顾况的讽刺诗:上古之什补亡训传十三章》,日本九州岛大学《中国文学论集》第4号,1974年。

对顾况诗歌的个性化特点做过有见地的分析①,但对这一问题进一步深入的探讨,至今仍不多见。本文认同宇文所安有关中唐文学的论断,并借用其"特性"概念,对顾况诗歌的主观化"特性"做一尝试性探讨。

一、自我指称的情绪化呈现

自我指称对应的是诗歌作品中"现场化"的诗人形象,也可以说,是诗人直接走进诗歌中"现身说法"或"亮相"。自我指称的数量,在一定程度上与诗人主观化"特性"的鲜明程度是成正比的。

在李白和杜甫诗中,已经开始出现了自我指称。如"李白与尔同死生"(《襄阳歌》)②、"李白乘舟将欲行"(《赠汪伦》)③、"青莲居士谪仙人"(《答湖州迦叶司马问白是何人》)④、"元非太白醉扬州"(《酬崔侍御》)⑤、"虽为李白妇,何异太常妻"(《赠内》)⑥;杜甫也喜欢在诗中使用自称指称,直接用名字,或从年龄自称"老翁""老夫",或身体状况称"病客""衰翁",或加入地理要素,称"杜陵野老""杜陵远客"。两位大诗人的这种写法,相当于自己从幕后走到前台,直接面对读者,已显示了较为明显的主观化特性。

至顾况,其自我指称更加丰富多样。明人胡震亨说:"杜甫诗中每自称潜夫,顾况诗中每自称悲翁,可作对。"⑦据笔者统计,如去掉"我""吾"等第一人称,现存李白诗994首中,有5首使用了自我指称,约占0.5%;现存杜甫诗1439首中,有130首使用了自我指称,约占9.03%;现存顾况诗230首中,有26首诗使用了26个自我指称,约占存诗总数的11.3%。

---

① 如蒋寅指出:"顾况对个性化的追求,标志着开天之后一度泯灭的自我表现意识的复苏,韩愈、孟郊等正是在他的旗帜下走向对风格的追求。"并说顾况诗歌"在当时给人以多么强烈的印象和新奇感受"。他还认为韩孟诗派"实际上是把顾况看成了自己的前驱和直接效法的楷模"。蒋寅《大历诗人研究》,中华书局1995年版,第395—396页。
② 《全唐诗》卷一百六十六,中华书局1999年版,第1717页。
③ 《全唐诗》卷一百七十一,第1770页。
④ 《全唐诗》卷一百七十八,第1818页。
⑤ 《全唐诗》卷一百七十八,第1822页。
⑥ 《全唐诗》卷一百八十四,第1890页。
⑦ [明]胡震亨《唐音癸签·谈丛二》,上海古籍出版社1981年版,第274页。

可见顾况诗歌自我指称使用的频繁程度。

顾况诗中用的较多自我指称有"野人""老人""悲翁""楚客""狂生"等,更多的自我指称只出现过一次。但无论多次出现,还是只出现一次,几乎都与诗人情感表达的需求密切相关。就实际情况来看,大致又有两种类型。

一是宣泄不平愤懑之情。这一类自我指称有"悲翁""楚客""狂生""迁客""楚老""沙鸦"等,多出现于诗人仕途受挫及被贬饶州期间所作的诗歌中。如《赠韦青将军》"接舆亦是狂歌者,更就将军乞一声"[1],诗人以接舆自喻,当取其"昭王时,政令无常,乃被发佯狂不仕,时人谓之楚狂也"[2],其实是借典故表达孤高清傲及怀才不遇的愤懑。又如《游子吟》"赫赫大圣朝,日月光照临。圣主虽启迪,奇人分湮沉"[3],"启迪"化用《尚书·太甲上》:"旁求俊彦,启迪后人"[4],指朝廷选拔人才,加以重用,以为后来者之榜样。"奇人"在这里指多余之人、闲人[5]。分,注定。"湮沉",埋没,不得志。"圣主"两句,诗人以朝廷广求俊彦与自己注定被埋没的反差,借"奇人"这一特殊指称,发出不遇的悲鸣,是在乐府旧题中融入了强烈主观情感的一个典型例证。

又如《寄上兵部韩侍郎奉呈李户部卢刑部杜三侍郎》,此诗当作于被贬饶州后,开头两句说"道路五千里,门阑三十年"[6]。"门阑"本指把关小吏,"兵部韩侍郎"即韩滉之子韩皋。因顾况曾入韩滉幕,故这里以"门阑"自称,表现了对韩滉的敬重,也含有自谦的意思。顾况于至德二载(757)举进士,至贞元五年(789)贬饶州,宦游已三十余年。诗中"鹓鸿翔邓林,沙鸦飞吴田"[7]两句,以"鹓鸿"与"沙鸦"对举。前一句写诸侍郎位列朝班,后句中的"吴田"泛指南方,"沙鸦"为自喻,"沙鸦飞吴田"喻指作

---

[1]　王启兴、张虹《顾况诗注》,上海古籍出版社1994年版,第238页。
[2]　[清]阮元校刻《十三经注疏·论语注疏》卷十八,中华书局1980年版,第2530页。
[3]　王启兴、张虹《顾况诗注》,第24页。
[4]　《尚书》,中华书局2012年版,第397页。
[5]　[清]王先慎撰,钟哲点校《韩非子集解》卷三"遗有奇人者,使治城郭之缮"。注曰:"奇,余也,谓闲人",中华书局1998年版,第67页。
[6]　王启兴、张虹《顾况诗注》,第49页。
[7]　王启兴、张虹《顾况诗注》,第49—50页。

者被贬饶州。以"沙鸱"自喻,本身即含有失意怨愤之义。

再如《酬漳州张九使君》开头说:"故人穷越徼,狂生起悲愁"①,"故人"即张使君张登。漳州古属闽越之地,唐代隶江南东道,为边陲之地,故称"越徼"。张登贞元十年(794)任漳州刺史,权德舆说他"伏守海郡,迫厄终身"②,正可做诗中"穷越徼"三字的注脚。"狂生起悲愁",则是就张登之遭遇而发。其中当也包含了自称"狂生"的顾况对自身遭遇的悲愁。史载张登"坐公事受劾,吏议侵诬,胸臆约结,感疾不起"③。于"贞元十七年死于州狱"④,据王启兴先生考证,"顾况于贞元十六年前后曾至扬州;刘禹锡有《扬州春夜李端公益张侍御登段侍御平仲对酒联句》,为贞元十七年(801)作,顾况此诗,当作于同年"⑤。又《酬漳州张九使君》诗中有"山海万里别,草木十年秋。鞭马广陵桥,出祖张漳州……南方荣桂枝,凌冬舍温裘"⑥,从"出祖张漳州"句可知,当作于张登自扬州返漳州之时。张登被诬下狱及去世,当在此后不久。可见顾况"狂生"之"悲愁",确是有感而发。

以上这些自我指称的使用,不仅有助于诗人特定情绪和情感的表达,也对诗人独特的个人形象做了刻意的强调和渲染,因而与温柔敦厚、含蓄蕴藉的传统有了明显的不同。

二是表达归隐出世之志。如"野人""老人""幽人"等,其数量略多于前一种类型,多出现于顾况晚年或归隐茅山以后的诗作中。如《题明霞台》:

> 野人本自不求名,欲向山中过一生。莫嫌憔悴无知己,别有烟霞似弟兄。⑦

---

① 王启兴、张虹《顾况诗注》,第65页。
② 《全唐文》卷四百九十三,中华书局1983年版,第5035页。
③ 同上。
④ [宋]王若钦等编《宋本册府元龟》卷七百《牧守部·贪黷》,中华书局1989年版,第2474页。
⑤ 王启兴、张虹《顾况诗注》,第65—66页。
⑥ 王启兴、张虹《顾况诗注》,第65页。
⑦ 王启兴、张虹《顾况诗注》,第230页。

此诗应是顾况归隐茅山后所作。道教把明霞视为天宫仙境，神仙所居，《云笈七签》称"金房在明霞之上，九户在琼阙之内，此皆太微之所馆，天帝之玉宇"[1]，诗人自称"野人"，也直接透露出与烟霞为知己、不再牵绊于世俗功利与浮名的洒脱。又如《送李山人还玉溪》："好鸟共鸣临水树，幽人独欠买山钱。若为种得千竿竹，引取君家一眼泉。"[2]《庐山瀑布歌送李顾》末句"老人也欲上山去，上个深山无姓名"[3]，其中的"幽人""老人"，也同样把诗人悠然自得的出世情怀表露无遗。

顾况本非热衷名利之人，其好友皎然称赞他"人中黄宪与颜子，物表孤高将片云。性背时人高且逸，平生好古无俦匹。……安贫日日读书坐，不见将名干五侯"[4]。唐人李绰说他"志尚疏逸，近于方外"[5]，明人孙鑛也说他"才抱不羁，志坚独往，黄衫白鞯而卒老青山有以自乐也"[6]。"野人""老人""幽人"等自我指称正是顾况"性背时人高且逸"的身份自白，是诗人"近于方外""卒老青山"的自我确认。

总的来看，顾况诗歌具有鲜明个人特性的自我指称，除实现宣泄愤懑不平之情、表达归隐出世之志的创作目的外，也从不同的侧面，突显了诗人高逸"不羁"、不与众同的品格，从而使顾况诗的主观化"特性"获得了更多的呈现。

二、身世之感的破规范叙写

从诗歌发展的实际来看，中国诗歌的类型化发展大多与诗歌承担的社会、文化功能有密切的关系。经过先秦到唐代的发展，某一类诗歌题材在主题、情感特点及艺术表达方面都形成了一些相对稳定的特点及程式化的写作模式。一般诗人大多会遵循这些传统的规范。

---

① ［宋］张君房编，李永晟点校《云笈七签》卷八，中华书局2003年版，第133页。
② 王启兴、张虹《顾况诗注》，第246页。
③ 王启兴、张虹《顾况诗注》，第144页。
④ 《全唐诗》卷八百二十一，第9348页。
⑤ ［唐］李绰、［唐］王定保编《尚书故实 唐摭言（一）》，商务印书馆1936年版，第7页。
⑥ ［明］孙鑛《重刻顾华阳集序》，转引自赵昌平校编《顾况诗集》，江西人民出版社1983年版，第135页。

顾况深受儒家思想影响,积极进取却处处碰壁,胸怀大志却不得不归隐入道,其间于出世入世之矛盾挣扎中所蓄积的满腔辛酸、悲凉与愤懑,在他的诗歌中不仅有直抒胸臆的表达,而且还常常将这种特殊的身世之感强行嵌入到各种类型的诗歌中,形成一种鲜明的突破规范的自述式叙写。顾况的这一写法在送别诗、追和诗、寺院题诗等诗歌类型中表现得尤为突出。

送别诗与祖饯送别活动密切相关,其源头可追溯到先秦时代的祖道仪式,由于仪式性、交际应酬性的程式化特点,这类诗歌在唐代之前已形成了固定的模式[1]。进入唐代之后,受积极进取之时代精神的感召,唐人送别诗或以昂扬乐观之情对传统"有别必怨"的别情加以改造,显示了送别诗发展的新面貌、新特点,也成为盛唐诗人送别诗创作的一大创新点。但到了大历时期,送别诗再次趋于程式化。

从实际情况来看,大历时期,送别诗是最为习见的诗歌类型之一,但顾况送别诗在数量上不到存诗的十分之一,这"在同时代存诗较多的诗人中非常罕见,甚至可以说是绝无仅有的"[2]。这不仅与这类诗歌"应酬的目的与工具性质使创作主体的独创性、能动性被压抑到不能再低的程度"[3]有关,也与顾况他对程式化、少创新的大历送别诗的自觉反省有关。正因如此,他存世的少数送别诗,多具有突破传统、超越现状,展现自我"特性"的审美追求,如《送韦秀才赴举》:

鄱阳中酒地,楚老独醒年。芳桂君应折,沉灰我不然。洛桥浮逆水,关树接非烟。唯有残生梦,犹能到日边。[4]

按惯例,送人赴举诗,应以被送者及科举考试为重心,但顾况此诗首

---

[1] 刘怀荣、苑秀丽《"破体为文"与别情诗的新突破——以李颀〈送陈章甫〉为例》,《中南民族大学学报》2015年第3期。
[2] 蒋寅《大历诗人研究》,第384页。
[3] 同上。
[4] 王启兴、张虹《顾况诗注》,第168页。

句用左思《吴都赋》"鄱阳暴谑,中酒而作"①之典,点明送别地点为"鄱阳",诗歌作于"中酒"之际,次句暗用《楚辞·渔父》"众人皆醉我独醒"②,表达了对现实的不满。三句预祝韦秀才登第,四句说自己被贬之后,已心如"沉灰"死灰,对仕途不再抱任何幻想。洛桥即洛阳天津桥,唐人往来两京必经之桥。"关树",潼关一带(古之桃林塞)的树木。这是由洛阳西入长安的必经之路。《史记·天官书》曰:"若烟非烟,若云非云,郁郁纷纷,萧索轮囷,是谓卿云。卿云见,喜气也。"③此以"非烟"代指"卿云",谓帝京祥云缭绕。这两句是想象韦秀才入京所见,也是借"卿云"喜气再次祝愿他折桂。"日边"指长安,末二句是说,自己暮年唯有梦中才能回到长安。这也是重申"沉灰不然(燃)"、仕途无望。全诗仅有第三句祝韦秀才登第,第五、六句暗示韦秀才如其所愿。其余皆为诗人自述老迈坎坷、此生无望。诗中的自怜、失落和绝望之情,远远超过了对被送者的祝愿。这种突出自我的写法,表现重心已由被送之人转到了诗人自己,这既不同于唐以前就已定型的"有别必怨"的伤别模式,也不同于以乐观豪迈消解离别悲情的盛唐送别诗,而具有鲜明的主观化特性。

再如《春鸟词送元秀才入京》:

春来绣羽齐,暮向竹林栖。禁苑衔花出,河桥隔树啼。寻声知去远,顾影念飞低。别有无巢燕,犹窥幕上泥。④

此诗以春鸟为喻写送别,构思非常奇特。因为是送元秀才入京任职,故有"禁苑衔花"之语,而末联以"无巢燕"自喻,写自己之漂泊无依如无巢之燕,与鲍照"意欲巢君幕,层楹不可窥"(《咏双燕诗二首》其一)⑤可谓异曲同工。于庙堂之思外,突出的仍是对自我身世的伤悲。又如《送大

---

① [清]严可均校辑《全上古三代秦汉三国六朝文·全晋文》卷七十四,中华书局1958年版,第1885页。
② [宋]洪兴祖撰《楚辞补注》,中华书局1983年版,第179页。
③ 《史记》卷二十五《天官书第五》,中华书局2013年版,第1339页。
④ 王启兴、张虹《顾况诗注》,第163页。
⑤ 逯钦立辑校《先秦汉魏晋南北朝诗·宋诗》卷九,中华书局1983年版,第1310页。

理张卿》：

> 春色依依惜解携，月卿今夜泊隋堤。白沙洲上江蓠长，绿树村边谢豹啼。迁客比来无倚仗，故人相去隔云泥。越禽唯有南枝分，目送孤鸿飞向西。①

此诗的首联、颔联叙写离别之情景，并借杜鹃悲鸣渲染离别之悲。近于传统送别诗的写法，但后两联则转写自己身为"迁客"，无所倚仗，而故人一去，如越鸟巢南，孤鸿西飞，两人地位悬殊，如隔云泥。诗中的自伤自怜与惜别之悲相互生发，且自伤自怜大有越过后者成为主调之势。

在上述这些送别诗中，给读者留下深刻印象的，与其说是诗人对被送者的祝愿及与朋友的惜别之情，倒不如说是他对自我命运与身世遭际的强势渲染和关注。可以说，顾况对于别情的抒写，因自我身世叙写的介入，而呈现出鲜明的"特性"。

追和诗是对前人诗作的和作，属于唱和诗中较为特殊的一种。因为要按照原诗的主题、内容及韵脚等来写作，因而受到的限制较多。试看顾况与赵嘏的《空梁落燕泥》：

> 卷幕参差燕，常衔浊水泥。为黏珠履迹，未等画梁齐。旧点痕犹浅，新巢缉尚低。不缘频上落，那得此飞栖。（顾况）②
> 春至今朝燕，花时伴独啼。飞斜珠箔隔，语近画梁低。帷卷闲窥户，床空暗落泥。谁能长对此，双去复双栖。（赵嘏）③

赵嘏生活的年代晚于顾况，这两首诗都是追和薛道衡《昔昔盐》的，薛诗"暗牖悬蛛网，空梁落燕泥"④两句，将环境之寥落凄冷刻画得如在目

---

① 王启兴、张虹《顾况诗注》，第 179 页。
② 王启兴、张虹《顾况诗注》，第 165 页。
③ 《全唐诗》卷五百四十九，第 6396 页。
④ 逯钦立辑校《先秦汉魏晋南北朝诗·隋诗》卷四，第 2681 页。

前,并借景传情,对思妇凄凉悲苦之情做了淋漓尽致的表达,历来为人称道。任半塘曾云:"顾况、赵嘏各以此调分咏薛辞之二十句,惟赵辞二十首全,顾况只传一首。"① 从同咏"空梁落燕泥"的诗作来看,赵诗重在表现闺中孤独寂寞之感,与薛诗非常相近。顾诗却借薛诗意象另辟天地,以抒发自我情志。"为黏珠履迹,未等画梁齐"两句,指燕为衔显贵之泥,不等画梁竣工,便急于筑巢,以喻小人趋炎附势,极尽钻营之能事。与杜甫"焉能作堂上燕,衔泥附炎热"(《去矣行》)② 非常相近,故此诗已打破了一般追和诗的规范,将诗作表现的重心转为对世事人情的洞察和讥讽,具有鲜明的个性色彩。

　　寺院题诗在唐代甚为流行,顾况的此类诗作也是独具特色。唐代佛教的兴盛带来了寺院文化的发展,诗人游览寺院,于寺院题诗都很常见。常建《题破山寺后禅院》就是一首寺院题诗的名作,诗云"清晨入古寺,初日照高林。竹径通幽处,禅房花木深。山光悦鸟性,潭影空人心。万籁此俱寂,但余钟磬音"③。诗歌笔调古朴,对禅院清幽寂静的环境描写,令人有身临其境、尘念顿消之感。末二句以余韵袅袅的"钟磬音",进一步表现了忘情出世的隐逸情怀。这也是顾况之前寺院题诗最常见的写法,但顾况的寺院题诗,却同样突破了这种规范。如《题歙山栖霞寺》:

　　　　明徵君旧宅,陈后主题诗。迹在人亡处,山空月满时。宝瓶无破响,道树有低枝。已是伤离客,仍逢靳尚祠。④

　　歙山栖霞寺是佛教"三论宗"的发源地,与山东长清灵岩寺、湖北荆山玉泉寺、浙江天台国清寺,并称天下四大丛林。南齐明僧绍曾隐居于此,后舍宅为栖霞精舍。所谓"徵君",按赵翼的说法:"有学行之士,经诏书征召而不仕者曰徵士,尊称之则曰徵君。"⑤ 首联是借明僧绍、陈后主史

---

① 任半塘《唐声诗・下编》,上海古籍出版社 1982 年版,第 208 页。
② 《全唐诗》卷二百一十六,第 2266 页。
③ 《全唐诗》卷一百四十四,第 1464 页。
④ 王启兴、张虹《顾况诗注》,第 156 页。
⑤ [清]赵翼《陔余丛考》卷三十六,中华书局 1963 年版,第 801 页。

事突出栖霞寺的人文特征。三四句谓山寺依旧而物是人非。陈后主《同江仆射游摄山栖霞寺》诗中有"天迥浮云细,山空明月深"[1]的句子,顾诗"山空月满时"即化用后一句,通过对古今同一情境的对比,表达了对人世变幻的无限感慨。"宝瓶"为佛教法器,象征吉祥清净、福智圆满。"无破响"谓法器精良。"道树"是成道树的简称,即菩提树,相传释迦牟尼在此树下悟道成佛。菩提树是热带大型乔木,树高可达数十米。"有低枝"当针对末句中的靳尚而言。靳尚是楚国大夫,屈原被放逐,即因他进谗于楚怀王。其人还接受秦国贿赂,与怀王宠姬郑袖蛊惑楚怀王释放了秦使张仪,酿成后患,致使怀王客死于秦。"《摄山记》云,楚靳尚以谗杀屈原,为天所谴,作一大蟒,穴在山。后人为之立庙"[2],为世人痛恨的谗臣反成了歙山山神。又有传说称,栖霞寺建成后,靳尚平整山路,以便僧人行走,于是主持给予菩提戒。世人称其菩提王,庙称菩提王庙。靳尚居然皈依佛教,这或许是佛教欲借收服恶人宣扬佛法无边。但在顾况看来,却是无原则地降低了成佛的标准。因而在"仍逢靳尚祠"之际,诗人对谗臣的痛恨,对佛教的讥讽,与身世之感及"伤离"之情,汇而为一,喷涌而出。故此诗也是以诗人内心情感与个人遭际强行介入,改造传统寺院题诗的一个显例。

综上可见,顾况诗歌多喜欢在不当出现个人身世的题材中,强行将自我生平遭际及各种人生感慨写入其中。特别是在送别诗、追和诗、寺院题诗中表现得最为突出。这种有意识突出自我现实人生和心灵世界的写法,是诗人追求与众不同的表现,客观上强化了诗歌的主观化特性。

三、个体体验的超现实表达

与大历诗人"概以眼前的现象存在为主,老老实实地描写所闻所

---

[1] 逯钦立辑校《先秦汉魏晋南北朝诗·陈诗》卷四,第2513页。
[2] [宋]张敦颐撰,王进珊校点《六朝事迹编类》卷十二,南京出版社1989年版,第92—93页。

见"①不同,顾况的诗歌往往借助超现实的体验,从眼前之景、物、事延展开来,表现出"思接千载,视通万里"②的特点,从而有效地突破了大历诗人受知觉限制的写法,以超现实的主观体验,或改造现实情境,或重组客观事件,表现出鲜明的主观化"特性",尤以如下两个方面最为突出。

其一,以超现实的主观体验改造现实情境。在盛唐乃至大历诗歌中,作为诗人抒情媒介的现实情境与山水景物,大多保留了其客观现实特征,但在顾况诗歌中,无论是现实情境,还是山水景物,往往经过了诗人的主观改造,表现出以主观体验改造客观情境的特点。如《望简寂观》:

青嶂青溪直复斜,白鸡白犬到人家。仙人住在最高处,向晚春泉流白花。③

简寂观是南朝宋高士陆修静隐居之处,其地风景优美,仙气十足。《庐山记》卷三云:"观在白云峰之下,其间一峰独出而秀卓者,曰紫霄峰……其北又有屏风山,丹崖紫壁,萦绕盘礴,实山南之甲观。其前一里有鸡笼山,高百余丈。……《寻阳记》:'鸡笼山下有涧水,常深一尺,泉涌如潮。'"④诗中的"青嶂青溪"乃简寂观周围秀峰、涧水的写实。又《抱朴子》卷十一《仙药》曰:"欲求芝草,入名山,必以三月九月……牵白犬,抱白鸡,以白盐一斗……山神喜,必得芝也。"⑤可知"白鸡白犬"是求得"芝草"所必须的。故在后两句中,望中所见之简寂观及白云峰,在顾况的主观体验和想象中,已被当作了仙乡。顾况对道教非常熟悉,晚年隐居茅山,皈依道教。因此,他在《安仁港口望仙人城》《弋阳溪中望仙人城》《同裴观察东湖望山歌》等诗作,也具有将客观景物有意仙化的特点。

---

① 蒋寅《大历诗风》,凤凰出版社2009年版,第127页。
② [南朝梁]刘勰著,范文澜注《文心雕龙注》,人民文学出版社1958年版,第493页。
③ 王启兴、张虹《顾况诗注》,第225页。
④ [宋]陈舜俞撰《庐山记》卷三,中华书局1985年版,第23页。
⑤ 王明《抱朴子内篇校释(增订本)》卷十一,中华书局1985年版,第202页。

顾况还作有《临平坞杂题》组诗十四首①，其中的《古仙坛》《千松岭》《黄菊湾》几首也都很有特点。《古仙坛》云：

> 远山谁放烧，疑是坛边醮。仙人错下山，拍手坛边笑。②

"放烧"指以火烧田，是火耕的遗留，"醮"指僧道祭神仙之坛。与上述几首诗将现实世界进行主观改造不同，此诗先从"远山谁放烧"的眼前景象引出了"仙人"，然后再把"仙人"还原为"俗人"，让他不仅有"错下山"之误，而且还像一个顽童一样，"拍手坛边笑"。这是用主观想象改造现实世界，同时又将现实与想象的世界交叠糅合为一体，创造出一种新奇的境界。

如果说上述诗歌所描写的地点都具有仙界特点的话，那么《千松岭》与《黄菊湾》所写的则是纯粹的山水美景，但顾况却以主观想象对眼前的山水美景强行进行了改造，山水美景在诗中变成了"仙境"：

> 终日吟天风，有时天籁止。问渠何旨意，恐落凡人耳。（《千松岭》）③
>
> 时菊凝晓露，露华滴秋湾。仙人酿酒熟，醉里飞空山。（《黄菊湾》）④

诗人将现实中的风吹千松岭写成了"吟天风""天籁"，风有时静止，被想象为是仙人所为，原因是"恐落凡人耳"。《黄菊湾》则从"饮菊花酒，令人长寿"⑤的传统说法入手，把现实中的"晓露"改造为仙人所酿的菊花

---

① 《山径柳》一诗题下原注"以下十四首，一作临平坞杂题。"《万首唐人绝句》于第十四首《古仙坛》后注云："右临平坞杂题十三首"，实录十四首，与《全唐诗》顺序同。王启兴、张虹《顾况诗注》，第199页。
② 王启兴、张虹《顾况诗注》，第205页。
③ 王启兴、张虹《顾况诗注》，第203页。
④ 同上。
⑤ [汉]刘歆撰，[晋]葛洪集，向新阳、刘克任校注《西京杂记校注》卷三《戚夫人侍儿言宫中乐事》，上海古籍出版社1991年版，第138页。

酒,黄菊湾则成了仙人醉飞之所,使诗歌充满了奇趣,具备了"穿天心,出月胁,意外惊人"①的特点。

顾况戴着"有色眼镜"审美,深厚的佛道修养使他在描写山水景物时,多能以主观感受改造客观现实,超越目之所见,耳之所闻,从而极大地开拓了诗歌的美学世界。这种改造不同于诗歌中的比喻,后者是讲现实场景像仙境一样美好,而顾况则是自由地放飞心灵的翅膀,极大地发挥了主观体验的创造性,将主观世界与现实景观融为一体,把眼前的自然景致直接化作了仙境,使诗歌平添了心神飞动、纵横奇诡的主观化特点。

其二,以超现实的主观体验重组客观事件。顾况诗歌进一步发展了楚辞以来神游和游仙的传统,以主观体验对真实的事件进行改编重组。这种写法开启了一扇通往虚幻世界的大门,使得真实事件获得了缥缈虚幻、匪夷所思的超现实特征,因而极具感染力。如《龙宫操》一诗:

龙宫月明光参差,精卫衔石东飞时。鲛人织绡采藕丝,翻江倒海倾吴蜀。汉女江妃杳相续,龙王宫中水不足。②

唐代宗大历七年、八年(772—773)有过一场大雨,据王启兴、张虹《顾况诗注》,顾况此诗与《在滁苦雨归桃花崦伤亲友略尽》《苦雨》大约作于同时③。原本只是一场真实的自然涝灾,在诗人的笔下,吴蜀之地"翻江倒海"、洪水滔天,原来却与"鲛人织绡""精卫衔石"及汉女游江有关,正是这些神话和传说人物,以神奇之力将龙宫之水挪移到了吴蜀,以至于统领水族、主管行云布雨的龙宫出现了"水不足"的咄咄怪事。在这里,溺于东海的精卫、居于南海外的鲛人与游于汉江边的汉女,在地域上本不相及,却因均与江海有关被组合到龙宫与人间涝灾的主观因果关系中来,这既是对神话传说的重新创造,也是对当下涝灾的超现实叙事,是一次超越现实、穿越时空的精神幻游。

---

① 《全唐文》卷六百八十六,第 7026 页。
② 王启兴、张虹《顾况诗注》,第 93 页。
③ 王启兴、张虹《顾况诗注》,第 67—68 页。

《送从兄使新罗》一诗为顾况送从兄出使新罗而作,诗歌前半部分写了从兄出使新罗的背景,接着说:

> 帝女飞衔石,鲛人卖泪绡。管宁虽不偶,徐市倘相邀。独岛缘空翠,孤霞上沈寥。蟾蜍同汉月,螮蝀异秦桥。水豹横吹浪,花鹰迥拂霄。晨装凌莽渺,夜泊记招摇。几路通员峤,何山是沃焦。①

以上节引的这一段中,"帝女""徐市"两句,分别用精卫衔木石填东海(《山海经·北山经》)及徐市为秦始皇出海求仙药(《史记·始皇本纪》)之典。据《三国志·魏志·管宁传》载,汉末大乱,管宁避乱辽东,"宁在辽东,积三十七年乃归"②,而辽东则是出使新罗必经之地。又员峤是神话传说中的海上仙山,《列子·汤问》云:"渤海之东不知几亿万里,有大壑焉,实惟无底之谷,其下无底,名曰归墟。八纮九野之水,天汉之流,莫不注之,而无增无减焉。其中有五山焉:一曰岱舆,二曰员峤,三曰方壶,四曰瀛洲,五曰蓬莱。"③沃焦为神话传说中的大山,《玄中记》曰:"天下之强者,东海之沃焦焉,水灌之而不已。沃焦者,山名也,在东海南,方三万里,海水灌之而即消,故水东南流而不盈也。"④故以上数句所写均与东海有关。"鲛人卖泪绡",典出《博物志》卷二,原文曰:"南海外有鲛人,水居如鱼,不废织绩,其眼能泣珠。"⑤可见,这首送别诗是从出使新罗的地域方位入手,展开想象的翅膀,不仅将沿途及与东海相关的现实人物和神话、仙道故事糅为一体,而且还将本为南海外的鲛人也搬到了东海,以主观想象对现实世界和神话世界在诗中进行了重组。

又如《谢王郎中见赠琴鹤》,则全从主观想象出发,与一般的咏琴、鹤诗完全不同:

---

① 王启兴、张虹《顾况诗注》,第 186 页。
② 《三国志》卷十一《管宁传》,中华书局 2013 年版,第 358 页。
③ 严北溟、严捷《列子译注》,上海古籍出版社 2006 年版,第 119—120 页。
④ 鲁迅校录《古小说钩沉》,齐鲁书社 1997 年版,第 234—235 页。按:《文选》卷十二郭璞《江赋》"出信阳而长迈,淙大壑与沃焦"李善注引《玄中记》"强"作"大",见 [南朝梁] 萧统编,[唐] 李善注《文选》第二册,上海古籍出版社 2007 年版,第 559 页。
⑤ [晋] 张华撰,范宁校证《博物志校证》,中华书局 1980 年版,第 24 页。

此琴等焦尾,此鹤方胎生。赴节何徘徊,理感物自并。独立江海上,一弹天地清。朱弦动瑶华,白羽飘玉京。因想羡门辈,眇然四体轻。子乔翔邓林,王母游层城。忽如启灵署,鸾凤相和鸣。何由玉女床,去食琅玕英。①

《后汉书》卷六十下《蔡邕传》曰:"吴人有烧桐以爨者,邕闻火烈之声,知其良木,因请而裁为琴,果有美音,而其尾犹焦,故时人名曰焦尾琴。"②传说鹤为仙禽,胎生,有胎仙、胎禽之别称。诗歌开头即点出此琴与鹤的不同凡响,诗中更是将超现实的主观体验做了淋漓尽致的发挥。当琴声奏起,不仅鹤感琴音,应节起舞,飘然飞翔于天宫,而且"一弹天地清",就连仙人羡门、王子乔,甚至西王母,也受美妙的琴音感召,轻举飞升,遨游于邓林、层城。诗人自己则在鸾凤和鸣的琴声中,心灵顿启,激发出寻求仙山,服食琅玕之英的出世之思。诗歌从题材来说,属于传统的咏物诗,但诗人却完全打破了传统咏物诗已有的范式,并不去描写琴鹤的外形,而是立足仙话,以纯主观想象中感天动地、化仙启人的美妙琴声及琴鹤合一、人仙共感的艺术效果,反过来表现琴鹤之不凡。因此,在此诗中,诗人"凭着想象的力量,自行创造了另一境界——比自然更好的事物或自然所没有的事物……于是,当他手携手与自然并驾齐驱时,他并不被狭隘的经纬所限,而自由自在地翱翔于他自己所创造的十二天宫"③。

顾诗以丰富的想象力大胆地描绘出超越现实的仙境图景,并将这种想象世界与现实世界糅合在一体,建构其自己的诗歌艺术世界。正如库申所说:"想象力丰富的人,其长处在于把各种人描绘得不像原状,并且眷恋着那些虚构的幻象。"④将库申的这几句话用来评述顾况诗歌,可以说

---

① 王启兴、张虹《顾况诗注》,第 53 页。
② 《后汉书》卷六十下《蔡邕传》,中华书局 2012 年版,第 2004 页。
③ Philip Sidney, Edited by Edward Arber: An Apologie for Poetrie (1595), Aflociate, King's College, London April 1868, P25.(菲利普·西德尼,爱德华·阿贝尔编辑:为诗辩护[1595 年], Aflocate,伦敦国王学院,1868 年 4 月,第 25 页。按,该书有钱学熙中文译本,人民文学出版社 1964 年版。此段见该书第 9 页,文字不同,可参酌。)
④ 库申著,宋国枢译《论美》,古典文艺理论译丛编辑委员会编《古典文艺理论译丛》(八),人民文学出版社 1964 年版,第 67 页。

是非常切近的。顾况为光怪陆离的诗歌世界打上了鲜明的主观化印迹。这种写法在稍后的韩孟诗派那里得到了进一步的发扬光大,其间顾况的先导开创之功是极为明显的。

  罗宗强先生曾指出,中唐诗坛的革新,"主要朝着两个方向发展:一是追求写实、通俗、详尽;一是追求怪奇"①。他所列举的两个方向的代表性人物中,没提顾况。他认为:"顾况的创作倾向比较复杂。他的有些诗,写得想象奇特、色彩鲜明,显然影响到后来的李贺。"但他的另外一些诗,"却又写得通俗易懂,显然对中唐尚实、尚俗这个诗派有影响""是从杜甫的写实而雅,向白居易的写实而俗发展过程的一个过渡"②。这大致可以代表学术界对中唐诗歌发展的基本共识。

  立足于这样的诗歌史背景,我们不难发现,在本文所述的三个方面,顾况诗歌均以独特的"个人身份""特异的风格"和"远离规范"的自觉审美追求,充分体现了鲜明的主观化"特性"。这一方面对已成典范的盛唐诗有所突破,对"气骨顿衰"(胡应麟《诗薮·内篇》)③的大历诗有明显超越。另一方面,则以独具个性的艺术探索,开启了中唐韩孟诗派尚怪奇的诗歌创新之路。唐人称赞顾况"鸾凤文章丽,烟霞翰墨新"(韦夏卿《送顾况归茅山》)④,严羽说:"顾况诗多在元、白之上,稍有盛唐风骨处"⑤,夏承焘也说:"盖诗至玉川、遁翁,纵横奇诡,已非杜、韩所能牢笼。"⑥这些评述,均敏锐地感受到了顾况诗歌的创新性特征。因此,顾况不仅是引领元白诗派的先驱,他对韩孟诗派的影响更不可忽视。深入理解"诗到元和体变新"(白居易《余思未尽加为六韵重寄微之》)⑦的诗史变化,对顾况开风气的意义进行重新思考,应是非常必要的。

---

① 罗宗强《唐诗小史》,陕西人民出版社1987年版,第179页。
② 罗宗强《唐诗小史》,第180—181页。
③ [明]胡应麟撰《诗薮》,中华书局1962年版,第50页。
④ 《全唐诗》卷二百七十二,第3052页。
⑤ 严羽著,郭绍虞校释《沧浪诗话校释》,人民文学出版社1983年版,第161页。
⑥ 夏承焘《东坡乐府笺序二》,龙榆生《东坡乐府笺》,上海古籍出版社2009版,第1页。
⑦ 《全唐诗》卷四百四十六,第5022页。

刘禹锡、白居易"扬州唱和"及其文学史意义[*]

刘禹锡晚年与白居易并称"刘白",二人的唱和诗歌先后编为五卷,有数百首之多。这对他们各自诗歌艺术的提高及唐诗歌的发展,均产生了深远的影响,在文学史上也不多见。其中,唐敬宗宝历二年(826)秋冬,白居易与刘禹锡在扬州"初逢"。白居易作《醉赠刘二十八使君》,刘禹锡有和作《酬乐天扬州初逢席上见赠》,此即本文所说的"扬州唱和"。从文学史研究的实际来看,对"刘白"扬州唱和诗的理解和评价,历来颇有争议。有两个问题,直至今日并未完全解决。一是刘禹锡的和诗,尤其是其颈联,即"沉舟侧畔千帆过,病树前头万木春"两句,究竟是"神妙"(白居易《刘白唱和集解》)[①],还是"常语"[②]?二是刘禹锡的和诗是否"对世事的变迁和仕宦的升沉,表现出豁达的襟怀"[③]、其思想境界是否"要比白诗高,意义也深刻得多"[④]?本文本着"知人论世"的态度,在认真考察两位诗人交往、唱和及诗歌写作现实背景的基础上,对这两个问题及"刘白"扬州初逢及唱和的文学史意义,试做重新疏解和讨论。

---

[*] 本文原刊于《中国诗歌研究》第二十辑,社会科学文献出版社 2020 年 10 月版。
[①] 顾学颉校点《白居易集》卷六十九,中华书局 1979 年版,第 1452 页。本文所引白居易诗,均出自此书。
[②] [宋]魏泰《临汉隐居诗话》,[清]何文焕辑《历代诗话》(上),中华书局 1981 年版,第 326 页。
[③] 萧涤非等《唐诗鉴赏辞典》,上海辞书出版社 1983 年版,第 745 页。
[④] 萧涤非等《唐诗鉴赏辞典》,第 745 页。

一、刘白早年的唱和与交情

从现存诗作来看,刘白二人最早的唱和之作,是刘禹锡的《翰林白二十二学士见寄诗一百篇因以答贶》,诗曰:"吟君遗我百篇诗,使我独坐形神驰。玉琴清夜人不语,琪树春朝风正吹。郢人斤斫无痕迹,仙人衣裳弃刀尺。世人方内欲相寻,行尽四维无处觅。"①诗歌称赞白诗自然天成,"方内"无两,有如聆妙琴,如沐春风,令人"形神驰"之魅力。白居易任翰林学士,在元和二年(807)至六年(811),元和六年四月白居易丁忧母。陶敏、陶红雨《刘禹锡全集编年校注》以为:"盖刘、白唱和始见于此。二人早年交往无考。白居易与元稹为挚友,元和五年,元稹贬江陵,始与刘禹锡唱和,白居易当因元稹而寄诗刘禹锡。"②故将此诗系于元和五年(810),其说可从。这一年是刘禹锡贬朗州司马的第六年,白居易所寄具体包括哪些篇目,已无从考察,但刘禹锡对白诗的评价确是很高的。

长庆元年(821)冬,刘禹锡除夔州刺史。次年正月,作有《始至云安寄兵部韩侍郎中书白舍人二公近曾远守故有属焉》,这是两人诗文往来的又一见证。诗歌是同时写给韩愈和白居易两人的。此时韩愈为兵部侍郎,白居易为中书舍人,都官居要职。诗中"故人青霞意,飞舞集蓬瀛。昔曾在池籞,应知鱼鸟情"③几句,是向韩白二人陈情。按韩愈曾于元和十四年(819)被贬潮州刺史,又量移袁州刺史。十五年(820)征为国子祭酒,长庆元年(821)至二年(822)九月任兵部侍郎。白居易元和十年(815)被贬江州司马。十三年(818)冬,量移忠州刺史。十五年(820)夏,召还京师,拜尚书司门员外郎,转主客郎中知制诰。长庆元年(821)转中书舍人,二年七月外放杭州刺史。"籞",指养鸟的藩落。"在池籞",以鱼鸟被困池籞,喻指韩愈、白居易被贬潮州、江州等地情事。"鱼鸟情",指

---

① 陶敏、陶红雨校注《刘禹锡全集编年校注》,岳麓书社2003年版,第102页。以下凡引此书,均简称"陶著"。文中有关刘禹锡诗及系年,皆从陶著。
② 陶敏、陶红雨《刘禹锡全集编年校注》,第103页。
③ 陶敏、陶红雨《刘禹锡全集编年校注》,第279页。

被贬谪拘囚之感。刘禹锡此诗是希望韩、白能顾念处于困境中的自己,予以援引。白居易是否有针对此诗的和作不可考,但刘禹锡此诗的写作时间,距他首次"答贶"白居易的元和五年,已过了十二年之久。其间刘禹锡都在贬谪中,刘白二人无见面机会。又元稹于长庆四年(824)冬编成《白氏长庆集》五十卷并作序,此后白居易数次自编文集。从白居易对自己作品的珍惜及他与刘禹锡晚年的交情而论,这期间二人如有诗文往来,《白氏长庆集》、白居易自编的文集,或者刘禹锡文集,不应全无载录。由此可知,二人直到长庆元年尚无深交。

刘禹锡写于长庆三年(823)的《白舍人自杭州寄新诗有柳色春藏苏小家之句因而戏酬兼寄浙东元相公》,是为和白居易《杭州春望》而作,同时兼寄元稹,这是刘、白保存完整的第一次唱和。本年白居易在杭州刺史任上,元稹自同州刺史迁越州刺史、浙东观察使。两人任职的吴、越二地为斗、牛分野,故刘禹锡诗中有"莫道骚人在三楚,文星今向斗牛明"[1]。文星本指主文运的星宿,这两句是说,骚人虽出自楚地,但眼下"文星"聚于吴越,斗牛明于往时。这是以引领时风的诗坛领袖称赞元白,其中自然包含了对白居易诗的高度认可。这一评价与元白诗歌在当时的社会影响基本一致,并非客套话。

在"扬州初逢"之前,刘禹锡与白居易的唱和诗,还有作于和州刺史任上的五首,分别是:《春日书怀寄东洛白二十二杨八二庶子》(宝历元年春)、《苏州白舍人寄新诗有叹早白无儿之句因以赠之》(宝历元年夏秋间)、《白舍人见酬拙诗因以寄谢》(宝历元年秋)、《白舍人曹长寄新诗有游宴之盛因以戏酬》(宝历二年春)、《白太守行》(宝历二年秋末冬初)。

其中,从《苏州白舍人寄新诗有叹早白无儿之句因以赠之》诗可知,白居易将表现"早白无儿"苦恼的新诗寄给刘禹锡,说明二人往来虽不算太多,但已有较深的情谊。又《白舍人曹长寄新诗有游宴之盛因以戏酬》有"苏州刺史例能诗,西掖今来替左司"[2],韦应物曾以左司郎中转任苏州刺史,刘禹锡在此以韦应物比白居易,赞其"能诗"。这是刘禹锡第三次

---

[1] 陶敏、陶红雨《刘禹锡全集编年校注》,第 300 页。
[2] 陶敏、陶红雨《刘禹锡全集编年校注》,第 382 页。

称赞白居易之诗才。

特别值得注意的是《白舍人见酬拙诗因以寄谢》,此诗应为回赠白居易《答刘和州禹锡》而作。白诗曰:"换印虽频命未通,历阳湖上又秋风。不教才展休明代,为罚诗争造化功。我亦思归田舍下,君应厌卧郡斋中。好相收拾为闲伴,年齿官班约略同。"①和州即历阳郡,诗以"历阳湖"代指和州,点出刘禹锡任职地。其中"不教才展休明代,为罚诗争造化功"两句,承上"命未通",感叹刘禹锡仕路坎坷,而盛赞其诗与造化争功,并有相伴归田之约。刘禹锡《白舍人见酬拙诗因以寄谢》后四句曰:"甘陵旧党凋零尽,魏阙新知礼数崇。烟水五湖如有伴,犹应堪作钓鱼翁。"②"烟水"二句回应白诗"归田"之约。陶著释"甘陵"句曰:"此以党锢之祸比喻参与永贞革新的二王、八司马等所受到的迫害。时二王、八司马仅存刘禹锡与韩泰二人。"③

以上五首唱和诗,数量虽很有限。但从中可以看出,两位诗人性情相投,相互倾慕,白居易肯将"无儿"的苦恼讲给刘禹锡,刘禹锡也把"旧党凋零"的痛楚向白居易诉说;刘禹锡说白居易诗歌"四维无处觅",白居易称刘禹锡"诗争造化功"。说明两人不仅惺惺相惜,且已通过诗歌神交已久,这为"扬州初逢"做了充分的铺垫。

二、刘白对"二十三年"的不同感受

宝历二年(826)秋冬,白居易罢苏州刺史,刘禹锡罢和州刺史,二人北返洛阳途中,在扬州相遇。刘禹锡称他们这次见面为"初逢",因唐诗中"初逢"也可指"恰逢",如"沉沉绿江晚,惆怅碧云姿。初逢花上月,言是弄珠时。"(张子容《春江花月夜二首》其二)④"试上江楼望,初逢山雨晴。连空青嶂合,向晚白云生。"(张九龄《晚霁登王六东阁》)⑤等。有些

---

① 顾学颉《白居易集》卷二十四,第529页。
② 陶敏、陶红雨《刘禹锡全集编年校注》,第361页。
③ 陶敏、陶红雨《刘禹锡全集编年校注》,第362页。
④ 《全唐诗》卷一百一十六,中华书局1999年版,第1176页。
⑤ 《全唐诗》卷四十八,第586页。

注家以为"初逢"当释为"久别重逢"而非首次见面。但从现存史料及刘白二人诗作来看，我们更倾向于刘禹锡所谓"初逢"即指两人首次"相逢"。陶著也以为"刘、白二人前此唱和甚多，但未谋面，故云'初逢'"①。在酒席间，白居易写下了《醉赠刘二十八使君》：

> 为我引杯添酒饮，与君把箸击盘歌。诗称国手徒为尔，命压人头不奈何！举眼风光长寂寞，满朝官职独蹉跎。亦知合被才名折，二十三年折太多！②

诗歌一方面盛赞刘禹锡"诗称国手""才名"卓著，表达了对他诗歌才华和成就的高度肯定，这是"诗争造化功"的另一种说法，更是白居易对刘禹锡诗歌成就的当面赞誉；另一方面，又从"举眼风光""满朝官职"与刘禹锡长期被贬的巨大反差中，为他的坎坷遭遇鸣不平。故颔联与前述"不教才展休明代，为罚诗争造化功"两句，可谓异曲同工。诗歌末句"二十三年折太多"，很好地概括了刘禹锡二十余年的贬谪生涯。我们只要看一看刘禹锡被贬的经历，就不难知道这"二十三年"（实为二十二年，诗歌当因求合律，易"二"为"三"），对刘禹锡意味着什么：

永贞元年（805）八月，唐宪宗即位。九月，刘禹锡贬连州刺史。十月，再贬朗州司马。刘禹锡本年 34 岁。

元和十年（815）二月，刘禹锡与柳宗元等奉诏回长安。三月，复出为播州刺史。因裴度奏请，改任连州刺史。刘禹锡本年 44 岁。

唐穆宗长庆元年（821）冬，除夔州刺史。刘禹锡本年 50 岁。

长庆四年（824）夏，转和州刺史。刘禹锡本年 53 岁。

宝历二年（826）冬，罢和州刺史。刘禹锡本年 55 岁。

才华横溢、"诗称国手"的诗人，从风华正茂的 34 岁到饱经风霜的 55 岁，都是在"长寂寞""独蹉跎"中度过，是典型的政治迫害，与"才名"其实无关。所以白居易才有"命压人头不奈何"的深沉慨叹。可见，白居易诗

---

① 陶敏、陶红雨《刘禹锡全集编年校注》，第 402 页。
② 顾学颉《白居易集》卷二十五，第 557 页。

歌主要是对"诗称国手"而"寂寞蹉跎"的友人表达自己的敬意和惋惜。

白居易在"席上"发出的赞誉和不平之鸣,让刘禹锡于酒酣耳热之际,回首往事,追念平生,生出万千感慨。他的和作《酬乐天扬州初逢席上见赠》(以下简称《席上见赠》),是对白诗的回应,更是他历尽沧桑之后,对世事的一番新认识。从中可以看出,作为亲历者,他对"二十三年"的感受,与白居易是有较大差别的,这是我们理解二人唱和之作必须要注意的。刘禹锡和作曰:

> 巴山楚水凄凉地,二十三年弃置身。怀旧空吟闻笛赋,到乡翻似烂柯人。沉舟侧畔千帆过,病树前头万木春。今日听君歌一曲,暂凭杯酒长精神。①

朗、和二州为古楚地,夔州为古巴子国地。对于刘禹锡来说,这"二十三年"里,地是"凄凉地",人为"弃置身"。首联是写实,是对白诗的回应,也是诗人对贬谪生涯最简洁的总结。而如此遭遇,皆因永贞革新而起,当时参与改革的骨干——"二王八司马",皆被"弃置",其中多数人的遭遇更惨。元和元年(806),王叔文被赐死,王伾病死于贬所,凌准死于连州司马任所;元和三年(808),韦执谊死于崖州司马任所;程异是十人中唯一例外被重新任用者,他先贬郴州司马,元和四年(809)被任命为侍御史、扬子留后。元和六年(811)起,任盐铁转运副使、转运使。元和十三年(818)入相,一年后去世。

元和十年(815),柳宗元、陈谏、韩晔、韩泰、刘禹锡等五司马,一起被召入京,不久又都被排挤外放。其中,柳宗元任柳州刺史,于元和十四年(819)去世;陈谏任封州刺史、循州刺史,长庆三年(823)转道州刺史,死于道州任上;韩晔任汀州刺史、永州刺史。长庆三年(823)刘禹锡曾有诗寄给他,卒年不详;韩泰,先贬虔州司马,历任漳州、郴州、睦州、湖州刺史,大和四年(830),转常州刺史。

---

① 陶敏、陶红雨《刘禹锡全集编年校注》,第402页。

可知,宝历二年(826)冬,刘禹锡写作《席上见赠》时,"二王八司马",至少已有6人去世,除程异以外,均死于贬所。前引陶著以为,宝历元年(825)八司马已"仅存刘禹锡与韩泰二人"①,不过限于史料,宝历年间(825—826)陈谏、韩晔是否还在人世,似无法确切考定,但二人可能都是在此前后死于贬所。从刘禹锡诗文可知,韩泰确实还在世②。因此,与白居易主要为刘禹锡"二十三年""独蹉跎"的遭遇鸣不平不同,对于刘禹锡来说,作为当事人和亲历者,我身"弃置"之久与"旧党凋零"之惨,使他诗中的"凄凉"心绪比白诗更为激烈,也更为深沉。这不仅是我们解读前四句,也是准确把握全诗绝对不可忽略的。

三、从"闻笛之悲"看"病树""沉舟"

"怀旧空吟闻笛赋",典出向秀《思旧赋》,赋序有云:"邻人有吹笛者,发声寥亮。追思曩昔游宴之好,感音而叹,故作赋云"③,所以此诗称之为"闻笛赋"。王叔文等人之惨死与嵇康被杀、刘禹锡与向秀面对政治高压不便直抒胸臆,都有相似之处。所谓"空吟",一是这些旧友多数已离世,而诗人对自己及他们的遭遇均无能为力;二是因朝中党争激烈,自己的"怀旧"之情,如同向秀一样只能借"空吟闻笛赋"来委婉表达。刘禹锡还作有《洛中逢韩七中丞之吴兴口号五首》,对我们更准确地理解"怀旧"一句,很有参考价值。大和元年(827)七月,韩泰从长安赴湖州刺史任途经洛阳,刘禹锡为他饯行,诗作于宴席上。其前三首曰:

> 昔年意气结群英,几度朝回一字行。海北天南零落尽,两人相见洛阳城。(其一)
> 自从云散各东西,每日欢娱却惨凄。离别苦多相见少,一生心事

---

① 陶敏、陶红雨《刘禹锡全集编年校注》,第362页。
② 有关八司马被贬后的经历,参胡可先《中唐政治与文学:以永贞革新为研究中心》下编"第五章 永贞革新主要人物考"中的相关考证,安徽大学出版社2000年版,第288—329页。
③ [南朝梁]萧统编,[唐]李善注《文选》,上海古籍出版社2007年版,第720页。

在书题。(其二)

今朝无意诉离杯,何况清弦急管催。本欲醉中轻远别,不知翻引酒悲来。(其三)①

此诗写作时间,虽晚于《席上见赠》半年多,但其中"海北天南零落尽""自从云散各东西,每日欢娱却惨凄""不知翻引酒悲来"所表达的悲凉之情,与"甘陵旧党凋零尽",以及此诗的"闻笛"之悲,实为典型的互文性文本。三者都表达了刘禹锡难以释怀的内心剧痛。

"到乡翻似烂柯人",用王质遇仙事,其事见于东晋袁山松《郡国志》(《太平御览》卷四七引)、南朝宋郑缉之撰《东阳记》(《水经注》引)等多种典籍,又梁任昉《述异记》也载:"信安郡有石室山,晋时王质伐木至,见童子数人棋而歌,质因听之。童子以一物与质,如枣核,质含之,不觉饥。俄顷,童子谓曰:'何不去?'质起,视斧柯尽烂。既归,无复时人。"②"到乡"句恍如隔世的迷茫怅惘,是因回首平生遭际,更是因旧友"海北天南零落尽"而引发。"到乡",一作"到郡",结合典故,当以"到乡"更佳。

对颈联及尾联,学者们的解释颇有不同。有不少学者强调刘禹锡积极乐观的精神,如认为"颈联以'沉舟'、'病树'自喻,虽有自感衰沦、自叹落伍之意,但'千帆过'、'万木春'所展示的却是生机勃勃的景象,其中寄寓了新陈代谢的积极思想和辩证地看待一己困厄的豁达襟怀。……尾联顺势而下,吁请白氏举杯痛饮,借以振奋精神,共同走向未来、创造明天,从而使其坚韧不拔的意志和永葆劲直的情操更加清晰地呈现在读者眼前"③。持这种观点的学者尚有不少,但窃以为,或有过度阐释之嫌。理由有三:

其一,前四句抒写的是自我及同侪身世之悲与人事无常之慨,颈联以"沉舟""病树"自喻,且与他人作比,则仍是承前四句,表现作者"不胜官

---

① 陶敏、陶红雨《刘禹锡全集编年校注》,第415—416页。
② 参任昉《述异记》《丛书集成初编》本。
③ 肖瑞峰、彭万隆《刘禹锡白居易诗选评》,上海古籍出版社2002年版,第65页。

途迟速荣悴之感"①。清人沈德潜以为"'沉舟'二语,见人事不齐,造化亦无如之何!悟得此旨,终身无不平之心矣"②。两家所论,最为切近诗歌本旨。

其二,尾联所谓"凭杯酒长精神",也同样是借酒浇愁,借酒消解此伤感、迷茫与无奈。之所以说"暂",一则因酒醉只是"暂时"的,醉者终归要醒来;再则正见出伤感与无奈之深重。换言之,酒醒之后,将依然愁闷,依然迷茫,也依然"无如之何"。如此理解,全诗才气脉贯通,不至于被人为割裂,诗歌末句中"暂"字的言外之意,也才得以充分呈现。

其三,诗人之所以能"暂凭杯酒长精神",不仅是因"今日听君歌一曲",从诗坛大家白居易的高度认可中获得了鼓舞与激发,也因为此诗为酬答之作,是刘、白二人之间充满诗意的心灵对话,故"'沉舟'二句,用对托之笔,倍难为情。'今日'二字,方转到'初逢'正位,结出'酬'字意"③。如此,此诗与白诗才是知己式的心灵碰撞,才是照亮人生苦难的辉光。此后的"刘白",不也正是在此辉光的温暖润泽下,发现了新的人生意义,也拓展了新的诗歌天地吗?

当然,那些以豁达襟怀、豪迈之气等对"沉舟"两句加以引申的各种解释,虽未免"断章取义",但也从另一侧面彰显了其含义的丰富性,并再一次印证了"诗无达诂"的古老传统。至于本文开头提到的"神妙"与"常语"之争,在知人论世、顾及全篇的前提下,再看能将亲历如此人生苦难的忧愤、慨叹与无奈,蕴含于"沉舟"与"千帆过"、"病树"与"万木春"并置的戏剧性画面中,使情感的表达能够如此富于张力且余味无穷。

四、"扬州初逢"及唱和的文学史意义

《旧唐书》卷一百六十《刘禹锡传》说:"禹锡晚年与少傅白居易友善,

---

① [明]胡震亨《唐诗谈丛》,陈伯海《唐诗汇评》(中),浙江教育出版社1995年版,第1829页。
② [清]沈德潜《唐诗别裁集》卷十五,上海古籍出版社1979年版,第493页。
③ [清]杨逢春《唐诗绎》,陈伯海《唐诗汇评》(中),第1829页。

诗笔文章，时无在其右者。"①陈寅恪先生也指出："乐天一生之诗友，前半期为元微之，后半期则为刘梦得。而于梦得之诗，倾倒赞服之意，尤多于微之。此甚可注意者也。"②他还以为白居易之所以对刘禹锡"倾倒赞服"，是因为白居易壮年时即深知自己和元稹诗文之病在"辞繁言激"，至大和五年（831）元稹卒后，"其二十年前所欲改进其诗之辞繁言激之病者，并世诗人，莫如从梦得求之。乐天之所以倾倒梦得至是者，实职是之故。盖乐天平日之所蕲求改进其作品而未能达到者，梦得则已臻其理想之境界也。若不然者，乐天固一世之文雄，自负亦甚不浅，何苦于垂暮之年，而妄以虚词谀人若此乎？"③

陈先生所论甚有见地，但更准确地说，白居易对刘禹锡诗"倾倒赞服"，并以之作为改进自己"辞繁言激之病"的榜样，在时间上应该更早。具体而言，"扬州初逢"就是将这种"倾倒赞服"落到实处的开始，也是两位大诗人频繁唱和、相互学习的开端。瞿蜕园说："二人相契始终无间，实于此见其端。"④在此意义上，《席上见赠》一诗就有着特殊的文学史意义，对此，以往论者似未给予足够的重视。

白居易于大和三年（829）三月编成《刘白唱和集》上下两卷，收诗138首。此后，白居易分别在在大和六年（832）编《刘白吴洛寄和卷》一卷、开成元年（836）编刘白《汝洛集》一卷，会昌五年（845）将刘、白唱和未编诗再编为一卷，前后共成《刘白唱和集》五卷。这足以说明从"扬州初逢"以来，两人诗歌往来的频繁。在大和三年（829）为此集所写的《刘白唱和集解》中，白居易说："彭城刘梦得，诗豪者也，其锋森然，少敢当者。予不量力，往往犯之。"⑤又说："梦得、梦得！文之神妙，莫先于诗。若妙与神，则吾岂敢？如梦得'雪里高山头白早，海中仙果子生迟'、'沉舟侧畔千帆

---

① 《旧唐书》卷一百六十，中华书局2013年版，第4212页。
② 陈寅恪《元白诗笺证稿》附论戊《白乐天与刘梦得之诗》，生活·读书·新知三联书店2001年版，第351页。
③ 陈寅恪《元白诗笺证稿》附论戊《白乐天与刘梦得之诗》，第352页。
④ 瞿蜕园《刘禹锡集笺证》（中），外集卷一，上海古籍出版社1989年版，第1047页。
⑤ 顾学颉《白居易集》卷六十九，第1452页。

过,病树前头万木春'之句之类,真谓神妙,在在处处,应当有灵物护之。"①这样的评价,与"扬州初逢"时"诗称国手"的赞誉,共同印证了他对刘禹锡的"倾倒赞服"。

事实上,晚年的刘禹锡与白居易,惺惺相惜,这种"倾倒"也是相互的。白居易对刘禹锡的推尊,远不止前文所述。白居易《与刘苏州书》云:"微之先我而去矣,诗敌之劲者,非梦得而谁?"②《寄刘苏州》也称:"泣罢几回深自念,情来一倍苦相思。同年同病同心事,除却苏州更是谁?"③刘禹锡则说,"才子声名白侍郎,风流虽老尚难当"(《答乐天戏赠》)④,"花木手栽偏有兴,歌词自作别生情。多才遇景皆能咏,当日人传满凤城"(《和乐天南园试小乐》)⑤,"吟君洛中作,精绝百炼金"(《乐天寄洛下新诗兼喜微之欲到因以抒怀也》)⑥。这是诗歌畏友的相互称道,更是人生知己的互道衷肠。

从历史实际来看,刘白"扬州初逢"和唱和,至少在两个方面具备了独特的文学史意义。其一,这是刘白由以诗歌相互钦佩到成为"文友诗敌"的开端。在扬州初逢之前,刘禹锡与白居易虽有为数不多的唱和,虽然彼此敬慕,但不过是一般的诗友往来。而从此之后,直到会昌二年(842)刘禹锡去世,他们两人如白居易《刘白唱和集解》中所说:"夫合应者声同,交争者力敌;一往一复,欲罢不能。由是每制一篇,先相视草;视竟则兴作,兴作则文成。一二年来,日寻笔砚,同和赠答,不觉滋多。"⑦诗歌唱和成就了独特的诗人情谊。白居易晚年有《赠梦得》,诗曰:"年颜老少与君同,眼未全昏耳未聋。放醉卧为春日伴,趁欢行入少年丛。寻花借马烦川守,弄水偷船恼令公。闻道洛城人尽怪,呼为刘白二狂翁。"⑧从中不难看出,二人在诗歌之外也过从甚密。刘禹锡去世后,白居易有《哭尚

---

① 顾学颉《白居易集》卷六十九,第1452—1453页。
② 顾学颉《白居易集》卷六十八,第1445页。
③ 顾学颉《白居易集》卷二十六,第602—603页。
④ 陶敏、陶红雨《刘禹锡全集编年校注》,第493页。
⑤ 陶敏、陶红雨《刘禹锡全集编年校注》,第493页。
⑥ 陶敏、陶红雨《刘禹锡全集编年校注》,第507页。
⑦ 顾学颉《白居易集》卷六十九,第1452页。
⑧ 顾学颉《白居易集》卷三十六,第756页。

书刘梦得诗二首》,其中如"四海齐名白与刘,百年交分两绸缪。……杯酒英雄君与操,文章微婉我知丘"(其一)[1],"今日哭君吾道孤,寝门泪满白髭须。不知箭折弓何用,兼恐唇亡齿亦枯"[2]。极为精彩地写出了二人非同一般的交情。这本身就是文学史上少有的奇观。历史虽不可假设,但如果没有"扬州初逢","元白"之外,是否能有"刘白"?任何人都难做肯定的答复。

其二,作为"扬州相逢"的标志性文本,刘白的扬州初逢唱和,与他们的若干其他诗篇以互文性的方式,共同记录了历史的真实,也拉开了"刘白"晚年唱和的序幕。可以说刘禹锡与白居易晚年的诗歌唱和,不仅提升了各自的艺术水准,成就了并世齐名的"刘白"[3],所谓"得隽之句,警策之篇,多因彼唱此和中得之,他人未尝能发也"(白居易《与刘苏州书》)[4],也促进了中唐诗歌的发展。这种唱和还延伸到新兴的词体中,二人"在倚声填词方面,亦能互相切劘,以开晚唐、五代之盛,此治唐、宋诗词所宜特为着眼者也"[5]。如白居易作《忆江南》词三首,刘禹锡亦有合作三首。其"春去也,多谢洛城人"[6],白居易之"江南好,风景旧曾谙"[7]两首,均脍炙人口,至今传诵。清人况周颐以为,其《忆江南》唱和词,以"流丽之笔,下开北宋子野、少游一派"[8]。而所有这一切,都是以"扬州初逢"为标志性的起点,以刘、白"初逢"之后的交游及唱和诗为载体,为我们留下了珍贵的文学遗产。而这也正是刘白扬州唱和的又一文学史意义。

综上所述,可知前人以"常语"论"沉舟"一联,既忽视了全诗的整体性,从对诗歌艺术表达的理解而言,也失之肤浅。至于对刘禹锡《席上初逢》一诗"表现出豁达的襟怀"[9],思想境界"要比白诗高,意义也深刻得

---

[1] 顾学颉《白居易集》卷三十六,第841页。
[2] 顾学颉《白居易集》卷三十六,第841页。
[3] 《新唐书》卷一百十九,中华书局2013年版,第4304页。
[4] 顾学颉《白居易集》卷六十八,第1445页。
[5] 龙榆生《唐宋名家词选》,古典文学出版社1956年版,第8页。
[6] 陶敏、陶红雨《刘禹锡全集编年校注》,第694页。
[7] 顾学颉《白居易集》卷三十四,第775页。
[8] [清]况周颐著,王幼安校订《蕙风词话》卷二,人民文学出版社1960年版,第22页。
[9] 萧涤非等《唐诗鉴赏辞典》,第745页。

多"①的评价,似有脱离诗人生平遭际、主观拔高其思想之嫌。而从文学史发展的视角,我们可以清楚地看到,刘白正式订交和他们两人频繁的晚年唱和,都是以"扬州初逢"及唱和为开端。这不仅成就了世所少见的知己式情谊,为诗坛增添了动人的佳话,促成了刘白诗歌创作的共同提升,而且对唐诗乃至晚出的词体发展,也都产生了重要的影响。在这样的背景下,对"扬州初逢"及唱和的文学史意义,或能有更清晰的认识。

---

① 萧涤非等《唐诗鉴赏辞典》,第745页。

论孟郊诗歌的身体书写*

在面对疾病、死亡的威胁时,人最容易表露出自己的真情实感,对自身的身体状况也会给予更多的关注,从而引发出全新的人生感悟。孟郊就是一位高度重视自我身体的诗人,他的诗歌创作标新立异,不论是诗歌题材、内容,还是语言、风格都有鲜明的创新,身体书写则是他实现艺术创新的重要突破口之一。他通过身体书写,塑造了衰老、多病的自我形象,使壮志难酬与衰疾恐惧交织的情感体验得到了充分的宣泄。同时,以身体为参照将观察的目光聚焦于自然景物,以独特的意象、巧妙的手法及生新的语言表达身体体验,呈现出独特的艺术魅力。虽然,卢照邻、杜甫等诗人已在身体书写方面做了一定的探索,但从以身体书写大量入诗,且对诗歌语言和艺术特点产生了重要影响的角度而言,孟郊无疑是主要的先驱者之一。就笔者所见,有关孟郊诗歌身体书写的研究成果还很少见①。因此,系统探讨孟郊诗歌中的身体书写,有助于深化孟郊研究和推进医疗文学研究。本文中的身体书写,是指诗歌中与身体有关的艺术表现,既包括自我身体感觉及由此引发的情感体验,也包括以身体为喻的抒情写物。

一、由自我到外物的身体观照

孟郊诗中常常出现发、泪、肠、骨等身体意象,体现出孟郊对自身细致

---

* 本文与梁志贤合作,原刊于《中国海洋大学学报》2021 年第 6 期。
① 直接讨论"身体书写"的,如徐永东《论孟郊诗歌的身体书写》,《宜春学院学报》2019 年第 1 期;文中涉及身体书写的,如罗时进、童岳敏《寒天中高耸瘦骨的孤鹤——论孟郊骨寒神清的审美取向》,《苏州铁道师范学院学报》2002 年第 1 期;蒋寅《孟郊创作的诗歌史意义》,《华南师范大学学报》2005 年第 2 期。

的观察。他还塑造了衰老多病的自我形象,充分表现了内心的愁苦与凄伤,但孟郊的目光并未停留于此,他还借身体来观照外物,赋予外物以人的形态与性格,从而完成了对外物的"身体化"表现。

　　孟郊对自己的身体进行了细致的观察和了解,并且不避讳将身体作为诗歌描述的客观对象。在孟郊的诗歌中,诸如泪、发、肠等身体意象往往与一些修饰性的词语共同出现,表现诗人的身体或情感状况。不同的修饰词还会表现出不同的情感特点。如"洒泪双滂沱"(《哭刘言史》)[1]用动词"洒"表现了诗人的悲痛之深,"独泪起残夜"(《自商行谒复州卢使君虔》)[2]用形容词"独"表现诗人的孤独,"听乐离别中,声声入幽肠。晓泪滴楚瑟,夜魂绕吴乡。几回羁旅情,梦觉残烛光。"(《长安羁旅》)[3]写"楚瑟"之声"入幽肠",催化羁旅之愁,诗人从"夜"到"晓",梦回数次,泪流不止。孟郊诗歌中的"发"意象出现的次数也很多,一般被用来表现诗人壮志未酬的失落以及对亲友的深切感情。如"一别一回老,志士白发早"(《怨别》)[4]表现离别的忧伤以及自身年老的痛苦,"初识漆鬓发,争为新文章""白首忽然至,盛年如偷将"(《吊卢殷十首》其七)[5]写与卢殷相识之时两人鬓发都还漆黑,正值盛年,而后仿佛忽然之间头发就变白了,诗人已老去,卢殷更是已经去世,形成了鲜明的今昔对比,抒发了对友人的哀悼和对时间流逝的怅然。孟郊笔下"肠"意象的内涵也很丰富。如"别离三断肠"(《汴州离乱后忆韩愈李翱》)[6]"离肠绕师足"(《送淡公十二首》其九)[7]抒发了诗人对友人的深切思念;"食荠肠亦苦,强歌声无欢。出门即有碍,谁谓天地宽"(《赠崔纯亮》)[8]是通过进食后肠道的感受,来表达诗人内心的愁苦。荠菜鲜美可口,歌声令人快乐,但带给诗人的却是"苦"和"无欢"。之所以出现这样反常的体验,是因为天地虽宽,

---

[1] 华忱之、喻学才校注《孟郊诗集校注》,人民文学出版社 1995 年版,第 500 页。
[2] 华忱之、喻学才校注《孟郊诗集校注》卷六,第 249 页。
[3] 华忱之、喻学才校注《孟郊诗集校注》卷三,第 152 页。
[4] 华忱之、喻学才校注《孟郊诗集校注》卷二,第 75 页。
[5] 华忱之、喻学才校注《孟郊诗集校注》卷十,第 503 页。
[6] 华忱之、喻学才校注《孟郊诗集校注》卷七,第 315 页。
[7] 华忱之、喻学才校注《孟郊诗集校注》卷八,第 387 页。
[8] 华忱之、喻学才校注《孟郊诗集校注》卷六,第 267 页。

自己却"出门即有碍"。这其实是诗人落第后深沉的痛苦和对天道不公的质问。《上达奚舍人》曰:"贫士在重坎,食梅有酸肠。万俗皆走圆,一身犹学方。"①以"肠酸"的生理感受,写出了诗人身处人皆圆滑、我独方正之困境的独特情感体验。另外,孟郊诗歌中还有"耳""骨""齿"等意象,均体现出孟郊对自身身体的关注。

从孟郊诗歌的身体书写内容来看,他并不是在突兀、生硬地描写自己的身体,而是将自身的身体状况与所要表达的感情巧妙地结合在一起,化无形为有形,力求使感情通过文字呈现在读者眼前,让人感同身受。

疾病和衰老是孟郊身体书写的重要组成部分,它使孟郊对自我身体的感受更加敏锐,也使孟郊诗歌的内容更加多样化。孟郊诗也有直接说明自己患病的,如"病狂不可周"(《游枋口二首》其一)②、"衰瘵婴残身"(《与王二十一员外涯游昭成寺》)③、"心绪病无惊"(《凭周况先辈于朝贤乞茶》)④、"老病但自悲"(《上昭成阁不得于从侄僧悟空院叹嗟》)⑤,但更多的是对因疾病而引起的生理反应的具体描述,如《秋怀十五首(其二)》中写到:"席上印病文,肠中转愁盘"⑥,诗人的床席上都印上了病纹,说明因病卧床时间较长,而"肠中"一句则将诗人难以排解的生理不适与精神愁苦巧妙地加以具象化;"疑怀无所凭,虚听多无端"(《秋怀十五首》其二)⑦,"鬼神满衰听,恍惚难自分"(《秋怀十五首》其五)⑧则从听觉的角度写诗人因病而精神恍惚,出现幻觉,表达出诗人的虚弱与痛苦。孟郊描写自身患病情况时侧重于展现自身的生理反应,十分细致具体,这在前人诗中还不多见。

塑造多病衰颓的自我形象,也是孟郊诗歌身体书写的一大重要特点。孟郊经常在诗中提到"老"字,直言自己的衰老:

---

① 华忱之、喻学才校注《孟郊诗集校注》卷六,第289页。
② 华忱之、喻学才校注《孟郊诗集校注》卷五,第211页。
③ 华忱之、喻学才校注《孟郊诗集校注》卷五,第215页。
④ 华忱之、喻学才校注《孟郊诗集校注》卷十,第451页。
⑤ 华忱之、喻学才校注《孟郊诗集校注》卷十,第453页。
⑥ 华忱之、喻学才校注《孟郊诗集校注》卷四,第159页。
⑦ 华忱之、喻学才校注《孟郊诗集校注》卷四,第159页。
⑧ 华忱之、喻学才校注《孟郊诗集校注》卷四,第160页。

瘦郭有志气,相哀老龙钟。(《劝善吟醉会中赠郭行余》)[1]

无子抄文字,老吟多飘零。(《老恨》)[2]

日短觉易老,夜长知至寒。(《商州客舍》)[3]

老力安可夸,秋海萍一根。(《上昭成阁不得于从侄僧悟空院叹嗟》)[4]

幽苦日日甚,老力步步微。(《秋怀十五首》其十一)[5]

"老"在孟郊笔下也不仅仅是"老龙钟""老吟飘零""觉易老"的表面感觉,而是与自身气力结合在一起。如"秋海"句,含义就极为丰富。"萍"本一年生水草,浮生于水中,无自主之力。"秋"字表明此水草已枯萎,且是孤零零的"一根",却又置身于"海"中。短短五字,借波涛汹涌、气势磅礴的大海与枯"萍"间的巨大反差,将诗人之"老力"转化为可见的动态画面,形象地呈现出来。

发白、眼花等衰老的生理现象在孟郊诗中也有所体现,如"愁与发相形,一愁白数茎"(《自叹》)[6],以"愁"与"发","一"与"数"的对比,写出瞬间的因果变化。借发白之神速,来突出愁绪之深重。"孤叟何所归,昼眼如黄昏"(《上昭成阁不得于从侄僧悟空院叹嗟》)[7]则故意将昏花老眼称为"昼眼",却又以"黄昏"为喻。在"昼"与"昏"的反差中,突显了"昼眼"的昏花程度,写出了诗人几近失明、孤老无依和晚景凄凉的悲哀。

诗人还通过今昔对比来展现自身的衰老,如"少年一日程,衰叟十日奔"(《出东门》)[8]、"少壮日与辉,衰老日与愁"(《冬日》)[9],将少年与老年进行对比,更加突出当下的老弱。另外,诗人常用"残朽""败力""衰

---

[1] 华忱之、喻学才校注《孟郊诗集校注》卷二,第69页。
[2] 华忱之、喻学才校注《孟郊诗集校注》卷三,第136页。
[3] 华忱之、喻学才校注《孟郊诗集校注》卷三,第150页。
[4] 华忱之、喻学才校注《孟郊诗集校注》卷九,第453页。
[5] 华忱之、喻学才校注《孟郊诗集校注》卷四,第161页。
[6] 华忱之、喻学才校注《孟郊诗集校注》卷三,第114页。
[7] 华忱之、喻学才校注《孟郊诗集校注》卷九,第453页。
[8] 华忱之、喻学才校注《孟郊诗集校注》卷三,第127页。
[9] 华忱之、喻学才校注《孟郊诗集校注》卷三,第130页。

步""残悴"等词形容自身,表现出迟暮之感。与前人不同的是,孟郊会通过描写自身具体的生理感觉来表现衰老。如《秋怀十五首》其十三:"霜气入病骨,老人身生冰。衰毛暗相刺,冷痛不可胜。"①写诗人因年老而更加不堪寒冷的苦况,让本来无形的"霜气"落到实处,变成附着在人身上的"冰",突出了老弱的病体对于寒冷的敏锐感受。后两句又以"衰毛"相刺的"冷痛"感,来进一步突出"霜气入病骨"的体验。作者还用"入""生""刺"等动词,不仅呈现出病体感受的细节、过程和结果,也将他自己的身体感觉化为类似视频的可见动态形象。其语言表达的细腻和对主观感觉的捕捉力、把控力,均给读者留下了极为深刻的印象。可以看出,"老"在孟郊诗中不再是一个空洞的概念,而是一个可诉诸多种感觉的鲜明生动的形象。

在关注自身的同时,孟郊也借身体来观照自然事物。他还常将自然景物与"齿""牙""肠""涎"等与消化系统密切相关的意象结合起来,字里行间充斥着撕扯感与毁灭感。

冰齿相磨唶,风音酸铎铃。(《寒溪九首》其四)②
石齿嚼百泉,古风号千琴。(《峡哀十首》其六)
老肠未曾饱,古齿崭岩嗔。(《峡哀十首》其四)
峡晖不停午,峡险多饥涎。(《峡哀十首》其三)③

孟郊用"冰齿""石齿"等意象赋予自然景物生命力,并用"磨唶""嚼"等词语化静为动,使原本平常的景物立显生动。孟郊诗中的山和水是贪婪的,他笔下的山水是饥饿的,还流着口水,似是食人的怪物。他巧妙地将形容人类进食的动词套用到山水景物上,如"呀彼无底吮"(《峡哀十首》其一)④,形容峡波张口吮吸,只要人身陷泥沙,就会遭遇不测之灾;

---

① 华忱之、喻学才校注《孟郊诗集校注》卷四,第161页。
② 华忱之、喻学才校注《孟郊诗集校注》卷五,第233页。
③ 华忱之、喻学才校注《孟郊诗集校注》卷十,第489页。
④ 华忱之、喻学才校注《孟郊诗集校注》卷十,第488页。

"渴罪呀然浔"(《峡哀十首》其六)①将谗人比喻成急于犯罪的峡虬,在江边张口吃人;"饿燕潺湲号"(《峡哀十首》其七)②形容水流流动,像是因饥饿而不住吞咽,赋予了山水景物贪婪的性格,营造出一种恐怖的氛围。山水景物一直是文人墨客心中的净土,他们笔下的山水或秀美,或壮丽,形象大都是正面的。而孟郊对山水的描写却取象险怪、奇特,处处透露着恐怖气息。

孟郊对自我身体进行了细致观照,在身体意象前冠以不同的修饰性词语以表达不同的情感,并通过直接叙述自身患病情况以及具体描绘疾病引起的身体反应,向读者展示了自身多病的状态;通过直言自身的衰颓和老病,将诗人现在的身体状态与过去进行对比,塑造了衰老多病的个体形象。可以看出,孟郊拓展了表现老、病的方式,为诗歌创作提供了新的发展方向。他还将山水景物比作身体来加以铺叙渲染,从而颠覆了山水景物的传统形象。总之,孟郊既观照自身,又立足自我身体观察外物,赋予了外物人的生理特征,从而为山水之美的摹写开辟了新的表现之路。

二、失意与衰颓交织的诗情

孟郊的一生都不如意,仕途的坎坷和亲友的离世给他带来了巨大打击。作为一个体弱多病的诗人,孟郊在面对生活的挫折时,多将对自我身体状况的观照与深沉的情感表达融为一体。因而对衰疾和死亡的忧惧,往往与壮志未酬的苦闷、伤别悼亡的恐惧交织在一起,构成孟郊诗歌情感的主色调。

其一,"徒怀青云价"的苦闷。孟郊生于天宝十载(751),"安史之乱"爆发时,他才四岁。在他成年时,朝廷政治腐败,藩镇割据,民生凋敝,大唐帝国已日显衰颓之势,而他自己在仕途上又备尝坎坷。因此,强烈的世道乱离感和人生失意感,往往见于诗中。如其《乱离》云:"天下无义剑,

---

① 华忱之、喻学才校注《孟郊诗集校注》卷十,第489页。
② 华忱之、喻学才校注《孟郊诗集校注》卷十,第489页。

中原多疮痍。哀哀陆大夫,正直神反欺。"①贞元十五年(799),陆长源因欲以严厉的法度整顿军队而引发兵变被杀,这首诗即诗人为哀陆长源所作。华忱之把"无义剑"解释为孟子所谓的"无义战",藩镇作乱是不符合"义"的,但当时的社会动乱已经蔓延成势,灾祸频生。诗人认为在这种情况下陆长源的举动是正直的,却招致祸患,因而令人倍感哀伤。诗人用"疮痍"来形容战争后社会的破败与百姓的困苦,形象地表现出当时国家的病态。又如《杀气不在边》云:"况余隔晨昏,去家成阻修。忽然两鬓雪,固是一日愁。"②作此诗时,诗人正旅居河南。因为当时藩镇作乱,回家的道路阻隔重重,诗人无法侍奉亲长,只一天的工夫,就愁得两鬓花白。透过诗人对头发变化的描写,我们可以看到时局的紧张和个体在动乱社会中的悲苦。孟郊早期对自己的前途大概也是非常有信心的。华忱之《唐孟郊年谱》贞元七年(791)记载,"秋,东野于湖州举乡贡进士,旋往长安应进士试"。③他怀着激动的心情到长安应进士试,结果竟两次落第,在长安受尽白眼。诗人敏锐地感受到来自权门贵族的排挤。《旧唐书》卷一六四《王播传附王起传》记载:"先是,贡举猥滥,势门子弟,交相酬酢,寒门俊造,十弃六七。"④当时的科举考试还是在权门贵族的操控之下,下层寒士想要入仕十分困难。而孟郊又是一个"拙于生事,一贫彻骨。裘褐悬结,未尝俯眉为可怜之色"⑤的人,所以更难融入官场。贞元七、八年间(791—792)初至长安应进士试时,孟郊曾作《灞上轻薄行》讽刺贵家子弟,在诗中他提到"此中生白发,疾走亦未歇"⑥,表现了自己的奔波劳累。他在初试落第自长安赴徐州前,写有"懒磨旧铜镜,畏见新白发"(《答韩愈李观别因献张徐州》)⑦、"十日一理发,每梳飞旅尘"(《长安羁旅行》)⑧。可以看出,这些诗中不仅有下第的失落之情,更有对自己青春

---

① 华忱之、喻学才校注《孟郊诗集校注》卷三,第107页。
② 华忱之、喻学才校注《孟郊诗集校注》卷一,第28—29页。
③ 华忱之、喻学才校注《孟郊诗集校注·孟郊年谱》,第538页。
④ 《旧唐书》卷一百六十四《王播传附王起传》,中华书局2013年版,第4278页。
⑤ 傅璇琮主编《唐才子传校笺》(二),中华书局1989年版,第512页。
⑥ 华忱之、喻学才校注《孟郊诗集校注》卷一,第2页。
⑦ 华忱之、喻学才校注《孟郊诗集校注》卷八,第329页。
⑧ 华忱之、喻学才校注《孟郊诗集校注》卷一,第4页。

不再的焦虑。诗中反复提到的白发意象,体现出诗人年华老去、功业无成的担忧。贞元九年(793)再下第后,孟郊作有"晓月难为光,愁人难为肠"(《落第》)①、"两度长安陌,空将泪见花"(《再下第》)②,颇有心灰意冷之感。贞元十二年(796),孟郊四十六岁时,终于进士及第,但直到他五十岁,才做了溧阳县尉这样一个小官。《新唐书》本传曰:

> 县有投金濑、平陵城,林薄蒙翳,下有积水。郊闲往坐水旁,裴回赋诗,而曹务多废。令白府,以假尉代之,分其半奉。③

对公务并不关注,连俸禄都被分走一半,可见他并不如意。自我期待与现实之间的巨大落差,使诗人的失落感也更为强烈,他在诗作中也多有抑郁不平之语。贞元十六年至十九年间(800—803)任溧阳县尉时,孟郊曾作"秋风吹白发,微宦自萧索"(《送青阳上人游越》)、④"星星满衰鬓,耿耿入秋怀"(《溧阳秋霁》)⑤等诗,抒发自我悲怀。元和年间(806—814),孟郊居洛阳,曾说"徒怀青云价,忽至白发年"(《送魏端公入朝》)⑥,送卢汀自洛赴长安朝谒时又说"一生空吟诗,不觉成白头"(《送卢郎中汀》)⑦。这时的诗人已历经仕途坎坷,身体的衰老多病更使他实现抱负的可能更加渺茫,因此诗句愈显悲凉。

孟郊诗歌的身体书写蕴藏着深厚感情。孟郊在未踏入官场时就通过身体书写表达对社会现实的担忧。在遭受了仕途不顺的打击后,现实又进一步促使他对自我身体进行深入关注。在这种情况下,孟郊的个人遭际与其自身身体状况相互作用,使他在表达感情时往往将仕途的坎坷不平与年华已逝的遗憾糅合在一起,这种表达方式大大丰富了诗歌感情内涵。

---

① 华忱之、喻学才校注《孟郊诗集校注》卷三,第139页。
② 华忱之、喻学才校注《孟郊诗集校注》卷三,第143页。
③ 《新唐书》卷一百七十六《孟郊传》,中华书局2013年版,第5265页。
④ 华忱之、喻学才校注《孟郊诗集校注》卷八,第381页。
⑤ 华忱之、喻学才校注《孟郊诗集校注》卷九,第438页。
⑥ 华忱之、喻学才校注《孟郊诗集校注》卷八,第390页。
⑦ 华忱之、喻学才校注《孟郊诗集校注》卷八,第392页。

其二,"生死每日中"的恐惧。诗人的身体每况愈下,表现在诗歌中,既有生理衰颓的直陈,又透露出心理上对死亡的恐惧。这种恐惧是很直接的,如"况我有金兰,忽尔为胡越。争得明镜中,久长无白发"(《春夜忆萧子真》)①。写自己的朋友因在远方而不得相见,通过询问如何能在照镜子的时候看不到自己的白发,写出了诗人对朋友的深切思念和对衰老的逃避。诗人用"袅袅一线命"(《秋怀十五首》其五)"生意与我微"(《秋怀十五首》其四)②、"衰老无气力"(《忆江南弟》)③来形容自己,甚至说"明年若不来,我作黄蒿翁"(《送淡公十二首》其一)④,充满了对年老体衰、行将就木的无力感。"常恐暂下床,至门不复归"(《秋怀十五首》其十)更是直接点明了诗人的恐惧。在身体渐渐衰老的情况下,诗人在心理上对死亡的恐惧就更加明显。用"暂下床"和"至门"体现了时间之短,距离之近,表现了诗人"生死每日中"(《秋怀十五首》其十)的身体状况和他的惊惧与无可奈何。

孟郊还有一些哀悼诗、送别诗,因身体书写而有了更深的意蕴。孟郊晚年接连失去了三个孩子,韩愈因此作有《孟东野失子》一诗,其小序曰:"东野连产三子,不数日辄失之。几老,念无后以悲。"⑤记述了孟郊失子的悲痛。韩愈在诗中质问天命为何如此不公,并举"好子"未报父母恩德,"恶子"反害父母的例子,对孟郊进行安慰与开解。孟郊在《杏殇》诗中也说:"失芳蝶既狂,失子老亦孱""病叟无子孙,独立犹束柴"⑥,将失去孩子的老人比作离开了鲜花的蝴蝶和孤零零的柴火,用生动的比喻形象地表现了诗人的深哀与孤独。孟郊在洛期间,一些好友先后去世,孟郊在为他们创作的哀悼诗中,亦有与身体有关的描写,如"谁言老泪短,泪短沾衣巾"(《吊房十五次卿少府》)⑦,"少年哭酒时,白发亦已侵"(《吊卢殷十

---

① 华忱之、喻学才校注《孟郊诗集校注》卷七,第 309 页。
② 华忱之、喻学才校注《孟郊诗集校注》卷四,第 159—160 页。
③ 华忱之、喻学才校注《孟郊诗集校注》卷七,第 319 页。
④ 华忱之、喻学才校注《孟郊诗集校注》卷八,第 386 页。
⑤ 屈守元、常思春主编《韩愈全集校注》,四川大学出版社 1996 年版,第 457 页。
⑥ 华忱之、喻学才校注《孟郊诗集校注》卷十,第 496 页。
⑦ 华忱之、喻学才校注《孟郊诗集校注》卷十,第 479 页。

首》其八)①,"诗人业孤峭,饿死良已多"(《哭刘言史》)②等,这些诗歌不仅表现了对亲友的哀悼,"病叟""老泪""短泪""白首"还描摹了诗人自己的衰颓。可以看出,孟郊诗中蕴含的感情,不仅是针对他人而发,更是因此而产生了自伤身世的悲凉。亲友的逝去,让诗人更加意识到生命的脆弱,也不得不直面衰老乃至死亡的事实。

孟郊的一些送别诗也因加入了身体书写,而表现了对生命的独特体验。如"前日远别离,昨日生白发"(《独愁》)③写刚刚分离就生出白发,体现出分离给诗人带来的愁痛之深重,以夸张的手法突出了衰老的速度。又如"徘徊相思心,老泪双滂沱"(《送淡公十二首》其七)④"老人独自归,苦泪满眼黑"(《留弟郢不得送之江南》)⑤则用"老泪""苦泪""老人"来突出了自身的伤感和老迈。离别本身就是令人痛苦的事情,孟郊却从眼前的离别,想到了别后的相思和孤独。送别代表着时间的流逝和空间的转换,而诗人自身的衰老多病则使分别之后的情况变得更加不可控。在这种情况下,诗人笔下的送别就不仅仅蕴含着不舍的离情,更体现出诗人敏锐的生命意识。

孟郊在摹写自我身体状况的同时,表现出对死亡的恐惧。在一些送别诗与悼亡诗中,也自觉或不自觉地在伤悼与伤别之情的抒发中,加入了自己的身体状况,写人其实就是在写己。对于孟郊来说,亲友的逝去和自身衰老这种痛苦的生命体验,加深了他对人生和生命的思考。

三、求新求奇与冷硬劲峭

盛唐诗歌是中国诗歌史的高峰,中唐诗人要想有所突破,就必须另辟蹊径,从前人所忽视甚至不屑涉猎的领域进行探索。韩孟诗派向奇险一路发展,完成了这种突破,创作出具有刺激性美感的诗歌,在中唐诗坛自

---

① 华忱之、喻学才校注《孟郊诗集校注》卷十,第503页。
② 华忱之、喻学才校注《孟郊诗集校注》卷十,第500页。
③ 华忱之、喻学才校注《孟郊诗集校注》卷二,第84页。
④ 华忱之、喻学才校注《孟郊诗集校注》卷八,第387页。
⑤ 华忱之、喻学才校注《孟郊诗集校注》卷八,第383页。

成一家。孟郊是韩孟诗派的核心人物,对大历诗风的不满以及对诗歌艺术的求新,使他在追求冷峻、奇险方面倾注了巨大的心血,正如韩愈所说的"东野动惊俗,天葩吐奇芬"①。孟郊诗的身体书写,利用独具特征的意象、充满巧思的比喻、夸张等手法及精心锤炼的语言,赋予了诗歌独特的艺术魅力。其中,求新求奇与冷硬劲峭是最突出的两大特点。

求新求奇。在孟郊之前,一些诗人也不乏身体书写的尝试,但其意象选取基本上局限于发、泪、肠等常见意象。如"寄身且喜沧洲近,顾影无如白发何"(钱起《江州重别薛六柳八二员外》)②,"因将自悲泪,一洒别离间"(司空曙《送王闰》)③,"此夜断肠人不见,起行残日影徘徊"(顾况《听角思归》)④等,这些诗人对身体的描绘并未脱离传统的审美观念,提到身体意象时也往往只是一笔带过,很少花费心思进行具体描写,因而显得平淡无奇。孟郊诗的身体书写则求新求奇,选择与众不同的意象,利用多种手法来展开。

孟郊不仅选用发、泪等常见的身体意象,对前人根本不会用来入诗的丑陋意象,也毫不避讳。如疮痍,是其他诗人并不愿意提起的,但是孟郊却大大方方地将它写进诗里:

语中失次第,身外生疮痍。(《秋怀十五首》其十一)⑤

瘦僧卧冰凌,嘲咏含金痍。金痍非战痕,峭病方在兹。(《戏赠无本二首》其一)⑥

前一首写自己言语有失检点,因而招来灾祸,是以"疮痍"喻祸患。后一首则借用《后汉书·班超传》"每有攻战,辄为先登,身被金夷,不避

---

① 屈守元、常思春主编《韩愈全集校注》卷七,第306页。
② [清]乔亿选编,雷恩海笺注《大历诗略笺释辑评》,天津古籍出版社2008年版,第46页。
③ [清]乔亿选编,雷恩海笺注《大历诗略笺释辑评》,第261页。
④ [清]乔亿选编,雷恩海笺注《大历诗略笺释辑评》,第507页。
⑤ 华忱之、喻学才校注《孟郊诗集校注》卷四,第161页。
⑥ 华忱之、喻学才校注《孟郊诗集校注》卷六,第301页。

死亡"①的典故,用攻战比喻贾岛嘲咏,显得直白血腥。有些描写甚至更为夸张,如"日中视余疮,暗锁闻绳蝇"(《秋怀十五首》其十三)②,写诗人身体上的疮散发出难闻的味道,甚至招来了苍蝇。另外,"老泣无涕洟,秋露为滴沥"(《秋怀十五首》其一)③写诗人衰老,眼泪和鼻液都已在过去的岁月里流尽了,突出了诗人的枯槁;又将秋露比作"涕洟",表现了环境的清冷和诗人的孤苦。"溪老哭甚寒,涕泗冰珊珊"(《寒溪九首》其八)④写自己的眼泪和鼻涕像冰一样,突出了"寒"的特色。"贤人洁肠胃,寒日空澄凝"(《吊元鲁山十首》其五)⑤写出了肠胃中液体寒凝的状态,这也是一般人不会写在诗中的。这些丑陋或病态的意象都是孟郊郁闷难解心情的写照,给人怪异新奇之感,体现出孟郊求新求奇的艺术追求。

孟郊还善于利用多种修辞手法表现身体苦痛。传统的比喻是以两种相似的事物作比,但孟郊却常常用两个看起来似乎毫无关系的事物进行比喻,使人感到新奇。"老骨惧秋月,秋月刀剑棱"(《秋怀十五首》其六)⑥,以"刀剑棱"比喻"秋月",彻底推翻了月亮在以往诗歌中的温润形象,把月光比作刀剑,更显"老骨"的虚弱。《出东门》中的"道路如抽茧,宛转羁肠繁"⑦,将道路比作被抽拉的蚕丝,再由蚕丝的宛转绵长、头绪繁多联想到自己的羁旅愁肠,想象非常奇特,堪称是连环式比喻,是以身体作比较为特殊的例证之一。诗人对客观事物有着敏锐的观察和奇异的感受,因此写出的比喻也与传统不同。

孟郊十分擅长夸张的手法。如"分泪洒白日,离肠绕青岑"(《汝坟蒙从弟楚材见赠时郊将入秦楚材适楚》)⑧,离别的愁肠都能绕着青山了,极言愁思之长;"声翻太白云,泪洗蓝田峰"(《远愁曲》)⑨,"泪下无尺寸,纷

---

① 《后汉书》卷四十七《班超传》,中华书局2012年版,第1584页。
② 华忱之、喻学才校注《孟郊诗集校注》卷四,第162页。
③ 华忱之、喻学才校注《孟郊诗集校注》卷四,第159页。
④ 华忱之、喻学才校注《孟郊诗集校注》卷五,第234页。
⑤ 华忱之、喻学才校注《孟郊诗集校注》卷十,第464页。
⑥ 华忱之、喻学才校注《孟郊诗集校注》卷四,第160页。
⑦ 华忱之、喻学才校注《孟郊诗集校注》卷三,第127页。
⑧ 华忱之、喻学才校注《孟郊诗集校注》卷七,第334页。
⑨ 华忱之、喻学才校注《孟郊诗集校注》卷一,第24页。

纷天雨丝"(《乱离》)①用夸张的手法写出了泪水之多;"斗蚁甚微细,病闻亦清泠"(《老恨》)②,写诗人病中连蚂蚁争斗的声音都能听见,突出了四周的寂静、诗人的孤独和病情的恍惚。诗人还善于通过丰富的联想实现通感。《秋怀十五首》中的"听涩讵逐风"(《秋怀十五首》其十)③,是听觉与味觉的互通,"商气洗声瘦"(《秋怀十五首》其十二)④则是听觉与视觉的互通,都表现了诗人身体的衰颓和内心的凄凉。

  灵活运用动词,给人特殊的感官刺激,也是孟郊诗歌身体书写的特点之一。孟郊用"烧"字来突出身体的不适与内心的焦虑,如"病深理方晤,悔至心自烧"(《寿安西渡奉别郑相公二首》其二)⑤,"言之烧人心,事去不可招"(《送李翱习之》)⑥;用"煎"字表现自己的煎熬,如"哭弦多煎声,恨涕有余摧"(《吊卢殷十首》其三)⑦,"逐客零落肠,到此汤火煎"(《峡哀十首》其三)⑧;用"攒"字形容聚集,如"不必用雄威,见者毛发攒"(《严河南》)⑨,"瘦攒如此枯,壮落随西曛"(《秋怀十五首》其五)⑩。另外,"噎塞春咽喉,蜂蝶事光辉"(《嵩少》)⑪,用"塞""春"字表现噎的感觉,也具有很强的表现力。

  孟郊之前的诗人选用的身体意象比较常见,孟郊求新求奇,将疮痍等丑陋意象入诗,使诗歌内容更加丰富。并巧妙利用比喻、夸张等多种手法完成身体书写,形象地向读者展示了诗人生理和心理上的痛苦。孟郊在进行身体书写时,还善于利用多种动词来展现自己的感觉和感情,其用法常常出人意料,使其背后蕴含的感情更显深刻,从而为原本平淡无奇的身体书写注入了活力。

---

① 华忱之、喻学才校注《孟郊诗集校注》卷三,第107页。
② 华忱之、喻学才校注《孟郊诗集校注》卷三,第136页。
③ 华忱之、喻学才校注《孟郊诗集校注》卷四,第161页。
④ 华忱之、喻学才校注《孟郊诗集校注》卷四,第161页。
⑤ 华忱之、喻学才校注《孟郊诗集校注》卷八,第401页。
⑥ 华忱之、喻学才校注《孟郊诗集校注》卷八,第365页。
⑦ 华忱之、喻学才校注《孟郊诗集校注》卷十,第502页。
⑧ 华忱之、喻学才校注《孟郊诗集校注》卷十,第489页。
⑨ 华忱之、喻学才校注《孟郊诗集校注》卷六,第271页。
⑩ 华忱之、喻学才校注《孟郊诗集校注》卷四,第160页。
⑪ 华忱之、喻学才校注《孟郊诗集校注》卷五,第217页。

冷硬劲峭。《升庵诗话》中载孙器之对孟郊的评价是"孟东野如埋泉断剑,卧壑寒松"①,孟郊亦曾用"清峭养高闲"(《懊恼》)②、"小儒峭章句"(《与王二十一员外涯游枋口柳溪》)③来评价自己的诗歌,可见孟郊诗在进行诗歌创作时对清冷峻峭的追求。表现在身体书写上,则是利用体感冷硬的意象与劲峭狠厉的语言,形成了冷硬劲峭的特点。

在孟郊诗歌的身体书写中,最具有冷硬特点的意象是"骨"。孟郊笔下的"骨",大多在特定环境的衬托下,充满寒意,且十分坚硬。尤以《秋怀十五首》最为典型,如"孤骨夜难卧,吟虫相唧唧"(《秋怀十五首》其一),以"骨"代指自身,借"孤骨难卧"描绘了一个受病痛折磨,孤独无依、彻夜难眠的老人形象;"冷露滴梦破,峭风梳骨寒"(《秋怀十五首》其二),露水的滴落就能把诗人从梦中惊醒,突出诗人睡眠质量之差。寒风吹过,就像梳齿在诗人的骨头上梳过,可见环境的寒冷和诗人病体的脆弱与敏感;"老骨坐亦惊,病力所尚微"(《秋怀十五首》其三)④让人感受到诗人的惊惧和因病对周围的事物失去兴趣的低落感情。"骨"的冷硬反衬出生命个体的衰微,呈现出诗人的衰颓形象。这些诗都带有非常强烈的主观色彩,将诗人以及读者的感受都集中到"骨"这一意象上,带来冷硬之感。

孟郊在进行身体书写时,追求语言的劲峭。元和初韩愈作《荐士》向郑馀庆推荐孟郊,就称赞他"横空盘硬语,妥帖力排奡"⑤。唐诗重情韵,讲究和谐之美。杜甫开辟了瘦硬的道路,而孟郊在这条道路上继续探索,形成了特色突出的语言风格。孟郊的诗歌中,除了乐府诗的语言比较明白流畅之外,大多数诗歌的语言都生僻劲峭,在身体书写中这一特点尤为明显。孟郊善于利用生理类动词给人有力之感,如"秋月吐白夜,凉风韵清源"(《赠别殷山人说易后归幽墅》)⑥将人的动作赋予秋月,化静为动,

---

① [明]杨慎撰《升庵诗话》卷八,丁福保辑《历代诗话续编》,中华书局1983年版,第791页。
② 华忱之、喻学才校注《孟郊诗集校注》卷四,第171页。
③ 华忱之、喻学才校注《孟郊诗集校注》卷五,第213页。
④ 华忱之、喻学才校注《孟郊诗集校注》卷四,第159页。
⑤ 屈守元、常思春主编《韩愈全集校注》,第355页。
⑥ 华忱之、喻学才校注《孟郊诗集校注》卷八,第400页。

使画面更显生动;又如"有时吐向床,枕席不解听"(《老恨》)①,用"吐恨"表现出诗人满腹感慨无人倾听,难寻知音的痛苦。"帆影咽河口,车声聋关中"(《赠转运陆中丞》)②上句写船消失于视野之中,仿佛被河水吞食下咽,下句写车声震耳欲聋,动词的运用使诗歌充满了吞噬之感。"饿犬龁枯骨,自吃馋饥涎。"(《偷诗》)③用进食动作喻偷诗这种行为,十分新奇。

孟郊很喜欢用梳、劗、瘦、刺、折、崩、裂等狠字、硬语,营造生硬的艺术感受。这些动词给人一种强势入侵的破坏感。如"瘦坐形欲折,晚饥心将崩"(《秋怀十五首》其十三)④用"折""崩"突出了诗人的形销骨立;"哀猿哭花死,子规裂客心"(《连州吟三章》其一)⑤、"飞死走死形,雪裂纷心肝"(《寒溪九首》其八)⑥用"裂"表现内心的伤痛;"朔雪寒断指,朔风劲裂冰"(《羽林行》)⑦通过"断指""裂冰"衬托天气的寒冷。诗人通过这些给人坚硬、锋利感受的动词,使诗歌的感染力和刺激性增强了。

"骨"这一冷硬的意象突出了诗人身体的脆弱和对环境的敏感,而孟郊诗歌的身体书写之所以充满了撕扯感与刺激感,离不开硬语、狠语的运用。这两者结合起来,使得孟郊诗歌的身体书写呈现出冷硬劲峭的特点,也使得诗人无形的痛苦,获得了"如在目前"的表现,给读者留下深刻的印象。

四、对诗歌发展的推进与影响

孟郊在身体书写方面的艺术探索,在杜甫等前代诗人创作的基础上,有诸多的拓展和突破,不仅在中唐审美观念转变与诗歌新变中起到了积

---

① 华忱之、喻学才校注《孟郊诗集校注》卷三,第 136 页。
② 华忱之、喻学才校注《孟郊诗集校注》卷六,第 247 页。
③ 华忱之、喻学才校注《孟郊诗集校注》卷三,第 132 页。
④ 华忱之、喻学才校注《孟郊诗集校注》卷四,第 162 页。
⑤ 华忱之、喻学才校注《孟郊诗集校注》卷六,第 257 页。
⑥ 华忱之、喻学才校注《孟郊诗集校注》卷五,第 234 页。
⑦ 华忱之、喻学才校注《孟郊诗集校注》卷一,第 49 页。

极的推动作用,对当时及后世诗歌的发展也影响深远。对此,可从以下三个方面加以展开。

其一,表现内容的拓展和丰富。从广度上来说,孟郊在进行身体书写时引入了更多的身体意象。如前文所述,孟郊之前的诗人,多是在进行疾病书写的时候简单提到身体要素,一般多用白发、苍颜等抽象、概括的词语来表现自身形象,并没有进行展开叙述,如杜甫就常用白发、药等意象来写自己的老病。而孟郊的诗歌创作不再局限于对概括性的描绘,而是会对身体器官和生理感觉进行直接具体的描写。如《路病》曰:"飞光赤道路,内火焦肺肝"①,具体表现了生病后肺肝火烧火燎的感觉;《卧病》中用"春色烧肌肤,时餐苦咽喉"②来形容诗人生病发烧的痛苦,突出描写肌肤和咽喉的感觉,用"烧""苦"对触觉和味觉上的感受进行了具体的描绘。《秋怀十五首》中的"病骨可剚物"(《秋怀十五首》其五)③选择"骨"来表现"病",夸张了"骨"硬、瘦等特点,将"骨"的感觉具体化为可以"剚物"的程度,突出了诗人的瘦弱。他的这些探索很好地拓展和丰富了诗歌身体书写的范围和内容。

其二,审美观念的转变。蒋寅先生指出:"经过大历时期的低迷和酝酿,唐诗到元和时代再度爆发了惊人的创造力,众多诗家如繁星闪耀,各种风格争奇斗艳,一大批杰作被创作出来,而诗歌真正大变的时刻也终于来临。"④与此相应,身体书写在元和时代也得到了长足的发展,这一时期的身体书写主要由韩孟诗派与元白诗派引领,孟郊作为韩孟诗派的代表人物之一,在身体书写方面进行了一系列的探索,为诗歌创作注入了新的活力。

孟郊诗歌身体书写体现的审美观念与传统诗美背道而驰,他摒弃了以往诗人所追求的平和之美,转而推崇奇崛怪异之美,甚至以丑为美。孟郊对自我个体投入了更多的关注,他以疮痍、白发、病骨等丑陋或老病的

---

① 华忱之、喻学才校注《孟郊诗集校注》卷二,第 77 页。
② 华忱之、喻学才校注《孟郊诗集校注》卷二,第 82 页。
③ 华忱之、喻学才校注《孟郊诗集校注》卷四,第 160 页。
④ 蒋寅《百代之中——中唐的诗歌史意义》,北京大学出版社 2013 年版,第 17 页。

身体意象入诗,使身体书写发生了全新的变化。这或许受到庄子塑造的叔山无趾、支离疏、哀骀它等丑陋的身体意象的影响,因而与传统儒家"尽善尽美""文质彬彬"的审美理想有了明显的差异。只不过庄子的目的是说明自然之道,而孟郊则是切切实实地对自我身体进行了具体细致的描写,将丑陋的身体意象毫无保留地呈现出来,这是以前的诗人未曾深入探索过的领域。孟郊追求"以丑为美",促进了身体审美观念的转变,对中唐诗坛审美观念的变革起到了推动作用。

其三,在当时及后世的影响。韩愈非常崇拜孟郊,甚至说:"吾愿身为云,东野变为龙。四方上下逐东野,虽有离别无由逢?"[①]孟郊与韩愈订交于贞元八年(792),孟郊去世于元和九年(814)。两人相识时,四十一岁的孟郊已形成了独特的风格,二十四岁的韩愈在诗歌创作上还处于起步阶段。从韩愈对孟郊的推崇来看,在他们交往的前期,韩愈在身体书写方面受孟郊的影响较多。由前文所述可见,孟郊的诗中经常出现肠、泪、发等身体意象,在韩愈诗中也有体现,如"思之不可见,百端在中肠"(《此日足可惜赠张籍》)[②]、"慷慨为悲咤,泪如九河翻"(《杂诗》)[③]、"清宵静相对,发白聆苦吟"(《孟生诗》)[④]等。韩愈于贞元十四年(798)所作的《答孟郊》和贞元十七年(801)所作的《将归赠孟东野房蜀客》,对身体的关注明显增加,尤能体现出孟郊的影响。前诗曰:"名声暂膻腥,肠肚镇煎熻","见倒谁肯扶,从嗔我须髭"[⑤],后诗曰:"宦途竟寥落,鬓发坐差池。"[⑥]身体意象的增多,身体描写中动词的使用,都与孟郊诗有相似之处。这应与孟郊的影响有关。在与孟郊的诗歌赠答和联句中,韩愈诗歌的身体书写不断进步。韩愈作于贞元十六年(800)《归彭城》中有:"刳肝以为纸,沥血以书辞"[⑦],作于贞元十九年(803)的《苦寒》中也说:"肌肤

---

① 屈守元、常思春主编《韩愈全集校注》,第36页。
② 屈守元、常思春主编《韩愈全集校注》,第54页。
③ 屈守元、常思春主编《韩愈全集校注》,第25页。
④ 屈守元、常思春主编《韩愈全集校注》,第6—7页。
⑤ 屈守元、常思春主编《韩愈全集校注》,第34页。
⑥ 屈守元、常思春主编《韩愈全集校注》,第103页。
⑦ 屈守元、常思春主编《韩愈全集校注》,第85页。

生鳞甲,衣被如刀镰。气寒鼻莫嗅,血冻指不拈。"①像这样的诗句,说明韩愈的身体书写在逐渐形成自己的特色,而同样写于贞元十九年的《落齿》,则可视为韩愈身体书写的代表作之一。当然,韩愈诗歌身体书写的意象选择和艺术构思,与孟郊诗相近者远远不知我们列举的这几个例证。需要说明的是,虽然在韩孟交往的前期,韩愈诗歌的身体书写较多地受到孟郊的影响,但两人交往的后期,韩愈诗歌身体书写也反过来影响到孟郊。对此,我们已做过初步的探讨②。限于篇幅,关于韩孟诗歌身体书写的双向影响在此不拟展开,当另文讨论。

　　贾岛受孟郊的影响也很大,他善于利用身体意象来表达感情,如"别肠多郁纡,岂能肥肌肤"(《寄远》)③利用"肠""肌肤"等意象,勾勒了思家心切以致日益清减的诗人形象;"常恐滴泪多,自损两目辉"(《客喜》)④塑造了一个思念家乡,流泪的次数太多,以至于害怕眼睛损伤的诗人形象。这些诗句里的身体意象与孟郊对身体意象的选用类似。"开口吐愁声,还却入耳来"(《客喜》)⑤、"猛虎恣杀暴,未尝啮妻儿""求食饲雏禽,吐出美言词"(《辩士》)⑥和孟郊的诗歌一样,都用了"吐""啮"等生理性动词。另外,贾岛有一些诗中可以明显看出孟郊诗的痕迹,如贾岛形容自身"立久病足折"(《玩月》)⑦,与孟郊"瘦坐形欲折"(《秋怀十五首》其十三)的结构、用词都非常相似,而且都是在描绘自己衰老多病的形象。贾岛受孟郊的影响是显而易见的。

　　从现有文献来看李贺与孟郊在实际生活中没有交集,但两人诗歌风格却有不少相似之处。李贺也有不少诗歌运用了身体意象描写疾病。其中"病骨犹能在,人间底事无"(《示弟》)⑧、"咽咽学楚吟,病骨伤幽素"

---

① 屈守元、常思春主编《韩愈全集校注》,第 119 页。
② 刘怀荣、陈岩琪《韩愈诗歌的衰疾书写及其诗史意义》,《中国海洋大学学报》,2021 年第 1 期。
③ [唐]贾岛著,李嘉言新校《长江集新校》,上海古籍出版社 1983 年版,第 3 页。
④ [唐]贾岛著,李嘉言新校《长江集新校》,第 9 页。
⑤ [唐]贾岛著,李嘉言新校《长江集新校》,第 9 页。
⑥ [唐]贾岛著,李嘉言新校《长江集新校》,第 6 页。
⑦ [唐]贾岛著,李嘉言新校《长江集新校》,第 5 页。
⑧ [唐]李贺著,[清]王琦等注《李贺诗歌集注》,上海人民出版社 1977 年版,第 37 页。

(《伤心行》)①、"归来骨薄面无膏,疫气冲头鬓茎少"(《仁和里杂叙皇甫湜》)②等诗多次提到"骨"的意象,与孟郊诗歌的意象选择十分神似。李贺诗歌中奇特的想象,与众不同的构思,也与孟郊的诗歌有相通之处。

卢仝"诗尚奇僻,古诗尤怪……近体间参硬语,与孟郊大致相同"③。卢仝创作时也以身体意象入诗,如"白骨土化鬼入泉,生人莫负平生年"(《叹昨日三首》其三)④、"飞鹰跃马实快性,唇腐齿烂空巇岏"(《杂兴》)⑤、"吾眼恨不见,心肠痛如掬"(《寄男抱孙》)⑥等,卢仝对丑陋意象的选择和他暴露性的写法都和孟郊相似。另外,在利用身体要素观照自然景物这一方面,也可以看出孟郊对卢仝的影响,如在《月蚀诗》中,卢仝用"撑肠拄肚礧傀如山丘,自可饱死更不偷"(《月蚀诗》)⑦形容月蚀,将月蚀这一自然现象想象为"虾蟆精"进食的过程,与孟郊对自然景物的描绘相契合。

一生疾病缠身的白居易也创作了诸多有关身体书写的诗歌。与孟郊相似,白居易也通过"白发""眼"等身体意象多次描述自己的衰老之貌,如"眼涩夜先卧,头慵朝未梳"(《咏老赠梦得》)⑧、"眼渐昏昏耳渐聋,满头霜雪半身风"(《老病幽独偶吟所怀》)⑨、"多病多愁心自知,行年未老发先衰"(《叹发落》)⑩等,另外,白居易也用"风疾侵凌临老头,血凝筋滞不调柔"(《枕上作》)⑪、"脚疮春断酒,那得有心情"(《病疮》)⑫等来描绘自己的病情,与孟郊的身体书写异曲同工。

宋代诗人对孟郊的评价虽褒贬不一,但不可否认的是,孟郊诗歌的身

---

① [唐]李贺著,[清]王琦等注《李贺诗歌集注》,第115页。
② [唐]李贺著,[清]王琦等注《李贺诗歌集注》,第127页。
③ 陈伯海编《唐诗汇评》(中),浙江教育出版社1995年版,第1923页。
④ [唐]卢仝《卢仝集》,中华书局1985年版,第21页。
⑤ [唐]卢仝《卢仝集》,第23页。
⑥ [唐]卢仝《卢仝集》,第6页。
⑦ [唐]卢仝《卢仝集》,第2页。
⑧ 顾学颉校点《白居易集》卷三十二,中华书局1979年版,第735页。
⑨ 顾学颉校点《白居易集》卷三十五,第801页。
⑩ 顾学颉校点《白居易集》卷十三,第259页。
⑪ 顾学颉校点《白居易集》卷三十五,第788页。
⑫ 顾学颉校点《白居易集》卷三十七,第843页。

体书写对宋代诗人也产生了深刻影响。欧阳修、梅尧臣等诗人在进行身体书写时对孟郊诗多有模仿,如欧阳修的《秋怀二首寄圣俞》:"巉岩想诗老,瘦骨寒愈耸。诗老类秋虫,吟秋声百种。"[①]梅尧臣的《依韵和欧阳永叔秋怀拟孟郊体见寄二首》:"出为悲秋辞,万仞见孤耸","独我忘形骸,百事乃纤冗"[②],就是直接拟孟郊诗所作。通过"瘦骨""秋虫""孤耸"等语词的使用可以看到孟郊诗的影子,虽不及孟郊诗具体细致,情感深厚,但其风格凄清瘦硬,有孟郊诗特色。除了拟作外,梅尧臣的《青龙海上观潮》:"推鳞伐肉走千艘,骨节专车无大及。几年养此膏血躯,一旦翻为渔者给。"[③]《和蔡仲谋苦热》:"蝇蚊更昼夜,肤体困爬搔。"[④]也颇有孟郊诗歌的美学特点。苏舜钦以"今乃有毒厉,肠胃生疮痍""犬猊咋其骨,乌鸢啄其皮"(《城南感怀呈永叔》)[⑤]来形容大灾之年饿殍遍野的惨象,亦有孟郊之风。王令《病中》:"寒侵骐骥应方瘦,蠹满梗楠岂易荣。"[⑥]其意象也与孟郊诗相似。在刘克庄书写疾病的一些诗歌中,丑陋意象也屡见不鲜。

可见,孟郊诗歌的身体书写确实为诗歌审美提供了新的思路。他与韩愈以相近的审美观念,相互欣赏,相互激励,拓展了诗歌题材,又都致力于艺术手法的追新求奇。他们在身体书写方面的探索,不仅构成了韩孟诗派的显著特征,也对中唐乃至后世诗歌产生了不可忽略的影响。

严羽说:"孟郊之诗刻苦,读之使人不欢。"[⑦]这是由孟郊所处的时代和他自身的经历及个性决定的。"夫和平之音淡薄,而愁思之声要妙;欢愉之辞难工,而穷苦之言易好也"[⑧]。诗歌创作讲究"穷而后工",孟郊的一生始终处于穷困潦倒之中,时代的艰难和现实的残酷让孟郊的身心备

---

① [宋]欧阳修撰,李之亮笺注《欧阳修集编年笺注》,巴蜀书社2007年版,第133页。
② [宋]梅尧臣著,朱东润编年校注《梅尧臣集编年校注》,上海古籍出版社1980年版,第410页。
③ [宋]梅尧臣著,朱东润编年校注《梅尧臣集编年校注》,第233页。
④ [宋]梅尧臣著,朱东润编年校注《梅尧臣集编年校注》,第298页。
⑤ [宋]苏舜钦著,傅平骧、胡问涛校注《苏舜钦集编年校注》,巴蜀书社1991年版,第146页。
⑥ [宋]王令著,沈文倬校点《王令集》,上海古籍出版社1980年版,第201页。
⑦ [宋]严羽著,郭绍虞校释《沧浪诗话校释》,人民文学出版社1983年版,第181页。
⑧ 屈守元、常思春主编《韩愈全集校注》,第1671页。

受摧残,而这为他的诗歌创作提供了丰富的素材,深刻的社会体验与诗人敏锐的感受力巧妙结合,碰撞出奇异的火花。正因如此,衰老多病的孟郊才能在身体书写这一方面另辟蹊径,别有创新。孟郊不厌其烦地在诗歌中提到衰老、病痛,毫不避讳以身体要素入诗,并将视野拓展到自然景物中去。一方面,他经常通过泪、发、肠、骨等身体意象表现自身的身体状况和愁苦情感,将个体的疾病与痛苦具体化,塑造自身衰老多病的个体形象;另一方面,孟郊在描绘自然景物时融入身体要素,从自然反观自我,拓展了身体书写的广度。

　　元好问挖苦孟郊是"东野穷愁死不休,高天厚地一诗囚"①。从身体书写的角度来说,孟郊困于衰老多病,是被囚,但在不可改变的状态下反而利用这一素材完成诗歌的创新,也是一种"反囚"。虽然诗歌的内容看起来是过于狭隘,但是诗歌的感情深度与艺术手法却值得我们进一步探索。孟郊个人的遭际和亲友逝去对他的打击,都使他的心灵产生了巨大痛苦。在这种情况下,诗人对个体生命的观照被他自觉或不自觉地融入了自我悲情的宣泄,从而增加了诗歌的感染力。

　　盛唐时期的诗歌在内容和形式方面都达到了顶峰,沿着这条路继续走下去,创新的余地已经很小,因此急需变革。孟郊顺应了这一需求,身体书写就是他进行创新性探索的重要内容之一。就孟郊个人的诗歌创作来说,他通过身体书写所做的探索,形成了求新求奇,冷硬劲峭的诗歌艺术特色;就孟郊诗歌的身体书写对后世的影响来说,孟郊诗丰富了身体书写的内容,推动了审美观念的转变,启发了其他诗人对身体的进一步关注,深刻影响了韩愈、贾岛、卢仝、欧阳修、梅尧臣等诗人,具有独特的文学价值。

---

① 施国祁注,麦朝枢校《元遗山诗集笺注》,人民文学出版社1958年版,第529页。

韩愈诗歌的衰疾书写及其诗史意义*

人生百年,衰疾几乎无人可以幸免。由于中国早期文化就已形成了重政治伦理,重视宗族情感,重群体等特点,因此在韩愈之前的诗歌中,诗人们更重视政治治乱、家国兴衰、人际伦理、自然风物等现实问题和外在事务。在相当长的时间里,对衰疾并未给予太多的关注。杜甫是以自我衰疾体验入诗的先驱性人物①,但真正较为自觉地关注自我健康问题,以衰疾体验入诗,是到中唐时期才开始普遍出现的。韩愈则是在这方面自觉探索,并取得显著成绩的一位诗人。他从生理和心理两个层面,对自己独特的身心体验做了细致的描摹,拓宽了传统诗歌的题材范围。在表现身心受损之痛苦和惊惧的同时,也向读者展示了他自我超越的心路历程。韩愈对这一新题材、新体验的探索,使诗歌在艺术表达方面呈现出一些全新的特质。从诗歌史发展的角度来看,不仅有多重的突破意义,还对当时及后世诗歌创作产生了重要的影响。但是韩愈的这一贡献,迄今为止,还很少有人关注。本文拟对此做一初步的探讨。鉴于衰老和疾病虽有重合,但二者仍存在较明显的区别。比较而言,体衰是人体机能随年岁增长而发生的正常生理变化,而疾病则是由某种原因导致的身体异常变化,二者的特征及在诗歌中的表现也有诸多不同,故本文在讨论时,将二者分开

---

* 本文与陈岩琪合作,原刊于《中国海洋大学学报》2021年第1期,人大复印资料《中国古代、近代文学研究》2021年第4期全文转载、《文学研究文摘》2021年第2期主体转载(3 000字);《高校文科学术文摘》2021年第4期整体栏目推介。

① 杜甫晚年吟咏老病的一类诗歌,近年来已受到学者们的关注。如钟继刚、姚小波《杜甫草堂诗的衰病形象》,《文教资料》2006年第34期;张子川、曹买生《论杜甫"涉病诗"中的生命意识》,《吉林省教育学院学报》(中旬)2015年第11期;吴中胜、朱春红《疾病与杜甫创作》,《杜甫研究学刊》2017年第4期等。

加以论述①。

一、衰疾体验与题材拓展

韩愈(768—824)在青年时代已有早衰的迹象,因此,他对衰老和疾病都极为敏感,与之相关的自我体验与焦虑,不仅在他有关身体状况的自述诗中频繁地出现,也常见于与友朋的赠答诗中。从这些作品,我们可以发现,韩愈对自我身体变化的关注程度远远超过了前代诗人,他对衰疾题材的开拓也是前所未有的。就韩愈存世诗歌来看,他的衰疾书写,主要是从体衰、疾病两条线索展开的。

首先是体衰描写。《黄帝内经·灵枢》"天年篇"在论及人生命衰老时说:"三十岁,五脏大定,肌肉坚固,血脉盛满,故好步;四十岁,五脏六腑十二经脉,皆大盛以平定,腠理始疏,荣华颓落,发颇斑白,平盛不摇,故好坐。"②但韩愈却在三十二岁就已有白发、三十六岁就齿落甚多。因而,早衰之征在韩愈诗中随处可见。从实际情况来看,韩愈有关体衰的描写,主要体现在如下两方面:

一是对体衰的写实性记录。韩愈在壮年时期就已经有齿落、发白、目眵、体羸等现象,在其诗中也多有体现,如《落齿》一诗,作于贞元十九年(803),韩愈时年三十六岁。诗中描述了齿落的过程及其带来的生理、心理变化,及因此造成的生活不便。全诗围绕"落齿"展开,主题鲜明,独立性很强。与之前偶有涉及的写法有了很大的不同。此外,如"三年不见汝,使我鬓发未老而先化"(《河之水二首寄子侄老成》其一)③、"尔来曾几时,白发忽满镜"(《东都遇春》)④、"时天晦大雪,泪目苦矇瞀"(《南山诗》)⑤、

---

① 已有的一些成果往往将体衰和疾病合并论述,如吴中胜、朱春红《疾病与杜甫创作》,《杜甫研究学刊》2017年第4期;杨蕙《中唐诗歌的疾病书写》,北京外国语大学2019年硕士学位论文;孙小潭《杜甫的以"病"入诗》,山东大学2019年硕士学位论文等。
② 杨永杰、龚树全《黄帝内经》,线装书局2009年版,第333页。
③ 屈守元、常思春主编《韩愈全集校注》,四川大学出版社1996年版,第99页。
④ 屈守元、常思春主编《韩愈全集校注》,第484页。
⑤ 屈守元、常思春主编《韩愈全集校注》,第322页。

"玄花著两眼,视物隔褋褵"(《寄崔二十六立之》)①等,对体衰的多个方面均有表现,

二是对年龄的敏感和焦虑。韩愈对年龄格外关注,且多以时光逝去与己身衰残并列的方式加以表现。如《此日足可惜赠张籍》作于贞元十五年(799),是年张籍登第,韩愈与他会面,分别之际,发出"男儿不再壮,百岁如风狂"②的悲叹。这既是对张籍的劝勉,更是韩愈对年华逝去之惊惧的真实写照。这一年,韩愈才三十二岁。作于元和元年(806)的《李花赠张十一署》,通过"念昔少年著游燕,对花岂省曾辞杯"与"自从流落忧感集,欲去未到先思回"③的对比,以年少时赏花从未推辞过饮酒,而自被贬以来(此时韩愈任江陵法曹参军,还未归京),却未到赏花之地就已想返回,点出身体大不如前的事实。又说"只今四十已如此,后日更老谁论哉?力携一樽独就醉,不忍虚掷委黄埃。"钱仲联集释有"补释"曰:"按下《寒食日出游诗》,时张方病,故公独就醉也。"④可知,其中的"四十如此""后日更老",虽主要是就自己而言,其中也包含有与张署同病相怜之意。从中可见诗人对"后日更老"的焦虑。《除官赴阙至江州寄鄂岳李大夫》,作于元和十五年(820),韩愈五十二岁。诗中有:"我齿落且尽,君鬓白几何?年皆过半百,来日苦无多"⑤之叹。而在《南溪始泛三首》(其一)中,也有"余年懔无几,休日怆已晚。自是病使然,非是取高骞"⑥之悲。"懔",惧也;"怆",悲也;"休日"指致仕;"高骞",孤傲、洁身自好貌。钱仲联集释在"休日"句下有"魏本引孙汝德曰:'公时病满百日,因致仕'"在"自是"两句下也说:"病不能作事,今托病似此也。"⑦韩愈此时自感来日无多,后悔没能早一点致仕休养,但又说现在致仕也并非是自己独善其身和孤傲,而是因病不得不如此。以上这两首诗,说"苦",说"懔",直抒

---

① 屈守元、常思春主编《韩愈全集校注》,第593页。
② 屈守元、常思春主编《韩愈全集校注》,第55页。
③ 屈守元、常思春主编《韩愈全集校注》,第279页。
④ 钱仲联《韩昌黎诗系年集释》(上),上海古籍出版社1984年版,第362页。
⑤ 屈守元、常思春主编《韩愈全集校注》,第822页。
⑥ 屈守元、常思春主编《韩愈全集校注》,第906页。
⑦ 钱仲联《韩昌黎诗系年集释》(下),第1280页。

胸臆,均表达了对"来日无多"的忧惧。据张籍《祭退之》文,《南溪始泛三首》当作于长庆四年(824)夏,韩愈于本年十二月去世①,可见诗中之"懔"与"怆",确是诗人发自内心的真情实感。

其次是疾病描写。韩愈常在诗中写到"疾""病",如《赴江陵途中》有"因疾鼻又塞,渐能等薰莸"②,当是因感冒等引发鼻塞;元和十五年(820)所作《酒中留上襄阳李相公》云:"知公不久归钧轴,应许闲官寄病身"③,表达自己由于身体的缘故只能做闲官。此处的李相公即李逢吉,据方世举记载:"公生平不合于逢吉。"而此诗意在"以示处不争之地",因李逢吉"于穆宗有讲侍旧恩",当时正值穆宗即位之初,韩愈认为李逢吉"固有必入之势矣"④,故在此处提出"闲官"之求。从同期其他诗作来看(详后),韩愈此时应在袁州刺史任上,向李逢吉献诗固然有干谒之意,但"病身"也确非虚语;再如《杏园送张彻侍御归使》有"归来身已病"⑤,写自己从潮州归来,已是疾病缠身,可见南方生活对韩愈身体的损害。对于自己究竟所患何病,韩愈很少提及,相关史料缺乏记载。可以确定的有疟疾、足弱等。韩愈贞元十九年(803)冬被贬阳山(今广东阳山),贞元二十一年也就是永贞元年(805)春获赦,夏秋间不幸染上疟疾,《遣疟鬼》便作于此时。还有元和元年(806)与孟郊合作的《纳凉联句》中有"痟肌夏尤甚,疟渴秋更数"⑥,也提到了此次染病之事。当时被贬到南方的士人,几乎都曾患过疟疾,韩愈也不例外。

关于韩愈服食硫磺一事,后人颇多争议。白居易《思旧》中有"退之服流黄,一病讫不痊"⑦之说,韩愈本人也有"金丹别后知传得,乞取刀圭救病身"(《寄随州周员外》)⑧、"我以指撮白玉丹,行且咀噍行诘盘"⑨

---

① 参钱仲联《韩昌黎诗系年集释》(下),第1278页;屈守元、常思春主编《韩愈全集校注》,第907页。
② 屈守元、常思春主编《韩愈全集校注》,第222页。
③ 屈守元、常思春主编《韩愈全集校注》,第833页。
④ 均见屈守元、常思春主编《韩愈全集校注》,第835页。
⑤ 屈守元、常思春主编《韩愈全集校注》,第842页。
⑥ 屈守元、常思春主编《韩愈全集校注》,第988页。
⑦ 顾学颉校点《白居易集》卷二十九,中华书局1979年版,第664页。
⑧ 屈守元、常思春主编《韩愈全集校注》,第832页。
⑨ 屈守元、常思春主编《韩愈全集校注》,第920—921页。

(《记梦》)的自述。因韩愈曾在多篇诗文中明确排斥求仙之学,如"神仙虽然有传说,知者尽知其妄矣"(《谁氏子》)①,又如在《殿中侍御史李君墓志铭》一文中,对"左人"(占卜相命者)之说予以驳斥。何焯因此说他"深著学仙服食之愚"②。如此这般"言行不一",使得一部分人对韩愈的为人有了怀疑。

就目前来看,韩愈服食硫磺基本已成定谳,但其服食动机,却并不是为了求仙,乃为医病③。至于所医何病,目前有两种说法。一说韩愈所医之病当为"足弱"。根据孙思邈《备急千金要方》卷七《风毒脚气》记载:"考诸经方,往往有脚弱之论。……然此病发初得,先从脚起,因即胫肿,时人号为脚气。深师云脚弱者,即其义也。"④可知,足弱即脚弱,时人也称之为脚气病,其中提到的深师为南北朝宋齐年间一个僧人医者。韩愈晚年所作《南溪始泛三首》(其三)也说:"足弱不能步,自宜收朝迹。"可知韩愈的确受到了足弱(即脚气病)的困扰。据葛洪《肘后备急方》记载,治疗"风毒脚气痹弱"的药方,其中便有"硫黄三两(末之)"⑤。孙思邈所著《千金翼方》卷一所列防治"脚弱疼冷"的药方中也有"石硫黄"⑥。可知,古时的硫磺不仅为丹药所需,也是治疗足弱的重要药材。另一说韩愈服食硫磺所治之病当系虚羸早衰,并非"风毒脚气",而他本人也"当死于服硫磺导致的药源性疾病综合征,'足弱'只是其间的一个症状"⑦。且已有研究成果指出,晋唐年间流行的"脚气病",并不是现代意义上的脚气病,而是包括矿物中毒在内的多种疾病总称⑧。且韩愈"足弱不能步"之语,作于长庆四年(824),但早在元和十五年(820)就已有"乞取刀圭救病身"

---

① 屈守元、常思春主编《韩愈全集校注》,第 546 页。
② 马其昶校注《韩昌黎文集校注》,上海古籍出版社 1986 年版,第 441 页。
③ 已有研究成果:王鹭鹏《韩愈服硫磺辩》,《周口师范学院学报》2004 年第 1 期;胡阿祥、胡海桐《韩愈"足弱不能步"与"退之服硫黄"考辨》,《中华文史论丛》2010 年第 2 期;李浩《韩愈"服硫黄"新证》,《中国语言文学研究》2019 年第 2 期等。
④ [唐]孙思邈《备急千金要方》,中医古籍出版社 1999 年版,第 235 页。
⑤ [东晋]葛洪《肘后备急方》,天津科学技术出版社 2005 年版,第 79 页。
⑥ [唐]孙思邈《千金翼方》,辽宁科学技术出版社 1997 年版,第 12 页。
⑦ 李浩《韩愈"服硫黄"新证》,《中国语言文学研究》2019 年第 2 期。
⑧ 李浩《晋唐"脚气"考》,《广东技术师范学院学报》2014 年第 12 期。

(《寄随州周员外》)①之说。因此,韩愈服食硫磺或许并不只是为治疗"足弱",但无论是何种情况,这都与他患病有非常紧密的关系。

　　韩愈还有一些赠答诗,其背景也多与疾病相关。韩愈与贞元八年(792)一同登第的李观一向交好,但李观在贞元十年(794)病逝于京师。当李观病重时,韩愈曾作《重云李观疾赠之》,并对李观有"饮食为减少,身体岂宁康""劝君善饮食,鸾凤本高翔"②的劝诫,此时韩愈二十五岁,李观也不过二十七岁。三十岁以后,韩愈对疾病的描写明显增多,如作于年贞元十四年(798)的《病中赠张十八》,开篇就有"中虚得暴下,避冷卧北窗"③,"暴下",据文说注,指"食不化而泄出也"④,当属于消化系统疾病,本年韩愈三十一岁。又如《赴江陵途中》曰:"疠疫忽潜遘,十家无一瘳"⑤,韩愈于永贞元年(805)八月授江陵法曹参军,此诗作于其赴任途中,韩愈三十八岁。全诗用较大的篇幅写他被贬阳山的经历,不仅包括当地恶劣的气候和环境,还有疠疫肆虐的场景,可见韩愈内心的恐惧。再如《自袁州还京行次安陆先寄随州周员外》中有"面犹含瘴色,眼已见华风"⑥,此诗写于元和十五年(820)秋天从袁州还京途中。元和十四年(819)正月,韩愈因上《谏佛骨表》,被贬潮州刺史。次年正月,内移袁州刺史(在江西),正月八日到袁州赴任。九月,召拜国子祭酒(从三品)。返京时仍"面含瘴色",可见近两年的贬谪生活,对韩愈身心的损害。

　　韩愈之所以对衰疾如此敏感和关注,有社会、家族和个人遭遇等多方面的原因。一是韩愈家族普遍享年不永。据韩愈年谱可知,韩愈三岁丧父。他的兄长韩会卒于建中元年(780),享年四十二岁。韩愈在《祭十二郎文》中,也提及他有三位兄长,都早早离世。其侄韩老成(即十二郎)也曾患"软脚病",仅三十三岁就不幸去世。他的侄孙韩滂,在十九岁时患疾而终。家族的不幸在韩愈心中留有巨大的阴影,因此身体的每一点变

---

① 屈守元、常思春主编《韩愈全集校注》,第832页。
② 屈守元、常思春主编《韩愈全集校注》,第17页。
③ 屈守元、常思春主编《韩愈全集校注》,第38页。
④ 屈守元、常思春主编《韩愈全集校注》,第40页。
⑤ 屈守元、常思春主编《韩愈全集校注》,第222页。
⑥ [唐]韩愈著,屈守元、常思春主编《韩愈全集校注》,第828—829页。

化,都能在韩愈心中激起巨大的波澜。二是韩愈本人的身体状况一直不佳。这从他诗歌中大量的衰疾书写便可以明显地看出。加之韩愈出仕备尝艰难,生活长期拮据,甚至一度衣食都成了问题。对此,他在诗中也多有表述,如"为生鄙计算,盐米告屡罄"(《东都遇春》)[1]、"倏忽十六年,终朝苦寒饥"[2](《将归赠孟东野房蜀客》)等,这又在一定程度上加剧了衰病的发展。三是中唐时期道教和医学有了较大的发展,上至天子朝臣,下至庶民百姓,都对健康长寿有十分强烈的追求。身体的衰疾变化普遍受到关注,这也是韩愈重视身体衰疾的一个外在原因。

可见,韩愈不仅在诗中有体衰的写实性记录,也因特别关注身体的变化,对年龄也有超乎常人的敏感和焦虑。他有多首诗歌写到疾病,并服食硫磺以疗疾。在与友朋的赠答诗中,也常提到自己的病况。韩愈诗歌的衰疾书写,与家族成员享年不永、个人体质较差及中唐社会现实有关。从诗歌史的发展来看,他继杜甫之后,以不登大雅之堂的衰疾入诗,将个人真实细腻的主观体验与普遍存在的衰疾现象紧密结合起来,有效地拓宽了诗歌题材,开辟了新的诗歌天地,具有引领风气的意义。

二、从身心俱损到自我超越

马起华曾说:"忧时感事,形诸诗篇,是文公的一种生活模式;藉事托物,述怀明志,是文公的一种心路历程。"[3]若以这一论断来观照衰疾书写,则可发现,韩愈不仅将对衰疾的所忧所感"行诸诗篇",还借衰疾"述怀明志",向我们展露他的"心路历程"。对此,我们可从以下三个方面来加以讨论。

一是死亡恐惧。这是韩愈衰疾体验最突出的表现,这种感受随着年龄的增长和疾病的不断侵袭而愈发强烈。这在他描写齿落、发白、眼花等

---

[1] [唐]韩愈著,屈守元、常思春主编《韩愈全集校注》,第484页。
[2] [唐]韩愈著,屈守元、常思春主编《韩愈全集校注》,第103页。
[3] 马起华编、王云五主编《新编中国名人年谱集成》第17辑《唐韩文公愈年谱》,台湾商务印书馆1982年版,第33页。

衰疾体验的诗歌中,有非常明显的表现。如《落齿》诗从落第一齿开始,接着竟"俄然落六七",引发了韩愈高度的紧张。他从"每一将落时,懔懔恒在己"的担忧,到"意与崩山比"的恐慌①。正是一种对死亡恐惧的强烈反应。这一点从韩愈游华山的轶事中,也可见一斑。韩愈于贞元十七年(801)冬天得授四门博士,贞元十八年(802)春,在告假回洛阳途中,有游华山之行。据李肇《唐国史补》记载:"愈好奇,与客登华山绝峰,度不可反,乃作遗书,发狂恸哭。华阴令百计取之,乃下。"②其实只是暂时困于山顶,韩愈就有如此失态之举,甚至要写下遗书与家人诀别。这样的情绪看似有些过头,但若站在韩愈的角度来看,这种过度的反应,与长期以来身体衰疾对韩愈造成的心理压力不无关系,困于华山不过是引发他"发狂恸哭"的一个偶然的导火索而已。

二是人生失意。它与韩愈的衰疾体验往往结伴而行,相互催化。韩愈童年大部分时期都是在困苦和颠沛流离中度过的,成年后的科举之路又充满坎坷。仕途的失意,也常渗透在其衰疾书写中。在《将归赠孟东野房蜀客》中,韩愈回忆起过去的十六年里终日饥寒交迫,不由得感慨:"宦途竟寥落,鬓发坐差池"③;《赠侯喜》中则以"半世遑遑就举选,一名始得红颜衰"④,感叹自己求取功名的艰难。但对韩愈打击最大的,还是两次南方之贬。这两次贬谪对他的身心都造成了较大的伤害,作于其间的诗歌,衰疾与失意的书写多交叠在一起。

韩愈初次被贬是贞元十九年(803)冬天,这对他的打击非常大。《赴江陵途中》开篇即曰"孤臣昔放逐,血泣追愆尤",紧接着有"朝为青云士,暮作白首囚"⑤的感慨。诗中并有"自从齿牙缺,始慕舌为柔"之语,按刘向《说苑》载,常摐患疾,老子前来探视,常摐张口以示老子,以"舌存齿亡"相问,老子回答说:"夫舌之存也,岂非以其柔乎?齿之亡也,岂非以

---

① 屈守元、常思春主编《韩愈全集校注》,第 125 页。
② 李肇《唐国史补》卷中,上海古籍出版社 1979 年版,第 38 页。
③ 屈守元、常思春主编《韩愈全集校注》,第 103 页。
④ 屈守元、常思春主编《韩愈全集校注》,第 105 页。
⑤ 屈守元、常思春主编《韩愈全集校注》,第 221—222 页。

其刚乎?"①《淮南子·原道训》也说:"齿坚于舌而先之敝,是故柔弱者生之干也,而坚强者死之徒也。"②韩愈借此典故,即是兼述衰疾与仕途失意。在唐代,岭南的自然环境恶劣,被贬至此地的士人,多罹患疟疾。韩愈关于瘴疟及大量南方丑恶生物的书写,也多为抒发失意愤懑而发。

永贞元年(805),韩愈获赦离开阳山,前往郴州待命,在此期间,面对自己齿落发秃的境况,韩愈不由得感慨"孤负平生心,已矣知何奈"③。《感春》(其四)曰:"今者无端读书史,智慧只足劳精神。画蛇著足无处用,两鬓霜白趋埃尘。"④直言书史无用,实则正话反说,暗含幽怨。清人查慎行在《初白庵诗评》评前两句曰:"似怨矣,却不怒。"⑤所怨为何? 怕是怨"聪明不及于前时,道德日负于初心"(韩愈《五箴序》)⑥。清代诗人陈沆在《诗比兴笺》中也论曰:"'幸逢尧舜明四目,条理品汇皆得宜',此进不得有为于时也。'今者无端读书史,智慧只足劳精神',此退不能自进于道也"⑦,因此,韩愈看似渴望"独宿荒陂射凫雁,卖纳租赋官不嗔"(《感春四首》其四)的江头隐逸生活,恼恨那"画蛇著足无处用"的书史,实则悲苦难言。

韩愈第二次被贬潮州,是因为谏迎佛骨惹怒了唐德宗。德宗甚至想杀了韩愈,后经裴度等人求情,才免了死罪,贬至潮州任刺史。韩愈早年贬阳山,对南方的疟疾有过近距离的体验。此番贬谪,他已五十二岁,身体状况大不如从前。他在《左迁至蓝关示侄孙湘》中有"知汝远来应有意,好收吾骨瘴江边"⑧。方世举注曰:"盖年已逾艾,身入瘴乡,九死一生,不觉预计。"⑨但在此诗中,韩愈依旧表达了坚持原则,毫不妥协的斗志,"欲为圣明除弊事,肯将衰朽惜残年"。再看前两句"一封朝奏九重

---

① [汉]刘向著,向宗鲁《说苑校证》卷十,中华书局1987年版,第244页。
② 何宁撰《淮南子集释》,中华书局2018年版,第50页。
③ 屈守元、常思春主编《韩愈全集校注》,第286页。
④ 屈守元、常思春主编《韩愈全集校注》,第286—287页。
⑤ 陈伯海等主编《唐诗汇评(增订本)》,上海古籍出版社2015年版,第2531页。
⑥ 屈守元、常思春主编《韩愈全集校注》,第1646页。
⑦ 陈伯海等主编《唐诗汇评增订本》,第2531页。
⑧ 屈守元、常思春主编《韩愈全集校注》,第759页。
⑨ 屈守元、常思春主编《韩愈全集校注》,第760页。

天,夕贬潮州路八千"的现实,冤屈之意昭然可见,故末尾的"好收吾骨瘴江边",就多了几分悲壮色彩。《赠别元十八协律六首》(其四)中,韩愈感念裴度"遗我数幅书,继以药物珍。药物防瘴疠,书劝养形神"①,也不由得感叹"不知四罪地,岂有再起辰",身体的瘴疠有药可医,心中的失意却无可奈何。但整体来看,较第一次贬谪而言,已过知命之年的韩愈情感更加内敛,表达也渐趋于温和。

三是自我超越。能够从心理上战胜衰疾,从负面情绪中超越出来,最能体现韩愈作为一位儒者的魅力。纵使仕途和生活屡遭打击,身体状况也每况愈下;但这些磨难都没有击垮韩愈,他反倒更以达观之心直面人生。作于贞元十年(794)的《重云李观疾赠之》一诗有云:"且况天地间,大运自有常"②,在劝李观保重身体的同时,韩愈也以乐天知命的思想宽慰李观。他自己也在衰疾带来的痛苦中,完成了对这一负面体验的精神超越。其《落齿》诗,非常典型地体现了这一思想蜕变的历程:

去年落一牙,今年落一齿。俄然落六七,落势殊未已。余存皆动摇,尽落应始止。忆初落一时,但念豁可耻。及至落二三,始忧衰即死。每一将落时,懔懔恒在己。叉牙妨食物,颠倒怯漱水。终焉舍我落,意与崩山比。今来落既熟,见落空相似。余存二十余,次第知落矣。倘常岁落一,自足支两纪。如其落并空,与渐亦同指。人言齿之落,寿命理难恃。我言生有涯,长短俱死尔。人言齿之豁,左右惊谛视。我言庄周云,木雁各有喜。语讹默固好,嚼废软还美。因歌遂成诗,持用诧妻子。③

"落齿"的生理变化,让韩愈从担心外貌之丑陋——"但念豁可耻",到担忧衰老和死亡——"始忧衰即死",再到"懔懔恒在己""意与崩山比"的巨大惊恐,心灵的煎熬可谓达到了极限。但韩愈很快便冷静下来,因为

---

① 屈守元、常思春主编《韩愈全集校注》,第781页。
② 屈守元、常思春主编《韩愈全集校注》,第17页。
③ 屈守元、常思春主编《韩愈全集校注》,第125—126页。

他发现,无论是"倘常岁落一",还是"如其落并空",最终都是同一个结果。所以,当将齿落提升至生命高度时,韩愈便有了"长短俱死尔"的结论。这样的思考,显然与庄子"齐万物,等生死"的思想有相通之处。如此一来,落齿带来的山崩地裂般的惊惧、悲痛与绝望,自然转为顺其自然与平和达观。这首诗其实就是韩愈衰疾体验及其自我超越的一个缩微版。

又如在《赠刘师服》中,韩愈写自己因缺齿较多,"匙抄烂饭稳送之,合口软嚼如牛咽",妻子则因此"盘中不钉栗与梨",这让韩愈发出"只今年才四十五,后日悬知渐莽卤"的担忧。但接下来,韩愈就提到"忆昔太公仕进初,口含两齿无赢余"①。按《荀子·君道》记载,姜太公初遇周文王时,"行年七十有二,辉然而齿堕矣"②。经此比较,韩愈说:"丈夫命存百无害,谁能检点形骸外",对衰疾的担忧消解了,心态一下子乐观起来。在《寄崔二十六立之》中,诗人先是坦言自己发秃、齿落、眼花,身体状况已是羸弱不堪。然后以"且吾闻之师,不以物自隳",说明自己不恋物质的态度,与后文"仁者耻贪冒,受禄量所宜"遥相呼应。接着他又说:"君看一时人,几辈先腾驰。过半黑头死,阴虫食枯骴。"以此与自己加以对比,不仅得出"况又婴疹疾,宁保躯不赀"的结论,而且又用"文书自传道,不仗史笔垂"③来自我宽解。由此转为乐天知命和知足常乐,并获得了以诗文留名青史的自信。以上两首诗,均作于元和七年(812)韩愈四十五岁时。可以看出,面对衰疾,他有了完成心理超越更强的精神力量。

衰疾是人生的不幸,与之对应的情感也多是负面的。因此,韩愈诗歌的衰疾书写多与死亡恐惧、人生失意密切相关。当衰疾与失意不期而遇时,二者的相互强化,让诗人雪上加霜,身心俱损。不仅要承受病痛的折磨和现实的打击,又因家族和自身体质的原因,还不免为死亡的威胁而惊惧不已。但韩愈的可贵之处在于,面对衰疾与人生失意,并没有一味消沉,而能够以强大的心理力量,消解死亡恐惧,直面人生不幸,实现对衰疾体验负面影响的自我超越。这是韩愈的人格魅力之所在,也使他的诗歌

---

① 屈守元、常思春主编《韩愈全集校注》,第585页。
② [清]王先谦《荀子集解》卷八,中华书局2012年,第238页。
③ 屈守元、常思春主编《韩愈全集校注》,第592—594页。

在文化精神上获得了升华。

三、艺术表现的全新探索

以衰疾体验入诗，也为诗歌的艺术表现打开了一扇全新的大门。韩愈诗歌立足衰疾体验，对诗歌意象、修辞做了创造性的开掘，并自觉地以诙谐幽默的语言，来淡化衰疾带来的负面情绪，在衰疾书写中贯彻其"惟陈言之务去"(《答李翊书》)[①]的主张，因此形成了独特的艺术风格。

首先，衰疾意象的选用。韩愈诗歌中出现了头发、牙齿、眼、鼻、骨、四肢等大量与身体衰疾相关的意象。其中很多意象包含不同的形式，如头发意象有白发、脱发，牙齿意象有落齿、豁齿，眼睛意象有目劳、泪眼、花眼等。同时，在韩愈的笔下，既有如"自然白发多"(《哭杨兵部凝陆歙州参》)[②]、"裁衣寄远泪眼暗"(《短灯檠歌》)[③]、"我齿落且尽"(《除官赴阙至江州寄鄂岳李大夫》)[④]、"所余十九齿"(《寄崔二十六立之》)[⑤]、"人言齿之豁"(《落齿》)等单列的衰疾意象；也有如"两目眵昏头雪白"(《短灯檠歌》)"齿发早衰嗟可闵"(《赠崔立之评事》)[⑥]、"手倦目劳方一起"(《赠侯喜》)等一句中包含多种衰疾意象的写法，通过意象的叠加强调衰疾的严重性，也借以渲染负面的心理体验。韩愈还从侧面描述衰疾，如"冠欹感发秃，语误悲齿堕"(《感春四首》其三)[⑦]，不直接写衰疾，而是由"冠欹""语误"的细节，带出"发秃""齿堕"的事实，将诗人瞬间的心理活动揭示无余。另外，韩愈也常选用一些较为生僻的衰疾意象，如"痏""疥""痏""痹"等，则又体现了他"尚怪奇"和力求生新的特色。

其次，衰疾的修辞创新。其中，疾病比喻是非常突出的特点之一。在这类诗歌中，并非所有的疾病都是写实，还有一部分其实是有所喻指的。

---

① 屈守元、常思春主编《韩愈全集校注》，第 1455 页。
② 屈守元、常思春主编《韩愈全集校注》，第 117 页。
③ 屈守元、常思春主编《韩愈全集校注》，第 353 页。
④ 屈守元、常思春主编《韩愈全集校注》，第 822 页。
⑤ 屈守元、常思春主编《韩愈全集校注》，第 593 页。
⑥ 屈守元、常思春主编《韩愈全集校注》，第 383 页。
⑦ 屈守元、常思春主编《韩愈全集校注》，第 286 页。

在《赴江陵途中》有"随事生疮痍"①,"疮痍"原指瘤肿,此处却将其比作罪戾,表明自己到被贬之地后处处"酸寒",甚至一不小心就会犯下罪事,"疮痍"二字虽不是实写,却形象地表达出韩愈内心的痛苦。又如《雨中寄孟刑部几道联句》中有"怯烦类决痈,惬兴剧爬疥"②,以"决痈""爬疥"喻"怯烦""惬兴"之痛快与舒适,这样的写法,将个人的衰疾体验恰当地与其他事物之间建立联系,使诗歌的艺术表现更鲜活而有力度。

对比手法的使用,也是韩愈衰疾书写的一大特点。细究又主要分为今昔对比和人我对比两种。今昔对比,如《送侯参谋赴河中幕》将初及第时"君颐始生须,我齿清如冰"与今日"我齿豁可鄙,君颜老可憎"③的对比。至于人我对比,尤以《赠刘师服》最为典型。开篇就直言"羡君齿牙牢且洁,大肉硬饼如刀截",表达对刘师服的羡慕,接着写"我今呀豁落者多,所存十余皆兀臲"④。二者形成鲜明的对比,且在后文中讲述自己只能吃软烂的食物,与刘师服所吃的"大肉硬饼"又形成了对比,无奈之哀叹溢于言表。

韩愈诗中的衰疾书写,还常以环境描写来加以衬托。这在他两次贬谪南方时,表现得尤其明显。南方因自然气候湿热,加之毒物众多,是瘴疠等疾病的频发之地,韩愈本人也曾得过瘴病。在衰疾书写中,韩愈常夹以险恶自然环境的描写。如"穷冬或摇扇,盛夏或重裘。飓起最可畏,訇哮簸陵丘。雷霆助光怪,气象难比侔"(《赴江陵途中》)⑤、"恶溪瘴毒聚,雷电常汹汹。鳄鱼大于船,牙眼怖杀侬……飓风有时作,掀簸真差事"(《泷吏》)⑥等,通过对变化无常之恶劣环境的描写,点明了疟疾横行的外在因素,增强了诗歌的说服力,还进一步表达了恶劣环境对身体衰疾的影响。

再次,衰疾书写的诙谐化。欧阳修《六一诗话》对韩愈诗就有"然其

---

① 屈守元、常思春主编《韩愈全集校注》,第222页。
② 屈守元、常思春主编《韩愈全集校注》,第1004页。
③ 屈守元、常思春主编《韩愈全集校注》,第476页。
④ 屈守元、常思春主编《韩愈全集校注》,第585页。
⑤ 屈守元、常思春主编《韩愈全集校注》,第222页。
⑥ 屈守元、常思春主编《韩愈全集校注》,第768页。

资谈笑,助谐谑,叙人情,状物态,一寓于诗,而曲尽其妙"①的评价。衰疾虽令人痛苦,却也是人之常情,韩愈常以达观的心态、戏谑自嘲的口吻来书写衰疾,以此淡化负面情绪。最典型的当属《嘲酣睡》(其一)。打鼾在今天也是一种常见且多发的病症,但在韩愈笔下,澹师之酣睡几乎到了"天地同哭"的地步。诗歌用极尽夸张的语言,以调侃嘲讽的语气,描绘澹师在酣睡时的模样,其中"顽飙吹肥脂",写其袒露的肚腹随呼吸起伏,犹如被狂风吹动。其鼾声则"雄哮乍咽绝,每发壮益倍""有如阿鼻尸,长唤忍众罪。马牛惊不食,百鬼聚相待。木枕十字裂,镜面生痱瘰。铁佛闻皱眉,石人战摇腿"②,借阿鼻尸、牛头马面、百鬼、木枕、镜面、铁佛和石人等听到鼾声后的反应,写出澹师鼾声之可怕,戏谑之意显而易见。又如《郑群赠簟》一诗,描写的是自己对郑群所赠之簟的喜爱,诗歌前六句从簟的颜色、质地、触感等各方面进行夸赞,接着以"如坐深甑遭蒸炊"写自己所受酷暑之苦,说此簟犹如及时雨一般,甚至到了"倒身甘寝百疾愈,却愿天日恒炎曦"③的地步——身上的百疾都因此簟痊愈,而且躺在其上,冰凉清爽,竟然开始希望天气能够一直炎热下去。这种以诙谐夸饰的语言传达自我真实感受的写法,将身陷酷暑、"百疾"缠身而又乐观多趣的诗人自我刻画得栩栩如生。

韩愈诗歌不仅创造性地运用了多种衰疾意象,还善于使用比喻、对比、衬托等修辞手法,不仅使衰疾书写更加真实,也强化了其艺术效果。他还常常以诙谐戏谑的笔调描写衰疾,增加了诗歌的生动性和趣味性。同时,这种笔法也在一定程度上淡化了衰疾带来的负面情绪,实为韩愈超越衰疾痛苦的外在表现之一,因而别具特色。

四、衰疾书写的诗史意义

韩愈诗歌的衰疾书写,在前人尤其是杜甫的基础上,从题材范围、独

---

① [宋]欧阳修《六一诗话》,远方出版社 2000 年版,第 8—9 页。
② 屈守元、常思春主编《韩愈全集校注》,第 426 页。
③ 屈守元、常思春主编《韩愈全集校注》,第 303—304 页。

立性及诗歌艺术的开拓等多个方面,又有新的发展。由于题材特殊,这类诗歌还具有融多种诗歌主题和风格为一体的审美特征。不仅在当时诗坛独树一帜,具有领风气之先的意义,对后代的诗歌创作也产生了深远的影响。其诗歌史意义,可从如下两个方面来加以认识。

其一,诗歌艺术的探索与突破。被后世誉为诗歌高峰的盛唐诗歌,是中唐诗人不能不面对的典范。如果仍被李白、杜甫、王维等一批诗国巨人所笼罩,要想超越他们几乎是不可能的。白居易"诗到元和体变新"(《余思未尽加为六韵重寄微之》)的诗句,可以看作是对中唐诗人求新求变自觉意识的简要总结。罗宗强先生认为,中唐诗人"变新的途径是很不相同的,但大体来说,是朝着两个大的方向发展:一个是尚实、尚俗、务尽;一个是尚怪奇、重主观"[1]。前者的代表是元白诗派,后者的代表是韩孟诗派。"张、王、元、白一派,尚实、尚俗,在写法上多尊重客观生活之实有,走的是写实一路。而韩愈诸人,则重在主观情绪的发抒,往往带着强烈的主观色彩,以主观情思的流动为转移"[2]。这样的概括,从总体来看,是符合文学史发展实际的。如果结合中唐诗歌的上述变化,来审视韩愈诗歌的衰疾书写,我们又可发现,韩愈衰疾书写的探索还具有多层面的突破。

一是突破了美与丑的界限。韩愈诗歌的衰疾书写与以往诗歌追求的"美"大相径庭,按照传统的认识,豁齿、秃头、白发等衰老和病态特征,几乎都是丑陋的,不具备美感。韩愈却不仅以之入诗,还在诗中毫不回避、有意凸显这些特征,从而消解了诗歌审美的传统,甚至以丑为美,突破了美与丑的界限。如《寄崔二十六立之》曰:"我虽未耄老,发秃骨力羸。所余十九齿,飘飘尽浮危"[3],直接以发秃、骨羸及大面积缺齿的衰老之态入诗,这与诗人"未耄老"(此年韩愈四十五岁)的实际年龄颇不相符。从诗歌美学的角度来说,就属于典型的"审丑"。这样的写法,或许受到庄子思想的影响。早在《庄子·内篇·德充符》中就塑造了闉跂、支离、无脤、大瘿等一系列丑陋意象,庄子是在丑陋残缺的外形与美好品德的对比中,

---

[1] 罗宗强《隋唐五代文学思想史》,上海古籍出版社1986年版,第277页。
[2] 罗宗强《隋唐五代文学思想史》,第329页。
[3] 屈守元、常思春主编《韩愈全集校注》,第593页。

来启发人民对德与形进行了深度思考,并借以强调品德的重要性。韩愈则是突破了美与丑的界限,通过着意刻画一系列衰疾形象,达到"化丑为美"的效果,从而表现了另一种诗歌美。这在之前的诗歌中是不多见的。在这里,"丑不仅是美的陪衬,还往往比美更能揭示本真,激发美感"①。这也是韩愈诗歌求新的重要表现之一。

二是突破了怪奇与凡俗的界限。就中唐两大诗派而言,元白诗派"尚俗",且有一个明显的特点——"写身边琐事"②。从表面看,这与韩孟诗派的"尚怪奇",似是全不相干,事实上却并非如此。蒋寅先生指出:

> 值大历诗精炼近体技巧而至于"熟"之后,贞元、元和诗坛进入了唐诗史上一个最富于探索和实验色彩的时期,诗人们竭力寻找未被发现和开垦的诗美资源,终于在旧有的典赡、富丽、雄浑、精工、高华、清空之外,新发现了贴近日常经验的平易之美和远离日常经验的奇异之美。从张、王乐府到元、白近体,"专以道得人心中事为工"(张戒《岁寒堂诗话》卷上),"句质而实巧"(叶矫然《龙性堂诗话》初集),无疑是走善用定型的"巧"一路,而韩孟一派的奇峭险怪则是走背离定型的"新"一路了,中唐诗派的两大潮流由是而分。③

而韩愈以疾病、衰老入诗,表现衰疾所致的身体和心理变化,并借此抒怀说理,在当时确实是"尚怪奇",是在表现一种"奇异之美"。但衰疾原本属于"身边琐事",其"凡俗""平易"的特点无须多论。故韩愈的衰疾书写,在大胆呈现自己和他人衰疾之"丑"的同时,突破了"凡俗""平易"与"怪奇"或"奇异"的界限,将二者融为一体,来表现自己求新求奇的诗歌审美追求。如他的《谴疟鬼》一诗,是将疟疾这一传染性疾病喻为传说中颛顼帝之孙、水帝之子——"疟鬼",并与之展开了一场单方面的对话。

---

① 王庆卫《丑的轨迹——理性视阈中的非理性变奏》,中国社会科学出版社 2006 年版,第 171 页。
② 罗宗强《隋唐五代文学思想史》,第 308—313 页。
③ 蒋寅《孟郊创作的诗歌史意义》,《华南师范大学学报》2005 年第 2 期。

他将疟疾归咎为"瘧鬼"作祟,所以开篇就以"屑屑水帝魂,谢谢无余辉。如何不肖子,尚奋瘧鬼威"四句,将疟疾作为一个违背伦理的不肖子,还以"求食欧泄间,不知臭秽非",表明"瘧鬼"喜好以污秽泄物为食,丝毫不顾臭秽,这是将患疟疾后的种种症状想象为"瘧鬼"的主动行为。在诗歌结尾,韩愈以一位长者的身份和口吻,以"赠汝以好辞,咄汝去莫违"①,好言劝"瘧鬼"离去。韩愈于永贞元年(805)在郴州待命期间,不幸染上疟疾。此诗中所写,既有他个人患病的体验,又加入了怪奇的想象。这种写法,与他的《赤藤杖》等诗在艺术构思上可谓如出一辙。因打破了"怪奇"与"凡俗""平易"的壁垒,形成了融怪与俗、平易与奇异为一体,兼有"中唐诗派的两大潮流"的某些特征,故显得与众不同。

三是突破了客观与主观的界限。韩愈的衰疾书写,很难简单地归入"尚实"或"重主观"的其中一方。一方面,衰疾是诗人客观存在的身体变化,如"落齿""白发",都是直观可见的真实的生理现象,是每个人都会有的,差别只在有人发生早一些,有人晚一些。因此有关衰疾的描写具有典型的写实性特征。但另一方面,诗人所描摹的衰疾体验,又是极具主观化的。作为表现对象,它与外在的风景、社会现象及人物有本质的不同。主体的不适、痛苦,尤其是因衰疾带来的情绪波动乃至惊恐和绝望,是主体个性化的独特感受,别人无法准确感知,也无法用语言来表述。这一点在前文引录的《落齿》一诗中,就有极为典型的表现。又如《答张十一功曹》中说:"未报恩波知死所,莫令炎瘴送生涯。吟君诗罢看双鬓,斗觉霜毛一半加。"②此诗作于元和元年(806)③,当时韩愈获赦离开阳山,任江陵法曹参军。他的同事张署除邕管判官,并有诗相赠,此诗为韩愈的和作。"邕管"是唐朝政区名,即邕州管内经略使,治邕州(今广西南宁)。此地与韩愈刚离开的阳山,同为瘴疠之地。故诗中视邕州为"炎瘴死所",诗人以"斗觉霜毛一半加",来表达他内心的恐惧和对张署的劝阻。这一夸张性的表述,既有曾身处瘴疠地的客观经验,又何尝不是韩愈自己成倍放大了

---

① 屈守元、常思春主编《韩愈全集校注》,第200页。
② 屈守元、常思春主编《韩愈全集校注》,第298页。
③ 屈守元、常思春主编《韩愈全集校注》,第298页。

的主观心理体验。

总的来看,韩愈诗歌的衰疾书写,既是以丑为美的探索,又将"尚俗"与"尚怪奇"、"尚实"与"重主观"紧密地结合在一起,借衰疾这一新主题,突破了美与丑、怪奇与凡俗、主观与客观等界限,开创了全新的诗风。

其二,在当时及后世的影响。韩愈诗歌的衰疾书写,对同时代的诗人就产生了一定的影响。如孟郊(751—814)诗中,就不乏衰疾体验的描摹:"酒人皆倚春发绿,病叟独藏秋发白"(《济源寒食七首》其四)①,"冷露滴梦破,峭风梳骨寒。席上印病文,肠中转愁盘"(《秋怀十五首》其二)②,"惊步恐自翻,病大不敢凌。单床寤皎皎,瘦卧心兢兢"(《秋怀十五首》其六)③,"老人朝夕异,生死每日中。坐随一啜安,卧与万景空。视短不到门,听涩讵逐风"(《秋怀十五首》其十)④,"霜气入病骨,老人身生冰。衰毛暗相刺,冷痛不可胜"(《秋怀十五首》其十三)⑤,"星星满衰鬓,耿耿入秋怀"(《溧阳秋霁》)⑥等。孟郊年长韩愈十七岁,二人订交于贞元八年(792),诗歌多有相互影响。他的上述诗歌多作于晚年,很难说与韩愈的影响无关。韩愈的另一位好友——柳宗元,在永贞革新失败后,先后被贬为永州司马、柳州刺史,最后死于柳州。他在诸多诗文中均提及南方炎热潮湿的气候及其对身体的伤害,尤其是瘴病。他在《与史官韩愈致段秀实太尉逸事书》一文中就曾向韩愈倾诉:"昔与退之期为史,志甚壮,今孤囚废锢,连遭瘴疠羸顿,朝夕就死,无能为也"⑦,其诗歌中也多有表现,如"桂岭瘴来云似墨,洞庭春进水如天"(《别舍弟宗一》)⑧,"夙志随忧尽,残肌触瘴痟"(《酬韶州裴曹长使君寄道州吕八大使因以见示二十韵一首》)⑨等。除了瘴病,柳诗中还有其他衰疾书写。如《觉衰》曰:"齿

---

① 华忱之、喻学才校注《孟郊诗集校注》,人民文学出版社1995年版,第209页。
② 华忱之、喻学才校注《孟郊诗集校注》,第159页。
③ 华忱之、喻学才校注《孟郊诗集校注》,第160页。
④ 华忱之、喻学才校注《孟郊诗集校注》,第161页。
⑤ 华忱之、喻学才校注《孟郊诗集校注》,第161页。
⑥ 华忱之、喻学才校注《孟郊诗集校注》,第438页。
⑦ 尹占华、韩文奇校注《柳宗元集校注》卷三十一,中华书局2013年版,第2037—2038页。
⑧ 尹占华、韩文奇校注《柳宗元集校注》卷四十二,第2855页。
⑨ 尹占华、韩文奇校注《柳宗元集校注》卷四十二,第2718页。

疏发就种,奔走力不任。"①《种仙灵毗》曰:"杖藜下庭际,曳踵不及门。"②都塑造了垂老无力的自我形象,事实上,柳宗元去世时才四十七岁。柳宗元积极响应韩愈领导的古文运动,其诗文中的疾病书写,固然是他深处瘴疠之地的自然感发,也是韩愈衰疾书写探索的同调。

又如白居易,他在中唐诗人中寿命相对较长,其诗中也出现了大量的衰病书写,特别是眼疾。白居易长期受眼病困扰,他也有多首诗专门写自己的眼疾,如《眼暗》《病眼花》《眼病二首》等。此外,白诗其他的衰疾书写也有不少,如"白发虽未生,朱颜已先悴"(《感时》)③,"老与病相仍,华簪发不胜。行多朝散药,睡少夜停灯"(《衰病》)④,"吾今已年七十一,眼昏须白头风眩(《达哉乐天行》)"分别写了多种老病衰态。有趣的是,在韩愈去世十三年后,白居易于开成二年(837)也写了《齿落辞》,此诗明显受到韩愈《落齿》的影响。从中可以看到,中唐两大诗派在衰疾书写方面的趋同。

比韩愈稍晚一些李贺、卢仝等人,也都有不少表现衰疾的诗歌,尤其是李贺。韩愈十分欣赏李贺,堪称李贺的知音。李贺自小体羸多病,命运多舛,故诗歌中多有衰疾书写,如"归来骨薄面无膏,疫气冲头鬓茎少"(《仁和里杂叙皇甫湜》)⑤、"病骨犹能在,人间底事无"(《示弟》)⑥等,且李贺诗歌还善于构建一个想象空间,与韩愈诗歌创作有诸多相通之处。

至宋代,这种写法得到进一步继承与发展,而且不仅仅局限于诗歌,很多词中也出现了衰疾书写。如欧阳修体弱早衰,中晚年亦多病,他的诗中有大量的衰疾描写,如"衰容畏秋色"(《送客回马上作》)⑦,"客思病来生白发"(《县舍不种花惟栽楠木冬青茶竹之类因戏书七言四韵》)⑧等,他的《有赠余以端溪绿石枕与蕲州竹簟皆佳物也余既喜睡而得此二者不

---

① 尹占华、韩文奇校注《柳宗元集校注》卷四十三,第 2926 页。
② 尹占华、韩文奇校注《柳宗元集校注》卷四十三,第 3005 页。
③ 顾学颉校点《白居易集》卷五,中华书局 1999 年版,第 92 页。
④ 顾学颉校点《白居易集》卷二十,第 430 页。
⑤ 王友胜、李德辉校注《李贺集》卷二,岳麓书社 2002 年版,第 144 页。
⑥ 王友胜、李德辉校注《李贺集》卷一,第 9 页。
⑦ 李之亮笺注《欧阳修集编年笺注》卷五十五,巴蜀书社 2007 年版,第 512 页。
⑧ 李之亮笺注《欧阳修集编年笺注》卷十一,第 426 页。

胜其乐奉呈原父舍人圣俞直讲》一诗,以戏谑笔调写人鼾声,对韩诗的模仿十分明显。此外,陆游、高斯得等诗人,也多有模仿韩愈之作。辛弃疾的《卜算子·齿落》,元人王恽的《虞美人》等,无不受到韩愈的影响。

可见,韩愈衰疾书写的诗歌不仅打破了传统的审美眼光,以丑表现美,还巧妙地化"凡俗"为"怪奇",贯彻其求新求奇的创作追求,同时在客观的衰疾描写中加入个人独特的主观感受,带有较强烈的主观色彩,在多方面有明显的突破。这一探索具有标领诗坛新风的意义,在诗歌史上产生了很大的影响。

总之,韩愈诗歌的衰疾书写,在杜甫等诗人创作基础上,又有了新的开拓。他将自己的衰疾体验大量入诗,并将衰疾体验与家国理想、个人境遇以及心理变化巧妙融合在一起。同时,韩愈在诗歌的创作手法上也贯彻着自己的求新原则,巧妙地使用各类或常见、或生僻的衰疾意象,并灵活运用比喻、对比、衬托等修辞手法,强化了衰疾书写的艺术效果,表现出独特的诗美追求,成为当时诗坛的一大新景观,对当时和后世诗歌乃至词的创作,也产生了深远的影响。

艺术创新与道统阐扬

——论《元和圣德诗》的典范价值[*]

唐宪宗在平定杨惠琳和刘辟两大地方割据势力之后，于元和二年（807）春举行了"郊天告庙"的大型祭典。被贬阳山的韩愈，此时已遇赦重返京城，权知国子博士，有幸躬逢这一大唐中兴的盛事。在此之前，他已完成了以《原道》为代表的"五原"系列创作，确立了儒家道统观。《元和圣德诗》作于元和二年"郊天告庙"之后，上述两个方面，是其创作的两大前提。对诗中"颂圣"的主旨，后人或有讥评，以为宪宗之功德不足以当之。诗中有关行刑场面的血腥描写，也受到部分学者不合风雅之体的批评，甚至被斥为"刽子手文学"。又因此诗采用了当时已很少见的四言古体，清人沈德潜《唐诗别裁集》虽选了此诗，但因四言诗只选了这一首，因此不得不将之置于卷四的"五言古诗"之首。大多数的选本，则不予选录。因此，流传不广，当代研究者也很少关注。

如果将此诗置于特定历史和诗史背景下，并兼顾元和二年前后韩愈思想和诗歌创作情况，则可发现，此诗在艺术上实有多方面的开拓和创新。其中意在"震慑藩镇"，表现"尊王攘夷"、维护皇权之道统观的行刑描写，与韩孟始于元和元年的怪奇诗风一脉相承，是"以丑为美"的艺术探索之一；"以文为诗"的破体创作是为更好地阐扬道统所采取的表现策略；尊经用典则从语言表达方面体现了回归儒家正统的价值取向。三者皆服务于道统观的表达，而道统观则为前者提供了强大的思想和理论武器。诗歌在思想与诗艺、复古与创新、尊体与破体、美与丑之间寻找平衡

---

[*] 本文原刊于《四川大学学报》2024 年第 5 期。

与创新,达到了较高的艺术水准。此外,诗歌明显突破了"颂圣"诗的传统写法。从表现当代史事而言,其中对唐宪宗平定藩镇叛乱、重振唐帝国雄风之"盛德"的称颂,还具有一定的"诗史"性质。总的来看,《元和圣德诗》不仅是韩愈将儒家道统观与诗歌怪奇审美探索自觉结合、开拓新诗境的第一首诗作,也是中唐诗歌艺术发展具有标志性的一个新开端。因此不仅在文学史和思想史上均应有一席之地,对于考察韩愈诗风新变和道统思想的发展,以及唐代诗歌史的演进,也具有重要的学术价值和意义。就笔者所见,学界对此尚无人关注,本文试做探讨。

一、诗歌创作背景及问题的提出

贞元二十一年(805)正月,唐德宗崩,顺宗即位。四月册立太子礼毕,大赦天下,被贬阳山(今广东阳山)的韩愈遇赦,自贬所至郴州(今湖南郴州)待命[1],接着改授江陵府法曹参军,并于元和元年六月被召回长安,权知国子博士[2]。这一年,拥兵抗命的杨惠琳被杀,起兵反叛的刘闢被擒。十月,刘闢及其党羽在长安被诛。在当时藩镇割据的大背景下,这是朝廷立威的大事。故元和二年春正月,唐宪宗举行"祀昊天上帝与郊丘"[3]的大型祭典。《元和圣德诗》即写于宪宗"郊天告庙"之后,《诗序》曰:

> 臣愈顿首再拜言:臣伏见皇帝陛下即位以来,诛流奸臣,朝廷清明,无有欺蔽。外斩杨惠琳、刘闢以收夏、蜀,东定青、徐积年之叛,海内怖骇,不敢违越。郊天告庙,神灵欢喜,风雨晦明,无不从顺。太平之期,适当今日。臣蒙被恩泽,日与群臣序立紫宸阶下,亲望穆穆之光。而其职业又在以经籍教导国子,诚宜率先作歌诗以称道盛德,不

---

[1] 阎琦、刘欢《关于韩愈待命郴州的几个问题》,《西北大学学报》2001年第2期。
[2] 韩愈从贞元十九至二十一年的经历,参见马起华《唐韩文公年谱》,台湾商务印书馆1982年版,第29—36页。
[3] 《旧唐书·宪宗纪》,中华书局1975年版,第416—420页。

可以辞语浅薄,不足以自效为解。辄依古作四言《元和圣德诗》一篇,凡千有二十四字,指事实录,具载明天子文武神圣,以警动百姓耳目,传示无极。①

其中,"蒙被恩泽""以经籍教导国子"指韩愈遇赦被召回和权知国子博士,"作歌诗以称道盛德"以下一段,则明确点出了此诗"指事实录"的特点及"颂圣"的创作意图。

由于诗歌为"颂圣"而作,诗中又有行刑场面的血腥描写,古人对此诗的评价,虽有诸如"辞严义伟,制作如经"②"长篇之伟观"③这样的赞誉,但从古至今,不仅批评和否定的意见始终存在,而且其流传与很多唐诗名篇也无法相比。古代众多的唐诗选本大多不选,清人沈德潜《唐诗别裁集》虽选了此诗,但因四言诗只选了这一首,因此不得不将之置于卷四的"五言古诗"之首。当代诸多韩愈诗文及唐诗选本,如陈迩冬《韩愈诗选》(人民文学出版社1984年)、汤贵仁《韩愈诗选注》(上海古籍出版社1984年)、黄永年《韩愈诗文选译》(巴蜀书社1990年)、葛兆光《唐诗选注》(杭州文艺出版社2004年),均未选录;而研究者更对此诗关注甚少,目前仅见两篇专论其艺术特点的文章。刘初棠认为,韩愈充分调动了多种艺术手段,使此诗中颂圣的表达别具一格;张炜对此诗与《诗经》的关系做了探讨④。此外,舒芜在论韩愈诗时曾予提及,但明确以"刽子手文学""侉词以夸功"予以否定⑤。可见其受冷落、多争议、被否定的遭遇,至今仍未完全改变。

但是,笔者以为如果不是仅仅盯着"颂圣"和血腥描写,而是把此诗

---

① 屈守元、常思春主编《韩愈全集校注》,四川大学出版社1996年版,第408页。
② 宋代穆修说:"韩《元和圣德诗》《平淮西碑》……皆辞严义伟,制作如经,能卓然耸唐德于盛汉之表。"参见钱仲联《韩昌黎诗系年集释》(上),上海古籍出版社1984年版,第650页。
③ 明人胡震亨在其《唐音癸签》卷九(上海古籍出版社1981年版,第85页)中说:"昌黎之元和圣德,亦长篇之伟观。"
④ 刘初棠《〈元和圣德诗〉鉴赏》,周啸天主编《唐诗鉴赏辞典补编》,四川文艺出版社1990年版,第450—456页;张炜《韩愈〈元和圣德诗〉规模〈诗三百〉辨》,《衡阳师范学院学报》2016年第2期。
⑤ 舒芜《论韩愈诗》,《中国社会科学》1982年第5期。

置于特定的历史背景下,同时考虑元和二年前后韩愈的思想和诗歌创作的实际情况,则其独特的价值尚待进一步开掘,围绕这首诗有如下的问题需要思考:在诗人自述的"称道盛德""警动百姓耳目"之外,韩愈创作此诗是否还有更深的意图?他在此诗中有着怎样的其艺术探索、体现了怎样的审美追求,以及究竟应如何评价它在诗歌史的价值?回答这些问题,是深入解读此诗的必要前提。

二、"以丑为美"的思想动因

陈寅恪先生曾说:"唐代当时之人既视安史之变叛,为戎狄之乱华,不仅同于地方藩镇之抗拒中央政府,宜乎尊王必先攘夷之理论,成为古文运动之一要点矣。昌黎于此认识最确,故主张一贯。"[①]此处"攘夷"之"夷",乃指安禄山、史思明等胡族。陈先生关于韩愈思想的这一观点,诚为卓见。在韩愈的观念中,"戎狄之乱华"与"地方藩镇之抗拒中央政府",皆为背离君臣之义、威胁儒家道统观的丑行,这是其道统观的重要内容之一。《原道》是韩愈集中表现其道统观最重要的作品,对韩愈道统观正式确立的时间,学者们的看法虽有分歧[②],但都是通过《五原》作年来加以确定。笔者认同阎琦提出的以《原道》为代表的"五原"作于贞元十五六年间[③]的说法。《元和圣德诗》作于韩愈写作《原道》八九年后,从韩愈存世诗歌来看,他在创作《原道》、确立儒家道统观之后,以诗歌的形式自觉而旗帜鲜明地弘扬儒家道统观的第一首诗作,非《元和圣德诗》莫属。此诗即针对陈先生所说"地方藩镇之抗拒中央政府"现实情状而作,其中对处决刘闢叛党的铺叙渲染,是以丑陋血腥之事入诗,明显背离了"温柔敦厚"的"诗教"传统,是典型的"以丑为美"的写法。韩愈的这一艺术探索,既是其诗歌创作中的"怪奇"审美趣味的体现,也包含了对尊王思想

---

① 陈寅恪《元白诗笺证稿·法曲》,生活·读书·新知三联书店2011年版,第150页。
② 有关诸家对《五原》作年的看法,参见卞孝萱等:《韩愈评传》,南京大学出版社1998年版,第80页。
③ 阎琦《韩昌黎文集注释》,三秦出版社2004年版,第16页。

的大力张扬,前者服务于后者,后者则构成了前者的思想动因。二者可谓一体两面,无法截然分开。

诗歌开篇先以"皇帝即阼,物无违拒。曰旸而旸,曰雨而雨"四句,高度概括了宪宗即位后皇权的重新确立,随后通过叙述平定杨惠琳、刘辟叛乱来展现宪宗之圣德。其中,对平杨惠琳的史实,只用"军其城下,告以福祸。腹败枝披,不敢保聚"四句一笔带过,而对刘辟作乱以及朝廷讨伐、处置叛党,则用了较大的篇幅加以铺叙,尤其是对处决刘辟叛党场景的细致描摹:

> 妇女累累,啼哭拜叩。来献阙下,以告庙社。周示城市,咸使观睹。解脱挛索,夹以砧斧。婉婉弱子,赤立伛偻。牵头曳足,先断腰膂。次及其徒,体骸撑拄。末乃取辟,骇汗如写。挥刀纷纭,争刉脍脯。

这段对行刑的铺叙,分妇女、弱子、其徒、刘辟本人四部分逐次展开。妇女虽"啼哭拜叩",仍以斧钺处死;孩童被施以腰斩极刑。描写处决"其徒"的"体骸撑拄",是对秦时民谣"生男慎勿举,生女哺用脯。不见长城下,尸骸相支拄"及陈琳《饮马长城窟行》"君独不见长城下,死人骸骨相撑拄"的化用,短短四字,写出叛党之众及尸横遍地的惨状。对刘辟的处决,写得更为细致。被擒之前,刘辟负恃边鄙之险,飞扬跋扈,蔑视朝廷,对朝廷着意安抚的诏令不屑一顾,但在残酷的刑法面前,这位堂堂西川节度副使却"骇汗如写",吓得冷汗直泻,一个特写镜头就将其色厉内荏的小人形象显露无遗。与此对应,行刑人员则"挥刀纷纭",使用"纷纭"一词,足见其挥刀动作之繁之快。"争刉脍脯"之"刉",意为切、割;"脍",《说文解字》:"细切肉也。"段注:"凡细切者必疾速下刀。""脯",《说文解字》:"干肉也。"段注引《周礼·腊人》郑玄所注"薄析曰脯"[①]。"薄析"与"细切肉"意思相近,"脯"在此也当作动词。三字

---

① 以上参见段玉裁:《说文解字注》卷四,上海古籍出版社,1981年,第176、174页。

均指疾速细切、细割。前面又加一个"争"字,更写出刽子手对刘辟的痛恨。诗人连用"牵""曳""刏""脍""脯"等动词,对血腥杀戮场景做了特写式展示和渲染。

　　古代一些学者认为,作为歌功颂德的诗篇,如此直陈杀戮场面实有不妥。北宋时人已多有此看法,如苏辙说:"退之作《元和圣德诗》,言刘辟之死,曰:'婉婉弱子,赤立伛偻,牵头曳足,先断腰膂,次及其徒,体骸撑拄,末乃取辟,骇汗如雨,挥刀纷纭,争切脍脯。'此李斯颂秦所不忍言,而退之自谓无愧于《雅》《颂》,何其陋也?"①李如箎《东园丛说》也说:"如退之《元和圣德诗》序刘辟与其子临刑就戮之状,读之使人毛骨凛然,风雅中安有此体?"②今人舒芜的批评更为激烈:"登峰造极的自然还是《元和圣德诗》,有一大段津津有味地描写刘辟失败被俘以后,凌迟灭族,刑场上如何屠戮妇孺,如何尸骸堆积,最后对刘辟如何挥刀碎割的详情,这是恶性地追求'狠重奇险',成了赤裸裸的刽子手文学。"③这些评点自有其道理,但似未充分考虑韩愈道统观和当时的政局。

　　唐王朝在历经安史动乱之后,代宗、德宗两朝藩镇割据极为猖獗。至宪宗元和年间(806—820),终于能够回复正轨,并开始出现了大唐中兴的良好局面,这是韩愈创作此诗的现实背景。南宋学者张栻即认为:"退之笔力高,得斩截处即斩截。他岂不知此,所以为此言者,必有说。盖欲使藩镇闻之,畏罪惧祸,不敢叛耳。"④清人李黼平也说:"《皇矣》言:'执讯连连,攸馘安安',《泮水》言:'在泮献馘,在泮献囚',昌黎特从而敷衍之,以警示藩镇。子由议之,非也。"⑤其"警示藩镇"之说,显然与张栻同,或即源自张栻,他们的看法有道理,但在此诗的接受史上却并不占主流地位。

　　从诗歌对处决叛党血腥场面的描写中,我们能深切地感受到韩愈对

----

①　《苏辙集》,中华书局 1990 年版,第 1229 页;又见胡仔《苕溪渔隐丛话前集》卷十八引,人民文学出版社 1962 年版,第 120—121 页。
②　李如箎:《东园丛说》卷下,《丛书集成初编》本,上海商务印书馆 1937 年版,第 51 页。
③　舒芜《论韩愈诗》,《中国社会科学》1982 年第 5 期。
④　南宋廖莹中注引张栻语,参见钱仲联《韩昌黎诗系年集释》(上),上海古籍出版社 1984 年版,第 639 页。
⑤　钱仲联《韩昌黎诗系年集释》(上),第 639 页。

藩镇叛乱的极度痛恨。这既与当时不少藩镇拥兵自重,无视朝廷政令、僭越君臣等级而严重影响国家政权的现实有关①,也是韩愈道统观所绝对不容许的。韩愈在诗序中已明确指出,诛杀杨惠琳、刘辟,对尾大不掉的藩镇起到了震慑作用,取得了"海内怖骇,不敢违越"的效果。因而此诗的创作,在歌颂"明天子文武神圣"的同时,还有"警动百姓耳目,传示无极"的宣传意图。也就是说诗中渲染残忍的杀戮场景,与维护皇权一统是分不开的。解读此诗而不顾作者的这一创作意图,是不可取的。

维护、传承儒家道统是韩愈一生的弘愿,他在《原道》中说:"斯吾所谓道也,非向所谓老与佛之道也。尧以是传之舜,舜以是传之禹,禹以是传之汤,汤以是传之文、武、周公,文、武、周公传之孔子,孔子传之孟轲。轲之死,不得其传焉。"②言下之意便是将自己作为孟子之后儒家道统的传人。韩愈将儒家道统追溯自尧舜时期,因为《尚书·舜典》有云:"帝曰:'契,百姓不亲,五品不逊。汝作司徒,敬敷五教,在宽。'"③此"五品",指的是父、母、兄、弟、子;"五教",即"父义,母慈,兄友,弟共(恭)、子孝",是针对五品而设的家庭伦理,也是立足于血缘族群的宗族伦理。经过上古三代的传承发展,又经儒家学派的理论提升,到了孟子那里,被扩展为面向国家、社会的"五伦":

> 人之有道也,饱食煖衣,逸居而无教,则近于禽兽。圣人有忧之,使契为司徒,教以人伦:父子有亲,君臣有义,夫妇有别,长幼有叙,朋友有信。

赵岐注有云:"司徒主人,教以人事,父父子子,君君臣臣,夫夫妇妇,兄兄弟弟,朋友贵信,是为契之所教也。"④这里的"君臣之义",仅次于父子亲

---

① 有关大历中方镇跋扈,政令不出都门,直接影响着中央权威的事实,可参考罗宗强《隋唐五代文学思想史》(中华书局 2003 年版,第 149 页)的相关论述。
② 屈守元、常思春主编:《韩愈全集校注》,第 2665 页。
③ 《尚书正义》卷二,阮元校刻《十三经注疏》(上),中华书局 1980 年版,第 130 页。
④ 以上引文参见《孟子注疏》卷五下《滕文公章句上》,阮元校刻《十三经注疏》(下),第 2705 页。

情,是人处于大一统国家政权中必须遵循的人伦道德,而在中唐时期,藩镇逆党公然无视君臣等级,加之佛、老思想盛行,皇帝权威下降,传统儒家地位面临着严峻的挑战。因此,韩愈奔走呼号,力图恢复、维护儒家道统。他在《原道》中还说:

> 是故君者,出令者也;臣者,行君之令而致之民者也;民者,出粟米麻丝,作器皿,通货财,以事其上者也。君不出令,则失其所以为君;臣不行君之令而致之民,则失其所以为臣;民不出粟米麻丝,作器皿,通货财,以事其上,则诛。①

可见,在韩愈的思想中,君、臣、民三者有着严格的等级区分。为臣者必须听君之命、行君之令,这正是儒学道统观的重要内涵之一。藩镇违背君臣之义,便是在思想上将儒家道统抛诸脑后,因此为韩愈所痛恨、排斥。

不仅思想上如此,韩愈还以实际行动践行其道统观念。元和十二年,裴度任淮西宣慰处置使,韩愈被委任为行军司马,跟随裴度参加了平定淮西之役,并于次年作《平淮西碑》。碑文末有云:"淮蔡为乱,天子伐之。既伐而饥,天子活之。始议伐蔡,卿士莫随。既伐四年,小大并疑。不赦不疑,由天子明。凡此蔡功,惟断乃成。既定淮蔡,四夷毕来;遂开明堂,坐以治之。"②此碑亦足可与《元和圣德诗》对读。从韩愈的言、行均可看出,正君臣之名分、维护儒家道统是其一以贯之的思想,也是此诗的主旨所在。在他看来,藩镇叛乱乃大逆不道之行,所以他要通过渲染残忍血腥的行刑场面,发挥文学的警示作用。这与对宪宗平定叛乱、维护国家一统的颂扬并不矛盾。因此,张栻等人的看法是符合实际的,但将行刑的血腥描写仅仅归结于"警示藩镇",却又失之简单③。

韩愈经历阳山之贬之后,"他恃才使气,逞雄斗胜,生新辟径,创立了

---

① 屈守元、常思春主编《韩愈全集校注》,第 2663—2664 页。
② 屈守元、常思春主编《韩愈全集校注》,第 2258 页。
③ 赵翼在《瓯北诗话》卷三(人民文学出版社 1963 年版,第 33 页)中说:"才人难得此等题以发抒笔力,既已遇之,肯不尽力摹写,以畅其才思耶? 此诗正为此数语而作也。"此炫才之说同样失之简单。

奇崛瑰怪的独特风格,成为诗坛上尚怪奇的一派盟主"①。这也就是说,在元和二年,在韩愈身上已发生了两个重大的变化:一是其道统观已完全确立;二是阳山之贬催发了其诗歌的新变。他作于元和元年六月遇赦返京后的一批诗作,如《会合联句》《纳凉联句》《同宿联句》《南山诗》《城南联句》《秋怀十一首》《斗鸡联句》《征蜀联句》等,其中的联句诗,主要是与孟郊同作,二人棋逢敌手,一路争奇斗胜,较为集中地体现了"生新辟径""奇崛瑰怪"的怪奇审美特点,尤为明显的是作于元和元年十月的《征蜀联句》。此诗与《元和圣德诗》均写高崇文征讨刘闢事,对此魏本曾引韩醇曰"篇末献馘郊告等语,与《元和圣德诗》所叙,言异而意同";朱彝尊称其"语多瑰奇。亦多用险怪字,微似赋体"②。其创作时间比《元和圣德诗》略早,在一定程度上相当于后者的"预演"。所以《元和圣德诗》的行刑描写,实际上是元和元年韩、孟"怪奇"诗歌探索的延续。

不过,韩愈将怪奇的审美追求与阐扬道统观相结合,却是以《元和圣德诗》为起点的,诗中的怪奇狠重的探索主要是以行刑场面的描写呈现出来。韩愈通过渲染残忍血腥的行刑场面,以"审丑"的方式,将诗歌"称道盛德"与"警示藩镇"的两大功能,以及怪奇为美的表现与道统观的阐扬自然地融为一体。这是韩愈道统观与诗歌首次如此紧密结合,并同步发生新变的标志性诗作。张忠纲先生说:

> 所以有人认为韩愈"以丑为美",以怪为美。的确,韩愈在诗中不厌其烦地描写那些丑恶险怪的事物,甚至津津有味地渲染阴森恐怖的杀人场面,如《元和圣德诗》所描写的那样,不惜以1 024字的冗长篇幅极力铺陈,为的是"明天子文武神圣,以警动百姓耳目,传示无极"。③

行刑的过程是血腥的,是"丑",但正是这种读之令人毛骨悚然的叙述,才

---

① 卞孝萱等《韩愈评传》,南京大学出版社1998年版,第417页。
② 以上引文参见钱仲联《韩昌黎诗系年集释》上,第603、615页。
③ 张忠纲《诗趋奇险谱新篇——从杜甫到韩愈》,《文史哲》2012年第6期。

能使人认清违背君臣之道,必然要付出惨痛代价,也才能真正起到"警动百姓"、震慑藩镇的作用。这样的写法,最大限度地发挥了"丑"的价值,并且达到了以"丑"突显"美"的艺术效果。因此,本诗中备受争议的"以丑为美"的写法,不仅与韩愈"尊王攘夷"、维护皇权的道统观是密不可分的,也是元和元年以来韩愈诗风新变的又一次尝试。从这个意义上说,《元和圣德诗》可视为韩愈思想和诗风新变的一个重要起点。

三、"以文为诗"的表现策略

"破体"是韩愈常用的创作手法,他在古文及诗歌创作中,大胆借鉴、吸收其他文体的表现手法,以达到求新求奇的效果。如前所述,作于元和元年的《征蜀联句》已有"微似赋体"的特点。就"以文为诗"艺术探索而言,《元和圣德诗》的创作时间也相对较早,其写法与一般的"以文为诗"不同,它实际是韩愈为实现"文以明道"所选择的表现策略。在韩愈看来,诗、文都是"明道"的有力武器。要达到明天子圣德、"警动百姓"的目的,当时流行的律体,因篇幅有限,且就诗歌传统而言也不够雅正,很难担当这样的重任。因此他选择了四言古体,并自觉借鉴吸收散文和赋的句法、章法,以求更好地达到宣扬道统、干预政治的目的。这样的做法与古文运动其实具有深层的一致性。

中唐时期的文体文风革新,发展到韩、柳,明确提出了"文以明道"的主张。《新唐书·文艺传序》曰:"大历、贞元年间,美才辈出,擩哜道真,涵泳圣涯,于是韩愈倡之,柳宗元、李翱、皇甫湜等和之,排逐百家,法度森严,抵轹晋、魏,上轧汉、周,唐之文完然为一王法,此其极也。"[①]元和年间,古文运动的壮大不仅受唐代文体文风改革的影响,更与当时的政治环境密切相关。前文所引陈寅恪先生之论,就认为韩愈一贯坚持"尊王攘夷",既是对当时安史之乱和藩镇割据的回应,也是古文运动的"要点"或者说指导思想。对这一观点,陈先生自己极为重视,因此在多处

---

① 《新唐书》卷二百一《文艺上》,中华书局 1975 年版,第 5725—5726 页。

反复申说：

> 盖古文运动之初起，由于萧颖士、李华、独孤及之倡导与梁肃之发扬。此诸公者，皆身经天宝之乱离，而流寓于南土。其发思古之情，怀拨乱之旨，乃安史变叛刺激之反应也。①
>
> 故当时特出之文士自觉或不自觉，其意识中无不具有远则周之四夷交侵，近则晋之五胡乱华之印象，"尊王攘夷"所以为古文运动中心之思想也。在退之稍先之古文家如萧颖士、李华、独孤及、梁肃等，与退之同辈之古文家如柳宗元、刘禹锡、元稹、白居易等，虽同有此种潜意识，然均不免认识未清晰，主张不彻底，是以不敢亦不能因释迦为夷狄之人，佛教为夷狄之法，抉其本根，力排痛斥，若退之之所言所行也。退之之所以得为唐代古文运动之领袖者，其原因即在于是。②

与萧颖士等前辈及刘柳元白等同辈相比，韩愈的思考不仅"主张一贯"，也更坚定明确。面对当时藩镇"擅署吏，以赋税自私……以土地传子孙"，甚至"为合从以抗天子"③、无视君臣大义的现实，维护君权，重振儒家伦常，为国家民族稳定发展寻求长治久安之策，不仅体现于韩愈为官的实践中，也是他为文、为诗的准则。这也正是韩愈超越时辈之上，"发起光大唐代古文运动，卒开后来赵宋新儒学新古文之文化运动"④的根本原因。在这样的文化背景中，《元和圣德诗》的意义才能得到凸显。

在作于贞元九年的《争臣论》中，韩愈就明确地提出"君子居其位，则思死其官；未得位，则思修其辞以明道。我将以明道也"的主张；在作于贞元十七年的《题欧阳生哀辞后》中，他又表明自己学写古文不仅学习其写法，更志在学习古道："愈之为古文，岂独取其句读不类于今者邪？思古人

---

① 陈寅恪《元白诗笺证稿·法曲》，第149—150页。
② 陈寅恪《论韩愈》，《历史研究》1954年第2期。
③ 《新唐书》卷二百一十《藩镇传》，第5921页。
④ 陈寅恪《论韩愈》，《历史研究》1954年第2期。

而不得见,学古道则欲兼通其辞。通其辞者,本志乎古道者也。"[1]柳宗元《答韦中立论师道书》也说:"始吾幼且少,为文章以辞为工。及长,乃知文者以明道,是固不苟为炳炳烺烺,务采色,夸声音而以为能也。"[2]在韩、柳看来,文章是用以明道的工具,具有重要的政治教化意义,然而六朝以来流行的浮华的骈文很难担此重任,因此要上承先秦汉魏古文,以更好地弘扬儒家之道。为文如此,诗歌亦不例外。律诗长于抒情,但并不适用于叙事说理。因此,借鉴吸收散文的长处,"以文为诗",其实是服务于"文以明道"目标的选择,而不仅仅是文体改革层面的问题,更非有意猎奇。

在诗歌领域,《元和圣德诗》处于韩愈这一创作取向起点的位置,是韩愈"以文为诗"的早期代表诗作之一。该诗通过吸收借鉴散文、赋等文体的写作手法,为宣扬道统观服务,非常鲜明地体现了韩愈"破体"求新的艺术追求。诗歌的主要内容是歌颂宪宗平定藩镇叛乱的功绩,有关逆党叛乱以及朝廷征讨、处罚叛党等事实的叙述,也是诗歌的重要组成部分。在这部分中,韩愈自觉运用了大量的散句,表达流畅明晰,直白易读。如写刘闢狼狈出逃:"八月壬午,闢弃城走。载妻与妾,包裹稚乳。是日崇文,入处其宇。"寥寥几句便将其弃城而走的过程展示出来;又如前述写处决刘闢叛党一段,运用散句和时间副词,层次鲜明地呈现行刑的过程。诗歌虽是为颂圣而作,但并非溢美之词的堆积,而是通过这种散文式的铺叙,重点将朝廷军队出征时的威武与叛军被诛时的狼狈、叛党的卑鄙丑陋与皇帝的宽仁圣德相对比。在两处对比中,突显诗人的价值判断,将不守儒家道统、违背君臣之义必将付出惨痛代价的观念和事实揭示无遗。

如此复杂的内容,若选择律诗,很难将事件完整清晰地呈现出来,故韩愈尝试在古体中借鉴散文和赋的写法,将平定藩镇事件做了直白明晰的叙述和表达。可见,韩愈在本诗中"以文为诗"的"破体"努力,固然有发掘四言古体之功能、以复古求新的意图,但同时也是"文以明道"的艺术表现策略,是为了更好地宣扬儒学道统观。

---

[1]　以上引文参见屈守元、常思春主编《韩愈全集校注》,第 1170、1500 页。
[2]　《柳宗元集》卷三十四,北京:中华书局,1979 年,第 873 页。

四、尊经用典的价值取向

宋人王铚在《韩会传》中说:"观《文衡》之作,益知愈本六经,尊皇极,斥异端,节百家之美而自为时法。"①《文衡》为韩愈兄长韩会所作,韩愈早孤,由韩会夫妇抚养成人。王铚认为,韩愈深受韩会影响。他所谓"本六经,尊皇极,斥异端,节百家之美",在很大程度上,与韩愈对儒家道统观的高扬是分不开的。韩愈的诗文创作往往博采前人之作,《进学解》中说他"口不绝吟于六艺之文,手不停披于百家之编,记事者必提其要,纂言者必钩其玄,贪务多得,细大不捐"②。但与他人颇有不同的是,韩愈诗文多有意化用儒家经典,如其《答陈生书》中所说:"愈之志在古道,又甚好其言辞。"③"古道"乃儒家之道,"言辞"便是传统儒家经典之文。这表明,尊经用典只是韩愈诗文的表象,通过尊经传承道统才是其目的。就本诗而言,韩愈于诗序中即有"依古而作"的说法,直接表明自己承袭经典的复古取向,诗歌在形式、句法上都留有取法经典的痕迹。但这一创作手法蕴含着作者浓厚的道统观念,韩愈实际上是希望借用圣贤之言以达到复兴儒道,"尊皇极,斥异端"的效果。

从诗体而言,韩愈一改唐人以五古作颂诗的传统,直承《诗经》,以四言诗完成对"圣德"的赞美。同时,儒家经典也往往被他熔铸于诗中。如写杨惠琳叛军"不敢保聚",是直接源自《左传·僖公二十六年》"我弊邑用不敢保聚",杜预注以"不聚众保守"释"不敢保聚"④,韩愈在此套用成句来形容杨惠琳叛军的内讧和不攻自破。诗中更大量化用经典中的词语,如写高崇文征伐刘辟途中行军之速的"日行三十",是化用《小雅·六月》中"我服既成,于三十里"一句,且《六月》恰好也是一首叙述、赞美宣王时代尹吉甫北伐狁狁获得胜利的诗;诗末的"濡及九有",化用《商颂·

---

① 屈守元、常思春主编《韩愈全集校注》,第 3186 页。
② 韩愈《进学解》,屈守元、常思春主编《韩愈全集校注》,第 1909 页。
③ 韩愈《答陈生书》,屈守元、常思春主编《韩愈全集校注》,第 1529 页。
④ 《春秋左氏传》卷十六,阮元校刻《十三经注疏》(下),第 1821 页。

玄鸟》"古帝命武汤，正域彼四方。方命厥后，奄有九有"，对皇帝融洽亲族加以赞美。这些典故的运用，均与诗歌语境非常接近，此外他还熔铸经典以自用，如在写到高崇文讨伐刘辟时用到的"长驱洋洋"，乃化用《卫风·硕人》中的"河水洋洋"。但《硕人》以"洋洋"形容水势盛大，而韩愈则用来形容军队行军迅速、所向披靡之貌。又如《周颂·执竞》中"钟鼓喤喤，磬筦将将，将福穰穰"，以"穰穰"状多福。韩愈则用"其出穰穰"形容蜀地军民被刘辟威逼利诱加入叛军，"穰穰"转而有了人多之意。这些化用不仅增添了诗歌古朴典正之美，还能做到文从字顺。

善于借鉴经典的笔法，也是此诗的一大特点。如本诗开头"皇帝即阼，物无违拒。曰旸而旸，曰雨而雨"几句，是借祭祀时天气顺应帝意来突显宪宗的神圣。这种带有神话色彩的诗歌开篇笔法，其实是从《诗经·大雅》借鉴而来。《大雅》中写周族先祖的诗篇，往往赋予其先祖圣德。如《文王》："文王在上，于昭于天。周虽旧邦，其命维新。有周不显，帝命不时。文王陟降，在帝左右。"郑玄笺云："文王初为西伯，有功于民，其德著见于天，故天命之以为王，使君天下也。"孔颖达正义曰："文王初为西伯，在于民上也。於呼，可叹美哉！其时已施行美道，有功于民，其德昭明，著见于天。……文王升则以道接事于天，下则以德接治于人，常观察天帝之意，随其左右之宜，顺其所为，从而行之。"又如《大明》："明明在下，赫赫在上。"郑玄笺云："明明者，文王、武王施明德于天下，其征应炤晳于天下，谓三辰效验。"[1]韩愈此处同样赋予皇帝以神力，因为宪宗有圣德而为上帝所知，故上天命万物顺遂，祭祀时天气也随之转晴，虽然所用词句并非取自《大雅》，但其写法明显带有《大雅》中周族史诗的痕迹，属于师其意不用其词的写法。故朱彝尊有"起处尤近雅，微有一二不似"[2]之论。

从上述诗句可以看出，《元和圣德诗》的用典是以儒家经典，尤其是以《诗经》中的"雅""颂"为主，充分体现了诗人崇尚经典、取法《雅》《颂》的文学思想，故清人沈德潜说此诗"典重峭奥，体则《二雅》《三颂》，辞则

---

[1] 以上引文参见《毛诗正义》卷十六之一，阮元校刻《十三经注疏》（上），第503—504、506页。
[2] 参见钱仲联《韩昌黎诗系年集释》（上），第650页。

古赋秦碑,盛唐中昌黎独擅"①。连对此诗断然否定的舒芜也说:"韩愈写这首《元和圣德诗》,显然是有意识地要更进一步恢复《大雅》和《周颂》的传统。"②总的来看,此诗以尊经复古的方式,突出了韩愈复兴儒学、维护皇权的道统观,彰显了其复兴儒学的价值取向。

结　　语

　　大唐中兴的重大事件、韩愈道统观完全成熟、韩愈诗风的重要转变,这是《元和圣德诗》创作的三个必要条件。前两个方面的变化,前文已有论述。有关韩愈诗风的转变,笔者在第二部分提到了作于元和元年的《征蜀联句》等一批探索性诗作。这里再略作补充。对韩愈写于元和元年的这批诗歌的审美特点,明清学者有着较为一致的认识。如方世举评《南山诗》曰:"此篇乃登临纪胜之作,穷极状态,雄奇纵恣,为诗家独辟蚕丛。"所谓"独辟蚕丛",即指开辟了诗歌的"奇险"之路;程学恂称《城南联句》"纵横怪变";方东树以"文法奇变"论《秋怀十一首》。元和元年以来,韩愈诗歌继续向怪奇的方向迈进。如作于元和二年的《嘲鼾睡二首》,蒋抱玄谓:"造语之奇,嵌字之险,确为韩公一家法";作于元和三年的《陆浑山火》,瞿祐说:"造语险怪。"作于元和四年的《赤藤杖歌》,方东树有"造语奇""笔力天纵"的评点③。诸家所谓"怪变""险怪"等,用词虽有所不同,意思则基本一致。因此,《元和圣德诗》的艺术探索和创新,其实是韩愈始于元和元年的怪奇诗风的延续。

　　《元和圣德诗》的行刑描写是剑走偏锋、"以丑为美",是韩、孟已开始探索的怪奇诗风在诗中最突出的表现。整体来看,此诗在"震慑藩镇"之外,其文体也明显突破了传统的"颂圣"诗;"以文为诗",是为了更好地阐扬道统所采取的表现策略;尊经用典则从语言表达形式上体现了回归儒家正统的价值取向。三者均为韩愈艺术探索的重要组成部分,并与其成

---

① 沈德潜《唐诗别裁集》卷四《元和圣德诗》评点,上海古籍出版社 1975 年版,第 57 页。
② 舒芜《论韩愈诗》,《中国社会科学》1982 年第 5 期。
③ 以上引文参见钱仲联《韩昌黎诗系年集释》(上),第 460、524、562、671、698、715 页。

熟的道统观互为表里。诗中的艺术探索和创新服务于道统观的表达,道统观则为艺术探索和创新提供了强大的思想和理论武器。

立足上述三个必要条件,还可发现,《元和圣德诗》是韩愈自觉地将成熟的道统观与诗歌怪奇审美探索相结合的第一首诗作,是他进行诗歌艺术探索和创新的一个新起点。全诗尝试在思想与诗艺、复古与创新、尊体与破体、美与丑之间寻找平衡与创新,达到了较高的艺术水准,不仅当得起"未觉《风》《雅》坠绪"[1]的高评,对于考察韩愈诗风新变及道统思想的发展,也具有重要的学术价值和意义。

---

[1] 胡震亨《唐音癸签》卷九,第85页。

第二辑 诗人与诗学研究

试论杜甫的佛教信仰[*]

唐代社会,思想比较自由,统治者三教并重。除武宗之外,几乎每一代皇帝都对佛教采取宽容政策。因此,佛教在唐代有了很大的发展,特别是禅宗兴起之后,其影响更是深入人心。尽管有不少人从政治的角度反佛、排佛,社会上仍旧佞佛成风。佛学思想在人们头脑中不知不觉地占据了一定的位置,成为他们生活中不可忽视的一个部分。许多文人学士、士大夫,也对佛教表现了极大的兴趣,他们结交僧徒,谈论禅理,诵读佛经,甚至托身佛门为佛弟子。风尚如此,很少有人能不受佛教的影响。

被后代誉为诗圣的杜甫,生于唐玄宗先天元年(712),卒于代宗大历五年(770)。他的青壮年的时期,北宗盛极一时;他的晚年,南宗又继北宗兴起而迅速传播。生活在这样的时代,"诗圣"也一无例外地受到了影响,他虽未虔诚到王维那种地步,但从他的作品中可以看出,他和佛教并非"没有发生过因缘"[①]而是有着很明显的联系。本文即试图从杜甫佛学思想发展的历程、佛学思想在杜甫思想中的地位及杜甫佛学信仰的归属等方面来探讨这一联系。

一、杜甫佛学信仰发展的历程

杜甫生于一个"奉儒守官"的封建士大夫家庭,但是由于时代和社会的原因,对于当时盛行的佛教,他并不特别地反对,随着阅历的增加,生活

---

[*] 本文原刊于《杜甫研究学刊》1989年第1期。文中凡涉及杜甫行年的地方,均以四川省文史研究馆所编《杜甫年谱》(1981年5月版)为依据。
① 冯至《杜甫传》,人民文学出版社1952年版,第41页。

的变化,从青年到晚年,他与佛教的关系,表现出一个由远而近,由一般到逐渐密切的发展过程。在这一过程中,愈到后来,佛学思想在他身上表现得愈明显。正统的儒学熏陶和家庭教育,使才名早著的杜甫自幼就抱负不凡,有着强烈的功名心。他在《壮游》诗中说:

> 往昔十四五,出游翰墨场。……脱略小时辈,结交皆老苍。饮酣视八极,俗物多茫茫。①

在杜甫的追忆中,我们看到的是一位胸怀大志、超群拔类的少年。他之所以有这样的自我认识,与出众的诗才是分不开的。在天宝十载(751)所上的《三大礼赋表》中,他自称已有诗千首,足见他创作之勤,才力之锐。他在少年时代之所以出名,主要也是凭了他的诗作。这样,才气成就了诗名,诗名又强化了功名心,少年杜甫一心想的是在仕途上有所成就,效先祖之遗迹,"致君尧舜"。对佛学,他没怎么留意,基本上还停留于与僧人的偶尔交往,或游游佛寺,谈谈禅理,而这些在当时的文人中,平常而普遍,与真正的信仰根本不可相提并论。

开元十九年(731),杜甫南游吴越,在江宁,他与旻上人赋诗对弈,泛舟同游,结下了深厚的友谊。二十七年后(乾元元年,758),他还仍旧在怀念这位和尚,并作《因许八奉寄江宁旻上人》给他,诗云:

> 不见旻公三十年,封书寄与泪潺湲。旧来好事今能否,老去新诗谁与传。棋局动随幽涧竹,袈裟忆上泛湖船。问君话我为官在,头白昏昏只醉眠。②

这是可考的杜甫与僧人的第一次交往,从诗中看,他们交往的媒介主要还不是佛学本身,而是诗与棋。杜甫当时少年气盛对佛学还没有多少兴趣。可以肯定,这位旻上人对他的佛教信仰并没有产生多么大的影响。

---

① [唐]杜甫著,[清]仇兆鳌注《杜诗详注》卷十六,中华书局1979年版,第1438页。
② [唐]杜甫著,[清]仇兆鳌注《杜诗详注》卷六,第458页。

但在杜甫佛教思想的发展过程中,他的作用又不可忽视。他与杜甫的交往及友谊,作为杜甫佛教思想的发端,与杜甫此后对佛经的重视,对禅理的兴趣及其佛教思想的逐步加深,都有一定的联系。

从吴越归来后,杜甫于开元二十三年(735)首次应试,结果却名落孙山。但他并没有把这次失败放在心上,很快又开始了齐、赵之游。在这几年中,他曾游过东都洛阳,集中《游龙门奉先寺》(此诗诸家注本多列为卷首之作)诗,即作于此时,全诗是这样的:

> 已从招提游,更宿招提境。阴壑生虚籁,月林散清影。天阙象纬逼,云卧衣裳冷。欲觉闻晨钟,令人发深省。①

王嗣奭《杜臆》说"此诗景趣泠然,不用禅语而得禅理。"又说"余谓老杜闻道,而此其入道之机倪也。"(均见卷一)对诗中所表现的禅理,王嗣奭有很精辟的分析,今录于下:

> 盖人在尘溷中,性真汩没,一游招提,谢去尘氛,托足净土,情趣自别。而更宿其境,听灵籁,对月林,则耳目清旷。逼帝座,卧云床,则神魂兢凛。梦将觉而触发于钟声,故道心之微,忽然豁露,遂发深省。正与日夜息而旦气清,剥复禅而天心见者同。②

此诗作于与旻上人建交几年之后,王氏认为是老杜"入道之机倪",但对其原因并未指明,我认为杜甫与旻上人的交往,即是此诗中出现禅理的重要原因之一。在诗中谈禅,又是他以这种交往为起点,向佛学的靠近。然而这种靠近,是十分有限的。写于开元二十九年(741)的《巳上人茅斋》就是一个明显的例证。诗中写了巳公住所的幽雅,其中有"可以赋新诗",最后又说"空忝许询辈,难酬支遁词"③。虽用了《高僧传》故事,

---

① [唐]杜甫著,[清]仇兆鳌注《杜诗详注》卷一,第1页。
② [明]王嗣奭撰《杜臆》卷一,上海古籍出版社1983年版,第1页。
③ [唐]杜甫著,[清]仇兆鳌注《杜诗详注》卷一,第16页。

但主要还是谈诗,对佛教本身则基本上没说什么。

杜甫与佛教这种相当的距离,一直保持到天宝年间。写于天宝元年(742)的《龙门》诗中,有"相阅征途上,生涯尽几回"①。作于天宝四载(745)的《陪李北海宴历下亭》也说"贵贱俱物役,从公难重过"②。都表现了世事无常、人生有限的感慨,但这都是泛泛的人生感慨,不足以证明佛教影响的痕迹。因此,从现存作品看,杜甫的佛学思想在天宝年间的发展是不很分明的。不过我们从他的经历仍可看出其大致线索。

杜甫自天宝五载(746)再到长安后,就开始了十年的求官生活。在这十年中他作了种种努力,但奸臣当道,时运不佳,使他消尽少年锐气,陷入了生活的困境。

天宝六载(747),杜甫应制举试。奸相李林甫竟以"野无遗贤"为借口,将士子全部黜落,不取一人。杜甫又一次碰壁之后,只好另找出路。干谒权门,进赋献表,能想到的办法都试了,但是一切都落空。诗人自称这一段生活是"朝扣富儿门,暮随肥马尘,残杯与冷炙,到处潜悲辛"③。(《奉赠韦左丞丈二十二韵》)他在天宝十年(751)被召试后所作的《投简咸华两县诸子》诗中也说:

> 长安苦寒谁独悲,杜陵野老骨欲折。……饥卧动即向一旬,敝衣何啻联百结。君不见空墙日色晚,此老无声泪垂血。④

这时期的诗作有不少表现了与此同样的情调,从中可以想见其生活的困顿与心境的寥落、悲凉。与上诗作于同年的《乐游园歌》中,诗人自叹"此身饮罢无归处,独立苍茫自咏诗"⑤,因此身"无归处",所以总得寻找一个"归处"。大概就在这几年里,杜甫开始有意识地把佛教作为一种精神寄托,从中求得慰藉。但这时期,杜甫更多地还是从道教中寻求寄

---

① [唐]杜甫著,[清]仇兆鳌注《杜诗详注》卷一,第29页。
② [唐]杜甫著,[清]仇兆鳌注《杜诗详注》卷一,第37页。
③ [唐]杜甫著,[清]仇兆鳌注《杜诗详注》卷一,第75页。
④ [唐]杜甫著,[清]仇兆鳌注《杜诗详注》卷二,第107—108页。
⑤ [唐]杜甫著,[清]仇兆鳌注《杜诗详注》卷二,第103页。

托,想同古人一样不仕则隐,或者去学道。这在他的诗中屡有表现:

  致君时已晚,怀古意空存。中散山阳锻,愚公野谷村。宁纡长者辙,归老任乾坤。(《赠比部萧郎中十兄》天宝六年作)①
  浊酒寻陶令,丹砂访葛洪。江湖漂短褐,霜雪满飞蓬。劳落乾坤大,周流道术空。(《奉寄河南韦尹丈人》,天宝七年作)②
  自断此生休问天,杜曲幸有桑麻田,故将移住南山边。短衣匹马随李广,看射猛虎终残年。(《曲江三章章五句》天宝十一年作)③

直到天宝十三年(754),他还在述说自己的愿望:

  ……身退岂待官,老来苦便静。况资菱芡足,庶结茅茨迥。从此具扁舟,弥年逐清景。(《渼陂西南台》)④

  可见在当时"儒术诚难起"(《奉留赠集贤院崔于二学士》)⑤的情况下,杜甫所醉心的还不是佛教,而是归隐与道家的出世及修炼。但正如他自己所说:"苦乏大药资,出林迹如扫"(《赠李白》)⑥,避世引年是需要条件的,他尽可以想,却无力去做。更为重要的是,他并没有真正"自断此生",也未能决意归隐。设想着"即将西去秦",却不由"回首清渭滨",计划着"欲整还乡旆"却仍在"长怀禁掖垣",这种欲留不能,欲去不忍的心理,无疑宣判了避世之路的虚幻与精神寄托的落空,最后的结果仍旧是此身"无归处"。
  在这种思想极端矛盾、痛苦的情况下,诗人开始从佛学中寻求解脱。从当时佛学的发展看,在北方(特别是长安附近)神秀一系仍有很大的势

---

① [唐]杜甫著,[清]仇兆鳌注《杜诗详注》卷一,第67页。
② [唐]杜甫著,[清]仇兆鳌注《杜诗详注》卷一,第69页。
③ [唐]杜甫著,[清]仇兆鳌注《杜诗详注》卷二,第139页。
④ [唐]杜甫著,[清]仇兆鳌注《杜诗详注》卷三,第184页。
⑤ [唐]杜甫著,[清]仇兆鳌注《杜诗详注》卷二,第132页。
⑥ [唐]杜甫著,[清]仇兆鳌注《杜诗详注》卷一,第33页。

力。天宝十二载(753)南宗神会被北宗借朝廷之力贬逐弋阳(今河南潢川),就是最明显的例证。这时距神秀弟子义福之死已有二十一年,距普寂之死已十四年,但北宗依然保持着它的优势。

当时,北宗信徒很多,有下层人民,也有不少朝廷士大夫。据《宋高僧传·普寂传》载,普寂死后"时都城士庶谒者皆制弟子之服。……及葬,河南尹裴宽及妻子,并缞麻列于门徒之次。倾城哭送,闾里为之空焉"①。《义福传》也说,义福死后"送葬者数万人。中书侍郎严挺之躬行丧服,若弟子焉。"又说:"兵都侍郎张均、太尉房琯、礼部侍郎韦陟"都是义福"常所信重"②的人。天宝末距开元末不过十几年时间,天宝间北宗在京洛一带的影响可以想见。这是杜甫在矛盾中转向佛学的大前提。

此外,在杜甫的朋友中有好几个同佛教的关系很密切。上举如房琯,与杜甫是布衣之交,严挺之,比杜甫大三十多岁,与杜甫的关系却相当好。这一老一少两个朋友的佛教信仰,对杜甫不会没有影响。

杜甫所敬仰的前辈李邕,也是北宗的信徒,他在《大照禅师塔铭》(大照即普寂)中自称弟子。《全唐文》所载他的佛寺碑铭就有十几篇之多。著名边塞诗人岑参,也是杜甫的好友,他集中与僧人唱和、题咏佛寺的诗有十多首,他不仅喜欢访问僧人,还常常和他们谈禅说法,流连竟日。但是在这些朋友中,最值得提到的还是王维。

王维以信佛著称,他很早就游于佛门,《旧唐书》本传说他"妻亡不再娶,三十年孤居一室,屏绝尘累。乾元二年(759)七月卒"③。他在开元二十七年(739)所作的《大荐福寺大德道光禅师塔铭》中自称"维十年座下,俯伏受教"④。合二者观之,王维至迟在开元十七年(729)就已师事道光(道光是南宗大师)、皈依佛门了。

杜甫与王维的诗歌往还,最早见于乾元元年(756),一是他们都有《奉和贾舍人早朝大明宫》,一是杜甫的《奉赠王中允维》,这首诗为王维

---

① [宋]赞宁撰,范祥雍点校《宋高僧传》卷九,中华书局1987年版,第198—199页。
② [宋]赞宁撰,范祥雍点校《宋高僧传》卷九,第197页。
③ 《旧唐书》卷一百九十下《王维传》,中华书局2013年版,第5052—5053页。
④ 陈铁民校注《王维集校注》,中华书局1997年版,第753页。

陷贼作辩护,《杜臆》称"此诗直是王维辩冤疏"①。可见他们交情之深,非同一般,其最初的交往,当早于乾元元年而在天宝时。因此,王维对杜甫这时期的学佛也会有所影响,另外他还可能对杜甫日后对南宗的信仰有所启发。

杜甫以如此不幸的遭遇,生活于这样的环境之中,他的学佛就是很自然的了。诗人在天宝十四年(755)所作的《夜听许十一诵诗爱而有作》中说:

> 许生五台宾,业白出石壁。余亦师粲可,身犹缚禅寂。何阶子方便,谬引为匹敌。离索晚相逢,包蒙欣有击。②

其中"业白"是佛教用语,《翻译名义集》有"十使十恶,此属于乎罪,名为黑业。五戒五善,四禅四定,此属于善,名为白业"③。"石壁"过去注家多认为是指玄中寺石壁。郭沫若《李白与杜甫》一书中认为应是指禅宗始祖达摩面壁的故事④。从上下文来看,此说更合理。"方便"指禅宗。北宗被称为东山法门,又因其禅法"以方便显",故也称方便法门。"粲可"分别指禅宗二祖慧可和三祖僧粲。

杜甫在诗中运用佛教术语及典故,又自称"师粲可",明确地说出了他对佛教的信仰,这在他佛学思想的发展中,无疑是值得重视的,它标志着杜甫早年与佛教那种距离已明显地缩短,同时又成为杜甫佛教信仰继续发展的一个新起点。至此为止,是杜甫佛学思想发展的第一个时期。这是杜甫佛教信仰的萌芽期。他对佛学的初步接受是以一而再的仕途失意作为代价的,因此,他从对佛学的不甚留意到有意注意,其间的发展缓慢而艰难,唯其如此,他自觉地学佛就成为他佛学思想发展的一个质变点。

---

① [唐]杜甫著,[清]仇兆鳌注《杜诗详注》卷六,第455页。
② [唐]杜甫著,[清]仇兆鳌注《杜诗详注》卷三,第247页。
③ [宋]法云《翻译名义集》卷五,民国八年上海商务印书馆《四部丛刊》景宋刻本。
④ 郭沫若《李白与杜甫》,《郭沫若全集·历史编》(四),人民文学出版社1982年版,第419页。

从天宝末年以后,是杜甫佛学思想发展的第二个时期,这是他对佛学的信仰逐步加深的时期。这一时期,按其思想发展可以乾元二年为界分作两个阶段。

前一阶段,从天宝末至乾元二年(759)。这期间,杜甫对佛学的信仰曾有所游移,因而并没有多少发展,但自身的遭遇使他对佛教经历了一个重新认识的过程,最后由游移仍旧回归到"师粲可",从此他学佛的愿望几乎没有再动摇过。

天宝十四年,杜甫结束了十年的求官生活,被授予右卫率府兵曹,对此他是很不满意的。到任不久 所写的《去矣行》诗中就说:"野人旷荡无駰颜,岂可久在王侯间。未试囊中餐玉法,明朝且入蓝田山。"①这种仕途的不得志,是他虽有官可作却仍不放弃"师粲可"的主要原因。

不久,安史之乱爆发了。国家的灾难在每个人的心中都产生了巨大的反响,杜甫也由前一时期对个人命运的悲叹、激愤,转为对国事的关心,对人民的同情,他的思想升华了,创作上出现了第一个高峰。但是,他并没有完全放弃对佛学的信仰,相反,这时期所发生的一些事对他的佛学思想的发展仍有不可忽视的影响。

长安失陷后,许多朝官陷于叛军中,杜甫于至德元载八月(756)在投奔肃宗的途中也被押到了长安。在长安的八个月,他深深体验了国破家亡的悲哀,写下了不少爱国诗篇。但同时,在他佛学思想的发展上,也发生了一件大事,这就是与长安大云寺主赞公的交往。集中《大云寺赞公房四首》记载了他与赞公的来往及二人的情谊。诗人与赞公彻夜长谈,"灯影照无睡,心清闻妙香"(其三)②,并称赞他"道林才不世,惠远德过人"(其二)③。但当时国难当头,杜甫没有更多的心思去谈禅说法,因此就这次会晤来说,赞公对他的佛教信仰在当时是不会产生什么影响的。这种影响只有在乾元二年(759)他们再次会面时才显示出来,前后联系,才能看出这次结识赞公在杜甫佛学思想发展中的意义。

---

① [唐]杜甫著,[清]仇兆鳌注《杜诗详注》卷三,第245页。
② [唐]杜甫著,[清]仇兆鳌注《杜诗详注》卷四,第335页。
③ [唐]杜甫著,[清]仇兆鳌注《杜诗详注》卷四,第334页。

至德二年(757)四月,杜甫逃出长安赴凤翔,肃宗拜为左拾遗,对这次的除拜,杜甫很满意,他决心不负君恩,尽忠职守。但不久即因疏救房琯触怒了肃宗,在张镐等人的营救下虽免于刑戮,从此却失去了肃宗的信任,不得不处处小心。这种境遇使杜甫心中十分矛盾、痛苦,从乾元元年(758)所作的几首诗中可以看出他当时的心境:

纵饮久判人共弃,懒朝真与世相违。吏情更觉沧洲远,老大徒伤未拂衣。(《曲江对酒》)①

细推物理须行乐,何用浮名绊此身。(《曲江二首》其一)②

任左拾遗并没有使杜甫得到尽忠的机会,他热烈的进取之火没能重新燃烧起来,反而再一次冷却了。乾元元年(758)六月贬华州司功参军的打击,使他从此远离朝廷,开始了失意中的飘泊。这是他政治理想彻底破灭的开始,也是他的佛学思想得以进一步发展的开始。

乾元二年(759)秋,杜甫从华州弃官往秦州。在秦州他再次遇到了赞公,他们同是因房琯而被贬逐,又是故旧相逢,情谊益发深厚。他屡次在诗中称赞赞公,"放逐宁违性,虚空不离禅"(《宿赞公房》)③、"赞公汤休徒,好静心迹素"(《西枝村寻置草堂地夜宿赞公土室二首》其一)④,在《寄赞上人》诗中,他说"与子成二老,来往亦风流"⑤,打算卜居秦州与赞公为邻。

在秦州的两三个月,杜甫与赞公的来往十分密切。对世事极度失望的诗人,几年前就自称"师粲可",现在与这位"德业天机秉"的上人他乡重逢,日日相伴,向其求教,与其谈禅自是情理中事,因此,这一偶然的机会,至少使杜甫对佛教有了更深入的了解。这年初冬离开秦州时,杜甫写了《别赞上人》与赞公话别,诗中充满了禅味,无疑这与上人的影响是分

---

① [唐] 杜甫著,[清] 仇兆鳌注《杜诗详注》卷六,第449页。
② [唐] 杜甫著,[清] 仇兆鳌注《杜诗详注》卷六,第447页。
③ [唐] 杜甫著,[清] 仇兆鳌注《杜诗详注》卷七,第592页。
④ [唐] 杜甫著,[清] 仇兆鳌注《杜诗详注》卷七,第594页。
⑤ [唐] 杜甫著,[清] 仇兆鳌注《杜诗详注》卷七,第598页。

不开的。诗云:

> 赞公释门老,放逐来上国。还为世尘婴,颇带憔悴色。杨枝晨在手,豆子雨已熟。是身如浮云,安可限南北。……①

后四句用佛典。《涅槃经》:"诸大比丘等,于晨朝日初出,离常住处,嚼杨枝,遇佛光明,疾速漱口澡手。"《华严·净行品》:"手执杨枝,当愿众生皆得妙法,究竟清净。"又《华严疏钞》:"譬如春月,下诸豆子,得暖气色,寻便出土。"②五、六句显然是这几个佛典的合用。"是身如浮云"是《维摩经》"是身如浮云,须臾变灭"③的原句,"安可限南北",又是禅宗人人皆有佛性的翻版。

如此熟练地运用佛典,在杜甫以前的诗作中还从未出现过。这是他佛学思想发展的一个标志。这一阶段,由于国家多难,由于杜甫在朝中任职,他的佛学思想几乎没有多少发展,但政治上的不得意又为他的佛学思想的继续发展铺好了道路。被贬之后,他很自然地顺着这条路走了下去。而赞公的作用就是促进了这一变化过程。

再看后一阶段。从上元元年(760)定居成都直到大历五年(770)去世,是杜甫佛教信仰的发展和形成期。这一阶段,杜甫与佛教之间的距离已完全消失,从他为数不少的有关佛教的诗作中,可以看出他佛学思想发展的线索。

上元元年(760),杜甫与裴迪同游新津寺(在成都)作《和裴迪登新津寺寄王侍郎》,诗中自称"老夫贪佛日,随意宿僧房"④。一个"贪"字,正表现了诗人对佛教的入迷。"宿僧房"的原因是"贪佛日",其目的则不过是想与僧人谈禅说法,求方便之门,以忘却令人烦扰的世事。

同年所作的还有《赠蜀僧闾丘师兄》,据杜甫自注,"闾丘"是闾丘均

---

① [唐]杜甫著,[清]仇兆鳌注《杜诗详注》卷八,第667页。
② [唐]杜甫著,[清]仇兆鳌注《杜诗详注》卷八,第667页。
③ [唐]杜甫著,[清]仇兆鳌注《杜诗详注》卷八,第667页。
④ [唐]杜甫著,[清]仇兆鳌注《杜诗详注》卷九,第764页。

之孙。闾丘是成都人,《旧唐书·陈子昂传》说他"以文章著称。景龙中,为安乐公主所荐,起家拜太常博士"①。杜甫诗中却说"惟昔武皇后,临轩御乾坤。……吾祖诗冠古,同年蒙主恩"②。大概武后朝杜审言与闾丘均曾同时受到过赏赐或擢用。这样,杜甫与"闾丘"至多不过世旧之好,但诗题中却称其为"师兄",前面又冠以"蜀僧",很明显这里的"师兄"应从佛教的意义上来理解。"师兄"二字乃佛徒或居士间互称之词,可见杜甫当时应已以佛徒或居士自许了。

从全诗来看,在叙世旧,述交情之后,诗人一连用了好几个佛典,"夜阑接软语,落月如金盆""惟有摩尼珠,可照浊水源"③。前两句用《华严经》"菩萨摩诃萨有十种语,一者柔软语,能使一切众生得安稳"④及《维摩经》"所言诚谛,常以软语,眷属不离,善和争讼"⑤。后两句用《圆觉经》典:"譬如清净摩尼宝珠,映于五色,随方各见。"⑥都能从眼前景及诗歌本身出发,溶化自如,不露痕迹。这表明了杜甫佛学造诣的加深,也是他以僧徒自许的一个旁证。

这种"贪佛日"自许佛徒的进一步发展,就是访高僧,求禅法,并且表现出愿为弟子的渴望。

宝应元年(763),杜甫在梓州专门拜访了文公,这位高僧在上方寺,十年不下山而布金自至,在当地德望很高。《谒文公上方》诗记载了这件事。诗末云:

甫也南北人,芜蔓少耘锄。久遭诗酒污,何事忝簪裾。王侯与蝼蚁,同尽随丘墟。愿闻第一义,回向心地初。金篦刮眼膜,价重百车渠。无生有汲引,兹理倘吹嘘。⑦

---

① 《旧唐书》卷一百九十中《文苑传·陈子昂传》,第5025页。
② [唐]杜甫著,[清]仇兆鳌注《杜诗详注》卷九,第765—767页。
③ [唐]杜甫著,[清]仇兆鳌注《杜诗详注》卷九,第767—768页。
④ 《中华大藏经》(汉文部分)第十三册,第220页中栏。
⑤ 《中华大藏经》(汉文部分)第十五册,第834页上栏。
⑥ 《中华大藏经》(汉文部分)第二十二册,第453页中栏。
⑦ [唐]杜甫著,[清]仇兆鳌注《杜诗详注》卷十一,第951页。

上六句悔往日为诗酒、簪裾所束缚,下六句说今已有所了悟,愿得文公汲引以求彻底解脱。仇兆鳌评曰:"咏僧家诗,全用释典,乃杜公独步处。"①苏东坡则据中间四句,说"知子美诗外,别有事在也"(《东坡志林》)②,认为杜甫已了悟得道。王嗣奭不同意东坡的看法,认为杜诗中的"见道语""非以学佛得之",而是"平生饥饿穷愁,无所不有,天若有意锻炼之;而动心忍性,天机自露"。(《杜臆》)③

其实,他们两人所说并不矛盾,但王氏似乎对杜甫的佛学思想并未给以应有的重视。老杜平生流离颠沛,历尽艰难,对人生自有极深刻的体验。学佛正是这种人生经历的结果之一,而学佛本身又反过来对其人生体验加以重新思考,使之上升到理性的高度。本诗中东坡拈出的四句,可看作诗人人生体验的结晶,但这种结晶与学佛又有着密切的关系,这不仅因为此诗题为"谒文公",也因为这种体验是通过学佛、借助于佛理,才得以更加明晰,况且,这类与佛教有关的所谓"见道语",在杜甫诗中并非仅见于此诗。否认学佛对杜甫的影响,显然是片面的。

诗中的"愿闻第一义",正反映出诗人对悟入的渴望。这是杜甫佛学思想进一步发展的又一个重要标志。

到了大历二年(767),杜甫更明确地说"飞锡去年啼邑子,献花何日许门徒?"(《大觉高僧兰若》)④不再是只求"汲引",而希望做佛门弟子;也不再满足于"自许",而希望得到高僧的认可。

杜甫不仅自己愿为佛门弟子,还往往以这种想法来劝说朋友。在作于广德元年(763)的《陪李梓州王阆州苏遂州李果州四使君登惠义寺》诗中,他就对四位使君说:"谁能解金印,潇洒共安禅。"⑤从前面"迟暮身何得,登临意惘然"句看,"安禅"之想及对四使君的鼓动,都是诗人心中的真实愿望,绝非一时戏言。《杜臆》论此诗曰:"公以作客之穷,真有学佛

---

① [唐]杜甫著,[清]仇兆鳌注《杜诗详注》卷十一,第951页。
② [唐]杜甫著,[清]仇兆鳌注《杜诗详注》卷十一,第952页。
③ [明]王嗣奭撰《杜臆》卷五,第157—158页。
④ [唐]杜甫著,[清]仇兆鳌注《杜诗详注》卷二十,第1801页。
⑤ [唐]杜甫著,[清]仇兆鳌注《杜诗详注》卷十二,第995页。

之想,故后诗屡及之。"①其实,王嗣奭这里只说到了一个方面,杜甫在这时产生学佛之想,穷途失意自是一个重要原因,但也不可忽视他十多年的学佛经历。他这时的学佛之想,也是他学佛的自然发展。

在去世前的几年里,杜甫的佛学信仰达到了高峰。作于大历二年(767)的《秋日夔府咏怀奉寄郑监李宾客一百韵》和次年出峡后途以岳麓山时所作的《岳麓山道林二寺行》,正是杜甫佛学信仰高度发展的真实写照。二诗都表现了诗人学佛终老的愿望和决心。前首曰:"本自依迦叶,何曾藉偓佺。"②据《传灯录》伽叶是天竺二十五祖之首,偓佺见于《列仙传》,为槐山采药父。这里分别代表佛道二教。杜甫把几十年来念念不忘的"道术""丹砂"一笔抹倒,而全心事佛。诗中又说"勇猛为心极,清羸任体孱"③。在后两年,这位以儒学著称的"诗圣"就说:"此生已愧须人扶,致君尧舜付公等。"(《暮秋枉裴道州手札率尔遣兴寄递呈苏涣侍御》)④后者以年老体弱不欲再思入世,前者却不顾"体孱"老迈,执意学佛。两相对比,可以看出杜甫学佛的决心之大。

《岳麓山道林二寺行》也同样否定了求仙学道,"方丈涉海费时节,玄圃寻河知有无。"同时,又在追求了一生的功名富贵和佛学之间进行了取舍"依止老宿亦未晚,富贵功名焉足图",又说"暮年且喜经行近""今幸乐国养微躯"⑤。当然,杜甫在诗中对儒、释的比较取舍,并不能说明他晚年弃儒从佛,但从中仍可看出他对佛学的态度。从开始"师粲可"至此,杜甫的佛教信仰,在他的一生中达到了最虔诚的地步。

在最后的十年里,杜甫对佛学的信仰之所以能越来越趋于坚定,关键还是他政治上的失意及与之相关的生活上的困顿。自从退出严武幕后杜甫对仕进就已彻底绝望。随着高适、严武等故旧的相继去世,他在生活上又失去了依靠,再加上多种疾病缠身,精神极端苦闷(与壮年时代的苦闷相比,这是一种无望的苦闷),于是,佛教就成为杜甫这一时期重要的精神

---

① [唐]杜甫著,[清]仇兆鳌注《杜诗详注》卷十二,第995页。
② [唐]杜甫著,[清]仇兆鳌注《杜诗详注》卷十九,第1714页。
③ [唐]杜甫著,[清]仇兆鳌注《杜诗详注》卷十九,第1715页。
④ [唐]杜甫著,[清]仇兆鳌注《杜诗详注》卷二十三,第2019页。
⑤ [唐]杜甫著,[清]仇兆鳌注《杜诗详注》卷二十二,第1987—1988页。

支柱和精神寄托。

二、佛学在杜甫思想中的地位

　　杜甫对佛教的信仰在晚年达到了他一生中最虔诚的地步,但这并不等于说,晚年的杜甫完全忘却了世事。一方面,儒学毕竟是杜甫思想中最根本的东西,另一方面,作为一种宗教信仰来说,杜甫的佛学信仰只是一种文人失意时的信仰,其深度有限,它与王维等人的佞佛是不可相提并论的。

　　大体来说,杜甫的佛教信仰,除自身热爱生活之本性终究难移之外,又受到客观和主观两方面的种种限制。

　　佛教从主观唯心主义的观点出发,把一切都看作心的产物,要求做到心中空无一物。世人的一切想法和所有的喜怒哀乐,在佛教看来都属于"妄念"应该被去除。然而,对此杜甫是做不到的。一方面,他一边学佛,一边却无日不为国事忧虑,为百姓的苦难伤心。"乾坤含疮痍,忧虞何时毕"(《北征》)[1],"穷年忧黎元,叹息肠内热"(《自京赴奉先县咏怀五百字》)[2]。壮年时如此,到了晚年,这种忧国感时思报君的拳拳之心依旧炽热不衰。

> 高贤意不暇,王命久崩奔。临风欲恸哭,声出已复吞。(《阆州东楼筵奉送十一舅往青城》,广德元年作)[3]
> 济时敢爱死,寂寞壮心惊。(《岁暮》,广德元年作)[4]
> 时危思报主,衰谢不能休。(《江上》,大历元年作)[5]
> 戎马关山北,凭轩涕泗流。(《登岳阳楼》,大历三年作)[6]

---

[1] [唐]杜甫著,[清]仇兆鳌注《杜诗详注》卷五,第395—396页。
[2] [唐]杜甫著,[清]仇兆鳌注《杜诗详注》卷四,第265页。
[3] [唐]杜甫著,[清]仇兆鳌注《杜诗详注》卷十二,第1039页。
[4] [唐]杜甫著,[清]仇兆鳌注《杜诗详注》卷十二,第1068页。
[5] [唐]杜甫著,[清]仇兆鳌注《杜诗详注》卷十五,第1329页。
[6] [唐]杜甫著,[清]仇兆鳌注《杜诗详注》卷二十二,第1947页。

战血流依旧,军声动至今。(《风疾舟中伏枕书怀……》,大历五年作)①

杜甫这种至死不变的忧时报主之心,与他学佛的愿望相比,更实在、更强烈,更有深厚的基础,这是他佛学信仰深度有限的主要原因。

另一方面,佛教要求做到"无我",当然也就否定了人的一切情感。杜甫却不能不思故国,忆弟妹,更不能抛开诗酒与妻子。大历二年(767)所作的《谒真谛寺禅师》中说:"问法看诗妄,观身向酒慵。未能割妻子,卜宅近前峰。"②这是诗人内心的真实道白,前二句似是彻悟之语,然正如《杜臆》所评:"未能割妻子,其能断诗酒乎?"③事实上,在杜甫的生活中,有时很难分出诗、酒与佛,到底哪个更重要。从早年的"此身饮罢无归处,独立苍茫自咏诗"④到晚年的"此身未知归定处,呼儿觅纸一题诗"(《立春》,大历二年作)⑤,不难发现,杜甫在穷愁苦闷之际,诗与酒往往成为他求得解脱的工具。他的饮酒、作诗在这种情况下与他的学佛竟有许多相似之处。所不同的是,酒只能以生理麻醉求得暂时的逃避,诗与佛则是从精神上提供一种慰藉。

当然,对杜甫来说,诗与佛也有不同。作诗是他自我排遣的表现,而他于诗中又别有寄托,所谓"诗是吾家事"(《宗武生日》)⑥,"千秋万岁名,寂寞身后事"(《梦李白二首》之二)⑦,这是诗人在文学上的自信,这种自信成为他在失意潦倒中重要的精神支柱之一。相对而言,学佛则是杜甫借外力寻求解脱,寻找"归定处"。佛教虽把西天极乐世界说得美妙诱人,但杜甫未必相信,而且与文学上现实的成就相比,这种空幻的希望,就显得苍白无力了。因此,无论诗、酒,还是佛,在某种意义上,都是杜甫求得心灵平衡的工具。极度的失意,深重的苦闷,使他的排遣与解脱格外

---

① [唐]杜甫著,[清]仇兆鳌注《杜诗详注》卷二十三,第2096页。
② [唐]杜甫著,[清]仇兆鳌注《杜诗详注》卷二十,第1802页。
③ [明]王嗣奭《杜臆》卷八,第292页。
④ [唐]杜甫著,[清]仇兆鳌注《杜诗详注》卷二,第103页。
⑤ [唐]杜甫著,[清]仇兆鳌注《杜诗详注》卷十八,第1597页。
⑥ [唐]杜甫著,[清]仇兆鳌注《杜诗详注》卷十七,第1477页。
⑦ [唐]杜甫著,[清]仇兆鳌注《杜诗详注》卷七,第558页。

艰难,他不能不学佛,也无法因学佛而放弃诗、酒,更不能因学佛而泯灭"情圣"的本来面目。

另外,正由于不能抛舍一切只身去学佛,杜甫的学佛又不免受到物质条件的限制,显得心有余而力不足。这在《别李秘书始兴寺所居》(大历二年作)一诗中表现得最为明显:

> 不见秘书心若失,及见秘书失心疾。安为动主理信然,我独觉子神充实。重闻西方止观经,老身古寺风泠泠。妻儿待米且归去,他日杖藜来细听。①

李秘书谈禅能使诗人"失心疾",可见其佛学修养之深。对正想潜心学佛的杜甫来说,这样的"良师益友"实在难遇,微妙的止观经也的确不易常听。然而诗人正听得入迷时,猛然想起妻儿还在饿肚子,一切超然之意便烟消云散。

杜甫一生的思想发展,受到儒、释、道三家的影响。其中儒学的影响,贯穿始终,最为深厚。佛、道二家的影响,则随生活的变化,在各个时期又有所不同。中年以前,杜甫对道学比较感兴趣,在失意时更是念念不忘;对佛学并不怎么热心。中年以后,佛、道二家在诗人心中的位置逐渐发生了变化,到了晚年,他更注重佛教,更多地从佛教中寻求寄托。然而,即使在晚年,佛学思想在杜甫整个思想中所占的地位仍然是有限的。这不仅因为许多客观的限制,使他学佛的真实愿望与学佛的实际行动相脱节,也因为他学佛的目的仅仅在于寻求一种寄托。他的佛学信仰终究不过是一种失意文人的信仰,一种"儒术难起"时的精神补充。

三、杜甫佛学信仰的性质与宗派

杜甫佛学信仰的上述特点,也决定了他的信仰归属不同于那些佛教

---

① [唐]杜甫著,[清]仇兆鳌注《杜诗详注》卷十九,第1679—1680页。

徒,即并不执着于某一固定的宗派。

杜甫诗中有两处提到了他的禅学信仰,一是"余亦师粲可"(《夜听许十一诵诗爱而有作》)①;一是"身许双峰寺,门求七祖禅"(《秋日夔府咏怀奉寄郑监李宾客一百韵》)②。前诗作于天宝末,时值北宗全盛时期,京师又是北宗势力中心。在这之前,杜甫为求官已在京生活了近十年。因此,把"余亦师粲可"解释为对北宗的信仰是有充分理由的。然而这时期是杜甫佛学信仰的萌芽期,与晚年相比,这时期的信仰更为肤浅。

后一首作于杜甫入蜀后第八年,即大历二年(767)。入蜀之后,不仅杜甫所面对的现实环境有了变化,而且禅宗内部也发生了变化。有些人以天宝间人们对北宗的认识来作为理解杜甫这两句诗的佐证,得出杜甫禅学信仰"毫无疑问应该属于禅学北宗",与南宗无关的结论③,这显然是不科学的。

杜甫入蜀,在上元元年(760),在此之前,慧能弟子神会因主持立坛度牒,以"香水钱"资助军需有功,被招入内供养。从此北宗在北方失去了统治地位,南宗在京师一带很快地发展起来。赞宁《高僧传》说神会入内后,住荷泽寺,"会之敷演,显发能祖之宗风,使秀之门寂寞矣"④。神会卒年即在上元元年(760),因此,杜甫入蜀时,在北方,南、北宗之交替至少已初步显示出来了。

更为重要的是,北宗全盛时期其影响也主要在以京洛,嵩山为中心的北方,而并没有扩展到西南一带的湖南、四川等地。

四川资州的智侁、处寂两位禅师,与北宗义福、普寂同时。宗密的《中华传心地禅门师资承袭图》把他们都列于慧能门下。出自智侁门下的《历代法宝记》(敦煌卷子)也以慧能为弘忍嫡传。可知资州禅派是倾向于南宗的。处寂死于开元二十二年(734),赞宁《高僧传》称"资中至今崇仰"⑤,杜甫入蜀距处寂之死不到三十年,他生活时间最长的成都和梓州

---

① [唐]杜甫著,[清]仇兆鳌注《杜诗详注》卷三,第247页。
② [唐]杜甫著,[清]仇兆鳌注《杜诗详注》卷十九,第1713页。
③ 参陈允吉《略辩杜甫的禅学信仰》,《唐代文学论丛》1982年第2期,第189页。
④ [宋]赞宁,范祥雍点校《高僧传》卷八,第180页。
⑤ [宋]赞宁,范祥雍点校《高僧传》卷二十,第508页。

都与资州相邻,因此,他入蜀后禅学思想的发展最有可能受到资州禅派的影响。

在湖南,有慧能再传弟子石头希迁。希迁本是青原行思的弟子。行思死于开元二十八年(740),希迁于天宝初移住南岳衡山。杜甫入蜀时,正值南岳派最兴盛的时期。当时著名的禅师还有江西的马祖道一,他也是慧能再传弟子,本在南岳就学于怀让。怀让死后迁江西龚公山,于是大振宗门,四方学者闻风而至。湖南、江西与四川相邻,蜀地佛教的传布不能不受其影响。因此,在西南,南宗有着很强的势力。北宗全盛时期未能在这一带生根,衰落之际更无法在这里落脚。杜甫入蜀后耳濡目染的无疑不会是北宗禅法。如果设想他固守对北宗的信仰,与南宗无关,那么,他晚年禅学思想的发展,他在西南访僧问法的种种活动就无法得到解释。

因此,对"身许双峰寺"二句必须放在特定的时间和地点中——安史之乱之后的蜀地——来理解。这样,"双峰寺"固应指代表四祖和五祖禅法的黄梅双峰寺,但不必定为神秀北宗的代称,因为各派都想以正统自居。其内部把禅宗祖师的双峰寺视为根本是很自然的。至于"七祖",更不应指普寂。这除了特定环境的影响外,原因主要有两个,首先,《秋日夔府咏怀》诗在"身许双峰寺"的下文中,又有"晚闻多妙教",杜甫接受北宗时不过三四十岁,不当称晚。"晚闻"的时间应在入蜀之后。所谓"多妙教"就不可能是北宗,与前文相联系,七祖也自然不会是普寂。其次,普寂弟子并无特别出名的,且多在北方。杜甫这时期并无北归的打算,相反倒是有过南下的想法。次年所作的《公安送李二十九弟晋肃入蜀余下沔鄂》中说:"正解柴桑缆,仍看蜀道行。"①柴桑即今九江。距庐山不远。作于同年的《留别公安太易沙门》也说:"隐居欲就庐山远,丽藻初逢休上人……先踏炉峰置兰若,徐飞锡杖出风尘。"②可知杜甫当时确实有过去江西的想法。("炉峰"即庐山)由此《秋日夔府咏怀》诗中"炉峰生转眄"的"炉峰"也不仅仅是泛指。如果把诗中"七祖"说居是普寂,显然割裂了全诗,而且使求"七祖禅"没有着落。

---

① [唐]杜甫著,[清]仇兆鳌注《杜诗详注》卷二十二,第1934页。
② [唐]杜甫著,[清]仇兆鳌注《杜诗详注》卷二十二,第1935页。

清人浦起龙在《读杜心解》中曾提出过他自己的看法：

> 今考临济祖系，自六祖能师而下，以南岳怀让为第一世，而不系以七祖之称，实即七祖也。让以天宝三年示寂。其嗣则为江西道一，俗称马祖，居南康龚公山。山中猛鸷驯扰，四方学者云集。此正当公作诗之时。而南康即庐山所在。下所谓炉峰转盼者，正应指此。推其本师以立言，故尊之曰七祖。求七祖，即是依马祖也。①

浦氏的观点与杜甫诗歌本文是比较接近的，也没有脱离杜甫生活的具体环境来立论。这比把七祖指为神会或普寂更能令人信服。但是，如果由此推出杜甫即是南宗信徒，又不免过于偏执。

杜甫入蜀后，所接触的虽是南宗禅法（这除了地域特点外，大概南宗直指心性的顿悟说更适合于他解脱的需要），但从根本上说，他并未沉潜于佛学，他对南宗的信仰深度，也同样很有限。从他的诗中可以看出，他晚年至少还对天台宗和净土宗有所涉略②。这种信仰的不专一同时也正反映出他信仰的肤浅。我们说杜甫佛学思想在晚年得到了发展，主要是着眼于他个人学佛的全过程而言，这与他佛学信仰的不深刻并不矛盾。

关于诗中的"七祖"，我们基本上可以肯定应是南宗禅师，但是从诗中无法考定它具体指谁。浦起龙的看法可备一说，却未必可作定论。在没有新的材料出现之前，我们没必要以一些外在的论据来下结论。况且，杜甫并不是一个佛教徒，能否弄清这一点，对研究他的佛学信仰并无多大关系。

总之，杜甫的佛学信仰随他生活的变化而不断有所发展。他早年信仰北宗，入蜀后更多地接触了南宗禅法，并对其他宗派的佛学思想也有所了解。他学佛的目的在于以佛学为我遣愁之用，而并不沉迷于其中，做佛的奴隶。他不乏学佛的愿望和决心，他的佛学信仰却只是杂而不专、泛而不深。

---

① ［清］浦起龙《读杜心解》，中华书局1961年版，第774页。
② 参杜甫《别李秘书始兴寺所居》及《岳麓山道林二寺行》二诗。

"诗圣"的人格境界[*]

中国是诗的国度,唐诗是中国诗的顶峰,而杜甫诗则是这顶峰上的顶峰,一千多年来,人们不约而同地对杜甫诗发出深深的赞叹,并终于一致地把杜甫奉为诗国的"诗圣"。然而,这"诗圣"二字,又不仅仅是对杜甫诗歌艺术造诣的概括,它还是以杜甫心系天下的人格境界为内在底蕴,并且包含着后人对杜甫仁民爱国的博大胸襟和不能独善而终不能忘济世之志的执着情怀的高度肯定和敬仰。所谓"文章垂世自一事,忠义凛凛令人思"(陆游《游锦屏山谒少陵祠堂》)[①]。正代表了封建士人不仅重杜甫之诗艺,更重杜甫之精神品格的基本认识。从杜甫存世的一千四百余首诗作中,我们至今仍能感受到诗人"忠义凛凛"的人格魅力。而终身饥寒、终身漂泊、终身不遇的杜甫,何以能超越一己之穷达、得失,而对本当由"肉食者谋之"的天下事刻刻在心、念念不忘?是什么力量使他"不眠忧战伐"而又感叹深悲于"无力正乾坤"(《宿江边阁》)?[②]又是什么原因促使他将一生的追求与思索记录于诗中,将真实、完整的自我呈现在后人的眼前?当我们诵读杜甫的名篇时,当我们想象这位公元八世纪诗人的才情、人品时,当我们思考关于人的历史与我们自己怎样完善自我的问题时,关于杜甫人格的这一连串疑问,尤其不能不引起我们的深思。

---

[*] 本文为笔者与陈桐生合著《忠烈人格》中的一章,长江文艺出版社1996年版,第194—260页。
[①] [宋]陆游著,钱仲联《剑南诗稿校注》卷三,上海古籍出版社1985年版,第249页。
[②] [唐]杜甫著,[清]仇兆鳌注《杜诗详注》卷十七,中华书局1979年版,第1469页。

一、体验行路难

"大道如青天,我独不得出。羞逐长安社中儿,赤鸡白狗赌梨栗。弹剑作歌奏苦声,曳裾王门不称情。淮阴市井笑韩信,汉朝公卿忌贾生。君不见昔时燕家重郭隗,拥篲折节无嫌猜。剧辛、乐毅感恩分,输肝剖胆效英才。昭王白骨萦蔓草,谁人更扫黄金台!行路难,归去来。"①这是李白《行路难》三首之二,作于天宝三年(744)李白离开长安时。诗中对战国士林受时君知遇,"输肝剖胆效英才"的辉煌人生充满了企慕之情,对当时朝廷政治的黑暗则表达了满腔的愤怒和深深的失望。它既是李白在长安三年"待诏翰林"②生活中对"行路难"的真切体验,也反映出当时唐王朝政治腐朽的程度。而对于杜甫来说,他当时能够理解的还只是李白诗中对历史上君臣际遇"无嫌猜"的渴望,而对于李白诗中"行路难"的心声,他却注定要用此后十余年的时间去亲自验证、体味,才能获得真正的感性认识。

就在天宝三载(744)李白离开长安不久,杜甫与李白在东都一见如故,这年秋天,他与李白、高适同游梁宋,登临怀古,把酒论文,尽一时之兴。他晚年所作的《昔游》诗中曾深情地回忆道:"昔者与高李(原注高适、李白),晚登单父台。寒芜际碣石,万里风云来。"③接着又与李白"醉眠秋共被,携手日同行"(《与李十二白同寻范十隐居》)④。在东鲁(今兖州)遍游名胜,共同度过了一段快乐的时光。杜甫与大诗人李白的友情即以这一段漫游生活为开端,学者们尤以李、杜二人从此再未谋面而情谊老而弥深(尤其是杜甫对李白的怀念)将这一段漫游视为文学史上的佳话。但若从杜甫个体人格的形成而论,杜甫与高、李二人的漫游与定交,实有更为重要的意义(杜甫在开元末游齐赵时即与高适相识,此为第二次重

---

① [唐]李白著,[清]王琦注《李太白全集》卷三,中华书局1977年版,第190页。
② 《旧唐书》卷一百九十下《李白传》,中华书局2013年版,第5053页。
③ [唐]杜甫著,仇兆鳌注《杜诗详注》卷十六,第1435页。
④ [唐]杜甫著,仇兆鳌注《杜诗详注》卷一,第45页。

逢),它不仅与杜甫数十年的求仕生涯密切相关,在某种意义上,还对杜甫发生着终身性的影响,可以作为探讨杜甫人格的切入点。

杜甫生于唐玄宗先天元年(712)。他三十岁以前,正值开元盛世。这一时期,唐玄宗励精图治,铲革讹弊,百姓殷富,天下太平。舞文弄墨成为最有效的仕进之路,所谓"缙绅闻达之路惟文章"(独孤及《顿丘李公墓志》)①;而士人亦以舞文弄墨为尚,"士无贤不肖,耻不以文章达"(杜佑《通典》卷十五《选举》三)②。科举则成为舞文士人走向仕途的主要方式,其中又以进士科最为时人所重。当时中进士者,名闻四方,而朝廷的一品大员又多以进士出身的士人为之,至于"台阁清选,莫不由兹"(《唐会要》卷七十六)③。因此,时人有"五十少进士,三十老明经"之说,进士及第成为士子最大的梦幻,乃至终生的追求。杜甫生当其时,对这种时代风尚自然不会无动于衷,抱着"自谓颇挺出,立登要路津"(《奉赠韦左丞丈二十二韵》)④的信念,他于开元二十三年(735)参加了在东都洛阳举行的进士考试。这一年登第的有贾至、李颀、萧颖士、李华、赵晔等二十七人,皆一时之秀,尤其是前四人,后来在文学方面亦颇有成就。这次考试的主持人是以知人著称的考功员外郎孙逖,史称他"选贡士二年,多得俊才。初年则杜鸿渐至宰辅,颜真卿为尚书。后年拔李华、萧颖士、赵晔登上第。逖谓人曰:'此三人便堪掌纶诰。'"⑤而杜甫竟连这二十七人之列也未进入,足见知人的主考大人对他并不欣赏。按常情,以"登要路津"为人生目标的杜甫,在下第之后,当再进场屋,以求自售,或者别有他图,以偿夙愿。因为二十四岁的年龄对于自视甚高,欲成就一番大事业的杜甫来说,也不为幼弱了。但事实表明,杜甫在首次参加进士考试落第后,整整十年间,并未有过明显的求仕之举,而对登台府、为卿相之捷径,亦即士子趋之若鹜的进士考试竟然连再作尝试的想法也未尝有过,甚至终其

---

① [唐]独孤及《毘陵集》卷一,上海古籍出版社1993年版,第86页。
② [唐]杜佑《通典》卷十五,上海图书集成局1901年版,第23页。
③ [宋]王溥撰,牛继清校证《唐会要校证》卷七十六,三秦出版社2012年版,第1185—1186页。
④ [唐]杜甫著,仇兆鳌注《杜诗详注》卷一,第74页。
⑤ 《旧唐书》卷一百九十中《文苑传》,第5044页。

一生再未参加过进士考试。这与他"致君尧舜上,再使风俗淳"①的大志实不相符,而且更为反常的是,杜甫在首次应试失利之后既无失落感,也无紧迫感,居然在开元二十四年(736)到天宝四年(745)的十年里,先是"放荡齐赵间,裘马颇清狂",呼鹰逐兽,转眼便"快意八九年"(《壮游》)②;次则"二年客东都"(《赠李白》)③,与王孙显贵游处,而有厌世高蹈之思;接着又有本节开头说到的与高适、李白登台怀古、同游梁宋之举。几乎全不以仕进为怀。论者多以为这与杜甫少年气盛、不识世路艰难密切相关。但仅仅以此来解释杜甫这十年间的行止,势必得出杜甫早年的济世大志不过是文人大言的结论,因为他至三十岁之前对自己的最高人生目标尚缺乏自觉、坚定的意识,怎可谓早年即有"致君尧舜"之志?显然,这种说法不足以对杜甫十年之中似乎全无仕进之意的行为作出清楚的解说,对我们从整体上理解杜甫人格的形成更是远远不够的。

诚如本节开头所论,李白于赐金还山之际在《行路难》一诗中表达了对战国士人知遇明君、建功立业的辉煌人生的无限向往,其实这并非全是李白失意苦闷之际的思古幽情,而完全可以看作是李白、高适,也是杜甫乃至唐代奇异超俗之士最高的,同时也是现实的人生理想。唐代自太宗年间,对文章之士就极为重视,贞观中,"外厌兵革……内兴文事。虞(世南)、李(百药)、岑(文本)、许(敬宗)之俦以文章进,王(珪)、魏(徵)、来(济)、褚(亮)之辈以材术显。咸能起自布衣,蔚为卿相,雍容侍从,朝夕献纳"(卢照邻《南阳公集序》)④。武则天则以元万顷等文士参决政务,"以分宰相之权"⑤,至开元以来,文士入相或掌制诰者先后有张说、苏颋、张九龄、齐澣、王丘、韩休、许景先、席豫、徐安贞、孙逖、苏晋、贾曾等,而由布衣起家,骤迁为朝中显要者更是不乏其人。与此相应,唐王朝又有由天子亲自策试的制举,含有不拘一格取人用人之深意,据后人统计,唐代制举出身而位至宰相者有七十二人之多。在朝的显达文士无疑给后进者提

---

① [唐]杜甫著,仇兆鳌注《杜诗详注》卷一,第74页。
② [唐]杜甫著,仇兆鳌注《杜诗详注》卷十六,第1441—1442页。
③ [唐]杜甫著,仇兆鳌注《杜诗详注》卷一,第33页。
④ 李云逸校注《卢照邻集校注》卷六,中华书局1998年版,第324页。
⑤ 《旧唐书》卷一百九十中《元万顷传》,第5011页。

供了现世的榜样,而制举的存在,比之进士科更容易激发一代士人高昂的用世热情,使一大批奇异之士将目光集中于此,生出战国士林知遇明主,一展雄才之历史佳话复现于当代的心理幻象,并为此心理幻象能在自己身上成为现实,而不惜舍弃通常的仕进方式,甘愿忍受长期的寂寞与贫寒,或待价而沽、或游说干谒,或隐居求名,或直接向天子献文献诗,凡是能倾动人主之行,皆着意为之,无所不用其极。这一类士人是盛唐时代典型的理想主义者,他们大多高自标格,并有着献身理想的充沛热情和坚强意志。而李白、高适和杜甫无疑是其中最为杰出的代表人物。三人倾盖如故的友情正基于其人生志趣的相合。由于高、李二人比杜甫年长十岁多,杜甫在开元二十四年(735)进士落第后十年中的行止固然与他超俗的大志和上述士风有关,而他与高、李同游之后的求仕实践与人生追求,更直接受到他们二人的影响。杜甫的人格境界正是以这种文化前提和心理素养为根基,在日后长期的艰难困苦、贫寒流离中日渐显出其特有的动人光彩的。

　　立足于这样一个视角来重新审视杜甫二十五岁到三十四岁之间的所作所为,则不难发现,他在齐赵、梁宋等地的漫游固是其热爱自然、肆情古贤遗踪之高雅情怀的自然流露,但同时也包含着广交游、弄名誉,为日后入仕作准备的积极企求。试看他这一时期所交结的人物,久负盛名的李邕与名闻京师的李白自不必说,苏源明、高适、张玠等也非泛泛之辈。这些人虽不能对杜甫出仕发生直接影响,然自当时时尚观之,交结天下名士,却是成就大业所必备的一环。至于齐州司马李之芳、前秘书监李令、驸马郑潜曜等人,则皆有可能对杜甫之仕进有所助益。

　　杜甫始终对自己的超俗之志念念在心,在他开元二十九年(741)所作的《祭当阳君文》中可得到证实。"当阳君"即杜甫远祖杜预,他是晋初名臣,在武功、政绩、学术诸方面均有建树。杜甫祭文自称"不敢忘本,不敢违仁"[①],这无疑是在向这位远祖剖白自己发扬祖德,重振"奉儒守官"的家族"素业"的拳拳之心。杜甫仅在这位功业卓著的远祖面前吐露自

---

① [唐]杜甫著,仇兆鳌注《杜诗详注》卷二十五,第2217页。

己的心声,是否出于自己的鸿图远志不足为俗人道的想法,我们不得而知。但此后十年里艰难而执着的求仕之旅却生动地向我们展示出真实的杜甫,使他人格的各个方面都开始显出一些新的变化。

　　从天宝五年(745)起,杜甫开始进入了求仕的实战阶段。现实远不似他心底无数次勾画的理想那么美妙,接踵而至的挫折,使得在李白心中早已破灭的盛世幻象,也终于在他的心中破碎得凌乱不堪,不可收拾,而比之李白待诏三年后虽充满痛苦、愤怒却仍不失洒脱的"赐金还山",他"旅食京华"、备尝辛酸整整十年,以至有"饿死填沟壑"(《醉时歌》)①之忧却终不能摆落俗累、浮江泛海去做一个"萧洒送日月"(《自京赴奉先县咏怀五百字》)②的闲人,更能让人体味出其用世之志的执着、济世之情的深挚和从理想的天国跌入一败涂地、一筹莫展之困境的凄凉、沉重。然就人格的发展而言,这时期值得我们注意的则有两点:一是杜甫将求仕置于全部人生目的和态度的支配地位,且随着出仕的外在条件的恶化,越来越生出一种焦灼难耐、愤激绝望的情绪,以致其道德意识不自觉地出现松弛和下落的倾向,其现实行为与理想人生之间显出巨大的反差,从而造成了人格力量的相对弱化;一是杜甫在现实行为落俗的同时,并未放弃高远的人生理想,而是以理想的崇高性来淡化行为的庸俗性,并由此获得主观心理的平衡,然而在这种虚假的平衡背后却隐藏着深刻的内在矛盾,尤其是当理想落空之后,基于这一内在矛盾的人格分裂便会毫无遮挡地显露出来。

　　关于前一点,杜甫这一时期直接为求仕而作的诗文为我们提供了第一手的证据。天宝五载(746),杜甫来到长安,为再次应试做准备。次年即参加了为当时士人瞩目的制举考试。但是,此时的唐玄宗早已委政于宰相李林甫,这次制举也自然由从骨子里忌恨文士的李林甫操纵,结果不但不取一人,还"送表贺人主,以为野无遗贤"③(元结《谕友》)。至此,年近不惑的杜甫才真正生出时不我待的紧迫感来。他在《赠比部萧郎中十

---

①　[唐]杜甫著,仇兆鳌注《杜诗详注》卷三,第176页。
②　[唐]杜甫著,仇兆鳌注《杜诗详注》卷四,第265页。
③　陈贻焮《杜甫评传》,生活·读书·新知三联书店2022年版,第129页。

兄》诗中有"致君时已晚,怀古意空存"①的感叹,说明经过两次的失败,他已不再有"立登要路津"②的天真和侥幸,而开始真正尝到了行路难的滋味。他不得不改变策略,将干谒权贵作为重要的入仕手段。这除了当时风尚的影响外,靠"遍干诸侯""历抵卿相"(李白《与韩荆州书》)③终于引起天子关注的李白的成功经验对他无疑有着更为直接的启示。只是杜甫的求仕之心太过急切,致使其干谒活动不仅不论对象,甚至不分是非。若从天宝五载(746)至长安算起,到天宝十四载(755)正式入仕的十年里,他所干谒过的官员,除汝阳王李琎、驸马郑潜曜、韦济、韦见素等人外,又有甚无品节的张垍、杨国忠之心腹鲜于仲通,而从求官的目的出发,他不仅颂扬过李林甫(《朝享太庙赋》)、杨国忠(《奉赠鲜于京兆二十韵》《封西岳赋》),而且又在李林甫倒台后,因有求于杨国忠时,又转而在赠给鲜于仲通的诗中斥李林甫为"阴谋独秉钧";希望哥舒翰注意就颂美其实为邀功固宠的伐吐蕃之役;投匦献赋,直接干谒皇帝则舍右直之道、忘"致君尧舜"之旨,唯以歌功颂德为务,客观地讲,也实在难辞"谬作谀词"之咎。如此种种,均表明这一时期杜甫的所作所为因受到求仕需求的左右,而与其做人的初衷有了较大的距离。

许金声先生曾在《走向人格新大陆》一书中提出过"人格三要素"的观点,认为智慧力量、道德力量和意志力量这三种个体人格力量是人格最基本的要素,在达到自我实现境界的过程中发挥着最为重要的作用。这三种力量越强,个体就越具有挫折超越力,否则,只能保持挫折容忍力,使自我行为免于失常,甚至处于挫折容忍力的水平之下④。以此来考察这一时期杜甫的人格素质,可以发现他在求仕需要满足的匮乏中,因片面追求匮乏的消除,对自我、他人以及人生并未能完全保持一种真诚的态度,而表现出投机主义的倾向和道德力量弱化的特征。

关于后一点,最能说明问题的是杜甫这十年中对求仕方式的选择。

---

① [唐]杜甫著,仇兆鳌注《杜诗详注》卷一,第67页。
② [唐]杜甫著,仇兆鳌注《杜诗详注》卷一,第74页。
③ [唐]李白著,王琦注《李太白全集》卷二十六,第1240页。
④ 许金声《走向人格新大陆》,工人出版社1988年版,第125—169页。

按常理,杜甫在天宝六载(747)应制举考试再次失利之后,完全可以采取多种途径来达到自己的目的,至少他可以再应进士试,凭实力博得一第,如与他同年应制举被黜的元结,即在七年后即天宝十三载(754)登进士第,又举制科,后在政治上很有建树。又据清人徐松《登科记考》统计,天宝五载至天宝十四载的十年中,进士考试从未间断,登第者共达二百七十人之多,其中包佶、李嘉祐、钱起、皇甫曾、张继、韩翃等诗人都是在这几年中登进士第的。而杜甫却宁肯奔走权门,求别人"恩倾雨露辰"(《奉赠鲜于京兆二十韵》)①,也始终不愿再进场屋,去摘取时人荣之的进士桂冠。之所以如此,除了杜甫个人"窃比稷与契"(《自京赴奉先县咏怀五百字》)②的极端自负外,更主要的还在于杜甫像李白一样,也是将战国士林知遇明主、实现个人价值的人生道路视为自己最高的理想模式,并对战国时代与当代社会作出了主观的心理认同。在他看来,实现这样一个理想,若采取世俗的一般的方式,势必影响其应有的辉煌与崇高,因而在心理上首先就是不能接受的;再从实际结果看,当时进士及第也只能得到一个八、九品的小官。这与稷、契相差太远不说,就是与杜甫在困穷之极的天宝十三载(754)向皇帝索要的"使执先祖故事"的从六品上的著作佐郎(杜审言曾作过著作佐郎)相比,也还差了好大的一截子呢!(杜甫索官事见其《进封西岳赋表》)。若将这种心理做一简单的归结,那便是:要做官,要做大官,要直接做大官。这当然不只是杜甫一个人的白日梦,它也是我们前面所述盛唐时代那一批奇人异士共同的白日梦。你看"喜言王霸大略,务功名,尚节义"③的高适,不就是"耻预常科"④,先由制举入仕,继而弃官从军而成为当时少有的"诗人之达者"⑤的吗?所谓"常科"自然也包含了一年一度的进士科考试。而常以姜尚、谢安自比的李白也是一生轻视科举,"不求小官,以当世之务自负"(刘全白《唐故翰林学士李君

---

① [唐]杜甫著,仇兆鳌注《杜诗详注》卷二,第143页。
② [唐]杜甫著,仇兆鳌注《杜诗详注》卷四,第264页。
③ 《旧唐书》卷一百一十一《高适传》,第3331页。
④ (美)李珍华、傅璇琮《河岳英灵集研究》,中华书局1992年版,第180页。
⑤ 《旧唐书》卷一百一十一《高适传》,第3331页。

碣记》)①,"常欲一鸣惊人,一飞冲天,彼渐陆迁乔,皆不能也"。(范传正《唐左拾遗翰林学士李公新墓碑序》)②在此,我们又一次看到了高适与李白的人生道路对杜甫的影响。而这种时代的和个人的理想主义正是杜甫这一时期生命的航标,他锲而不舍的意志力量由此产生,他的道德力量的弱化亦同样由此产生,从个体人格的建构而言,道德力量的欠缺,使意志力量也主要局限于对理想主义的内在坚持,而在面对外在挑战时却流于妥协和屈从于外在压力,从而丧失了主体的独立性。由此又造成理想主义的虚悬性。这就从根本上限制了个体人格向完美境界的发展和升进,并使之在动机与效果、内在体验与外在行为等方面皆表现出严重的分裂趋向。

但是,由于杜甫这一时期的情感体验主要集中于理想失落、破灭的痛苦、愤激之中,他还没有来得及对自己的思想、行为或者说对自我人格作冷静、全面的内在省察和思考。但从作于天宝十一二年的《白丝行》中的"已悲素质随时染"③之句,我们不难窥见杜甫对自我人格的分裂至迟在困守长安的后期即已有了较为自觉的认识。因此,当杜甫唱出"德尊一代常坎坷,名垂万古知何用""儒术于我何有哉,孔丘盗跖俱尘埃"(《醉时歌》)④的愤激之歌时,也正是他比李白更全面、更细微地品味"大道如青天,我独不得出"(李白《行路难》其二)的悲凉、愤怒,完成对行路难的深沉体验之日。而这体验对于杜甫来说,远不仅仅是幻灭、绝望、凄凉、痛苦,还有着痛定思痛的一份清醒,还有清醒之后的新变。可以说,如果抽掉了体验行路难的这一番痛楚与煎熬,杜甫作为"诗圣"的人格境界便是不可理解,也是不可能达到的。

二、内省与重建

《孟子·告子下》有云:"天将降大任于斯人也,必先苦其心志,劳其

---

① [唐]李白著,王琦注《李太白全集》卷三十一,第1460页。
② [唐]李白著,王琦注《李太白全集》卷三十一,第1463页。
③ [唐]杜甫著,仇兆鳌注《杜诗详注》卷二,第144页。
④ [唐]杜甫著,仇兆鳌注《杜诗详注》卷三,第174、176页。

筋骨,饿其体肤,空乏其身,行拂乱其所为,所以动心忍性,曾益其所不能。"①以此来说明杜甫困守长安的十年,可以说是非常恰当的。但是"天"将降于杜甫的"大任"却不是治国理民、拯危济世的稷契式的政治实际宏业。诗人困顿十载,备尝人世炎凉,最终换来的不过是河西一尉。这个从九品的官阶其实是当时中进士者都可以被授予的。对于二十年间"耻预常科",并曾有过因献赋"帝奇之,使待制集贤院,命宰相试文章"②非凡际遇的杜甫来说,这实在是一个莫大的讽刺。他虽经多方努力,辞去了河西尉,然亦只是改为从八品下的右卫率府兵曹参军,然心中却满是失落与无奈。其《官定后戏赠》一诗曰:

  不作河西尉,凄凉为折腰。老夫怕趋走,率府且逍遥。耽酒须微禄,狂歌托圣朝。故山归兴尽,回首向风飙。③

  王嗣奭《杜臆》说:"戏赠,公自赠也。"④可知诗题即含有自我解嘲之意。仇兆鳌也说:"公辞尉而就率府,盖取逍遥自在,得以饮酒狂歌耳,然亦不得已而为此,故有回首故山之慨。"⑤其中"不得已"三字对杜甫此时的心理体会颇为真切。但是这种"不得已"之情以自嘲的方式表现出来,表明随着"官定"、随着数十年来对"官"的种种梦幻、渴盼、追寻与苦闷的告一段落,杜甫虽深感"不得已",却已从前一时期因"官"这"劳什子"引出的狂热和激愤的情绪中摆脱出来,头脑开始降温,心绪亦开始趋于平静。至此,杜甫方能对自己、对被自己理想化的"圣朝"进行全面、冷静的内在反省。于是,"圣朝"的腐朽、现实的龌龊——如狂涛怒浪干涸之后高踞于河床中的巨礁,成为豁人眼目的景观,在一片宁静中赫然地呈露出其本来面目;而诗人自己前一时期急功近利,随波逐流的行止也成为飘浮脑际心眼,挥之不去的庸俗漫画,使他早已深有感触的"已悲素质随时

---

① 杨伯峻《孟子译注》卷十二,中华书局1960年版,第298页。
② 《新唐书》卷二百一《文艺传上·杜甫传》,中华书局2013年版,第5736页。
③ [唐]杜甫著,仇兆鳌注《杜诗详注》卷三,第245页。
④ [唐]杜甫著,仇兆鳌注《杜诗详注》卷三,第244页。
⑤ [唐]杜甫著,仇兆鳌注《杜诗详注》卷三,第245页。

"染"的自伤进一步转向更为深刻、彻底的自省。前一方面无疑直接促成了杜甫诗歌中批判现实的特征的形成,后一方面则对于杜甫人格的重新整合、对于"诗圣"人格境界的形成都有着无比重要的意义。

印第安人有一种传统:在乡间设置一种专门的住所,使入居的人能逃避同日常生活有关的各种焦虑,以便能够苦思冥想和反省回味人生的意义。人本主义心理学家马斯洛晚年即致力于这种静修所的创立、指导工作,健康人在那里研究自身和自身的价值,为个体生命的成长、寻求新的活力、新的目标。从抽象的意义上说,杜甫"官定"后"逍遥率府"的这一段日子,在其人格成长过程中正起着与"静修所"相类似的功能。他通过对以往人生的静观回味,终于能使分裂的人格获得新的整合,迷失的自我得以在新的人生高度上复归。而作于天宝十四载(755)十一月的《自京赴奉先县咏怀五百字》则为我们记录了诗人内省的要义,展现了诗人自我复归之后所达到的新的人格境界:

> 杜陵有布衣,老大意转拙。许身一何愚,窃比稷与契。居然成濩落,白首甘契阔。盖棺事则已,此志常觊豁。穷年忧黎元,叹息肠内热。取笑同学翁,浩歌弥激烈。非无江海志,萧洒送日月。生逢尧舜君,不忍便永诀。当今廊庙具,构厦岂云缺?葵藿倾太阳,物性固难夺。顾惟蝼蚁辈,但自求其穴。胡为慕大鲸,辄拟偃溟渤?以兹悟生理,独耻事干谒。兀兀遂至今,忍为尘埃没?终愧巢与由,未能易其节。沉饮聊自适,放歌破愁绝。①

这是诗中的第一大段,也是与我们理解杜甫人格因内省观照而发生变化关系最为紧密的一段。它表述了如下几层与个体人格发展有关的意思:

其一,杜甫重点叙明其"许身稷契"的生平大志的坚定不移。这与他早年"致君尧舜"之志并无质的不同,但在此时再度高扬这一理想主义的

---

① [唐]杜甫著,仇兆鳌注《杜诗详注》卷四,第264—273页。

大旗,则意味着杜甫在历经困顿、幻灭之后,虽希望已趋于微茫,现实已不容幻想,却仍然不顾世俗讪笑、不愿江海怡情,不惜"白首契阔",仍然不改初衷,乃是经过深思熟虑的一种更为自觉、成熟的人生选择。这与其早期人格有着明显的连贯性,但其间的差别尤不可不注意。就杜甫之人生志尚而言,以此诗为界,前后之间实已发生了不可忽视的变化。在此之前,杜甫不仅"窃比稷契",而且其"理想自我"与"现实自我"实有着根本的同一性,换言之,他所做的一切都指向于这个理想的自我,而实现这个理想自我也便是成为现实的稷契,即建立可与稷契比拟的功名、事业。但是经过多年的坎坷,杜甫对现实、对自我都有了更为深刻的认识,"立登要路津"既已无望,"萧洒送日月"又不忍,"但自求其穴"更不屑,那么,心存此志,身许斯业,先于精神境界上求诸内,而后于实际功业上待诸外。纵不能至,而终生向往之。此即杜甫"老大意转拙"的"拙"之所在,亦是其经过认真的内省后对自己的人生理想的重新调整。因此,杜甫人格中"窃比稷契"之志虽未变,而其义却比此前更切近实际。王嗣奭以"己溺己饥之念"释"自比稷契",而不知这只适于内省之后而不尽合于此前杜甫之人生理想。

其二,杜甫在重新确立人生理想的同时,也进一步强化了意志力量。在困守长安的十年中,他有过"此身饮罢无归处"(《乐游园歌》)[1]的迷茫,有过"吾人甘作心似灰"(《曲江三章章五句》其二)[2]的消沉,有过"何当摆俗累,浩荡乘沧溟"(《桥陵诗三十韵因呈县内诸官》)[3]的出世之思,甚至有过连儒术、孔丘都一并加以否定的离经叛道之语。说明诗人在逆境中意志亦有过动摇。苏联心理学家彼德罗夫斯基主编的《普遍心理学》把重要的意志品德分为四种,即独立性、果断性、坚持性和自制性。依此,杜甫在长安求仕期间,其意志力量不仅如我们前文指出的曾在一定程序上屈从于外在压力而失去独立性,在坚持性等方面亦有所弱化。而经过认真的反思之后,诗人消除了犹疑,明确了目标,对自己也有了更清醒

---

[1] [唐]杜甫著,仇兆鳌注《杜诗详注》卷二,第103页。
[2] [唐]杜甫著,仇兆鳌注《杜诗详注》卷二,第138页。
[3] [唐]杜甫著,仇兆鳌注《杜诗详注》卷三,第236页。

的认识。其意志力量既获得了"葵藿倾太阳,物性固难夺"的出乎自然、发乎本心的内在撑拄,又得到"居然成濩落,白首甘契阔。盖棺事则已,此志常觊豁"①式的终生性延伸,从而在刚性、韧性上均得到强化。使理想主义的持守有了可靠的保证力。

其三,与前两方面相比,杜甫对自我行为的道德反省对其人格发展有着更为重要的意义。前已指出早在《白丝行》一诗中,他已对此有所自觉,但该诗通篇托兴,表意尚不尽明确,故杨伦释之曰:"《白丝行》,即墨子悲素丝也。叹士人媚时徒失其身,终归弃置。故有志者,宁守贫贱也。全首托兴正意,只结处一点。"②仇兆鳌则疏解了以下诗句"春天衣著为君舞,蛱蝶飞来黄鹂语。落絮游丝亦有情,随风照日宜轻举。香汗清尘污颜色,开新合故置何许。君不见才士汲引难,恐惧弃捐忌羁旅。"他的解释是:"蝶趁舞容,鹂应歌声,落絮游丝乘风日而缀衣前,比人情趋附者多。一经尘汗污颜,弃置何所,见繁华忽然零落矣。士故有鉴于此,不轻受汲引而甘忍羁旅,诚恐一旦弃捐,等于敝衣耳。玩末二语,公之不屑随时俯仰可知。"③对诗人之志的体察可谓细微。但需指出的是,所谓"宁守贫贱""不屑随时俯仰"乃是杜甫在有过与此相反的行为而屡遭挫折、未能得志之后的一种自觉意识。而越到后来,这种意识也越明确。如官定后所作《去矣行》:"君不见鞴上鹰,一饱即飞掣。焉能作堂上燕,衔泥附炎热?野人旷荡无靦颜,岂可久在王侯间?未试囊中餐玉法,明朝且入蓝田山。"④虽归趣遁世之意,然其所以遁世之缘由,却在于不能"附炎热"、不愿"久在王侯间"。而这首《咏怀五百字》则将这种意识说得更为显豁,"顾惟蝼蚁辈,但自求其穴。胡为慕大鲸,辄拟偃溟渤?以兹悟生理,独耻事干谒"⑤。随着认识的加深,诗人终于以简洁的语言将问题的核心要害一览无余地展露出来:朝中王侯原来不过是只知"自求其穴"的"蝼蚁辈",而自己则胸怀壮志,虽权势与其不可相比,然人格则足以鄙视之。所

---

① [唐]杜甫著,仇兆鳌注《杜诗详注》卷四,第265页。
② [唐]杜甫著,[清]杨伦注《杜诗镜铨》卷二,上海古籍出版社1980年版,第47页。
③ [唐]杜甫著,仇兆鳌注《杜诗详注》卷二,第145页。
④ [唐]杜甫著,仇兆鳌注《杜诗详注》卷三,第245页。
⑤ [唐]杜甫著,仇兆鳌注《杜诗详注》卷四,第266页。

谓"贵者虽自贵,视之若埃尘;贱者虽自贱,重之若千钧"。(左思《咏史》其六)①以此"千钧"之重,反向彼"蝼蚁辈"干谒求进,既有违"道不同不相为谋"之古训,亦深感耻辱。这自然是杜甫通过对以往生活的反省得出的结论,注家或径将"耻事干谒"视为下面"兀兀遂至今,忍为尘埃没"的原因。这样解释反使杜甫有文过饰非之嫌,亦埋没了诗人因内省而获得的新的道德自觉,忽略了他至此又终于能以真诚的态度审视现实及他人与自我的道德体验能力的复归。其实,在前述《白丝行》一诗中诗人早已对"士人媚时徒失其身,终归弃置"有所深悟,故此诗中之"兀兀遂至今"的原因并非"独耻事干谒",而在于诗人与"蝼蚁辈"人格的相悬、志尚的相左。这一番道理也只有在他历经"事干谒"而"徒失其身"的挫折之后方能悟得。从个体人格的发展来说,杜甫道德意识的复归使其曾一度弱化的道德力量得到加强,从而也增强了其意志力量,并为其理想主义提供了充实的内在根基。浦起龙《读杜心解》论《咏怀五百字》有云:"其'稷契'之心,'忧端'之切,在于国奢民困。而民惟邦本,尤其所深危而极虑者。故首言去国也,则曰'穷年忧黎元';中慨耽乐也,则曰'本自寒女出';末述到家也,则曰'默思失业徒'。一篇之中,三致意焉。然则,其所谓'比稷契'者,果非虚语,而结'忧端'者,终无已时矣!"②实有助于我们理解杜甫超越一己之得失而心忧天下的道德力量之实质内涵。

上述三方面的变化使杜甫人格获得了一次系统的整合重建,"诗圣"独特的忠烈人格境界正是以此为新的起点在杜甫此后的人生中渐次得到完满的呈现。杜甫之所以能在这一阶段对自我人格作出新的调适,固然与他饱经忧患的人生经验有关,而我们借助荣格"个体化"的概念,还可对之作出进一步的理论分析。

荣格认为,中年是一个自然的时期,在这个时期中,人格经历着必然的和有益的改变。其特点是从一个精力充沛的、外倾的和注重生物功能的人转变到具有更成熟的文化的、哲理的和高尚价值观的个人,这时的个人更关心智慧和人生的意义。荣格将这种转变所达到的人格整体状态称

---

① 余冠英选注《汉魏六朝诗选》,人民文学出版社1997年,第160页。
② [清]浦起龙《读杜心解》,中华书局1961年版,第23页。

之为"个体化"。它有三方面的特征:一是意识到自我被忽略了的那些方面;二是牺牲青年成人期的物质性的目标和使我们达到这些目标的那种人格特征;三是自我整合,使人格的一切方面获得一体化的协调①。杜甫写作《咏怀五百字》时正好四十四岁,他对理想的精神境界的特别关注、对急躁冒进和道德力量弱化的人格特征及"立登要路津"的现实目标的消除与放弃、对自我人格的整体调适等均与荣格"个体化"的概念有着基本的一致之处,其内向化的人生价值观和对人生意义的理解也与荣格的人格理论相当吻合。这种相似性印证了荣格人格理论的有效性,但有一点不同之处对于我们理解杜甫的人格可能是更为重要的。荣格把中年期人格变化的原因归结为大多数中年人在生活的需求方面已获得了满足,挑战也已应付过去,但仍然拥有的巨大的精力,却无处可用。但对于杜甫来说,他身处"率府"实在并不"逍遥",而所得微禄竟不能避免幼子"无食致夭折"(《咏怀五百字》)②的悲剧的发生。可谓事业无成、生计无着,基本的生活需求满足仍然处于严重匮乏的状态。显然,在这样的条件下达到荣格所谓的"个体化"境界,并且在其后半生始终处于同样的或者更差的物质条件下却始终向这样的境界升进着,完善着一颗伟大的心灵的老杜,就是荣格的理论所远远无法概括、无法包容的了,这正是杜甫人格的独特之处,也正可见出中国文化集中体现于杜甫身上的闪光点。

三、超越自我之路

渔阳鼙鼓,动地而来,打破了盛世的梦幻,一切都在发生着天翻地覆的变化。杜甫还没有从对往日生活的反省和对人生意义的思考中完全走出来,安史之乱的巨变就将他推入了一个全新的背景中,他与当时的朝中百官一样,人格面临着严峻的考验。

唐德宗至德元载(756),杜甫在将全家安顿至鄜州羌村之后,只身奔

---

① 参见(美)舒尔兹(Duane Schultz)《成长心理学》,李文湉译,生活·读书·新知三联书店1988年版,第192—201页。
② [唐]杜甫著,仇兆鳌注《杜诗详注》卷四,第272页。

赴行在,途中为叛军所得,被押送长安。虽然杜甫当时位卑名微,不易引起叛军的注意,但在当时北方州郡多不战而降,朝中文武受贼伪职者也不乏其人的情况下,竟然能"挺节无所污"[①],在长安城中艰难地隐忍一年多,最后伺机逃出,奔赴凤翔行在亦足以说明诗人忠贞的品节。不过对于杜甫人格发展影响更大的则是叛军的种种暴逆和他们给国家、百姓带来的深重灾难。当他目睹"东风吹血腥"(《哀王孙》)[②]、"国破山河在"(《春望》)[③]的惨景,当他耳闻"四万义军同日死"(《悲陈陶》)[④]的噩讯,他那对"黎元"的深忧裹挟着忧国伤时、悲天悯人的内在情愫,终于喷发为一股强劲、浑莽的人道主义巨流。在此后的岁月里,乱离几乎伴随着杜甫走完了他漂泊的后半生,此种由道德力量的充分增长而形成的人道主义,始终是杜甫人格最重要的内涵之一。

至德二载(757)四月,杜甫从长安逃出,"麻鞋见天子"(《述怀》)[⑤],于凤翔行在所。五月,授左拾遗。这个从八品上的门下省小官,品秩虽低,却可直接向皇帝进谏,是清要之职。因此杜甫《述怀》诗中有"涕泪受拾遗,流离主恩厚"的感激之词。基于这种心理,尽自己谏官的职守,以报效国家,报效皇帝,便是杜甫当时最大的愿望。于是,在授拾遗的当月即发生了因疏救房琯而触怒肃宗的事。《新唐书》本传对此事记之甚详:

> 琯时败陈涛斜,又以客董廷兰,罢宰相。甫上疏言:"罪细,不宜免大臣。"帝怒,诏三司杂问。宰相张镐曰:"甫若抵罪,绝言者路。"帝乃解。甫谢,且称:"琯宰相子,少自树立为醇儒,有大臣体。时论许琯才堪公辅,陛下果委而相之。观其深念主忧,义形于色,然性失于简。酷嗜鼓琴,廷兰托琯门下,贫疾昏老,依倚为非,琯爱惜人情,一至玷污。臣叹其功名未就,志气挫衄,觊陛下弃细录大,所以冒死称述,涉近讦激,违忤圣心。陛下赦臣百死,再赐骸骨,天下之幸,非

---

① 《新唐书》卷二百一《文艺传上·杜甫传》,第5738页。
② [唐]杜甫著,仇兆鳌注《杜诗详注》卷四,第312页。
③ [唐]杜甫著,仇兆鳌注《杜诗详注》卷四,第320页。
④ [唐]杜甫著,仇兆鳌注《杜诗详注》卷四,第314页。
⑤ [唐]杜甫著,仇兆鳌注《杜诗详注》卷五,第358页。

臣独蒙。"然帝自是不甚省录。①

对此,陈贻焮先生 陈贻焮《杜甫评传》分析道:

> 可见他性子真是倔强得很,捅了这么个大娄子,差一点"抵罪"了,到最后还是心不服口也不服。这种态度,对于自以为神圣不可侵犯的皇帝来说,是很难堪的。只是处在当时亟须臣属效力以期收复失地的情势之下,权且忍下这口气,采纳了张镐等人的意见,宽恕了他;"然帝自是不甚省录",老杜显然不可能在朝中长久呆下去了。②

果然,次年六月,他就被作为房琯的同党贬为华州司功参军,对这样的结果,经历那么多艰难曲折的杜甫事先自然不会毫无考虑,那么,是什么力量使他敢于以自己一生的命运为赌注去廷争呢? 史称杜甫与房琯为布衣交,但诗人在当时及后来,都始终认为自己是"猥厕衮职,愿少裨补"(《奉谢口敕放三司推问状》)③、是"上感九庙焚,下悯万民疮"(《壮游》)④。从当时继房琯为相的张镐上疏中:"琯,大臣,门客受赃,不宜见累"⑤的话来看,杜甫并未以私害公,他确是从国家大局出发舍身进谏的,也正是这一腔忠诚使他不惜身家性命,敢于与至尊相抗,以至于虽自断仕路却终生不悔。

从人格心理的意义上说,杜甫的这种行为无疑是以磅礴的道德力量为根柢,同时显示了至刚至大的意志力量。但自世俗实用的眼光观之,杜甫的政治智慧却有着太多的理想化色彩,而不切于实际。他在以古之直臣的标准要求自己的同时,却忽略了今之皇帝并非自己理想中的"圣君",而对于房琯罢相的真相,他更是知其一,不知其二。史载房琯被罢主要是因为肃宗听信了贺兰进明的谗言,认定房琯为玄宗"制置天下""以

---

① 《新唐书》卷二百一《文艺传上·杜甫传》,第 5737 页。
② 陈贻焮《杜甫评传》,第 401—402 页。
③ [唐]杜甫著,仇兆鳌注《杜诗详注》卷二十五,第 2197 页。
④ [唐]杜甫著,仇兆鳌注《杜诗详注》卷十六,第 1444 页。
⑤ 《旧唐书》卷一百一十一《房琯传》,第 3323 页。

枝庶悉领大藩,皇储(即肃宗)反居边鄙"①虽忠于玄宗,却不忠于自己,但这一点在罢相诏书中又不能明说。杜甫进谏却只认"罪细不宜免大臣"的死理,自然无补于事。

杜甫实用政治智慧的不足,显然与他富于激情、短于应变的诗人气质密切相关。这在他疏救房琯的举动中有明显的表现,在他晚年入严武幕,为参谋、检校工部员外郎时期也有所表现。他的《正月三日归溪上有作简院内诸公》诗说:"白头趋幕府,深觉负平生。"②《莫相疑行》也说:"晚将末契托年少,当面输心背面笑。"③其中固然可见出诗人"平生所志在立朝展效"(黄生语)④而不满于幕府微官,但不也透露出"分曹失异同"(《遣闷奉呈严公二十韵》)⑤,即"与诸公不合"(王嗣奭语)⑥的事实吗?虽然诗人早年以稷、契自许,并终生不移此志,但实际上他却并不具备为稷、为契的实际才能。他两次为官都在一年左右或被贬,或辞职,即是明证。而他在华州司功参军任上仅一年,在严武幕中不到一年,均自动辞职,则都说明他实在无法忍受理想与现实相悬太远的事实,也说明他对自己不合时宜的个性实际上早就有所认识。他在晚年客居夔州时,一再说:"经过倦俗志,在野无所违。"(《甘林》)⑦"不爱入州府,畏人嫌我真。"(《暇日小园散病将种秋菜督勒耕牛兼书触目》)⑧更可看作是对自我真率本性的一种理性总结。

但这只是一个方面,它并不意味着杜甫觉出自己与时俗的距离便能真正做一个忘世息机的"野人"。相反,杜甫"窃比稷、契"的壮志、仰慕其远祖杜预的盖世功业而寄思于弘扬祖德的人生梦幻却并不能随着他对自我本性认识的深入而有所改变。对此,我们只要看一看他出峡途中"归朝

---

① 《旧唐书》卷一百一十一《房琯传》,第3322页。
② [唐]杜甫著,仇兆鳌注《杜诗详注》卷十四,第1201页。
③ [唐]杜甫著,仇兆鳌注《杜诗详注》卷十四,第1213页。
④ [清]黄生《杜诗说》,黄山书社1994年版,第460页。
⑤ [唐]杜甫著,仇兆鳌注《杜诗详注》卷十四,第1178页。
⑥ [唐]杜甫著,仇兆鳌注《杜诗详注》卷十四,第1202页。
⑦ [唐]杜甫著,仇兆鳌注《杜诗详注》卷十九,第1667页。
⑧ [唐]杜甫著,仇兆鳌注《杜诗详注》卷十九,第1669页。

日簪笏,筋力定如何"(《将晓》二首其二)①、"明光起草人所羡,肺病几时朝日边"(《十二月一日三首》其一)②的忧思所在;只要细细品味他流落成都、寓居夔州时对诸葛亮"君臣已与时际会"一再的欣羡和借孔明庙前"老柏"发出的"古来材大难为用"(《古柏行》)③的感叹,甚至在去世的前三年(大历二年,767 年)依然念念在心的"欻忆吟《梁父》,躬耕也未迟"(《诸葛庙》)④,我们就不难明白老杜"一生襟抱"的至死不渝。这样一来,许身稷、契,自况诸葛、吕尚(如《伤春》其三"贤多隐屠钓,王肯载同归"⑤,即隐然以吕尚自命)的政治人生理想与几乎一片空白的实际政治功业之间的强烈反差,势必使诗人早年已有过深沉体验的挫折感在其全部的人生时空中进一步弥漫、铺展,广其厚度,增其重量。这在客观上激发着杜甫人格力量的增强,使其挫折容忍力日渐升华为挫折超越力。但杜甫人格的自我完善之路并非以直线上升的方式表现出来,其间值得注意的有如下两点:

其一,面对实际政治功业需要满足的极度匮乏,杜甫的心理显然是极不平衡的,因此,从实有的政治实践中寻找能够证明自身价值的东西,并对之加以反复的论证,就成为他摆脱心理失衡的一个重要手段。而在他的一生中首先值得一提的是当年献赋倾动人主的殊荣。早在困守长安时他就在《奉留赠集贤院崔于二学士》一诗中不无自豪地提到过此事:"昭代将垂白,途穷乃叫阍。气冲星象表,词感帝王尊。天老书题目,春官验讨论。"⑥在晚年所作的《莫相疑行》中,诗人再一次深情地追忆道:"忆献三赋蓬莱宫,自怪一日声烜赫。集贤学士如堵墙,观我落笔中书堂。往时文采动人主,此日饥寒趋路旁。"⑦但因为献赋虽"文采动人主",却无实际功效。充其量也只能说明自己的文学才能,与为稷为契虽有联系,但毕竟

---

① [唐] 杜甫著,仇兆鳌注《杜诗详注》卷十四,第 1213 页。
② [唐] 杜甫著,仇兆鳌注《杜诗详注》卷十四,第 1243 页。
③ [唐] 杜甫著,仇兆鳌注《杜诗详注》卷十五,第 1237 页。
④ [唐] 杜甫著,仇兆鳌注《杜诗详注》卷十九,第 1675 页。
⑤ [唐] 杜甫著,仇兆鳌注《杜诗详注》卷十三,第 1083 页。
⑥ [唐] 杜甫著,仇兆鳌注《杜诗详注》卷二,第 130—131 页。
⑦ [唐] 杜甫著,仇兆鳌注《杜诗详注》卷十四,第 1213—1214 页。

不是一回事。这样一来,杜甫平生最值得引以自豪的便是疏救房琯这件事了。从杜甫集中,我们不难倾听到他那反复的申说:

牵裾恨不死,漏网辱殊恩。永负汉庭哭,遥怜湘水魂。(《建都十二韵》,上元元年[公元 760 年]作)①

公初罢印,人实切齿。甫也备位此官,盖薄劣耳。见时危急,敢爱生死!君何不闻,刑欲加矣。伏奏无成,终身愧耻。(《祭故相国清河房公文》,广德元年[公元 763 年]作)②

备员窃补衮,忧愤心飞扬。上感九庙焚,下悯万民疮。斯时伏青蒲,廷诤守御床。君辱敢爱死?赫怒幸无伤。(《壮游》,大历元年[公元 766 年]作)③

匡衡抗疏功名薄。(《秋兴八首》其三,大历元年[公元 766 年]作)④

昔承推奖分,愧匪挺生材。迟暮宫臣忝,艰危衮职陪。扬镳随日驭,折槛出云台。(《秋日荆南述怀三十韵》,大历三年[公元 768 年]作)⑤

从上引诗、文不难看出,杜甫对救房琯一事确是终生难忘。胡震亨以为杜甫"集中诗为琯伤者不一,伤琯正伤己也",又以为疏救房琯乃是杜甫"生平出处,一大关目"⑥这无疑都是极有见地的,但在我们看来,杜甫对此事的耿耿难忘,还在于杜甫平生所为,只有这件事能证明他为稷为契的内在品格。《新唐书》本传说杜甫"好论天下大事,高而不切"⑦。杜甫自己则感叹:"老病南征日,君恩北望心。百年歌自苦,未见有知音。"

---

① [唐]杜甫著,仇兆鳌注《杜诗详注》卷九,第 776 页。
② [唐]杜甫著,仇兆鳌注《杜诗详注》卷二十五,第 2220—2221 页。
③ [唐]杜甫著,仇兆鳌注《杜诗详注》卷十六,第 1444 页。
④ [唐]杜甫著,仇兆鳌注《杜诗详注》卷十七,第 1487 页。
⑤ [唐]杜甫著,仇兆鳌注《杜诗详注》卷二十一,第 1904 页。
⑥ [明]胡震亨《唐音癸签·诂笺七》,古典文学出版社 1957 年版,第 198 页。
⑦ 《新唐书》卷二百一《文艺传上·杜甫传》,第 5738 页。

(《南征》)①又其许身稷契之志早年即"取笑同学翁"。这些都表明杜甫理想的自我根本不为人所知,甚至包含他曾对之发出"身老时危思会面,一生襟抱向谁开"(《奉待严大夫》)②的肺腑之言的老朋友严武,其实也并不理解他,否则便不会"不荐之于朝,而但致之于幕"(黄生语)③了。这种现实状况必然使杜甫陷入深深的痛苦与孤独之中,用人格心理学的术语说,这是一种典型的尊重需要满足匮乏。

马斯洛将尊重需要分为两类:来源于别人的尊重和自我尊重,并认为前者是基本的。"对于我们来说,除非我们确信别人认为我们好,否则,要我们自己认为自己好那将是困难的"④。显然,杜甫的理想自我正是处于缺乏来源于别人的尊重的状态,因此,他主观上对理想自我的尊重必然要遇到层层障碍,于是疏救房琯便成为他潜意识中突破这层层障碍,确立自我完美形象的有力武器。我们不妨对诗人叙述疏救房琯一事时借以自比的古人作一简单的考察:他们分别是屈原、贾谊、史丹、匡衡、朱云。这几人除均以直谏著称外,前四人各有一番际遇,屈原、贾谊虽终以见疏未尽其才,然"一时谋议略施行"(王安石《贾生》)⑤,而史丹"转移大谋,卒成太子"⑥,保住了汉成帝的至尊地位,匡衡则位至宰相,名著一时。由此,不难窥见杜甫以此数人自况,以及对疏救房琯的特别重视与他许身稷、契实有着深层的一致性,而且前者明显被他置于用以证明后者的位置上。但是,这种受潜意识支配的用一种行为和思想的多重反复,从根本上说,不过是一种自我防卫的主观心理挣扎,充其量也仅能在一定程度上保持主体心理的稳定,对于主体健康人格的成长,对于主体的自我完善与自我超越却不能提供更积极、更有效的动力。因此,杜甫人格力量向挫折超越力的升华还有待于在超越实际政治功业的更广阔的前提背景下,通过新的途径、新的方式来实现。

---

① [唐]杜甫著,仇兆鳌注《杜诗详注》卷二十二,第1950页。
② [唐]杜甫著,仇兆鳌注《杜诗详注》卷十三,第1100页。
③ [清]黄生《杜诗说》,黄山书社1994年版,第460页。
④ (美)舒尔兹(Duane Schultz)《成长心理学》,第129页。
⑤ [宋]王安石《王安石全集》,崇文书局2020年版,第311页。
⑥ 《汉书·王商史丹傅喜传赞》,中华书局1999年版,第2518页。

其二，与实用政治智慧的不足相对，杜甫人格中的智慧力量显然是偏于艺术性的，这注定了杜甫个体人格的建构必将指向艺术创造的精神世界而非政治功业的现实物质世界。换言之，杜甫道德力量的崇高最终须借艺术创造来加以表达、意志力量的坚韧也最终须服务于此种表达的完满落实，如此，杜甫人格力量向挫折超越力升华的必由之路便只能是在艺术的、精神的世界完成自我超越和自我实现。对这样的人格完善之路，杜甫并不缺乏应有的自觉，相反，他很早就对自己的文学才能有着充分的自信。其《奉赠韦左丞丈二十二韵》说："甫昔少年日，早充观国宾。读书破万卷，下笔如有神。赋料扬雄敌，诗看子建亲。"①《进雕赋表》也说："臣幸赖先臣绪业，自七岁所缀诗笔，向四十载矣，约千有余篇。……臣之述作，虽不能鼓吹六经，先鸣数子，至于沉郁顿挫，随时敏捷，扬雄、枚皋之徒，庶可企及也。"②不仅对韦左丞披露出年少自负的心曲，在皇帝面前亦毫不自谦。不仅如此，就是他许身稷、契，比况诸（葛亮）、吕（尚）的人生壮思，从主观上讲，也是首先导源于此种对文学才能的高度自信。只是受传统文化价值观的影响，杜甫偏偏寄心稷、契而冷淡扬（雄）、曹（植），在自我理想人格的设计中舍其所长而用其所短，终觉有才人自大之嫌，亦未免"高而不切"之讥。

但从个体人格的完善而言，杜甫所经历的挫折之沉重、频繁，所体验的孤独之真切、深入，所忍受的痛苦屈辱之强烈、难忘，都源于他立志之远，许身之高且终生不渝的这一人生初衷。而他的自我超越之路也正是在这理想之光的映照下向前延伸的。需要说明的是，杜甫虽在官定后至安史乱起之前的内省中即已对从精神境界上对齐稷、契有了初步的认识，但这仅仅是内在超越的起点，且在当时乃至后来，杜甫也从未以将这种内在超越寄托、落实于"文章"与"诗"亦即艺术的创造活动为满足。但是，我们却不可否认，随着政治上所受挫折的日益加深，随着立身朝廷、致君尧舜的愿望的日益落空，杜甫在苦苦等待着"济时"、"报主"的时机和执

---

① ［唐］杜甫著，仇兆鳌注《杜诗详注》卷一，第74页。
② ［唐］杜甫著，仇兆鳌注《杜诗详注》卷二十四，第2172页。

着持守着"岂无济时策"(《遣兴五首》其二)①的自信的同时,却无疑越来越多地将诗提到了安顿自我生命、超越有限人生的地位。

乾元二年(759)七月,杜甫在华州司功参军任上刚满一年,竟然挂冠而去。他当时所作的《立秋后题》说:"罢官亦由人,何事拘形役?"②其实,他之所以辞官,倒不仅仅是不堪"拘形役",也不仅仅是为遂"平生独往愿",更重要的还在于他对皇帝、对自己的仕宦生涯已失去了信心。这促使他在客居秦州期间对"文章"的价值开始进行冷静的思考。在怀念李白的几首诗作中,这种思考伴随着诗人对这位挚友深情的关切得到了较为清晰的呈露。一则曰"文章憎命达,魑魅喜人过"③。(《天末怀李白》)再则曰:"千秋万岁名,寂寞身后事。"(《梦李白二首》其二)④又赞李白之诗才曰:"笔落惊风雨,诗成泣鬼神。"(《寄李十二白二十韵》)⑤当时李白因入永王幕被长流夜郎,因此杜甫连续有此四首怀念之作。从上引诗句可以看出杜甫在对这位"谪仙人"的文才与命运的钦佩、感叹里,实际也包含了他对人生、对自我命运的思考,包含着他对"文章"与仕途、与声名的新的认识。而在此后的岁月中,这种思考与认识日益得到深化、转向自觉:

为人性僻耽佳句,语不惊人死不休。(《江上值水如海势聊短述》,上元二年[公元761年]作)⑥

名岂文章著,官应老病休。(《旅夜书怀》,永泰元年[公元765年]作)⑦

诗是吾家事,人传世上情。(《宗武生》,大历元年[公元766年]作)⑧

---

① [唐]杜甫著,仇兆鳌注《杜诗详注》卷七,第563页。
② [唐]杜甫著,仇兆鳌注《杜诗详注》卷七,第544页。
③ [唐]杜甫著,仇兆鳌注《杜诗详注》卷七,第590页。
④ [唐]杜甫著,仇兆鳌注《杜诗详注》卷七,第558页。
⑤ [唐]杜甫著,仇兆鳌注《杜诗详注》卷八,第661页。
⑥ [唐]杜甫著,仇兆鳌注《杜诗详注》卷十,第810页。
⑦ [唐]杜甫著,仇兆鳌注《杜诗详注》卷十四,第1229页。
⑧ [唐]杜甫著,仇兆鳌注《杜诗详注》卷十七,第1477—1478页。

文章千古事,得失寸心知。作者皆殊列,名声岂浪垂?(《偶题》,大历元年[公元766年]作)①

对上引诗句,论者或借以说明杜甫作诗用心之苦,或从中看出了诗人对诗的见解和自信,但在这些表面现象背后,更为重要的恐怕还是诗人对自己人生道路的自觉在发生着决定性的作用。换言之,"官应老病休"的内在清醒,使诗人理想主义的重心发生了向"名岂文章著"的"千秋万岁名"的倾斜。可贵的是,这种倾斜并不意味着杜甫因此放弃了他为稷为契的人生追求,而从以天下为己任的大境界退回到诗歌艺术的象牙塔。事实上,为稷为契、致君尧舜与诗语惊人、名垂千古在杜甫身上已获得了深层的内在统一。我们与其说杜甫是在政治失败之后,退而专心致力于诗歌创作,毋宁说他是在依然自视为"自非风动天,莫置大水中"的"万斛船"(《三韵三篇》其二)②,依然渴望着"为君洗乾坤"(《客居》)③、"致君唐虞际"(《同元使君舂陵行》)④,依然充满着"古来材大难为用"(《古柏行》)⑤与"大哉霜雪干,岁久为枯林"(《遣兴五首》其一)⑥的悲哀、愤激与不平的种种复杂、激烈的情感体验中,将为稷为契的政治抱负移向诗歌的世界,使在现实社会中失落、幻灭的一切在这里得到实现,也使在现实中无法充分展露的一腔忠烈在这里得以抒发。有谁能否认杜甫确是在诗歌艺术的天地中重圆他追寻、渴盼得已经太久的五彩之梦呢?有谁不觉得杜甫诗歌的伟大首先来自他人格的伟大呢?又有谁能因杜甫仅余言辞,不见事功而贬低他伟大的人格呢?千载之下,令我们欣慰的是,杜甫在经过种种艰难曲折之后,能够重新面对自己、面对现实,凭借自己艺术智慧的力量,使自我人格终于能向挫折超越力的水平升华。这既是杜甫个人和中国诗歌之大幸,也使杜甫的那一腔忠烈能在诗歌艺术中凝定为可触

---

① [唐] 杜甫著,仇兆鳌注《杜诗详注》卷十八,第1541页。
② [唐] 杜甫著,仇兆鳌注《杜诗详注》卷十四,第1212页。
③ [唐] 杜甫著,仇兆鳌注《杜诗详注》卷十四,第1255页。
④ [唐] 杜甫著,仇兆鳌注《杜诗详注》卷十九,第1692页。
⑤ [唐] 杜甫著,仇兆鳌注《杜诗详注》卷十五,第1360页。
⑥ [唐] 杜甫著,仇兆鳌注《杜诗详注》卷七,第562页。

可感的语笑歌哭,让后人永久地生出敬仰和赞叹,永久地感到生命的重量。

四、"腐儒"深情

从乾元二年(759)弃官到大历五年(770)去世的整整十一年间,杜甫"漂泊西南天地间"(《咏怀古迹》其一)[1],饱尝流离之苦和人生忧患,其飘零转蓬、困饿穷愁、老病寂寞、寥落无依,以及寄人篱下的辛酸,处处穷途的悲凉,蹉跎废弃的深憾,恰如"无边落木萧萧下,不尽长江滚滚来"(《登高》)[2],在诗人心中汇集成人生悲剧的巨流,而国势的艰危、纷乱,更如猛风急雨将诗人掀置于个人不幸的漩涡浪峰,使他在生存的迫累与精神的煎熬中经受着灵魂与人性的新的挑战。诗人没有向命运屈服,而是以少有的毅力驾乘起生命的孤舟,追寻着生活的终极意义,以广博的仁爱之心关注着动荡的世事、苦难的众生和风雨飘摇的社稷,以令人心激意感的忠烈之气指斥时弊、惩奸扬贤,思考、筹划着本当由在朝公卿谋划的军国大事……所有这一切均已远远超出了杜甫一己的穷达、得失,显示了崇高的人格魅力。可以肯定地说,后期的杜甫在个体人格的发展方面已经升进到了一个完美的境界,理想主义、英雄主义和人道主义这三种具有全人类的普遍意义的道德理想在他的整体人格结构中获得了较为完美的统一。但这三种道德理想在杜甫人格中又有着不同的表现形态。它们对杜甫人格的完善也有着不尽相同的作用。而从健康人格形成的必备条件来看,它们虽然在杜甫人格中凝结为统一的整体,但杜甫当时却基本不具备现代人格理论家所强调的健康人格模式,或者说自我实现的那些不可或缺的前提条件。这些问题无疑都值得我们认真地探讨。

美国当代著名心理学史家舒尔茨在其《成长心理学——健康人格模式》一书中引用奥地利人格心理学家弗兰克的观点,"在弗兰克看来,我们生活上的主要动机不是探索自我,而是探索意义;在一定意义上说,这

---

[1] [唐]杜甫著,仇兆鳌注《杜诗详注》卷十七,第1499页。
[2] [唐]杜甫著,仇兆鳌注《杜诗详注》卷二十,第1766页。

包含'忘掉'我们自己的意思。心理健康的人已经前进到自我中心之上，或已经超越自我中心。成为完全的人，意味着与超出自我本身的某人或某物发生联系"①。又指出，"自我实现是超越自我的对立面，而且它只有作为发现生活意义的从属结果才能达到。因此，成为自我实现的唯一道路，是经由实现超越自我的意义的道路。"在这一点上，弗兰克与美国人格心理学家马斯洛的看法是基本一致的，"马斯洛也说抵达自我实现最好的方法，是通过献身于工作、献身于超出自我的某种事情。只是集中在自我实现上，就要导致意义意志的受挫"②。这两位心理学家关于健康人格或自我实现的说法，对我们考察后期杜甫人格的发展无疑是富于启发意义的。事实上，"超越自我中心"本是杜甫早年理想的一大特点，也是中国古代士人的一大传统。当杜甫经过安史之乱前夕的内省之后，他的个体人格就越发朝着这样的目标不间断地向前发展了。而人道主义、理想主义和英雄主义之所以能内化为杜甫人格的有机组成部分，也同样可以看作是他追求超越自我的生活意义和人生意义的结果。

在自己流落饥寒、见弃当局的境况下，始终能够以一种出自本性的真诚对国家的治乱、兴衰表现出深情的关注、忧虑和由衷的精神投入以及力所能及的干预，是杜甫自我实现人格最为重要的内涵。

诚如论者所指出的那样，杜甫后期漂泊生涯虽不尽人意，却远远强于一般百姓，甚至还不失为一个小地主的水平。但我们切不可忘记，浪迹天涯的诗人在这十几年中始终是"途穷仗友生"(《客夜》)③，除了入严武幕的短暂时期，他既无俸禄，又乏固定产业，一家人的生活全靠"故人供禄米"(《江村》)④。他在成都和夔州时也确曾有过一段安逸的生活，但那全得力于高适、严武等老朋友和柏茂琳等人的照顾。当时地方官调动频繁，一旦这些故人离任，杜甫就不免有断炊之忧。甚至在高适在蜀时，他一家人仍有在收获的季节陷入困境的事情发生，致使诗人不得不向故人

---

① 参见(美)舒尔兹(Duane Schultz)《成长心理学》，第228—229页。
② 参见(美)舒尔兹(Duane Schultz)《成长心理学》，第230—231页。
③ [唐]杜甫著，仇兆鳌注《杜诗详注》卷十一，第932页。
④ [唐]杜甫著，仇兆鳌注《杜诗详注》卷九，第746页。

求援"百年已过半,秋至转饥寒。为问彭州牧,何时救急难?"(《因崔五侍御寄高彭州一绝》)①因此,从客居秦州以来,受生计困扰,依人度日,乃至看人脸色,遭人冷遇,在杜甫的生活中实在是屡见不鲜的。而反映这种困乏与屈辱的诗篇在杜甫诗集中更是比比皆见,我们只需稍举数例,即不难概见一斑:

> 长镵长镵白木柄,我生托子以为命。黄独无苗山雪盛,短衣数挽不掩胫。此时与子空归来,男呻女吟四壁静。呜呼二歌兮歌始放,闾里为我色惆怅!(《乾元中寓居同谷县作歌七首》其二)②
> 强将笑语供主人,悲见生涯百忧集。入门依旧四壁空,老妻睹我颜色同。痴儿不知父子礼,叫怒索饭啼门东。(《百忧集行》)③
> 暮年漂泊恨,今夕乱离啼。童稚频书札,盘飧诅糁藜。我行何到此?物理直难齐。……余波期救涸,费日苦轻赍。(《水宿遣兴奉呈群公》)④

上引三首分别作于乾元二年(公元759年)流寓同谷,上元二年(公元761年)在成都和大历三年漂泊江陵时,从中不难见出诗人的生活状况和因此而滋生的辛酸。在这种情形下,更让杜甫难以忍受的还是"强将笑语供主人"(《百忧集行》)的屈辱。"穷迫挫囊怀,常如中风走"(《上水遣怀》)⑤、"苦摇求食尾,常曝报恩鳃"(《秋日荆南述怀三十韵》)⑥便是他"性命绝可怜"(《逼仄行赠毕曜》)的自画像。而从"艰危作远客,干请伤直性"(《早发》)⑦、"悠悠委薄俗,郁郁回刚肠"(《入衡州》)⑧的沉吟中,诗人饱黯炎凉、自尊受损的悲哀也不难想见。不仅如此,在这样的情况

---

① [唐]杜甫著,仇兆鳌注《杜诗详注》卷九,第763页。
② [唐]杜甫著,仇兆鳌注《杜诗详注》卷八,第694页。
③ [唐]杜甫著,仇兆鳌注《杜诗详注》卷十,第843页。
④ [唐]杜甫著,仇兆鳌注《杜诗详注》卷二十一,第1895—1896页。
⑤ [唐]杜甫著,仇兆鳌注《杜诗详注》卷二十二,第1957页。
⑥ [唐]杜甫著,仇兆鳌注《杜诗详注》卷二十一,第1906页。
⑦ [唐]杜甫著,仇兆鳌注《杜诗详注》卷二十二,第1967页。
⑧ [唐]杜甫著,仇兆鳌注《杜诗详注》卷二十三,第2069页。

下,诗人还不得不南北奔逃以避乱,在蜀则逢徐知道之乱,至湘又遇臧玠之乱,其《逃难》一诗集中反映出身处"天地干戈满"的乱世,人身安全不得保障的苦况:

> 五十白头翁,南北逃世难。疏布缠枯骨,奔走苦不暖。已衰病方入,四海一涂炭。乾坤万里内,莫见容身畔。妻孥复随我,回首共悲叹。①

然而,对于杜甫来说,更让他不能忍受的是政治上被遗弃的、无所归属的悲哀。"养拙江湖外,朝廷记忆疏"(《酬韦韶州见寄》)②、"百年同弃物,万国尽穷途"(《舟出江陵南浦奉寄郑少尹审》)③、"圣朝无弃物,衰病已成翁。多少残生事,飘零任转蓬。"(《客亭》)④这种愤慨、不甘与无奈,显然是杜甫后期生活中最深层、最难以摆脱的情感体验。

马斯洛的需要层次理论认为,达到自我实现的先决条件,是满足位于较低层次的四种需要,即生理需要、安全需要、归属和爱的需要、自尊的需要。在自我实现的需要出现之前,这些需要必须依次得到满足。并认为一个人在每一低级需要都已经充分满足以前,不可能成为自我实现的人。而由上所述可知,这一时期的杜甫,在生理、安全、归属和自尊等低层次需要的满足方面,基本上处于匮乏的状态。但是杜甫人格的发展却并没有因此受到限制,而是的确已经超越了"自我中心"。这种人格境界在诗人这一时期所作的一千多首诗歌中有着集中的体现,而伤时念乱、忧国报主则构成了其人格美的首要特征。这其实也是古今学者的共识。我们在此只想就杜甫人格结构作如下说明:

其一,杜甫超越"自我中心"的人格变化固然可以用传统的"忠君""爱国"来加以说明,但从个体人格的发展来说,它其实是杜甫许身稷契

---

① [唐]杜甫著,仇兆鳌注《杜诗详注》卷二十三,第2073页。
② [唐]杜甫著,仇兆鳌注《杜诗详注》卷二十二,第1997页。
③ [唐]杜甫著,仇兆鳌注《杜诗详注》卷二十二,第1921页。
④ [唐]杜甫著,仇兆鳌注《杜诗详注》卷十一,第932页。

的人生理想艺术化实现的结果,也是这一理想在现实中失落的一种有效补偿。在杜诗中,我们不仅可以看到杜甫常常以吕尚、诸葛亮等古代名臣自况,而且还可以发现杜甫常常自觉不自觉地选择了稷、契、吕、诸一流人物的话语方式。如作于大历元年的《诸将五首》,其一责诸将不能抵御吐蕃,致使天子蒙尘,长安沦陷,末联叮咛"多少材官守泾渭,将军且莫破愁颜"①。其二责诸将不能平乱,反借兵回纥,引狼入室则曰:"独使至尊忧社稷,诸君何以答升平?"②其三责诸将不屯田自给:"朝廷衮职虽多预,天下军储不自供。"③其四责诸将不能怀远人,致使贡赋中断:"越裳翡翠无消息,南海明珠久寂寥。"④最后则举出严武这一正面典型,指出"西蜀地形天下险,安危须仗出群才"⑤。实则是说,天下安危需仗严武这样的"出群才"。其对诸将的品评进退,实即宰相之职权;对诸将的责难,又类宰相之口吻。又如《有感五首》,纵论国事,王嗣奭对之感慨道:"读此五诗,皆救时之硕画,报主之赤心,自许稷、契,真非虚语。"(《杜臆》)⑥又有"警当时君臣"的《洞房》等八诗,王嗣奭论其末章《提封》亦说:"此为朝廷画中兴之策……公之谋国,堂堂正正,即孟子所以告齐、梁之君者;其自许稷、契,亦以此也。"⑦我们从王嗣奭的感受中不正能看到杜甫确是在以稷、契的身份思考着国家大政,并将这种思考在诗歌中作了艺术化的表达。虽然这并不能说明杜甫真的具备稷、契的政治才能,但它却足以表明在杜甫人格中,理想主义终于凭借艺术智慧的优势获得了艺术化的实现。立足于此,我们再来看下面的诗句:"安得覆八溟,为君洗乾坤?稷契易为力,犬戎何足吞?儒生老天成,臣子忧四藩"(《客居》)⑧、"向来忧国泪,寂寞洒衣巾"(《谒先主庙》)⑨、"经纶中兴业,何代无长才"(《述古三首》其

---

① [唐]杜甫著,仇兆鳌注《杜诗详注》卷十六,第1363页。
② [唐]杜甫著,仇兆鳌注《杜诗详注》卷十六,第1365页。
③ [唐]杜甫著,仇兆鳌注《杜诗详注》卷十六,第1367页。
④ [唐]杜甫著,仇兆鳌注《杜诗详注》卷十六,第1368页。
⑤ [唐]杜甫著,仇兆鳌注《杜诗详注》卷十六,第1370页。
⑥ [明]王嗣奭《杜臆》卷五,上海古籍出版社1983年版,第179页。
⑦ [明]王嗣奭《杜臆》卷十七,第1528页。
⑧ [唐]杜甫著,仇兆鳌注《杜诗详注》卷十四,第1255页。
⑨ [唐]杜甫著,仇兆鳌注《杜诗详注》卷十五,第1355页。

三)①、"我多长卿病,日夕思朝廷"(《同元使君舂陵行》)②。就更能觉出杜甫忧国思君的内在自觉与情不由衷。

其二,杜甫理想主义的艺术外化又是以广博、深沉的人道主义为内在基础的,这又决定了他的忠君是以王道文化和人道主义为基本前提,而不是一味的愚忠,也决定了其仁心必然推及于作为"邦本"的民乃至万物。对前一点,萧涤非先生在《〈杜甫研究〉再版前言》中曾指出:

> 杜甫在《咏怀五百字》中的"生逢尧舜君,不忍便永诀",并不是一般的颂词,而是的的确确把他看成"尧舜君"的(李白也曾称唐玄宗为"明主"),是一个可与"大有为"的君主。"葵藿倾太阳,物性固莫夺",这两句最足以表明杜甫忠君思想的诗,在很大程度上也是针对他心目中的这位"尧舜君"而发的,有其特定的对象。……当唐肃宗李亨不信任杜甫,把他从左拾遗的"近臣"出为华州司功参军的第二年,杜甫是掼了他的乌纱帽的:"弃官客秦州。"不但表示不合作,而且口出怨言:"唐尧真自圣!野老复何知?"(《秦州杂诗二十首》最后一首,这里的"唐尧"指李亨,是讽刺性的恭维,与上引"尧舜君"有别。)这两句诗是可以说得上"大不敬"的。不仅如此,还要说怪话:"张后不乐上为忙。"嘲笑他怕老婆。难道唐肃宗不是"太阳",杜甫为什么不"倾"了呢?后来唐代宗想召他回去任京兆功曹,他也没有去。由此可见,在对待君主的态度上,杜甫也并非漫无差别,毫无条件,在不可动摇的绝对性中也有一定的相对性。③

而此种"相对性"与杜甫许身稷契之志实有根本的一致性,己为稷、契,君主也必是传统王道文化理想的代表——尧、舜,否则稷、契之志仍将落空。杜甫曾将唐玄宗视为"尧舜君",但对于唐肃宗和唐代宗,他再也无法产生这种神圣的感情,他诗中对古人君臣际会的反复追慕正出于对

---

① [唐]杜甫著,仇兆鳌注《杜诗详注》卷十二,第1022页。
② [唐]杜甫著,仇兆鳌注《杜诗详注》卷十九,第1693页。
③ 萧涤非《杜甫研究》,齐鲁书社1980年版,第8—9页。

现实之君的不满,这在《述古三首》中表现得最为明显。其一说:

> 赤骥顿上缨,非无万里姿。悲鸣泪至地,为问驭者谁?凤凰从东来,何意复高飞?竹花不结实,念子忍朝饥。古来君臣合,可以物理推。贤人识定分,进退固其宜。

杜甫向来好以马自喻,《壮游》诗中又曰:"七龄思即壮,开口咏凤凰。"①集中亦不止一次写到凤凰。陈贻焮先生以为"这带来太平和祥瑞的凤凰"就是诗人"伟大政治抱负的象征",是"他的'图腾'"②。此诗中高飞与顿缨的凤与骥,正是诗人的自况,而"古来君臣合,可以物理推",不也可以说明今日君臣之不合,亦可以"物理推"吗?

杜甫对"尧舜君"的这种企慕是其忠君思想呈现出"相对性"的前提,而从这种理想化的君臣遇合的立场出发,我们又可发现,作为杜甫理想主义之人性基础的人道主义也必然促成杜甫忠君思想的"相对性"特征。从而使杜甫人格在一定程度上表现出超时代的特征。因为依照传统的王道文化理想,尧、舜、稷、契最重要的德行乃在能行仁政,而行仁政首先需具仁民爱物之心。由此,杜甫那些充满仁民爱物之心的诗句所展示的意义就远远不止于对当时社会现实的揭露与批判,请看"社稷堪流涕""苍生未苏息"的时代苦难在诗人心底掀起的巨澜狂涛中的几片小小的浪痕:

> 国步犹艰难,兵革未衰息。万方哀嗷嗷,十载供军食。(《送韦讽上阆州录事参军》)③
> 乱世诛求急,黎民糠籺窄。(《驱竖子摘苍耳》)④
> 难拒供给费,慎哀渔夺私。干戈未甚息,纲纪正所持。(《送殿中杨监赴蜀见相公》)⑤

---

① [唐]杜甫著,仇兆鳌注《杜诗详注》卷十六,第1438页。
② 陈贻焮《杜甫评传》,第32页。
③ [唐]杜甫著,仇兆鳌注《杜诗详注》卷十三,第1157页。
④ [唐]杜甫著,仇兆鳌注《杜诗详注》卷十九,第1666页。
⑤ [唐]杜甫著,仇兆鳌注《杜诗详注》卷十五,第1343页。

野哭千家闻战伐,夷歌几处起渔樵。(《阁夜》)①
八荒十年防盗贼,征戍诛求寡妻哭。(《虎牙行》)②

　　诗人所展示的这一幅幅人间惨剧,不正是起于朝廷的纲纪不持?纲纪不持,是以胡马纵横;纲纪不持,又致干戈难息,生灵长期涂炭。在此,诗人对现实的不满中显然包含了他追慕"尧舜君"之理想失落的内涵,同时,在诗人对"苍生"的关怀中所体现出来的强烈的人道主义精神亦表明了诗人自许稷、契之不妄。从人格的整合、完善来说,这使杜甫理想主义的艺术外化始终与具体可感的人道主义精神融为一体,从而进一步增加了其人格力量的厚度。

　　其三,杜甫能在日暮途穷、壮心消磨的处境中,始终"时危思报主,衰谢不能休"(《江上》)③,高扬着理想主义的大旗,无疑又显示出超人的意志力量。这种意志力量在他身上又表现为悲壮、激越、刚勇的英雄主义。如《凤凰台》一诗,写到无母之雏凤"饥寒日啾啾"④,诗人不禁热血沸腾,"我能剖心血,饮啄慰孤愁。心以当竹实,炯然无处求,血以当醴泉,岂徒比清流"。为的是凤凰能"自天衔瑞图,飞下十二楼。图以奉至尊,凤以垂鸿猷。再光中兴兴,一洗苍生忧"。虽为咏物,但从中不难见出诗人的英雄胆气,浦起龙说:"此诗想入非非,要只是凤台本地风光,亦只是杜老平生血性,不惜此身颠沛,但期国运中兴。刳心洒血,兴会淋漓。"对其英雄本色体会颇深。对这种英雄主义人格,杜甫常在咏物诗中加以曲折的传达。见之于马,则有"哀鸣思战斗,迥立向苍苍"(《秦州杂诗》其五)⑤之气势;见之于鹘,则呈"斗上捩孤影,嗷哮来九天"(《义鹘行》)⑥之壮势;见之于鹰,则显"鹏碍九天须却避""一生自猎知无敌"(《见王监兵马

---

① [唐]杜甫著,仇兆鳌注《杜诗详注》卷十八,第 1561 页。
② [唐]杜甫著,仇兆鳌注《杜诗详注》卷二十,第 1807 页。
③ [唐]杜甫著,仇兆鳌注《杜诗详注》卷十五,第 1329 页。
④ [唐]杜甫著,仇兆鳌注《杜诗详注》卷八,第 691 页。
⑤ [唐]杜甫著,仇兆鳌注《杜诗详注》卷七,第 576 页。
⑥ [唐]杜甫著,仇兆鳌注《杜诗详注》卷六,第 475 页。

使说近山上有白黑二鹰,……请余赋诗二首》其一)①之威势。有时,杜甫也将这种英雄主义人格直接加以表述,如其送别友人则勉其"临危莫爱身"(《奉送严公入朝十韵》)②;自陈心志则有谓"济时敢爱死"(《岁暮》)③凡此种种,虽表现方式不同,却均可见其刚勇劲迈之英雄气格。与诗人困饿流落而不忘报国报君之理想,不减忧民伤乱之仁心相比,他在白首零落、衰病无成之际犹不失此种英雄豪气,也同是对自我的一种超越。

综上三点,理想主义为杜甫人格确立了一个文化的高度,人道主义则为之增加了人性的厚度,而英雄主义又为之灌注了特立尘俗的力度。三者共同构成了杜甫超越自我的完美人格。如果说前二者更多体现了杜甫人格"忠"的一面;后者则是其"烈"的一面得以形成的内在基础。而我们在诗人的忠烈品格中尤能感受到他忧国报主、仁民爱物的一片深情与旷世孤独。请让我们再一次倾听诗人的心声:

江汉思归客,乾坤一腐儒。片云天共远,永夜月同孤。落日心犹壮,秋风病欲苏。古来存老马,不必取长途。④

这"老骥伏枥"的"腐儒",时至今日不仍然在穿过历史的尘网,向我们展示着人性的美丽与崇高吗?

五、后人的再发现

美国学者马塞勒指出:"虽然文化经验要同其他因素结合才能对人发生作用,但是,文化经验在决定独特的自我结构时所起的作用要比其他因素更重要。"⑤这一观点对于我们探讨杜甫人格也是完全适用的。杜甫人

---

① [唐]杜甫著,仇兆鳌注《杜诗详注》卷十八,第1587页。
② [唐]杜甫著,仇兆鳌注《杜诗详注》卷十一,第912页。
③ [唐]杜甫著,仇兆鳌注《杜诗详注》卷十二,第1068页。
④ [唐]杜甫著,仇兆鳌注《杜诗详注》卷二十三,第2029页。
⑤ (美)马塞勒等,任鹰等译《文化与自我:东西方人的透视》,浙江人民出版社1988年版,第298页。

格境界的形成,固然受到"奉儒守官"的家族文化和积极进取的时代文化的影响,但起根本作用的无疑是儒家文化关于理想人格的设计。在杜甫身上,我们可以看到儒家理想人格向个体人格转化诸多迹象。孔子说:"士志于道,而耻恶衣恶食者,未足与议也"(《论语·里仁》)①,又说:"君子无终食之间违仁,造次必于是,颠沛必于是。"②这"道"与杜甫"致君尧舜"的理想,这"仁"与杜甫忧国忧民的爱心都有着极为紧密的关联。孔子所言,竟像是杜甫一生行事的总结。如果我们作进一步的探究,又可发现,儒家思想的如下两个方面对于杜甫人格的影响是最为突出的:

一是儒家视天下家国与自我为一体的思想。《大学》中对儒家理想的人生道路作了系统的总结,提出了"格物""致知""诚意""正心""修身""齐家""治国""平天下"的自我完善程序,同时强调"自天子以至庶人,壹是皆以修身为本"③。这在中国文化中确立了一种独特的个体人格完善之路。冯友兰先生对此曾有过极精辟的阐述:

> 可见它是认为,人是不能离开家、国、天下而单独成为"完人"的。他不但不能离开家、国、天下而单独修养,他甚至也不能离开家、国、天下而单独存在。他必须生活于家、国、天下之中,投身于家、国、天下的事务之中,尽他的义务,尽他的责任。所谓格物、致知、诚意、正心,这些工夫也是不能离开家、国、天下的事务,单独去做的。这些事务就是"物",首先需要接触这种"物",然后致知、诚意、正心那些工夫才有着落。④

这本身即是一条超越自我之路,但与西方心理学所谓"超越自我"不同,它的内涵是较为狭窄的,它只指向治国平天下的政治事业,相对忽略了人生的其他方面,并且其个体完善离不开家、国、天下之思想,又可从本

---

① 杨伯峻《论语译注》,中华书局2006年版,第40页。
② 杨伯峻《论语译注》,第39页。
③ [宋]朱熹撰《四书章句集注》,中华书局2011年,第5页。
④ 冯友兰《中国哲学史新编》(中),人民文学出版社1998年版,第149页。

体意义和人性层次上推阐为家、国、天下即是我身,此即后人所谓"家国天下,皆吾一身"(熊十力《读经示要》)①的"国身通一"论。它在孟子那儿实际上已有基本相近的表述,一则曰:"万物皆备于我"(《孟子·尽心》上)②,家、国、天下自当在此"万物"之中;再则曰:"禹思天下有溺者,由己溺之也;舜思天下有饥者,由己饥之也。"(《孟子·离娄》下)③也从理想化的人性层次上肯定了"天下"与"我"的同一性。这种"国身通一"的文化传统无疑是杜甫人格最厚实的基础之一,它决定了杜甫理想的高度,也为他坚持理想提供了强大的文化力量。

二是儒家"爱人"(《论语·颜渊》)④、"泛爱众"(《论语·学而》)⑤及"亲亲而仁民,仁民而爱物"(《孟子·尽心》)⑥的人道主义思想。依照儒家对理想人格的总体设计,这种人道主义思想乃是"仁者"内在美德的自然流露,是理想人格必要的内容。这不仅因为"民"为国家、天下之本,"仁民"即是治国、平天下的基础;也因为儒家理想政治——仁政,在本质上也是以能否"仁民"并推及于"物"为衡量标准,所谓"民为贵,社稷次之,君为轻"(《孟子·尽心》下)⑦。这种思想在后来受到宋儒的特别重视,张载把它概括为"民,吾同胞;物,吾与也"(《西铭》)⑧的"民胞物与"论。这种人道主义理想传统又构成了杜甫人道精神的文化前提。

但是,杜甫人格又不仅仅是对上述两方面的传统文化精神的实践演示,它同时还体现了对儒家理想人格的突破。孔子主张"用之则行,舍之则藏"(《论语·述而》)⑨,孟子提倡:"穷则独善其身,达则兼济天下。"(《孟子·尽心》)⑩这种出处原则为后来的封建士人普遍接受。如唐代的白居易、宋代的苏轼都是这种处世方式的典型的实践者。而杜甫却是根

---

① 熊十力《读经十要》,南方印书馆1945年,第135页。
② 杨伯峻《孟子译注》卷十三,第302页。
③ 杨伯峻《孟子译注》卷八,第199页。
④ 杨伯峻《论语译注》,第146页。
⑤ 杨伯峻《论语译注》,第5页。
⑥ 杨伯峻《孟子译注》卷十三,第322页。
⑦ 杨伯峻《孟子译注》卷十四,第328页。
⑧ [宋]张载《张载集》,中华书局1978年,第62页。
⑨ 杨伯峻《论语译注》,第77页。
⑩ 杨伯峻《孟子译注》卷十三,第304页。

本不管用舍、穷达,只一意咬定为稷为契的人生目标,始终保持着忧国爱民的眷眷深情。这种被舍而不甘于藏,困穷而不愿止于独善,潦倒不堪,饱尝人世甘苦却依然壮心弥烈、仁心如斯,仍然拳拳于兴国报主的独特人格,不仅远远超出了马斯洛人格理论的覆盖范围,而且也突破了儒家传统的理想人格模式;不仅在杜甫之前极为少见,而且在杜甫之后也很少再出现过这样的个体人格典型。之所以如此,根本的原因则在于杜甫远取战国士林"平治天下,舍我其谁"的主体自信,近承盛唐士人积极用世的执着精神,并对儒家理想人格设计中"国身通一""民胞物与"等主要内容作了淋漓尽致的发挥乃至突破,因此,其人格境界不仅是超时代的,而且也是儒家文化理想影响个体人格建构的一个奇迹。

由于杜甫的人格是借诗歌艺术得以展现,其人格与诗艺是互融互化的。而在杜甫生活的年代,杜甫的诗却并未得到普遍的推崇。虽然老杜曾对同时代的李白、高适、王维、岑参、孟浩然、孟云卿、元结等一大批知名或不甚知名的诗人作过热情的赞扬和肯定。但是同时代的人中却只有严武、郭受和韦迢等少数不太著名的诗人称赞过杜诗。杜甫所谓"百年歌自苦,不见有知音"①的感叹,实际同时包含了自己人格和诗艺不被人理解的悲哀。

杜甫人格的这种独特性,是在他去世三百多年之后才逐渐被人们所认识和理解的。王安石作为一代大政治家、大诗人,较早地认识到了杜甫人格超越自我的特点,其《杜甫画像》曰:

吾观少陵诗,为与元气侔。……惜哉命之穷,颠倒不见收。青衫老更斥,饿走半九州,瘦妻僵前子仆后,攘攘盗贼森戈矛。吟哦当此时,不废朝廷忧。常愿天子圣,大臣各伊周。宁令吾庐独破受冻死,不忍四海寒飕飗。伤屯悼屈止一身,嗟时之人我所羞。所以见公画,再拜涕泗流,惟公之心古亦少,愿起公死从之游。②

---

① [唐]杜甫著,仇兆鳌注《杜诗详注》卷二十二,第1950页。
② [唐]杜甫著,仇兆鳌注《杜诗详注》附编,第2268页。

可以说王安石对杜甫胸怀天下的理想主义及坚持理想的意志力量和广博的人道主义情怀都已有了较为深刻的认识。差不多同时,苏轼也在《王定国诗集叙》中指出:"古今诗人众矣,而杜子美为首,岂非以其流落饥寒,终身不用,而一饭未尝忘君也欤。"①相比之下,东坡之论远不及王安石全面、深刻。苏、王二公的这一再发现,虽不尽相同,但却共同构成了杜甫人格之崇高魅力被普遍认可的开端。此后诸家,或谓"工部之诗,一发诸忠义之诚"②;或谓杜甫之诗"未尝不念君父而斯民是忧"(喻汝砺)③;或谓"爱君忧国心,愤发几悲咤。孤忠无与施,但以佳句写"(李纲)④;或谓杜甫"平生无饱饭,抵死只忧时"(马祖常《石田集杂咏》)⑤。而"爱君忧国"四字显然可以看作是后人对杜甫人格再发现的最核心、最基本的内容。在此前提下,再来反观唐以来对杜诗的评价,则又可发现,从元稹"尽得古今之体势,而兼人人之所独专""诗人以来,未有如子美者"(《唐检校工部员外郎杜君墓系铭序》)⑥的推尊,到秦观将杜甫与孔子并论,称其为诗之"积众家之长"⑦,再到明人陈献章"子美诗之圣"(《白沙论诗》)⑧的高度评价,虽主要是在论诗,但其中实不能排除杜甫其人。因为古人向来是诗品、人品并论,而杜甫也确如我们前面所指出的,是将诗艺与人格互融为一体的。因此,被国人普遍接受的"诗圣"这一美称,无疑是对上述重人格和重诗艺的两种认识最简洁的概括。"诗圣"一词的出现,意味着后人对杜甫诗艺与人格,或者说对其艺术精神与道德精神的认识在更高的层次上得到了统一,杜甫人格的超时代性至此终于获得到了部分的印证,但必须指出的是,由于自宋以来封建君主集权的进一步强化,和封建道德体系的全面定型,使东坡"一饭未尝忘君"的评价在相当长的时间内成了关于杜甫人格核心内涵的最正统的解释。实质上这

---

① 《苏轼文集》第十卷,中华书局1986年版,第318页。
② [宋]晁说之《嵩山文集》卷十六,上海书店出版社1985年,第36页。
③ 傅增湘原辑,吴洪泽补辑《宋代蜀文辑存校补》,重庆大学出版社2014年,第1554页。
④ [唐]杜甫著,仇兆鳌注《杜诗详注》附编,第2273页。
⑤ [唐]杜甫著,仇兆鳌注《杜诗详注》附编,第2285页。
⑥ [唐]杜甫著,仇兆鳌注《杜诗详注》附编,第2236页。
⑦ [唐]杜甫著,仇兆鳌注《杜诗详注》附编,第2318页。
⑧ [唐]杜甫著,仇兆鳌注《杜诗详注》附编,第2290页。

种解释远远未能认识到杜甫人格超时代性的全部意义。

有趣的是,最先对杜甫人格给予高度赞誉的王安石和苏轼,虽都曾慨然以天下为己任,但一个在新政失败、壮心消磨之后,终于寄情山水,在"细数落花""缓寻芳草"(王安石《北山》)①的闲适中度过了晚年;一个在饱经忧患,屡受贬谪的人生挫折中,终于兹心独往,寄情于旷达超然的心灵世界。我们无法知道王安石和苏轼重新面对杜甫时会有怎样的感慨,我们只知道他们之终于不为杜甫,而神往于陶渊明、白居易,徜徉于山水乃至佛老之间,在宋代以及宋以后的历朝,绝非孤立的现象,而是有着文化意义上的普遍性。尤其在宋以来的承平年月里更是如此,这是否意味着中国古代士人承受低级需要满足的全面匮乏,而追求自我完善、自我实现的心理能量,在杜甫身上已经发挥到了极限?是否意味着在杜甫之后已不再有哪一位君主能令人生出"尧舜"再世的幻想和"葵藿倾太阳"式的痴情?我们不好也不必遽下结论。但在苏轼所亲领的"乌台诗案"中,在明代锦衣卫和东西厂的凛凛杀气中,在清代文字大狱的空前绝后的血腥味中,不是依然能嗅到士人与皇权日益疏离的气息,不是依然能觉察到儒家君圣臣贤的仁政理想无情陨落的声响吗?而今而后,杜甫式的忠烈注定不可能在完全的意义上复现了,我们所能见到的只是与之神情仿佛的一体或貌合神离的变形。

发现杜甫人格之伟大的后人,却在把"诗圣"的桂冠加在他头上之后,思量着悄悄地溜走,在此,我们不能不惊奇于马斯洛关于"约拿情结"的命题:

> 我们既害怕自己最低的可能性,又害怕自己最高的可能性。在最美好的时刻,在最完美的条件下,在最勇敢的状况下,我们常常能瞥见一些神圣的东西,然而我们一般都害怕这些东西。在这种高峰时刻,我们在自身看到的超绝的可能性给我们以快乐,面对它们,我们会激动得颤抖,然而也会因为虚弱、害怕、畏惧而直打哆嗦。……

---

① 高步瀛《唐宋诗举要》,上海古籍出版社 1959 年,第 842 页。

逃避自己的能力、逃避自己的可能性。①

除了外在的客观原因之外,面对"诗圣"的那种恐惧、害怕的心理,也同样在某种程度上消解着中国封建社会后期的忠烈人格,使得唐以后的一千多年里,东坡式的人格范型成了最普遍的个体人格模式,忠烈人格向此种旷达人格的转化也成为一种普遍的文化现象。但是,面对"诗圣"和历史上许许多多忠臣烈士的崇高和刚勇,仍然有许多人解除了心底的"约拿情结",超越了客观现实的限制,在忠烈人格面临消解和被扭曲的时代,尤其是在民族危亡之际,用满腔热情以至鲜血与生命谱写了一曲曲新的忠烈之歌。后一方面使我们再度领略到民族正气的至大至刚与绵绵不绝;前一方面则为我们展示出忠烈人格历史递变的轨迹与方向。而在这一正一反的两种流向中,自春秋战国的刺客至"诗圣"杜甫所共同构建的忠烈人格范型,终于在继承发展中出现了大幅度的新变。而近代如谭嗣同式的忠烈人格的出现,固然有待于西方天赋人权论等新的思想武器的催发,也同样离不开上述忠烈人格一正一反两种流向在新的历史和思想高度上的重新的整合和调适。

六、永恒的杜甫

上一节中,我们侧重对杜甫人格的文化根基和宋以来文人学者对杜甫人格的再发现作了简要的剖析。读者可能会发现,从儒家理想人格到杜甫人格还应有一内化的过程,这一内化的完成,除受到本章所指出的杜甫的家族文化和时代文化的促动外,我们前面提到的那些忠臣烈士们无疑也是不可忽略的要素之一。他们以更为现实可感的特点影响着杜甫人格的建构。其中又以诸葛亮、司马迁和屈原对杜甫的影响最大。对诸葛亮和屈原,杜甫曾不止一次地以之自比,尤其对诸葛亮更是反复追思,极

---

① 马斯洛(Maslow, A. H.)著,许金声等译《自我实现的人》,生活·读书·新知三联书店1987年版,第143—144页。

其仰慕,对此,我们前文已曾论及。至于司马迁对杜甫的影响,不仅在于杜甫通过诗歌"草中辩君臣,笔端诛将相"(戴复古《杜甫祠》)①,还在于杜甫以"诗史"的方式反映了一代兴亡之迹。如其《八哀诗》之褒扬时贤,《诸将》《有感》及《伤春》之指斥朝政,与司马迁之论歌盛世与批判现实有着高度的精神默契。宋人黄彻《䂬溪诗话》曾说:"东坡先生问老杜何如人。或言似司马迁,但能名其诗尔。"②说明前人对此早有所见。因此,在感性的层次上,杜甫人格与前代忠烈人格之间实有着更为直接的联系,换言之,杜甫与前代忠臣烈士之间存在着深层次的心灵共鸣。而这种心灵共鸣也同样在后代的忠臣烈士心中激发起情感的波澜,产生出超越个人,超越客观时空的深层文化认同。与前述诸人对杜甫人格偏于理性的认识和理解不同,宋末的文天祥最典型地体现了与杜甫感性的心灵共鸣。文天祥被执系狱期间,曾作集杜诗,其《集杜诗自序》说:

> 凡吾意所欲言者,子美先为代言之。日玩之不置,但觉为吾诗,忘其为子美诗也。乃知子美非能自为诗,诗句自是人情性中语,烦子美道耳。子美于吾隔数百年,而其言语为吾用,非情性同哉!③

这种数百年之间两颗心灵碰撞而体味到的"情性"之间,并不全是生活道路、个人性格与遭际、时代风会等外在因素相近或相类的结果,在很大程度上,它还意味着主体之间对生命意义的体悟和对人生价值的把握的切近、相通,意味着主体生活态度和自我完善需要的本质的一致性。因而它是超越时代,超越具体表现方式,甚至超越特定的文化价值规范,可以在人的存在的意义上来理解的。

明人朱椿在《祭杜子美文》中曾说过:"人之所传者,先生之遗编也。而予之所羡者,盖以先生一饭之顷,而忠君爱国之惓惓……而先生之精

---

① 《戴复古诗集》卷一,浙江古籍出版社1992年版,第14页。
② [宋]黄彻《䂬溪诗话》卷一,丁福保辑《历代诗话续编》(上),中华书局1983年版,第347页。
③ 《文天祥全集》卷十六,中国书店1985年版,第397页。

神,犹水之在地,无所往而不在焉。"①如果说文天祥对杜甫的心灵认同,还是发生于"忠君爱国"的共同的文化背景中,那么,当我们越过"忠君"的特定观念,在忧国忧民、忠贞不移、为理想敢于献身等多方面,仍然能够找到我们与杜甫心灵的共鸣点。而如果立足于人的存在的意义上,杜甫之忠烈也同样有着与我们完善自我密切相关的意义。因为"生活并不只是由崇高而丰富的经验构成的。其他的力量和事件也钳制着我们的生活:疾病、死亡⋯⋯那些我们无力改变或回避的状态——即不可能改变的命运状态。当我们遇到这种情境的时候,唯一合理的反应方式是认可。我们接受我们的命运的作用,我们忍受我们的痛苦的勇气,我们表现出面对灾难的尊严,是我们作为完美人的最后考验和测量"②。在这样的情境以及其他貌虽异而神实同的情境下,我们依然会感受到杜甫人格,乃至中国文化中的忠烈人格范型对现代生活的渗透和对我们追求完美的人性的鼓舞。只要人类成长的动机不会泯灭,只要人类陷入生命困境和停留在各种需要满足匮乏状态的可能性不能完全消除,杜甫人格甚至中国古代忠烈人格就不会失去其存在的价值。无论将此视为人格的潜变,还是泛化,我们也同样可以说:"先生之精神,犹水之在地,无所往而不在焉。"

---

① [唐]杜甫著,仇兆鳌注《杜诗详注》附录,第 2288 页。
② (美)舒尔兹(Duane Schultz)《成长心理学》,第 227—228 页。

骆宾王诗论评述[*]

初唐"四杰"能在创作上有所革新,与他们进步的文学观的指导是分不开的。但是历来的"四杰"研究者更多地注重于他们的创作,相比之下,对他们的文学理论的探讨,就显得很不够。在少数谈到"四杰"文学观的地方,也往往只提王、杨、卢三人,而忽略骆宾王。如郭绍虞主编的《中国历代文论选》就是如此。这固然由于骆宾王专论诗文的作品较少,并且多为零星的片言只语,同时也是已有研究在中小诗人这一领域不够深入的表现。事实上,骆宾王的文学思想是很有时代特色的。

一、推尊魏晋的诗歌史观

《和道士闺情诗启》(以下简称"《诗启》")是骆宾王唯一一篇完整的诗论。由于以书信的形式出现,篇幅较短,论述稍嫌简略,但从中仍可窥见骆宾王文学思想的大致轮廓。

《诗启》历评汉至六朝的诗歌发展,对建安及西晋文学最为推崇:

  李都尉鸳鸯之辞,缠绵巧妙;班婕妤霜雪之句,发越清迥。平子桂林,理在文外;伯喈《翠鸟》,意尽行间。河朔辞人,王刘为称首,洛阳才子,潘左为先觉。若乃子建之牢笼群彦,士衡之籍甚当时,并文苑之羽仪,诗人之龟镜。[①]

---

[*] 本文原刊于《人文杂志》1991年第6期;人大复印资料《中国古代近代文学研究》1992年第3期全文转载。

[①] [唐]骆宾王著,[清]陈熙晋《骆临海集笺注》,上海古籍出版社1985年版,第222页。

我国诗歌的发展,自《诗经》之后,两汉文人,"词赋竞爽而吟咏靡闻。"因此钟嵘说:"从李都尉迄班婕妤,将百年间,有妇人焉,一人而已。诗人之风,顿已缺丧。"①降及东汉,世尚经术,"文章之选,存而不论",惟有张衡、蔡邕,"绝唱高纵""才不时乏"②有些堪传的篇章。因此,骆宾王虽也称赏汉诗,他真正心神向往的却是魏晋之诗。文中所举,王(粲)刘(桢)、子建(曹植)为建安文学的代表,潘(岳)左(思)、士衡(陆机)为西晋太康文学的代表。对他们的推许,实际上正代表了骆宾王对这两代文学的看法。

其次,《诗启》也表现了对六朝诗的态度,骆宾王对六朝诗并不一概否定,如对东晋及刘宋的诗歌,他指责其"专事玄风道意",同时又称赞颜谢能以"典丽"之词,"特挺"当时。他真正否定的是齐梁以下几代"莫能正本"的诗歌,但对齐梁诗人"声律稍精"的贡献则给予肯定。

骆宾王对前代诗歌的这种认识,并非他的独创。推崇魏晋的观点,基本上来之于钟嵘的《诗品》,他所列举的魏晋诗人,在《诗品》中多被列在上品。钟嵘在《诗品序》中对这些诗人的成就也早有极高的评述:

> 故知陈思为建安之杰,公干、仲宣为辅;陆机为太康之英,安仁、景阳为辅;谢客为元嘉之雄,颜延年为辅:斯皆五言之冠冕,文词之命世也。③

两相对照,可知骆宾王之论几乎全本钟嵘。而对六朝诗的贬抑,是初唐人普遍的态度。可是说骆宾王的这些论述,从理论本身来说并无多少价值。我们只有把它放在当时特定的文学思想环境中来观照,才可能认识到它的意义。

初唐人对六朝文风的贬斥,从唐高祖建国之初就开始了。高祖、太宗君臣,从政治的角度出发,对六朝文风进行了不遗余力的攻击。初唐史学

---

① 王叔岷《钟嵘诗品笺证稿》,中华书局2007年版,第54页。
② [南朝梁]刘勰著,范文澜注《文心雕龙注》,人民文学出版社1958年版,第673页。
③ 王叔岷《钟嵘诗品笺证稿》,第67—68页。

家的文论集中表现了他们的这种观点。姚思廉说,梁陈几代"不崇教义之本,偏尚淫丽之文,徒长浇伪之风,无救乱亡之祸矣"①。魏徵也说:"梁自大同之后,雅道沦缺,渐乖典则……词尚轻险,情多哀思……盖亦亡国之音乎!"②李百药则认为,齐梁以下"并为亡国之音"③。虽然从整体来看,他们的文论并不否定文学本身的特点,与苏绰、李谔等人对齐梁的批判有本质的不同,但视齐梁文学为"亡国之音",却是他们共同的观点。

到了"四杰"时代,王勃等三人对前代文学的否定比初唐史家更为激烈。王勃指责"屈、宋导浇源于前,枚、马张淫风于后"④。杨炯也说:"贾、马蔚兴,已亏于《雅》《颂》;曹、王杰起,更失于《风》《骚》。"⑤对楚辞以后直到建安的文字,不加区别,一概贬斥。卢照邻虽有"屈、宋之后,直至贾谊、相如。两班叙事,得丘明之风骨"⑥的话,并称赞建安文学"音韵天成",同时却又说:"屈平、宋玉,弄词人之柔翰。礼乐之道,已颠坠于斯文;《雅》《颂》之风,犹绵联于季叶。"⑦前后自相矛盾,显示出理论的不成熟性和混乱性。

骆宾王较自觉地接受了钟嵘的文学史观,在对待前代文学的态度上,他既无初唐政治家的偏见,也不像王勃等人那样偏激。他的观点显然比这些人都较为公允。在当时的情况下,如果说初唐史家和王勃等人的文学观有矫枉过正的作用,骆宾王的文学观对于新的诗歌美学理想的建设更有意义。

大致来说,初唐史家囿于政治教化的目的,对新文学的要求只能是所谓"上所以敷德教于下,下所以达情志于上"⑧。或者是"经礼乐而纬国家,通古今而述善恶"⑨。换言之,即以所谓"中和""雅正"代替六朝文学

---

① 《陈书》卷六《后主本纪》,中华书局2013年版,第199—120页。
② 《隋书》卷七十六《文学传序》,中华书局2011年版,第1730页。
③ 《北齐书》卷四十五《文苑传序》,中华书局2013年版,第602页。
④ [唐]王勃《上吏部裴侍郎启》,《全唐文》卷一百八十,第1829页。
⑤ [唐]杨炯《王勃集序》,徐明霞点校《卢照邻集 杨炯集》,中华书局1980年版,第34页。
⑥ 徐明霞点校《卢照邻集 杨炯集》,第71页。
⑦ 卢照邻《南阳公集序》,徐明霞点校《卢照邻集 杨炯集》,第60页。
⑧ 《隋书》卷七十六《文学传序》,第1729页。
⑨ 《梁书》卷四十九《文学传序》,第685页。

的"淫放"①。王勃等人虽在创作上已开始体现出建安文学特有的风力、气骨,但在理论上却反而对之加以否定,造成了创作和理论的脱节。这就使新的文学观念的确立远远落后于创作实践。

骆宾王在《诗启》中,则已表现了对新的文学理论的朦胧认识。他在文章结尾处,称赞道士之诗,并且提出:

> 弘兹雅奏,抑彼淫哇。澄五际之源,救四始之弊。固可以用之邦国,厚此人伦。②

可见,骆宾王理想的新文学的特点之一,即是"可以用之邦国,厚此人伦"。由此可以推知,道士之诗虽写闺情,必然也具有这一特点,因而他才称其"天纵明睿,卓而不群。听新声,鄙师涓之作;闻古乐,笑文侯之睡",并"抽词奉和"。联系全文,道士这曲"新声",又必定与魏晋之诗有着某种承继关系,因此,骆宾王的"澄源""救弊",实际上也就是要贬黜齐梁,弘扬魏晋,使诗歌回到正道上来。这一点,他在文中虽未道出,我们通过分析还是不难体会到的。

但是,当时整个文坛对新的诗歌美学理想的认识还比较模糊,对诗歌在新的历史条件下的发展方向也还不很明确。因此,骆宾王虽然推崇魏晋诗歌,却不能明确地把它纳入重构理想的新诗歌的设想中。也不能明确地打出学习建安精神的旗帜。他的论述已经接触到了文风变革的某些实质性的东西,他的意识却还没有进入自觉的状态,加之他是诗人而非诗论家,是在写信而不是专门论诗,他认识上的局限,表述上的含糊就更容易暴露出来。不过在陈子昂之前,这种思想依旧是难能可贵的。而明确提倡学习汉魏古诗,则要到陈子昂的时代才成为一种必然的趋势,才能够作为诗歌变革的一种手段而对创作发生直接的影响。从骆宾王到陈子昂的发展,也正是时代意识在文学理论领域从不自觉到自觉的演进过程。

---

① 《全唐诗》卷一,第1—2页。
② [唐]骆宾王《和道士闺情诗启》,[唐]骆宾王著,[清]陈熙晋《骆临海集笺注》,第223—224页。

我们在推崇陈子昂变革之功的同时,也应该留意骆宾王在早期变革中所表现的这种朦胧的思想。

当然,骆宾王虽特别赞许汉魏西晋之诗,他的诗歌却更多地表现了六朝诗的某些特征,尤其是在语言上。这与他的理论并不矛盾。他不像陈子昂一样明确地把汉魏风骨、建安精神作为学习的对象。他对陆机、颜谢的称赞,也说明他对诗歌语言的要求,与初唐崇尚华艳之词的风气并无质的差别。这些都是时代的局限,我们不能苛求古人。

二、"汰衷襟"的诗歌抒情论

骆宾王论诗强调"用之邦国,厚此人伦"的教化作用,在《帝京篇》序中他也说:"易象六爻,幽赞通乎政本,诗人五际,比兴存乎国风。"[①]似乎他所持的是儒家的传统诗论。但是从他的其他论述并结合他的创作实践来看,他更重视的还是诗歌的抒情性:

感而缀诗,贻诸知己。庶情沿物应,哀弱羽之飘零;道寄人知,悯余声之寂寞。非谓文墨,取代幽忧云尔。[②]

不题短什,何汰衷襟乎?[③]

骆宾王认为,作诗并不是"希声刻鹄,窃誉雕虫",为某种功利而创作,而是心中有所积郁,有所不平,不得已才发而为诗。他既反对借诗歌"资丑行以自媒,炫庸音而苟进",也没有把诗歌当作政治教化的工具。"取代幽忧""汰衷襟"这就是他对诗歌抒情性的特殊的认识。

由于骆宾王一生遭遇艰难,栖迟不进,才高位下;罢官、入狱、贬谪,种种不遇的悲哀和不幸的灾难,决定了他的诗歌所表现的情感必然以愤郁

---

① [唐] 骆宾王《帝京篇序》,[唐] 骆宾王著,[清] 陈熙晋《骆临海集笺注》,第3页。
② [唐] 骆宾王《在狱咏蝉序》,[唐] 骆宾王著,[清] 陈熙晋《骆临海集笺注》,第159页。
③ [唐] 骆宾王《于紫云观赠道士序》,[唐] 骆宾王著,[清] 陈熙晋《骆临海集笺注》,第53页。

不平为主。因此,他对诗歌抒情性虽未作更多的论述。"汰衷襟""代幽忧"的文学观却是从全部的生活和创作中领悟并总结出来的,我们姑且称之为抒写"不平之气"。这种思想是他全部创作的总纲,对他的创作实践起着明显的指导作用。

骆宾王抒写"不平之气"的文学观,是六朝以来文学中情感的地位日益突出的表现,是六朝重视"吟咏情性"的诗歌理论的进一步发展。

早在汉代,司马迁就提出了"《诗》三百篇,大抵贤圣发愤之所为作也"①的著名论断。认为《诗经》与《离骚》《左传》等古代名作都是作者在"意有所郁结,不得通其道"的情况下创作出来的。但是,秦汉时代的诗论中,强调的是诗歌的社会功能。汉儒说诗,以"美刺"为标准,《诗大序》虽提出了"吟咏情性"的观点,却要求"发乎情,止乎礼义",重视的仍是诗歌"移风俗,美教化"的功用。司马迁的"发愤说"并没有得到发展。

魏晋以来,文学进入了自觉时代,随着文学观念的转变,文学本身的缘情特点日益受到重视。从陆机提出"诗缘情而绮靡"开始,出现了许多突破儒家诗教,强调诗歌抒情性的诗论。萧纲认为诗歌不过是"寓目写心,因事而作"②。萧子显称"文章者,盖情性之风标"③。钟嵘、刘勰论诗都强调"摇荡性情"④、"情动而辞发"⑤而从裴子野对当时诗歌"罔不摈落六艺,吟咏情性"⑥的指责中,也可以窥见当时诗论的大概。

到了初唐,贞观政治家和史学家虽糠秕六朝文学,但他们并不否定文学的抒情性,或称"文之所起,情发于中"⑦。或说"原乎文章之作,本乎情性"⑧,都表现了对文学抒情性的重视。

骆宾王重抒情的文学思想,可以看作是六朝以来文论强调文学抒情

---

① 《史记》卷一百三十《太史公自序》,中华书局2013年版,第3300页。
② [梁]萧纲《答张缵谢示集书》,[清]严可均辑《全上古三代秦汉三国六朝文·全梁文》卷十一,中华书局1958年版,第114页。
③ 《南齐书》卷五十二《文学传论》,中华书局2013年版,第907页。
④ 王叔岷《钟嵘诗品笺证稿》,第47页。
⑤ [南朝梁]刘勰著,范文澜注《文心雕龙注》,第715页。
⑥ [南朝梁]裴子野《雕虫论》,[清]严可均辑《全上古三代秦汉三国六朝文·全梁文》卷五十三,中华书局1958年版,第3262页。
⑦ 《北齐书》卷四十五《文苑传序》,第602页。
⑧ [唐]令狐德棻《周书》卷四十一《王褒庾信传论》,中华书局1971年版,第744页。

功能的自然发展。然而他抒写"不平之气"的观点却与六朝人及初唐史学家的重情说有着本质的不同。

六朝诗所表现的情感,往往格调不高,庸俗甚至卑下。表现在诗论中,司马迁的"发愤"说仍没有得到重视,只有钟嵘说过"使穷贱易安,幽居靡闷,莫尚于诗矣"①的话,表现了与司马迁大致相近的文学思想。贞观诗论家攻击六朝诗的"淫放"浅薄,同时却又拘守儒家"以颂美为雅正"的诗歌观念,把"情"纳入政治教化中,使"情"成为近乎"理"的东西②,这就是限制了诗歌抒情的自由性和独立性,基本排除了个人的不平愤郁之情,客观上对诗歌的变革产生了消极的影响。当时,只有孔颖达是个例外。他不仅认为"在己为情,情动为志,情志一也"③,明确从理论上对情、志作出了新的解释,使者统一起来。还提出了"言悦豫之志则和乐兴而颂声作,忧愁之志则哀伤起而怨刺生"④的观点。基本上纠正了当时诗论的片面性、狭隘性。继钟嵘之后,从理论上发展了司马迁的"发愤"说的发展,它与钟嵘和孔颖达的思想是一脉相承的。

骆宾王抒写不平之气的文学观,又是"四杰"对文学共同的认识。除杨炯外,王勃和卢照邻都不止一次地表现了同样的思想。

若夫怀放旷寥廓之心,非江山不能宣其气,负郁怏不平之思,非琴酒不能泄其情。⑤

天地不仁,造化无力。授仆以幽忧孤愤之性,禀仆以耿介不平之气。顿忘山岳,坎坷于唐尧之朝,傲想烟霞,憔悴于圣明之代。情可知矣。⑥

盖作《易》者其有忧患乎?删《书》者其有栖遑乎?《国语》之作,

---

① 王叔岷《钟嵘诗品笺证稿》,第77页。
② 参罗根泽《中国文学批评史》(二),上海古籍出版社1984年版,第92—112页。
③ [晋]杜预注,[唐]孔颖达疏《春秋左传正义》卷五十一,[清]阮元校刻《十三经注疏》,中华书局1980年版,第2108页。
④ [汉]毛亨传,[汉]郑玄笺,[唐]孔颖达疏,《毛诗正义》卷第一(一之一),北京大学出版社1999年版,第6页。
⑤ [唐]王勃《春日孙学士宅宴序》,《全唐文》卷一百八十一,第1840页。
⑥ [唐]王勃《夏日诸公见寻访诗序》,《全唐文》卷一百八十一,第1842页。

非夐叟之事乎？《骚》文之兴，非《怀沙》之痛乎？吾非斯人之徒欤，安可默而无述。①

卢照邻集古今文士之"奇穷""仕宦不达""沉疴永痼"②于一身，他的痛苦也格外地深重，他自称"吾非斯人之徒欤，安可默而无述"道出了他创作的目的。与骆宾王一样，他在文学理论上也明显继承了司马迁的发愤说。王勃这方面的论述最多，从上引前两段文字可以看出，他所谓的"不平之气"，是"抚穷贱而惜光阴，怀功名而悲岁月"③，也即"憔悴于圣明之代"的不平。由于生活经历的限制，他对"不平之气"的理解，与卢、骆二人又略有不同。具体而言，王勃的"不平之气"更多的是一种展望未来所生出的悲慨惆怅，于热烈中带有不安的躁动；卢、骆则是对个人不幸现实遭遇的回应，于沉重里含有奋起反抗的愤激。但本质上，二者都是对现实的不满，对个性被压抑的不平。

"四杰"抒写不平之气的文学思想，使他们的创作突破了贞观诗以颂美为主的框框。在情感的抒发上得到了解放，表现了丰富多彩的内容。闻一多先生称四杰诗"由宫廷走到市井""从台阁移至江山与塞漠"④。这种变化与"四杰"的生活经历有关，但又离不开这种文学思想的指导。同时，在这种文学思想的指导下，诗歌必然是诗人情感的自然流露，是"为情而造文"，而非"为文而造情"。因此才能"要约而写真"⑤，才是有生命的艺术，才能打动读者。"四杰"能够摧荡当时沉闷的文坛，使诗风为之一变，其关键也正在这里。

"四杰"表现不平之气文学观，代表了当时最富生气的文学思想，也预示着唐代文学发展的方向。因而，骆宾王在这方面的论述虽过于简略，却依然值得我们重视。

---

① ［唐］卢照邻《释疾文》，徐明霞点校《卢照邻集 杨炯集》，第59页。
② ［明］张燮《幽忧子集题词》，参见徐明霞点校《卢照邻集 杨炯集》。
③ ［唐］王勃《春思赋序》，《全唐文》卷一百七十七，第1798页。
④ 闻一多《四杰》，《闻一多全集》（六）,《唐诗编上》，湖北人民出版社1993年版，第16页。
⑤ ［南朝梁］刘勰著，范文澜注《文心雕龙注·情采》，第538页。

三、"心物契合"的审美理想

对创作中情感兴发的细微、深刻的体认,是骆宾王文学观的又一个特点。

由于宾王特别重视诗歌的抒情性,他的作品大多是内心情感的自然流露。因此,他对诗人心灵受外物作用而生发出诗情的创作过程,有着独创的体会。

> 弁侧山颓,自有琴歌留客。操觚染翰,非无山水助人。①

> 余猥以明时,久遭幽絷……睹兹流萤之自明,哀此覆盆之难照。夫类同而心异者,龙蹲归而宋树伐;质殊而声合者,鱼形出而吴石鸣。苟有会于精灵,夫何患于异类。②

> 夫心之悲者也,非关春秋之气;声之哀也,岂移金石之音。何则?事感则万绪兴端,情应则百忧交轸。是以宣尼旧馆,流襟动激楚之哀;孟尝高台,承睫下闻琴之泪。③

上引三段文字,都是谈创作中心物感应的现象,但侧重点有所不同。第一段所说的是大自然对诗人的感召,即陆机所谓"遵四时以叹逝,瞻万物而思纷"④,刘勰所论"物色相召,人谁获安"⑤。第二、三两段,一因被絷而生悲,一因友人去世而动哀,都属于人事际遇对诗人的感动激发。但其诗情的兴发又不仅仅是由于生活中人事的变化,或者说,人事的变化只能使诗人产生与之相应的情感波动。要使这种情感波动外现为一种足以动人的情思,则还需要另外的某种条件。这种条件用骆宾王的理解来说,

---

① [唐]骆宾王《秋日于益州李长史宅宴序》,[唐]骆宾王著,[清]陈熙晋《骆临海集笺注》,第316页。
② [唐]骆宾王《萤火赋》,[唐]骆宾王著,[清]陈熙晋《骆临海集笺注》,第199页。
③ [唐]骆宾王《伤祝阿王明府序》,[唐]骆宾王著,[清]陈熙晋《骆临海集笺注》,第49页。
④ [晋]陆机著,张少康集释《文赋集释》,人民文学出版社2002年版,第20页。
⑤ [南朝梁]刘勰著,范文澜注《文心雕龙注》,第693页。

那就是心与物之间的"神会",事与情之间的"契合"。

"苟有会于精灵,夫何患于异类",这已不仅仅是"悲落叶于劲秋,喜柔条于芳春"式的"江山助人",它不是外在之物对诗人情绪的单向感召,而是心与物之间的一种交相感应。是"事感"与"情应"在特定情境下同时发生的双向运动(我们姑且称之为"心物契合")。如果仅有客观外物,而诗人心中没有积蓄一种与之神气相通的情感,则外物自是外物,与诗人了不相干。或者诗人心中早有了某种情绪,但并未遇到足以兴发这种情绪的外物,那么诗人的情绪也只能积于胸中而难以物化成具体的诗歌意象。对此黄侃在《文心雕龙札记》中的《神思》篇下有过很精辟的论述:

  此言内心与外境相接也。内心与外境,非能一往相符会。当其窒塞,则耳目已近,神有不周;及其怡怿,则八极之外,理无不浃。然则以心求境,境足以役心;取境赴心,心难于照境。必令心境相得,见相交融,斯则成连所以移情,庖丁所以满志也。①

这里的"心境相得,见相交融"亦即骆宾王的心物契合,它既非"以心求境",也不是"取境赴心",而是:

  情蓄于心,事符则感;形潜于内,迹应斯通。②
  事沿情而动兴,理因物而多怀。③

因此,骆宾王认为"心之悲也",不必有关于"春秋之气",而"万物之相感应",也不必"同声同气",只要"情"与"事"相应,内与外相通,则如无生命的浮槎,无知性的秋蝉之类,都可与诗人内心之情意交相感发,使性情摇荡,"形诸舞咏"。

---

  ① 黄侃撰《文心雕龙札记》,上海古籍出版社 2000 年版,第 93 页。
  ② [唐]骆宾王《上吏部裴侍郎书》,[唐]骆宾王著,[清]陈熙晋《骆临海集笺注》,第 262 页。
  ③ [唐]骆宾王《萤火赋序》,[唐]骆宾王著,[清]陈熙晋《骆临海集笺注》,第 200 页。

骆宾王对创作中心物感应的这种认识,历来很少为人注意。其实,它无论在诗歌理论的深化,还是在诗歌理论从初唐至盛唐的过渡上,都有着很重要的意义。

首先,骆宾王的心物契合说是对传统物感说的一种发展。早在《礼记·乐记》中就提出了"凡音之起,由人心生也。人心之动,物使之然也"[①]的观点,这可以看作物感说的滥觞,陆机《文赋》对物感说做了进一步的发展,把"物"具体化为四时的景物,先人功德和典籍文辞等几个方面。钟嵘《诗品》又进行精简,把"物感"之物归结为社会事物和自然景物两个方面。但是他们强调的是外物对诗人的感发,对于诗人主观情感在物感过程中的能动性,并未加以重视。当时只有刘勰注意到了心物之间的交互作用,他在《文心雕龙·物色篇》中说:"诗人感物,连类不穷。流连万象之际,沉吟视听之区。写气图貌,既随物以宛转;属采附声,亦与心而徘徊。"又说:"目既往还,心亦吐纳","情往似赠,兴来如答"[②]。刘勰使物感说趋于完善。其后,梁元帝萧绎对此作了专门的论述,他在《金楼子·立言》中说:

> 捣衣清而彻,有悲人者。此是秋士悲于心,捣衣感于外,内外相感,愁情结悲,然后哀怨生焉。苟无感,何嗟何怨也。[③]

骆宾王的心物契合说,正是在刘勰和萧绎之后对物感说的补充。从理论上来说,他论述与刘、萧二人基本上是一致的,但他是以诗人的身份谈自己的创作体验。因此,他的思想更能反映出初唐文学理论的深化。

其次,骆宾王的心物契合说表现了唐人审美观念的转变,它与陈子昂"兴寄说"共同完成了诗歌理论由六朝至盛唐的过渡,揭开了唐代诗歌理论发展的序幕。

骆宾王的心物契合说,几次提到了"兴"的概念。除前面提到的"事

---

① [清] 孙希旦撰,沈啸寰、王星贤点校,《礼记集解》,中华书局,1989年,第976页。
② [南朝梁] 刘勰著,范文澜注《文心雕龙注》,第695、693页。
③ [南朝梁] 萧绎撰,许逸民校笺《金楼子校笺》,中华书局2011年版,第627—628页。

感则万绪兴端,情应则百忧交轸","事沿情而动兴,理因物而多怀"。他在《与博昌父老书》中也说:"哀缘物兴,事因情感。"①这里的"兴"都是指诗人在自然外物和社会人事的感发下产生的一种情感或情兴,它是心物交感的结果,是诗人从"外在景物或情事得到的一种发自内心的真切之感受,而这种感受作用也就正是诗歌的主要生命之所在"②,因此,"兴"乃是骆宾王心物契合说的理论核心。

在先秦,"兴"是"六诗"之一。到了汉代,它与赋、比又被理解为解诗的方法。魏晋以来,刘勰、钟嵘等人对传统的赋、比、兴作了新的解释,《文心雕龙·比兴篇》说:"比者,附也;兴者,起也。附理者切类以指事,起情者依微以拟议。"③按刘勰的解释,"兴"是具有感发性质的,且与"比"相比,"兴"的感发多出于感性的直觉触引。但刘勰论比兴,重在它所表现的社会政治内容,要求"兴"有托讽的作用。钟嵘《诗品序》称诗有"三义","一曰兴",并说"文已尽而意有余,兴也"。他在对作家作品的评价中也常常使用"兴"这一概念,他所说的"兴",一是指由外物激发而生的主观情义,一是指诗歌的讽喻寄托。

唐人正是在钟嵘诗论的基础上使用和发展"兴"这一术语的。陈子昂的兴寄说,重在提倡"以义补国""论道匡君"的积极的社会政治内容,是对钟嵘理论中讽喻寄托这一方面的继承和发展。对钟嵘理论的另一个方面的发展,则是由骆宾王首先接续完成的。后来李白、殷璠等人对"兴"的理解和使用,都不带强烈的政治色彩,渐渐转向以抒情写物为中心,把"兴"作为一种在外物作用下偶然产生的审美情趣。特别是殷璠的"兴象"说更是在融合钟嵘理论之精华的基础上,形成的一种新的诗学理论。后来的"意象说""兴趣说"以及最能表现中国古代诗论特色的意境说,都是沿着这条线继续发展的。这些理论都不是以陈子昂的兴寄说为重心,而是以由骆宾王首先继承并发展的钟嵘诗论的另一方面为主。

---

① [唐]骆宾王《与博昌父老书》,[唐]骆宾王著,[清]陈熙晋《骆临海集笺注》,第291页。
② 叶嘉莹《〈人间词话〉境界说于中国传统诗说之关系》,转引自姚柯夫编《〈人间词话〉及评论汇编》,书目文献出版社1983年版,第297—298页。
③ [南朝梁]刘勰著,范文澜注《文心雕龙注》,第601页。

因此，如果说陈子昂的革新理论体现了诗歌内容变革的时代要求。那么，骆宾王"心物契合说"对外物感发诗人情兴的论述，则反映了当时人们已开始重视诗歌的抒情艺术，时代审美观念已开始转变。这从元兢《古今诗人秀句序》所载元兢与诸学士对谢诗佳句的讨论①，也可以得到证明。由于当时诗歌的进一步发展。而骆宾王虽有这种认识，却不能明确地把它作为变革诗风的手段，在他的创作中能够体现出他这一文学思想的作品也还比较少。这或许正是他的诗学理论未能被时人重视的原因。但是从整个文学理论发展史来看，我国古代诗论由六朝到唐的过渡，正是由骆宾王和陈子昂分别从两个不同的侧重点开始的。

总之，骆宾王的文学思想，有着鲜明的时代特色，无论推尊魏晋诗、重视抒情性还是对心物感发的论述，在文学理论的发展和当时的诗歌变革中，都有其积极的意义。但是也不可否认，由于当时文学创作和文学理论的发展都正处于过渡时期，骆宾王虽然否定齐梁诗风，但他的创作又明显受到庾信等人的影响，因此他推崇魏晋的主张就很不明确，与陈子昂以风雅自任不可同日而语。他对心物交感有深刻的体验，但它真正产生于这种感发，并能将这种真切的内心感受物化为审美意象的作品并不多，如《在狱咏蝉》一类的诗在他的创作中还比较少。倒是他重视抒情性的特点在创作中体现的比较明显。骆宾王创作与理论之间的这些矛盾，在王勃等同时的一些作家身上也有所表现，这是美学观念开始转移、文学创作开始转变时期的共同特点。

---

① 《古今诗人秀句序》载，元兢与诸学士读小谢诗，诸学士以为"行树澄远阴，云霞成异色"二句最好。元兢则以为不如"落日飞鸟在，忧来不可及"。理由是，前两句是"中人以下，偶可得之"，而后两句"扪心罕опу，而举目增思，结意惟人，而缘情寄鸟。落日低照，即随望断。暮禽还集，则忧共飞举"，大意是说后两句为心物交融之作，情生于景而又寄于景。从诸学士"咸服"的讨论结果可知，当时诗人对由心物互感而形成情景互融的诗歌艺术境界已有一定共识。元兢《古今诗人秀句序》参见罗根泽《中国文学批评史》（上），商务印书馆 2015 年版，第 373 页；（日）弘法大师撰，王利器校注《文镜秘府论校注》，中国社会科学出版社 1983 年版，第 354—363 页。

论盛唐气象的理论渊源*

　　关于盛唐气象的讨论，是古典文学研究的热点之一。近十余年来不少学者都就此发表了自己的看法，使讨论的范围得到了进一步的拓展，但其中的分歧之多也是学术界有目共睹的。这一方面是学术发展的表现，另一方面却与概念的不统一有很大关系。有关盛唐气象的概念，一般可上溯至南宋的严羽。但严羽所概括的盛唐诗的气象特征是"浑厚"，与今人用盛唐气象指称盛唐诗歌的艺术特征并不完全相同。这一概念内涵的确立，导源于殷璠"气来""情采"说，经唐宋明清学者的补充发展，才逐渐达到今天的理论自觉。因此让问题回到原来的起点上，从头说起，或许能使对这一问题的研究更切合实际。

一、盛唐气象研究的历史回顾

　　以往的讨论所普遍忽略的一点，便是对盛唐气象概念本身的探讨。由于各人所理解的盛唐气象不同，讨论有各言其是的倾向，因而难以深入。其中最明显的表现在如下三个方面：一是在文艺反映现实的前提下将盛唐气象与盛唐历史之盛等同起来，由此便有对李、杜，尤其是李白作品反映了盛唐气象的否定说法[1]。其二是将文学史和历史上的盛唐分别看待，认为文学史上的"盛唐"要延续至大历初年[2]。其三是将盛唐气象

---

　　* 本文原刊于《山西师大学报》1994年第4期；人大复印资料《中国古代近代文学研究》1995年第2期全文转载。
　　[1] 裴斐《论李白的政治抒情诗》，《文学遗产》1981年第1期。
　　[2] 高玉昆《说"盛唐气象"》，《光明日报》1984年5月1日。

与盛唐诗的气象完全等同起来,丝毫不加区别。这一点几乎是论盛唐气象共同的倾向。

前二说之偏,王运熙先生《说盛唐气象》一文已做过讨论。他认为:"盛唐气象是宋代以来诗论中的一个术语,指盛唐诗歌的风貌特征。"这种特征"一是浑厚,二是雄壮","它表现在盛唐大多数作家作品中间,而与初唐,中晚唐诗显示出区别来"。并认为这种看法滥觞于宋代的严羽,在明清诗论中得到了进一步的阐发[①]。然而王先生的文章也同样将盛唐诗的气象与盛唐气象作为同一概念加以使用。

盛唐气象的概念虽可上溯至宋代的严羽,但严格说来,严羽只是以"气象"论诗,并论到盛唐诗,却没有明确提出"盛唐气象"这一概念。在《沧浪诗话》中,谈到"气象"的共有如下八处:

1. 诗之法有五:曰体制,曰格力,曰气象,曰兴趣,曰音节。(《诗辨》)

2. 唐人与本朝人诗,未论工拙,直是气象不同。(《诗评》)

3. 汉魏古诗,气象混沌,难以句摘。(《诗评》)

4. 建安之作,全在气象,不可寻枝摘叶。(《诗评》)

5. 虽谢康乐拟邺中诸子之诗,亦气象不类。(《诗评》)

6. 予谓此篇(笔者按:指陶渊明《问来使》)诚佳,然其体制气象,与渊明不类。(《考证》)

7. "迎旦东风骑蹇驴"绝句,决非盛唐人气象,只似白乐天言语。(《考证》)

8. 又谓:盛唐之诗,雄浑雅健。仆谓此四字,但可评文,于诗则用健字不得。不若《诗辨》雄浑悲壮之语,为得诗之体也。毫厘之差,不可不辨。坡谷诸公之诗,如米元章之字,虽笔力劲健,终有子路事夫子时气象。盛唐诸公之诗,如颜鲁公书,既笔力雄壮,又气象浑

---

① 王运熙《说盛唐气象》,《上海社会科学院学术季刊》1986 年第 3 期。

厚,其不同如此。(《答出继叔临安吴景仙书》)①

从第1条可知,严羽是明确将气象作为一个诗歌美学概念加以使用的。第2、3条说明汉魏古诗之气象的特点是"混沌",第4至第6都是以"气象"为标准对两类诗作进行比较,认为它们的"气象"不同,但具体怎样不同都未作进一步说明。只有7、8两条从正、反两面论到盛唐诗的气象,如果结合第6条而言(此条虽称唐人,实以盛唐为主),我们似可将严羽对盛唐诗之气象的论述概括如下三点:1. 盛唐诗与宋诗气象不同;2. 盛唐诗与晚唐诗气象不同;3. 盛唐诗"气象浑厚"。

由此可见,严羽只是以气象论诗,并谈到了盛唐诗的气象特点,这与后人以"盛唐气象"评价盛唐诗还不能同等看待,也就是说盛唐诗的气象与盛唐气象还不是完全相同的概念,二者之间的差别虽细微却不可忽略。

在严羽那里,气象只是与体制、格力、兴趣、音节并列的五种诗法之一。因此,严羽对盛唐诗的气象特点的概括也只有"浑厚"一词。但另一方面,他又以气象来兼含别的诗法。前引《沧浪诗话》论气象的几条,即已显示出"气象"概念所具有的包容性。如论《问来使》不类陶渊明诗,着重从作品内容的质朴与否立论;谈谢灵运与邺中诸子诗之"气象",又重在从语言立论,是气象可兼指风格,而论汉魏古诗,论建安诗乃至论唐宋诗之气象,谈的又是诗歌的时代风貌。

严羽对"气象"概念的这种矛盾态度,是古典诗论不重概念的严格界说造成的,但也说明"气象"实际上是一个内涵丰富的概念,而后一方面正是明代以后,"气象"在诗论中的使用日益活跃与其内涵日益丰富的原因。明人许学夷《诗源辨体》以"气象""风格"并论盛唐诗,以为"盛唐浑圆活泼,而气象风格自在"②。这可以看作是严羽将气象与风格合说的进一步发展,更为明显的是李东阳的格调说。郭绍虞先生认为:"格调之说……起于《沧浪诗话》之所谓气象","盖明人所谓格调,是合沧浪所谓

---

① 以上所引八条,均见郭绍虞校释《沧浪诗话校释》,人民文学出版社1983年版,第7、144、151、158、192、222、229、252—253页。

② [明]许学夷著,杜维沫校点《诗源辨体》卷十七,人民文学出版社1987年版,第175页。

第一义之悟与气象之说体会得来"。又说"格调之说重在气象"①。由此也可以看出气象说在明代确已有内涵日益丰富的趋势。

当代学者则更进一步,不仅明确地将风格(笔力、格力)并入气象之中,如王运熙先生将盛唐气象明确概括为"浑厚""雄壮"两个方面②,实际正是对明以来关于盛唐诗气象论的进一步发展,而且将盛唐气象提升到一个自觉的理论高度,进一步扩展了它的内涵与外延。如林庚先生就认为:"盛唐气象同时又是一个诗歌时代总的成就……它也是中国古典诗歌造诣的理想。"③

综上所述,严羽所概括的盛唐诗的气象特征是"浑厚",而今人的"盛唐气象"指的是盛唐诗歌的艺术特征,它并不是只有"浑厚"一项,二者在概念上并不是完全重合的。

二、严羽以气象论盛唐诗辨析

严羽在《沧浪诗话》中,除以气象论盛唐诗外,还由对盛唐诗的分析研究提出了兴趣说、妙悟说,并且于全部盛唐诗中,又特别推尊李杜,以雄壮之美作为自己的诗美理想。这些内容在严羽诗论中是无法归入气象说的,或者说严羽所谓盛唐诗的气象,并不能将这些内容全部包容在内。今人论盛唐气象而将首创之功归于严羽,实在并不是因为严羽在理论上已经确立了这一概念,而是因为他们将上述内容纳入严羽诗论中尚不成型的盛唐诗气象说中的缘故。这正是今人的盛唐气象说与严羽诗论的深层联系之所在。但就相关研究成果而言,又有两种不同的认识。其一是将严羽的兴趣说、妙悟说吸收到盛唐气象的理论框架中来,因此论盛唐气象,而把王孟一派的山水田园之作也囊括在内,认为这类作品也体现了盛唐气象的特征;其二是吸收严羽推尊李杜,追求壮美的思想,于"浑厚"之外,将"雄壮"也作为盛唐气象的主要特征,由此王孟的田园山水之作被

---

① 郭绍虞《中国文学批评史》,上海古籍出版社 1979 年版,第 541、542 页。
② 王运熙《说盛唐气象》,《上海社会科学院学术季刊》1986 年第 3 期。
③ 林庚《盛唐气象》,《北京大学学报》1958 年第 2 期。

排除在盛唐气象之外。

从盛唐诗实际来看,后一种观点的局限是明显的。严羽生当南宋末叶,当时江西派、江湖派的弊病都已暴露无遗,因此,矫正诗弊,为诗歌的发展找到一条可行的道路,就成为他建立诗歌理论的直接目的。然而这两派的弊病,乃是两个相反的极端,要想使其同时得到补救,显然是非常困难的。在这样一个二难困境中选择出路,就使严羽对盛唐诗歌的理论总结受到客观的限制,或者说他对盛唐诗歌特征的总结,因与以盛唐为法的具体途径相混而造成了理论上的混乱。

严羽对盛唐诗的论述,综合而言,不外三点:其一,"盛唐诸公,透彻之悟也"(《诗辨》);其二,"盛唐诸人,惟在兴趣"(《诗辨》);其三,盛唐诗"雄浑悲壮",或"既笔力雄壮,又气象浑厚"(《答出继叔临安吴景仙书》)[1]。这三方面基本上概括了盛唐诗的美学特征,包举了严羽所谓诗之大概的"优游不迫"和"沉着痛快"两个方面。因为无论妙悟,还是兴趣,强调的都是审美感兴,而审美感兴是一首好诗所必备的,并非专就两类诗中的哪一类而言。但是严羽在具体论述以盛唐为法时,却转了向,要求"以李杜为准,挟天子以令诸侯"(《诗评》)[2]。从他"以李杜二集枕藉观之,如今人之治经,然后博取盛唐名家,酝酿胸中,久之自然悟入"(《诗辨》)[3]的说法看,他尊李杜,并没有轻视别的盛唐名家,但事实上,他对盛唐影响甚大的王孟诗派,亦即"优游不迫"的一派,仍然表示了轻视的倾向,他的审美理想最终落到"沉着痛快""雄浑悲壮"的一面。这与其说是他自己审美理想的必然归宿,毋宁说是纠偏的现实目的在起着更为主要的作用。在严羽这是不得已之事,对诗歌本质的认识,使他提出了兴趣说、妙悟说,并以此纠正江西派之流弊,又因为宗晚唐的四灵与江湖派也宗王孟,他便绝少提王孟。而要使两方面的偏失同时得到补救,以李杜为尊便成为唯一的选择。但这样一来,他的兴趣说、妙悟说与他有意无意轻视王孟的论诗倾向之间,却形成一种难以自圆其说的矛盾,以致引起后人

---

[1] 郭绍虞校释《沧浪诗话校释》,第 12、26、252—253 页。
[2] 郭绍虞校释《沧浪诗话校释》,第 168 页。
[3] 郭绍虞校释《沧浪诗话校释》,第 1 页。

的种种争议,或者以为严羽"名为学盛唐,准李杜,实则偏嗜王孟冲淡空灵一派"[1];或者拘泥于严羽的论诗倾向,论盛唐气象而将王孟一派排除在外,仅取其少数雄壮、开阔之作。这两种倾向都实在是因为对严羽当时身处二难境地的苦衷没有给予足够的理解所致。因此,论盛唐气象而排除王孟诗派显然是对严羽的一种误解,也是不科学的。

我们今天谈盛唐气象,不必担负严羽匡正诗道的重荷,但又不能离开盛唐气象这一概念本身作任意的主观发挥。严羽在《诗体》中列有"盛唐体",下注曰:"景云以后,开元、天宝诸公之诗。"[2]虽然他也承认"盛唐人诗,亦有一二滥觞入晚唐者,晚唐人诗,亦有一二可入盛唐者"[3]。但"景云以后,开元天宝诸公之诗"则是盛唐诗的主体部分,我们认为这是比较合乎实际的。

然而,我们这样讲,并不等于说前一种观点便无可挑剔,因为就理论渊源而言,将盛唐气象看作是严羽兴趣说、妙悟说与气象说的综合,固然没有错,却仍然未能揭出盛唐气象真正的理论源头。

三、盛唐气象与殷璠之关联

长期以来,论盛唐气象者都把目光集中在严羽身上,而恰恰忽略了历史上第一个对盛唐诗进行全面研究的学者,这就是盛唐诗论家殷璠。他的《河岳英灵集》是盛唐诗的精华选本,其中对每位诗人所作的极简要的评语及一篇《叙》与一篇《集论》,在盛唐诗研究史上占有极为重要的地位,对此,论者早有共识。笔者在这里只想对盛唐气象与殷璠诗论之间似断实续的源流关系作一梳理。

殷璠论诗有所谓"神来、气来、情来"的"三来"说。关于"神来",殷氏虽将它与"气来""情来"并列标出,却并未作任何界定,也没有在作品中指出何者为"神来"之作。他在《河岳英灵集》中所反复论述的实际主要

---

[1] 郭绍虞校释《沧浪诗话校释》附辑《许印芳跋》,第272页。
[2] 郭绍虞校释《沧浪诗话校释》,第53页。
[3] 郭绍虞校释《沧浪诗话校释》,第143页。

是"气来"与"情来"。林继中先生以为"气来"与"志"有关。"气来"之"气"具有"较深刻的社会内容",当指建功立业的慷慨之志与报国无门的不平之气。"气来"实即诗人逸兴远志经由诗歌语言的外发。而"情来"则与"兴趣幽远"有关,其核心是"兴象",它作为"气来"的补充而又相对独立,"更偏重引发情思的'象'本身"①。林先生此论可谓独具只眼,而笔者正是循此线索探讨盛唐气象说与殷氏诗论之关系的。兹从如下几方面论之。

古人论唐诗而特重盛唐,严羽之前有殷璠、司空图,严羽之后有明前后七子等。严羽之后不必论,严羽之前,殷璠为当代人,其《河岳英灵集》所选以盛唐边塞、田园之作为主。其理论,"气来"说主边塞之作,"情来"说重田园之什,实兼高岑与王孟两大派,而以李白为"率皆纵逸""奇之又奇"。至司空图《诗品》,首列《雄浑》,次之以《冲淡》。而严羽《沧浪诗话》称诗之"大概有二:曰优游不迫,曰沉着痛快"②。《诗辨》都无不首先着眼于盛唐边塞、田园两派的诗作,将其作为一种理想的模式,从而构筑自己的理论体系。这一理论特点,在清人翁方纲的《石洲诗话》卷四中,说得最为明白不过:

> 初唐之高者,如陈射洪、张曲江,皆开启盛唐者也。中晚之高者,如韦苏州、柳柳州、韩文公、白香山、杜樊川,皆接武盛唐、变化盛唐者也。是有唐之作者,总归盛唐。而盛唐诸公,全在境象超诣,所以司空表圣《二十四诗品》,及严仪卿以禅喻诗之说,诚为后人读唐诗之准的。③

由此种理论特点决定了各家论唐诗虽因其时代不同,学养有异而有不同的理论体系、理论概念及理论表达方式,但作为对同一对象——盛唐

---

① 林继中《释"神来、气来、情来"说》,《古代文学理论研究》第十一辑,上海古籍出版社 1986 年,第 233—236 页。
② 郭绍虞校释《沧浪诗话校释》,第 8 页。
③ [清]翁方纲《石洲诗话》卷四,人民文学出版社 1981 年版,第 122 页。

诗——的理论概括,在理论的变化之外,实应有若干理论基点是各家理论所相互承接的。笔者以为这种理论基点表现在概念上即是"气"与"象",此其一。

其二,气与象在中华文化中,最初都是哲学概念,并各自单独使用,后演变为文论术语,在很长的时间里也是分头发展,各有所主。这是研究者众所周知的。此处所欲稍加辨明者,乃是气与象之关系及其合用的意义。

哲学家对气与象之关系的论述,可以宋代张载为代表。其《正蒙·乾称》第十七曰:"凡可状,皆有也;凡有,皆象也;凡象,皆气也。"①又《横渠易说·系辞下》曰:"有此气则有此象可得而言;若无则直无而已,谓之何而可?是无可得名。"②由是,按哲学的观点,气为主,象为次,气为体,象为用。有气则有象,无气则象无从说起。此论虽非针对文章而发,然其所述气、象之关系,与文论中的气、象关系是一致的。

在文论中将气与象都作为重要理论概念,并将二者牵合到一起,窃以为当以殷璠《河岳英灵集》为最早。其集《叙》称"文有神来、气来、情来",《集论》又说:"言气骨则建安为传。"集中论及具体作家,也多言及气、气骨。殷氏对"象"的论述较气为少。评陶翰诗曰:"历代词人,诗笔双美者鲜矣。今陶生实谓兼之,既多兴象,复备风骨。"又评孟浩然诗曰:"至如'众山遥对酒,孤屿共题诗',无论兴象,兼复故实。"③然论者多以为殷氏诗论之价值在兴象说,并非没有道理。因为以气论诗只是殷氏的承袭与发展,以兴象论诗却是他的创造。可以看出,殷氏虽以气与象(兴象)作为论诗的重要标准,他所谓气与象实质上是互相包容的,"气来"之作不能无象,只是与兴象不同罢了。而兴象实即由"情幽兴远"的"情来"之作所具备,所谓"情",亦可归之于气。因此,殷氏论"气"与"象"(兴象)虽都是就其特殊的意义而立论,但却可视为后来以气、象合一论诗的滥觞。

其三,气、象合为一词,并与文学创作及批评发生关系,最早当见于杜

---

① 章锡琛点校《张载集》,中华书局1978年版,第63页。
② 章锡琛点校《张载集》,第231页。
③ (美)李珍华、傅璇琮《河岳英灵集研究》,中华书局1992年版,第117、119、166、205页。

甫《秋兴》"彩笔昔曾干气象"①。而在诗论中,则是由皎然首先使用的,他在《诗式·诗有四深》的第一条中说:"气象氤氲,由深于体势。"②然终唐之世,以"气象"论诗文者并不多见。

至五代,荆浩在他的《笔法记》中,便明确地对气与象的关系作出了理论说明。他说:"画者,画也。度物象而取其真。"所谓"真",是与"似"相对的概念,即"似者得其形遗其气,真者气质俱盛。凡气传于华,遗于象,象之死也。"在这里荆浩用"真"的概念将气与象联系在一起。他还说:"山水之象,气势相生","气者,心随笔运,取象不惑"。也就是说,山水之象,离不开气,否则只能是形似之作,而气也离不开象,须借"山水之象"才能得到表现。又评诸家画,称"麹庭与白云尊师气象幽妙,俱得其元,动用逸常,深不可测。"又说:"项容山人……用墨独得玄门,用笔全无骨。然于放逸不失真元气象。"③

在此基础上,宋代以"气象"论诗说文品画者,便日渐多起来。因此,严羽将气象作为自己诗论中重要的理论概念,实在是古典诗论发展的必然趋势。

综上,可知,盛唐气象作为一个理论概念,是历代学人共同研究与探索盛唐诗的结晶,不仅应当包含严羽诗论中的妙悟说、兴趣说,而且,它还是以殷璠"气来""情来"两个方面作为基本的理论构架和起点的。翁方纲所谓"盛唐诸公之妙,自在气体醇厚,兴象超远"④,正是就这两个方面立论的。那种论盛唐气象而将王孟排斥在外的观点,显然是片面的。

---

① 《全唐诗》卷二三〇,第 2509 页。
② [清]何文焕辑《历代诗话》(上),中华书局 1981 年版,第 27 页。
③ [五代]荆浩《笔法记》,何志明、潘运告编著《唐五代画论》,湖南美术出版社 1997 年版,第 251—257 页。
④ [清]翁方纲《石洲诗话》卷一,第 35 页。

论殷璠"兴象"说*

在中国古典诗学史上,殷璠无疑是一位杰出的诗论家,历来的研究者对于他第一个以"兴象"论诗大都给予了积极的肯定,但各家对"兴象"的理解却很不一致。或谓兴象即意象的一种①;或谓兴象乃"诗歌作品创造的一种艺术境界"②;或谓殷璠把兴与象结合在一起,是"用来表述情景交融的诗歌意境"③;或谓兴象是"'情来'说的核心","殷氏总结王孟一派创作经验,提出'兴象'说,更明确地强调了幽远的旨趣,以及由这一境界映射出的一种高逸甚至幽冷的情调"④。还有的学者则以为兴象"指的是形象与思维的结合方式,说得窄一点,是情与景的相融","作品中所体现的兴象,神、气、情三者可各有侧重"⑤。归纳起来,上述几种说法的主要分歧又集中表现为如下的两点,一是"兴象"到底是意境还是意象的一种;一是"兴象"是只与"情来"有关,还是可兼包"神、气、情"三者。弄清这两点,实为正确把握"兴象"说理论内涵的关键。实际上,"兴象"说乃是在传统诗歌理论基础上对诗歌审美意象的进一步总结,它以创作主体物我浑融,亦即"神会于物"的审美体验为根本前提,又随诗人之神、气、情的不同而表现出不尽相同的特征,它与"意境"说既有联系,又有区别。

---

* 本文原刊于《中国人民大学学报》1997 年第 4 期。
① 叶朗《中国美学史大纲》,上海人民出版社 1985 年版,第 263 页。
② 成复旺等《中国文学理论史》(二),北京出版社 1987 年版,第 77 页。
③ 罗宗强《隋唐五代文学思想史》,上海古籍出版社 1986 年版,第 110 页。
④ 林继中《释"神来、气来、情来"说》,《古代文学理论研究》第十一辑,上海古籍出版社 1986 年,第 236 页。
⑤ (美)李珍华、傅璇琮《河岳英灵集研究》,中华书局 1992 年版,第 66、67 页。

一、兴象：民族诗美理想的理论升华

殷璠是诗学史上第一个以"兴象"论诗的诗论家，其《河岳英灵集》有三处说到了"兴象"。

> 夫文有神来、气来、情来……然挈瓶庸受之流，责古人不辨宫商徵羽，词句质素，耻相师范。于是攻异端，妄穿凿，理则不足，言常有余，都无兴象，但贵轻艳。虽满箧笥，将何用之？（殷璠《河岳英灵集叙》）[1]

> 历代词人，诗笔双美者鲜矣。今陶生实谓兼之，既多兴象，复备风骨。（评陶翰语）[2]

> 浩然诗、文彩芊茸，经纬绵密，半遵雅调，全削凡体。至如"众山遥对酒，孤屿共题诗"，无论兴象，兼复故实。（评孟浩然语）[3]

从上引三例来看，"兴象"是侧重于指称诗歌本身特征的一个诗学术语。这从古人对"象"这一术语的理解也可得到说明。《易传·系辞上》云："见乃谓之象，形乃谓之器。"[4]这就是说"形"与"象"是有区别的，"形"是事物的客观形体、形状，而"象"是客观形体在人的视觉感官上的反映。对此，李壮鹰先生曾广引古籍作过仔细的分辨，他指出："象与形相比是虚幻的，但它同样有自己的真实性，那就是在主体感受中的真实。"[5]因此古人常用"象"来指"艺术形象"，特别是诗中经诗人主观改造过的物象，此即后来通行的"意象"，但古人对概念的使用向来极为灵活，不作严格界定，因此，也常以景、物、色、貌、状甚至以形或形象等来代替"象"，这

---

[1] （美）李珍华、傅璇琮《河岳英灵集研究》，中华书局1992年版，第117页。
[2] （美）李珍华、傅璇琮《河岳英灵集研究》，第166页。
[3] （美）李珍华、傅璇琮《河岳英灵集研究》，第205页。
[4] 高亨《周易大传今注》，清华大学出版社2010年版，第404页。
[5] 李壮鹰《中国诗学六论》，齐鲁书社1989年，第187—192页。

在唐以前的文论中表现得尤其明显。如陆机《文赋》"穷形而尽相"[①];刘勰《文心雕龙·明诗》"情必极貌以写物",《定势》"是以绘事图色,文辞尽情,色糅而犬马殊形,情交而雅俗异势。"《物色》"情貌无遗",《隐秀》"状溢目前曰秀"[②];钟嵘《诗品序》"指事造形,穷情写物"[③]等等,都是典型的例子,其中的形、貌、物、色、状实际上都指的是诗人主观感觉中的外物,都可以用"象"来表达。

唐以后的诗论中,更多地用"象"来取代了上述诸概念。但在殷璠之前,象除指审美意象外,也常用来指客观物象。前者如刘勰《文心雕龙·神思》篇中"窥意象而运斤"之"意象"及"神用象通"之"象";后者如南齐画论家谢赫"取之象外"之"象"。甚至直至盛唐时代,王昌龄论诗还是取"象"的后一种意义。其《诗格》[④]论诗之"三思"曰:

诗有三思,一曰生思……久用精思,未契意象,力疲智竭,放安神思,心偶照境,率然而生。二曰感思。寻味前言,吟讽古制,感而生思。三曰取思,搜求于象,心入于境,神会于物,因心而得。[⑤]

又日本僧人遍照金刚编著的《文镜秘府论》也引王昌龄诗论曰:

夫置意作诗,即须凝心。目击其物,便以心击之,深穿其境。如登高山绝顶,下临万象,如在掌中。以此见象,心中了见,当此即用。[⑥]

---

① [清]严可均《全上古三代秦汉三国六朝文·全晋文》卷九十七,中华书局1958年版,第2013页。
② [南朝梁]刘勰著,范文澜注《文心雕龙注》,人民文学出版社1958年版,第67、530、694、633页。
③ 王叔岷《钟嵘诗品笺证稿》,中华书局2007年版,第69页。
④ 《诗格》为王昌龄所作,《文镜秘府论》引王氏诗论当出自王昌龄原著,已基本上为学者们所肯定。参罗根泽《中国文学批评史》(二),上海古籍出版社1984年版,第30页;(日)弘法大师撰,王利器校注《文镜秘府论校注》,中国社会科学出版社1983年版,第115—116页;(美)李珍华、傅璇琮《谈王昌龄的〈诗格〉——一部有争议的书》,《文学遗产》1988年第6期。
⑤ [唐]王昌龄《诗格》,[宋]陈应行编《吟窗杂录》卷四,中华书局1997年版,第207—208页。
⑥ (日)遍照金刚撰,周维德点校《文镜秘府论》,人民文学出版社1975年版,第129—130页。

论者多引前一段文字来说明古典意象说,其实"久用精思,未契意象"之"意象"似当分开来讲,后四字指意与象未能完全融为一体,而非一个词。其余三个"象"都是指物象,与刘勰"神用象通"之"象"不同。

而同时的其他一些诗人更明确地将"象"与"物"连用,如高适《酬庞十兵曹》:"高谈悬物象,逸韵投翰墨。"①李华《登头陀寺东楼诗序》:"屈平、宋玉,其文宏而靡,则知楚都物象有以佐之。"②说明将"象"解为物象是当时文人比较一致的一种认识。

在王昌龄诗论中,诗人在构思过程中呈于心中的物象被称为境或境象。如《诗格》论"诗有三境"之"物境"曰:

> 一曰物境……欲为山水诗,则张泉石云峰之境,极丽绝秀者,神之于心,处身于境,视境于心,莹然掌中,然后用思,了然境象,故得形似。③

此处的"境""境象"与前引后一段文字中"目击其物,便以心击之,深穿其境"之"境"实际上既不同于后来的"意境",也与诗歌之"意象",不尽相同,因为它只是呈现于诗人心中的物象。

由此可知,殷璠"兴象"之"象"正是对陆机以后文(诗)论家之所谓"物""景""色""貌""状",尤其是对刘勰"状在目前"之"秀"和钟嵘"指事指形"之"形"及王昌龄"了然境象"之"境象"等概念的进一步的理论概括和精确化。自此,"象"在古典诗学中便基本上取代了上述诸概念,成为指称诗歌审美意象的专门术语。但殷璠诗论的独特价值更主要的还在于他创造地将"兴"与"象"合为一个词用来概括一种独特的诗歌审美意象,对民族诗美理想做出了新的总结。

---

① 《全唐诗》卷二百一十一,中华书局1999年版,第2195页。
② 《全唐文》卷三百一十五,中华书局1983年版,第3199页。
③ [唐]王昌龄《诗格》,[宋]陈应行编《吟窗杂录》卷四,第206—207页。

二、"趣远情深"：兴象的审美内涵

以"兴象"论诗是殷璠诗论最大的特点,这是学者们一致承认的,但是,在具体的诗歌批评中,殷璠本人是在怎样的意义上来使用"兴象"之"兴"？却向来很少有人作过认真的辨析。关于"兴",殷璠在对部分诗人的评论中曾单独使用过。其中评常建诗曰：

建诗似初发通庄,却寻野径,百里之外,方归大道。所以其旨远,其兴僻,佳句辄来,唯论意表。①

评刘眘虚诗曰：

眘虚诗,情幽兴远,思苦语奇,忽有所得,便惊众听。②

评贺兰进明诗曰：

员外好古博雅,经籍满腹,其所著述一百余家,颇究天人之际。又有古诗八十首,大体符于阮公,又《行路难》五首,并多新兴。③

评崔署诗曰：

署诗言词款要,情兴悲凉,送别登楼,俱堪泪下。④

从上述四例可知,殷璠对"兴"的要求是"僻""新""远"。而他既将

---

① （美）李珍华、傅璇琮《河岳英灵集研究》,第131页。
② （美）李珍华、傅璇琮《河岳英灵集研究》,第155页。
③ （美）李珍华、傅璇琮《河岳英灵集研究》,第228页。
④ （美）李珍华、傅璇琮《河岳英灵集研究》,第230页。

"兴"与"旨"及"情"对举,又合言"情兴",说明"兴"在内涵上与"旨""情"相近。"旨"即"意",如《周易·系辞下》即有"其旨远,其辞文"①。殷璠论诗亦多言"意",如称王维诗"意新理惬",称王季友诗"爱奇务险,远出常情之外……甚有新意。"称岑参诗"语奇体峻,意亦造奇。"说明他对"意"的要求是"新""奇""远"。"情"也见于殷璠诗论,除上引评刘眘虚、王季友诗言及外,其评储光羲诗曰:"格高调逸,趣远情深。"评张谓诗曰:"谓《代北州老翁答》及《湖中对酒行》,并在物情之外,但众人未曾说耳。"②其中"远出常情之外""并在物情之外",都指一种不同寻常,未经人道的新而奇的情趣。对此殷璠是用"幽""深"两个字来说明的。

总之,在殷璠看来,情、意、兴三者都需"新""奇",而意、兴并需具备"远"的特征,"情"还需具备"幽""深"的特征。然这三者虽有如许的共同之处,在具体的指意上却又有不可忽略的差别。对此殷璠未曾细论,倒是在与他基本同时的盛唐诗人王昌龄的诗论中作了较为详细的说明。《文镜秘府论》南卷"论文意"引王氏论诗曰:

> 凡作诗之体,意是格,声是律,意高则格高,声辨则律清,格律全,然后始有调。
>
> 诗本志也,在心为志,发言为诗,情动于中,而形于言,然后书之于纸也。……不立意宗,皆不堪也。
>
> 夫诗,入头即论其意,意尽则肚宽,肚宽则诗得容颜物色。③

"意"指诗人创作中呈于心的思想情感,"意"的高下决定着诗的好坏,但仅有"意"还不能进行创作,还必须有"兴"。用王昌龄的话说,就是"须任意自起,意欲作文,乘兴便作,若似烦即止,无令心倦。"王昌龄还总结了如下三种获取"兴"的途径:一是靠养神。"凡神不安,令人不畅无兴。无兴即任睡,睡大养神"。又说:"睡觉即起,兴发意生,精神清爽,了了明白。"

---

① 高亨《周易大传今注》,第434页。
② (美)李珍华、傅璇琮《河岳英灵集研究》,第148、163、187、213、160页。
③ (日)遍照金刚撰,周维德点校《文镜秘府论》,第128—130页。

二是靠古人佳作的启示。"凡作诗之人,皆自抄古今诗语精妙之处,名为随身卷子,以防苦思。作文若兴不来,即须看随身卷子,以发兴也"。三是靠外在景物的引发。"江山满怀,合而生兴,须屏绝事务,专任情兴。因此,若有制作,皆奇逸"①。

可见,在王昌龄诗论中,"意"为诗人主观情志,按传统的观点,"情"包含于"意"中,而又有独对的独立性。至于"兴",则是诗人于"精神清爽"之际受外物(古人佳作、自然景色)引发而出现的一种"意"与"象"契合的精神状态。前引王氏论诗之"三格"中之所谓"心偶照境,率然而生","心入于境,神会于物,因心而得"。正是对"兴"之产生的具体说明。

殷璠极为推崇王昌龄,在《河岳英灵集》中选他的诗作及所举例句都是最多的。说他对王氏诗论亦当有所留意,大约不会有什么问题。更为重要的是,到了盛唐时代,"意"与"情"在文论中的基本含义早已基本确定,就是对"兴",盛唐人在单独使用时一般也与王昌龄诗论中的"兴"用法相同,很少用为"比兴"或"兴寄"的。如:

百里行春返,清流逸兴多。(孟浩然《陪卢明府泛舟回作》)②
云山兴已发,玉佩仍当歌。(杜甫《陪李北海宴历下亭》)③
试发清秋兴,因为吴会吟。(李白《送鞠十少府》)④

这里的"兴"都已不是"六义"之兴,而是特指主体与外物相遇合时出现的那种特殊的情神状态,它是将诗人之"意"物化于作品中的必要条件。因此,在杜甫诗中又常常把诗和兴对举或连用。

草书何太古,诗兴不无神。(《寄张十二山人彪三十韵》)。⑤

---

① (日)遍照金刚撰,周维德点校《文镜秘府论》,第 138、139、131、132、139 页。
② 《全唐诗》卷一百六十,第 1665 页。
③ 《全唐诗》卷二百一十六,第 2253 页。
④ 《全唐诗》卷一百七十七,第 1810 页。
⑤ 《全唐诗》卷二百二十五,第 2431 页。

>　　宽心应是酒,遣兴莫过诗。(《可惜》)①
>　　愁极本凭诗遣兴,诗成吟咏转凄凉。(《至后》)②
>　　诗尽人间兴,兼须入海求。(《西阁二首》其二)③

　　可以肯定,王昌龄关于"意""兴"的论述,对于探讨殷璠诗论,是很有帮助的。依照"意(情)兴诗"的诗歌产生图式,殷璠诗论中所谓僻远清新之"兴"正来自新奇、悠远之意与幽深之情,同时又通过语言的表达功能凝结为"翩然在目"(评李嶷诗语)、"震荡心神"(评李颀诗语)的"兴象"。而这"兴象"又必然进入读者的视野,从而成为统摄创作和欣赏全过程的一个诗学概念。

　　在殷璠之前,刘勰已将创作、构思过程中诗人心物互感交融的独特审美感受称为兴,钟嵘则将鉴赏过程中诗歌"文尽意余"的审美效果称之为兴。如将从作家到作品再到读者看作是诗歌创造活动的一个全过程,那么,刘、钟二氏就是于首、尾各取一端,而恰恰对连接首尾,处于中间环节的诗歌意象与兴的关系未作探究。因此,刘勰之"兴"与钟嵘之"兴"虽有诸多的关联,却因缺了中间环节而无法在理论上统一起来。殷璠的贡献不仅仅在于填补了刘、钟二氏理论上的空白,更重要的还在于他用以说明诗歌审美意象之特征的"兴象",一方面涵盖了此种诗歌意象赖以产生的那种心物交融的思维特征或者说诗人"神与物游"的心理特征,一方面又指向于读者在审美鉴赏中通过诗歌审美意象所领悟到的审美情趣。从而将刘勰立足传统物感说对兴的总结和他的"隐秀"论及钟嵘的"文尽意余"说都包容在内,使这几种各执一端的理论观点在更高的层次上得到了统一。比之王昌龄诗论中之"兴",自然也具有更强的理论概括力和体系性。

---

① 《全唐诗》卷二百二十六,第 2442 页。
② 《全唐诗》卷二百二十八,第 2486 页。
③ 《全唐诗》卷二百二十九,第 2497 页。

三、兴象与"神来、气来、情来"

关于殷璠"兴象"说的特点,我们可从以下几方面作进一步深入的探究。首先,殷璠对"兴象"产生的过程有着极深刻的体认。前引评常建和刘眘虚诗之所谓"佳句辄来""忽有所得",都具体说明了"兴"之感发及其被凝结为"兴象"的"来不可遏"、有如神助的特点。但殷璠并没有忽视"忽有所得"实际正是以艰苦的构思为前提的,因此,他称常建"属思既苦",又用"初发通庄,却寻野径,百里之外,方归大道"来形象地说明这种"属思"之苦。又称刘眘虚诗"思苦语奇",说祖咏诗"用思尤苦"①。这与王昌龄论诗思产生的"生思"之所谓"久用精思,未契意象,力疲智竭","心偶照境,率然而生"。可谓所见略同。又殷璠评李白诗文"率皆纵逸""奇之又奇",说王维诗"意新理惬,在泉为珠,着壁成绘,一句一字,皆出常境"②。又颇近于王昌龄"搜求于象,心入于境,神会于物,因心而得"的"取思"。但殷璠论诗重"新"、重"奇",因此对王昌龄"吟讽古制,感而生思"的"感思"则不取。

其次,殷璠虽与王昌龄一样将"意"看作是"兴"的内在前提,但他对"意"又从理论上作了进一步的说明。《河岳英灵集叙》曰:

> 夫文有神来、气来、情来……委详所来,方可定其优劣,论其取舍。③

这与王昌龄"以名教为宗,则文章起于皇道……兴于自然,感激而成"④。调和于"名教"与"自然"之间的说法显然不同。不过,王昌龄以"意""兴"为中心探讨诗歌创作规律的做法无疑在殷璠诗论中也得到了

---

① (美)李珍华、傅璇琮《河岳英灵集研究》,第 155、238 页。
② (美)李珍华、傅璇琮《河岳英灵集研究》,第 138、148 页。
③ (美)李珍华、傅璇琮《河岳英灵集研究》,第 117 页。
④ (日)遍照金刚撰,周维德点校《文镜秘府论》,第 127 页。

体现。上面神、气、情三者,实际正是对"意"的三种不同类型的概括。其中的"神",只见于上引《集叙》;"情",已见于前文引录;"气",殷璠又称之为气骨、风骨。《河岳英灵集》曾多次用以品评诗人。如说刘眘虚诗"气骨不逮诸公",说高适诗"多胸臆语,兼有气骨",说崔颢诗"晚节忽变常体,风骨凛然"[1]等等。有的论者指出,殷璠"气来"之气与诗人建功立业的慷慨之志和报国无门的不平之气相关,具有较深刻的社会内容[2],这是很有见地的。因此,"情"当指偏于诗人主观的喜、怒、哀、乐的那一类"意";"气"当指与社会现实紧密相关的那一类"意",在语义上实近于"志";至于"神",殷璠未作具体说明,不过从他将"神"与"气""情"二者并列,及他与王昌龄对诗兴产生的论述来看,"神"正当指那种忽然而起、率然而生的新奇之"意"。如"奇之又奇"的李白诗,似不经意却能"皆出常境"的王维诗,或可当得起"神来"的评语。

以往的论者或把"兴象"看作是对盛唐山水田园诗审美特征的理论概论,或认为"兴象"主要与"情来"之作有关。但从上面的论述我们却发现殷璠诗论的基本体系可简单表示如下:

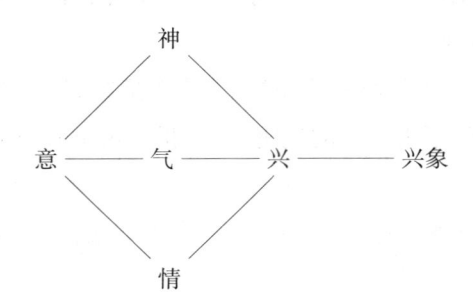

```
              神
             ╱ ╲
            ╱   ╲
     意 ── 气 ── 兴 ── 兴象
            ╲   ╱
             ╲ ╱
              情
```

这也就是说,无论"神来""气来"还是"情来"之作都以有"兴象"为佳。以此来衡量前面所引《河岳英灵集》用到"兴象"的三段文字,可知我们对殷璠诗论体系的整体把握是正确的。由于殷璠对"意"的要求是新、奇,这就从总体上决定了"神来""气来"及"情来"之作都必然具有真实感人的内容,而"兴象"的有无,主要取决于诗人之"神""气""情"是否能

---

[1] (美)李珍华、傅璇琮《河岳英灵集研究》,第155、181、191页。
[2] 林继中《释"神来、气来、情来"说》,《古代文学理论研究》第十一辑,第234页。

"神会于物",在心物浑融的状态中凝结于具体的物象。这一"意""象"寻求契合的过程,固然需借助语言来加以表达,但如果一味追求语言的工巧华美,而忽视"神会于物"这一艺术创造的根本,则不过仅得"轻艳"而去"兴象"愈远;反之,如果充分重视后一方面,即使诗中用到了"故实",只要用的自然,也不妨碍诗歌"兴象"之美。因此,殷璠称孟浩然"众山遥对酒,孤屿共题诗"两句,"无论兴象,兼复故实",又批评俗人俗作"都无兴象,但贵轻艳"。这都是就"兴象"与语言表达之关系而言的。另一种情况是不同的诗歌因其"兴象"所自来不尽相同,因而虽同样都具有"兴象",但其审美特征却又有所不同。如陶翰诗偏于"气来",或写"大小百余战,封侯竟蹉跎"(《燕歌行》)①的不平,或写"儒服揖诸将,雄谋吞八荒"(《赠郑员外》)②的气度,故殷璠称其"既多兴象,复备风骨。"刘眘虚诗偏于"情"来,而"气骨不逮诸公",故其审美特征为"情幽兴远"。储光羲诗偏于"气"来,故能"挟风雅之迹,得浩然之气"③。同时又有"格高调逸,趣远情深"的特点。如将上引陶翰诗评语拿来评储诗,大体上也是可以的。因此,"兴象"作为一种诗美理想,并无固定不变的特征,而是随诗人之"神""气""情"的不同而有所变化。它的容量是无比阔大的,也是与盛唐诗歌内容的丰富性和艺术表达的多样化的实际相一致的。后来的兴趣说、神韵说等等,皆各有所偏向,虽在某一方面有所深入和发展,其诗学体系却均不及"兴象说"全面。

再次,从思维表达的角度说,"兴象"说是继刘勰"隐秀"论和钟嵘"文尽意余"说之后,对玄学言意之辨的理论成果的进一步提升。

如果说刘勰对"状溢目前"之"状",钟嵘对"指事造形"之"形"都已给予了特别的重视,但是另一方面,在理论表达上又拘守着"词""文"等概念,而未能一贯地从"形""状"的角度立论。究其原因,当是因为钟、刘二氏更多地从"言以尽意",而不是从"立象尽意"的立场来建构其理论体系,于是表现在理论概念的使用上,就出现了如上所述的情况。而在"兴

---

① 《全唐诗》卷一百四十六,第1467页。
② 《全唐诗》卷一百四十六,第1477页。
③ (美)李珍华、傅璇琮《河岳英灵集研究》,第213页。

象"说中,哲学之象向诗学之象的转化已达到自觉的地步,因此,殷璠不再徘徊于言、象之间,而是从意与象的整体关系上来建构他的诗学体系的。同刘勰"情在词外"、钟嵘"文尽意余"的说法相近,殷璠在评常建诗时也说过这样的话:

> 其旨远,其兴僻,佳句辄来,唯论意表。①

这几句话,前文中已引过,谈殷璠诗论者也常常征引,但大都忽略了最后四个字。"意表"即"意外",本是玄学"言意之辨"中的专门术语,荀粲论"言不尽意"有云:

> 盖理之微者,非物象之所举也。今称立象以尽意,此非通于意外者也,系辞焉以尽言,此非言乎系表者也;斯则象外之意,系表之言,固蕴而不出矣。②

按荀粲的主张,"意外""系表"的微妙之理,是"言"与"象"所无法表达的。此后王弼对言、意问题作了更进一步的发挥,提出"意以象尽,象以言著""得象忘言""得意忘象"之论,郭象又以"寄言出意"解释《庄子》,这些玄学家的不懈努力,在哲学领域已经确立了一种从具体的言、象出发追求玄远深邃之意的新的思维方式。至于晋人欧阳建的"言尽意论",则是与王弼不同,与荀粲更是针锋相对的一个哲学命题。玄学家的言意之辨,对于文学理论的发展显然有着深刻的启示,刘勰正是在此基础上提出了他的隐秀论,"'隐秀'论正是'言不尽意'论'得意忘言'论与'言尽意'论的一个深刻的合题","言、意之辨中相互对立的两方,终于在'隐秀'论中达到了统一"③。

---

① (美)李珍华、傅璇琮《河岳英灵集研究》,第131页。
② 《三国志·魏书》卷十《荀彧传》裴松之注引何劭《荀粲传》,中华书局2013年版,第319—320页。
③ 王钟陵《中国中古诗歌史》,江苏教育出版社1988年版,第184、195页。

在这样一个前提下来看殷璠对常建诗的评语,可知所谓"唯论意表"正是指常建诗能传达出"意外""系表""蕴而不出"的内容,前面的"其旨远"也正是就此而言。与此相关,殷璠论诗还以诗歌能表现出"常情之外""物情之外"的"新意"为高,并特别注重一个"远"字。《集叙》有"景云中,颇通远调。"在评论具体诗人时,也常用到"远""情幽兴远""趣远情深"①,此"远"字,即玄学"玄远"之远。在殷璠诗论中实际指诗歌兴象所特有的一种审美特征,同时也是读者从中获得的一种特殊的审美感受。而此"远"字又是与"意表""情外"二而一的。

虽然殷璠对玄学言意之辨的理论成果的吸收远不如刘勰、钟嵘明显,但言意之辨是他们理论建构的共同的哲学思维基础,却是可以肯定的。从殷璠诗论的整体体系看,他所谓的"意表""情外"即刘勰之"词外",钟嵘之"文外"(案"文尽意余"之"意"实即见于"文外"之"意"),而他的"意表"之远旨,又是通过"兴象"来表现的,因此"意表"实质上也正是"象外"。在此,我们又可发现,殷璠"兴象"说与晚唐司空图"象外之象"论之间的深层联系。

综上所述,殷璠"兴象"说乃是在传统诗歌理论基础上对诗歌审美意象的进一步总结,它以创作主体物我浑融,亦即"神会于物"的审美体验为根本前提,又随诗人之神、气、情的不同而表现出不尽相同的特征。它与"意境"说虽有极密切的关系,但我们却不可将二者等同起来。

---

① (美)李珍华、傅璇琮《河岳英灵集研究》,第117页。

第三辑
诗歌与文化研究

才人灵心的诗性呈现

——《唐代文人心态史》序*

文人心态研究是集行为方式与价值观念、理性认识与感性体验、现实生活与精神创造等多种要素为一体的一种综合性研究。唐代文人的思维方式富于诗性特征,其心态独具风采,但迄今没有受到足够的关注。唐代与我们这个时代在文化发展上有不少相似之处,研究唐代文人心态,对我们深入理解当时的文化奇迹和正确把握今天的文化重建,均有着极为重要的意义。

一、文人心态与文学史研究的异同

治文学史者对前人"一代有一代之文学"的论断,多愿意不厌其烦地加以称述,然进而言之,之所以"一代有一代之文学",根本的原因又在于"一代有一代之文人"。因为一代文学之形成,表面看来虽然是一代政治、文化等诸多方面的要素合力作用的结果,但事实上,文学作为文人创造的精神产品,它在诞生之前,不论曾受到过多少外在的影响,也不论这影响有多么深刻,它们终须经受作者情感的过滤和心灵的淘洗,内化为一种难以清楚言说但却是实实在在存在的文化心态,而文学便是这一文化心态再度外化的直接结果之一,也是这一文化心态较为精致的表现形式之一。当然,同样可以被看作是这种表现形式的,至少还可以包括文人的思想认识、言论和行为方式等。这也就是说,文化心态或者更直接地

---

* 本文原刊于《东方论坛》2000 年第 1 期,人大复印资料《中国古代近代文学研究》2000 年第 9 期全文转载。

说——文人心态,它一方面是对外在的现实和传统的种种刺激作出反应,并对之消化、吸收,最后经高度整合而形成的一种自具体系又不乏时代共性的心灵状态;另一方面它又对文人的处世应物、精神创造和理性思考等诸多方面的展开方式和主导意向,有着整体上的规定性和制约性。在此意义上,文人心态是极富统摄力的,它与文学的关系也要比许多外在的现实和传统要素更直接、更切近。这使我们从文人心态入手来研究一代文学,或从文人生活的方方面面来追踪、逼近一代文人心态,在学术的层面上有了实在的价值和意义,而不像人们惯常所理解的那样,仅仅把这项研究视为无根底的玄谈。

在我们看来,心态研究并不玄虚,相反乾嘉学派的考证功夫在这里也同样可以大显身手,只不过"心态"本身所具有的动态性和隐秘性,使这一研究不可能得出像考证某人生卒年那样确切的结论(实际上许多历史人物生卒年的考证,也无法得出确切结论,或者结论远不止一个,甚至不同结论有时还是相互对立的)。从研究者的角度说,我们需要做的是一种逆向式的考察,即从受心态支配、制约的、可见的文人生活的方方面面,来追寻无定形、不可见的文人心态。显然这样的研究首先得有一种综合的态度和视野,并在众多的史料背景下去体验、去推考和印证已经逝去的心灵世界,而且永远只能逼近它,只能得其大概,而不可能使结论完全精确化。这虽然也是社会科学研究的共性,但在心态的研究中尤为突出。此外,对心理学、美学、心态史学等学科理论的吸收、融化,无疑也是必不可少的。因此文人心态的研究,实际上是集行为方式与价值观念、理性认识和感性体验及现实生活与精神创造等多方面的内容为一体的一种综合性研究。

在文人心态研究中,文人与文人群体的文学作品无疑应成为我们关注的重点,因为在显现文人心态的诸种要素中,文学作品以其独特性最直接地记录了文人心态在特定时空中的样态与变化,为我们考察文人心态提供了第一手的感性材料。这使得文人心态的研究与文学史的研究有着许多重合之处,但二者的差别依然是主要的。在文学史的研究中,心态的研究对文学史的发展作出心理学的说明,与文学无关的方面我们可以不论；而在文人心态的研究中，我们关注的只是文学作品中体现了心态的部分。因此两者即使在涉及同一材料时，讨论问题的立足点及得出的结论，也有可能完全不同。这决定了文人心态的研究，必然会从另一侧面对文学史的研究提供有意义的成果。

中国古代的文人，常常又是儒者与官僚，而许多文人除能文之外，在琴、棋、书、画等多种艺术领域也多有所独擅，甚至样样精通。因此，文人心态的研究同时也必然会给政治史、思想史和艺术史乃至文化史的研究提供新的思考。特别是对认识中国知识阶层的过去、现在和未来，对民族理想人格的现代化重铸，应有不可低估的作用和意义。

二、唐代文人心态研究的现状和价值

唐代，从某种意义上说，早已成为强盛、辉煌和发达的代名词，成为中国历史上令我们每一位炎黄子孙都深感自豪的一页，以至于直到今天海外华人仍以"唐人"名街，借以标明自己的身份。而唐三彩、唐诗等艺术精品，更是让人时时感到那个已经逝去的时代仿佛依然触手可及。不过，对于现代人来说，唐代毕竟只是中国历史长卷上的一个片断，她切近而遥远，令人神往却终归和我们有着整整一千多年的阻隔。因此，我们要在这里谈论唐代，谈论唐代文人，并描述他们充溢着才情与性灵的心灵世界，无异于在漫漫无边的黑夜中借助微弱的星光寻觅精神的碎片，而这些碎片又深埋于泥土之下，与瓦砾、石块混杂在一起，稍一不慎，即可能认假作真。这注定了我们这项工作的风险性比一般的学术研究要大得多。之所以这样说，还因为心态史的研究在国内学术界迄今尚不多见，这使得我们只能在缺乏参照的前提下去展开自己的尝试。

此外，与学者们对魏晋文人精神世界的格外关注相比，对于唐代文人，我们至今还是把他们的生活和作品作为研究的重点，而对于这一代文人的整体观照，无论在研究的理论深度，还是在研究论著的数量及质量上，都与对魏晋文人的研究有着较大的差距。把两种研究对象稍加比较，不难发现，这种研究兴趣和研究现状的不平衡实在不算正常。在关于中古和唐代的文人和文学的研究中,我们现有的最常用、最典型的术语,莫过于"魏晋风度"和"盛唐气象",前者是对一代文人精神风貌的概括,后者则是对盛唐文学的审美评价。这种对两个时期文人与文学研究的不同侧重点,至迟在以鲁迅为代表的那一代学者那里就已形成,直到近年仍未见有大的改观。如果说"五四"学人是从接受西方自由思想的大前提下选择魏晋文人作为研究对象的话,后来的学者们对魏晋文人的偏爱恐怕更多地是出于对学术传统的自觉继承。当然这里还应充分考虑到魏晋文人的独特个性对现代学者的吸引力。正是这些外部的和内部的因素使得魏晋风度的研究成了学界的热点之一。遗憾的是,一方面,魏晋风度的研究者很少有人从动态发展的角度去系统探讨魏晋风度对唐代文人的影响;另一方面,唐代文人虽不乏独特的个性,但如魏晋文人研究得以兴盛的那种外部条件却始终未曾具备,致使自二十世纪初以来的几代学人大都把目光集中于唐代的作品,尤其是诗歌上,对于作品的创造者——唐代文人的精神世界的探讨,特别是对有唐一代文人的整体性的观照反倒被有意无意地忽略了。其间唐诗独具的魅力无疑在客观上决定着研究者兴奋点的形成,但是作品研究既不可代替文人研究,其理论的升华在很大程度上也还有赖于后者的深入与突破。事实上,唐代文学研究中存在的不少问题,也确与文人研究得不够深入密切相关。即使仅从唐代文学研究的深化而言,对唐代文人心态给予充分的关注也是极为必要的。

唐代是诗歌的时代,文人的思想、情感都借诗歌的形式表现出来。而在诸种文学体裁中,诗又是最富抒情性、最具主观色彩的文体。更为重要的是,唐代是一个思想解放、文禁松弛的时代,与其他时代相比,文人享有更大的自由,可以尽情地倾吐内心的喜怒哀乐。因此,在某种意义上说,唐代文人向我们呈露出了更为丰富、生动的内心世界。我们有什么理由对此视而不见呢?"此情可待成追忆,只是当时已惘然"(李商隐《锦瑟》)[1],心灵世界原本就是可感而不可见,极富虚幻、迷蒙特征的,何况我们面对的是迷于诗、困于情的有唐一代文人。读懂他们当然需要更多学

---

[1] 刘学锴、余恕诚《李商隐诗歌集解》,中华书局 1988 年版,第 1420 页。

者的共同努力。但我们深信本书的尝试也不会是毫无意义的。

三、唐代文人独特的"感受性"

　　研治思想史和文化史的学者,往往比专事文史研究的学者更能够清楚地感觉到:唐代在思想史、哲学史上的地位远不如其他朝代,尤其是同相邻的魏晋和两宋相比,更是逊色得多。自思想史、哲学史的角度而言,这自然是令人遗憾的不足。但从文学史和心态研究的立场来看,这反倒成了唐人的长处。因为从实际情况来看,唐人在思想史、哲学史方面的欠缺,与其说是他们缺乏相应的素养和思考所致,倒不如说是他们基本上就没有养成理性的思想探求和哲学思考的习惯,或者纵然有这种探求和思考,也往往并不把它作为思想史或哲学史的命题、以思想家和哲学家独有的方式来表达,而是自觉不自觉地把它内化为一种审美感受、使哲学思考和思想探索转换为一种富含哲理的诗意美,最终以诗的形式表现出来。因此,从整体上来看,唐人的思考方式、感受方式乃至表达方式都是富于诗性特征的。

　　在此前提下,道家自然无为、"独与天地精神往来"的人生哲学作用于李白,形成的不是老庄式的高人而是"诗仙";佛禅任运自然、物我两忘的宗教思想深入于王维,修得的不是释迦式的"正果"而是"诗佛";至于儒家"国身通一""民胞物与"的道德精神影响于杜甫,产生的也不是孔孟式的圣人而是"诗圣"。虽然,这三位诗人还只是唐人中的特例,其他的许多唐代文人不一定像他们这样典型,但是无论从他们以诗为主要的表现形式,吸纳、融汇其他文化财富,以完成自己的精神创造的基本一致的途径和方式,还是从后人对"诗仙""诗佛""诗圣"的普遍认同来看,我们都不难发现,在唐代,诗有着多么强大的渗透力!在文人心灵世界中占据着多么重要的地位!如果再考虑到三位大诗人在唐代诗人中的代表性,以及"诗仙""诗佛""诗圣"乃唐代特有的诗歌现象,我们说唐代文人比其他朝代的文人更富于诗性智慧,或者说,相对而言,他们的思维方式更近于诗性思维,就是有充分的依据的。泰纳在《巴尔扎克论·伟大的人物》

中曾经写道：

> 假如你认为感受性是最重要的部分,那你眼中便只见强烈的感情,你描写的便将是纵横的眼泪,深细的情绪。你对自然的看法,便形成你对美的看法;你对现实人性的概念,便形成你对理想人格的概念;你的哲学思想便形成你的艺术观。①

以此来说明唐代文人心灵世界的整体倾向,也并无不妥。只不过这里的"感受性"应当更具体化为中国古代以"感物"为审美基础的诗的"感受性"。这本是中国古代文化的重要特征之一,而在唐代文人身上则表现得更为突出和普遍。其最直接的原因,则在于对"感受性"的重视,或者说对诗性的执着,不仅仅是唐代文人精神创造活动的重要特点,也同样体现在他们的现实生活中,使他们的生活也呈现出浓郁的诗意。这一点在唐代不同的时期又有各自不同的趋向,但比较而言,则以盛唐时期最为典型。这不仅是因为盛唐时期已完全消除了魏晋士人追求个性自由所带来的一系列矛盾与危机,持续数百年的忧患感、恐惧感均已平息;也因为新的文化道德秩序的重建还没有达到足以压抑人性、羁缚自由的地步。此外,政治上相对的清明,则使前两方面所能够带来的自由和焕发的生气,都得到了极为有效的展现。如此种种,遂使盛唐成为中国历史上一个非常独特的时期。这也正是盛唐诗成为中国古典诗歌之典范的深层原因。而从更大的范围来看,整个唐代在中国历史上也同样是非常独特的,那么,探讨这个独特时代富于"感受性"的文人心态,对于我们更深入地了解中国人、中国文化和中国诗歌,都无疑具有其他研究所不可替代的作用。

四、唐代文人心态研究的当代资鉴意义

任何一个时代都只能在历史的维度上被认识,任何一个时代的发展

---

① [法]泰纳《巴尔扎克论》,引自苏成全《巴尔扎克研究》,《陕西师范大学学报》编辑室1980年版,第304页。

都离不开历史智慧的指引。在中国历史的全史中来观照唐代,我们发现,它与我们生活的这个时代处在非常相似的位置。要说明这一问题,首先得从中国文化的几次大总结谈起。笔者认为中国文化发展至今已经历了三次大总结。第一次文化总结完成于传说时代直至夏、商时期,属于以巫术、宗教、神话为核心的巫文化体系[①],它以巫术仪式和神话传说为载体,对人类早期的精神信仰、价值观念和行为准则等等作了全面的整合,为后来文化的发展、创新奠定了基础。但从商末周初起,这一文化体系随着先秦理性精神的崛起就已开始分化,至春秋战国则全面崩溃,而诸子百家的理论创造与学术争鸣,则既是对旧的文化体系的全面突破,也成为新的文化总结的必要前提。

中国文化的另外两次大总结分别完成于西汉和两宋,分别形成了董仲舒的天人感应神学体系和宋代理学。从整体上看,两次文化大总结之间,文化的大分化、大转型必然催发出文化的创造与突破。第一次文化总结与第二次文化总结之间的诸子百家争鸣,第二次文化总结与第三次文化总结之间的魏晋玄学,都在打破原有文化格局的同时,为新的文化重建与总结提供了富于创造力的新资源。第四次文化大总结虽然还未发现,但是第三次文化大总结所确立的文化体系自晚明首次受到冲击以来,我们又经历了自近代开始的,在与西方文化激烈争锋、碰撞的背景下对旧有文化的重估、突破。如果以前两次的文化分化、重建过程为参照来反观这第三次文化分化和重建的基本走向,我们可以发现,前两次文化分化、重建的周期均在一千年左右(第一次从公元前十一世纪的商末周初至公元前二世纪的汉武帝年间;第二次从公元二世纪的汉末至公元十一世纪的北宋)。如果这一历史周期有其客观的规律而非纯粹的巧合,那么,从晚明算起,第三次文化分化与重建的进程现在正处于中途,这与从汉末开始的第二次文化分化与重建在唐代进入中途恰相仿佛。当然,如果仅有这一机械的相似,还不足以说明我们的时代与唐代具有相似性,或者说处在相似的历史位置上。我们之所以把这两个时代放在一起来审视,还因为

[①] 也有人认为图腾文化是人类最早的文化体系,参何星亮《中国图腾文化》,中国社会科学出版社1992年版,第395—396页。

从民族文化心理的发展看,这两个时代也有许多相近的地方。

首先,两个时代都已完成了由全面否定、批判传统文化而终于能在新的历史高度重新认识本民族文化的历史使命,这是新的文化重建的开始。也就是说,两个时代都经历了"破"的阶段,进入了"立"的阶段。

其次,两个时代都已从打破旧的文化体系所引起的种种信仰危机、心理失衡与迷惘中摆脱出来,知识阶层以及民众心理从整体上得到了有效的调整,逐渐趋于平静。

再次,两个时代都具有价值多元化,思想相对开放、活跃,在国力增强的前提下对各种文化都能客观地对待、合理地吸纳的特点。

上述几方面,都使我们这个时代与唐代有了某种必然的联系,换言之,唐人进行文化重建的整体思路和具体得失,对于我们今天的知识阶层而言,就有可能具有一种非常特殊的意义。因为历史文化智慧可以使我们减少迷失方向的危机。虽然,现代社会与一千多年前的唐代毕竟有着太多的不同,但是人类思考的许多基本问题却依然有不可忽视的一致性。在此意义上,唐代文人心态的研究就不仅仅是纯学术的话题,而是自然包含了对现实的关注与思考。当然,这种"温故而知新"的工作是需要几代人从多个领域来完成的。本书所选取的只是向不为人重视的一个小小的侧面,倘能于读者的思考有所助益,便不为妄作了。

从魏晋风度到盛唐精神

——以仕隐观的演变为核心[*]

"魏晋风度"作为一个学术概念,首先是由鲁迅先生提出来的。1927年,鲁迅在一次题为《魏晋风度及文章与药及酒之关系》的著名演讲中,将魏晋士人因政治黑暗和心灵痛苦而表现出的种种奇言异行称之为"魏晋风度"。此后,学术界受鲁迅的影响,在人文社科研究的多种领域中都使用了这一概念,使魏晋风度几乎成了魏晋文化精神之表现形态的代名词,对它的研究则构成了二十世纪的学术热点之一。但对于魏晋风度对中国文化与士人所产生的影响,尤其是对于同样富有特色的盛唐文化精神和盛唐文士言行以及它与魏晋风度之间的联系,却很少有人作深入、集中的研究。这与学术界对魏晋风度和盛唐诗歌研究的格外热衷形成了鲜明的对照。鉴于此,我们提出"盛唐精神"这一概念,意在引起学界对这种学术偏向的重视,并加强相关问题的研究。因为这个问题涵盖面极广,所以本文主要想以仕隐观的演变为线索,来探讨"魏晋风度"与"盛唐精神"之关联,并对"盛唐精神"在仕隐问题上的表现作出初步的论述。

一、传统仕隐观的新变与魏晋风度之关联

仕与隐,本是中国文化为文人士子设计的两条基本的人生道路,它们在早期文化中并无高下之分。先秦道家虽将隐置于仕之上,但在儒、道互补的整体文化格局中,道家的这种思想更多的是作为儒家崇仕思想的一

---

[*] 本文原刊于《文学前沿》(四),首都师范大学出版社2001年6月版。

种补充而很少能完全取代儒家思想,尤其在"天下有道"时更是如此。

但是,自东汉中后期以来,随着儒家大一统地位的日渐失落,社会文化价值观也在发生着根本的变化,其中与仕隐问题关系最为密切者,一为名教危机亦即君臣关系之危机,一为士人个体之自觉。所谓名教,陈寅恪先生曾论之曰:"故名教者,依魏晋人解释,以名为教,即以官长君臣之义为教,亦即入世求仕者所宜奉行者也。其主张与崇尚自然即避世不仕者适相违反,此两者之不同,明白已甚。"①因此,名教危机直接危及的是君臣关系,它的具体表现则是相当一部分士人在思想上对现实君主的怀疑、批判乃至藐视,以及在行动上疏远、抛弃了传统入世求仕、建功立业的人生道路,而把避世不仕,纯任自然作为新的人生理想;而士人个体的内在自觉则从另一个侧面加重了名教危机。同西汉以来士人将从仕作为最高的也是唯一的人生价值实现途径不同,这时期诗人们用以安顿生命、寄托自我精神和人生理想的方式已逐渐变得丰富多彩,举凡文学艺术、玄言清谈、养生、音乐、山水等等,都可以使士人们获得欣悦与快乐。与受礼法束缚的仕途生活相比,崇尚自然,追求自由成为一种新的理想②。当然,社会的动荡,政局的多变以及由此引致的频繁的政治迫害,在客观上无疑构成了上述两种文化价值观变化的催化剂。三者交互作用,遂开出了"魏晋风度"这一朵文化史上的奇葩。

对"魏晋风度",鲁迅先生论主要是着眼于药、酒、文章三个方面来加以论述的。此后,王瑶先生进而将魏晋文人分为服药、饮酒两大派,以为前者的特点一是爱漂亮,一是善清谈;后者的特点是"以日常行为来表示他们的旷达和自然"③。但以老庄为宗,崇尚玄远却是他们共同的特点。从实际情形来看,清谈者固然"宅心事外",不营俗务;而饮酒者虽未必真能旷达,但却同样轻视世事功名。晋人张翰所谓"使我有身后名,不如即

---

① 陈寅恪《陶渊明之思想与清谈之关系》,《金明馆丛稿初编》,上海古籍出版社1980年版,第182页。
② 对这两个问题,本文不拟展开,读者请参考余英时《士与中国文化》(上海人民出版社1987年版)一书中《汉晋之际士之新自觉与新思潮》《名教思想与魏晋士风的演变》两篇文章。
③ 王瑶《中古文学史论》,北京大学出版社1986年版,第146页。

时一杯酒"(《晋书·文苑传》)①,最能代表饮酒派的人生观。在鲁迅和王瑶两位先生研究的基础上,李泽厚先生在他的《美的历程》一书中对"魏晋风度"作了进一步的总结和发挥:

> (嵇康)他们畏惧早死,追求长生,服药炼丹,饮酒任气,高谈老庄,双修玄礼,既纵情享乐,又满怀哲意,这就构成似乎是那么潇洒不群、那么超然自得、无为而无不为的所谓魏晋风度;药、酒、姿容,论道谈玄,山水景物……成了衬托这种风度的必要的衣袖和光环。②
>
> 可见,药、酒、姿容、神韵,还必须加上"华丽好看"的文彩词章,才构成魏晋风度。③
>
> 外表尽管装饰得如何轻视世事,洒脱不凡,内心却更强烈地执着人生,非常痛苦。这构成了魏晋风度内在的深刻的一面。阮籍便是这类的典型。④
>
> 魏晋风度原似指一较短时期,本书则将它扩至晋宋。从而陶潜便可算作它的另一人格化的理想代表。⑤
>
> 阮籍和陶潜在魏晋时代分别创造了两种迥然不同的艺术境界,一超然事外,平淡冲和;一忧愤无端,慷慨任气。它们以深刻的形态表现了魏晋风度。应该说,不是建安七子,不是何晏、王弼,不是刘琨、郭璞,不是二王、颜、谢,而是他们两个人,才真正是魏晋风度的最高优秀代表。⑥

从三位学者的论述可以看出,"魏晋风度"在表现方式上虽丰富多彩,但从整体上来看,对老庄的崇尚与儒学价值观的否定,对仕途的疏离与对个体感受和心灵自由的格外重视则是它的基本精神。因此,"魏晋风

---

① 《晋书》卷九十二,中华书局2012年版,第2384页。
② 李泽厚《美的历程》,生活·读书·新知三联书店2009年版,第96页。
③ 李泽厚《美的历程》,第103页。
④ 李泽厚《美的历程》,第105—106页。
⑤ 李泽厚《美的历程》,第107页。
⑥ 李泽厚《美的历程》,第109页。

度"在完成个性、思想的大解放的同时,也引发出一系列主客之间的矛盾与主体内在的矛盾。从总体上来看,这些矛盾均与当时儒学衰微、旧的价值体系瓦解而新的价值体系尚未确立的社会转型特征紧密相关,但在具体的实践环节上,则往往与隐、仕问题直接相连。因此,魏晋以来的文人士子要消解这些不得不面对的矛盾,便不可能绕开仕、隐问题,或者说,仕、隐问题实际上构成了他们解决诸多现实、人生问题的一个关键性的纽结和前提。而从根本上来说,仕、隐问题即是新的时代理想人格如何定位的问题,只有后者解决了,前者及与之相关的一系列问题才有可能解决。

从历史发展的实际来看,有识之士们对新的时代理想人格的探讨,早在正始时期就已开始。正始名士清谈的内容,上至宇宙哲学,下至礼乐刑政,几乎无所不包,它的中心议题是"怎样治理国家",首要论题则是人才问题①。这也是东汉名教之治的治国模式和人才模式破产后统治阶层必须面对的问题。正始名士主要是从个性自由和封建礼法的矛盾入手来探讨新的理想人格的,即力图使这二者在社会个体身上得到统一。这在深层上体现为调和儒、道,在实际生活层面,则是要把儒家政治哲学与道家人生哲学融为一体,以缓解个体自由与政治秩序之间自东汉中叶以来即已出现、经汉末与曹魏前期愈演愈烈的矛盾。何晏、王弼弥合儒、道的老、孔一致论即是代表。正始名士的这种追求虽然不是专就消解仕、隐对立而发,因为当时仕、隐矛盾还不像晋以后那么尖锐,但在他们文化重建的理论探索中无疑包含着对仕、隐问题的新的思考。

但是,嘉平元年(249)的高平陵政变,何晏等人被司马氏集团"同日斩戮"②,正始名士的思想探索被这场屠杀强行中断,并逆转而下,在以嵇康、阮籍为代表的竹林名士那里发展为"越名教而任自然"③"非汤武而薄周孔"(嵇康《与山巨源绝交书》)④。这对以后数十年的时风产生了重大的影响,如西晋元康年间,王衍、乐广均为显官,"皆善清谈,宅心事外,名

---

① 参王晓毅《中国文化的清流》,中国社会科学出版社1991年版。
② 《三国志·魏书》卷二十八《王凌传》注引《汉晋春秋》,中华书局2013年版,第759页。
③ 《晋书》卷四十九,第1369页。
④ [南朝梁]萧统编,[唐]李善注《文选》,上海古籍出版社2007年版,第1927页。

重当时,朝野之人,急慕效之"①。以致出现"进仕者以苟得为贵而鄙居正,当官者以望空为高而笑勤恪"②的怪异现象。这种"宅心事外",为官而不以政事为务的做法一旦成为一代风尚,必然直接危及封建政治的正常运行。所不同的是,竹林名士因名教之虚伪而走向自然,以"任自然"来反抗名教的心路历程,在晋代名士身上正好倒了过来,"越名教"不再是目的,而成为任自然的必然结果。激烈的对抗消失了,但就结果而言,他们与竹林名士却是殊途同归。另一方面,"任自然"既然成为目的,则隐逸在理论上就比仕进更接近或更符合这一崇高的目的。这样一来,隐逸不再仅仅是避祸全身的选择,而是本身就具备了一种理想、高尚的内在特征。隐高于仕、处优于出的思想也终于为社会所普遍接受。

但是,时代理想人格重建的问题并没有解决,仕隐之间的矛盾也依然存在。如果以李泽厚先生所指出的"魏晋风度"的三位代表为例,我们可以看到,他们对这些问题和矛盾的思考与反应,都是极端个人化而不具备普遍性意义的。嵇康以鲜明的不合作态度招致杀身之祸固不必多说,阮籍虽口不臧否人物,违心出仕,然而在表面潇洒不群的背后,他的内心却不得不终生忍受沉重的痛苦与矛盾的折磨。他所塑造的超世独立的"大人先生"也是虚无飘渺,与现实有着太远的距离。至于陶渊明,他虽在归隐田园后获得了心灵的宁静平和,但这本身就是仕隐对立的一种表现,以此来重建新的理想人格显然是不可能的。因为从根本上说,"魏晋风度"实际上是正始以来新的理想人格探索的扭曲性表现,它对远离政治、崇尚隐逸的时代流风明显具有推波助澜的作用,而新的理想人格的探索不可能在扭曲的状态中完成,仕隐对立也不可能在这一时期消除。

二、魏晋以后关于仕隐问题的理论探索

社会的正常发展客观上总是需要一大批士人加入仕进的行列中来,

---

① 《资治通鉴》卷八十二,中华书局 2013 年版,第 2189—2190 页。
② 干宝《晋纪·总论》,引自魏徵等撰《群书治要》卷二十九,中华书局 1985 年版,第 478 页。

尚隐的风气,仕隐的对立显然是与此背道而驰的。因此,正始之后,随着仕、隐对立的日渐强化,消除这种对立的理论探索和实践尝试也越来越成为一种时代的呼声和理性的共识。在由晋至唐的数百年间,有识之士们对这一问题的思考是逐渐由理论向实践层面推进的。其中以下几个方面尤其值得注意:

首先是郭象的"内圣外王"说。郭象生活于西晋后期,针对竹林名士以来社会普遍存在的对自然与名教、个体与社会及出处等一系列矛盾的困惑,他在《庄子注》一书中继承向秀《庄子注》的理论成果,并吸收了王衍、裴頠等各家的学说,提出他自己对理想人格的新的认识,即"明内圣外王之道"(郭象《庄子序》)[1]。所谓"内圣外王之道","就是将强调个体精神追求的道家学说(内圣)与强调社会规范秩序的儒家学说(外王)不分彼此地糅合在一起,组成一个新的理论体系;就是将个体与社会、自然与名教、内在精神的超越与外在功名的追求协调起来,有机地融为一体而消除相互之间的矛盾"[2]。而在郭象看来,"内圣"与"外王"不仅是一致,而且也是互为前提同时存在的:

> 夫圣人虽在庙堂之上,然其心无异于山林之中,世岂识之哉!徒见其戴黄屋、佩玉玺,便谓足以缨绂其心矣;见其历山川,同民事,便谓足以憔悴其神矣;岂知至至者之不亏哉!(郭象《庄子》内篇《逍遥游》注)[3]

> 夫理有至极,外内相冥,未有极游外之致而不冥于内者也,未有能冥于内而不游于外也。故圣人常游外以冥内,无心以顺有,故虽终日见形而神气无变,俯仰万机而淡然自若。(郭象《庄子》内篇《大宗师》注)[4]

---

[1] [清]郭庆藩辑,王孝鱼整理《庄子集释》,中华书局1961年版,第27页。
[2] 马良怀《崩溃与重建中的困惑——魏晋风度研究》,中国社会科学出版社2018年版,第129页。
[3] [清]郭庆藩辑,王孝鱼整理《庄子集释》,第28页。
[4] [清]郭庆藩辑,王孝鱼整理《庄子集释》,第268页。

不难看出，郭象的理论思考并不仅仅是针对仕隐问题而发，但调和仕隐矛盾却无疑是他努力的主要目标之一。依照他的理论，身在庙堂并不妨碍追求心灵的自由，即仍可以"其心无异于山林之中"，这显然是以仕而可兼具隐的情怀心境、精神境界来立论的，至于隐逸之士则恐怕只能以出仕来实现"游外"之目的。因此，郭象实质上是采取了将隐虚化或主观化，而用仕来统一隐的策略。

其次是孙绰、葛洪等人的"出处同归""出处一情"说。郭象的"内圣外王"说虽为调和仕隐找到了一条理论通道，但嵇、阮以来"越名教而任自然"的思想至晋代却演变为崇尚隐逸，追求个性的自由、放达以及玄学超世俗、重玄远的清淡。这种社会思潮势如决堤，使郭象调和仕、隐的策略很难完全落实到现实中。因为在隐高于仕、处优于出的社会价值体系中是不可能容纳以仕统一隐的做法。郭象的理论显然需作进一步的调整，才有可能被时人接受。这一任务就落在了东晋士人的身上。

《晋书·谢万传》说，谢万"叙渔父、屈原、季主、贾谊、楚老、龚胜、孙登、嵇康四隐四显为《八贤论》，其旨以处者为优，出者为劣，以示孙绰。绰与往反，以体玄识远者则出处同归"[①]。孙绰之论与当时隐高于仕的主流论调显然不同，但"出处同归"的前提是能够"体玄识远"，即能保持玄远的心境。这看似与郭象的说法相去不远，实质二者有重大的差别。一是郭象实现仕、隐统一的主体是"圣人"，用他同时代人皇甫谧的话说，即是"非圣人孰能兼存出处"（《晋书·皇甫谧传》）[②]；孙绰则以是否具备玄学修养作为"出处同归"的内在前提；一是与郭象将隐虚化，以仕统一隐不同，孙绰则在"体玄识远"的心理前提下同时肯定仕与隐。这就使"出处同归"说更易于为时人接受。

与孙绰相似，葛洪也采取了对仕、隐同时给予肯定的做法。他说："古人多得道而匡世，修之于朝隐，盖有余力故也。何必修于山林，尽废生民

[①] 《晋书》卷七十九，第 2086 页。"体玄识远"，《晋书·谢万传》本作"体公识远"，此据《世说新语·文学》注引《中兴书》改。由当时及后来隐以得意为主可知当以《中兴书》为是。

[②] 《晋书》卷五十一，第 1409 页。

之事,然后乃成乎?"①又说:"君臣之大,次于天地。思乐有道,出处一情,隐显任时,言亦何系? 大人君子,与事变通。"②又说:"君子藏器以有待也,畜德以有为也……其静也,则为逸民之宗;其动也,则为元凯之表……殊途同归,其致一焉。"③由于史料缺失,孙绰"出处同归"说语焉不详,葛洪的论述则更为详尽,他在肯定君臣、名教的同时,主张"出处一情";在劝导世人不必"修于山林""尽废民事"时,又称"得道"而"有余力"应进而"匡世",并对文人士子在动、静与出、处两极之间的自由流动也完全持肯定态度。这与孙绰一方面倡"出处同归"说,一方面又严划仕、隐界线,鄙视山涛"吏非吏、隐非隐"④的二重性相比,显然在仕隐问题上是更为成熟的见解。

但是,出与处在客观上本是有重大差别的两种生活方式,二者的统一实际上只能在心理或意识层次上进行,郭象以"仕"统一"隐"的尝试既然不被尚隐的时风所接受,那么,"出处同归""出处一情"的理论在面对现实生活的时候势必被扭曲为以"隐"的价值观来统一"仕"。因此,在消除仕、隐对立的种种尝试中,值得特别注意的第三个方面即是"朝隐"说。与前两种探索仅仅停留在理论层面不同,"朝隐"说,不仅是在玄学"得意忘言"思维导向的滋养和护持下开出的奇葩,而且也成为晋以后相当长的时期里文人士子们立身的准则,被许多人身体力行。

"朝隐"一词,并非魏晋以来的新发明,"朝隐"的思想至迟在《史记·滑稽列传·东方朔传》中就已出现,东方朔自称是"避世于朝廷间者"⑤,又说"宫殿中可以避世全身"⑥,在其《诫子》中也有"首阳为拙,柱下为工;饱食安步,以仕易农"⑦之论,但"朝隐"一词在此并未出现。到了扬雄

---

① [晋]葛洪著,张松辉译注《抱朴子内篇》卷八《释滞》,中华书局 2011 年版,第 249 页。
② [晋]葛洪著,杨明照撰《抱朴子外篇校笺》(下)卷四十二《应嘲》,中华书局 1991 年版,第 409 页。
③ [晋]葛洪著,杨明照撰《抱朴子外篇校笺》(上)卷十九《任命》,中华书局 1991 年版,第 480—481 页。
④ 《晋书》卷五十六,第 1544 页。
⑤ 《史记》卷一百二十六,中华书局 2013 年版,第 3205 页。
⑥ 《史记》卷一百二十六,第 3205 页。
⑦ 《汉书》卷六十五,中华书局 2013 年版,第 2874 页。

《法言·渊骞》中,则明确地使用了这个词,"或问:柳下惠非朝隐者欤?"曰:"君子谓之不恭。古者高饿显,下禄隐。"①可见汉人是把老子和柳下惠视为"朝隐"的典范。《法言》李轨注以为扬雄否定"朝隐"是为"素飡"者而发,而东方朔以"朝隐"自居,则是出于"以仕代农""避世全身"的目的,这与晋以后在尚隐的时风中得到全面肯定的"朝隐"是有着本质的差别的,对此,王瑶先生曾有过极为精辟的论述:

> 以前东方朔的以仕为隐,是因为朝中也可以"形见神藏","避世全身";还坦白地承认希企隐逸仅只是为了明哲保身。经过了魏晋玄学的洗礼,由抗志尘表的高士又回到了朝隐,虽然也还是以仕为隐,但除避世全身的消极意义外,又加上了所谓"崇高怀道""心神超越"的追求。所以如果他们的从仕都是"不营物务"的话,在东方朔还是"不敢"或"不愿",恐怕"才尽者身危",心里也许还有一点自惭;但在后来朝隐的人看来,却是"不屑",心里正是"心安理得"的。②

这意味着魏晋之前为少数人奉行的朝隐在晋以后终于成为一种普遍的风尚。但另一方面,西晋的灭亡,也使更多的文人名士深切地意识到"不营事务",一味追求个体自由将带来亡国灭族的灭顶之灾,最终个体的自由也将荡然无存,因此,自东晋以后的数百年间,朝隐的风尚与"戮力王室"(王导语)③治国安邦的有为精神在总体上并不相悖,如王导、谢安等人即是能够二者得兼的代表性人物。余英时先生称此种现象为"礼玄双修"④,从另外的角度来说,这也正是郭象"内圣外王"说在现实生活中的落实。玄学对心性自由的追求与儒学对外在事功的追求开始趋向于融合,自竹林名士以来个体与社会的对抗也趋于缓和。这些既是魏晋以来

---

① [汉]扬雄撰,韩敬注《法言》,中华书局1992年版,第300页。
② 王瑶《中古文学史论》,第195页。本节对王先生《论希企隐逸之风》一文多有参考,特此说明。文亦见上引书。关于"朝隐"在晋以后的盛行,读者可参考该文中的论述。
③ 余嘉锡笺疏《世说新语笺疏》,中华书局1983年版,第92页。
④ 参余英时《士与中国文化》中《名教思想与魏晋士风的演变》。

理想人格探索的阶段性结晶,也构成了唐代士人理想人格重建的文化前提。

三、出处同归与盛唐精神

唐代建国之后,朝廷全新的气象和对人才的大量需求大大激发了士人的仕进热情。魏晋以来的尚隐之风、朝隐之弊均得到了根本性的扭转。这在唐代初年的武德、贞观时期已见成效,到了高宗年间,"初唐四杰"首先将"出处同归"作为一种文化理想提了出来。王勃称之为"出处之情一致"(《夏日宴张二林亭序》)①,骆宾王称之为"廊庙与江湖齐致"(《晦日楚国寺宴序》)②,而王勃《秋日宴季处士宅序》一文,对此作了更为清楚的表述:

> 若夫争名于朝廷者,则冠盖相趋;遁迹于丘园者,则林泉见托。虽语默非一,物我不同,而逍遥皆得性之场,动息匪自然之地。③

以"得性""自然"为旨归,抹平了出、处的界线。与此相应,卢照邻标举"适意"(《驸马都尉乔君集序》)④杨炯标举"适情"(《晦日药园诗序》)⑤骆宾王也以"忘怀在真俗之中,得性出形骸之外"(《秋日于益州李长史宅宴序》)⑥作为新的理想人格的一种内在品性。

表面看来,所谓"得性""适意"不过是玄学"得意"的翻版,但实质上,"四杰"所向往的这种理想人格,与玄学"得意"的旗帜下所谓"朝隐"已有了根本的不同。在他们看来,因有了这"得性""适情"的内在素质,一方面"羽翼未备,独居草泽之间;翅翩若齐,即在云霄之上"(王勃《感兴奉送

---

① 《全唐文》卷一百八十一,中华书局1983年版,第1842页。
② 《全唐文》卷一百九十九,第2014页。
③ 《全唐文》卷一百八十一,第1843页。
④ 《全唐文》卷一百六十六,第1691页。
⑤ 《全唐文》卷一百九十一,第1928页。
⑥ 《全唐文》卷一百九十九,第2014页。

王少府序》)①,处而未出者,可以无忧;另一方面,"虽吾道之穷矣,夫何妨乎浩然"(卢照邻《对蜀父老问》)②,仕而不达者可以无愁。出与处已不再有明显的高下之分,而成为文人士子不可缺一的心灵需求。王勃对出与处的理解最能代表这种全新的仕隐观:

> 下官……早师周礼,偶爱儒宗,晚读老庄,动谐真性。……朝游魏阙,见轩冕于南宫;暮宿灵台,闻弦歌于北里。交情独放,已厌人间,野性时违,少留都下。(《秋晚入洛于毕公宅别道王宴序》)③

这实即是"形在江海,心游魏阙"(杨炯《群官寻杨隐居诗序》)④与"迹寓市朝,心游江海"(卢照邻《七日绵州泛舟诗序》)⑤的同时落实。与玄学时代的"朝隐"相比,这是一种更全面健康的仕隐观,所谓"审穷达者系于天""决行藏者定于己"(王勃《上刘右相书》)⑥,或出或处,全在一己的感受是否"适情",而不再受外在是非观的左右。这标志着唐代士人自我意识的强化。这说明初唐文士对理想人格的探索,在思想理论层面和主观心理层面均已有了相当的深入。从"四杰"到陈子昂,新的时代理想人格已经呼之欲出。但是这一时期政治的、外部的条件并没有与士人的理论思考和心理素质获得同步的发展,尤其是在武、韦时期,多变的政局与残酷的政治迫害使一代士人往往成为政治集团的工具或政治争斗的牺牲品。曾在贞观君臣身上有所体现的那种新的人格风范受到了无情的扼杀、摧残与压制。一些特立独行之士不仅为政治集团所不容,也遭到社会舆论的攻击。"四杰"的受指责,陈子昂的不幸遭遇皆足以说明这一点。因此,新的理想人格还不可能成为时代共识,也不可能对一代士人产生普遍的影响。

---

① 《全唐文》卷一百八十一,第 1838 页。
② 《全唐文》卷一百六十七,第 1707 页。
③ 《全唐文》卷一百八十二,第 1848 页。
④ 《全唐文》卷一百九十一,第 1928 页。
⑤ 《全唐文》卷一百六十六,第 1695 页。
⑥ 《全唐文》卷一百七十九,第 1821 页。

进入盛唐之后,随着玄宗主政和重视文士的张说的入相,新的人格理想在初唐时期所缺失的外部条件渐次成熟。士人的仕进热情再度高涨,出现了前所未有的崇仕盛况。对此,我们可以《唐书·文苑传》和《隐逸传》为例作一考察,并以之与《晋书》同传加以比较[①],以窥盛唐士人仕隐观之一斑。

从仕、隐两方面来看,历代《文苑传》中的传主大多数都曾有过出仕的经历,有些官位不达又曾隐居的文士,则有可能被列入《隐逸传》中,如《新唐书·隐逸传》中的张志和;还有些曾为显官而后来退隐的文人,如贺知章,也被列入《隐逸传》。至于那些一生未仕的文士,一般应归入《隐逸传》。但我们以这些原则来考察晋、唐正史的《文苑》《隐逸》二传,则不难发现二者有着重大的差别,其中有些特例尤能说明问题。

《晋书·文苑传》所载 17 位文士,都有过出仕经历,但其中左思晚年急流勇退,甚有隐者之风,张翰则"任心自适,不求当世"[②],自称"人生贵适志,何能羁宦数千里以要名爵乎!"[③]因此,为齐王冏大司马东曹掾时,因"思吴中菰菜、莼羹、鲈鱼脍"[④],遂辞官归乡。(《晋书·文苑传》)张翰此举,得到了后来文人普遍的称赞,作为《晋书·文苑传》中的特例,颇能说明当时士人洒脱的出世情怀;而新、旧《唐书·文苑传》中的一百多位文士,除少数几例外,都曾出仕为官,且基本上找不到像张翰这样"不求当世"的例子。而孟浩然在这里也是一个特例,他虽然终生未仕,却始终怀着"欲济无舟楫,端居耻圣明"(孟浩然《临洞庭湖赠张丞相》)[⑤]的遗憾,他在《仲夏归汉南园寄京邑耆旧》诗中说:"余复何为者,栖栖徒问津。中年废丘壑,上国旅风尘。忠欲事明主,孝思侍老亲。"[⑥]更明确表白了自己希企现世功业的心迹。大约正因为这样,两《唐书》均未将一生不仕的孟浩然归入"隐逸传"。与张翰相比,孟浩然的思想、行为恰可从一个侧面

---

① 汉以后,唐以前,以两晋享国时间最长,故此处以晋、唐人物作比较。此外,这样做,亦可见出魏晋风度与盛唐精神异趣之一斑。
② 《晋书》卷九十二,第 2384 页。
③ 《晋书》卷九十二,第 2384 页。
④ 《晋书》卷九十二,第 2384 页。
⑤ 《全唐诗》卷一百六十,中华书局 1999 年版,第 1638 页。
⑥ 《全唐诗》卷一百五十九,第 1624 页。

反映出唐人崇仕心理的普遍性。

如果说,在《文苑传》中,我们还只能以特例来说明两个时代士人对仕进的态度,那么,在《隐逸传》中我们看到的则是晋人与唐人更具强烈反差的仕进观。晋代享国150余年,《晋书·隐逸传》著录隐士40人;唐代享国近300年,《唐书·隐逸传》所载隐士不过20余人[①]。也就是说,晋代国祚为唐代的一半,隐士却是唐代的两倍。虽然,《隐逸传》所载人物与实际的隐士仍有一定出入,但是,它毕竟囊括了该朝代主要的隐士,从人数上足以反映出当时的仕隐观。而更为重要的是,当我们进一步考察这些传主们的实际生活、行为与思想时,两个朝代隐逸之士的殊途异趣更是显露无遗。

《晋书》中的隐逸之士,基本上都是无心于世事者,他们不慕荣名,不应朝廷征召,过着与世无争,清贫自足的生活,终生陶然自得,无怨忿之色。如孙登"于郡北山为土窟居之,夏则编草为裳,冬则被发自覆"(《晋书·隐逸传·孙登传》)[②],朱冲"每闻征书至,辄逃入深山"(《晋书·隐逸传·朱冲传》)[③],任旭、伍朝、范乔等也是屡征不就(见《晋书·隐逸传》各人本传),郭文所谓"山草之人,安能佐世"(《晋书·隐逸传·郭文传》)[④]代表了晋代隐士共同的心声,有些人也曾为官,但一旦去官归隐,则成世外之人,氾腾辞官后复被征召,以"门一杜,其可开乎"(《晋书·隐逸传·氾腾传》)[⑤]固辞,也颇能说明当时隐士的行为准则。

而《唐书·隐逸传》所载20余人,情况远非如此一律。中唐以下秦系、张志和、孔述睿、陆羽、崔觐、陆龟蒙等六人,除孔述睿曾供职朝中,其他几位均堪称世外高人,与晋代隐士有很多相似之处,在此可以不论。中唐以前隐士则大致集中在三个阶段。唐初高祖、太宗两朝有王绩、朱桃椎、孙思邈三人,均是从前代入唐的隐士,如孙思邈历周、隐二代,至太宗

[①] 《旧唐书·隐逸传》著录隐士20人,其中的王守慎、徐仁纪、孙处玄、阳城均在朝任职,王远知则本为梁代人,曾师事陶弘景,贞观九年卒,年126岁。故《新唐书·隐逸传》未列入此五人,但于《旧唐书》15人外,又增9人,共24人。
[②] 《晋书》卷九十四,第2426页。
[③] 《晋书》卷九十四,第2430页。
[④] 《晋书》卷九十四,第2441页。
[⑤] 《晋书》卷九十四,第2438页。

初,年已老。因此,他们属于过渡人物,作为隐士,更多地反映的是前代遗风。其间值得注意的是王绩,他曾在隋大业年间、唐武德、贞观时三度出仕,或"以醉失职",或因"良酝可恋"而乐于在任,又因善酿者死而主动去官(《新唐书·隐逸传·王绩传》)①。总之,他对隐与仕的选择均是出自内心,大有张翰"任心自适,不求当世"②之遗风。但王绩已不再斤斤计较仕、隐之间不可逾越的界线,他根本不认为隐比仕高,而是随意之所适而仕、隐。这种以适意为去、就之根本前提的作风则是唐人特有的精神,实开盛唐士人仕隐观之先河。

高宗,尤其是武、韦时期,虽然"访道山林,飞书岩穴,屡造幽人之宅,坚回隐士之车"。(《旧唐书·隐逸传》)③但《唐书·隐逸传》中有近半数(共11人)的隐士均出现在这一时期,其中又以武、韦时期为主(有8人)。之所以如此,正如我们前文中所述,主要是因为武周革命和韦氏专权时期政局多变,文人士大夫多被杀戮之故。但即便如此,这一时期君主对隐士的种种优厚政策对于出处同归的理想在盛唐时期的落实却仍有着不可忽视的作用,简言之,它在激发文人仕进热情的同时,于不知不觉中消除了仕、隐之间由来已久的对立。

两《唐书》所载活动于盛唐时期的隐士不过四人,但如以《晋书·隐逸传》的隐士标准来衡量,则无一人可算作真隐。卢鸿,隐于嵩山,玄宗三诏始至,"及谒见,不拜,但磬折而已""诏入赐宴,拜谏议大夫,赐以章服,并辞不受"。(刘肃《大唐新语》卷十)④玄宗只得"许还山,岁给米百斛、绢五十,府县为致其家,朝廷得失,其以状闻"。而卢鸿还山后,"广学庐,聚徒至五百人。及卒,帝赐万钱"。(《新唐书·卢鸿传》)⑤可见卢鸿虽未出仕,但他却以另外的方式发挥着有为的作用,并非"无心世事"者。另一隐士吴筠,则是举进士不中,入嵩山为道士,而后名闻京师,得到了玄

---

① 《新唐书》卷一百九十六,中华书局2013年版,第5595页。
② 《晋书》卷九十二,第2384页。
③ 《旧唐书》卷一百九十二,中华书局2013年版,第5116页。
④ [唐]刘肃撰,许德楠、李鼎霞点校《大唐新语》,中华书局1984年版,第160页。
⑤ 《新唐书》卷一百九十六,第5604页。

宗的征召,令待诏翰林,然"筠每开陈,皆名教世务"。(《新唐书·吴筠传》)①又有司马承祯,虽未仕于朝,但在武后、睿宗和玄宗三朝均多次被征召,甚受敬重。尤其是玄宗,"遣使迎入京,亲受法箓,前后赏赐甚厚",又为他在王屋山置坛室。"自题碑,遣使送之",司马承祯死后,又"为亲制碑文"。(《旧唐书·司马承祯传》)②这样的隐士,比之出仕者地位更尊贵、待遇也更优厚,与以往安贫乐道的高士是有天壤之别的。至于盛唐另一位隐士贺知章,史称"天宝初,病,梦游帝居,数日寤,乃请为道士,还乡里"。(《新唐书·贺知章传》)③但这只是表面的原因,实际上贺知章之所以晚年退隐,实与他在当时的尴尬处境有关。《新唐书》本传说:"肃宗为太子,知章迁宾客,授秘书监,而左补阙薛令之兼侍读。时东宫官积年不迁,令之书壁,望礼之薄,帝见,复题'听自安者'。令之即弃官,徒步归乡里。"④肃宗为太子在开元二十六年(738),距天宝初不过数年,知章之退隐,当与薛令之出于同样的原因,所谓"梦游帝居"显然是漂亮的托词。《新唐书》本传载,知章退隐的请求获准后"有诏赐镜湖剡川一曲"⑤为放生池,"既行,帝赐诗,皇太子百官饯送。擢其子曾子为会稽郡司马"⑥,这与薛令之"徒步归乡里"适成对照,可见贺知章实在是吃准了玄宗的脾性,因此他晚年之退隐不过是一种生存策略而已。

因此,我们说盛唐无隐士也未尝不可。这正从反面说明了盛唐士人之仕进热情不仅高于唐前的晋代(以及晋以后的历代),也远远高于唐代的其他时期。下面一些有趣的例证无疑会为我们更深入地理解这一问题提供帮助。

孟知俭,并州人,少时病,忽亡。……吏问:"欲知官乎?"曰:"甚

---

① 《新唐书》卷一百九十六,第5604页。
② 《旧唐书》卷一百九十二,第5128—5129页。
③ 《新唐书》卷一百九十六,第5607页。
④ 《新唐书》卷一百九十六,第5607页。
⑤ 《新唐书》卷一百九十六,第5607页。
⑥ 《新唐书》卷一百九十六,第5607页。

要。"(张鹫《朝野佥载》卷三)①

（高）尚，雍奴人，本名不危，颇有辞学，薄游河朔，贫困不得志，常叹曰："高不危当举大事而死，岂能啮草根求活邪！"（《资治通鉴》卷二百一十六）②

（道士）曰："某行世间五百年，见郎君一人，已列仙籍，合白日升天；如不欲，则二十年宰相，重权在己。郎君且归熟思之……"李公（林甫）回，计之曰："我是宗室，少豪侠，二十年宰相，重权在己，安可以白日升天易之乎？"（无名氏《李林甫外传》）③

上述三例中，孟知俭死了仍要做官，李林甫不以宰相易仙，虽事属无稽，但却极为生动地反映出当时人对仕进的态度④。而高不危则不仅有"举大事而死"之言，后亦确实成了安禄山的心腹，将他的壮语落实到了行动中。可见当世功名在盛唐文人士子心目中的地位。与晋代隐士的清贫自足及晋唐之间尚隐的时风相比，文士的人生追求真可谓发生了天翻地覆的变化。

这种变化表现在唐诗中，一是盛唐文士多喜欢表现兼济的豪情，并将之作为人生的一种理想境界；一是与热衷仕进相关，"不遇"的悲鸣也极为响亮。

> 人生志气在，所贵功业昌。（陶翰《赠郑员外》）⑤
> 丈夫须兼济，岂能乐一身。（薛据《古兴》）⑥
> 苟无济代心，独善亦何益。（李白《赠韦秘书子春》）⑦

---

① [唐]张鹫撰《朝野佥载》，中华书局1985年版，第36页。
② 《资治通鉴》卷二百一十六，第5778页。
③ 无名氏撰《李林甫外传》，中华书局1991年版，第1页。
④ 张鹫生活年代约在高宗显庆年间至玄宗开元中期，其《朝野佥载》多载武周故事，书中的孟知俭，有可能是盛唐前之人。然一种观念的深入人心原非一朝一夕所能完成，即使孟知俭不是盛唐人，这个例证对于说明我们的观点，也是有价值的。
⑤ 《全唐诗》卷一百四十六，第1477页。
⑥ 《全唐诗》卷二百五十三，第2844页。
⑦ 《全唐诗》卷一百六十八，第1736页。

吾与二三子，平生结交深。俱怀鸿鹄志，共有鹡鸰心。（孟浩然《洗然弟竹亭》）①

这样一种建功立业、称名当世的思想显然只有在尚隐与朝隐的传统被彻底清理之后才能够发展成为一种时代的主流话语。而不遇的悲鸣则从另一侧面反衬出盛唐士人"贵功业"、重"兼济"的群体的心态。士不遇本是封建时代常见的现象，也是文学中永恒的主题之一。唐以前文士多在诗文中表达一己之不遇，盛唐文士则往往在感慨自我不遇的同时，进而为同侪的不遇鸣不平。这在诗歌中尤为普遍：

沧江一身客，献赋空十年。明主岂能好，今人谁举贤？（祖咏《送丘为下第》）②

旧识无高位，新知尽固穷。（储光羲《华阳作贻祖三咏》）③

岂乏中林士，无人荐至尊。郑公老泉石，霍子安丘樊。……余贱不及议，斯人竟谁论！（王维《济上四贤咏》）④

常忝鲍叔义，所期王佐才。如何守苦节，独自无良媒。离别十年内，飘飘千里来。安知罢官后，唯见柴门开。……（高适《宋中遇陈二》）⑤

类似的诗句在盛唐诗人集中比比皆见，这除了反映出文士不遇的普遍性外，也体现了当时士人对仕进之渴求的一致性。因为不遇的悲哀与不平成为一种群体性的心理体验，首先是以仕进激情的普遍高涨为前提的。从某种意义上说，正是这种士人群体积极的参政意识、强烈的社会责任感，使盛唐士人具有了一种独特的豪迈之气与悲壮之情，使盛唐士人与魏晋以来的士人在文化心态上有了本质的区别。但是这还只是"出处同

---

① 《全唐诗》卷一百五十九，第 1631 页。
② 《全唐诗》卷一百三十一，第 1336 页。
③ 《全唐诗》卷一百三十八，第 1405 页。
④ 《全唐诗》卷一百二十五，第 1252 页。
⑤ 《全唐诗》卷二百一十二，第 2213 页。

归"的文化理想得以实现的前提之一。要全面把握盛唐文人独特的仕隐观,我们还需对他们的隐逸实践以及他们对仕、隐矛盾的处理方式作出进一步的分析。

其实,盛唐士人的独特之处并不在于他们普遍的仕进热情。对于中国古代士人来说,他们在天下有道时总是乐于出来建一番功业的。因此在历史上的每一个太平时期,高卧山林,自得其乐都不可能成为士人群体的价值取向。但是,在被史家誉为盛世的时代,却只有盛唐的士人能够一面做着报国济世、"天生我材必有用"的美梦,并想尽一切办法、用尽各种手段去寻找能使自己从一介书生转换为那个时代政治文化主角和创造者的最佳途径,去实现"白衣卿相"的梦想;一面却绝不放弃林下雅趣,绝不以牺牲内在的精神需求、违背真实的自我为代价去换取外在的功业名利。这原本矛盾对立的两种人生选择在他们身上却被完美地统一了起来。

如上所述,按传统的隐士标准来衡量,可以说盛唐无隐士。但这并不等于说盛唐没有隐逸的行为和思想。而是盛唐的隐逸思想与前代相比发生了较大变化。细检盛唐士人的生平履历,我们不难发现,他们大多数都曾有过隐居生活的体验。隐居的时间或在早年未仕前,或在后来已仕之后,还有的则仕、隐并举,两不相妨,或者仕而隐,隐而再仕。总之,仕、隐之间森严的壁垒被完全拆除了。他们可以随意往来于二者之间而不受任何拘束。

为出仕作准备是盛唐士人隐逸的动机之一。如房琯"少好学,风度沉整,以荫补弘文生。与吕向偕隐陆浑山,十年不谐际人事。开元中,作《封禅书》,说宰相张说,说奇之,奏为校书郎。"[1]张谓"初隐少室下,闭门修肄,志甚勤苦,不及声利。后应举,官到刑部员外郎。"[2]高适"隐迹博徒,才名便远。后举有道,授封丘尉"[3]。岑参"十五隐于嵩阳,二十献书阙下"。(岑参《感旧赋序》)[4]这些士人隐居期间除了为应考而潜心读书

---

[1] 《新唐书》卷一百三十九《房琯传》,第4625页。
[2] 傅璇琮《唐才子传校笺》卷二,中华书局1987年版,第359页。
[3] 傅璇琮《唐才子传校笺》卷二,第416页。
[4] 《全唐文》卷三百五十八,第3634页。

外,广交世外名人以养声誉也是其重要活动之一。在此意义上,隐居实际上成了出仕的前奏曲。王昌龄《上李侍郎书》中有云:"昌龄岂不解置身青山,俯饮白水,饱于道义,然后谒王公大人,以希大遇哉?每思力养不给,则不觉独坐流涕。"[1]则正说明隐于青山的目的在于"以希大遇"是当时人人皆知、人人都愿身体力行的,而前述卢鸿、吴筠以及同时的李白等人又正是躬行此道而大获成功的典型。如此一来,仕、隐之间自然如水乳般融合无间了。

还有的士人则是在出仕之后又选择了归隐。本来这种类型的士人在其他时代也不乏其人,但盛唐士人入仕而后隐并不仅仅像其他时代的文人一样是在政治黑暗时期迫于外力而是出于真实的内在需求才选择隐居的。如元德秀,开元二十一年进士,曾为邢州南和尉、龙武录事参军等,后迁鲁山令,均颇有政绩。但鲁山令任满后,"南游陆浑,见佳山水,杳然有长往之志,乃结庐山阿。岁属饥歉,庖厨不爨,而弹琴读书,怡然自得"。(《旧唐书·元德秀传》)[2]薛据,开元十九年进士,终水部郎中,但"初好栖遁,居高炼药。晚岁置别业终南山下老焉"。[3]阎防,开元二十二年进士,"放旷山水,高情独诣",后来隐于终南山,"不务进取,以此自终"。[4]李颀,开元二十三年进士,"性疏简,厌薄世务。慕神仙,服饵丹砂,期轻举之道,结好尘喧之外"。[5]这种现象看似与盛唐崇仕的时风相背,因为"放旷山水",必然"不务进取",二者一般来说是难以相兼的。但就盛唐士人来说,隐居并不是仕进的终结,放情山水,并不意味着完全放弃了安国济民之想、之行。隐居不过是一种暂时的休整、调节,一种仕宦的心理和精神补偿,所谓"少凭水木兴,暂令身心调"是也。(綦毋潜《题鹤林寺》)[6]当然,其中并不排除有些人,一隐之后居然"怡然自得",不想再出仕。重要的是这些人的举动皆出自自我心灵需求,并与那些隐而复仕、反复来往

---

[1] 《全唐文》卷三百三十一,第3353页。
[2] 《旧唐书》卷一百九十下,第5051页。
[3] 傅璇琮《唐才子传校笺》卷二,第310页。
[4] 傅璇琮《唐才子传校笺》卷二,第347页。
[5] 傅璇琮《唐才子传校笺》卷二,第356页。
[6] 《全唐诗》卷一百三十五,第1368页。

于仕、隐之间者的行为一样都得到了社会和士林的首肯,二者并未被赋予高下不同的价值内涵,而是自然的出现,也自然的被视为正常形态。

因此,进而便有人随意之所适决定仕隐去留。储光羲集中有一首《刘先生闲居》,其小序曰:"先生及第后。为道士。居太清宫。又从戎而后归。"①储氏对这位刘先生的行为极其赞赏,但着眼点并不在他"高第"之荣,也不在入道后的"逍遥人间世",以及"出门忽从戎"(《刘先生闲居》)②的报国豪举,而在于这位刘先生"进退既在我"的自主性。这种自作我主的精神品格和"赏心随去留"(李颀《题綦毋校书别业》)③的审美仕隐观与唐以前纯粹牵于名利而仕,迫于外力而隐的"自外作"的仕隐方式完全不同,而呈现为一种"由中出"的主体自觉,因而具有一种从容闲雅、舒卷自如的适意、自由之美。这种适意之美在另一种调和仕隐的行为方式,即半官半隐,亦官亦隐的处世之道中表现得最为突出。

从形式上讲,朝隐其实也是一种半官半隐,不过正如我们前面所说的朝隐是以"隐"的行为标准来统一"仕",它与郭象所谓"内圣外王"之道有着本质的不同。《梁书·何敬容传》有云:"自晋、宋以来,宰相皆文义自逸,敬容独勤庶务,为世所嗤鄙。"④朝隐之弊于此可见一斑。入唐以后,士人们在仕进热情日益高涨的同时,对"朝隐"之士对逸情的关注并未全然否定,而是把它自然纳入到了新的仕隐观中,在同时肯定仕、隐两种行为方式的前提下,将逸情作为一种自我心灵需求与功业名位并置于一个崇高的位置上。

早在中宗年间,后来成为盛唐文宗的张说就创造性地用"丘壑夔龙,衣冠巢许"来指称"虽翊亮廊庙,而缅怀林薮"(张说《东山记》)⑤的亦官亦隐者,而唐中宗则把被张说称为"衣冠巢许"的韦嗣立封为逍遥公。逍遥者,自在也,自如也,它是无所拘束的代名词,而能够达到逍遥境界的前

---

① 《全唐诗》卷一百三十八,第 1403 页。
② 《全唐诗》卷一百三十八,第 1403 页。
③ 《全唐诗》卷一百三十二,第 1346 页。
④ 《梁书》卷三十七,中华书局 2013 年版,第 532 页。
⑤ 《全唐文》卷二百二十六,第 2277 页。

提则是出处同归,仕隐兼致,也就是"初唐四杰"所说的"廊庙与江湖齐致"①。有趣的是几十年前为下层寒士们所憧憬的文化理想,几十年后竟在朝廷显官身上得到落实②,而且这种全新的人格理想竟得到了最高统治者——皇帝的赞赏。可以肯定地说,由晋人提出的"出处同归"的理想,经过数百年的发展,至此已由少数士人的一种思想观念扩展为更为普遍的社会意识,并进而影响到上层决策者的生活方式和价值观。上有所好,下必甚焉。当朝廷和上流社会以得之于士人阶层并转化为现实行为的理想生活方式反过来影响新一代士人时,"出处同归"的文化理想必然会深入人心,在一代士人心理世界的重新建构中产生不可低估的作用。盛唐士人正是全面接受了这种理想,同时又基本具备了实现这种理想的外部条件的一代人。由于这两方面的原因,盛唐士人相对而言在仕与隐的选择上大都能保持"适意"的心态,至少,他们在思想认识上,在情感体验上都以此为最高境界。因为,在他们看来建功立业、显身扬名固然可贵,但以身徇名、因仕灭趣却实在不可取。他们认为现实的功名与精神的自由同样重要,不可相互代替,而希望同时拥有。这种"鱼与熊掌兼得"的心理,并没有造成希望越大而失望越深的结果,相反,由于盛唐士人或者能二者得兼,或者至少也于二者中必得其一,他们的心态比以往任何时候都更加平和恬静。

也许是历史的巧合,在张说写下《东山记》二十八年以后,即唐玄宗开元二十四年(736),当时朝廷贤相良臣们又在韦氏逍遥谷举行过一次盛会,萧嵩、裴耀卿、张九龄、韩休、杜暹等人均参加了这次宴集。身为右拾遗的王维得预此会,并写下了《暮春太师左右丞相诸公于韦氏逍遥谷宴集序》,文中一则曰:"不废大伦,存乎小隐。迹崆峒而身拖朱绂,朝承明而暮宿青霭,故可尚也。"③再则曰:"上客则冠冕巢由,主人则弟兄元恺。"④再一次重申了二十多年前张说"衣冠巢许"的论调。如同张说《东

---

① 《全唐文》卷一百九十九,第 2014 页。
② 韦嗣立时为兵部尚书、同中书门下三品、修文馆大学士。据《旧唐书·韦嗣立传》,这一年为中宗景龙三年(709)。
③ 《全唐文》卷三百二十五,第 3294 页。
④ 《全唐文》卷三百二十五,第 3295 页。

山记》一样,王维此序也不仅仅是一篇普通的即兴之作,而是代表朝廷在发言,他在文中所表述的观点也可看作是当时与会的贤相名臣们的共识。对于中下层士人包括在野的士人们来说,这一原则也同样是有效的。王维在另一次文人宴会上就以同样的口吻再次表述了这一新的时代理想,"拂衣为放,则野人于小隐之中;束带而朝,则君子于大夫之后"。(王维《洛阳郑少府与两省遗补宴韦司户南亭序》)[①]事实上,盛唐时期"出处同归"的确已成为普遍的共识被文人们所接受、所实践。前述盛唐士人隐逸,或者说调和仕隐的不同方式,正可看作是"出处同归"理想的几种不同表现形式。

盛唐士人在对人生理想的探索中所体现出的文化特征,即是我们所说的"盛唐精神"。以上所述,仅仅是它在仕隐观上的体现。但仅此我们因为可以看出,"盛唐精神"绝不仅仅是唐代士人努力的结果,它同时也是自魏晋以来中国士人探索自我、把握人生、重新确立自我价值体系的阶段性成果,是对传统以及魏晋反传统思想进行重新审视,全面吸收其合理要素,并加以创造性发挥的结晶。其最大的特点是追求美善兼得,自由与功业兼得,逸兴与豪情兼得,从更高的层次上看,它们又都指向于"自然适意"这一新的人生理想。因此"盛唐精神"在本质上是理想化的。它既是盛唐文学的审美心理基础,也是中国文化史上最具魅力的文化景观之一。而从"魏晋风度"到"盛唐精神"正好构成了中国文化追寻理想的一个完整的环节,重温这一文化历程,无疑将会给我们带来永恒的启迪。

四、"出处同归"理想实现的原因

"出处同归"的理想之所以能在盛唐变为现实,自有历史与现实,政治与文化等多方面的原因,但以下三方面的原因无疑是最为重要的。

一是唐代均田制使一大批中下层庶族地主出身的士人获得了可以相对从容地往来于仕隐之间的经济基础,具体而言,就是拥有了规模大小不

[①] 《全唐文》卷三百二十五,第 3295 页。

等的田庄。本来田庄在东晋、南北朝时期就已存在,但当时拥有田庄的还主要是世族大家。唐代均田制虽以前代土地制度为基础,但其"基本精神却偏重在永业田的私有权力。永业田的比重相对地增大,永业田的买卖尺度更加放宽,甚至口分田在一定条件下也可以出卖"①。法令规定,丁男(十八至六十岁)受田一顷,其中八十亩为口分田,二十亩为永业田,永业田可传给子孙。朝中官员所受永业田则远远超过了百姓,其中亲王受田百顷,正一品职事官六十顷,以下依次递减,直至八、九品官也能受永业田二顷,相当于百姓永业田的十倍②。这就使得凡在朝为官者私人占有的土地大大增加。田庄有各种别名,庄园、山庄、田园、别业、墅、别墅、园林、别庐等等。唐人诗文集中常常提到这些属于私人产业的田庄,其称谓名目极多,据友人李浩的研究,至少有三十余种,而今天仍有据可查留下名称的唐人别业不下千余处③。而从唐人诗文集中可以知道,有相当一部分士人拥有大小不等的田庄或者说别业。这不仅为士人自由往来于仕、隐之间提供了经济后盾,也提供了一个自足的空间。

　　二是科举制的实行,使大批下层士人获得了相对平等的入仕机会,尤其是开元年间进士考试加试诗、赋的改革④,使得能文之士入仕的机会更多。社会上则形成了"士无贤不肖,耻不以文章达"⑤,以及"搢绅闻达之路惟文章先"⑥,"仕进者以文讲业,无他蹊径"⑦的重文的价值观念和文化心理。这又为下层士人成为新的田庄主人敞开了大门。一、二两方面相互为用,遂造就了士人经济上的独立与精神上的自主,形成了一代文人自信乐观,能相对平静地面对仕隐、穷达的文化品格。

　　三是盛唐前期政治的清明,皇权与士大夫关系,或者说君臣关系的正

---

① 胡寄窗《中国经济思想史》(中),上海人民出版社 1963 年版,第 357 页。
② 参见《新唐书》及《旧唐书》中的《食货志》。
③ 参李浩《唐代园林别业考论》,西北大学出版社 1996 年版,第 29—34 页及其下编《唐代园林别业考》。
④ 参徐松《登科记考》卷二永隆二年条及傅璇琮《唐代科举与文学》,陕西人民出版社 1986 年版。
⑤ [唐] 杜佑撰《通典》卷十五《选举三》,中华书局 1988 年版,第 357 页。
⑥ 《全唐文》卷三百九十一,第 3980 页。
⑦ 《全唐文》卷五百,第 5096 页。

常化,使盛唐士人对李唐王朝抱了太多的幻想。他们大多相信凭自己的才能"坐取公卿"并不是遥不可及的梦想。同时由皇帝主持的制举中也明确设置了诸如俦伊吕科、将帅科、识洞韬略堪任将相科等科目,而考中制举乃至进士、明经及第的士人,也多有数年之内位至显要者。因此唐代士人抱负都非常高,不过盛唐士人都不像武、韦时期的文人一样无条件地去追逐功名富贵,他们希望能与王侯乃至帝王平等相处,希望自己的人格得到尊重,希望真正的仕途生涯符合自己的本性。如前述卢鸿见唐玄宗而不拜,明显是在有意抬高自我人格;李白待诏翰林后,初甚得"恩遇",后来"格言不入,帝用疏之",乃"浪迹纵酒,以自昏秽"(李阳冰《唐李翰林草堂集序》)[1],"脱屣轩冕,释羁缰锁,因肆情性"(范传正《赠左拾遗翰林学士李公新墓碑》)[2],绝不留恋官爵;高适任封丘尉,"鞭挞黎庶令人悲"[3],则辞官而去。从整体上来看,盛唐士人这种仕不适意,则挂冠归山的气派也同样是与科举开辟的广阔的进身之路及别业提供的实在的生存空间无法截然分开的。如张子容、綦毋潜、祖咏、薛据等人弃官之后均有可归之别业。(《唐才子传》本传)

　　上述三个方面正是促使"出处同归"的传统文化理想在历经四百余年的演进后,在盛唐士人身上得到普遍呈现的主要的外部原因,由于盛唐中期以后,政局日昏,"出处同归"理想所造成的全新人格和所形成的独特心态也在进入天宝年间后逐渐发生了较大的变化。但是,这一理想所带来的价值观念的新变与心灵的大解放,却使盛唐士人成为中国历史上独特的一种类型,使他们创造了中国这个诗的国度中最美的诗。而"盛唐气象"之所以被视为审美典范,之所以在盛唐以后不可复现,也正与"盛唐精神"这一理想的转瞬即逝,与盛唐士人心态的不可再得有关。

---

[1] 《全唐文》卷四百三十七,第 4460 页。
[2] 《全唐文》卷六百一十四,第 6200 页。
[3] 《全唐诗》卷二百一十三,第 2220 页。

从魏晋风度到盛唐精神

——以文人个性和玄儒关系的演变为核心*

受鲁迅先生的影响,有关"魏晋风度"的研究构成了二十世纪的学术热点之一,但对于魏晋风度与盛唐文人言行之间的联系,却很少有人作深入、集中的探讨。本文提出的"盛唐精神",是指在对"魏晋风度"进行完善、修正的基础上,形成的一种新的民族文化理想和精神范式。从文人个性和玄儒关系的演变来看,自然适意、脱俗求奇以及心灵需求的多样化构成了它最重要的三大特征。在盛唐文人身上,魏晋文人普遍具有的内在紧张和焦虑已经消除,仕与隐、玄与儒均得到了较为完满的统一。因而,他们的人格更健全,审美心理更加恬静平和,审美眼光更加精细入微。因为这个问题涵盖面较广,所以本文主要以文人个性和玄儒关系的演变为线索,对这一概念作出初步的论述,并兼及它与"魏晋风度"之关联。

一、"魏晋风度"向"盛唐精神"过度的前提

儒家文化重群体而轻个体、重礼而轻情的特点,极大地制约着人们个性的发展。魏晋南北朝时期,由于儒学的衰微和儒家文化价值体系的崩塌,文人阶层获得空前的舒张个性的机会,他们在以率性而动的行为方式冲击、否定传统礼教的同时,深切地感受到了前人视而不见的人性之美和自然之美。王戎宣称:"情之所钟,正在我辈。"[①]王廞登上茅山,大声恸哭

---

* 本文原刊于《文史哲》2002 年第 6 期。
① 余嘉锡《世说新语笺疏》,中华书局 1983 年版,第 638 页。

道:"琅琊王伯舆,终当为情死。"①而王羲之也因去官后得"游名山,泛沧海",而有"我率当以乐死"之叹②。魏晋文人正是在个性解放的欣喜中,分别从社会和自然两方面发现了自我,发现了才(真)情之美及自然之美。这令他们狂喜不已,也使他们"称情而直往",生出不顾一切享受这种狂喜的勇气,于是在名教与自然、群体与个性、秩序与自由的二难选择中,魏晋文人往往倒向了后者。但是"越名教而任自然",任情而违礼,却造成了一系列的社会矛盾。因此,东晋以来越来越多的人认识到儒家礼法对维护群体秩序的重要性,而主张"情礼兼到"(《袁宏传》)③,致力于玄、儒精神的融合、调和。

如果说"出处同归"理想的落实偏重于消除长期形成的仕隐矛盾④,那么玄儒精神的融合则偏重于化解自魏晋以来个体自由与群体秩序之冲突,亦即群己矛盾。正是这两方面共同造就了作为历史发展结果的盛唐文人,使他们在魏晋之后再一次发现了自我与自然之美。由于新旧文化价值的激烈冲突已经过去,也由于盛唐政治文化的特殊背景,他们已能够比魏晋文人更从容地品味深刻丰富的自我之美和真实多彩的自然之美。魏晋文人对抗社会的愤激偏执,变为个人与社会切近中不乏间离的和谐;魏晋文人面对自然的孤独与皈依,也为人与自然的融合互化所替代。一句话,盛唐文人是人格更为健全、审美心理也更为成熟的一个群体。他们追求个性自由却并不放弃社会责任感,他们追求脱俗却并不离俗,他们崇尚才情也钦慕力量之美,他们向往功名富贵也能够安贫乐道,他们酷爱山水,但因消除了魏晋文人普遍具有的心理紧张,因而审美的眼光就更加精细深微。这是魏晋风度向盛唐精神过度的必要前提。

---

① 余嘉锡《世说新语笺疏》,第764页。
② 见《晋书》卷八十《王羲之传》。
③ 见《晋书》卷九十二《袁宏传》。
④ 参笔者《从魏晋风度到盛唐精神——以仕隐观的演变为核心》,发表于《文学前沿》2001年,第180—199页。

二、个性舒张的狂行与侠思

自我的表现与个性的呈露,首先源于文人自我意识的觉醒。而狂言怪行则是魏晋时代和盛唐时代(也包括其他历史时期)文人发抒个性的共同方式。但在这一点上两个时代的文人又有很大的差别。大致而言,魏晋文人是在摆脱儒家经世价值观与传统礼教的前提下发现了自我;而盛唐文人则是在魏晋文人矫枉过正的前提下,对之继承、反思与超越的过程中完成了自我的再发现。与魏晋文人相比,盛唐文人对个性美的理解明显具有如下两大特征:一是重新肯定了儒家的经世价值观;二是并不因重视群体秩序而放弃个体自由。

狂怪的言行是盛唐文人展露个性的一个重要方面,其表现形式和动机多种多样。如萧颖士,在当时"号萧夫子",名播海内外。但史传中说他"终以诞傲褊忿,困踬而卒",又有"君子恨其褊"的评论(《萧颖士传》)[1],唐人郑处诲《明皇杂录》也说他"恃才傲物,曼无与比"[2]。类似的情形在其他盛唐文人身上也时有所见,自号"四明狂客"的贺知章也是"晚年尤加纵诞,无复规检"(《贺知章传》)[3],《明皇杂录补遗》又说:"天宝中,刘希夷、王昌龄、祖咏、张若虚、孟浩然、常建、李白、杜甫,虽有文名,俱流落不偶,恃才浮诞而然也。"[4]至于杜甫《饮中八仙歌》中所写的那八位盛唐名士,不仅"三斗始朝天",酒酣之际"脱帽露顶王公前",甚至于"天子呼来不上船"[5]。这种狂放的举止,足以表明一代文人个性舒张之普遍,也充分体现了他们对自我价值的高度肯定。

有些文人的狂放之举明显带有不拘礼法、恣意放纵的享乐主义倾向。如崔颢,"有俊才,无士行,好蒱博饮酒。及游京师,娶妻择有貌者,稍不惬

---

[1] 《新唐书》卷二百二《萧颖士传》,中华书局 2013 年版,第 5767 页;《旧唐书》卷一百九十下《萧颖士传》,中华书局 2013 年,第 3185 页。
[2] 丁如明辑校《开元天宝遗事十种》,上海古籍出版社 1985 年版,第 17—18 页。
[3] 《旧唐书》卷一百九十中《贺知章传》,第 5034 页。
[4] 丁如明辑校《开元天宝遗事十种》,第 43 页。
[5] 《全唐诗》卷二百一十六,中华书局 1999 年版,第 2260 页。

意,即去之,前后数四"(《崔颢传》)①。王翰,"少豪荡不羁,登进士第,日以蒲酒为事",居官后"枥多名马,家有妓乐","发言立意,自比王侯"(《王翰传》)②;李邕"性豪侈,不拘细行,所在纵求财货,驰猎自恣"。这类在正统儒士看来有亏德行的行为,并未受到相应的指责,也没有影响这些人作为名士的地位。李邕在开元年间曾因"陈州赃污事发",罪当死。许州人孔璋与之素不相识,只因仰慕其名,竟上书愿为代死。更有甚者,李邕虽屡被贬斥,却在"人间素有声称,后进不识,京、洛阡陌聚观,以为古人"(《李邕传》)③。这尤能反映出当时对文才的崇拜和对狂放之举的态度。可见盛唐文人的高自标格是有着广泛的社会基础的。

也有人以狂放之举表达对现实的反抗,如王翰将海内文士分为九等,将自己和张说、李邕列在最高一等,张榜于吏部东街(封演《封氏闻见记》)④,便在肯定自我的同时表现了对当时科举考试和吏部选官的不满,但这种情况在盛唐很少见。也有一些文人超乎常情的举动与仕进、名声根本无关。如孟浩然见赏于韩朝宗,相约同至京师,韩朝宗将荐之于朝。"会故人至,剧饮欢甚……卒不赴。朝宗怒,辞行,浩然不悔也"⑤。为了朋友欢会,竟放弃了难得的仕进机会。这与狂怪要名、恣意享受以及恃才傲物等行为似乎很不相同,实质上却都体现了盛唐文人以适情为底蕴、不掩饰内在欲望、也不为外物所役的自主性特征。其心理基础则在对"我"的独特魅力的有意彰显。对此,他们常爱用"脱略"二字来加以表达:"少时方浩荡,遇物犹尘埃。脱略身外事,交游天下才。"⑥"儒有轻王侯,脱略当世务。"⑦"卷舒形性表,脱略贤哲议。"⑧"知我沧溟心,脱略腐儒辈。"⑨

---

① 《旧唐书》卷一百九十下《崔颢传》,第 5049—5050 页。
② 《旧唐书》卷一百九十中《王翰传》,第 5039 页。
③ 《旧唐书》卷一百九十中《李邕传》,第 5043 页。
④ 见[唐]封演撰,赵贞信校注《封氏闻见记校注》,中华书局 2005 年版,卷三。
⑤ 《新唐书》卷二百三《孟浩然传》,第 5779 页。
⑥ 《全唐诗》卷二百一十一,第 2195 页。
⑦ 《全唐诗》卷一百四十,第 1422 页。
⑧ 《全唐诗》卷一百四十,第 1423 页。
⑨ 《全唐诗》卷一百四十,第 1424—1425 页。

"脱略小时辈,结交皆老苍。"①"高才脱略名与利。"②"脱略"意为轻慢不拘,不以为意,在上述诗句中,都表现出对自我个性的强调。

就狂怪言行而言,盛唐文人与魏晋文人最大的差别在于,盛唐文人标榜、突出自我的举动大多不具有反传统和名教的特点,却包含着要名誉,求仕进的动机。李邕所谓"不愿不狂,其名不彰。若不如此,后代何以称也"的说法(《李邕传》)③,其实也是盛唐狂怪之士们的心理独白。这在盛唐文人崇尚侠义精神的价值追求和人生实践中,有着更为集中的表现。

自司马迁《游侠列传》问世以来,侠就与文人结下了不解之缘。但只有盛唐时代,侠才被一代文人置于儒之上,任侠精神也才渗透到了文人实际生活中,不少文人曾有过任侠的实践。如王之涣"少有侠气,所从游皆五陵少年"④;李邕被时人与汉代大侠剧孟相提并论;孟浩然"少好节义,喜振人患难"(《孟浩然传》)⑤;李白"少任侠,不事产业,名闻京师"⑥;李颀青年时代也曾"倾财破产无所忧",有过轻财任侠的经历⑦;王翰则被辛文房比为古之"布衣之侠"⑧。王仁裕《开元天宝遗事》中说:"长安侠少每至春时结朋联党,各置矮马,饰以锦鞯金络,并辔于花树下往来,使仆从执酒皿而从之,遇好花则驻马而饮。"⑨王谠《唐语林·自新》篇中也说:"天宝以前,多刺客报恩。"⑩可见,文人任侠不过是社会大风潮中的局部奇观。

由于侠的活动历来是凌驾于官府之上,因此总是与朝廷处于一种对立状态。但唐代文人却能把侠义精神纳入报国济世的人生理想中,他们看重的是侠勇于行动、立功当世的主动性,以及脱略小节的豪气、自由独立不为名利富贵所拘的人格。如果说上述盛唐文人那种狂放言行的形成

---

① 《全唐诗》卷二百二十二,第 2363 页。
② 《全唐诗》卷一百三十三,第 1357 页。
③ 《旧唐书》卷一百九十下《李邕传》,第 5040 页。
④ [唐] 辛文房撰,傅璇琮主编《唐才子传校笺》,中华书局 1987 年版,第 446 页。
⑤ 《新唐书》卷二百三《孟浩然传》,第 5779 页。
⑥ [清] 王琦注《李太白全集》,中华书局 1977 年版,第 1460 页。
⑦ (美) 李珍华、傅璇琮《河岳英灵集研究》,中华书局 1992 年版,第 179 页。
⑧ [唐] 辛文房撰,傅璇琮主编《唐才子传校笺》,第 147 页。
⑨ [唐] 王仁裕撰《开元天宝遗事》,中华书局 2006 年版,第 24 页。
⑩ [宋] 王谠撰,周勋初校证《唐语林校证》,中华书局 1987 年版,第 353 页。

明显受到了侠义精神的滋润与催化,他们"出处同归"的人生理想与侠在出处行藏间的来去自由有着深刻的一致性,那么,盛唐文人对富于时代新意的侠义精神的膜拜与实践又主要是在对边塞生活的关注与体验中得到集中表现的。从军塞漠无疑是盛唐文人任侠实践的延伸,也是最高境界。他们正是在任侠与从军这两类豪迈的人生实践中重新发现了豪迈不羁、轻身赴难、立功济世的全新的自我。这与魏晋以来文人理想的自我是完全不同的。

　　正如多数文人不具备任侠的条件一样,盛唐文人从军入幕者也只是极少数[①]。但这并不影响他们对侠义人格和边塞生活的无限向往,也许正因为多数文人与任侠行为和边塞生活保持着相当的距离,所以他们始终能以审美的眼光来看待这两个有别于世俗生活的领域,也更容易在心理上将自己建功立业的壮志与侠义精神统一起来。他们常把少年游侠与边关勇士作为同一种理想人物来加以歌颂。崔颢《古游侠呈军中诸将》曰:"少年负胆气,好勇复知机。杖剑出门去,孤城逢合围。杀人辽水上,走马渔阳归"[②],王昌龄《少年行》也说:"西陵侠少年,客过短长亭。……闻道羽书急,单于寇井陉。气高轻赴难,谁顾燕山铭。"[③]有时,那游侠和勇士就是他们自己,高适《登陇》说:"浅才登一命,孤剑通万里。岂不思故乡,从来感知己"[④],岑参《北庭西郊候封大夫受降回军献上》也称:"自逐定远侯,亦著短后衣;近来能走马,不弱并州儿。"[⑤]这种文人、侠士与边关勇士三位一体的理想人格,既是盛唐文人狂怪之行所能达到的最高境界,也是玄儒精神融合的最美的结晶。在现实生活中,就不乏身兼文武、出将入相的人物。唐太宗即是这样一位典范人物,他对唐代文人的影响极为深远。盛唐时代官至兵部尚书的郭元振也是这样一位人物,他年轻时"任侠使气",后多次为边关统帅,屡立战功,又擅诗文,"有文集二十

---

① 《唐代文学研究》,广西师范大学出版社1996年版,第121页。
② (美)李珍华、傅璇琮《河岳英灵集研究》,第192页。
③ (美)李珍华、傅璇琮《河岳英灵集研究》,第224页。
④ 《全唐诗》卷二百一十二,第2214页。
⑤ 《全唐诗》卷一百九十八,第2028页。

卷"(《郭元振传》)[1];张说则不仅是开元文宗,"三登左右丞相,三作中书令"(《张说传》)[2];又曾三次总戎临边,"耀武震遐荒"[3]。这三位人物对盛唐文人所具有的感召力是可想而知的。玄儒精神的融合正是从他们身上日益蔓延开来,成为一代新风。

三、穷且益坚的豪情与远志

盛唐文人独特的个性,也体现在他们处于困境时那些令后来文人不敢想象的豪情远志上。与魏晋时代不同,盛唐是仕途向文人全面开放的时代,但怀才不遇者并未因此而减少,《旧唐书·高适传》谓"有唐以来,诗人之达者,唯适而已",正从一个侧面说明了这一点。因此,一方面是文人们满怀希望奔走于仕途,一方面却有很多人生活于困顿潦倒之中。但盛唐文人的独特之处正在于他们在艰难困苦之际仍能豪情满怀,壮气干云,令人千载之下依然生出无限钦佩。这尤其是魏晋时代世族文人所无法企及的。

唐代士子能否及第,朝中名公的推荐常常起决定性的作用,而朝廷各种类型的荐举也始终存在[4](历年命各级官员举荐人才诏)。这促使文人士子在未显之前多奔走于达官名士之门。而干谒本是有求于人,按常理应表现得格外卑谦才是,但盛唐文人的干谒之作却常常狂态毕露。如王泠然作于开元年间的《与御史高昌宇书》和《论荐书》[5],均是典型的干谒之作。前篇开首即曰:"仆之怪君甚久矣。"原因是高御史当年任宋城县尉时,未将他推举至京参选,入朝为官后出使路过宋城,对门生故旧多有关注而不顾及于他。而此时王泠然已当年"自河以北"唯一的进士及第者,因而文章中间说:"君须稍垂后恩,雪仆前耻。若不然,仆之方寸,别有所施。"文末又说:"意者望御史今年为仆索一妇,明年为留心一官……倘

---

[1] 《旧唐书》卷九十七《郭元振传》,第 3049 页。
[2] 《全唐文》卷二百九十二,中华书局 1983 年版,第 2963 页。
[3] 《全唐诗》卷一百一十一,第 1139 页。
[4] 可参徐松《登科记考》,中华书局 1984 年版。
[5] 见《全唐文》卷二百九十四,中华书局 1983 年版,第 2981—2984 页。

也贵人多忘,国士难期。使仆一朝出其不意,与君并肩台阁,侧眼相试。公始悔而谢仆,仆安能有色于君乎?"后一篇是写给丞相张说的,其中有"公以傲物而富贵骄人,为相以来,竟不能进一贤,拔一善"等无所顾忌的话。这实在是在要挟和指责,如果不是为了以激进的方式显示自己以引起对方的重视,很难想象这种实用目的极强的文章会写成这样。这种现象在初唐即已出现,如王勃的《上刘右相书》《上李常伯启》①即为此类篇什的开先河之作。盛唐时代有很多文人写过类似的文章,如王昌龄《上李侍郎书》②、李白《与韩荆州书》③等,都体现了盛唐文人在干进活动中豪气不衰的个性。这种求人而不屈己的作风尤能见出盛唐文人强烈的自我意识和以"适情"为尚的心理特征。

　　贫穷是极难堪的一件事,人穷往往志短,但盛唐文人在贫穷困苦的逆境中也往往能豪气不衰。史称高适"少濩落,不事生业,家贫,客于梁、宋,以求丐取给"(《高适传》)④,近三十年,可谓不遇潦倒之极。可他却能够"五十无产业,心轻百万资""饮酒或垂钓,狂歌兼咏诗"⑤。在这期间所作的《淇上酬薛三据兼寄郭少府微》一诗中他也表述了自己"北上登蓟门,所见穷善恶。仗剑对风尘,慨然思卫霍"⑥的壮志。他后来之所以能成为"诗人之达者",与这种开阔的胸怀显然很有关系;祖咏,开元十二年(724)进士及第后,长期未被授官,生活非常艰难⑦。《唐诗纪事》卷二十载,开元中,进士唱第尚书省,落第者至省门散去,祖咏吟道:"落去他两两三三戴帽子,日暮祖侯吟一声,长安竹柏皆枯死。"此诗《全唐诗》未收,作年不可考。论者多以为是一首嘲落第举子的诗,从《纪事》所录的三句来看,重点似更在于表现对自我才情的自信。《唐诗纪事》同卷还记载了祖

---

① 见《全唐文》卷一百七十九,第3351—3352页;卷一百八十,第3531—3532页。
② 见《全唐文》卷三百三十一。
③ 〔清〕王琦注《李太白全集》,第1240页。
④ 《旧唐书》卷一百一十一《高适传》,第3328页。
⑤ 《全唐诗》卷一百三十二,第1343—1344页。
⑥ 《全唐诗》卷二百一十一,第2197页。
⑦ 天宝三载(744)芮挺章编《国秀集》仍称祖咏为进士,知祖咏及第二十年尚未得一官。卢象《送祖咏》有"胡为困樵采"的感叹,王维《赠祖三咏》也说:"贫病子既深,契阔余不浅。"均当作于这一时期。

咏科举考试时写试帖诗《终南山望余雪》只写"终南阴岭秀,积雪浮云端。林表明霁色,城中增暮寒",四句即交了卷。按规定试帖诗当写六韵十二句,但祖咏的理由是"意尽"了。可见他同样也是一个以"适意""适情"为行事准则的人。又他在《长乐驿留别卢象裴总》中说"谪宦我难任。直道皆如此,谁能泪满襟"①。表明他后来入仕,曾因"直道"遭贬。因此前述"长安松柏皆枯死"的诗句即使不是作于诗人困顿之际,我们从他穷困数十年,入仕后仍不免因"直道"被贬,也可看出贫病交加的生活并没有使这位"祖侯"变得世故起来。祖咏后来隐于"汝坟间别业,以渔樵自终"②,他与高适在结局上虽有穷达之别,但他们都没有被贫困所击垮,都在长期的困顿中保持了真实的本质。

在李颀的笔下,则为我们留下了一批久于穷困却卓然不群的文人群像。"生事如浮萍",却"微禄心不屑,放神于八纮"③的草圣张旭;罢官在"故林",却"心轻万事如鸿毛"④的陈章甫;尤其是那位"四十无禄位""举家无担石"的"落魄"书生梁锽,更是以"狂歌"痛饮的骇世之举显示出"途穷气盖长安儿"⑤的大丈夫本色。这是在为朋友写真,也是盛唐文人人格理想的写照。李颀的另一位朋友王昌龄,一生数次谪宦,先至岭南,再移江宁,后又贬龙标。新、旧《唐书》都说是因"不护细行"所致,而面对种种"谤议",诗人在贬所依然能怡然自得,一方面坚信自己"一片冰心在玉壶"⑥,不因受挫而改变自己不羁的本性;另一方面绝不怨天尤人,"莫道弦歌愁远谪,青山明月不曾空"⑦,丝毫没有因为贬谪而改变自己对自然和生活的热爱。更为可贵的是他始终坚信"天生贤才,必有圣代用之"⑧,并未像其他人一样因仕不得意便归隐旧山。

盛唐文人这种不以穷困而减其豪迈,不因失意而失其本真的品格,与

---

① 《全唐诗》卷一百三十一,第 1333 页。
② [唐]辛文房撰,傅璇琮主编《唐才子传校笺》,第 209 页。
③ 《全唐诗》卷一百三十二,第 1340 页。
④ 《全唐诗》卷一百三十三,第 1353 页。
⑤ 《全唐诗》卷一百三十三,第 1352 页。
⑥ 《全唐诗》卷一百四十三,第 1449 页。
⑦ 《全唐诗》卷一百四十三,第 1448 页。
⑧ 《全唐文》卷三百三十一,第 3352 页。

他们对边关的神往,对侠义的倾心及不受世俗拘束的狂放言行共同体现了他们超越世俗、任性深情的文化个性和不同于魏晋文人的特点,从总体上显示了玄儒精神融合的实绩,这既是盛唐精神的一个重要的方面,也是他们发现美、创造美的重要的心理前提之一。

四、自然适意与心灵需求的多样化

如果说"出处同归"理想的落实,使盛唐文人不再为仕、隐而瞻前顾后,仕与隐的矛盾由此得到化解;那么玄儒精神的合流又使他们在标榜自我、高扬士气的同时并不危及群体秩序,尤其不放弃报国济民的社会责任和现世功业,群与己的对立亦即个人与社会的对立也由此得以协调。不过,"出处同归"与"玄儒合流"二者之间并非互不关涉,事实上"出处同归"正是玄儒精神合流的一个重要方面,而玄儒合流的其他方面亦在很大程度上有赖于"出处同归"理想的支撑,二者是互为前提、互相促进的。在此前提下,盛唐文人主动进取、当仁不让固然是在突显自我,他们归心自然、怡然自得也未尝不是在以另一种方式突显自我;尤其值得注意的是在这个时代,多数文人并不仅仅以一种面目出现,从他们的作品我们常常发现乐志渔樵者并非不食人间烟火,而是常常不乏狂纵之气;而豪情跌宕者也同样醉心于逍遥宁静的境界。后世将盛唐诗人分为边塞、田园山水两派,盛唐诗论家殷璠则认为文(诗)之产生有三种途径,即所谓"神来""气来""情来",并且神、气、情又均可统一于意,是意的不同的表现形式[1]。如果说边塞诗的创作偏于"气来",山水田园诗的创作偏于"情来";"率皆纵逸""奇之又奇"[2]的李白诗和"意新理惬""皆出常境"[3]的王维诗或能当得起"神来"之称[4],那么居于"神""气""情"三者之上的"意"基本上近于文人心态。正是由于出处同归和玄儒合流的文化新变使盛唐文人

---

[1] 参笔者《论殷璠"兴象"说》,《中国人民大学学报》1997年第4期。
[2] (美)李珍华、傅璇琮《河岳英灵集研究》,第138页。
[3] (美)李珍华、傅璇琮《河岳英灵集研究》,第148页。
[4] 殷氏对"神来"未作任何说明,从他对入选诗人的评价看,只有李白、王维诗可被视为"神来"之作。

之"意"及其表现形式获得了空前的变化,因而独特的盛唐精神才有可能在诗歌艺术中得到充分的表达。

应当指出的是,盛唐文人不是在兼济的宏愿受挫后才终于想到林下之趣,而是"廊庙与江湖齐致",把同时享有两种全然不同的人生体验视为最高理想。"南山别来久,魏阙谁不恋。独有江海心,悠悠未尝倦"①;"尚想文王化,犹思巢父贤"②。对魏阙的依恋与对江海的向往、建不世功业与获洒脱自由都是他们心灵需求的一部分,他们在庙堂上致力于"殷勤拯黎庶"③,然而也不排除"逍遥自得意"④"兴来恣佳游"⑤的精神企慕,甚至在世内的桃源中闲适自得,优游于清荫花鸟,斋心于杯酒诗文,将这种企慕落实到行动上。当时别业的兴盛则为此提供了独特的空间,祖咏《清明宴司勋刘郎中别业》所谓"田家复近臣,行乐不违亲……何必桃源里,深居作隐沦"⑥。就是对这种现象最典型的概括。另一方面,草野之士,在自足于"野童扶醉舞,山鸟助酣歌"的幽赏之趣时,也同样渴望着"风期暗与文王亲"⑦的奇遇,时刻有着以身许国的思想准备,于流连物态春光的风情雅兴里深蕴着"报国行赴难"⑧的豪情。

当然,无论是在庙堂而望江湖,还是在江湖而思庙堂,他们的最高准则是"适意",岑参《观钓翁》所谓"世人那得解深意,此翁取适非取鱼"⑨,反映的正是盛唐文人这种独特的人生价值观。它是盛唐文人将出与处、豪情与逸兴、现世功业与山林幽趣等多种矛盾的二重要素给予完美统一与协调的必然结果,是玄儒精神融合的自然归宿。它使盛唐文人对生活的感受更真切,对人生的觉悟更深刻,因而心灵格外充实自足。因可以"出处暂为耳",便有"沉浮安系哉"⑩的心胸,在野或失意者便能虽失望而

---

① (美)李珍华、傅璇琮《河岳英灵集研究》,第 183 页。
② (美)李珍华、傅璇琮《河岳英灵集研究》,第 196 页。
③ (美)李珍华、傅璇琮《河岳英灵集研究》,第 242 页。
④ 《全唐诗》卷二百,第 2097 页。
⑤ (美)李珍华、傅璇琮《河岳英灵集研究》,第 188 页。
⑥ (美)李珍华、傅璇琮《河岳英灵集研究》,第 239 页。
⑦ [清]王琦注《李太白全集》,第 169 页。
⑧ (美)李珍华、傅璇琮《河岳英灵集研究》,第 192 页。
⑨ (美)李珍华、傅璇琮《河岳英灵集研究》,第 189 页。
⑩ (美)李珍华、傅璇琮《河岳英灵集研究》,第 241 页。

不至于绝望,怨伤而不至于愤世嫉俗;在位者也可以于别业、田园中借湖山之趣排遣仕宦生涯中的紧张与压抑。因此,与其他时代的文人相比,盛唐文人的心境要平和的多。这使他们更能以一种审美的眼光来看待万物,来观照自我心灵,从而能够深入地体验到人情物态之美,从一草一木之中感悟无尽的生生之意,在离别登临之际品味深刻的人生哲理,在日常琐事中获得美的享受。那种水清花艳、生机盎然、万物同流、无不自然的诗境是从此中而来;即使是奇志跌宕、风骨凛然、写尽用世渴想、兼济衷肠的诗歌,又何尝与此无关。可以说,正是由于这种出处同归、豪逸兼融所带来的审美静观,才使盛唐文人能够执着功业而超越功利,能够深爱自然而不弃人世,才使他们的理想光彩与深情雅趣能不为世俗虚名所障蔽,不因沉迷山林而变质,而终能或激荡于"气",或勃发于"情",在任性、适情的自由与自足中观照自我新奇之"意"与幽微之"心"。用黑格尔的话说"诗不仅使心灵从情感中解放出来,而是就在情感本身里获得解放",不仅"从主体和内容(对象)的一团混沌中把内容拆开抛开,而且把内容转化为一种清洗过的脱净一切偶然因素的对象,在这种对象中获得解放的内心就回到它本身而处于自由独立、心满意足的自觉状态"①,也就是说诗的审美观照使主体心灵借助于诗情或者说在诗情中获得了解放、净化和提升,从而达到了"自由独立、心满意足"的理想的自觉状态。从根本上说,盛唐文人这种恬静平和的心态既是他们进行审美静观的主观心理前提,又在审美静观中以"情来""气来"乃至"神来"的不同方式和途径得到了理想化的提升,从而转化为诗中的奇情、逸志、英风、神气与真趣,凝结为"翩翩然佚气在目"②"震荡心神"③的诗歌兴象。因此,由盛唐诗歌入手逆推,我们所感受到、追踪到的盛唐文人心态,就是比实际生活中更为理想化的,它的文化根基即是仕隐平衡和玄儒融合所成就的盛唐精神。而所谓"盛唐气象"在很大程度上正是盛唐精神的诗化表达。

需要特别说明的是李白、王维和杜甫三位大家。他们在立身行事上

---

① 黑格尔著,朱光潜译《美学》(三)下,商务印书馆1995年版,第188—189页。
② (美)李珍华、傅璇琮《河岳英灵集研究》,第244页。
③ (美)李珍华、傅璇琮《河岳英灵集研究》,第173页。

都是非常特别的,王维齐出处,等仕隐,在半官半隐中度过了一生,对出与处均有他人不曾深察的体验,他的诗歌之"意"的实现途径用"气来""情来"都是无法概括的;杜甫虽一生执着,穷饿困乏而不忘君国,但他悲天悯人的心胸使他能在忧国忧民的同时,对江河山川,一草一木均倾注深挚的仁爱之情,因而杜诗也是"气来""情来"所不能牢笼的。虽然殷璠《河岳英灵集》未选杜甫诗,但杜甫与王维在诗歌创作上无疑都可归入"神来"一路。他们的诗歌也都非常典型地体现了盛唐精神的基本特征。但后期的王维过于沉静,已失去了盛唐精神任性的气骨风力;后期的杜甫过于执着、过于悲壮,也已远离了盛唐精神特有的适情与洒脱。

相比之下,唯有李白最为集中、最为典型地体现了盛唐精神的精髓。他任侠,"结发未识事,所交尽豪雄……托身白刃里,杀人红尘中"[1];他喜纵横术,"十五好剑术,遍干诸侯;三十成文章,历抵卿相"[2]。年轻时曾多次从事过干谒活动,并终于获得成功,得到玄宗亲自召见;他酷爱山水,"五岳寻仙不辞远,一生好入名山游"[3],一生之中,足迹几遍天下;他也隐居、学道,早年与东岩子隐于岷山,后又与孔巢父等五人同隐徂徕山,号"竹溪六逸",与吴筠同隐郯中,最后甚至出家为道士;晚年他还想北上从军,从李光弼参加平乱的战斗;他"奋其智能,愿为辅弼,使寰区大定,海县清一"[4]的政治理想,他功成身退的人生设计,以及他的好酒等等,都使他集中地体现了盛唐文人高扬自我、超越世俗的追求和突破出与处、方内与方外、有为与无为等矛盾而表现出来的心灵需求的多样性,以及自然适意的人生准则。范传正称赞李白"作诗非事于文律,取其吟以自适","偶乘扁舟,一日千里;或遇胜境,终年不移。长江远山,一泉一石,无往而不自得也","但贵乎适其所适,不知夫所以然而然"[5]。这个"适"字,既是李白心态的最高境界,也是出处同归与玄儒合流的文化理想作用于盛唐文人所能达到的最高最美的心灵境界。在此意义上,"奇之又奇"的李白诗

---

[1] [清] 王琦注《李太白全集》,第462页。
[2] [清] 王琦注《李太白全集》,第1240页。
[3] [清] 王琦注《李太白全集》,第677页。
[4] [清] 王琦注《李太白全集》,第1225页。
[5] [清] 王琦注《李太白全集》,第1464—1468页。

乃至被尊为千古典范的所有盛唐诗之所以具有空前绝后的艺术魅力,从根本上说,还应从盛唐文人心态和盛唐精神的独特性给予说明。

综上所述,盛唐精神是在魏晋风度的基础上经过数百年的发展形成的一种更为成熟、完善的民族精神范式,自然适意,脱俗求奇以及在混合仕隐、玄儒等多种矛盾之前提下的多样化的心灵需求构成了它最重要的三大特征。盛唐精神既体现于盛唐文人的实际生活和行为方式中,又经由诗歌创作凝结为盛唐气象这一审美范畴。盛唐气象的不可再现,正缘于盛唐精神的转瞬即逝。从文学与时代精神的关系来看,盛唐精神在文学中的体现比之魏晋风度也是有过之而无不及的,值得我们进行深入的研究。

唐才子笔下的诗意上元*

农历正月十五是我国重要的传统节日，其庆祝活动主要在夜间举行，燃灯是重要的节目之一，故有正月十五夜、元夕、元夜、灯节等名称。与后来多称元宵节不同，隋唐时期用得较多的是正月十五夜、上元或上元夜。从典籍记载来看，上元节在唐代已是朝野参与、举国欢庆的大型节日。虽已遥隔千年，但通过存世的诗文，我们仍能一窥唐代上元节多姿多彩的真容。

一、盛饰灯影会，永以为常式

上元节起于何时，学界说法不一，但在隋代，"都邑百姓每至正月十五日，作角抵之戏，递相夸竞，至于糜费财力"。柳彧因此上书云："窃见京邑，爰及外州，每以正月望夜，充街塞陌，聚戏朋游。鸣鼓聒天，燎炬照地，人戴兽面，男为女服，倡优杂技，诡状异形。以秽嫚为欢娱，用鄙亵为笑乐，内外共观，曾不相避。高棚跨路，广幕陵云，袨服靓妆，车马填噎。肴醑肆陈，丝竹繁会，竭赀破产，竞此一时。"①由此可知，当时"正月望夜"，京城及外州皆"燎炬照地"，有"角抵之戏""倡优杂技"，表演场所则是"高棚跨路，广幕陵云"，观众则"充街塞陌""车马填噎"，可谓热闹非凡。但柳彧以为"非益于化，实损于民"，因此请求"禁断"。他的建议得到了隋文帝的认可，只是"禁断"的政策并没有维持多久。隋炀帝继位后，从

---

* 本文原刊于《博览群书》2019年第2期，刊发时题目为《唐才子笔下的诗意上元——"正月里来说上元"之二》，并删除了脚注，现据原稿予以补正。
① 《隋书》卷六十二《柳彧传》，中华书局2011年版，第1483—1484页。

大业二年(606)开始,"每岁正月,万国来朝。留至十五日,于端门外,建国门内,绵亘八里,列为戏场。百官起棚夹路,从昏达旦,以纵观之,至晦而罢。伎人皆衣锦绣缯彩,其歌舞者,多为妇人服,鸣环佩,饰以花毦者,殆三万人"。这种长夜之会的规模更大,时间也从正月十五延续到月末。大业六年(610),更是"大列炬火,光烛天地。百戏之盛,振古无比。自是每年以为常焉"①。

唐代开国后近百年间,因史料所限,上元节的发展难以详述。但自唐中宗以来,史籍多有记载。《旧唐书》卷九十二《韦安石传》载,中宗与皇后韦氏"正月十五日夜幸其第,赐赉不可胜数"②。此事当在韦安石任中书令的次年,即神龙二年(706)的上元夜。景龙四年(710),"丙寅上元夜,帝与皇后微行观灯,因幸中书令萧至忠之第。是夜,放宫女数千人看灯,因此多有亡逸者。丁卯夜,又微行看灯"③。据此,中宗不仅与皇后数次"微行观灯",还放宫女数千人出宫观灯,此时的上元节至少持续两个晚上。刘肃《大唐新语》卷八也说:"神龙之际,京城正月望日,盛饰灯影之会。金吾弛禁,特许夜行。"④古代社会平时实行宵禁,此时上元夜已特许夜行。

《旧唐书》卷七《睿宗纪》也说,先天二年(713)"上元日夜,上皇御安福门观灯,出内人连袂踏歌,纵百僚观之,一夜方罢。"又说:"初,有僧婆陀请夜开门燃灯百千炬,三日三夜。皇帝御延喜门观灯纵乐,凡三日夜。左拾遗严挺之上疏谏之,乃止。"⑤后一段话在《旧唐书》卷九十九《严挺之传》中作"先天二年正月望,胡僧婆陀请夜开门燃百千灯,睿宗御延喜门观乐,凡经四日"⑥。其中的"四日",在《唐会要》卷四十九《燃灯》中作"三日三夜"⑦。张鹭《朝野佥载》卷三记先天二年上元节也有:"长安、万

---

① 《隋书》卷十五《音乐志下》,第381页。
② 《旧唐书》卷九十二《韦安石传》,中华书局1975年版,第2956页。
③ 《旧唐书》卷七《中宗纪》,第149页。
④ [唐]刘肃《大唐新语》卷八,中华书局1984年版,第127页。
⑤ 《旧唐书》卷七《睿宗纪》,第161页。
⑥ 《旧唐书》卷九十九《严挺之传》,第3103页。
⑦ [宋]王溥撰,牛继清校证《唐会要校正》卷四十九,三秦出版社2012年版,第733页。

年少女妇千余人……于灯轮下踏歌三日夜,欢乐之极,未始有之。"①综合几种说法,"四日"当作"三日"。这是首次提到上元节观灯纵乐"三日夜"。

可见,至迟在唐中宗时,观灯已成为上自皇帝大臣,下至平民百姓的一项重要的娱乐活动,并出现了大型的"踏歌"表演。虽然先天二年,节庆已延长至三天,但直到天宝三载(744),朝廷才正式下诏:"每载依旧取正月十四日、十五日、十六日开坊市门燃灯,永以为常式。"②至此,上元节燃灯三日成为定制。这个以"金吾弛禁""连袂踏歌""观灯纵乐"为基本特征的节日,给唐人带来了无穷的欢乐,也为文人创作提供了绝好的素材。

二、新正圆月夜,尤重看灯时

韦蟾《上元三首》其一曰:"新正圆月夜,尤重看灯时。"③简要点出了上元节最重观灯的特点。这在唐人诗文中多有表现,张鷟《朝野佥载》卷三说:"睿宗(按:当为玄宗)先天二年正月十五、十六夜,于京师安福门外作灯轮,高二十丈,衣以锦绮,饰以金玉,燃五万盏灯,簇之如花树。"④《明皇杂录·逸文》也说:"上在东都,遇正月望夜,移仗上阳宫,大陈影灯,设庭燎,自禁中至于殿庭,皆设蜡炬,连属不绝。时有匠毛顺,巧思结创缯彩为灯楼三十间,高一百五十尺,悬珠玉金银,微风一至,锵然成韵。乃以灯为龙凤虎豹腾跃之状,似非人力。"⑤前一条讲的是长安的灯轮,其高度及灯盏数量,实在令人叹为观止;后一条记东都洛阳上阳宫的灯节,高一百五十丈的三十间灯楼,又制作为"龙凤虎豹腾跃之状",动静结合、画面与音韵相配,的确堪称"巧思结创"。王仁裕《开元天宝遗事》又说:"韩国夫人置百枝灯树,高八十尺,竖之高山,元夜点之,百里皆见,光明夺月色

---

① [唐]张鷟《朝野佥载》卷三,中华书局1979年版,第69页。
② 《旧唐书》卷九《玄宗纪下》,第218页。
③ 《全唐诗》卷五百六十六,中华书局1999年,第6614页。
④ [唐]张鷟《朝野佥载》卷三,第69页。
⑤ 《唐五代笔记小说大观》,上海古籍出版社2000年版,第977—978页。

也。"又说:"杨国忠子弟每至上元夜,各有千炬红烛围于左右。"①这说明除了皇室"盛饰灯影"外,富贵之家也有自己的制作。

而在诗人的眼中,上元节之灯,又别具一番风味。"缛彩遥分地,繁光远缀天。接汉疑星落,依楼似月悬。"②(卢照邻《十五夜观灯》)是远观所见;"凤城连夜九门通,帝女皇妃出汉宫。千乘宝莲珠箔卷,万条银烛碧纱笼。"③(袁不约《长安夜游》)"花萼楼前雨露新,长安城里太平人。龙衔火树千重焰,鸡踏莲花万岁春。"④(张说《十五日夜御前口号踏歌词二首》其一),是皇家灯火的特写;"十万人家火烛光,门门开处见红妆。歌钟喧夜更漏暗,罗绮满街尘土香。"⑤(张萧远《观灯》)"今夕重门启,游春得夜芳。月华连昼色,灯影杂星光。南陌青丝骑,东邻红粉妆。管弦遥辨曲,罗绮暗闻香。人拥行歌路,车攒斗舞场。经过犹未已,钟鼓出长杨。"⑥(沈佺期《夜游》)是倾城而出、男女群游的盛况。

观灯之外,吸引游人的还有各种歌舞百戏。陈去疾的两首诗中都写到了上元节的歌舞百戏:"鸳鸯楼下万花新,翡翠宫前百戏陈。夭矫翔龙衔火树,飞来瑞凤散芳春。"(《踏歌行》)⑦"兰焰芳芬彻晓开,珠光新霭映人来。歌迎甲夜催银管,影动繁星缀玉台。"(《元夕京城和欧阳衮》)⑧又如:

> 上路笙歌满,春城漏刻长。游人多昼日,明月让灯光。鱼钥通翔凤,龙舆出建章。九衢陈广乐,百福透名香。仙伎来金殿,都人绕玉堂。(王维《奉和圣制十五夜然灯继以酺宴应制》)⑨

> 暂得金吾夜,通看火树春。停车傍明月,走马入红尘。妓杂歌偏

---

① [五代]王仁裕《开元天宝遗事》,中华书局2006年版,第55页。
② 《全唐诗》卷四十二,第526页。
③ 《全唐诗》卷五五八,第5814页。
④ 《全唐诗》卷八十九,第977页。
⑤ 《全唐诗》卷四百九十一,第5595页。
⑥ 《全唐诗》卷九十七,第1043页。
⑦ 《全唐诗》卷四百九十,第5593页。
⑧ 《全唐诗》卷四百九十,第5592页。
⑨ 《全唐诗》卷一百二十七,第1285页。

胜,场移舞更新。(王谌《十五夜观灯》)①

千门开锁万灯明,正月中旬动帝京。三百内人连袖舞,一时天上著词声。(张祜《正月十五夜灯》)②

"百戏""笙歌""广乐",乃至"三百内人连袖舞"的大型舞蹈,在"火树春""万灯明"的花灯映照下,共同营造出一个的迷人艺术世界,吸引了无数的"都人",也让人从庸凡的世俗中超拔出来,有了超凡脱俗的感觉。这不仅是娱乐,也是精神的解放和超越。

地方州郡的上元节,在诗人笔下也都别具风采。"蓟门看火树,疑是烛龙燃"(孟浩然《同张将蓟门观灯》)③,"夜市千灯照碧云,高楼红袖客纷纷。如今不似时平日,犹自笙歌彻晓闻"(王建《夜看扬州市》)④,"灯火家家市,笙歌处处楼。无妨思帝里,不合厌杭州"(白居易《正月十五日夜月》)⑤,"恋别山灯忆水灯,山光水焰百千层"(李郢《上元日寄湖杭二从事》)⑥,四位诗人分别写到了蓟门、扬州、杭州、湖州等地的灯火。薛能《影灯夜二首》(一作《上元诗》)则对徐州上元节有非常生动的描写:

偃王灯塔古徐州,二十年来乐事休。此日将军心似海,四更身领万人游。

十万军城百万灯,酥油香暖夜如烝。红妆满地烟光好,只恐笙歌引上升。⑦

"十万军城百万灯",将军"四更身领万人游",其灯火之盛,游人之众,实在不亚于京城。可知上元节在当时是举国欢庆,地方州郡同样有灯

---

① 《全唐诗》卷一百四十五,第 1474 页。
② 《全唐诗》卷五百一十,第 5876 页。
③ 《全唐诗》卷一百六十,第 1669 页。
④ 《全唐诗》卷三百一,第 3425 页。
⑤ 《全唐诗》卷四百四十三,第 4985 页。
⑥ 《全唐诗》卷五百九十,第 6911 页。
⑦ 《全唐诗》卷五百六十一,第 6573 页。

火、笙歌,州郡长官也与民同乐、亲自出游,与京城灯会相映成趣,共同构成唐代上元节的全景。当然,唐代上元节与佛道及紫姑崇拜都不无关系,限于篇幅,本文不拟论及。

三、陈良夜之欢,发乘春之藻

"金吾不禁夜",全民参与观灯、看歌舞百戏表演,使上元节具备了特殊的诗性品格,因而极易引发诗人激情。存世的上元诗中,有三首出自帝王之手。一是唐玄宗李隆基的《轩游宫十五夜》。轩游宫,又名别院宫,在虢州阌乡县(今河南灵宝),位于长安至洛阳的中间地带。玄宗从长安前往东都洛阳,于上元夜驻跸轩游宫。从诗中"歌钟对明月,不减旧游时"①来看,轩游宫的上元节也别有一番景象。另外两首为唐文宗李昂的《元日二首》:

> 上元高会集群仙,心斋何事欲祈年。丹诚傥彻玉帝座,且共吾人庆大田。
> 蓂生三五叶初齐,上元羽客出桃蹊。不爱仙家登真诀,愿蒙四海福黔黎。②

诗中虽写了"上元高会",却不求长生,更不提游乐。"庆大田",用《诗经·小雅·大田》"大田多稼"之典;"黔黎"指百姓。诗的主旨在"祈年",即祈求农业丰收,福泽及于百姓。表现了文宗心系百姓的仁者情怀,在唐代上元诗中别具一格。

群体赋诗也是上元节的一大景观。刘肃《大唐新语》说:"神龙之际……贵游戚属及下隶工贾,无不夜游。车马骈阗,人不得顾。王主之家,马上作乐以相夸竞。文士皆赋诗一章,以纪其事。作者数百人,惟中

---

① 《全唐诗》卷三,第31页。
② 《全唐诗》卷四,第49页。

书侍郎苏味道、吏部员外郭利贞、殿中侍御史崔液三人为绝唱。"①神龙年间的这一次上元诗会,竟然有数百人参与,其规模之大,作品之多,实不多见。事实上,上元诗会当不止这一次,但可惜的是,除三首"绝唱"保留下来外,其他诗作大多数都佚失了。苏味道、郭利贞诗曰:

火树银花合,星桥铁锁开。暗尘随马去,明月逐人来。游伎皆秾李,行歌尽落梅。金吾不禁夜,玉漏莫相催。(苏味道《正月十五夜》)②

九陌连灯影,千门度月华。倾城出宝骑,匝路转香车。烂熳惟愁晓,周游不问家。更逢清管发,处处落梅花。(郭利贞《上元》)③

二诗首二句皆写灯,中四句写夜游之人,"明月"与"月华","落梅"与"落梅花",用词相似。"金吾不禁夜,玉漏莫相催"与"烂熳惟愁晓,周游不问家",皆点出通宵欢娱。不过苏诗对仗更为工整,用词更为讲究,艺术上更胜一筹,因而多被后来各种唐诗选本收录,流传更广。崔液诗为《上元夜六首》(一作《夜游诗》),以组诗方式写出了上元夜游乐的热闹景象。

玉漏银壶且莫催,铁关金锁彻明开。谁家见月能闲坐,何处闻灯不看来?
神灯佛火百轮张,刻像图形七宝装。影里如闻金口说,空中似散玉毫光。
今年春色胜常年,此夜风光最可怜。鸤鹊楼前新月满,凤凰台上宝灯燃。
金勒银鞍控紫骝,玉轮珠幰驾青牛。骖驔始散东城曲,倏忽还来南陌头。

---

① [唐]刘肃《大唐新语》卷八,第 127—128 页。
② 《全唐诗》卷六十五,第 750 页。
③ 《全唐诗》卷一百一,第 1076 页。

公子王孙意气骄，不论相识也相邀。最怜长袖风前弱，更赏新弦暗里调。

星移汉转月将微，露洒烟飘灯渐稀。犹惜路傍歌舞处，踌躇相顾不能归。①

第一首中的前两句，与"金吾不禁夜，玉漏莫相催"同义。从三位诗人的"绝唱"可以看出，"宝骑""香车"，倾城而出，遨游"东城""南陌"，观看"神灯佛火"，欣赏歌舞"新弦"，与前述赏灯观舞的上元诗可相互印证。所不同的是，这几首诗歌是在与"数百"文士竞技中脱颖而出的名篇，其能够流传后世，当与此不无关系。

同题同韵的上元诗，是群体赋诗的又一范例。崔知贤、韩仲宣、高瑾、长孙正隐、陈嘉言、陈子昂等六位诗人同作的《上元夜效小庾体》，是效仿庾信之作，也是唐代仅存的同题同韵的一组上元诗。长孙正隐《上元夜效小庾体同用春字序》云：

……重城之扉四闸，车马轰阗。五剧之灯九华，绮罗纷错。兹夕何夕？而遨游之多趣乎？……美人竞出，锦障如霞。公子交驰，雕鞍似月。同游洛浦，疑寻税马之津；争渡河桥，似向牵牛之渚。实昌年之乐事，令节之佳游者焉。而戒晓严钟，俄喧绮陌。分空落宿，已半朱城。盖陈良夜之欢，共发乘春之藻。仍为庾体，四韵成章。同以春为韵。②

《序》为骈体，堪称上元节实录，与前文有关上元节的描述可对读。其中"盖陈良夜之欢，共发乘春之藻"两句，可视为唐人上元节诗文的总纲。不过从总体上看，这六首即兴所赋的诗歌，多有雷同。兹举其中三首如下：

---

① 《全唐诗》卷五十四，第 669 页。
② 《全唐诗》卷七十二，第 790 页。

他乡月夜人,相伴看灯轮。光随九华出,影共百枝新。歌钟盛北里,车马沸南邻。今宵何处好,惟有洛城春。(韩仲宣《上元夜效小庾体》)①

　　薄晚啸游人,车马乱驱尘。月光三五夜,灯焰一重春。烟云迷北阙,箫管识南邻。洛城终不闭,更出小平津。(长孙正隐《上元夜效小庾体》)②

　　三五月华新,遨游逐上春。相邀洛城曲,追宴小平津。楼上看珠妓,车中见玉人。芳宵殊未极,随意守灯轮。(陈子昂《上元夜效小庾体》)③

平心而论,这组同题同韵的《上元夜效小庾体》,包括陈子昂诗在内,艺术价值并不高,但对于了解初唐上元节及赋诗活动,却有其独特的价值。

闻一多先生曾说:"一般人爱说唐诗,我却要讲诗唐,诗唐者,诗的唐朝也。懂得了诗的唐朝,才能欣赏唐朝的诗。"④定型于唐代的上元节,以其独特的诗意和浪漫特质向我们展示了"诗唐"魅力的一个侧面。同时,也为我们考察唐诗的生活化和唐人生活的诗化提供了一个绝佳的范本,由此,我们对上元节的文学史意义,或能有新的认识。

---

① 《全唐诗》卷七十二,第786页。
② 《全唐诗》卷七十二,第790页。
③ 《全唐诗》卷八十四,第907页。
④ 郑临川述评《闻一多论古典文学》,重庆出版社1984年版,第82页。

"脱略身外事,交游天下才"

——盛唐诗人的"友道"观*

大诗人李白《陈情赠友人》一诗,以歌咏季札挂剑、管鲍之交,引出"论交但若此,友道孰云丧"①的感慨;孟浩然《送张子容进士赴举》也有:"无使谷风消,须令友道存"②的叮咛,均表现了对"友道"的重视,也透露出对当时"朋友道绝"(毛诗《小雅·谷风序》)③的不满。就历史实际而言,对"脱略"品格的推崇及知音难遇的忧伤,构成了盛唐诗人"友道"的两极。当时如李白、高适、王维、王昌龄、李颀、杜甫、岑参、綦毋潜等重要诗人之间,多情谊深厚。他们对脱略俗务、磊落不凡,情志高远的友人,均有发自内心的激赏。"脱略"则是他们自我肯定和赞扬友人的关键词,也是理想"友道"的重要内涵。

"少时方浩荡,遇物犹尘埃。脱略身外事,交游天下才。"④(高适《酬裴员外以诗代书》)纵情任性无所拘束,对产业、名利等视若尘埃,只喜欢与志趣相投的贤人高才结交游处,这是高适对自己少年时代的追述。《旧唐书》本传有"少濩落,不事生业,家贫,客于梁、宋,以求丐取给",然"喜言王霸大略,务功名,尚节义"的记载⑤,李颀《赠别高三十五》也说他"五十无产业,心轻百万资"⑥,与诗人的自白基本一致。

---

* 本文原刊于《博览群书》2018年第11期,刊发时题目改为《脱略,盛唐诗人择友的关键词——"名作与友谊"之一》,今仍用原题。
① 《全唐诗》卷一百七十一,中华书局1999年版,第1766页。
② 《全唐诗》卷一百六十,第1642页。
③ 《毛诗正义》卷十三之一,《十三经注疏》,中华书局1980年版,第459页。
④ 《全唐诗》卷二百一十一,第2195页。
⑤ 《旧唐书》卷一百一十一《高适传》,中华书局2013年版,第3328、3331页。
⑥ 《全唐诗》卷一百三十二,第1343页。

受时代精神的感召,盛唐诗人多胸怀大志,自视甚高。高适"脱略身外事,交游天下才"的诗句,颇能代表他们的自我评价和交友理想,而"脱略"一词,也常见于其他几位大诗人的笔下。先看王昌龄和杜甫的自述:

> 道契非物理,神交无留碍。知我沧溟心,脱略腐儒辈。(王昌龄《宿灞上寄侍御玙弟》)①
>
> 儒有轻王侯,脱略当世务。(王昌龄《郑县宿陶太公馆中赠冯六元二》)②
>
> 往昔十四五,出游翰墨场。斯文崔魏徒,以我似班扬。……性豪业嗜酒,嫉恶怀刚肠。脱略小时辈,结交皆老苍。饮酣视八极,俗物都茫茫。(杜甫《壮游》)③

两位诗人,一个自称"脱略腐儒辈"而重"神交","脱略当世务"而"轻王侯";一个标榜"脱略小时辈,结交皆老苍",意即轻视同辈少年而愿与长者交往。所谓"老苍",并非一般老者,而是功成名就的"斯文崔(尚)魏(启心)徒",是对少年杜甫"求识面""愿卜邻"(杜甫《奉赠韦左丞丈二十二韵》)的李邕、王翰等名士。从中不难看出,"脱略"不是少不更事的任意妄为,也与"腐儒"和俗士无关。唯有超拔俗世、粪土王侯的高才硕学,才可能具备此种品格。

那么,什么样的人才能当得起"脱略"的高评呢?两位诗人在论及他人时,也用到了"脱略"。王昌龄在《缑氏尉沈兴宗置酒南溪留赠》中,以"卷舒形性表,脱略贤哲议"④来评价他的朋友沈兴宗。对他任情适性,不为"贤哲议"所囿的品格给予了高度肯定。沈兴宗事迹,两《唐书》失载,其诗文仅存《对赐则出就判》《大唐开元寺故禅师贞和尚塔铭

---

① 《全唐诗》卷一百四十,第1424—1425页。
② 《全唐诗》卷一百四十,第1422页。
③ 《全唐诗》卷二百二十二,第2363页。
④ 《全唐诗》卷一百四十,第1423页。

并序》(见《全唐文》卷三百六十五)两篇。李华《三贤论》有"吴兴沈兴宗季长专静不渝""渤海高适达夫落落有奇节"①之论;独孤及在《检校尚书吏部员外郎赵郡李公中集序》一文中说,李华(赵郡李公)曾作《祭沈起居兴宗文》,"因乱失之,名存而篇亡"②。说明沈兴宗与李华友善,李华则把他与高适并称。可见沈氏与高适、王昌龄及李华,皆为具有"脱略"品格的俊才,这也是他们相互倾慕的基础。又杜甫《过郭代公故宅》曰:

豪俊初未遇,其迹或脱略。代公尉通泉,放意何自若。及夫登衮冕,直气森喷薄。磊落见异人,岂伊常情度。(《过郭代公故宅》)③

郭代公即郭震,字元振。《旧唐书》卷九十七说他"举进士,授通泉尉。任侠使气,不以细务介意,前后掠卖所部千余人,以遗宾客,百姓苦之。"这些违法行为引起了武则天的注意,"召见与语,甚奇之"。不予追责,反而开始受到重用,"大足元年(701),迁凉州都督、陇右诸军州大使。……善于抚御,在凉州五年,夷夏畏慕,令行禁止,牛羊被野,路不拾遗"④。先后任左骁卫将军兼检校安西大都护、金山道大总管、朔方道行军大总管等。入朝后,曾任兵部尚书、吏部尚书、刑部尚书,并两度拜相。张说《兵部尚书代国公赠少保郭公行状》也说他"在安西十余年,四镇宁静"。并引唐睿宗的评语曰:"元振正直齐于宋璟,政理逾于姚崇,其英谋宏亮过之矣。"⑤郭元振还是一位诗人,有文集二十卷,《全唐诗》存诗 20 首。武则天召见他时,对他的《古剑篇》(一作《宝剑篇》)称赞有加。故"不修名检""倜傥不羁"、文武双全、出将入相的郭元振,不仅是杜甫眼中的"豪俊"与"磊落异人",更是具备"脱略"品格、堪为盛唐诗人自我人格理想和"友道"偶像的现实典范。

---

① 《全唐文》卷三百十七,中华书局 1983 年版,第 3215 页。
② 《全唐文》卷三百八十八,第 3947 页。
③ 《全唐诗》卷二百二十,第 2321 页。
④ 《旧唐书》卷九十七《郭元振传》,中华书局 2013 年版,第 3042、3044 页。
⑤ 《全唐文》卷二百三十三,第 2355、2356 页。

盛唐的另一位诗人李颀,对倜傥不羁、"高才脱略名与利"(《听董大弹胡笳声兼寄语房给事》)的友人,更是常常有发自内心的赞誉。如《送刘四赴夏县》曰:

  九霄特立红鸾姿,万仞孤生玉树枝。刘侯致身能若此,天骨自然多叹美。声名播扬二十年,足下长途几千里。……脱略势利犹埃尘,啸傲时人而已矣。①

"刘四"即刘晏,七岁举神童,是唐代名臣,后官至宰相。从刘晏后来的功业来看,李颀"脱略势利犹埃尘"的褒扬,不仅知人,也可看作是盛唐人物品鉴和理想"友道"的独特表述。又如:

  张公性嗜酒,豁达无所营。皓首穷草隶,时称太湖精。露顶据胡床,长叫三五声。兴来洒素壁,挥笔如流星。下舍风萧条,寒草满户庭。问家何所有,生事如浮萍。(李颀《赠张旭》)②
  夫子大名下,家无钟石储。惜哉湖海上,曾校蓬莱书。外物非本意,此生空澹如。(李颀《送綦毋三谒房给事》)③
  梁生倜傥心不羁,途穷气盖长安儿。回头转眄似雕鹗,有志飞鸣人岂知。虽云四十无禄位,曾与大军掌书记。……时人见子多落魄,共笑狂歌非远图。忽然遣跃紫骝马,还是昂藏一丈夫。……(李颀《别梁锽》)④
  数年作吏家屡空,谁道黑头成老翁。男儿在世无产业,行子出门如转蓬。……(李颀《欲之新乡答崔颢綦毋潜》)⑤

上引诗中的张旭是草书大家,崔颢、綦毋潜与李颀、王昌龄、高适等同

---

① 《全唐诗》卷一百三十三,第 1353 页。
② 《全唐诗》卷一百三十二,第 1340 页。
③ 《全唐诗》卷一百三十二,第 1342 页。
④ 《全唐诗》卷一百三十三,第 1352 页。
⑤ 《全唐诗》卷一百三十三,第 1350 页。

为入选殷璠《河岳英灵集》的著名诗人。张旭与梁锽、房琯也都有诗存世,房琯后官至宰相。这些人物与李颀及盛唐其他诗人也多有交往,如杜甫与房琯就是布衣之交。李颀诗中的评价,虽未用到"脱略",但从"生事如浮萍""家无钟石储""男儿在世无产业",却能像高适那样"心轻百万资",像梁锽那样"途穷气盖长安儿"来看,他们(包括李颀)都具有脱略名利、倜傥不群的精神品格,可从另一侧面反映出盛唐诗人对理想中友人人品的共识。

需要指出的是,盛唐诗人高涨的用世热情及得到友人赏识、提携的强烈渴望,与"脱略身外事"的理想"友道"是有明显矛盾的。故他们对世情冷暖极为敏感。杜甫为"羁旅知交态,淹留见俗情。衰颜聊自哂,小吏最相轻"。(《久客》)①"世路知交薄,门庭畏客频"(《从驿次草堂复至东屯二首其二》)②而慨叹;李颀因"一朝谢病还乡里,穷巷苍苔绝知己。秋风落叶闭重门,昨日论交竟谁是"(《行路难》)③而悲鸣。而理想"友道"与"士贫乏知己"(萧颖士《仰答韦司业垂访五首》其三)之现实的反差,还加重了盛唐诗人知音(知己)难遇的忧伤:

　　　　知音不易得,抚剑增感慨。(李白《赠从弟宣州长史昭》)④
　　　　当路谁相假,知音世所稀。(孟浩然《留别王侍御维》)⑤
　　　　知己怅难遇,良朋非易逢。(岑参《送王著作赴淮西幕府》)⑥

所以从"脱略身外事,交游天下才",到"百年歌自苦,未见有知音"(杜甫《南征》)⑦,或者说从对"友道"的理想化期望,到"一生称意能几人"(高适《题李别驾壁》)⑧的现实失落,构成了盛唐诗人"友道"的两极。

---

① 《全唐诗》卷二百二十八,第 2475 页。
② 《全唐诗》卷二百二十九,第 2502 页。
③ 《全唐诗》卷一百三十三,第 1348 页。
④ 《全唐诗》卷一百七十一,第 1764 页。
⑤ 《全唐诗》卷一百六十,第 1643 页。
⑥ 《全唐诗》卷一百九十八,第 2040 页。
⑦ 《全唐诗》卷二百八十八,第 2474 页。
⑧ 《全唐诗》卷二百一十三,第 2220 页。

在这两极之间,他们的理想与真情、失望与悲歌以及脱俗超凡的人生体验,交织激荡其中,丰富了友情,催生了诗兴,也孕育了独特的"诗国高峰"。而"脱略"尘俗所显露的深情,不仅提升了盛唐诗人"友道"的高度,也为盛唐诗的绚烂多姿增添了别样的光辉。

"元白"的绝世情谊*

白居易(772—846),字乐天,晚年自号香山居士,是我国文学史上继李白、杜甫之后的又一位伟大诗人。元稹(779—831),字微之,排行九,因称元九,河南洛阳人。"微之与白乐天最密,虽骨肉未至,爱慕之情,可欺金石,千里神交,若合符契"①。二人当时号为"元白",是中国文学史上不多见的知己式诗友。元稹于大和五年(831)去世后,白居易作有《祭元微之文》,其中有云:"死生契阔者三十载,歌诗唱和者九百章"②,高度概括了二人以诗歌相交,互为"文友诗敌"的深厚情谊。

一、无波古井水,有节秋竹竿

贞元十九年(803),白居易与元稹同授秘书省校书郎。两人一见如故,成为"肺腑都无隔,形骸两不羁"(白居易《代书诗一百韵寄微之》)③的挚友。元和元年(806),他们又同登才识兼茂明于体用科,元稹授左拾遗,白居易为盩厔县尉。白居易当年有诗感慨道:"自我从宦游,七年在长安。所得唯元君,乃知定交难。"(《赠元稹》)④再次表达了二人的莫逆之情。

忠贞如竹的高洁品性是元白二人定交的重要原因。初涉官场,白居

---

* 刘怀荣、徐秀娟合作,原刊于《博览群书》2020年第9期,刊发时题目改为《"元白"之"文友诗敌"三十年——"古诗文与中华美德"之四》。
① 傅璇琮主编《唐才子传校笺》(三),中华书局1990年版,第34页。
② 顾学颉校点《白居易集》卷六十九,中华书局1979年版,第1457页。
③ 顾学颉校点《白居易集》卷十三,第245页。
④ 顾学颉校点《白居易集》卷一,第8页。

易便知"帝都名利场,鸡鸣无安居"(《常乐里闲居偶题》)①的昏暗现实,遂常借忠贞之竹表明自己的志向。其《养竹记》云:

> 竹似贤,何哉? 竹本固,固以树德,君子见其本,则思善建不拔者。竹性直,直以立身;君子见其性,则思中立不倚者。竹心空,空以体道;君子见其心,则思应用虚受者。竹节贞,贞以立志;君子见其节,则思砥砺名行,夷险一致者。夫如是,故君子人多树之,为庭实焉。②

竹子以其"本固""性直""心空""节贞"的特点而备受君子青睐,故君子多将竹子种植于庭院以自警。以竹喻君子,字里行间透露出作者本人愿与贤者同行的渴慕和期盼。而元稹在白居易心中便是"无波古井水,有节秋竹竿"(白居易《赠元稹》)③般的君子。

元和五年(810),元稹被贬江陵,在江陵任所作有《种竹》一诗云:"昔公怜我直,比之秋竹竿。秋来苦相忆,种竹厅前看。失地颜色改,伤根枝叶残。清风犹淅淅,高节空团团。……瘴江冬草绿,何人惊岁寒。可怜亭亭干,一一青琅玕。"④秋冬时节,万物萧条,秋竹虽色改枝残却能岁寒而不凋,依旧中空笔直、坚挺不拔。这是诗人以竹自励,向友人乐天抒发自己虽遭贬谪但仍不会改变内心对高洁信仰的坚守之情。后白居易有《酬元九对新栽竹有怀见寄》一诗与之和:

> 昔我十年前,与君始相识。曾将秋竹竿,比君孤且直。中心一以合,外事纷无极。共保秋竹心,风霜侵不得。始嫌梧桐树,秋至先改色。不爱杨柳枝,春来软无力。怜君别我后,见竹长相忆。常欲在眼前,故栽庭户侧。分首今何处,君南我在北。吟我赠君诗,对之心

---

① 顾学颉校点《白居易集》卷五,第91页。
② 顾学颉校点《白居易集》卷四十三,第936—937页。
③ 顾学颉校点《白居易集》卷一,第8页。
④ 《全唐诗》卷三百九十七,中华书局1999年版,第4472页。

恻恻。①

前四句先叙十年前诗人曾以"秋竹"来形容元稹为人孤直,继而谈及面对尔虞我诈、风云变幻的险暗官场,两人都应保有坚贞初心,保持高尚独立的情操绝不动摇,而与世推移的梧桐树和柔弱无主的杨柳枝则恰如官场中的奸佞诏媚之人终将遭人唾弃。最后八句,既有对友人的深切思念又心生无限感伤之情,彰显出秋竹定交的二人情谊之深厚。

守官正直、不避权势,正直立朝以尽忠国事,是元白二人为官所尊崇的重要理念。"正色摧强御,刚肠嫉喔咿。常憎持禄位,不拟保妻儿"。(白居易《代书诗一百韵寄微之》)②"誓欲通愚謇,生憎效喔咿。佞存真妾妇,谏死是男儿"。(元稹《酬翰林白学士代书一百韵》)③纵观元、白交往的三十年,二人的为官之路并不平坦,与他们刚正守直的品性不无关联,同时有着强烈社会责任感和使命感的二人,对政治和社会现实都保持着高度的关注,颇具用世之志:"穷则独善其身,达则兼济天下"(白居易《与元九书》)④,"达则济亿兆,穷亦济毫牦"(元稹《酬别致用(李景俭)》)⑤。因此在诗歌创作上则表现出诗歌要服务于政治的鲜明立场:"文章合为时而著,歌诗合为事而作。"(白居易《与元九书》)⑥

可见,共同的品性和操守是元、白二人结为挚友的重要缘由,珍贵的友情也让他们成为沉浮宦海中彼此最强有力的同盟军和支持者。与腐败官场上阿谀奉承的交往不同,元白之间的崇高友谊是建立在共同的志趣和人生价值观之上的,是"所合在方寸,心源无异端"(白居易《赠元稹》)⑦的终身莫逆之交。

---

① 顾学颉校点《白居易集》卷一,第 12—13 页。
② 顾学颉校点《白居易集》卷十三,第 246 页。
③ 《全唐诗》卷四百五,第 4531 页。
④ 顾学颉校点《白居易集》卷四十五,第 964 页。
⑤ 《全唐诗》卷三百九十八,第 4477 页。
⑥ 顾学颉校点《白居易集》卷四十五,第 962 页。
⑦ 顾学颉校点《白居易集》卷一,第 8 页。

二、酬答朝妨食，披寻夜废眠

　　诗书唱和应答是元、白二人表达友谊的重要方式，往往是"小通则以诗相戒，小穷则以诗相勉，索居则以诗相慰，同处则以诗相娱"。（白居易《与元九书》）①白居易《和微之二十三首序》中点明了二人的唱酬盛况："况曩者唱酬，近来因继，已十六卷，凡千余首矣。其为敌也，当今不见；其为多也，从古未闻。"②而"至于爵禄患难之际，瘠瘵忧思之间"（白居易《祭元微之文》）③，则更是唱和往来不断。其唱和诗的数量和内容是同时代的其他文人远远所不及，在中国文学情感史上，确属稀见。

　　以诗相思。元白政治失意、相继遭贬的时期是二人诗歌唱酬的高峰期，外任所带来的长期分离，最能触动诗人情思："近来文卷里，半是忆君诗。"（白居易《忆元九》）④因离别而生发出的无限相思是元、白二人友情最好的见证。乍一分别，便生相思："是夕远思君，思君瘦如削。"（元稹《三月二十四日宿曾峰馆夜对桐花寄乐天》）⑤平日里饮酒、赏花、出游都会想起与友人同行的画面："独酌花前醉忆君，与君春别又逢春"，（白居易《独酌忆微之》）⑥"两地新秋思，应同此日情"，（白居易《立秋日曲江忆元九》）⑦"诸处见时犹怅望，况当元九小亭前"。（白居易《微之宅残牡丹》）⑧恰逢佳节，亲友团圆欢庆之夜，相思之意更浓："三五夜中新月色，二千里外故人心。"（白居易《八月十五日夜禁中独直对月忆元九》）⑨中秋月圆团聚之夜，独在长安的白居易正在宫中夜值，赏月的同时依旧思念着远在他乡的元九。元稹也因此感念"何意枕皋正承诏，瞥然尘念到江

---

① 顾学颉校点《白居易集》卷四十五，第965页。
② 顾学颉校点《白居易集》卷二十二，第477页。
③ 顾学颉校点《白居易集》卷六十九，第1457页。
④ 顾学颉校点《白居易集》卷十四，第285页。
⑤ 《全唐诗》卷四百一，第4498页。
⑥ 顾学颉校点《白居易集》卷十四，第277页。
⑦ 顾学颉校点《白居易集》卷九，第175页。
⑧ 顾学颉校点《白居易集》卷十四，第277页。
⑨ 顾学颉校点《白居易集》卷十四，第275页。

阴"。(《酬乐天八月十五夜禁中独直玩月见寄》)[1]聚少离多的二人甚至互题对方诗句以遣相思,如:"忆君无计写君诗,写尽千行说向谁。题在阆州东寺壁,几时知是见君时。"(元稹《阆州开元寺壁题乐天诗》)[2]"君写我诗盈寺壁,我题君句满屏风。与君相遇知何处,两叶浮萍大海中"。(白居易《答微之》)[3]

宋人阮阅《诗话总龟后集》云:"元白齐名,有自来矣。元微之写白诗于阆州西寺;乐天写元诗百篇,合为屏风:更相倾慕如此。"[4]题友人诗句于寺壁、屏风上,互相倾慕以外蕴含真切相思。此时同病相怜的二人如同大海中的浮萍,无依无靠,也不知何时何地才能相见。而这年白居易在江州还曾由于过分思念元稹以至于做梦:"不知忆我因何事,昨夜三回梦见君。"(《梦微之》)[5]山水万重难相见,相聚唯有在梦中。对友人朝思暮想,乃至达到魂牵梦萦的状态,这在其他诗人的交往中很难见到,元白之间的深情厚谊可见一斑。

以诗相慰。不管身处何种境地,元白二人都始终忘不了关心安慰彼此。元稹被贬通州司马时,白居易在雨夜忧心友人身处险境、前途未卜又恐有性命之忧:"一种雨中君最苦,偏梁阁道向通州。"(《雨夜忆元九》)[6]阁道依悬崖而建,适逢阴雨连绵,更是异常艰险,诗人挂念着前去通州赴任的元稹是否安全到达。元稹也急忙赋诗相告,以免友人担忧:"黄泉便是通州郡,渐入深泥渐到州。"(《酬乐天雨后见忆》)[7]后元和十年(815)七月,白居易被贬江州司马,元稹闻讯后即作《闻乐天授江州司马》一诗以慰友人:"残灯无焰影幢幢,此夕闻君谪九江。垂死病中惊坐起,暗风吹雨入寒窗。"[8]此中所含深情恰如白居易在《与微之书》中所言:"此句他人

---

[1] 《全唐诗》卷四百一十二,第 4582 页。
[2] 《全唐诗》卷四百一十五,第 4599 页。
[3] 顾学颉校点《白居易集》卷十七,第 361 页。
[4] [宋] 阮阅编著,周本淳校点《诗话总龟后集》,人民文学出版社 1987 年版,第 161 页。
[5] 顾学颉校点《白居易集》卷十七,第 355 页。
[6] 顾学颉校点《白居易集》卷十五,第 308 页。
[7] 《全唐诗》卷四百一十五,第 4601 页。
[8] 《全唐诗》卷四百一十五,第 4598 页。

尚不可闻,况仆心哉?至今每吟,犹恻恻耳!"①心灵相通的知己大抵就是如此吧。

  虽相隔两地却时刻关注友人境况,常寄药品、衣物等日用品以慰藉友人孤寂之心。元稹在江陵时曾患疟,白居易听闻后立即托人带药给他:"已题一帖红消散,又封一合碧云英。"又言:"未必能治江上瘴,且图遥慰病中情。"(《闻微之江陵卧病以大通中散碧腴垂云膏寄之因题四韵》)②而元稹也直言:"唯有思君治不得,膏销雪尽意还生。"(《予病瘴乐天寄通中散碧腴垂云膏仍题四韵以慰远怀开坼之间因有酬答》)③元和十年(815)元稹远谪通州,此地更是"人稀地僻医巫少,夏旱秋霖瘴疟多"(《得微之到官后书,备知通州之事,怅然有感,因成四章》)④。甚至还多蛇虺蚊蚋,环境恶劣程度可想而知。白居易"犹恐通州热杀君",遂寄"浅色縠衫轻似雾,纺花纱袴薄于云"(《寄生衣与微之因题封上》)⑤的衣衫予元稹。又寄"清润宜乘露,鲜华不受尘"(《寄蕲州簟与元九因题六韵》)⑥的蕲州簟让友人夜卧。元和十三年(818),元稹也曾寄绿丝文布给谪居江州的白居易,居易制成衣服后写诗相告:"袴花白似秋云薄,衫色青于春草浓。欲著却休知不称,折腰无复旧形容!"(《元九以绿丝布、白轻裕见寄,制成衣服,以诗报知》)⑦自言身形不复当年健硕,但在元稹心中仍是"春草绿茸云色白,想君骑马好仪容"。(《酬乐天得稹所寄貯丝布白轻庸制成衣服以诗报之》)⑧往来酬赠间,彰显了二人待友的赤诚之心,患难与共的友谊感人泪下。

  以诗相敌。诗歌唱和不仅可以作为友人间增进感情的一种方式,还是一种诗艺的切磋和较量。陈寅恪先生于《元白诗笺证稿》中曾说:"夫

---

① 顾学颉校点《白居易集》卷四十五,第972页。
② 顾学颉校点《白居易集》卷十四,第276页。
③ 《全唐诗》卷四百一十二,第4582页。
④ 顾学颉校点《白居易集》卷十五,第311页。
⑤ 顾学颉校点《白居易集》卷十五,第309页。
⑥ 顾学颉校点《白居易集》卷十六,第333页。
⑦ 顾学颉校点《白居易集》卷十七,第352页。
⑧ 《全唐诗》卷四百一十六,第4604页。

元白二公,诗友也,亦诗敌也。故二人之间,互相仿效,各自改创,以蕲进益。"①可见,元白唱和除"吟咏情性"外,"互相仿效,各自改创"切磋诗艺也是重要的一部分,这一点在白居易《和微之诗二十三首序》中有较详细的记载:

> 微之又以近作四十三首寄来,命仆继和。其间瘀絮四百字,车斜二十篇者流,皆韵剧辞殚,瑰奇怪谲。……意欲定霸取威,置仆于穷地耳。……今足下果用所长,过蒙见窘。然敌则气作,急则计生,四十二章,麾扫并毕,不知大敌以为如何?②

诗艺竞赛的趣味场景如在目前,两人甚至有"文友诗敌"之称。白居易也曾在《刘白唱和集解》中提及:"仆与足下,二十年来,为文友诗敌。"还曾戏道"元白"并称"使仆不得独步于吴越间"③,生动诙谐的语言暗含着对元稹的敬慕、赞赏和感激之意。

元白交谊的三十年间,诗歌唱和显然已成为二人增进友谊、交流情感的重要手段,甚至到了"酬答朝妨食,披寻夜废眠"(白居易《江楼夜吟元九律诗成三十韵》)④的地步。以诗相思、以诗相慰和以诗相敌在唱和过程中得到了很好的体现,惺惺相惜之情溢于言表。

三、长夜君先去,残年我几何

大和五年(831),元稹猝然离世,给白居易带来难以忍受的锥心之痛,从此阴阳两隔。回忆当初,二人"贞元季年,始定交分,行止通塞,靡所不同;金石胶漆,未足为喻"。(白居易《祭元微之文》)⑤在交往的三十年间,他们在生活上相互扶持关心,在创作上相互砥砺促进,在精神上相互

---

① 陈寅恪《陈寅恪集·元白诗笺证稿》,生活·读书·新知三联书店2001年版,第309页。
② 顾学颉校点《白居易集》卷二十二,第477页。
③ 顾学颉校点《白居易集》卷六十九,第1452页。
④ 顾学颉校点《白居易集》卷十七,第351页。
⑤ 顾学颉校点《白居易集》卷六十九,第1457页。

支撑鼓舞,彼此之间无微不至的爱护胜似异性恋人,故有"胶漆元白"之称。聚少离多虽为二人交往的常态,然而"及公捐馆于鄂,悲讣忽至",(白居易《祭元微之文》)①白居易才知洛阳一别竟是此生二人的最后一面。

《祭元微之文》是白居易悼念挚友的祭文,字字泣血,读之催人泪下,祭文的最后一段曰:

> 呜呼微之! 始以诗交,终以诗诀;弦笔两绝,其今日乎! 呜呼微之! 三界之间,谁不生死? 四海之内,谁无交朋? 然以我尔之身,为终天之别;既往者已矣,未死者如何? 呜呼微之! 六十衰翁,灰心血泪;引酒再奠,抚棺一呼。《佛经》云:"凡有业结,无非因集。"与公缘会,岂是偶然? 多生以来,几离几合? 既有今别,宁无后期? 公虽不归,我应继往,安有形去而影在,皮亡而毛存者乎? 呜呼微之! 言尽于此。尚飨。②

四次连呼"呜呼微之","六十衰翁"流露出难以抑制的悲怆之情,"灰心血泪"、伤痛欲绝。"始以诗交,终以诗诀"为元白诗歌唱和的一生画上了句号,白居易也在连作三首《哭微之》后说:"今在岂有相逢日,未死应无暂忘时。从此三篇收泪后,终身无复更吟诗。"③可见元稹在白居易心中的地位。"公虽不归,我应继往,安有形去而影在,皮亡而毛存者乎?"死别也不能将他们分离。洪迈《容斋随笔》言:"汉、唐以来,犹有范张、陈雷、元白、刘柳之徒,始终相与,不以死生贵贱易其心。"④在此"元白"作为一个典型符号出现,传达的是一种诗人间的真挚友情,而元白之间的友谊也已经升华到了其他诗友难以企及的高度。九年后,年过花甲的白居易还梦到元稹:"夜来携手梦同游,晨起盈巾泪莫收。"(《梦微之》)⑤悲恸之

---

① 顾学颉校点《白居易集》卷六十九,第 1457 页。
② 顾学颉校点《白居易集》卷六十九,第 1457—1458 页。
③ 《文苑英华》卷九百八十九,中华书局 1966 年版,第 5201 页。
④ [宋]洪迈《容斋随笔》卷九《朋友之义》,上海古籍出版社 1978 年版,第 119 页。
⑤ 顾学颉校点《白居易集》卷三十五,第 801 页。

情令人动容。

"一生休戚与穷通,处处相随事事同"。(白居易《醉封诗筒寄微之》)①命途多舛的元、白二人以秋竹定交,"多生以来,几离几合"。彼此扶持、不离不弃的深厚情谊成为艰难岁月里前行的动力。有友如此,何其幸也!元白生死至交的友情是中国文学史上的一段千古佳话,为后世我们择友、交友、待友提供了良好的典范,意义非凡。

---

① 顾学颉校点《白居易集》卷第二十三,第505页。

第四辑 学术史研究

唐代别情诗与祖饯活动研究述评*

我国先秦时代即有祖道饯别的习俗，后来临别赠诗的传统即源于早期的祖道祝词，而由此产生的大量诗作，被称为"祖饯诗""送别诗""离别诗""伤别诗""赠别诗""留别诗"。名称虽异，但表达别情却是其共性，故我们以"别情诗"作为这些异名的统称[①]。这类诗歌在《诗经》中就已出现，魏晋以后，除抒写离情外，文人也常借以一展才华。至唐代，饯别活动更加繁多，别情诗在数量的增长和质量的提升两方面都有了明显的飞跃，成为重要的诗歌题材。别情诗本是祖饯活动的副产品，二者密切相关，难以界分。

在唐诗中数量可观，但二十世纪八十年代以前，这类诗歌很少为学术界所关注；1980年之后，才逐渐进入学者们的研究视野，但现有的研究成果，有关唐代别情诗的专著不足10部；论文约60余篇，又多集中在盛唐及中、晚唐时期。而历来的唐诗研究，多不太重视初唐诗，故专门探讨初唐别情诗的论文约20篇，著作尚未见到。关于祖饯活动及其与别情诗关系的研究成果虽然不多，但却是别情诗研究不可忽略的一个新方向，值得给予高度重视。

本文即拟对唐代别情诗研究做一简要梳理，并对初唐别情诗及祖饯活动与别情诗关系的研究做单独的考察，以求温故知新，明确这一专题研究下一步的发展方向。

---

* 本文与李宝霞合作，原载《东方论坛》2015年第4期。
① "别情诗词是指表达送行者与被送行者在饯行活动中产生的特定情感的诗词。"参见刘怀荣等《唐诗宋词名篇导读》，中国社会科学出版社2009年版，第1页。

一、关于唐代别情诗的研究

部分学者以唐代别情诗为研究对象,或总结其整体的思想内容、艺术特点和成就等,或分述初、盛、中、晚各阶段的特点。但多以盛唐及中、晚唐别情诗为研究重点,只有部分成果偶尔涉及初唐别情诗,这类研究成果包括部分著作及近 60 篇论文。

二十世纪八十年代末以来,出版过多种唐代送别诗选本,如张学文《唐代送别诗名篇译赏》,白晓朗、黄林妹《离别在今宵——唐人送别诗100 篇》,都是重在普及、专选唐代别情诗的选本。另如张浩逊《唐诗分类研究》、吴承学《中国古代文体形态研究》、刘怀荣等《唐诗宋词名篇导读》,都有专章论述唐代别情诗的相关问题。

《唐诗分类研究》一书中的"送别诗"大致相当于我们所说的别情诗,"科举诗"也与别情诗有交叉,书中第六章《唐代的送别诗》探讨了送别诗的构建方式、类别和意象[1],第十章《唐代的科举诗》则对赴考、及第归乡和落第归乡等不同背景下所作别情诗的感情基调及思想内容做了研究。这些工作对于唐代别情诗的艺术特色、思想内容及分类研究皆有助益[2]。《中国古代文体形态研究》第五章《留别诗与赠别诗》对"留别诗"与"赠别诗"的异同做了细致的辨析[3]。《唐诗宋词名篇导读》虽以诗歌分类评析为主,但每章前的"概论"都有较高的学术价值,第一章《别情诗选讲·概论》分析了唐代别情诗的五个新变化:一是"别情的表达中显示了唐人特有的豪迈",二是开创了刻画被送者形象的写法,三是结构上更为讲究,四是调动各种艺术手段对别情进行精巧独到的表达,五是通过诗歌意境表达别情[4]。

唐代别情诗研究论文数量相对较多,研究内容主要集中在如下几个

---

[1] 参张浩逊《唐诗分类研究》,江苏教育出版社 1999 年版,第 122—145 页。
[2] 参张浩逊《唐诗分类研究》,江苏教育出版社 1999 年版,第 127—239 页。
[3] 吴承学《中国古代文体形态研究》,中山大学出版社 2000 年版,第 87—92 页。曾以《唐诗中的留别与赠别》为题刊于《文学遗产》1996 年第 4 期。
[4] 刘怀荣《唐诗宋词名篇导读》,中国社会科学出版社 2009 年版,第 3 页。

方面：

一是别情诗情感内涵和艺术特色研究。包括别情诗的情感内涵及抒情手法、意象运用、结构方式等。唐代别情诗一改前代别情诗哀伤的情调，而表现出多种感情基调。蔡静波认为"初盛唐时期由于唐朝社会处于上升时期，所以表现在送别诗中，就普遍具有一种昂扬向上、积极进取的精神"[①]。张明非发现，唐代送别诗在不同环境下大致表现了"凄凉伤感之情""豪放悲壮之情"和"劝勉慰藉之情"等三种不同类型的感情；就环境而论，在"客中送客""佳节送别""迁客送别""病中送客""乍逢旋别"等不同情形下，诗歌感情也各有差别[②]。李柱梁认为"唐代送别诗不仅表现诗人的友情与别情，而且还包含诗人对友人的劝慰，对理想和抱负的抒发，对自己高洁心志的表白等"[③]，其特点具体表现在四个方面：一是"抒发友人的真挚情谊为主旨，表达对朋友的惜别与留恋、关怀与体贴"，二是"毫无缠绵悱恻之情，也无哀怨悲伤之调，胸襟开阔"，三是"借送友人赴边表达鞭策和勉励之意"，四是"借送别来抒发自己的情怀"[④]。费久旺将唐代别情诗的感情分为"伤感的离别""豪情的离别""旷达的离别""关切的离别"和"咏怀的离别"五类[⑤]。高春燕认为，"唐人送别诗从情感和艺术上体现了和以往不同的美学风貌"，并从"叙述慷慨豪壮、蓬勃奋发之意"，"叙述劝勉慰藉之意"和"叙述困厄失意"三个方面进行了具体的论述[⑥]。杨玉云则从"别离之苦""乐观进取""揭露时弊"和"自我表白"四方面分析了唐代别情诗的情感内涵[⑦]。

与唐代别情诗情感的多样性一致，其抒情手法也有相应的变化。孟玲认为唐代别情诗善于"运用丰满、生动的形象来含蓄地抒发依依惜别之情"[⑧]，汪亚君指出，唐代送别诗"抒情艺术之特点表现为四个方面：格调

---

① 蔡静波《唐代送别诗刍议》，《渭南师范学院学报》2003年第4期。
② 张明非《论唐人送别诗的人情美》，《中州学刊》1989年第2期。
③ 李柱梁《略论唐代送别诗的思想特色》，《安徽农师院学报》1993年第2期。
④ 李柱梁《试评唐代送别诗的思想意义》，《安徽农业技术师范学院学报》1996年第3期。
⑤ 费久旺《浅谈唐代送别诗的几个特点》，《语文教学与研究》2007年第17期。
⑥ 高春燕《浅议唐代送别诗的审美追求》，《佳木斯大学社会科学学报》2008年第2期。
⑦ 杨玉云《试析唐代送别诗的思想意义》，《福建广播电视大学学报》2010年第1期。
⑧ 孟玲《丰满、真挚、向上的艺术特色——唐代送别诗管窥》，《名作欣赏》1994年第6期。

高昂，语壮情深；心态深沉，表达委婉；意境幽美，韵味无穷；内涵丰富，哲理深刻"①。傅保良"从抒情的境界、抒情的立足点、抒情的对象三个方面，阐述唐人送别诗抒情的丰富性"②。赵洁婷则提出别情诗"表达的方式是多种多样的"，主要有"用典抒情""借景抒情""直抒胸臆"和"综合运用"四种③。

意象运用也是学者们的研究重点之一。张明非从意象的选择、组合及创造等多个侧面分析了唐代别情诗的意象，认为唐代别情诗的意象体系"大体由特定的时间意象、空间意象以及自然山水等意象构成"，除了使用单个意象，还采用"虚实组合""并列组合"的方式进行意象组合，并运用比喻手法创造比喻性意象④。李瑛认为，唐代别情诗的意象营造极具个性化，"诗人们运用和改造原有送别诗的意象，表现了新的情境和新的内容"⑤。他还"从意象高度情思化的角度切入"，探讨意象运用的审美特征及与前代不同的艺术个性⑥。还有不少学者对别情诗中的某一个或某类意象作了专门的研究，如刘宁对"雨的意象"⑦、项来英对"水船意象"⑧、张颖对"草意象"所做的探讨⑨，许智银对别情诗的"修辞意象""原型意象""飞禽意象""自然意象"及多种意象组合所做的深入分析⑩，都不失为很好的尝试。

别情诗的结构方式是学者们关注的又一重点。范凤驰从形式上将别

---

① 汪亚君《略论唐代送别诗的抒情艺术》，《安徽教育学院学报》2001年第2期。
② 傅保良《唐人送别诗抒情探胜》，《浙江广播电视高等专科学校学报》2002年第3期。
③ 赵洁婷《唐代送别诗的多棱透视》，《鸡西大学学报》2004年第2期。
④ 张明非《论唐人送别诗的审美意象》，《广西师范大学学报》1987年第4期。
⑤ 李瑛《唐代送别诗意象营造的个性化》，《北方论丛》2004年第6期。
⑥ 李瑛《论唐代送别诗意象的高度情思化》，《学术交流》2005年第2期。
⑦ 刘宁《浅谈唐代送别诗中雨的意象》，《大众文艺》2009年第24期。
⑧ 项来英《人生自古伤离别——唐诗送别主题中水船意象》，《新课程学习》2010年第5期。
⑨ 张颖《唐代送别诗草意象研究——以春秋两季为例》，《文学界（理论版）》2011年第3期。
⑩ 许智银《唐代送别诗的修辞意象刍论》，《河南理工大学学报》2008年第4期；《唐代送别诗的原型意象》，《河南师范大学学报》2010年第3期；《唐代送别诗的飞禽意象》，《西北民族大学学报》2009年第3期；《唐代送别诗的自然意象》，《贵州社会科学》2009年第4期；《唐代送别诗的意象组合》，《河南科技大学学报》2009年第2期。

情诗的结尾分为实写和虚写两种①。陈德琥认为"唐代送别诗以伫立形象作结是感情丰富复杂的独特表现形式,画面的组合接近电影的剪接。它以简洁的语言创造了极有表现性的'知觉形式',从而给人以丰富的审美联想和极大的审美愉悦"②。许智银认为,唐代别情诗的结尾蕴含了深刻的情感,"可以分为'盼见问归''伫立怅望''长忆相思''想象追随''劝慰勉励'和'祝福规劝'等多种表现"③;而"唐代送别诗的题式大致可以分为'送别''留别''赠别''奉和''赋得''联句''兼寄'和'不及'等八种。不同题式的内容所表达的思想感情有所差异,但都是诗人情感的真实流露"④;唐代别情诗的开端则"可以分为铺陈赋笔起句、摹物写景开篇、感兴议论发端三类模式,展现了送别诗开端的蕴藉诗意"⑤。

二是别情诗产生和发展原因的探讨。不少学者们考察了唐代别情诗产生及发展繁荣的原因。许智银对唐代别情诗进行文化溯源,"发现唐代送别诗与古代的祖道仪式、饯行活动、饯送祝词赋诗以及诗体成为话语表达方式的普及等有千丝万缕的联系"⑥。郑纳新从中国"重情"的文化传统、隋唐时文人政治的形成、文人政治下重视诗文的社会风尚三个方面分析唐代别情诗发展繁荣的原因,认为别情诗的兴盛与"中国的文化传承、地理条件以及政治经济生活的特点有着特别密切的联系"⑦。董武认为唐代别情诗繁盛的原因有三:一是古代别情诗发展的必然结果,二是唐代以诗赋取士的科举考试,三是唐代激烈的党争和边塞用兵⑧。李瑛认为"唐代别离现象的普遍存在以及人们对别离之情的高度重视,使得唐人送别诗出现了前所未有的繁荣",离别现象普遍则是唐代科举制发展和漫游风气盛行的结果⑨。姜端莲着重从科举制、军功授予制、荐引制三个方

---

① 范凤驰《唐代送别诗结尾例谈》,《渤海学刊》1987 年第 1 期。
② 陈德琥《唐代送别诗以伫立形象作结漫议》,《安徽广播电视大学学报》1999 年第 3 期。
③ 许智银《唐代送别诗结尾模式综论》,《中州学刊》2007 年第 4 期。
④ 许智银《唐代送别诗的题式》,《山西师大学报》2007 年第 1 期。
⑤ 许智银《唐代送别诗开端的诗意》,《宁夏社会科学》2009 年第 5 期。
⑥ 许智银《唐代送别诗的文化溯源》,《郑州大学学报》2010 年第 1 期。
⑦ 郑纳新《送别诗略论》,《学术论坛》1997 年第 3 期。
⑧ 董武《略论唐诗中的赠别诗》,《荆州师范学院学报》1999 年第 6 期。
⑨ 李瑛《唐人送别诗新质》,《黑龙江省政法管理干部学院学报》2001 年第 4 期。

面入手分析唐代别情诗兴盛的原因,认为"唐人用人制度的改革在很大程度上导致了送别诗的兴盛"①。蔡星灿总结前人研究成果,从多角度探讨唐代别情诗繁荣的原因,指出"频繁的离别既丰富了离别诗的素材,又构成了唐代离别诗繁荣的基础;唐代用人制度的改革则是唐代离别诗兴盛的直接原因,科举制、军功授官制、荐引制的实行都促进了与之相关的离别诗的兴盛;唐代对诗歌的重视是离别诗繁荣的政治原因"②。

三是别情诗的分类研究。唐代别情诗数量庞大,部分学者从各种角度对这类诗歌进行分类。孙超认为,唐代别情诗"从其抒发别情的色调上看",可分为"黯然销魂""缠绵悱恻""悲壮激昂"三类;"从诗歌所描写的题材上看",可分为"送别友人之作""表现夫妻离别征妇悲伤之作"和"描写父母、兄弟、子女送别"三类③。董武从"诗人的创作心态和思想感情"出发,将唐代别情诗分为"诉说依依难舍的心情之作""相互劝慰勉励之作""应酬"和"奉和"之作等三类④。刘建华则根据唐代别情诗"表现出的情绪和气度",分为"淡淡相宜的伤别""感时伤世的话别""哀而不伤的惜别""豪迈爽朗的离别"和"雄浑激昂的壮别"等五类⑤。

由于各家的分类标准不同,别情诗也被划分为多种类型。也有的学者对某一特定类型的别情诗进行更细致的研究。如赵炳耀很早就对充满豪迈气概的唐代别情诗所具有的不同情怀做了专门的探讨⑥。近年来,也有人从特定类型和地域文化入手来探讨唐代别情诗,如魏攀对边塞送别诗、张慧中对秦陇文化背景下的别情诗、许智银对与吐蕃相关的别情诗、钟乃源对广西送别诗、孔祥俊对长安送别诗的探讨⑦,都属此类。许

---

① 姜端莲《唐代用人制度的改革与送别诗的兴盛》,《海南广播电视大学学报》2002年第3期。
② 蔡星灿《论唐代离别诗的繁荣》,《井冈山学院学报》2009年第4期。
③ 孙超《浅谈唐代的送别诗》,《大连大学学报》1997年第5期。
④ 董武《略论唐诗中的赠别诗》,《荆州师范学院学报》1999年第6期。
⑤ 刘建华《试论唐代送别诗》,《太原城市职业技术学院学报》2004年第5期。
⑥ 赵炳耀《所志在功名 离别何足叹——试论唐代送别诗的豪放气概》,《殷都学刊》1986年第4期。
⑦ 魏攀《浅论唐代边塞送别诗的美学特征》,《安徽文学》2008年第7期;张慧中《秦陇文化视野下的初盛唐送别诗研究》,宁夏大学2009年硕士学位论文;许智银《唐人送别诗中的吐蕃》,《黑龙江民族丛刊》2009年第4期;钟乃源《唐代广西送别诗初探》,《广西社会科学》2009年第5期;孔祥俊《唐长安送别诗与灞柳文化》,西北大学2010年硕士学位论文。

智银还从性别角度出发,对别物赠妓诗和女性送别诗做了专门的研究①。

以上关于唐代别情诗的研究,虽然对别情诗的情感内涵、艺术特色,别情诗产生和发展的原因及分类等重要问题做了多方面的探讨,但绝大多数研究者对于别情诗的文化发生问题缺乏自觉的意识,未能从祖饯文化发生的大背景下来展开论述。因而多数成果往往就诗论诗,难以从更高的层面对别情诗的特点做出全新的阐述。

二、关于初唐别情诗的研究

二十世纪八十年代以来,有关初唐别情诗的研究成果并不多见,且学者们只关注初唐少数重要作家及名篇,对初唐别情诗进行整体研究的只有美国学者宇文所安(斯蒂芬·欧文)的《初唐诗》和王慧敏的《初唐送别诗的诗史意义》。

欧文将别情诗看作日常应酬题材的一种,对它进行了专门的探讨。他充分肯定了初唐别情诗的重要地位,指出"唐代送别诗的基本特点,正形成于初唐",且"唐代送别诗的许多惯例发展于680至710的三十年间"。书中还具体分析了初唐送别诗"三部式"的写作惯例,即"送别诗开头的最普通方式是一般地描写场面","中间对句通常描写眼前与离别情绪相关的特殊景物",诗歌"结尾的变化比开头的惯例更不胜枚举,往往更与特定的情况相关联"②。宇文所安的研究对我们探讨初唐别情诗的创作手法很有借鉴意义。王慧敏关注的是初唐送别诗在诗歌史上的地位和意义,她认为"初唐送别诗虽不能与既独标个人风采又表现出和谐统一特征的盛唐送别诗相媲美,但若从文学的发展演变过程观之,初唐送别诗不仅在送别传统中具有承先启后的作用和地位,而且因其以个人性情的抒发为主要文体特征,也大大促进了'性情'和'声色'相统一

---

① 许智银《唐人别物赠妓诗中多感的诗性情怀》,《洛阳师范学院学报》2009年第3期;《唐代女性送别诗综论》,《河南社会科学》2008年第2期。
② [美]宇文所安著,贾晋华译《初唐诗》,生活·读书·新知三联书店2004年版,第227—229页。

的诗国高潮的到来"①。这一类研究成果对我们把握初唐别情诗的发展脉络、艺术特色和文学史地位具有重要的意义,但数量较少,也有待进一步深入。

还有一类成果以少数代表作家及其别情诗名作为研究重点,主要包括如下三个方面:

一是王勃别情诗的研究。对王勃别情诗的风格、情感基调,特别是其代表作《送杜少府之任蜀州(川)》,都有学者做过具体的探讨。刘光侠"结合王勃所处的时代背景以及其人生遭遇,全方位解读王勃不同风格的送别诗",认为王勃的别情诗不乏积极乐观之作,但"绝大部分却是凄苦感伤的悲离之作"②。杨晓彩认为,王勃16首送别诗皆"融入了强烈的时代气息与个人情感",依感情基调的不同,可分为"雄浑壮阔""隐约迷蒙"和"抒发自我身世之感"三类③。《送杜少府之任蜀川》的艺术特色,是学者们乐于探究的名篇,李国峰认为,这首诗的"主要特色是乐观开朗、朴素无华、超脱豪迈"④。丁茂华指出,"它背衬壮景抒发豪情——思想方面的独创性,它以壮景衬托豪情——写作手法方面的独创性",并对形成这些独创性的原因进行了分析⑤。侯小宝则将此诗与毛泽东的《送纵宇一郎东行》加以对比,从励志别情诗的角度分析了二者的异同⑥。

二是陈子昂别情诗的研究。阮怡从送别对象、诗歌风格及成因、对前代送别诗的突破等方面分析了陈子昂的别情诗。她发现,陈子昂21首别情诗中,只有5首送别亲人或朋友,其余都是送别同僚之作,"这从一个侧面反映了唐朝人热情追求功名,积极入世,报效国家的精神风貌",而且"陈子昂送别诗的抒发之情全出自内心,跳出了前代文人写送别诗有送别

---

① 王慧敏《初唐送别诗的诗史意义》,《江苏教育学院学报》2010年第7期。
② 刘光侠《浅谈王勃的送别诗》,《中学语文》2007年第17期。
③ 杨晓彩《王勃送别诗初探》,《名作欣赏》2008年第8期。
④ 李国峰《浅析〈送杜少府之任蜀州〉的艺术特色》,《作家》2008年第4期。
⑤ 丁茂华《论王勃〈杜少府之任蜀川〉的独创性》,《甘肃高师学报》2011年第1期。
⑥ 侯小宝《胸中磊魄有余地 语下飘萧无俗气——由〈送杜少府之任蜀川〉与〈送纵宇一郎东行〉看励志送别诗特征》,《晋中学院学报》2005年第2期。

之名而无送别之实的俗套,打破了送别诗'有别必怨,有怨必盈'的送别传统,一扫前代文人送别诗低徊缠绵凄美的情调而昂扬向上",文章对产生这种特色的原因,也做了进一步的分析①。阮怡还指出,陈子昂有关从军征戍的送别之作,"抒发了一片热忱的报国之心,强烈的爱国热情,以及凌云的雄心壮志,突破了前代送别诗歌抒发个人情感,感咏个人生活的范围,将私人化的送别与国家民族利益相联系,冲淡了离别的儿女情长,唱出一曲奔赴边塞,高亢激昂的凯歌"②。

三是初唐其他诗人别情诗的研究。许智银认为,沈佺期、宋之问别情诗的"内容可分为应制和集体活动送别诗、同僚友人出行送别诗、亲情送别诗、抒发贬谪之情的送别诗等四类","言之有物,动情率真,不仅实践了格律诗的成熟,而且开拓了唐代诗歌体裁的内容,丰富了诗歌的表现力,扩大了诗歌的审美范畴,为唐代送别诗的进一步发展奠定了基础"③。彭菊华发现,张说的别情诗在个人感情之外融入了更多社会内容④。吕双伟则指出,卢照邻的别情诗多"抑郁忧愁、愤懑不平之气","郁积着悲愁孤寂之气,凄凉哀怨之情",体现出"骚怨"的特点⑤。

总的来看,关于初唐别情诗的研究,还处在起步阶段。目前尚缺乏对这一论题进行全面系统研究的成果。已有对个别作家、作品的研究成果,也还需要把祖道传统及前代别情诗的发展作为重要的前提,才有可能使研究得以深化。

三、关于祖饯活动及其与别情诗关系的研究

李立的专著《神话视阈下的文学解读》,其中的第一章题为"行神崇拜与传统祖饯诗的流变",在探析行神崇拜和祭祀仪式的基础上,对汉唐祖饯活动与祖饯诗的演变及二者的关系做了较为深入的研究。他认为

---

① 阮怡《试探陈子昂的送别诗》,《文史杂志》2010年第2期。
② 阮怡《论陈子昂送别诗之风格》,《语文学刊》2009年第17期。
③ 许智银《沈佺期宋之问送别诗研究》,《平顶山学院学报》2006年第4期。
④ 彭菊华《张说在唐代文学史上的地位》,《中国文学研究》1988年第2期。
⑤ 吕双伟《论卢照邻诗文创作的"骚怨"精神》,《云梦学刊》2002年第5期。

"传统意义上的祖饯诗与古代行神崇拜及相关的祀神仪式,有着极为密切的联系,带有传统行神崇拜的文化积淀,体现着源于传统行神崇拜和深化传说而生成的经过艺术转化的独特的神话艺术精神",但之后祖饯活动之"祖"逐渐让位于"饯",早期对行神的祭祀祈祷逐渐变为离情别绪的表达,并形成了"饯别赋诗"的传统。而"折柳送别"之所以成为一种新传统,也与早期的祖道有着千丝万缕的关系①。

研究祖饯活动与别情诗关系的论文,重点讨论的是如下两个方面的问题:

一是"祖饯"的含义及特点。早在二十世纪八十年代初,即有学者对"祖"做过探讨,认为《诗经》中《大雅·常武》之"大祖"和《大雅·烝民》之"出祖"皆指"出征举行祖道仪式和'清酒百壶'为之饯行"②。但直到最近十余年来,才有学者再次论及这一问题。

陶思炎分析了祖道、軷祭所祭之神及祭祀仪的式特点,认为"祖道,乃为了取道、出行,为行前的求吉祭礼",是祭祀道神的,"軷祭为行山前的道祭","山神信仰和道神信仰的结合是中国古代軷祭得以形成的基础"③。戴燕指出:"祖道,汉代以后的人都解释它为一种祭祀路神的仪式",因常伴随饯别活动,又称"祖饯"④。王政认为"祖""饯""軷"皆为祭祀"路神",他把对路神的祭奉"放在先秦经籍文献以及考古学、民族学史料的广阔背景中予以考察",对路神的原型、祭祀中的文化形象、祭祀形式等做了全面考察⑤。王海娜通过对《周礼》中相关记载的分析认为,"軷、祖、道皆是祭道路之神,为行道之始,一祭而三名。然而祖道是道祭的通名,详举其礼则名犯軷"⑥。叶当前认为"先秦时期王公出行,经常要举行送别活动,送别时的仪式活动称为'祖饯'"⑦。可见,学者

---

① 李立《神话视阈下的文学解读:以汉唐文学类型化演变为中心》,中国社会科学出版社2008年版,第1—51页。
② 幼英《"大祖"与"出祖"之"祖"》,《华中师院学报》1983年第6期。
③ 陶思炎《祖道軷祭与入山镇物》,《民族艺术》2001年第4期。
④ 戴燕《祖饯诗的由来》,《南京师范大学文学院学报》2003年第4期。
⑤ 王政《〈诗经〉与路神奉祭考》,《世界宗教研究》2004年第2期。
⑥ 王海娜《〈周礼〉中所记交通礼仪研究》,《古籍整理研究学刊》2009年第5期。
⑦ 叶当前《旅游文化之送别诗解析》,《旅游科学》2008年第6期。

们对祖饯仪式及其特点的认识较为一致,其中叶当前的论述更为条理详细,他对祖饯的"一祭三名""祭祀原因""袚祭地点""袚祭人员""袚祭用牲""袚祭致辞""饮饯致别""出行出宿"等都做了较为细致的探讨①。

还有的学者对"祖道"在后世的演变做了进一步的考察。如宫哲兵、黄超认为"祖道"指"祭道路神",但路神具有不同的称谓,并且在不同的历史时期都有一定的变化,"早在先秦两汉的典籍中,'道'就具有祭祀道路神的含义。汉代出现'道家'的称谓与'道教'的组织之后,'道''祖'作为道路神的称谓在汉以后的典籍中就少了,而'行'作为道路神的称谓则越来越多了"②。徐吉军对宋代的出行风俗做了考察,认为"宋人有行前祭神的风俗","这种行前祭神的风俗在古代称为祖道",但宋代道神的职能发生变化,"行神和道神除要保佑人们交通安全外,还往往兼有其他职能"③。

二是祖饯活动与别情诗的关系。这方面的研究又可分两类:一是对别情诗进行溯源;二是从祖饯角度入手对别情诗进行重新解读。

关于别情诗的溯源,论者多认为祖饯活动是别情诗产生的前提。如戴燕认为祖饯诗是祖道仪式的副产品,因此她"依据文献考述祭祀路神的仪式'祖'在唐以前的情形",力图还原祖饯诗写作的背景,并通过对祖饯活动的研究,探析祖饯诗的产生和发展④。叶当前则"探索古代的祖饯仪式,揭示送别诗的起因",认为送别诗是"祖饯之际叮嘱行人、表达挂念、预祝平安的产物"⑤,而"祖饯祝辞在传达集体意识上的局限性与诗歌在表情达意上的优越性,决定了送别诗一旦涉足送别题材领域,就成为送别文学中的一种不可替代的体裁"⑥。

从祖饯角度对别情诗进行重新解读,是探讨祖饯活动与别情诗关系

---

① 叶当前《旅游文化之送别诗解析》,《旅游科学》2008 年第 6 期。
② 宫哲兵、黄超《道:祭道路神——古"道"字长期被忽略的一个含义》,《哲学研究》2009 年第 1 期。
③ 徐吉军《宋代的出行风俗》,《浙江学刊》2002 年第 1 期。
④ 戴燕《祖饯诗的由来》,《南京师范大学文学院学报》2003 年第 4 期。
⑤ 叶当前《旅游文化之送别诗解析》,《旅游科学》2008 年第 6 期。
⑥ 叶当前《中国古典送别诗的发生学研究》,《上海师范大学学报》2010 年第 2 期。

的另一条路径。叶当前从祖饯角度解读《诗经》中《崧高》《烝民》《韩奕》三首诗,从诗歌内容中分析古代祖饯送别的风俗,同时对早期送别诗的写作意图、写作内容和结构安排做了初步的研究[①]。李立从"祖饯"祭祀活动入手,梳理祖饯诗的特点及其在后世的演变,认为"先秦的祖饯诗是与祖道之祭密切相关的,其庄重和缓的风格也必须由此入手来考察;两汉时期的祖道饯别仪式融入了歌乐舞的内容,从而使汉代的饯别诗更多带有了世俗的生离死别之情",祖饯仪式同时适用于送别死者,"柳在古代送葬仪式中承担着重要的作用",在送别诗中极为常见[②]。刘敏从祖饯角度探析《文选》祖饯诗,认为"由于《文选》入选祖饯诗的这一标准,祖饯诗的名称已不符实,所以后来祖饯诗逐渐被广义上的送别诗所取代",并且"大量的祖饯诗都没有收入《文选》诗中的祖饯类"[③]。刘怀荣、孔哲则指出:"祖道活动由祭道神的'軷祭'和送行人的'饮饯'两部分组成,祭祀道神祈求出行平安,饮酒送别表达不舍之情,是其最基本的特点。从西周末期开始,'饮饯'的地位越来越重要,其中的赠别赋诗,则成为后世别情诗的滥觞。就《诗经》中的别情诗而言,其描写祖道活动地点和场景的内容、哀伤的感情基调及特定的艺术表现方式,都与祖道活动有着极为密切的关系,并对后来的别情诗产生了深远的影响。而从文学史的发展来说,祖道活动与别情诗的相互生发,也是中国早期文化中社会生活与文学关系值得特别关注的典型个案之一。"[④]

综上所述,二十世纪以来,学者们对祖饯源流与唐代别情诗都做了多方面的研究,取得了一定的成绩,从祖饯角度重新解读别情诗更是为今后研究提供了一种新视角。但还存在一些明显的不足:一是关于祖饯与别情诗关系的研究,重在溯源和对《诗经》《文选》别情诗的重新解读,而对祖饯在后世的演变、唐代及初唐时期饯别风俗对别情诗的影响尚少有人论及;二是对唐代别情诗的研究,线条较粗,细化和深入不够;三

---

① 叶当前《〈诗经〉别诗诗旨探骊》,《咸阳师范学院学报》2010 年第 5 期。
② 李立《论祖饯诗三题》,《学术研究》2001 年第 11 期。
③ 刘敏《〈文选〉祖饯诗浅探》,《哈尔滨学院学报》2005 年第 9 期。
④ 刘怀荣、孔哲《先秦祖道仪式与〈诗经〉别情诗考论》,《清华大学学报》2013 年第 5 期。

是研究唐代别情诗,虽也涉及初唐部分,但重点也多放在盛唐与中、晚唐时期。同时,关于初唐别情诗的专论又多集中在重点作家作品的分析上,整体性的研究不够。所有这些都是下一步的研究中应当给予重点关注的。

二十世纪以来王维与道家思想研究述略

二十世纪以来，学界对王维及相关问题的研究大多集中于山水诗、"诗中有画"特点、佛教禅宗或儒释道三教合一对诗歌的影响及名篇赏析等方面。九十年代前，关于王维与道家思想为数不多的成果，主要讨论了两方面的问题：一是道家、道教思想对王维诗歌的影响。叶维廉认为唐代山水诗"求自然得天籁"的特点是受到道家美学思想的影响，王维等人的山水诗"无概念化痕迹"，反映"纯粹经验"，诗人"视物如物之视物"源于"无言独化"的道家美学思想[①]。史双元认为王维对具有浓厚道家色彩的服药、保精有所实践，其人生观、政治观、艺术观也都反映出道家思想。其诗以清淡为主，有"委身自然""无为而治""毁圣弃智"等思想，王维擅长的水墨山水画也与其尊尚朴素阴柔的美学观有关[②]。二是王维接受道家思想的时间。日本学者小林太市郎、原田宪雄认为，王维"中年好道，谙熟老庄，暮年入空，笃志事佛"[③]。台湾学者刘维崇认为，王维"思想的发展有明显的三个阶段，少时热心儒术，中年信奉佛教，晚年则躬行'去欲守静'"[④]。台湾学者庄申认为，"道家思想对于王维始发生影响"，很可能就

---

* 本文与石飞飞合作，原载《古籍整理研究学刊》2013年第3期。
① 叶维廉《王维诗选》序，格罗斯曼出版社1972年版，转引自王丽娜《王维诗歌在海外》，《唐都学刊》1991年第4期。
② 史双元《论道家思想对王维生活和创作的影响》，《牡丹江师院学报》1987年第1期。
③ （日）小林太市郎、原田宪雄《王维》，日本集英社1964年版，转引自王丽娜《王维诗歌在海外》，《唐都学刊》1991年第4期。
④ 刘维崇《王维评传》，正中书局1972年版，转引自王丽娜《王维诗歌在海外》，《唐都学刊》1991年第4期。

在他济州任职期间①。他还探讨了道家思想在王维思想中的地位,认为王维晚年"对道家出世人生观的热爱与追求,丝毫未因常信佛教的入世人生观而有所冲淡与遗忘",其"在绘画上先李后吴的风格的转变",与其"思想上先道而后佛的转变十分类似"②。

二十世纪九十年代以来,王维与道家思想方面的研究成果逐渐增加,据我们目前掌握的材料来看,涉及这一专题的著作主要有 11 部③,还没有专著探讨王维与道家思想。相关的论文共 68 篇,其中,二十世纪九十年代有 9 篇期刊论文,二十一世纪以来,出现了 57 篇期刊论文,2 篇学位论文,所讨论的问题大致集中在王维诗歌与道家思想研究、王维思想与道家思想的关系研究、王维"亦官亦隐"的研究、王维隐逸诗歌研究等方面。本文即拟从上述四方面展开,略述这一专题在一百多年来的研究历史和现状。

一、王维诗歌与道家思想研究

王维诗歌与道家思想的关系是学者们关注的重点之一,相关的研究涉及王维诗歌审美特点、创作手法、思想内容和颜色偏好等与道家思想的关系。

王维诗歌审美特点与道家思想。对王维诗歌的审美特点,学者们所使用的概念还有审美思维、审美情趣、审美体验、美学心态等等。这些概念都可以统摄于审美特点。为论述方便,这里统一用"审美特点"一词。

---

① 庄申《王维研究》,万有图书公司 1971 年版,第 396 页。
② 庄申《王维研究》,第 397、398 页。
③ 这 11 部著作分别是:萧丽华《王维》,幼狮文化事业公司 1991 年版;邓绍秋《道禅生态美学智慧》,延边大学出版社 2003 年版;李亮伟《涵泳大雅——王维与中国文化》,中华书局 2003 年版。谭朝炎《红尘佛道觅辋川:王维的主体性诠释》,其中第二章"圣贤人格面具下的道家自由思想"和第三章"乘物以游心的王维"涉及王维与道家思想的内容,中国社会科学出版社 2004 年版;王辉斌《唐代诗人探赜》,贵州人民出版社 2005 年版;陈铁民《王维论稿》,人民文学出版社 2006 年版;王志清《中国诗学的德本精神研究》,齐鲁书社 2007 年版;王辉斌《王维新考论》,黄山书社 2008 年版;龚鹏程《佛学新解》,北京大学出版社 2009 年版;(日)池田知《道家思想的新研究——以〈庄子〉为中心》(上),中州古籍出版社 2009 年版;霍松林、傅绍良《盛唐文学的文化透视》,陕西师范大学出版社 2000 年版。

孙明材认为,道家思想"促成了两种范型的审美思维",即"理想化的审美思维和'以明'的观照方式。"王维所吸收的理想化审美思维表现在诗歌创作上即"对君主、臣子的理想化"和"对农民形象和农村景象的理想化";孙氏认为,"以明"即陈鼓应所说的"齐是非,合同异,忘却一切是非、彼此、可不可的差别对立纷争,以明静的心境观照事物的本然",王维对这种思想的吸收"使其得以创作出大量的具有空灵宁静之美的山水诗"①。吴邦江以《戏赠张五弟𬤇》为例指出:"道家追求自然恬淡、少思寡欲的生活情趣,清明虚静、无思无虑的心理境界,身心和谐的审美范式,保持精神上自由的理想人格。王维的许多诗蕴涵着道家这种思想和审美情趣。"②李亮伟指出:"'天机'本指自然天性,源出《庄子》。其意蕴发展到王维时代已大有内涵","王维的山水审美体验不同于众人,他与自然的融洽无间和对于景物之美的妙悟之深,以及'得心应手'而来的山水诗的诗境创造,都有别于陶谢孟李等,乃出于王维之'天机清妙'"③。王志清说:"庄学在借形悟道的思维上与禅宗很是一致",共同"赋予王维客观唯心主义的观照和思维方式,使他的审美感觉特别的发达、灵敏、精微,也特别的自由和宏远";"道、禅的悟解方式和习惯""形成了其诗玄妙空灵的美学心态"④。刘晓林也说:"王维的诗歌名作""更多的还恐怕是庄子的道家精神","王维的山水田园诗,在很大程度上就是受了道家'神'的意念的影响"⑤。这些论述虽然着眼点不同,所用术语也有差别,但都认为王维诗歌的审美特点与道家思想有密切的关系。

王维诗歌的创作手法与道家思想。学者们从诗歌的取境、运思、情氛渲染、意象、典故、风格、创作心境等方面,对王维诗歌与道家思想的关系进行了一定的探讨。

王志清认为,"王维的诗歌创作,其思想倾向更多的还是庄子的道家精神","王维山水诗的取境、运思和情氛的渲染,几乎都可以寻绎出虚静

---

① 孙明材《道家思想对王维诗歌创作的影响新探》,《嘉应学院学报》2004 年第 5 期。
② 吴邦江《儒释道融通与王维显隐之辨》,《学海》2008 年第 6 期。
③ 李亮伟《再谈王维提出的"天机清妙"》,《宁波大学学报》2010 年第 4 期。
④ 王志清《王维美学观的客观唯心主义特征》,《学海》2000 年第 3 期。
⑤ 刘晓林《王维诗歌创作与奉佛思想的矛盾性》,《中国文学研究》1996 年第 1 期。

精神的意蕴"①。王继承指出,"王维好清净厌人事的性情心境"往往通过庄子思想表现出来,王维运用《庄子》的意象或为"引述遗世而行的高人逸士",或为"描述厌人事的内心感受",或为"流露欣园林谐万物的适意自足"②。宋玲指出,王维运用道家典故,或"用于自喻",或"用于与友人的交往",王维也用道教典故对朝廷的"歌功颂德","由此似乎也能看到一个软弱的知识分子形象"③。姜玉芳认为王维赋予其诗歌"无限空间""无限灵动",得益于"诗人巧妙的'隐身'"、"'留白'技巧"、"道家'心斋'的体道方式","它们共同启发了王维的双重视点,摆脱了一般山水诗在体物实践方面的束缚,获得了写作的最大自由"④。其他学者的论述大致不出上述范围⑤。

王维诗歌思想内容与道家思想。学者们认为,王维诗歌较多地表现了道家思想,其中的"坐忘""自然""济民意识"和"转生、轮回"思想,都来源于道家思想。

邓绍秋认为,王维诗歌中体现了道家思想的"坐忘"和"自然",其山水田园诗"在很大程度上就是受到了道家美学的影响,才使他的作品闪烁着道家生态美学的光辉"⑥。孙明材指出,王维对老子"济民意识"的接受主要表现在:"无为而治""战与非战""功成身退"三方面。"王维笔下涉及战争的诗都是一种被动迎敌或被迫反抗","反复强调的是武力的震慑,而不是侵略"⑦。关于转生、轮回思想,目前学界依然坚信它"是伴随

---

① 王志清《道学视阈的王维解读》,《南通大学学报》2006年第6期。
② 王继承《王维山水诗境与庄子思想》,《齐齐哈尔师范高等专科学校学报》2007年第3期。
③ 宋玲《王维诗文道教意识探微》,《上饶师范学院学报》2010年第4期。
④ 姜玉芳《从不是"诗里的印象派"谈起——兼论王维诗之虚处传神》,《社会科学家》2005年第2期。
⑤ 刘珈珈《五佛四儒三分道,半官半隐一诗人——试论王维与三教之关系》,《江西教育学院学报》1988年第3期;孙明材《道家思想对王维诗歌创作的影响新探》,《嘉应学院学报》2004年第5期;张华《"诗佛"王维诗歌中的老庄思想探微》也有大致相同的看法,《湖北第二师范学院学报》2008年第3期。
⑥ 邓绍秋《道禅生态美学智慧》,第111、112页。相似的文章如王志清《道学视阈的王维解读》,《南通大学学报》2006年第6期;郑德开《王维诗与儒释道》,《楚雄师范学院学报》2007年第8期。
⑦ 孙明材《论王维对老子济民意识的接受》,《北方论丛》2005年第6期。

着佛教从印度传来的外来思想",而日本学者池田知以王维诗中的"物化、转生"观念为例,认为这种思想源于《庄子》,"对王维诗中'物化'、转生的误解"是自古以来"很多的王维研究、《庄子》研究中所犯的通病",这种误解的由来是"认为在佛教从印度传来以前的战国、秦汉时代,转生、轮回的思想在中国固有的传统文化当中不存在,这一通行说法成为先入为主的观念而束缚了人们的思考"①。

此外,于雪棠还指出,王维诗歌对青白二色的偏好与道家的色彩崇尚有关:"王维诗作的青白错杂特色是与佛道两家的色彩崇尚密切相关的。"王维诗"出现次数最多的色彩是青色和白色",且"都是作为正面因素出现","王维在使用青白两种色彩时,表现出的是对天性、本真的追寻和复归","构成的是清新纯净的艺术境界",这与道家思想相关,"道家崇尚玄白两种色彩",后来,"更多地是青白二色连用或对举"②。

总之,学者们已经开始注意到道家思想对王维诗歌审美特点、创作手法、思想内容等方面产生了影响。就现有研究成果来看,相关研究成果还不算多,深入也不够,如王维诗颜色偏好与道家思想的关系等论题,还只是刚刚有人开始关注,而且在量化统计方面还需要再仔细斟酌。这些都是下一步的研究中需要给予更多重视的。

二、王维思想与道家思想的关系研究

王维思想与道家思想密切相关,二十世纪以来,随着王维研究的深入,越来越多的学者开始强调儒释道三家思想共同影响着王维,而且在学界多数学者认为佛教在王维思想中占主导地位的观点下,一些学者认为道家、道教思想对王维的影响更大。

儒释道对王维思想的影响。陈铁民分别论述了儒释道三家思想对王维的影响,并指出:"佛讲'空',道说'无',两教之间本具有一些可以互相调和的基本思想。王维所接受的道教和道家思想、理论,往往具有与佛教

---

① (日)池田知《道家思想的新研究——以〈庄子〉为中心》(上),第 277、280、282 页。
② 于雪棠《王维诗与佛道两家的色彩崇尚》,《北方论丛》1996 年第 2 期。

思想、理论接近或可以相通的特点;在他的一些诗文中,常常表现出一种融合佛、道的思想倾向。"①孙金荣认为,王维"前期受儒家思想影响较深;道家哲学的影响贯穿始终,是其清心养性的重要凭借;作为宗教意义上的道教,王维并不相信;佛教之对于王维与道家哲学之对于王维的作用并无多大区别,主要作用都在心性修养上,故其前期好佛,但不媚佛、不迷信佛"②。认为王维受到儒释道三家思想的影响,而且佛教与道家思想在"王维的心性修养"上是相通的。许总认为王维"并不盲从一宗","无论是借助于佛学禅宗的境界转换,还是儒家独善操守的道德观念,抑或道家返朴归真的自然哲学",都是禅宗"'身心相离'的人生哲学与思维方式这一中轴线上的主要构成内容与诸种表现侧面,并体现为一种复杂的交织、渗透与融合的关系"③。夏敏认为,王维"早年有儒家的抱负、中年具道家的风采、晚年得佛家的精髓,很符合中国古代知识分子'入于儒、出于道、逃于佛'的人格理想"④。陈少锋指出,王维除了"学道求仙的经历"外,在其"诗歌创作""生活态度"中都可以看出其"诗歌创作与庄子的道家精神联系是非常紧密的",其"信仰的不是一种纯粹的佛教,他的思想也不是一种单纯的佛教思想,而是一种融合了道教的复杂思想"⑤。龚鹏程指出王维信仰佛道的原因在于:"王维所关心者,在于超越界的问题。同时也因这种关怀,令他亲近佛道,着意探索天道与性命,与僧道之交往均甚多。"⑥高人雄认为,"王维诗中还有佛道思想的交织",王维崇尚"虚静","以极宁静的心神体验自然万物","道家讲虚静,或许是这种虚静与佛家

---

① 陈铁民《〈新译王维诗文集〉导读》,《王维研究》(第五辑),江苏大学出版社 2011 年版,第 19 页。持论相同的还有王波《释道观与王维山水田园诗》,《中国矿业大学学报》2002 年第 4 期。
② 孙金荣《论王维的禅宗思想及其诗歌的禅宗意象》,《齐鲁学刊》2006 年第 3 期。其他相似的论文如林继中《王维情感结构论析》,《文史哲》1999 年第 1 期;陈再文《皓然出东林,发我遗世意——浅谈王维诗中表现的隐逸思想》,《安徽电子信息职业技术学院学报》2002 年第 3 期;张福庆《解读王维山水诗中的生命精神》,《名作欣赏》2004 年第 2 期;谭朝炎《红尘佛道觅辋川:王维的主体性诠释》,第 101 页;王庆《大隐隐于朝——融儒、道、佛于一体的王维》,《现代语文》2006 年第 6 期;王楠《论王维的美学思想》,牡丹江师范学院 2010 年硕士论文。
③ 许总《文化与心理坐标上的王维诗(续)》,《东南大学学报》1999 年第 2 期。
④ 夏敏《山水之乐与仕宦之忧——隐逸诗折射出的文人心态》,《九江学院学报》2011 年第 2 期。
⑤ 陈少锋《论王维佛教思想的道教内涵》,《滁州学院学报》2006 年第 4 期。
⑥ 龚鹏程《佛学新解》,第 68 页。

'禅定'相通之故,作为好修佛理的王维容易接受"①。可见,上述学者多认为王维思想中具有三教交融的特点,而其中佛教思想与道家、道教思想又不乏相通处。

道家思想对王维的影响。目前学界对王维思想的探讨仍然没有达成共识,绝大多数的学者认为佛教思想在王维思想中占主导地位,如韦依娜认为王维是站在佛教思想的基础上接受道家思想的,"王维对老庄哲学,是有所领受的。只不过,他接受的道家思想理义",往往都"经过了佛禅化"②。杜莹认为,王维"早年儒家积极入仕的色彩较浓,中晚年佛、道的影响较甚","在隐逸文化层面,佛教思想对他影响最大,同时释道并存"③。赵子抄认为:"王维由于受当时禅宗的影响,隐逸思想中更多地体现了佛家的隐逸。"④此外,学界多数研究王维的学者单纯探讨了佛教思想对王维的影响。

还有少数学者认为,王维思想受到道家思想的影响,如王志清认为,"老庄道学中的'虚静'精神,使王维的道学慧根和虚静天分得到充分解放,也成就了他的艺术人生","形成了他适应现实环境的良好的心理素质和调控能力,其心灵获得了不受物役的绝对自由,形成了他以出世之心而成入世之事的超然态度"⑤。他还指出,"闲"是王维"人性深处的虚静精神表征,是其身心一无挂碍的绝对自由的表征",这"受启发于庄子的'坐忘'精神","王维往往以孤独的形式来实现'闲'的状态,实现其独静的追求"⑥。在他看来,道家的"虚静""坐忘"精神使王维的心灵获得绝对的自由,表现为"闲"的状态。谭朝炎认为庄子思想在以下七个方面影响了王维:"追求精神的绝对自由,通过无己、无功、无名的超现实自省途径,现实精神自由的追求";"万物齐一的自然观";"遵循自然之道,'以天

---

① 高人雄《王维三教合一思想探析》,《兰州大学学报》2000 年第 2 期。持论相似的还有萧丽华《王维》,幼狮文化事业公司 1991 年版。
② 韦依娜《论王维〈辋川集〉所体现的"三教"精神》,《厦门教育学院学报》2003 年第 2 期。
③ 杜莹《文化视域下的仕与隐——王维的心态及诗风嬗变》,《唐山师范学院学报》2009 年第 6 期。
④ 赵子抄《陶渊明和王维隐逸思想比较》,《大众文艺》2009 年第 4 期。
⑤ 王志清《中国诗学的德本精神研究》,第 188、184 页。
⑥ 王志清《王维"闲适"的生命精神与诗歌旨趣》,《南都学坛》2007 年第 1 期。

为徒',为天使,不为人使";"形而上的思想解放之路——'心斋'";"人与自然的关系是'天鬻'的关系,反对一切人为,反对一切社会性行为";"放弃一切造作行为,顺乎自然,对于生死也是如此,即'撄宁'思想";"在政治观念上,王维在思想深层认同无为而治、'使物自喜'的意识"①。其他学者的论述大致不出上述范围。

九十年代以来,开始有学者明确指出道家思想对王维的影响更大。邓绍秋认为:"王维的思想倾向是相当复杂的,其中以道家生态美学思想为主,禅宗生态美学思想次之。"②王志清指出,王维"以庄说禅""外禅内庄"的特点,认为:"王维更倾向和认同庄子哲学入'道'、游'心'的适意","使庄子的人生观得到创造性的实践","王维在禅宗上的最大贡献就是他将禅宗庄化和诗化"③。郑德开认为,王维所接受的儒释道"三家人生哲学思想,儒与释趋于两极,而道家则更倾向中行,成为协调二者的粘合剂"④。在郑德开看来,道家思想对王维的影响更加突出,起到协调儒释的重要作用。刘晓林认为,"对王维思想影响最大的不是道教,而是道家","早年,王维不仅崇慕道教,而且还有一段学道求仙的经历。尽管他马上认识到了神仙之事是虚妄的,但是,道家思想的影响却愈为深固了。后来的佛教观也是在不自觉地受道家思想影响下而形成的'王维的佛'"⑤。

此外,刘珈珈探讨了王维接受道家思想的原因,认为:"王维涉足道家,除了与当时上流社会习俗(士大夫多与释、道之流交往以示清流高雅)有关外,主要还是因为道教是唐代君臣们倡奉的国教,王维既要做官,

---

① 谭朝炎《红尘佛道觅辋川:王维的主体性诠释》,第 100—101 页。
② 邓绍秋《道禅生态美学智慧》,第 111、112 页。持论相似的如张惠民《论王维隐逸思想的多元构成》,《王维研究》(第一辑),中国工人出版社 1992 年版。
③ 王志清《王维哲学思想以儒为体、庄禅为用的特征》,《山西大学师范学院学报》2001 年第 2 期。
④ 郑德开《王维诗与儒释道》,《楚雄师范学院学报》2007 年第 8 期。持论相似的还有张华《"诗佛"王维诗歌中的老庄思想探微》,《湖北第二师范学院学报》2008 年第 3 期;王达《王维〈田园乐〉的艺术化境与创作心迹》,《中国文学研究》2008 年第 3 期。
⑤ 刘晓林《王维"以佛入诗"辨》,《衡阳师专学报》1995 年第 5 期。

便不得不屈从,说些违心之话。"①刘氏的观点不无道理,但说王维接受道家思想是"屈从"和说"违心话"就未免有失偏颇。

总的来看,王维思想与道家思想的关系研究越来越受到学界的关注,二十世纪以来,学界对这一问题的研究逐渐深入,纠正了学界的偏颇。但是,学者们多概括性、总结性地论述,究竟王维的思想中哪些属于道家思想的成分,学者们还没有进行细致入微的探讨,而且,对王维接受道家思想的原因,学者们论述得还不够充分,对制度、文化等方面的影响考虑不周。

三、关于王维"亦官亦隐"的研究

王维"亦官亦隐"的处世方式体现了儒、释、道对心灵自由的共同追求,其中,道家思想的影响是显而易见的。但是,学者们对他是否曾"亦官亦隐"及"亦官亦隐"的原因关注较多,而对于"亦官亦隐"与道家思想之关系,直接的探讨还不多见。

关于王维"亦官亦隐"的争论。二十世纪五六十年代,陈贻焮先生首倡王维"亦官亦隐"说,并对后来研究王维的学者产生了重要的影响②。陈贻焮先生在《王维的政治生活和他的思想》一文中指出:"(王维)不甘同流合污,但又极力避免政治上的实际冲突,把自己装点成不官不隐、亦官亦隐的'高人',保持与统治者不即不离的关系,始终为统治者所不忍弃。"③陈贻焮先生在《山水诗人王维》中说:"当他四十多岁的时候,终于归隐了。说他归隐不完全符合事实。因为他一直到死都在作官。准确地说,他只是经常住在山庄、别墅,竭力逃避现实,对政治采取不闻不问、敷衍应付的消极态度而已。……(他)采取了圆通混世的人生态度,半官半

---

① 刘珈珈《五佛四儒三分道,半官半隐一诗人——试论王维与三教之关系》,《江西教育学院学报》1988年第3期。
② 如陈铁民《王维论稿》认为王维"自官左补阙后","长期过着亦官亦隐的生活",第123—135页。
③ 陈贻焮《唐诗论丛》,湖南人民出版社1980年版,第124页。

隐地生活起来了。"①

王辉斌认为："王维一生也从不曾'亦官亦隐'过。"②针对王辉斌的质疑，陈铁民专撰文商榷，指出："陈贻焮等的'亦官亦隐'说，是从人生态度和生活方式的角度立论的，同唐王朝的制度与政策无关；从唐人自己的说法入手，可论证'亦官亦隐'并非子虚乌有"，认为唐代主要有三种类型的隐居："休假型隐居""在山水佳胜或幽僻之地为官型""官闲事少型"，此外，"还有一种为官淡于禄利、不求升进、对政治取消极态度型"。陈铁民还指出，独称王维为"亦官亦隐"的原在于"它与王维的山水田园诗创作关系密切"，"王维自己有亦官亦隐的思想"，"'亦官亦隐'有助于说明王维何以能成为盛唐山水田园诗的突出代表"③。

王辉斌再次撰文与陈铁民商榷，认为"无论是《唐诗论丛》抑或《也谈》对'亦官亦隐'的认识，都是建立在时间的基础之上的"，"唐代官员一年的普通假（指所有官员都能享受的假日），实际上不足七十天"；"唐人视'亦官亦隐'为'吏隐'"的说法也不能成立；"王维之所以成为山水田园派诗人的突出代表，也并非是因其曾'亦官亦隐'的结果所导致"④可见，二人对此问题的看法还存在很大的不同。陈贻焮和陈铁民二位先生从心态角度认为王维的"亦官亦隐"是存在的，我们认为，"亦官亦隐"所追求的适意的心态是与道家思想密不可分的。而王辉斌更倾向于从生活实际去探讨"亦官亦隐"，并指出王维"亦官亦隐"不存在。

关于王维"亦官亦隐"的原因。学者们认为，佛教"万法皆空"等理论、儒家"无可无不可"、道家逍遥无为的思想等都是王维选择"亦官亦隐"处世方式的重要原因。饶莎莎认为，王维"盛唐的社会特殊性使仕隐

---

① 陈贻焮《唐诗论丛》，第94页。
② 王辉斌《关于王维的隐居问题》，《周口师范学院学报》2003年第6期。王辉斌的《王维"亦官亦隐"说质疑》(《唐都学刊》2004年第1期)及《唐代诗人探赜》(贵州人民出版社2005年版，第69—79页)持论相同。
③ 陈铁民《也谈王维与唐人之"亦官亦隐"》，《东南大学学报》2006年第2期。持论相同的还有李亮伟《涵泳大雅——王维与中国文化》，第72页；周桂峰《也谈王维的"亦官亦隐"》，《唐都学刊》2005年第1期。
④ 王辉斌《再谈王维的"亦官亦隐"——与陈铁民商榷》，《襄樊学院学报》2007年第4期。

的绝对矛盾淡化而使得'大隐'成为可能……诗人内心的矛盾和佛教'万法皆空'的思想所产生的影响都使得王维选择亦官亦隐的方式"①。林继中指出:"王维情感结构中起离心作用的是'看透';而起向心作用的则是'不废大伦'。二者的合力促成他'随缘任运'的禅宗方式的人生态度,加上其他现实因素,使他选择了亦官亦隐的生活方式。与之相适应的是在这种生活方式中,观察事物采取的'不舍幻'的观点。"②饶莎莎和林继中先生所强调的佛教"万法皆空""看透"的理论、儒家"不废大伦"的思想其实都与盛唐道家思想相通,因此,我们也可以认为,他们对王维与道家思想作出一定程度的研究。

安华涛认为,"王维以释道的最高人格理想""来淡化仕宦途中的种种失意和痛苦",是"融通三教,扬弃整合,将佛之性空、道之无名纳入孔子'无可无不可'的范畴,而其创设的'身心相离,理事俱如,则何往而不适'的适宜范畴,为亦官亦隐、身官心隐找到了立论基点"③。可见,安华涛是在三教交融的思想背景中阐释王维的亦官亦隐。谭朝炎认为,"王维亦官亦隐的生活形态"是"获得了追求精神自由、在山水田园中作无待的逍遥游的外在条件","王维的出世思想,萌生于道家思想,而不是佛禅思想"④。上述二人将"亦官亦隐"与道家思想相结合,但并没有展开更加细

---

① 饶莎莎《论王维的隐逸思想》,首都师范大学文学院主编《唳天学术》(第四辑),学苑出版社 2007 年版,第 159 页。相似的文章如傅绍良《张九龄罢相与王维思想的转折再议——兼论佛儒合一的宗教观念的政治效应》,《四川大学学报》2000 年第 6 期;徐乐军的《王维亦官亦隐探析》持论相似,《鄂州大学学报》2006 年第 2 期;范新阳《试论王维的"亦官亦隐"》,《连云港师范高等专科学校学报》2005 年第 2 期;傅向东《幻灭与蜕变——略论陶渊明与王维仕隐选择的精神困境与突围方式》,《湖南工业职业技术学院学报》2008 年第 2 期。

② 林继中《王维情感结构论析》,《文史哲》1999 年第 1 期。持论相同的还有范新阳《试论王维的"亦官亦隐"》,《连云港师范高等专科学校学报》2005 年第 2 期;黄绮彦《在此岸与彼岸间徘徊——探王维"佛心儒性"的隐逸心理》,《湖北教育学院学报》2007 年第 6 期。

③ 安华涛《三元同构的士大夫心理结构——解读王维〈与魏居士书〉》,《社科纵横》2000 年第 4 期。相似的论文如:密瑞新《王维隐逸及后期山水田园诗艺术探讨》,《晋东南师范专科学校学报》1999 年第 4 期;徐乐军《王维亦官亦隐探析》,《鄂州大学学报》2006 年第 2 期;肖国荣《王维自我体验与角色意识迹化的心理分析》,《楚雄师范学院学报》2006 年第 10 期;黄桂云《略论王维与孟浩然的隐逸》,《重庆广播电视大学学报》2008 年第 2 期;何日鹏、郑利娟《试论李白的归隐以及与王维、孟浩然归隐之比较》,《安徽文学》(下半月)2010 年第 5 期;张丽丽《王维隐居终南期间佛教思想研究》,西北大学 2010 年硕士论文;夏敏《山水之乐与仕宦之忧——隐逸诗折射出的文人心态》,《九江学院学报》2011 年第 2 期;李丽《王维与白居易隐逸的差异性》,《柳州师专学报》2011 年第 2 期;徐晨《王维仕隐心态研究》,《文艺生活》2011 年第 7 期。

④ 谭朝炎《红尘佛道觅辋川:王维的主体性诠释》,第 70、105 页。

致地讨论。

此外,杨径青认为王维在终南山是亦官亦隐,原因在于:"首先,王维诗《过太乙观贾生房》中所指的'太乙观'并非在又名'太一山'的终南山中。其次,王维在隐居之前作的《谒璿上人》暗示了他不打算隐居。第三,陈氏认为王维辞官隐居一年后又出山为官,但以唐朝的选官制度和王维当时的处境来看,似乎是不可能的。"① 路铁成认为:"王维所谓的归隐,也是就道外人的看法而言的。王维自己其实早就处于'隐'中了",这"正是他要进行'闭关'的前因或者说前提。这个'隐',就是所谓的'小隐隐山林,大隐隐朝市'的大隐"②。

可见,对王维"亦官亦隐"思想的研究还存在很大的空间,还没有人深入、细致地探讨这种处世方式与道家思想的关系。学者们从佛教禅宗的"万法皆空""随缘任运"、儒家"不废大伦"的人生态度等方面探讨了王维选择"亦官亦隐"的处世方式的原因。而实际上,盛唐道家思想对王维"亦官亦隐"处世方式的影响也同样是不可忽略的。

四、王维隐逸诗歌研究

隐逸诗歌主要是描述隐逸生活,或表达对隐逸的向往,自然与道家思想密不可分。王维的隐逸诗歌研究是学界研究的重点之一,目前学者们主要集中于王维诗歌中的隐逸思想、王维隐逸诗歌的艺术特点、王维隐逸诗歌的比较三方面,但却少有人直接讨论王维隐逸诗歌与道家思想的关系。

王维隐逸诗内容的研究。王维诗歌具有一定的隐逸情怀,或抒发对精神的解脱的要求,或表达对隐逸生活的向往,或表现对自然宁静的追求,或强调王维的山水诗歌成就与隐逸思想的密切关系,而这种隐逸情怀与道家思想密不可分,可惜,学者们虽然已经注意到王维诗歌中的隐逸情怀,但并没有继续深入探讨隐逸诗歌内容与道家思想的关系。王达认为,

---

① 杨径青《王维的终南隐居——与陈铁民先生商榷》,《文学遗产》2001年第4期。
② 路铁成《也说王维〈归嵩山作〉中的"闭关"》,《许昌师专学报》2001年第6期。

王维的《田园乐》（七首）"更多的是描写了愉悦自然的美的意境，抒发道家所崇尚的获得今生精神上的解脱与闲适"①。田根胜认为，《鸟鸣涧》的精神主旨是"对高士的企慕，对隐逸生活的向往"②。张羽华认为，王维的"《春日与裴迪过新昌里访吕逸人不遇》表明了诗人对吕逸人的敬慕，同时也体现出自我亦官亦隐的二重文化心理"，"是诗人表现自己寻求归隐但又不能彻底摆脱世俗社会生活的代表之作"③。此外，李雪认为，王维的亦官亦隐使王维的山水田园诗在内容上"表现了远离世事扰攘的宁静自然的闲逸生活，于静美中多了一分淳朴、闲适"④。霍松林、傅绍良二位先生指出："王维生活在一个重隐乐隐的时代，他人生最精彩的乐章也写于自然山水中。作为中国山水田园诗的代表作家，王维的生活和创作离不开自然，当然更离不开隐。隐逸既是他人生的主要情趣，又是他诗歌创作的基本内容。"⑤从上面的综述我们不难发现，除了王达以外，学者们并没有明确指出这种隐逸思想与道家思想的关系，我们认为，这与学界较多地聚焦于佛教，而有意无意忽视道家对王维的影响的倾向有关。

王维隐逸诗的艺术特色研究。一些学者探讨了王维诗歌意象对于隐逸思想表达的作用，如伍燕闽、李想认为，"王维笔下的'雨'与山水隐居生活相契合"，"写'雨'诗描绘了一种不食人间烟火的理想生活，这种山水隐居生活与盛世景象非常契合"，对王维诗歌营造"静逸空灵"的意境，形成"清新自然"的诗风起到重要作用⑥。屈卫国认为："林"是王维诗歌"表达归隐之心的核心意象"，或"借壮阔、秀丽的林景表达诗人热爱自然的情趣"；或"用映衬手法折射诗人追求清静的生活志趣"；或"以'林'寄

---

① 王达《王维〈田园乐〉的艺术化境与创作心迹》，《中国文学研究》2008年第3期。
② 田根胜《意趣幽玄，境与趣合——王维〈鸟鸣涧〉释微》，《山西师大学报》2001年第2期。
③ 张羽华《亦官亦隐的两重文化心理——王维〈春日与裴迪过新昌里访吕逸人不遇〉赏析》，《名作欣赏》2012年第5期。
④ 李雪《浅谈盛唐隐居风尚对王维山水田园诗创作的影响》，《太原大学学报》2010年第3期。
⑤ 霍松林、傅绍良《盛唐文学的文化透视》，第626页。
⑥ 伍燕闽、李想《"雨"意象在唐诗流变中的作用——以王维、杜甫和李商隐"雨"意象诗歌为例》，《湖北第二师范学院学报》2011年第7期。

托诗人的归隐之心"①。张传刚认为《鸟鸣涧》《竹里馆》《寒食汜上作》《李处士山居》等诗中的"山鸟"均有"隐逸之意",推测出《鸟鸣涧》中的"山鸟"即为"黄鹂"②。还有一些学者探讨了隐逸对于王维山水诗创作的影响。李雪认为:王维的"隐居形态是半官半隐",这"使其山水田园诗"多"主客交融的表现手法";其"田园诗,写'空'写'静',比比皆是"③。田俊萍指出,"王维的山水田园诗的创作年代主要是在他的隐逸时期"④。这些论述实际上与道家思想关系密切,或者说已可以看作是在道家思想影响的前提下,对王维诗歌的艺术特色进行分析,但其中对于道家思想与王维诗歌的关系,也还是缺乏明确的自觉意识。

还有的学者通过王维与陶渊明、孟浩然隐逸诗的比较,来进一步说明王维隐逸诗的特点。代表性的论文如:夏中义将王维与陶渊明的隐逸诗歌进行了比较,认为王维的山水诗没有陶渊明的忧生之嗟、卓绝人格,源于"王不像陶那般决绝地'弃官而隐',他是'先官后隐'或'亦官亦隐',给自己留了回旋余地"⑤。在夏氏看来,王维隐逸诗的创作风格与其亦官亦隐密切相关。尚永亮、王凤玲将王维与孟浩然的隐逸作比较,指出王维"在主体的观照方式上","以隐者的姿态,以心观物,思维凝炼";"影响到诗歌的表现方式上,王维用心细腻,兼以绘画、音乐方面的艺术天赋,对色彩、声响的敏锐感受,遣词造句,精工秀丽";"在意境创造上,王诗幽深静谧";"在表情达意上,'隐'而不显,委婉含蓄,言外含不尽之意,是王诗的风格"⑥。而在这些比较研究中,道家思想影响王维隐逸诗的问题,也同样没有被明确提出来。

可见,学者们所论及的王维隐逸诗所表达的内容及相关的艺术特点,实际上都与道家思想有较为密切的关系。但或许是受佛教影响王维的流

---

① 屈卫国《林——王维诗歌表达归隐之心的核心意象》,《文教资料》2007年第31期。
② 张传刚《那是一只什么鸟——王维〈鸟鸣涧〉之"山鸟"浅议》,《现代语文》2011年第3期。
③ 李儒俊、储瑶《孟浩然、王维隐逸情结在山水诗中的表现》,《山花》2008年第13期。
④ 田俊萍《浅谈王维的隐逸及山水田园诗》,《太原理工大学学报》2006年第4期。
⑤ 夏中义《"隐逸诗"辨:从田园到山水——以陶渊明、王维、谢灵运为人物表》,《中山大学学报》2011年第5期。
⑥ 尚永亮、王凤玲《王维孟浩然"隐""逸"之辨》,《江汉论坛》2004年第8期。

行观点的影响,这些研究成果,大多对此还缺少十分自觉的认识,因而在一些关键问题上未能更深入一层,故仍觉有未达一间之感。

综上所述,二十世纪以来,学者们对王维与道家思想的研究虽取得了一定的成绩,但在很多方面还缺少自觉的认识或刚刚起步,因而王维与道家的关系,迄今尚未得到系统、清晰的梳理;同王维诗歌与禅宗关系的研究相比,有关王维诗歌与道家思想关系的研究,也不够系统深入;对王维思想与道家思想的关系,多笼统性的论述,细致入微的探讨还不多;论者多着眼于佛教"万法皆空""随缘任运"及儒家"不废大伦",而很少从道家思想入手讨论王维"亦官亦隐"的问题;在佛教影响王维的流行观点之外,对王维隐逸诗歌与道家思想的关系,还缺乏自觉深入的认识。这些都需要在下一步的研究中给予更多的重视。

后　记

1985年大学毕业后，我考入恩师何林天先生门下读硕士研究生，研究方向为唐宋文学。因学位论文选了"骆宾王研究"，当时阅读最多的是唐代的文史典籍。在学校图书馆度过的那些时光，至今想来依然十分温馨。工作之后，唐诗虽始终是授课的重要内容，但出于追溯发生源头的个人兴趣，我的研究重点逐渐前移。因此，近三十年来，有关唐诗研究的论文所占比例并不大。收录在本书中的21篇论文，即是这类研究成果的结集。其中部分文章是与研究生合作，并经我反复修改及部分重写完成，是我们师生共同学习的记录。

文章按大类分为"诗歌研究""诗人与诗学研究""诗歌与文化研究""学术史研究"四辑。这些文章曾先后发表于《人文杂志》《山西师大学报》《中国人民大学学报》《文史哲》《古籍整理研究学刊》《中南民族大学学报》《中国海洋大学报》《东方论坛》《中国诗歌研究》《博览群书》《四川大学学报》等刊物，或作为已出版著作的一部分。部分文章曾被人大复印资料《中国古代近代文学研究》及《文学研究文摘》全文转载。其中，发表时间最早的是《试论杜甫的佛教信仰》(《杜甫研究学刊》1989年第1期)。在此谨向这些刊物的编辑先生表示衷心的感谢！

《论骆宾王诗》是我硕士学位论文中的一节，完成于1987年春夏间，未正式发表。文章未必有多少新见，收录进来，作为纪念而已。写下这些文字的此刻，随何老师学习时的许多细节一时清晰起来。恩师擅古诗词，研究重点为唐宋诗文及《红楼梦》，尤长于考证。著有《重订新校王子安集》《李义山年谱考证》《望湘楼文选》《望湘楼诗词集》等。恩师仙逝有年，时光荏苒，我也将至耳顺之年。重读旧文，追怀往事，不禁感慨系之！

本次重新编辑,一是对原文个别表述做了修改和订正,少数文章添加了小标题;二是统一体例,删掉了原发表时的"摘要"和"关键词";三是对所有引文出处,做了重新核对。因文章发表时间前后相距三十多年,不同文章引文出处的版本大致保持原貌,未作统一处理。这项工作由我的博士生贾祎航、程诺,硕士生王雪、谷一凡、王贵丽、霍珂、刘玲慧七位同学协助完成。在此特表感谢。责编戎默老师的精心校正,为本书增色不少,也一并致谢!

刘怀荣

2024 年 10 月 30 日